महापराक्रम

महापराक्रम

1971 के भारत-पाक युद्ध की साहसिक कहानियाँ

मेजर जनरल (रिटा.)

इयान कारडोजो

प्रभात
प्रकाशन

प्रकाशक
प्रभात प्रकाशन प्रा. लि.
4/19 आसफ अली रोड, नई दिल्ली–110002
फोन : 011–23289777 • हेल्पलाइन नं. : 7827007777
इ–मेल : prabhatbooks@gmail.com ❖ वेब ठिकाना : www.prabhatbooks.com

संस्करण
प्रथम, 2023

अनुवाद
शिप्रा पांडेय

पेपरबैक मूल्य
पाँच सौ रुपए

मुद्रक
आर–टेक ऑफसेट प्रिंटर्स, दिल्ली

★

MAHAPARAKRAM
by Maj. Gen. Ian Cardozo (Retd.)
(Hindi translation of 1971—STORIES OF GRIT AND GLORY)

Published by **PRABHAT PRAKASHAN PVT. LTD.**
4/19 Asaf Ali Road, New Delhi-110002
by arrangement with Penguin Random House India, Pvt. Ltd.

ISBN 978-93-5521-513-0

₹ 500.00 (PB)

भारतीय सशस्त्र सेना के स्त्री व पुरुषों के लिए,
मुक्तिवाहिनी के लिए और भारत एवं बांग्लादेश के लोगों के लिए, जो संकट के समय एक-दूसरे के लिए खड़े रहे और अंततः विजय-पताका के साथ आए और पूर्वी पाकिस्तान की मुक्ति के साथ ही बांग्लादेश का जन्म हुआ।

आमुख

"एक व्यक्ति का सर्वाधिक प्रेम उन दोस्तों के प्रति होता है, जिनके लिए वह अपनी जान भी गँवा सकता है।"

—गॉस्पेल ऑफ जॉन, 15:9-17

वर्ष 2021 में भारत व पाकिस्तान के बीच 1971 के युद्ध को हुए 50 साल हो गए हैं और आज बहुत कम लोगों को इस युद्ध की याद है। इसके अलावा अब एक नई पीढ़ी आ चुकी है, जिसे इसके बारे में कोई विशेष जानकारी नहीं है। इसलिए इस युद्ध की 50वीं सालगिरह का यह वर्ष सर्वाधिक उपयुक्त समय है कि भारतीय लोग यह जान सकें कि यह युद्ध कैसे शुरू हुआ, किस तरह आगे बढ़ा और किस प्रकार समाप्त हुआ।

भारत सरकार द्वारा इस युद्ध के बारे में आधिकारिक इतिहास लिखा और प्रकाशित किया गया है; पर इतिहास में बहुत कुछ पढ़ने को मिलता है। और वक्त आ गया है कि इन कहानियों के माध्यम से देश का प्रत्येक नागरिक यह जान सके कि संकट के उस समय में क्या-क्या हुआ था। हर कोई एक अच्छी कहानी को पसंद करता है, और मैं आशा करता हूँ कि युद्धक्षेत्र की ये सच्ची कहानियाँ एक बड़े पाठक-वर्ग तक पहुँचें और प्रत्येक आम व्यक्ति तक पहुँचें, जिससे उसे यह पता चले कि युद्ध के समय देश पर, उसके सैन्य अफसरों पर क्या बीती और जो लोग युद्ध में लड़े, उनके जीवन पर क्या असर पड़ा।

युद्ध में आगे बढ़कर लड़ने का अवसर बहुत कम लोगों को मिलता है। यह एक बहुत बड़ी जिम्मेदारी होती है, क्योंकि योद्धाओं के दिमाग में यह बात कहीं-न-कहीं रची-बसी होती है कि वे जिंदा वापस नहीं आएँगे। इसलिए उनका नेतृत्व अपने चरम पर होता है। भारतीय सेना के अफसर आगे बढ़कर नेतृत्व करते हैं और उनकी जुबान

पर होता है—"फॉलो मी!" इसलिए भारतीय सेना के अफसरों की मौत का प्रतिशत भी सर्वाधिक होता है। मेरी अपनी बटालियन, जो कि पाँचवीं गोरखा राइफल्स की चौथी बटालियन है (FF), ने 1971 में 18 अफसरों के साथ युद्ध में भाग लिया और 13 दिनों के युद्ध के बाद 4 अफसर शहीद हो गए और 7 बुरी तरह से घायल हो गए। उनमें से सिर्फ 7 ऐसे थे जो साफ बच गए या उनको छोटी-मोटी चोटें आईं।

भारतीय सैनिक इस दुनिया के सर्वोत्तम सैनिकों में से एक है। वह अपने अफसरों से बिना कोई सवाल किए पूरे उत्साह के साथ उन्हें फॉलो करता है और कठिन परिस्थितियों में बहुत मुश्किल हालात से गुजरता है। अफसर एवं उनके जवान अपने आप में एक अद्‍भुत टीम बनाते हैं।

आगे आनेवाली कहानियों में जो भी लिखा है, वह सत्य घटनाओं एवं लोगों के निजी अनुभवों के आधार पर लिखा गया है। उनकी अपनी मौखिक एवं लिखित व्याख्याएँ रही हैं और इसके साथ ही ऐतिहासिक तथ्यों के आधार पर तथा युद्ध की समाप्ति होने पर दोनों तरफ के अफसरों के रिकॉर्डेड इंटरव्यू लिये गए हैं। हालाँकि, पाकिस्तानी सैन्य अधिकारियों के कुछ डायलॉग उस समय प्राप्त सूचना के आधार पर अपने आप से भी बनाए गए हैं और वे उसके बहुत पास भी हैं। वहीं, भारतीय दृष्टिकोण से देखें तो जो लोग इन कहानियों का हिस्सा हैं, वे स्वयं को इसमें पहचान लेंगे और इसके अलावा अन्य लोग भी हैं, जो इस इवेंट का हिस्सा तो हैं, परंतु इस पूरी कहानी को नहीं जानते।

मैंने इन कहानियों को पाठकों के पढ़ने लायक बनाया है। ऑपरेशन के बारे में विस्तृत व्याख्या से बचने की कोशिश की गई है, जिससे पाठकों को घटनाक्रम से जुड़ने में दिक्कत न हो, क्योंकि वह कहीं-न-कहीं सैन्य भाषा का हिस्सा हो जाती है।

इसके फुटनोट्स में सैन्य शब्दों के अर्थ दिए गए हैं; जिन्हें अनदेखा नहीं किया जा सकता है। पुस्तक के अंत में उन लोगों के लिए एक ग्रंथ-सूची भी उपलब्ध है, जो युद्ध से संबंधित पुस्तकों को पढ़ना चाहते हैं।

इस पुस्तक की प्रस्तावना, जो कहानियों के पूर्व में है, युद्ध का एक संपूर्ण विवरण प्रस्तुत करती है। इसलिए यह जरूरी है कि पाठक प्रस्तावना को सबसे पहले पढ़ें, फिर उन्हें एक-एक कर सारी कहानियाँ खुद-ब-खुद समझ आ जाएँगी।

हर कहानी का अपना संदेश है और अब यह पाठकों पर है कि वे उन संदेशों को कैसे लेते हैं और यह देखें कि कहानी विशेष उनकी जिंदगी में किस प्रकार का अर्थ लेकर आती है।

सेना में स्त्री व पुरुषों को इस प्रकार आगे बढ़ाया जाता है कि वे यह सोचें कि देश सर्वप्रथम है और अपने बारे में सबसे अंत में सोचना है। हम सबके लिए यह जीवन का एक हिस्सा हो चुका है। पराक्रम, सम्मान, कर्तव्य, अनुशासन और त्याग ही सर्वोच्च गुण हैं, जिन्हें सबसे ऊँचे पायदान पर रखा जाता है और इन्हीं पैमानों पर हम स्वयं का मूल्यांकन करते हैं। युद्धक्षेत्र सैनिकों के लिए एक टेस्टिंग ग्राउंड होता है और शांति के समय हम किस तरह से रहते हैं या व्यवहार करते हैं, यह तय करता है कि हम युद्ध कैसे लड़ेंगे या कैसे उसमें मृत्यु को प्राप्त करेंगे।

मैं आशा करता हूँ कि इन कहानियों को पढ़कर पाठकों को भारतीय सशस्त्र बलों के बारे में समुचित जानकारी मिलेगी। यह एक ऐसा काम है, जिसके बराबर कोई अन्य काम है ही नहीं।

प्रस्तावना

"भारत हर कीमत पर युद्ध को टालना चाहता है; पर यह एकतरफा संभव नहीं है, आप बंद मुट्ठी से हाथ नहीं मिला सकते।"

—इंदिरा गांधी

सन् 1971 में भारत-पाक युद्ध की शुरुआत पाकिस्तान के कारण हुई। वर्ष 1969 के वसंत में याह्या खान ने जनरल अयूब खान से राष्ट्रपति पद का पदभार लिया था और इस बात की घोषणा की थी कि चुनाव वर्ष 1970 में होंगे। हालाँकि, वे इस बात का अंदाजा लगाने से चूक गए कि इस चुनाव के क्या परिणाम होंगे! 17 दिसंबर, 1970 को हुए पाकिस्तानी नेशनल असेंबली चुनाव के परिणाम में शेख मुजीबुर्रहमान की अवामी लीग ने पूर्वी पाकिस्तान में जबरदस्त सफलता प्राप्त कर विजय हासिल की और कुल 311 सीटों में 167 सीटें हासिल कीं, जो जुल्फिकार अली भुट्टो की पाकिस्तान पीपल्स पार्टी द्वारा प्राप्त संख्या से लगभग दोगुनी थीं। इससे उनकी योजना को धक्का लगा और सत्ता में दोबारा वापस आने की धारणा को भी चोट पहुँची।

शेख मुजीबुर्रहमान और पूर्वी पाकिस्तान के लोग इस अपार सफलता से बेहद खुश थे। पश्चिमी पाकिस्तान की सैन्य तानाशाही के वर्चस्व के खिलाफ पाकिस्तान के पूर्वी विंग में असंतोष व्याप्त था, जो वहाँ साफ परिलक्षित हो रहा था। सिर्फ धर्म के अलावा उन दोनों धड़ों में कुछ भी समान नहीं था। मुजीब द्वारा स्पष्ट परिणाम देख बंगालियों के उद्देश्य स्पष्ट थे और इसके साथ ही मुजीब के 'छह सूत्री कार्यक्रम' ने पूर्वी व पश्चिमी पाकिस्तान के बीच की राजनीतिक एवं आर्थिक असमानता को दूर करने का वादा किया। इसका एक अर्थ यह भी था कि राष्ट्रपति, प्रधानमंत्री एवं पाकिस्तानी कैबिनेट के अधिकांश मंत्री पूर्वी पाकिस्तान के बंगाली होंगे।

पूर्वी पाकिस्तान के लोगों के लिए इस जीत से बड़ी कोई जीत नहीं थी, क्योंकि वर्ष 1947 में पाकिस्तान के गठन होने के साथ ही पश्चिमी प्रांत ने निरंतर अपने पूर्वी भागीदार के अधिकार और साधनों का दोहन किया था। इसमें सबसे ज्यादा गंभीर बात यह थी कि राष्ट्रीय भाषा के रूप में बंगालियों को उर्दू को चुनना पड़ा था। उन सबके लिए अब यह पूर्व की बात थी और पूर्वी पाकिस्तान अब अपने पुराने अधिकार एवं पुरानी संस्कृति के साथ जुड़कर 'सोनार बांग्ला' के रूप में उभरकर निखरेगा, ऐसा उन्हें लग रहा था।

हालाँकि, शेख मुजीब राजनेताओं और पश्चिमी पाकिस्तान के सैन्य शासकगुट की हिंसक गतिविधि को नहीं मानते थे। इस परिणाम से दुःखी होने के बावजूद जुल्फिकार अली भुट्टो अपने हाथ से सत्ता खिसकने देना नहीं चाहते थे और उन्होंने इस बात की धमकी तक दे दी थी कि अगर मुजीब को सरकार बनाने की इजाजत मिल गई तो वे पाकिस्तान में गृहयुद्ध करा देंगे। याह्या खान को भी पूर्वी पाकिस्तान में सत्ता हस्तांतरित होना और सैन्य शासन छोड़ना गवारा नहीं था।

21 फरवरी, 1971 को राष्ट्रपति याह्या खान ने कैबिनेट का विलय कर देश में सैन्य शासन लागू कर दिया था और 1 मार्च को यह घोषणा कर दी थी कि नेशनल असेंबली सेशन को अनिश्चितकाल के लिए स्थगित किया जाता है। इससे बंगाली लोग भड़क गए और इससे उनके अंदर का गुस्सा व असंतोष फूट पड़ा। सभी सरकारी एवं अर्ध-सरकारी कार्यालय, केंद्रीय प्रांतीय कार्यालय बंद हो गए और गुस्साई भीड़ सड़कों पर आ गई।

ढाका में इस विरोध-प्रदर्शन को रोकने के लिए कर्फ्यू लगा दिया गया। पर 3 मार्च, 1971 तक मुजीब का वर्चस्व पूर्वी पाकिस्तान में पूरी तरह से फैल गया। उन्होंने अहिंसक असहयोग आंदोलन की माँग की, पर फिर भी वे भीड़ को नियंत्रित नहीं रख सके। पाकिस्तानी सेना उस विरोध को दबाने के लिए तैनात की गई थी और इस कारण बहुत सारे बंगाली मारे गए। मुजीब ने उन फौजी टुकड़ियों को बैरक में वापस भेजने की माँग की और ऐसा नहीं करने पर वे आंदोलन तेज कर देंगे। लेफ्टिनेंट जनरल साहबजादा याकूब खान, पाकिस्तान के लेफ्टिनेंट गवर्नर तथा मार्शल लॉ एडमिनिस्ट्रेटर, जिन्होंने विभाजन से पूर्व गढ़वाल राइफल्स में कार्य किया था, एक सुलझे हुए परिपक्व व्यक्ति थे, शेख मुजीब की माँगों को मान गए और फौजी टुकड़ियाँ वापस बुला ली गईं। बंगालियों ने इसे अपनी जीत के रूप में देखा और इस प्रकार शेख मुजीब पूर्वी पाकिस्तान के एक बड़े नेता बन गए।

याह्या खान और सेना को यह बदलाव देख परेशानी हो रही थी। 6 मार्च, 1971 को याह्या खान ने इस बात की घोषणा की कि नेशनल असेंबली की मीटिंग 25 मार्च, 1971 को ढाका में होगी। इसके साथ ही पूर्वी पाकिस्तान में हवाई रास्ते से कई फौजी टुकड़ियों को पहुँचाया गया।

अब यह स्पष्ट था कि 25 मार्च को नेशनल असेंबली की बैठक तो सिर्फ एक बहाना था और इस दौरान होनेवाली सारी बातें दिखावा मात्र हैं। 7 मार्च, 1971 को शेख मुजीब ने लाखों लोगों को एक जनसभा में संबोधित किया और नेशनल असेंबली में भाग लेने के लिए चार माँगें रखीं। वे माँगें थीं—मार्शल लॉ को वापस लिया जाए, सेना को वापस बुलाया जाए, सेना द्वारा आम नागरिकों को मौत के घाट उतारे जाने को लेकर एक इन्क्वायरी हो और आम जनता द्वारा चुने गए लोगों के हाथों में सत्ता की वापसी हो।

याह्या खान ने लेफ्टिनेंट जनरल साहबजादा याकूब खान को हटा दिया और उनके बदले लेफ्टिनेंट जनरल टिक्का खान को नियुक्त किया। जल्दी ही उसे 'बांग्लादेश का जल्लाद' कहा जाने लगा। टिक्का खान ने आतंक एवं विनाश का तांडव शुरू कर दिया, जिसका उदाहरण इतिहास में बहुत कम दिखाई पड़ता था। इन सब में जो चीज कुख्यात थी, वह थी—'ऑपरेशन सर्चलाइट'। पाकिस्तानी सेना मशीनगनों, टैंकों और रॉकेट लॉञ्चरों का इस्तेमाल निर्ममता से निहत्थे बंगालियों पर करने लगी। पाकिस्तानी सेना के लंपट अफसरों और भ्रष्ट जवानों ने हिंसा का एक अभूतपूर्व नंगा नाच नाचते हुए पुरुषों को मौत के घाट उतारना शुरू किया और स्त्रियों व लड़कियों के साथ बेतहाशा बलात्कार करना शुरू किया, जो उन पर हमेशा के लिए एक काले दाग के रूप में मौजूद रहेगा। उस दौरान 10 लाख से ज्यादा लोग मारे गए और हजारों औरतों एवं बच्चियों का पाकिस्तानी सैन्य अफसरों की नाक के नीचे बलात्कार हुआ। भारी संख्या में हुए कत्लेआम, बलात्कार के बाद आदमी, औरतें व बच्चे पूर्वी पाकिस्तान से भारत आने लगे। यह संख्या धीरे-धीरे बढ़ती ही गई, जो बढ़कर करीब 1 करोड़ हो गई। उनको सहारा देने से लेकर उनके भोजन, दवाई, साफ-सफाई की जिम्मेदारी भारत सरकार की हो गई। इस प्रकार, शरणार्थियों का भारत सरकार पर भार करीब 70 करोड़ डॉलर आँका गया।

इस भयंकर नरसंहार के संबंध में एक बुरी बात यह कही जा सकती है कि पश्चिमी देशों ने इस संबंध में कुछ नहीं कहा, क्योंकि उन्होंने राजनीतिक औचित्य के बहाने अपनी अंतरात्मा का गला घोंट दिया था। अमेरिका ने इस स्थिति को देखकर

कुछ कहने से मना कर दिया और इस नरसंहार के विरुद्ध कोई आवाज नहीं उठाई, जिसका वह हमेशा विरोध किया करता था। अमेरिकी सरकार के दामन पर लगा यह दाग कभी मिटाया नहीं जा सकता।

शेख मुजीबुर्रहमान को जेल हो गई और उन्हें पश्चिमी पाकिस्तान ले जाया गया। किसी को भी यह पता नहीं था कि उन्हें बंदी बनाकर कहाँ रखा गया है, या वे जीवित हैं भी कि नहीं!

पाकिस्तान और दुनिया के अन्य देशों ने भारत द्वारा दर्ज कराए गए इस संबंध में विरोध-प्रदर्शन की ओर ध्यान ही नहीं दिया। अकस्मात् आए आर्थिक भार के अलावा इससे भारत के भीतर अत्यधिक असुरक्षा की भावना बढ़ने लगी। इसके परिणामस्वरूप आर्थिक, राजनीतिक, सामाजिक एवं सैनिक भार बहुत भारी पड़ रहे थे।

इस बीच पाकिस्तान के राष्ट्रपति याह्या खान ने अमेरिकी राष्ट्रपति निक्सन एवं विदेश मंत्री हेनरी किसिंजर, चीनी राष्ट्रपति माओ व उनके प्रमुख चाऊ एनलाई की मध्यस्थता में एक बैठक बुलाई। इस बैठक को बुलाने के लिए अमेरिकी राष्ट्रपति निक्सन राष्ट्रपति याह्या खान के बहुत अहसानमंद रहे, क्योंकि इसके बाद पाकिस्तान कुछ भी गलत नहीं कर सकता था। पर इसके बावजूद भी पाकिस्तानी-चीनी और अमेरिकी ध्रुवीकरण के बाद भारत एकदम अलग-थलग पड़ गया।

जब पाकिस्तान के साथ समझौते के सारे समाधान विफल हो गए तो भारत ने पाकिस्तान को समझाने के लिए अंतरराष्ट्रीय समुदाय से मदद माँगी। तत्कालीन प्रधानमंत्री इंदिरा गांधी लगभग सभी ताकतवर पश्चिमी देशों की राजधानी में गईं और उनसे गुहार लगाई कि वे पाकिस्तान को इस प्रकार से नरसंहार रोकने के लिए कहें। अमेरिकी नेतृत्ववाले पश्चिमी देश पूर्वी पाकिस्तान में हुए इस नरसंहार के प्रति उदासीन थे और वे भारत की मजबूरी नहीं समझ रहे थे तथा पाकिस्तान द्वारा अपने ही लोगों को आँखें बंद कर जान से मारने को लेकर उन्होंने भी अपनी आँखें बंद कर ली थीं। पश्चिमी देशों, जैसे अमेरिका, ने माना कि यह पाकिस्तान की अपनी आंतरिक समस्या है और इसलिए उन्होंने हस्तक्षेप नहीं किया। उन्होंने बताया कि शरणार्थी समस्या भारत की समस्या है और भारत व पाकिस्तान को साथ बैठकर द्विपक्षीय तरीके से इसका समाधान करना चाहिए। पश्चिम के देशों एवं संयुक्त राष्ट्र ने अपनी आत्मा को मारकर यह बात अवश्य कही कि पाकिस्तान एक हमलावर देश है और भारत एक पीड़ित देश।

विवश होकर प्रधानमंत्री इंदिरा गांधी ने सोवियत संघ के साथ मित्रता का हाथ बढ़ाया। अमेरिका, चीन व पाकिस्तान के इस नापाक रिश्ते के लिए ऐसा करना जरूरी था। यह एक प्रकार का समझौता था, जो पूरे युद्ध के दौरान किया जाना था।

वर्ष 1971 के अप्रैल माह में प्रधानमंत्री इंदिरा गांधी ने एक कैबिनेट मीटिंग में भारतीय सेना के प्रमुख को बुलाया और उन्हें पूर्वी पाकिस्तान की ओर कूच करने के लिए कहा, क्योंकि अब परिस्थितियाँ असहनीय थीं। हालाँकि, तत्कालीन सेना प्रमुख जनरल मानेकशॉ ने प्रधानमंत्री को यह सूचित किया था कि सेना अभी इसके लिए तैयार नहीं है। उन्होंने रक्षा मंत्रालय से बार-बार यह अनुरोध करके बताया कि सेना के पास अस्त्र-शस्त्र, हथियारों एवं उपकरणों की कमी है और जब तक उन्हें पूरा न कर लिया जाए, तब तक युद्ध की अनदेखी की जाए। भारतीय सेना युद्ध करने की स्थिति में नहीं थी। उन्होंने प्रधानमंत्री को सूचित किया कि युद्ध के लिए अभी उपयुक्त समय नहीं है। शीघ्र कारवाई के लिए अभी उचित कारण नहीं होंगे—जैसे राजनीतिक, सैन्य, आर्थिक और जलवायु—पर उन्होंने खुद से विलंब करने की माँग की। हालाँकि, पाकिस्तान ने पूर्वी पाकिस्तान पर हमला जारी रखा।

यह प्रधानमंत्री एवं उनकी सरकार की जिम्मेदारी थी कि भारतीय सेना द्वारा बताए गए कारणों और आवश्यकताओं के साथ जनता के दबाव को झेले। इसके साथ ही, यह भारतीय सेना के प्रमुख की जिम्मेदारी थी कि वह सरकार एवं परेशान जनता के दबाव को झेले।

इसके लिए एक समीक्षा की गई और भारतीय सेना के शस्त्रागार, उपकरणों, प्रशिक्षण, वाणिज्य एवं उद्योग, सड़क व रेल संपर्क, मौसम, अंतरराष्ट्रीय विचारों और शत्रुओं के विकल्प के बारे में सोचा गया। ये सारे मुद्दे युद्ध के एक खास टाइम-टेबल के बारे में इंगित करते थे, जो भारत के लिए सर्वश्रेष्ठ होगा। जनरल सैम मानेकशॉ ने इस बात पर जोर दिया कि अगर युद्ध को टाला नहीं जा सकता और विजय हमारा उद्देश्य है, तो युद्ध भारत के शर्तों पर लड़ा जाएगा। भारतीय नेताओं ने उनकी इस सलाह को माना। वे इस कार्यक्रम पर डटे रहे और सशस्त्र बलों ने उस समय का उपयोग संभावित पाकिस्तानी सैनिकों से निबटने के लिए रणनीति बनाने में किया।

तीनों सेनाओं के प्रमुखों के पास सन् 1971 के युद्ध को फतह करने के लिए अपने-अपने विचार थे। पूर्व में, सैम मानेकशॉ को इन्फैंट्री बटालियन को कमांड करने के लिए अवसर नहीं दिया गया। विभाजन के बाद, वह पाँचवीं गोरखा

राइफल्स (GF) की ताकत थे और फिर उन्हें तीसरी बटालियन में शिफ्ट कर दिया गया था। पर जब वे बटालियन को जॉइन करने के लिए जा रहे थे तो उन्हें तुरंत ही नई दिल्ली रेलवे स्टेशन से वापस बुला लिया गया और कहा गया कि वे वी.पी. मेनन को श्रीनगर में जॉइन करें और कश्मीर के महाराजा हरि सिंह की पाकिस्तानी कबाइलियों को मार भगाने में मदद करें। सैम ने सैन्य काररवाई निदेशालय में रहकर युद्ध की अगुआई की। 1962 के भारत-चीन युद्ध से पहले सैम मानेकशॉ की रक्षा मंत्री कृष्ण मेनन के साथ एक झड़प हो चुकी थी, क्योंकि वे चाहते थे कि सैम भारतीय सेना प्रमुख जनरल थिमैया की आलोचना करें; पर सैम ने इसे अस्वीकार कर दिया, फलस्वरूप मेनन द्वारा उन्हें दरकिनार कर दिया गया। उन पर कई बेबुनियाद आरोप लगाए गए और उसकी जाँच हेतु उनका प्रमोशन अगले 18 महीनों के लिए रोक दिया गया।

सन् 1962 के युद्ध में पराजय के बाद मेनन को बाहर निकाल दिया गया, उसके बाद से ही सैम मानेकशॉ का कॅरियर फिर से पटरी पर लौटने लगा। सन् 1965 के युद्ध के समय सैम पूर्वी कमांड के प्रमुख थे, पर उस युद्ध में उन्होंने कोई भूमिका नहीं निभाई थी। अब, जब पाकिस्तान के साथ 1971 में युद्ध होना तय हो चुका था तो सैम बहुत भाग्यशाली रहे कि उन्हें देश के लिए कुछ करने का अवसर मिल रहा था। वे इस बात के प्रति आश्वस्त थे कि भारत को इसमें शानदार विजय मिलेगी।

नौसेना प्रमुख एडमिरल एस.एम. नंदा के कंधे पर भी इसकी जिम्मेदारी थी। सन् 1965 के भारत-पाक युद्ध के समय रक्षा मंत्रालय के आदेश के कारण नौसेना को इससे दूर रखा गया था और कहा गया कि नौसेना पश्चिमी किनारे से पाकिस्तान पर हमला न करे, क्योंकि सरकार युद्ध को बहुत ज्यादा आगे बढ़ाना नहीं चाहती थी। इसलिए नौसेना के आत्मसम्मान पर इससे बहुत चोट लगी। फिर जब इस बारे में प्रश्न पूछे गए तो सरकार इस बात को बताने में असफल रही कि उसने अपने आदेश में नौसेना को अलग-थलग क्यों रखा। नंदा, जो सी-वेस्ट में एफ.ओ.सी. थे, ने एक बयान जारी करके कहा कि अगर उन्हें एक मौका दिया जाए तो वे कराची में आग लगा देंगे। इसके साथ ही, पाकिस्तान को हराने के लिए उन्होंने अरब सागर और बंगाल की खाड़ी से उसे घेरने की योजना के बारे में बताया।

वहीं वायुसेना प्रमुख एयर मार्शल पी.सी. लाल के पास साबित करने के लिए एक अलग ही मुद्दा था। कृष्णा मेनन ने उन्हें सितंबर 1962 में पदच्युत कर दिया था, क्योंकि डकोटा एयरक्राफ्ट को लेकर उनमें आपस में मतभेद थे। वहीं पी.सी.

लाल इंडियन एयरलाइंस कॉरपोरेशन के चेयरमैन थे। मेनन को निकाले जाने के पश्चात् उन्हें भी वापस सेवा में ले लिया गया था। वायुसेना प्रमुख होने के नाते उन्होंने यह सुनिश्चित किया कि भारतीय वायुसेना भारत-पाक के बीच होनेवाले युद्ध के लिए हर तरह से तैयार हो।

इन घटनाओं के क्रम ने यह सुनिश्चित किया कि अगर युद्ध की स्थिति बनी रहती है तो देश की सेनाओं के पास सर्वश्रेष्ठ सेना प्रमुख हैं।

जैसे कि पूर्व से ही आशंका थी, पाकिस्तान ने भारत पर 3 दिसंबर, 1971 को हवाई हमला किया। उस समय तक देश एवं सशस्त्र सेनाएँ पूरी तरह से तैयार थीं और 3-4 दिसंबर, 1971 की रात को पाकिस्तान पर प्रत्याक्रमण की कारवाई की गई।

भारत की योजना थी कि पूर्व व दक्षिण, पश्चिम व उत्तर में आक्रामक तरीके से युद्ध किया जाए। पूर्व का अर्थ पूर्वी पाकिस्तान था; पश्चिम का अर्थ पंजाब के मैदानी इलाके एवं राजस्थान के रेगिस्तान थे; उत्तर का अर्थ मैदान, जम्मू व कश्मीर एवं लद्दाख के पहाड़ और पठार थे।

अप्रैल 1971 से दिसंबर 1971 तक का समय सरकार द्वारा बहुत धैर्य एवं चतुराई के साथ इस्तेमाल किया गया। सशस्त्र सेनाएँ सभी संभावित विकल्पों को रिव्यू कर रही थीं, जिससे कि देश के राष्ट्रीय उद्देश्य को पूरा किया जा सके। सबसे पहला उद्देश्य था—युद्ध को टालना और वह संभव भी था। इस कारण, सभी कूटनीतिक प्रयासों को किया गया, जिससे युद्ध के हालात को दरकिनार किया जा सके, जो सामने से होते हुए दिखाई दे रहे थे। अगर भारत पर युद्ध थोपा जाता तो सैनिकों को हथियारों, गोला-बारूद एवं उपकरणों को पूरा करने में लग जाना पड़ता और फिर युद्ध के लिए कठिन प्रशिक्षण के लिए तैयार होना पड़ता, जो कभी भी हो सकता था। संप्रेषण सुधार किए गए थे, सप्लाई बेस बना लिये गए थे, ब्रिजिंग उपकरण ऊपर की ओर भेज दिए गए थे और प्रशासनिक प्लान को स्ट्रीमलाइन कर दिया गया था।

भारतीय सेना का जोश बहुत ऊँचा था, क्योंकि उसे सरकार से पूरा सहयोग व समर्थन मिला हुआ था। इस दौरान नौकरशाहों तथा राजनेताओं का नहीं के बराबर हस्तक्षेप था। हमारा देश भी बहुत भाग्यशाली था कि उसके पास सशस्त्र सेना के दुर्जेय कद के सेना-प्रमुख थे। सेना के सारे अफसर और जवान अपने सेनापति की कॉल के लिए मुस्तैद खड़े थे, इससे पहले कि अमेरिका, चीन और मध्य-पूर्व के

देश पाकिस्तान की मदद के लिए आगे आएँ, जल्दी-से-जल्दी इस युद्ध को समाप्त किया जाए। इस अहसास के साथ भारतीय सेनाओं को जो भी उपकरण मिले, उन्होंने नदियों, माइनफील्ड्स और सारी बाधाओं को पार करने के लिए उनका इस्तेमाल किया तथा अपने उद्देश्य को जल्द-से-जल्द पूरा करने की कोशिश की। इस संबंध में काम चलानेवाली व्यवस्था और नए तरीकों का प्रयोग समय की माँग थी और ऐसी उठती बाधाओं के बीच तुरंत परिणाम भी पाने थे।

वहीं पूर्वी सेक्टर का आरंभिक उद्देश्य जितना हो सके, उतना सीमा पर कब्जा करना था और साथ ही जितना ज्यादा हो सके, शरणार्थियों को उनके घर भेजना था। इस हेतु इतनी जल्दी सफलता मिली कि उद्देश्य बदल गया। जनरल नियाजी की रक्षा रणनीति के लिए ढाका 'गुरुत्वाकर्षण का केंद्र' था और अब ढाका पर कब्जा करना उनका नया उद्देश्य था। इसलिए ढाका के लिए दौड़ शुरू हो गई।

'मुक्तिवाहिनी' ने भारतीय सेना के इस ऑपरेशन की सफलता में अपना बहुत योगदान दिया। उन्हें ब्रिगेडियर संत सिंह और ब्रिगेडियर शाबेग सिंह ने बहुत अच्छे ढंग से प्रशिक्षित किया था, जिससे कि वे भारतीय सेना एवं आम नागरिकों के बीच की आँख व कान बन जाएँ और पूर्वी पाकिस्तान में पाकिस्तानी सेनाओं के विरुद्ध गुरिल्ला युद्ध जारी रखें। उनकी पृष्ठभूमि के आधार पर उनका रोल निर्भर करता था, जो लोग पूर्वी पाकिस्तानी रेजिमेंट एवं ईस्ट बंगाल राइफल्स में पूर्व सैनिक थे, उन्होंने पाकिस्तानी बलों के विरुद्ध गुरिल्ला ऑपरेशन का दायित्व सँभाला। इसके अलावा और लोग भी थे, जिनकी कोई सैन्य पृष्ठभूमि नहीं थी, पर उन्होंने मार्गदर्शक एवं दुभाषिए की भूमिका निभाई। ईस्ट बंगाल राइफल्स एवं पूर्वी पाकिस्तान के वरिष्ठ मेजरों ने सेक्टर कमांडरों की भूमिका निभाई और सेना के साथ काम किया। उनमें से कुछ ने, जैसे—'टाइगर' सिद्दीकी, जियाउर रहमान और अबू ताहेर भारतीय सेना में एक जाने-माने नाम बने।

पूर्वी पाकिस्तान की नौसेना के अफसरों व सैनिकों ने चटगाँव, खुलना एवं चलना प्रांत में मेढक के रूप में ऑपरेट करना शुरू किया और पाकिस्तान की मर्चेंट नेवी को वाटर चैनलों का इस्तेमाल करके काफी नुकसान पहुँचाया तथा लंपेटस माइंस का प्रयोग करके पाकिस्तानी मर्चेंट नेवल जहाजों को बरबाद कर दिया। मुक्तिवाहिनी के नेवल एलिमेंट को बाद में 'फोर्स अल्फा' कहा गया, जो बाद में जाकर भारतीय सेना के साथ मिल गए।

पूर्वी पाकिस्तान के लिए जी.ओ.सी. इंचार्ज जनरल नियाजी की रणनीति

थी कि वह किले के स्वरूप में अपनी रणनीति बनाएँ। उन्होंने दुर्ग-स्वरूप अपने रक्षा सैनिकों को तैयार किया था, जो उन्होंने नदियों की बाधाएँ और बहुत सारे माइनफील्ड्स के ऊपर तैयार किए थे। उन्हें भरोसा था कि भारतीय सेना इन जगहों पर आक्रमण करेगी और ऐसा करके भारतीय सेना अपना समय नष्ट करने के अलावा कुछ नहीं कर पाएगी तथा इससे अमेरिकी, चीनी एवं यहाँ तक कि मध्य-पूर्व के देशों की सेनाएँ उनके बचाव में आ जाएँगी और इधर संयुक्त राष्ट्र भी हस्तक्षेप के लिए कूद पड़ेगा। भारतीय सेना उनके इस जाल में नहीं फँसी। उन्होंने अपनी सेना को दूसरी तरफ से ले लिया और ऐसी जगहों से दूर चली गई, जिससे ऑपरेशन की गति ने तेजी पकड़ ली।

भारतीय वायुसेना ने न केवल थलसेना को बखूबी सहयोग दिया, बल्कि सफलतापूर्वक पाकिस्तानी सैन्य दलों को उनकी जगह से और नदियों के पास से निकालने में भी सफल रही। भारतीय वायुसेना द्वारा हवा में अपना कौशल दिखाने के बाद उन्होंने सेना को धरती पर और पानी में काम करने दिया। इसके बाद भारतीय सेना ने बिना रुके हवाई हमले, पैराड्रॉपिंग ऑपरेशंस, एयर सप्लाई, कैजुअल्टी इवेक्युएशन, जलचर ऑपरेशन और पैंफ्लेट ड्रॉपिंग की। समस्या सिर्फ यह थी कि भारतीय सेना के पास रात में विमान उड़ाने की क्षमता नहीं थी।

भारतीय नौसेना की अभूतपूर्व सफलता को सिर्फ एक पहचान की जरूरत थी। अरब सागर में, पश्चिमी फ्लोटिला ने कराची पर आक्रमण शुरू किया। भारतीय नौसेना की मिसाइल बोटों ने एक डिस्ट्रॉयर को, माइनस्वीपर, दो हथियारों से भरे जहाजों को नेस्तनाबूद कर दिया और एक तेल के टैंकर को बुरी तरह से बरबाद कर दिया। उन्होंने कियामारी ऑयल रिफाइनरी में आग लगा दी और कराची सात दिन तक दिन-रात जलता रहा। पाकिस्तानी नौसेना कराची बंदरगाह में घुस गई और लड़ने से इनकार कर दिया। भारतीय नौसेना ने बिना नेवल वारशिप के कराची के बाहर नौसैनिक नाकाबंदी कर दी और पाकिस्तान के कराची बंदरगाह में विदेशी मर्चेंट शिपों को दिल्ली की अनुमति के बिना आने की इजाजत नहीं थी—भारत की नौसेना ने अपना अत्यधिक दबदबा जो बना रखा था।

पूर्वी सीबोर्ड में भारतीय नौसेना नदियों पर बने बंदरगाहों, जैसे कोमिला, चटगाँव, खुलना और चालना में सभी प्रकार की गतिविधियों पर अपनी नजर रखने में सफल हो गई थी। मुक्तिवाहिनी की नौसेना विंग के फोर्स अल्फा और भारतीय नौसेना के फ्रॉगमैनों ने पाकिस्तानी व्यापारिक जहाजों को, उनके मैरीन जहाजों

तथा रिवरक्राफ्टों को पानी के भीतर ही क्षतिग्रस्त कर अत्यधिक नुकसान पहुँचाया। भारतीय नौसेना ने थलसेना के साथ मिलकर साझा ऑपरेशन कर, कॉक्स बाजार में जलचर लैंडिंग कर आई.एन.एस. विक्रांत से उड़ान भरने वाले जहाजों से दुश्मन के सभी ठिकानों को अत्यधिक नुकसान पहुँचाया।

तीनों सेनाओं का सर्वोच्च नेतृत्व अपना सर्वोच्च प्रदर्शन कर रहा था। भारतीय आक्रमण की सफलता का सबसे महत्त्वपूर्ण कारक 'समय' का निर्धारण था, जो एकदम सटीक था। जब पाकिस्तान ने भारत पर 3 दिसंबर, 1971 को आक्रमण किया, तब भारत ने हर तरफ से यानी धरती, आकाश या हवा से अपनी प्रतिक्रियात्मक काररवाई तुरंत शुरू कर दी थी। यह वह युद्ध था, जहाँ सशस्त्र सेना, नौकरशाही और राजनेताओं ने बहुत सही सामंजस्य बैठाया। पी.एन. हक्सर, जो भारतीय प्रधानमंत्री के प्रमुख प्राइवेट सेक्रेटरी थे और डी.पी. धर, जो फॉरेन पॉलिसी प्लानिंग कमेटी के प्रमुख थे, वे दोनों भारतीय सशस्त्र सेना और सरकार के बीच सही चेहरा बने रहे। सरकार एवं सशस्त्र सेना के बीच का तालमेल बहुत अच्छा था।

अगर सेना अप्रैल में ही पूर्वी पाकिस्तान में मार्च कर गई होती, जैसाकि सरकार पहले सोच रही थी, तो इसके परिणाम बहुत विध्वसंक होते। उस समय भारतीय सेना के हथियारों, गोला-बारूदों और उपकरणों की हालत खराब थी। सेना मानसून में फँस सकती थी, जब नदियाँ समुद्र की ओर बहने लगती हैं और जमीनें कीचड़ से भर जाती हैं—और भारतीय हथियारबंदों को मुँह की खानी पड़ सकती थी। पूर्वी पाकिस्तान के दलदलवाले क्षेत्रों में युद्ध के लिए अप्रशिक्षित सैन्य दलों ने बुरी तरह से मत खाई होती। लेकिन भारतीय सेना के सर्वोच्च नेतृत्व के पास वह नैतिक तर्कशीलता थी, जिसके द्वारा वह सरकार के आगे खड़ा रहा और उसे इस बात के लिए राजी कर लिया कि विजयी होने के लिए उसे एक समय-सारिणी की आवश्यकता है, जब ये सारी बाधाएँ दूर हो जाएँ।

जब यह स्पष्ट हो गया कि पाकिस्तान युद्ध में हारनेवाला है, तब अमेरिका और पाकिस्तान ने यू.एन. में एड़ी-चोटी का जोर लगा दिया कि वह इस युद्ध को समाप्त करे और युद्ध-विराम घोषित करे। उस समय के अमेरिकी राष्ट्रपति निक्सन ने अमेरिका के सातवें बेड़े को यह आदेश दिया कि वह बंगाल की खाड़ी की ओर कूच करे और उनके उस परेशान सहयोगी की मदद करे।

सातवाँ बेड़ा अमेरिकी नौसेना की ग्यारह वारशिप में से एक मजबूत नौसेना है, जिसमें परमाणु संचालित वायुवाहक, यू.ए.एस. इंटरप्राइज, विध्वंसक, मिसाइल

फ्रिगेट्स, उभयचर हमले वाले जहाज और एक हेलीकॉप्टर भी शामिल है। राष्ट्रपति निक्सन को एक संदेश देकर भारत में स्थित अमेरिकी राजदूत केनेथ कीटिंग ने उनके इस कदम को अनुचित बताया और कहा कि अमेरिका द्वारा कॅरियर टास्क फोर्स की तैनाती युद्ध की वृद्धि थी।

हालाँकि, युद्ध के पहले दस दिनों में भारतीय सेना ने पाकिस्तानी सुरक्षा की परतें तोड़ दीं और भारतीय सेना ढाका से स्ट्राइकिंग दूरी पर थी। ढाका के पास टँगेल (जगह का नाम) में पैराड्राप्स का होना, पाकिस्तानी पूर्वी कमान के मुख्यालय के नजदीक ढाका में जबरदस्त बमबारी किया जाना और गवर्नर के भवन पर वायुसेना की कारवाई, ये कुछ ऐसे कार्य थे, जिन्होंने पाकिस्तानी नागरिक और सामरिक अनुक्रमों को हिलाकर रख दिया था और ढाका लड़खड़ाने लगा था।

पश्चिमी क्षेत्र में युद्ध इतना निर्णायक नहीं था, पर वह भी भारत द्वारा निर्धारित रणनीति के तहत जा रहा था। हालाँकि, पाकिस्तान ने भारत के पश्चिमी क्षेत्र पर आक्रमण कर दिया था, पर भारतीय रणनीति की प्रकृति रक्षात्मक थी और कुछ आक्रामकता रक्षात्मक राजनीति को सुधारने के लिए आवश्यक थी। पाकिस्तानी सेना को पीछे धकेल दिया गया और बहुत सारी जगहों पर कब्जा कर लिया गया। पूर्वी पाकिस्तान में पाकिस्तानी सेना के आत्मसमर्पण के बाद कुछ भारतीय दल पश्चिमी फ्रंट की ओर बढ़ गए। अमेरिका, जो भारतीय सशस्त्र सेना की गतिविधियों पर निगरानी रख रहा था, सचेत हो गया और उसने शोर मचाना शुरू कर दिया। लेकिन भारत की प्रधानमंत्री श्रीमती इंदिरा गांधी द्वारा पश्चिमी पाकिस्तान में युद्ध-विराम करने की एकतरफा घोषणा ने विश्व भर में भारत की होने वाली भर्त्सना कि भारत एक विस्तारवादी राष्ट्र है और वह पाकिस्तान को बरबाद कर देना चाहता है, पर पूर्णरूपेण विराम लगा दिया।

भारत द्वारा इस युद्ध की योजना और संचालन की एक आकर्षक कथा आगे आनेवाली कहानियों में सामने आएगी। इस स्तर पर यह कहना पर्याप्त है कि भारतीय योजनाकारों ने एक जबरदस्त योजना बनाई, जो अच्छी तरह से प्रशिक्षित एवं उच्च रूप से प्रेरित अफसरों द्वारा कार्यान्वित की गई और उनके नेतृत्व में सैनिकों द्वारा निष्पादित की गई। इसके अलावा बाकी सब इतिहास है।

अभिस्वीकृति

बहुत से कारण थे, जिनकी वजह से 1971 का भारत-पाकिस्तान युद्ध आधुनिक सैन्य इतिहास में सबसे जल्दी मिलनेवाली विजयों में से एक था। उन कारणों में से एक था कि यह विजय इसलिए हुई, क्योंकि सशस्त्र बलों, राजनेताओं और नौकरशाहों के बीच जो तालमेल था, वह उत्तम था। उसके बाद सेना प्रमुखों ने कुशल नेतृत्व प्रदान किया और सैनिकों, नाविकों और वायु सैनिकों ने बाकी काम किया। इसको स्वीकार करने की आवश्यकता है।

सहयोग के सिद्धांत को मान्यता देने के लिए मैं उन सबको धन्यवाद देने के लिए यह अवसर लेता हूँ, जिन्होंने उन घटनाओं की कहानियों को जीवन देने में मदद की है, जो आधी सदी पहले घटी थीं।

उनके नाम किसी विशेष क्रम में नहीं, नीचे दिए गए हैं—

ब्रिगेडियर अरुण हारोलीकर, एम.वी.सी.

कर्नल यशवंत रावत

मेजर जनरल ए.जे.एस. संधु, वी.एस.एम.

ब्रिगेडियर माधव प्रसाद

एयर वाइस मार्शल बी.के. बिश्नोई, वी.आर.सी.

लेफ्टिनेंट जनरल जे.एफ.आर. जैकब, पी.वी.एस.एम.

लेफ्टिनेंट जनरल सतीश नांबियार, पी.वी.एस.एम., ए.वी.एस.एम., वी.आर.सी.

कमांडर अरुण सहगल, आई.एन.

ब्रिगेडियर कुलविंदर सिंह, ए.वी.एस.एम.

लेफ्टिनेंट कर्नल काजी सज्जाद अली जहीर, स्वाधीनता पदक, वीर प्रतीक

लेफ्टिनेंट कर्नल के.एस. पुणतांबेकर

वाइस एडमिरल मिहिर के. रॉय, पी.वी.एस.एम., ए.वी.एस.एम.

लेफ्टिनेंट जनरल विजय ओबेरॉय, पी.वी.एस.एम., ए.वी.एस.एम., वी.एस.एम.

स्क्वाड्रन लीडर राणा छिना, एम.बी.ई.

कमांडर विजय जेराथ, वी.आर.सी.

कमांडर विनायक अगाशे

एडमिरल एस.एम. 'नंदा', पद्म विभूषण, पी.वी.एस.एम., ए.वी.एस.एम., एन.एम.

एडमिरल (पोदगी) कुलकर्णी, पी.वी.एस.एम., ए.वी.एस.एम., वी.एस.एम.

कर्नल अबू ताहेर, बीर उत्तम

मेजर एस. किपगेन, एस.एम.

मेजर जे.वी. राजू

एयर वाइस मार्शल बिश्नोई, वी.आर.सी.

ब्रिगेडियर कुलदीप एस. चाँदपुरी, एम.वी.सी.

मेजर जनरल सुरेश गुप्ता, वी.आर.सी.

लेफ्टिनेंट जनरल अनिल नंदल, पी.वी.एस.एम., ए.वी.एस.एम.

लेफ्टिनेंट कर्नल डी.बी.एस. मियाँ, एस.एम.

लेफ्टिनेंट कर्नल अमोलक शर्मा

कर्नल शील पुरी, वी.आर.सी.

मनीष बावा

कर्नल सुनिथ कारडोजो

कर्नल एम.एम.पी. कला

लेफ्टिनेंट कर्नल बी.एस. वर्मा

1/5 गोरखा राइफल्स (एफ.एफ.)

4/5 गोरखा राइफल्स (एफ.एफ.)

1 मराठा लाइट इन्फैंट्री

सशस्त्र बल ऐतिहासिक अनुसंधान केंद्र

भारतीय संयुक्त सेवा संस्थान

उपर्युक्त दिए गए नामों के अतिरिक्त मैं इन कहानियों में उनके विशेष योगदान के लिए निम्नलिखित लोगों को भी धन्यवाद देना चाहूँगा—

एडमिरल एस.एम. नंदा, पद्म विभूषण, पी.वी.एस.एम., ए.वी.एस.एम. को

धन्यवाद देना चाहूँगा, क्योंकि उन्होंने अपनी पुस्तक 'द मैन हू बॉम्ब्ड कराची' से तथ्यों की क्लेरिजिज होटल में अपने साक्षात्कार के दौरान विस्तार से चर्चा की—उन तथ्यों ने 'मिशन कराची' और 'विक्रांत का शिकार' जैसी कहानियों को अलंकृत किया।

लेफ्टिनेंट जनरल जे.एफ.आर. जैकब, पी.वी.एस.एम. को धन्यवाद देना चाहूँगा, क्योंकि अपनी पुस्तक 'सरेंडर एट ढाका' और 'एन ओडिसी इन वार एंड पीस' की घटनाओं, नई दिल्ली में यू.एस.आई. में लगातार हुई बातचीत में और वृद्धि की, जिनके कारण 'विक्रांत का शिकार', 'अंत की शुरुआत', 'ढाका के लिए दौड़' और 'आखिरी तिनका' जैसी कहानियों में और मसाला डाला।

वाइस एडमिरल मिहिर के. रॉय को उनके उत्साहजनक समर्थन के लिए और उन लोगों से परिचय करने के लिए धन्यवाद देना चाहूँगा, जिन्होंने कराची पर हमले का नेतृत्व किया था और उन लोगों से परिचय कराया, जो पनडुब्बी और पनडुब्बी-रोधी युद्धकला के विशेषज्ञ हैं, जिन्होंने 'विक्रांत का शिकार', 'मिशन कराची' और 'खुकरी का डूबना, एक कप्तान की दुविधा' जैसी कहानियाँ लिखने में योगदान दिया।

मैं धन्यवाद देना चाहूँगा अमीता मुल्ला वट्टल को, जिन्होंने अपने पिता, कप्तान महेंद्र नाथ मुल्ला, एम.वी.सी. के जीवन में अपने इनपुट दिए और 'खुकरी का डूबना, एक कप्तान की दुविधा' कहानी के लिए उन मूल्यों के बारे में बताया, जिन पर उनके पिता विश्वास करते थे और जिनके लिए उन्होंने अपनी जान दी।

ब्रिगेडियर कुलदीप एस. चाँदपुरी, एम.वी.सी., का धन्यवाद करूँगा कि उन्होंने 2015 में पंचकुला में एक साक्षात्कार के दौरान लोंगेवाला की उस घटना को विस्तार से बताया, जो 1971 के भारत-पाकिस्तान के युद्ध के दौरान घटी थी; ब्रिगेडियर चाँदपुरी और उनके सैनिकों के साहस की एक झलक 'लोंगेवाला में लॉन्ग शॉट' में दिखाई देगी।

एयर मार्शल एम.एस. बावा, पी.वी.एस.एम., ए.वी.एस.एम., वी.एम. को उनके 'लोंगेवाला की हवाई लड़ाई' पर 'ओकेशनल पेपर संख्या IV' के लिए, जिसमें हमें यह पता चलता है कि लोंगेवाला में हवाई लड़ाई कैसे लड़ी गई और उसका जो शानदार परिणाम भारतीय वायुसेना ने हासिल किया था।

मैं धन्यवाद देना चाहूँगा मेजर जनरल सुरेश गुप्ता, वीर चक्र को, उनकी उस चर्चा के लिए, जो मानो कभी खत्म ही नहीं होगी। इसमें उन्होंने बताया कि पश्चिमी

मोर्चे पर 1971 के भारत-पाकिस्तान के युद्ध में सेझरा युद्ध के दौरान वास्तव में हुआ क्या था, जो 'रत्तोके के दरवाजे' कहानी में वर्णित है। यह कहानी इस बात पर प्रकाश डालती है कि युद्ध में केवल शारीरिक साहस ही लड़ाई नहीं जितवाता—नैतिक साहस भी उतना ही महत्त्वपूर्ण होता है।

मैं धन्यवाद दूँगा ब्रिगेडियर अरुण भीमराव हारोलीकर, एम.वी.सी.को, उनके पाँचवीं गोरखा राइफल्स (एफ.एफ.) की चौथी बटालियन के कमांडिंग अधिकारी के तौर पर लिखे वर्णन, विस्मयादिबोधक शब्दों के प्रयोग और स्पष्टीकरण के लिए और बटालियन के दूसरे अधिकारियों के लिए भी, जिन्होंने बताया कि वास्तव में 1971 के युद्ध में अतग्राम, गाजीपुर और सिलहट के युद्धों में क्या हुआ था, जैसाकि 'बी.बी.सी. का सर्वश्रेष्ठ प्रसारण' और 'ढाका के लिए दौड़' में वर्णित किया गया है।

मैं धन्यवाद करना चाहूँगा एयर वाइस मार्शल बी.के. बिश्नोई का, जिन्होंने उस घटना का आख्यान किया, जिसके कारण ढाका में पाकिस्तानी सेना के आत्मसमर्पण में तेजी आई, जैसाकि 'आखिरी तिनका' में बताया गया है।

नौसेना के किस्सों की एक पाकिस्तानी पुस्तक, जिसका शीर्षक है 'बब्बल्स ऑफ वाटर', जो मैंने बहुत समय पहले पढ़ी थी। यह पुस्तक मैरीटाइम हिस्ट्री सोसाइटी, मुंबई के पास थी। इस पुस्तक का ही एक किस्सा है, जिसको कि 'ट्रांजिशन टू ट्रायम्फ : हिस्ट्री ऑफ द इंडियन नेवी 1965-1975' में दिए संबंधित वर्णन के साथ जोड़ा तो 'भाग्य का स्पर्श' कहानी का आधार तैयार हुआ।

धन्यवाद लेफ्टिनेंट जनरल सतीश नांबियार, पी.वी.एस.एम., ए.वी.एस.एम., वी.आर.सी. का, जिन्होंने जमालपुर की लड़ाई के अपने व्यक्तिगत वर्णन से 'एक बुलेट नाश्ते के लिए' कहानी की पृष्ठभूमि तैयार करने का आधार दिया।

आभार लेफ्टिनेंट कर्नल के.एस. पुणतांबेकर का, जिनके जमालपुर की लड़ाई के उनके अपने अनुभव के लिखित वर्णन ने 'एक बुलेट नाश्ते के लिए' कहानी को उभरने में मदद की।

धन्यवाद कर्नल अबू ताहेर के परिवार का, जिनसे मुझे ढाका के हवाई अड्डे पर मिलने का सौभाग्य मिला और जिन्होंने मुझे बांग्लादेश सेना के इस अविश्वसनीय और अदम्य साहसवाले अधिकारी की कहानी के बारे में बताया, जोकि 'और फिर वहाँ एक था' में सुनाई गई है।

धन्यवाद मामन किपगेन का, उनकी पुस्तक 'ए लाइफ इन सर्विस : द

बायोग्राफी ऑफ मेजर एस. किपगेन, एस.एम.', जो उन्होंने अपने पति मेजर एस. किपगेन पर लिखी है, जोकि भारतीय सेना के एक उत्कृष्ट अधिकारी थे, जिनको कि मणिपुर में आतंकवादियों ने मार दिया था। उन्होंने मेजर किपगेन को उनकी पत्नी और बच्चों के सामने गोलियों से भून दिया था। उनकी कहानी 'और फिर वहाँ एक था' का एक हिस्सा है।

धन्यवाद कमांडर विजय जेराथ, वीर चक्र, जिन्होंने 1971 के युद्ध में कराची में भारतीय नौसेना के हमले के बारे में बहुत सारी बातचीत की और उनकी पुस्तक '25 मिसाइल स्क्वाड्रन : एन अनटोल्ड स्टोरी', जोकि 'मिशन कराची' कहानी का आधार बनी।

युद्धकला के पानी के नीचे के पहलू, जिनका कि 'विक्रांत का शिकार', 'भाग्य का स्पर्श', 'मिशन कराची' और 'आई.एन.एस. खुकरी का डूबना : एक कप्तान की दुविधा' कहानियों में उल्लेख किया गया है, 'ट्रांजिशन टू ट्रायम्फ : हिस्ट्री ऑफ द इंडियन नेवी 1965-1971' से और भारतीय नौसेना के पनडुब्बी कमांडर के मौखिक ब्योरे से लिया गया है, जिससे यह पता चला कि युद्ध में पानी के नीचे क्या हुआ था।

'आखिरी तिनका' का विवरण, जो आत्मसमर्पण से पहले ढाका के अंतिम दिनों की कहानी बताता है, को एक पुस्तक 'ईगल्स ओवर बांग्लादेश' से लिया गया है, जो पी.वी.एस. जगन मोहन और समीर चोपड़ा ने लिखी है; और 'सरेंडर एट ढाका : बर्थ ऑफ ए नेशन' और 'एन ओडिसी ऑफ वार एंड पीस', जोकि लेफ्टिनेंट जनरल जे.एफ.आर. जैकब ने लिखी है, से लिया गया है। जबकि मुझे जनरल जैकब से इसकी चर्चा करने का मौका मिला, मुझे कभी भी जगन मोहन और समीर चोपड़ा से मिलने का सौभाग्य नहीं मिला, जिनके सिलहट की लड़ाई के और ढाका में गवर्नर हाउस पर हमले के हवाई पहलुओं के विवरण ने इन घटनाओं के मेरे विवरणों को जीवंत कर दिया।

मैं खासतौर पर धन्यवाद देना चाहूँगा मेजर जनरल ए.जे.एस. संधु को, जिनको उनके सैन्य इतिहासकार के तौर पर बीच-बचाव करने के लिए 'अब्दो' के नाम से भी जाना जाता है। उनकी टिप्पणियों और सुझावों ने कहानियों को सही ऐतिहासिक परिप्रेक्ष्य में रखने में बहुत मदद की है। और ब्रिगेडियर मदजव प्रसाद का भी धन्यवाद देना चाहूँगा, जोकि एक करीबी मित्र हैं, जिन्होंने प्रत्येक कहानी को पढ़कर अपने उत्साहजनक शब्द दिए।

मैं विशेष रूप से मेघना गिरीश का धन्यवाद करना चाहूँगा, जिन्होंने प्रत्येक कहानी को एडिट करने का कष्ट किया और मुझे मूल्यवान् सुझाव दिए, जिससे कि प्रत्येक कहानी को 'विशेष' बनाया जा सके। वे इस पुस्तक की उतनी ही हकदार हैं, जितना कि मैं हूँ।

सबसे बढ़कर मैं अपनी पत्नी प्रिसीला का धन्यवाद करूँगा, जिन्होंने हमारे जीवन की संध्या में मुझे कई घंटों तक शोध करने और इन कहानियों को लिखने की अनुमति दी, जोकि उनके साथ बिताए जानेवाले समय की कीमत पर था।

अनुक्रम

विक्रांत की खोज

"जिसने समुद्र पर अपना प्रभुत्व कर लिया, उसने सभी चीजों पर प्रभुत्व कर लिया।"

—थेमिस्टोकल्स

कराची, 8 नवंबर, 1971

कमांडर जफर मोहम्मद खान, जो पी.एन.एस. गाजी के कैप्टन थे, अभी कराची गोल्फ क्लब पर उतरे ही थे कि उन्हें यह संदेश प्राप्त हुआ कि उन्हें तुंरत नौसेना मुख्यालय पहुँचना है। जफर बहुत परेशान थे कि अचानक ऐसा क्या हो गया कि उन्हें रविवार सुबह के अपने गोल्फ के खेल को रोकना पड़ रहा है।

कराची गोल्फ क्लब द्रिग रोड पर स्थित था और पाकिस्तानी नौसेना का मुख्यालय लियाकत बैरक, सेक्टर ई-8, कराची में स्थित था। रविवार होने के कारण सड़कों पर कम ट्रैफिक था, फिर भी उन्हें नौसेना मुख्यालय में पहुँचने के लिए बीस मिनट लग गए। जफर कार पार्किंग की ओर जल्दी से गए और उन्हें देखते ही उनका ड्राइवर उनकी तरफ दौड़ता हुआ आया। ड्राइवर ने कार का दरवाजा खोल रखा था और जफर दरवाजे की ओर दौड़ते हुए आए। जफर ने कहा, 'नौसेना मुख्यालय।' बात की गंभीरता को समझते हुए ड्राइवर ने सीधे एक्सीलेटर पर पैर रखा और गाड़ी तेज कर दी। रिसेप्शन पर वारंट ऑफिसर, जो उनका इंतजार कर रहा था, वह जफर को सीधे नेवल वारफेयर एंड ऑपरेशन प्लांस के डायरेक्टर के ऑफिस की ओर ले गया।

डायरेक्टर, नेवल वारफेयर एंड ऑपरेशंस प्लान कैप्टन भोमबाल जफर से कुछ साल वरिष्ठ थे और वे सबमेरीन डायरेक्टरेट में किसी से फोन पर बात कर रहे थे, पर बातचीत में किसी बात का कुछ पता नहीं चल रहा था। 'कराची टाइम्स'

अखबार का स्पोर्ट्स पेज खुला हुआ था, साथ ही कॉफी का एक कप पड़ा हुआ था, जिसमें से किसी ने कॉफी पी नहीं थी। हालात सामान्य एवं शांतिपूर्ण ही लग रहे थे। जफर इस बात पर आश्चर्य कर रहे थे कि ऐसा क्या तूफान आ गया था कि भोमबाल ने उन्हें गोल्फ के खेल के बीच में से आने को कहा।

अमेरिकी नौसेना की पनडुब्बी यूएसएस डियाब्लो पीएनएस गाजी के रूप में पाकिस्तानी नौसेना में शामिल होने के लिए कराची की ओर बढ़ रही है

भोमबाल मुसकराए, जफर की कुरसी की तरफ देखकर हाथ हिलाया और जब उनकी फोन पर बात समाप्त हो गई तो उन्होंने कहा, "मैंने सुना कि जफर, तुम अभी गोल्फ कोर्स में थे। तुम्हें खेल के बीच में से बुलाने के लिए मुझे माफ करना, पर अभी काम थोड़ा जरूरी और महत्त्वपूर्ण था। अरे, पहले कॉफी तो पियो और सुनो कि आगे तुम्हारे लिए क्या काम है।"

कॉफी पीते हुए भोमबाल ने जफर को बताया कि भारत और पाकिस्तान के बीच बहुत जल्द ही एक जंग छिड़नेवाली है और उसे एक बहुत महत्त्वपूर्ण भूमिका निभानी होगी। वह कुछ देर रुके और अपने शब्दों को समेटा और कहने लगे, "नौसेना प्रमुख ने तुम्हारे लिए जिम्मेदारी दी है कि तुम प्रमुख भारतीय जहाज आई.एन.एस. विक्रांत को नेस्तनाबूद कर दो।"

इस तरह की बात कहकर कैप्टन भोमबाल एक मेटल के कपबोर्ड की ओर बढ़े और सफेद रंग का एक क्रॉस बनाया, जिसका गुप्त अर्थ यह था कि इसके भीतर गुप्त कागजात पड़े हुए हैं। उन्होंने फोल्डर बाहर निकाला और जफर को थमाते हुए कहा, "इस फोल्डर के भीतर रखे कागजातों से तुम्हें विक्रांत के बारे में सारी जानकारी मिल जाएगी।"

उस फोल्डर में विक्रांत से संबंधित फोटोग्राफ और अन्य संबंधित जानकारियाँ थीं—उसके मसौदे, डेडवेट, फ्रीबोर्ड, डिस्प्लेसमेंट, स्टील प्लेट्स की मोटाई, उसके गोला-बारूद, पत्रिका और इंजन टैंक की स्थिति, उसकी लंबाई (192 मीटर), बीम वार चौड़ाई (24.4 मीटर), वह अब तक कितने एयरक्रॉफ्ट ले गई, उसके इंजन और बॉयलर की व्याख्या और अन्य तकनीकी विवरण का एक संपूर्ण लेखा-जोखा। उसे यह भी सूचित किया गया कि बॉयलर में दरार आने की वजह से विक्रांत की गति थोड़ी कम हो गई है।

निदेशक ने जफर को यह भी सूचित किया कि उसे यह सब सूचना पाकिस्तानी नौसेना इंटेलिजेंस से मिली है और अभी मिली अंतिम सूचना के अनुसार खबर यह है कि आई.एन.एस. विक्रांत चेन्नई में है और नौसेना के हाइड्रोग्राफिक सेक्शन से प्राप्त हुए चार्ट से चेन्नई बंदरगाह तथा उसके विभिन्न मार्गों के बारे में विस्तृत जानकारी लेनी होगी। अंत में, उसे कहा गया कि वह 'गाजी' पर तैनात कर्मचारियों को फोन करे, जो अभी ड्यूटी पर नहीं हैं और उन्हें बताए कि काम पूरा करने के लिए उन्हें अगले दस दिनों में जाने की तैयारी करनी होगी।

"जफर भाई, यह एक बहुत बड़ी उपलब्धि होगी, अगर पाकिस्तान युद्ध की शुरुआत विक्रांत को डुबोने के साथ करे और काम पूरा होने के बाद आपको एक बड़ा सम्मान मिले।" नौसेना प्रमुख ने मुझे एक घंटे पहले फोन किया। उन्होंने कहा, "जफर को तुरंत बताओ, क्योंकि उसे अपने जीवन के सबसे महत्त्वपूर्ण मिशन पर काम करने के लिए समय चाहिए होगा।" इसलिए मैंने बिना देर किए तुरंत ही तुम्हारे पास बंदा भेजा।

बीस साल बाद, सन् 1991 में 'पाकिस्तानी नौसेना की कहानी' प्रकाशित हुई, जिसमें लिखा हुआ था—

> नौसेना ने अपनी पनडुब्बियों को आदेश दिया कि वह बंदरगाहों से 14-24 नवंबर के बीच धीरे से अलग-अलग तारीखों पर निकले। उन्हें भारत के पश्चिमी पट के पेट्रोल एरिया कवर करने के लिए दिए गए। वहीं गाजी को बंगाल की खाड़ी की ओर जाने के लिए कहा गया, जिसका प्राथमिक उद्देश्य आई.एन.एस. के इंडियन एयरक्राफ्ट कॅरियर को लोकेट करना था, जो कहीं उसी जगह में ऑपरेट कर रहा था।

पुस्तक में इस प्रकार लिखा है—

> इस निर्णय की रणनीतिक सुदृढ़ता पर कभी सवाल नहीं उठाए जा सकते। गाजी

> एक अकेला जहाज था, जिसकी रेंज एवं क्षमता पानी के भीतर इतनी गहरी थी कि वह दुश्मनों को नियंत्रण में रख सके। एक आकर्षक टारगेट की उपस्थिति में इंडियन फ्लीट के रूप में विक्रांत, एक एयरक्राफ्ट कॅरियर था। उस प्लान में सभी तरह के तत्त्व मौजूद थे, जो साहस और आश्चर्य की सफलता के लिए आवश्यक हैं, वह दुश्मनों के पक्ष में भारी तरीके से झुका हुआ था। जबकि अगर गाजी डूबनेवाला होता या एयरक्राफ्ट कॅरियर बरबाद होनेवाला होता, तो अकेले उसके शॉक इफेक्ट भारतीय नौसेना के प्लांस को बरबाद करने के लिए काफी होते। बंगाल की खाड़ी में नौसेना की स्थिति में एक बड़ा परिवर्तन आया होता और तटीय इलाकों में कॅरियर समर्थित सैन्य अभियान प्रभावित होता। इस संभावित घटनाओं के परिदृश्य बहुत मजेदार थे और कई कारक थे, जो इसके खिलाफ थे, इसके बावजूद मिशन को मंजूरी दे दी गई थी।

इस पुस्तक में बताई गई अन्य पनडुब्बियों डेफनेक्लास सबमेरीन्स को पश्चिमी सीबोर्ड में अन्य टास्क दिए गए थे।

गाजी के लिए उन सभी नौसैनिकों को तुरंत वापस बुलाया जाने लगा और जफर ने विक्रांत के विध्वंस के लिए अपनी योजना बनाई। एक दिन के बाद, 9 नवंबर, 1971 को उन्होंने अफसरों की अपनी टीम को गाजी के वाररूम में बुलाया और उनके संभावित कामों के बारे में बताया, जिसे वे करना चाहते थे। जफर ने उन्हें पूरी जानकारी देने के लिए तीन घंटे दिए और कहा कि वे अपनी पूरी योजना विस्तृत जानकारी के साथ लेकर आएँ। उन्होंने 'गाजी' की ईंधन की पुनः भराई तथा अन्य आपूर्तियों के प्रति आवश्यक निर्देश दिए, इसके पहले कि वे 'विक्रांत' को नष्ट करने की मुहिम पर निकलें।

बंबई, जून 1970 से नवंबर 1970 तक

कैप्टन जफर एवं कैप्टन भोमबाल के बीच की वार्त्ता से एक साल पहले, कैप्टन स्वराज प्रकाश—जो विक्रांत के कैप्टन थे—प्रमुख इंजीनियर द्वारा दी गई रिपोर्ट को देख रहे थे। उस रिपोर्ट में लिखा गया था कि विक्रांत के ए1 बॉयलर के वाटर ड्रम में क्रैक एवं लीक देखी गई है और लंबे समय तक स्वदेशी तरीके से मरम्मत संभव नहीं है।

इस रिपोर्ट से वे एक गहरी एवं चिंतनशील मुद्रा में चले गए। विक्रांत फिर से मुश्किल में था। 1965 के भारत-पाकिस्तान युद्ध में विक्रांत युद्ध के लिए तैयार

नहीं था, क्योंकि उसमें कुछ मेकैनिकल समस्या थी। बॉयलर में दरार आने के कारण विक्रांत इस बार सिर्फ 12 नॉट्स की गति से काम करने के लिए तैयार था, जिससे एयरक्राफ्ट के टेकऑफ में मुश्किलें आ रही थीं। कॅरियर्स को कम-से-कम तकरीबन 20 से 25 नॉट्स की गति हवा में चाहिए होती है, जिससे वह अपने एयरक्राफ्ट को हवा में रख सके।

एच.एम.एस. हरक्यूलिस, जो एक हलका अटैक फ्लीट वारियर था, उसे भारत सरकार ने ब्रिटेन से 1957 में खरीदा था। यह वारियर 1943 में बना था, पर वह द्वितीय विश्वयुद्ध का हिस्सा नहीं बन पाया, क्योंकि जब तक वह पूरी तरह फिट हुआ, द्वितीय विश्वयुद्ध ही समाप्त हो गया था। एच.एम.एस. हरक्यूलिस की भी पूरी मरम्मत होनी थी और पूरी तरह से इसे ठीक किया जाना था, यह भारत की नौसेना का हिस्सा 1961 में बना और इसे फिर 'आई.एन.एस. विक्रांत' का नाम दिया गया। उसके नए नाम का मतलब विजय और अपराजेयता है।

ऐसा लग नहीं रहा था कि विक्रांत अपने नाम के अनुसार काम कर पा रहा था। उसकी धीमी गति के कारण पाकिस्तानी सबमेरीन्स का वह टारगेट था। जब तक बॉयलर की समस्या का समाधान नहीं मिल जाता, ऐसा लग रहा था कि भविष्य में होनेवाले किसी भी युद्ध के लिए विक्रांत को हमेशा के लिए छोड़ दिया जाएगा और यह कोई अच्छी बात नहीं थी।

जून 1971 तक पाकिस्तान के साथ युद्ध की स्थिति की संभावनाएँ बन चुकी थीं। समुद्र के आसपास हवाई रक्षात्मक काररवाई के लिए भारतीय नौसेना ने यह कोशिश की कि विक्रांत का इस्तेमाल किस तरह किया जाए। फ्रांस से लाए गए पाकिस्तान के डेफने क्लास सबमेरीन्स भारतीय सबमेरीन के पश्चिमी नौसेना-पोतों—आई.एन.एस. करांज एवं आई.एन.एस. कुरसुरा से कहीं बेहतर हैं और अभी की स्थिति में विक्रांत एक सही टारगेट होगा, अगर वह अरब सागर में आ गया। इस तथ्य को ध्यान में रखते हुए नौसेना मुख्यालय ने राय दी कि विक्रांत को पूर्वी सीबोर्ड की ओर लाना ज्यादा उचित होगा, जहाँ पर डेफने क्लास सबमेरीन्स के खतरे से वह दूर होगा और कराची के बेस से उसे काम करने के लिए बहुत ज्यादा प्रयत्न भी नहीं करना होगा। अगर उस समय तक बॉयलर को ठीक कर दिया गया तो विक्रांत अपने एयरक्राफ्ट को पूर्वी पाकिस्तान के ऑपरेशन चटगाँव एवं खुलना बंदरगाहों के विरुद्ध कर पाएगा।

नवंबर 1971 में ऐसी घटनाएँ घटीं, जिनसे यह पता चला कि पाकिस्तान ने

विक्रांत का पता लगाने की कोशिश की थी। पाकिस्तानी गुप्तचर बंबई के एक होटल में रहकर डॉक की निगरानी कर अपने पाकिस्तानी हैंडलर्स को रिपोर्ट कर रहे थे कि विक्रांत बंबई में था अथवा नहीं। 13 नवंबर को वह विक्रांत का पता नहीं लगा पाए। विक्रांत वहाँ से गायब हो चुका था।

पाकिस्तानी नौसेना के इंटेलिजेंस ने मिलकर अपना काम करना शुरू किया। कुछ समय के बाद यह पता चला कि किसी पश्चिमी देश का नौसेना सहायक पाकिस्तान को सहयोग कर रहा था। उसने बंबई में हुए एक डिप्लोमेटिक समारोह में स्वयं को पश्चिमी फ्लीट के फ्लैग ऑफिसर कमांडर इन चीफ ए.डी.सी. के रूप में पेश किया था और यह मामला तुरंत भारतीय नौसेना इंटेलिजेंस को सौंपा गया।

इस प्रकार किसी तरह से विरोधी एजेंटों को पता चल गया कि विक्रांत उस समय चेन्नई में था।

क्या यह एकमात्र संयोग ही था कि उसी पश्चिमी देश का एक एयरक्राफ्ट चेन्नई में था, जो पाकिस्तान को सहयोग कर रहा था। वहाँ अचानक से उसमें मेकैनिकल समस्याएँ आ गई थीं और उसे चेन्नई बंदरगाह के आसपास टेस्ट फ्लाइट्स लेनी पड़ रही थीं? क्या वे फ्लाइट्स इस बात की पुष्टि करने के लिए तो नहीं थीं कि सचमुच विक्रांत चेन्नई में था अथवा नहीं?

कलकत्ता, 3 अक्तूबर, 1971

मेजर जनरल जैक जैकब, जो ईस्टर्न कमांड के मुख्यालय में चीफ ऑफ स्टाफ थे और जो 'जेक्स' के नाम से प्रसिद्ध थे, ने अपने शयनकक्ष की दीवार में टँगे उस बड़े से मानचित्र की ओर देखा। कलकत्ता में स्थित उस पुराने जमाने के बँगले में वह मानचित्र कमरे की छत से नीचे जमीन तक चिपका हुआ था। वह पूर्वी पाकिस्तान का मानचित्र था और उसके किनारे पर भारतीय राज्यों की सीमा लगी हुई थी। जहाँ-जहाँ पर पाकिस्तानी सेना जमा थी, उन स्थानों को लाल रंग से चिह्नित किया गया था। भारतीय सेना के मानचित्रों में दुश्मन सेना को हमेशा लाल में चिह्नित किया जाता था, जिससे एक सेना दूसरी सेना से अलग दिखाई दे सके। हालाँकि, भारतीय सेना की तैनाती इस मानचित्र में चिह्नित नहीं थी, क्योंकि जनरल जैकब का घर सुरक्षित था, फिर भी यह अच्छा ही था कि उसे मार्क नहीं किया गया था। (भारतीय सेना की तैनाती बाद में आर्काइवल रिकॉर्ड के लिए चिह्नित कर दी गई थी।)

पर ईस्टर्न कमांड कलकत्ता, हेडक्वार्टर्स के ऑपरेशंस रूम के स्लाइडिंग बोर्ड में मानचित्र लगाया गया था और दोनों तरफ उसकी विस्तृत सूचना दी गई थी और ड्यूटी अधिकारियों द्वारा मानचित्र पर विरोधी ताकतों की स्थिति को प्रदर्शित किया जाता था। ये मानचित्र पारदर्शी टैल्क पेपर से ढके जाते थे, जिससे यूनिट की आवाजाही और उनकी संरचना को चिह्नित किया जा सके। इसके लिए चाइनाग्राफ पेंसिल का प्रयोग होता था। मानचित्र में लाल एवं नीले तीर विरोधी ताकतों की गतिविधियों को तारीख के साथ दरशाते थे। पाकिस्तानी एवं भारतीय यूनिट्स की स्थिति लाल एवं नीले पिनों से चिह्नित की जाती थी। सूचना की सुरक्षा के लिए जनरल जैकब की अनुमति के बिना किसी को भी ऑपरेशन रूम में जाने की अनुमति नहीं थी।

विक्रांत का स्केच

उनके घर में मानचित्र के आगे एक आरामकुरसी थी और साथ में दो छोटी मेज भी थी, जो कुरसी के अगल-बगल में रखी हुई थीं। एक मेज पर पाकिस्तानी सशस्त्र सेना के कुछ वरिष्ठ अधिकारियों की कुंडलियाँ रखी हुई थीं। उन दस्तावेजों में पूर्वी पाकिस्तान के पाकिस्तानी जनरलों के बारे में पूरी सूचना थी और उसके साथ ही उसमें पाकिस्तानी नौसेना एवं वायुसेना के वरिष्ठ कमांडरों के बारे में भी जानकारी थी। दूसरी ओर जो मेज रखी हुई थी, उसमें नेपोलियन का डिकैंटर था, साथ ही उनकी पसंदीदा पाइप और साथ में बाल्कान सोबरेनी तंबाकू भी था।

जनरल जैकब को पूर्वी पाकिस्तान की रक्षा के लिए एक प्लान दिया गया था। उनके जनरल इंदर गिल के साथ बहुत अच्छे संबंध थे, जो तब नई दिल्ली स्थित सेना के मुख्यालय में मिलिटरी ऑपरेशंस के डायरेक्टर ऑफ ऑपरेशंस थे और उन दोनों को बहुत अच्छी तरह से पता था कि अगर पाकिस्तान ने भारत के विरुद्ध जंग छेड़ दी तो उसे डराने के लिए भारत को क्या करना है!

अक्तूबर 1971 की शुरुआत थी और युद्धात्मक योजना बनाने के लिए बहुत सारे मुद्दों को आपस में जोड़ना था, जैसे—पूर्वी पाकिस्तान के नदी के क्षेत्र का

विवरण, जमीन पर मानसून के प्रभावों को पढ़ना; नौसेना एवं वायुसेना के साथ संबंध बनाना और साथ ही कलकत्ता में विस्थापित मुक्तिवाहिनी के मुख्यालय के साथ संबंध बनाना, इंजीनियर्स स्टोर्स के मूवमेंट में काम करना, हथियारों के लिए डंप बनाना, भारी नुकसान की कल्पना कर मिलिटरी एवं सिविल अस्पतालों में जगह बनाना, यह सोचना कि कहाँ वर्कशॉप सुविधाएँ बनाई जाएँ, संभावित आकस्मिक व्यय के लिए नागरिक उड्डयन विभाग के साथ बातचीत करना, हथियारों, भोजन व अन्य आवश्यक सप्लाई को आगे बढ़ाना, क्योंकि युद्ध के समय इन सबकी जरूरत पड़ सकती है। इन सारे कामों में वे बहुत व्यस्त थे।

वे शाम को देर से घर लौटते थे और हलका-फुलका रात का खाना खाने के पश्चात् वे अपने बेडरूम में बैठते और फिर उस बड़े से मानचित्र को देखते। कॉग्नेक का एक गिलास लेने के पश्चात् वे उस थकाऊ दिन का अंत कर देते और साथ में अपनी पसंदीदा पाइप से थोड़ा धुआँ भी उड़ाते थे। दुश्मनों के दस्तावेजों से उनके दिमाग को अंतर्दृष्टि मिलती, मिलिटरी कोर्सेस के लिए उनकी पात्रता और उनकी पृष्ठभूमि जानने के लिए वे उनकी पूर्व की पोस्टिंग को भलीभाँति पढ़ते। वह अपने दिमाग में उन स्थितियों की कल्पना करते तथा मनन करते कि कोई भी स्थिति हो, उनके दुश्मन कमांडर उस स्थिति से कैसे निबटने का प्रयत्न करेंगे? उन सारे दस्तावेजों में से जो पेज सबसे पहले था, वह था—लेफ्टिनेंट जनरल ए.ए.के. नियाजी, वे पूर्व पाकिस्तान में सारी सेनाओं के कमांडिंग-इन-चीफ थे। इसके अलावा, वहाँ जनरल याह्या खान, जो पाकिस्तान के सेना प्रमुख थे, उनकी फाइल भी थी। इसके अलावा वाइस एडमिरल मुजफ्फर हसन, पाकिस्तानी नौसेना प्रमुख मेजर जनरल राव फरमान अली, पूर्वी पाकिस्तान के राज्यपाल के मिलिटरी एडवाइजर लेफ्टिनेंट जनरल टिक्का खान, पूर्वी पाकिस्तान के मार्शल लॉ एडमिनिस्ट्रेटर रियर एडमिरल मोहम्मद शरीफ, पूर्वी पाकिस्तानी फ्लैग ऑफिसर के कमांडिंग-इन-चीफ व कई अन्य थे।

कुछ महीने पूर्व पाकिस्तान ने यू.एस.ए. और चीन के साथ एक संधि की थी और एशिया उपमहाद्वीप की सारी शक्तियाँ पाकिस्तान की ओर आ गईं। इस परिस्थिति से बचने के लिए भारतीय प्रधानमंत्री ने रूस के साथ मित्रता की संधि स्थापित कर ली, उस द्विपक्षीय संधि में भारत और रूस युद्ध से पहले और बाद में भी खड़े रहे। कुछ कारणों से रिचर्ड निक्सन के मन में भारत एवं प्रधानमंत्री इंदिरा गांधी के लिए बहुत ईर्ष्या थी। ऐसा इसलिए भी हो सकता था, क्योंकि प्रधानमंत्री गांधी ने

अमेरिकी राष्ट्रपति के नक्शे-कदम पर चलने से मना कर दिया था। निक्सन भारतीय प्रधानमंत्री के लिए 'वह औरत' शब्द का या ऐसे शब्दों का प्रयोग करते थे, जिन्हें दोहराना भी उचित नहीं है। निक्सन और उनके मंत्रिमंडल में सेक्रेटरी ऑफ स्टेट (विदेश मंत्री) हेनरी किसिंजर, पाकिस्तान के साथ अपने सारे विरोधों को ध्यान में रखते हुए भी पाकिस्तान को हर तरह की सहायता देने के लिए तैयार थे। इस मोरचे पर विकास एवं निगरानी का संज्ञान लिया जाना था।

अक्तूबर 1971 तक भारत की इंटेलिजेंस के पास यह सूचना आ रही थी कि पाकिस्तान युद्ध के लिए तैयारी कर रहा था और वह बहुत स्पष्ट था। यह तो पहले से ही पता था कि पाकिस्तान की स्टेट-ऑफ-द-आर्ट डेल्फाइन क्लास सबमेरीन दुनिया की सर्वोत्कृष्ट सबमेरीन थी। जो लोगों को नहीं पता था, वह यह था कि कैसे और कब वह इन अंडरवाटर हथियारों का युद्ध में प्रयोग करेगा।

अंडरवाटर क्षमता के इस लाभ के कारण पाकिस्तानी नौसेना के बारे में भारत को जानना बहुत जरूरी हो रहा था कि पाकिस्तानी नौसेना के क्या इरादे हैं, खासकर वह अपने सबमेरीन्स को कैसे तैनात करेगी।

पूर्वी कमांड, 3 अक्तूबर-26 नवंबर, 1971

इस बीच हेडक्वार्टर्स ईस्टर्न कमांड (भारत) ने वायरलेस इंटरसेप्शन के कई ठिकाने तैयार किए, जिनके जरिए कराची, लाहौर, रावलपिंडी और ढाका के बीच रेडियो ट्रांसमिशन को सुन सकें। जनरल जैकब यह सोचते थे कि पहले से ही चेतावनी का अर्थ है कि सुरक्षा पहले से ही है। वायरलेस इंटरसेप्टिंग स्टेशंस की स्थापना सितंबर 1971 में की गई।

सभी इंटरसेप्टेड ट्रांसमिशंस हाई-लेवल कोड से इनक्रिप्टेड थे और इसके साथ ही भारतीयों के पास इनक्रिप्टेड डेटा था, वह ग्रेडिंग टेप रिकॉर्डर के स्पूल पर था। इनक्रिप्टेड सूचना की कोई समझ नहीं थी। फिर नवंबर की शुरुआत में जनरल जैकब बहुत बुरी तरह कुछ अर्थपूर्ण सूचनाओं को खोज रहे थे, जिससे कि उन्हें सहायता मिल सके और वे उस पहेली को सुलझा सकें कि पाकिस्तानी क्या कर रहे थे?

8 नवंबर को मेजर धरम देव दत्त, जो वायरलेस स्टेशंस पर ऑफिसर कमांडिंग थे, जिनको एकाग्रता का प्रतिरूप माना जाता था, ने कराची एवं ढाका के बीच के संदेशों को पकड़ने के लिए रेकल आर.ए. 150 रेडियो रिसीवर की नॉब को थोड़ा घुमाया। अचानक उस दिन संदेशों की बढ़त से यह पता चल गया कि हो न हो,

अवश्य कुछ बड़ा होनेवाला था और भारत के लिए यह जानना बहुत जरूरी था कि पाकिस्तान असल में कर क्या रहा था? जनरल याह्या खान यह बयान जारी कर रहे थे कि "मैं भारत को ऐसा सबक सिखाकर रहूँगा, जो वह कभी नहीं भूलेगा।" कुछ ही दिनों में मैं युद्ध लड़ने की घोषणा करूँगा। इसलिए पाकिस्तान के साथ युद्ध लड़ना पक्का हो गया था और यह जरूरी था कि भारत यह जान पाए कि पाकिस्तान कब और कहाँ से अपना आक्रमण शुरू करेगा, वह धरती से होगा या समुद्र से या फिर वायुमार्ग से।

अभी तक कुछ भी नहीं पता था—चित्रलिपि के कुछ समूहों की जानकारी नहीं मिल रही थी और आधी-अधूरी बातों से भी कुछ पता नहीं चल पा रहा था।

हालाँकि, 9 नवंबर को एक रोचक घटना हुई।

धर्मा के मन ने कहा कि उस पार कुछ महत्त्वपूर्ण होनेवाला था और हालाँकि, 12 घंटे बीत चुके थे और वह घर भी नहीं गया था। '3डी' के नाम से मशहूर, वह लगातार रेडियो रिसीवर पर था और कुछ महत्त्वपूर्ण खबर की तलाश में था, (धर्मा को 3D इसलिए कहा जाता था, क्योंकि आधिकारिक रिकॉर्ड में उसका नाम धर्म देव दत्त था) एक लंबे नाम को 3D में बदल दिया गया था, जो उसे अपने नेशनल डिफेंस अकादमी के सीनियर अधिकारी ने दिया था और वही उसका बन गया। संगीता (उसकी पत्नी) ने उसके लिए एक तौलिया और बदलने के लिए कुछ कपड़े भेजे थे। वह अपने ऑफिस के टॉयलेट में ही ठंडे पानी से नहाया था। हालाँकि, वह फिर भी पसीने से भीगा हुआ था, जिसकी वजह मौसम नहीं, टेंशन थी।

धर्मा काम करनेवालों में से था। उसने आतंकवादी ऑपरेशन के दौरान अपना एक पैर खो दिया था और उस घटना ने उसे और दृढ़ कर दिया था कि वह किसी स्वस्थ शरीर वाले ऑफिसर की तरह ही अपना फर्ज निभाए। अगर उसे मौका मिले तो वह तब तक आराम नहीं करता था, जब तक वह सफल नहीं हो जाता।

बिना किसी जानकारी के एक और दिन इसी तरह निकल गया।

पिछले छत्तीस घंटों में 3D लगातार रेडियो सेट पर था। जब कभी वह थक जाता तो कभी-कभी थोड़ा टहल लिया करता था। वह जो भी संदेश ग्रहण करता, वे रिकॉर्ड होते, कॉपी होते और सभी क्रिप्टोग्राफर्स के पास भेजे जाते। यह जरूरी था कि सभी संदेशों को रिकॉर्ड किया जाए और स्टोर भी किया जाए। उन संदेशों का खुलासा बाद में कभी किया जाता। उसके पास इस काम के लिए सर्वोच्च प्रकार के क्रिप्टोग्राफर्स होते थे।

रिकॉर्डर के डिस्क घूमते रहे थे और संदेश की लंबाई के अनुसार बीच-बीच में रुक भी जाते। भारतीय भूभाग के अंदर जो संदेश घूम रहे होते, वे पूर्वी एवं पश्चिमी पाकिस्तान के बीच के संदेशों से अलग होते और उनके संदेश एक रहस्य होते।

टेप रिकॉर्डर्स को आई.बी.एम. के मेनफ्रेम कंप्यूटर से लिंक किया गया था और बगल के कमरे में क्रिप्टोग्राफर्स बहुत कोशिश कर रहे थे। वे 3D की ओर से आए कोड को क्रिप्टोग्राम्स के जरिए तोड़ने की कोशिश कर रहे थे। उनकी टीम शिफ्ट में काम कर रही थी। वहाँ थोड़ी सी सफलता हासिल हुई थी, परंतु कोड की कुंजी अभी तक उनसे काफी दूर थी।

अचानक 10 नवंबर की शाम को पाकिस्तानी नौसेना कोड टूट गया और सारी चीजें सामने आ गईं। पिछले कई हफ्तों के संदेश डिकोड हो गए, उनका परीक्षण किया गया और सेना, वायुसेना व नौसेना के अलग-अलग विभागों में भेजा गया।

3डी ने तुरंत मेजर जनरल जैकब को फोन किया। अगर कुछ महत्त्वपूर्ण चीजें आ गई हों तो उन्हें जनरल से सीधे बात करने की छूट थी। 3डी ने जनरल जैकब को कोड दिया, जिसका अर्थ था कि पाकिस्तान नौसेना का कोड तोड़ दिया गया है।

जनरल मन-ही-मन बहुत ही खुश हुए। उनके अंतर्मन की आवाज सही साबित हो रही थी। उन्हें पता था कि पाकिस्तानी नौसेना का कोड तोड़कर अपने स्ट्रोक और काउंटरस्ट्रोक को अब वे ऊपर रख सकते थे।

उन्होंने कहा, "धरम, अच्छा किया, बस, यह ध्यान में रखना कि किसी को इस बारे में पता न लगे। कोई नहीं मतलब, कोई नहीं! न ही कोई पाकिस्तानी, न ही हममें से कोई एक भी। अगर यह खबर गलत जगह चली गई तो हमारा सारा काम बेकार हो जाएगा!"

धरम ने कहा, "जी सर" और बुदबुदाते हुए लोगों को मना करते हुए कहा कि यह बात आगे न जाए कि पाकिस्तानी नौसेना का कोड टूट गया है।

पाकिस्तानी नौसेना के कोड के टूटने से यह बात स्पष्ट हो गई कि पाकिस्तान युद्ध की तरफ तेजी से बढ़ रहा है। डिकोडेड संदेशों से अब बहुत स्पष्ट था कि पाकिस्तानी नौसेना का मुख्य उद्देश्य आई.एन.एस. विक्रांत को बरबाद करना था, जो एक एयरक्राफ्ट कॅरियर था और भारतीय नौसेना की अमूल्य संपत्ति था। पाकिस्तान का दूसरा प्रमुख उद्देश्य था कि वह अपने स्टेट ऑफ द आर्ट डेफ्ने क्लास सबमेरीन्स—हंगोर, सुशुक और मेंग्रो से पश्चिमी फ्लीट में बंबई बंदरगाह के लड़ाकू विमानों को बरबाद कर दे।

अब यह स्पष्ट हो चला था कि पाकिस्तानी रणनीति की एक प्रमुख सोच थी कि वह विक्रांत को नष्ट करे, पश्चिमी तट पर बंबई बंदरगाह के जहाजों को बरबाद कर दे, भारतीय नौसेना के लिए यह जरूरी हो गया था कि वह पाकिस्तानी डिजाइन को मात देने के लिए अरब सागर एवं बंगाल की खाड़ीवाले चेसबोर्ड को विकसित करे। सेना, नौसेना के मुख्यालयों की सभी शाखाओं में संबंधित सूचनाएँ मिनट-प्रति-मिनट के हिसाब से भेज दी गई थीं।

डिकोडेड पाकिस्तानी संदेश से यह संदेश जा रहा था कि पाकिस्तानी नौसेना का सोचना है कि विक्रांत एक प्राथमिक टारगेट है, क्योंकि उनकी इंटेलिजेंस को यह पता लग गया था कि विक्रांत के बॉयलर में दरार है, जिससे उसकी गति में कमी आ सकती है। उसके डूबने से पाकिस्तान के मन को बहुत बढ़ावा मिलता और भारत को इससे बहुत बड़ा झटका लगता। पाकिस्तानी पी.एन.एस. गाजी के पास विक्रांत को बरबाद करने के लिए एक सही हथियार था, इस बात से कोई फर्क नहीं पड़ रहा था कि वह अरब सागर से काम कर रहा है या बंगाल की खाड़ी से, गाजी के पास अपनी इतनी क्षमता थी कि वह लंबी दूरी तक बिना रिफ्यूल हुए ऑपरेट हो सकता था।

टेंच क्लास सबमरीन अमेरिकी सरकार द्वारा 1963 में पाकिस्तान को अपने लगातार चल रहे मिलिटरी सहायतार्थ प्रोग्राम में दे दी गई थी। इसका अमेरिकी नाम था—यू.एस.एस. डायब्लो। 'डायब्लो' एक स्पेनिश शब्द है, जिसका अर्थ है दुष्ट—उस नाम से ही बहुत-कुछ पता चल रहा था।

सन् 1967 में अमेरिकी द्वारा दी गई गाजी की लीज समाप्त होने चली थी। उसका नवीनीकरण कर दिया गया। पर गाजी की खुद की स्थिति में कमी आ गई थी और उसे भी मरम्मत की जरूरत थी। 1968 में यह तुर्की में रिफिट हुआ था, पर नवंबर 1971 में इसे फिर से रिफिट किया गया। पर उसके अगली बार इसे रिफिट इसलिए नहीं किया जा सका, क्योंकि इसने भारत के विरुद्ध युद्ध करने का ऑपरेशनल प्लान छेड़ रखा था।

उन डिकोडेड संदेशों में यह वर्णित था कि पाकिस्तानी नौसेना के लिए यह जरूरी था कि वह विक्रांत की गतिविधियों पर नजर रखे। उस पर पूरी निगरानी रखी जा रही थी। उन संदेशों में यह निकलकर आया था कि पाकिस्तानी नौसेना के प्रमुख गाजी को दिए गए मिशन पर अपनी नजर रखे हुए थे और उनकी यह इच्छा थी कि पाकिस्तानी नौसेना भारतीयों को युद्ध में अच्छी पटखनी दे।

सेना मुख्यालय से सारे मिलिटरी ऑपरेशंस की खबरें संबंधित लोगों को दी जाने लगीं और इस मामले में भारतीय नौसेना के ऑपरेशंस और प्लांस नौसेना एवं वायुसेना को बताए गए।

नवंबर 1971 में समुद्र के पश्चिमी एवं पूर्वी सीबोड्र्स

गाजी कराची बंदरगाह से 14 नवंबर को चेन्नई बंदरगाह में खड़े विक्रांत को नेस्तनाबूद करने के लिए निकल गया था। इस बंदरगाह के बारे में विस्तार से पढ़ा गया और चेन्नई बंदरगाह में पाकिस्तान की ओर से काम कर रहे पश्चिमी देशों के एयरक्राफ्ट से फोटो भी खींची गई। गाजी ने सीधे श्रीलंका का रास्ता लिया और वह 18 नवंबर को त्रिंकोमाली में ईंधन भराने और सफाई के लिए रुका। जब वह 20 नवंबर को त्रिंकोमाली से चेन्नई की ओर प्रस्थान करने की तैयारी में था, कमांडर जफर खान को कराची से एक संदेश मिला—एयरक्राफ्ट ने पहले चेन्नई में विक्रांत को देखा था, पर अभी अंतिम उड़ान में बंदरगाह के किनारे यह पाया कि विक्रांत अब चेन्नई में मौजूद नहीं है और उसकी लोकेशन का भी कोई पता नहीं है।

अलार्म बेल बजने लगी! विक्रांत कहाँ गया? बिना पता लगे ही वह गायब हो गया। कमांडर जफर ठगा-सा महसूस कर रहे थे। वे विक्रांत को चेन्नई बंदरगाह में डुबानेवाले थे और उनका बेशकीमती टारगेट अचानक से गायब हो गया।

कराची के नौसेना मुख्यालय एवं नौसेना मुख्यालय के कमांडर जफर खान के बीच संदेशों की झड़ी लगी हुई थी। अड़तालीस घंटे की अनिश्चितता के बाद जफर ने कराची के नौसेना मुख्यालय में अपने अगले काम के बारे में बताया, क्योंकि विक्रांत अब गायब हो चुका था।

कराची ने रियर एडमिरल मोहम्मद शरीफ को संदेश लिखा, जो ढाका में पाकिस्तान के पूर्वी फ्लीट के कमांडर थे, उन्होंने उनसे फिर पूछा कि उन्हें विक्रांत के बारे में अन्य कोई सूचना है, जैसेकि क्या वह बंगाल की खाड़ी की ओर है या अरब सागर की ओर बढ़ गया है? सैनिक परीक्षण के लिए नौसेना का एक एयरक्राफ्ट पाकिस्तानी नौसेना द्वारा उस इलाके की ओर भेजा गया, पर विक्रांत पहले ही कहीं गायब हो चुका था।

इन इंटरसेप्टेड संदेशों को विधिवत् डिक्रिप्ट किया गया और उसे दिल्ली स्थित नौसेना मुख्यालय और पश्चिमी नौसेना मुख्यालय, बंबई को भेजा गया। अगर दिल्ली और मुंबई को यह पता था कि विक्रांत कहाँ है, तो भी वे चुप बैठे हुए थे।

हालाँकि, 3डी इन संदेशों को इंटरसेप्ट कर रहे थे, पर वे भी उलझे हुए थे कि विक्रांत कहाँ चला गया था।

23 नवंबर, 1971 को आई.एन.एस. विक्रांत की लोकेशन का अचानक से पता चल गया।

अगर भारत पाकिस्तान का सिग्नल ट्रैफिक इंटरसेप्ट कर रहा था, तो पाकिस्तान भी हवा मार्ग के जरिए भारत के संदेशों को इंटरसेप्ट कर रहा था और पाकिस्तानी नौसेना इंटेलिजेंस को कमांडर जफर खान यह सूचित कर रहे थे कि विक्रांत विशाखापट्टनम में है। उन्होंने एयरक्राफ्ट ईंधन, भोजन, हजारों ऑफिसरों और नाविकों के लिए भोजन जुटाने के समय यह संदेश इंटरसेप्ट कर लिया था। उन्होंने इन संदेशों से यह निष्कर्ष निकाल लिया था कि विक्रांत विशाखापट्टनम में था और वह रिफ्यूल और रिसप्लाई का इंतजार कर रहा था।

कैप्टन जफर खान ने यह महसूस किया कि उन्हें जल्दी जाना चाहिए। वे यह भी जानना चाहते थे कि अब किस ओर विक्रांत जा रहा था? जिस समय तक यह खबर मिलनी चाहिए थी, तब तक विक्रांत वहाँ से आगे निकल चुका था कि उससे पहले गाजी वहाँ पहुँच जाए। हालाँकि, पाकिस्तानी नौसेना यह नहीं जानती थी, क्योंकि इंटरसेप्टेड संदेशों में यह नहीं इंगित था कि विक्रांत अब कहाँ जा रहा था? पर ऐसी संभावना थी कि जब वह रिफ्यूल हो जाएगी तो वह आगे की ओर बढ़ जाएगा, क्योंकि इंटरसेप्टेड संदेशों में यह पता लग गया था कि इसमें कुछ दिन लगेंगे।

पाकिस्तानी नौसेना मुख्यालय और साथ ही गाजी के कैप्टन दोनों ने यह महसूस किया कि विक्रांत को ध्वस्त करने का सबसे अच्छा अवसर तब होगा, जब वह विशाखापट्टनम बंदरगाह में हो। जैसे ही विक्रांत विशाखापट्टनम बंदरगाह को छोड़ेगा, वैसे ही विध्वंसक, माइनस्वीपर्स और युद्धपोत उसके साथ हो लेंगे और फिर उस पर आक्रमण करना, उसे डुबाना और वहाँ से भाग के निकलना मुश्किल हो जाएगा। हालाँकि, विशाखापट्टनम बंदरगाह के भीतर ही विक्रांत को डुबाने में भी कुछ रिस्क थे।

3डी बहुत परेशान थे। उन्हें लग रहा था कि पाकिस्तान ने अपने संदेशों के जरिए अपनी मंशा जाहिर कर दी थी कि भारतीय सेना सही स्थिति में नहीं थी। उन्होंने अपनी यह टिप्पणियाँ आर्मी सिग्नल इंटेलिजेंस को भेज दीं और साथ में एक एडवाइजरी भी लगा दी कि विक्रांत की स्थिति को बता देने की लापरवाही हो चुकी थी और इसे ठीक करने के जल्द-से-जल्द उपाय करने चाहिए, चूँकि

गाजी त्रिंकोमाली में ईंधन भराकर विशाखापट्टनम बंदरगाह में उपस्थित विक्रांत को नष्ट करने के लिए आने के लिए तैयार था। हालाँकि, 3डी के सवालों का नौसेना मुख्यालय से कोई जवाब नहीं आया। तो उन्हें आश्चर्य हुआ, पता नहीं क्यों?

इस बीच, कराची स्थित पाकिस्तानी नौसेना मुख्यालय ने गाजी के कैप्टन से एक साथ बहुत सारे सवाल पूछे, जो अधिकतर विशाखापट्टनम बंदरगाह में विक्रांत को समुद्र में डुबाने को लेकर थे। जल्दी ही युद्ध की घोषणा होनेवाली थी और पाकिस्तानी नौसेना जैसाकि पहले बताया गया था, विक्रांत को नष्ट करने के साथ ही भारत के साथ युद्ध की शुरुआत करेगा। पाकिस्तानी नौसेना विक्रांत को खत्म करना चाहती थी और वह भारत के लिए एक पहला झटका होता।

विशाखापटट्नम, 1-3 दिसंबर, 1971

गाजी में भोजन की आपूर्ति एवं रिफ्यूलिंग हो चुकी थी और वह त्रिंकोमाली बंदरगाह से 23 नवंबर, 1971 को निकल चुका था। वह चेन्नई से 25-27 नवंबर को निकला और फिर विशाखापट्टनम पहुँचा। वह 29 नवंबर को रात के दस बजे विशाखापट्टनम पहुँचा और नेविगेशनल चैनल में 1 दिसंबर को पौने बारह बजे पहुँचा।

कमांडर जफर ने अपने विकल्प तलाशे। पहले वे विशाखापट्टनम बंदरगाह के नेविगेशनल चैनल में माइंस बिछानेवाले थे और यह सोच रहे थे कि विक्रांत उन माइंस के ऊपर आ जाएगा, डेटोनेट करेगा और फिर बरबाद हो जाएगा। हालाँकि, यह एक विवादास्पद विषय था कि क्या माइंस विक्रांत को बरबाद कर भी पाएगा अथवा नहीं? अगर माइंस में विस्फोट नहीं हुआ तो होगा?

दूसरा विकल्प यह था कि विक्रांत के इंतजार में बंदरगाह में बैठे इंतजार करना और जैसे ही वह बाहर निकले, वैसे ही उसे जकड़ लेना। हालाँकि, यह नहीं पता था कि विक्रांत बंदरगाह की ओर कब आएगा। इसलिए इस बात की कोई गारंटी नहीं थी कि विक्रांत का डूबना युद्ध के शंखनाद की तरह होगा। इसके साथ ही भारतीय नौसेना एवं युद्धपोत उसे सुरक्षित रखे जाने की भरसक कोशिश करेंगे।

गाजी के पास तीसरा विकल्प विशाखापट्टनम बंदरगाह में प्रवेश करना था, जिससे कि वह विक्रांत पर अपने टोरपेडो की मदद से टारगेट कर विध्वंस कर सके। यह सबसे अच्छा विकल्प होता। पर समस्या यह थी कि गाजी कितनी देर तक बंदरगाह में छुपा रह सकता था, क्योंकि वहाँ हर दिन बहुत सारी काररवाई होती

थीं। इसके अलावा, बंदरगाह के दक्षिण के ब्रेकवाटर से 2.1 नॉटिकल माइल्स से उसे नेविगेशनल चैनल की गहराई के करीब जाने की अनुमति नहीं थी। वह आगे बंदरगाह तक नहीं जा सकता था, क्योंकि सबमेरीन की सबमरर्सिबल गहराई पंद्रह मीटर से ज्यादा गहरी नहीं थी और गाजी जैसे बड़े सबमेरीन के लिए यह मार्जिन बहुत छोटा था। इसलिए कमांडर जफर ने यह निश्चित किया कि गाजी जहाँ है, वह अभी वहाँ ही रहे और उसे उस पोजीशन से विक्रांत को बरबाद करना है।

वे सारे मुद्दे, जिससे सही निर्णय लिये जा सकें, गाजी के कैप्टन के जिम्मे थे, अर्थात् किस समय आक्रमण करना था, अर्थात् किस तरीके से और किस जगह से विक्रांत को बरबाद करना था!

कमांडर जफर ने तीसरे विकल्प का प्रयोग करने की सोची। उन्होंने जो सोचा था, उसके बारे में अपने अधिकारियों को बुलाकर उनके साथ अपनी योजना की विस्तृत व्याख्या की। यह बैठक एक वार्डरूम में हुई और वह कमरा बहुत ही छोटा था। उस कमरे में वे ही लोग थे, जो अपना काम वहाँ कर सकते थे। रडार ऑफिसर ने इस बात की पुष्टि की कि रडार पर जो बड़ा सा ब्लिप था, वह विक्रांत था, टोरपेडो और गनरी ऑफिसर ने यह पुष्टि की कि सारी ड्रिल का अभ्यास हो चुका था और टोरपेडो फायर करने के लिए तैयार था और बस, अब आक्रमण करने की देरी थी, पर मेडिकल ऑफिसर ने यह घोषणा की कि जो जबरदस्त धुआँ निकल रहा था, वह सबमेरीन की हवा में प्रदूषण फैलाकर खतरनाक स्तर पर पहुँचा रहा था, इससे न केवल जहाज के लोगों के स्वास्थ्य पर बुरा प्रभाव पड़ेगा, बल्कि सबमेरीन के लोगों पर भी। हाइड्रोजन का लेवल बैटरियों के कारण ज्यादा ही ऊपर था, क्योंकि बैटरियाँ पुरानी हो गई थीं। उन्होंने यह बताया कि रात में गाजी को सतह में आकर ताजी हवा लेनी चाहिए। इससे बैटरियों को चार्ज करने का एक अवसर भी मिल जाएगा।

वह 3 दिसंबर, 1971 की सुबह थी। मर्केंटाइल शिपिंग और सिविल एयर ट्रैफिक को दो दिन पहले पाकिस्तानी एडवाइजरी जारी की गई थी, जिसमें साफ-साफ बताया गया था कि शाम तक पाकिस्तान के साथ युद्ध छिड़ जाएगा। शाम के पौने छह बजे पाकिस्तानी एयरफोर्स भारतीय हवाई क्षेत्रों पर हमला कर देगी। उस समय विक्रांत को डुबोना था, परंतु जफर को यह मालूम नहीं था।

उस समय तक सबकुछ शांत था। भारतीय सेना उस समय ट्रेनिंग ले रही थी और ऑपरेशन के लिए तैयार हो रही थी। एडमिरल नंदा, जो भारतीय नौसेना

प्रमुख थे, उन्हें पाकिस्तान नौसेना की योजना के बारे में पहले से ही पता था, वे एफ.ओ.सी.-इन-सी को ऑर्डर देने के लिए आए हुए थे और पोत को बंबई बंदरगाह से पश्चिम की ओर जाने को कहा। प्रधानमंत्री इंदिरा गांधी कलकत्ता में एक राजनीतिक बैठक में थीं। रक्षा मंत्री बाबू जगजीवन राम उस समय राजधानी से दूर थे।

इस बीच जफर ने यह महसूस किया कि इस मुद्दे के बावजूद कि गाजी के भीतर प्रदूषित हवा थी, गाजी दिन के उजाले में बाहर नहीं निकाला जा सकता था। ऐसी स्थिति में वह समुद्र के आसपास कई मीलों तक आराम से देखा जा सकता था और गाजी एक बड़ा सबमेरीन था, इसलिए किसी एक किनारे से भी वह दिखाई पड़ जाता। ज्यादा-से-ज्यादा अँधेरा होने पर ही वह सतह पर आता, जब कोई मछुआरा आसपास नहीं होता। इसलिए उसने अँधेरा होने का इंतजार किया।

शाम के पाँच बजे कार्यकारी ऑफिसर और मेडिकल ऑफिसर ने कैप्टन जफर को यह रिपोर्ट की कि सबमेरीन के अंदर इंजन रूम की हवा बहुत बेकार हो चुकी थी और वह खतरे के स्तर पर पहुँच गई थी तथा उनमें से एक नाविक उस कारण वहाँ बेहोश हो चुका था। उन्होंने यह समझाया कि गाजी को जल्दी-से-जल्दी सतह पर लाया जाए और अँधेरा होने का इंतजार नहीं करना चाहिए। जफर ने इस बारे में सोचा और फिर निष्कर्ष निकाला कि गाजी को शाम को सतह पर लाया जाएगा। हलकी होती रोशनी में गाजी के दिखने के कम चांस होंगे। इस बीच गाजी के अंदर के लोगों के बीच तनाव बढ़ने लगा। वहाँ की हवा दुर्गंधयुक्त हो गई थी। बहुत लोग खाँस रहे थे और इससे उनकी आँखें भी प्रभावित होने लग गई थीं। शाम को करीब 6 बजे, कैप्टन जफर खान ने आदेश दिया कि गाजी को पेरिस्कोप लेवल में सतह पर उतारा जाए और किसी प्रकार की काररवाई होने से पहले उसके आसपास के इलाके का सर्वे करने को कहा।

गाजी को समुद्र की सतह से सत्ताइस फीट नीचे से ऊपर लाया गया, जिससे कि उस दृश्य का मुआयना किया जा सके। जफर ने बैटरियों को चार्ज करने का विचार किया और सतह से नौ मीटर नीचे ताजी हवा को रखा, स्नोर्कल पाइप को इस प्रकार उठाया गया कि वह आसपास से वायु खींच सके, जिससे कि डीजल इंजन चार्ज हो जाए और उससे नाव के भीतर रखी बैटरियों में फिर से जान आ जाए।

ऑफिसर ने आदेश दे दिए कि वे बैलास्ट टैंक्स के भीतर के पानी को बाहर निकालें। जैसे ही पानी बाहर निकाला जाने लगा, वह नाव हलकी होने लगी और वह

स्वयं सतह के लिए रास्ता बनाने लगी। गाजी के दोनों तरफ के टैंक—जो पोर्ट एवं स्टारबोर्ड थे—को एक-एक करके खाली करना पड़ा, क्योंकि गाजी को सतह पर लाकर उलटा करना था। गाजी समुद्र से पंद्रह फैद्म नीचे था और जो ऑफिसर उस पर अपनी निगाह बनाए हुए था, उसने काउंटडाउन करना शुरू कर दिया, जैसे—पंद्रह, चौदह, तेरह, बारह, ग्यारह आदि। फैद्म के ऑफिसर ने उन्हें तब रोक लिया, जब पेरिस्कोप समुद्र की सतह से नौ मीटर नीचे अर्थात् डेढ़ फेद्म नीचे रुक गया। जफर पेरिस्कोप की आईपीस को देख रहा था, जिसे उसने ऊँचा उठाने को कहा था।

सिर्फ एक किलोमीटर की दूरी पर एक बड़ा सा नौसेना पेट्रोल वेसल उसी ओर आ रहा था। 'वी' के आकार का सफेद प्लम के किनारे से तीरों की तरह क्राफ्ट बहुत तेजी से दोनों तरफ से आ रहा था। अब बरबाद करने के लिए समय नहीं था। उन्होंने गाजी को तुरंत निकलने के लिए कहा।

"नाव चलाओ!" जो ऑफिसर देखरेख कर रहे थे, जफर ने उन पर चिल्लाते हुए कहा, फिर से अपने आदेश को दोहराया। गाजी ने 'एक्शन स्टेशंस' को एक मिनट से भी कम समय में बंद कर दिया।

कंट्रोल रूम के वाटकीपर ने पी.ए. सिस्टम पर चिल्लाते हुए कहा, 'तैरो! तैरो! तैरो!' ब्लास्ट टैंक के पंप जल्दबाजी में पानी खींचने लगे और नाव फिर धीरे-धीरे उतरने लगी। क्लेक्सॉन ने अलार्म की आवाज निकालकर सबको यह सूचना दी कि एक इमरजेंसी की स्थिति आ गई। सारे बैलेस्ट टैंक तीस सेकेंड्स से भी कम समय में भर गए और गाजी की नाव को तैरने के आदेश के तीस सेकेंड के बाद गाजी पानी के भीतर एक मिनट से भी कम समय में अंदर चला गया।

गाजी पानी के भीतर धीरे-धीरे उतर रहा था—कमांडर खान के लिए तो बहुत ही धीरे, पर वह कुछ ही समय में नीचे उतर आया। कुछ ही मिनटों के बाद पेट्रोल वेसल गाजी के ऊपर से चली गई और अपनी पानी की धार से गाजी को हिलाकर चली गई और उसे पता चल गया कि नीचे कुछ बड़ा वेसल है और वह बहुत तेजी से आगे बढ़ रहा है। जफर ने सुना था कि भारतीय नौसेना ने रूस से मिसाइल बोटें और पेट्या बोटें ले रखी थीं, जो बंदरगाहों की रक्षा के लिए डिजाइन की गई हैं, वे बड़े आकार की पेट्रोल बोट्स हैं। हो सकता है कि वह दोनों में से कोई एक हो।

कैप्टन खान यह सोच रहे थे कि पेट्रोल वेसलवालों ने कहीं पेरिस्कोप देखा तो नहीं था! अगर देखा था तो उसी तरह के या अन्य वेसल अभी और आएँगे। दूसरी ओर, फिर से अभी सतह पर आ जाना खतरे से खाली नहीं था। गाजी पंद्रह फेद्म

नीचे गया और फिर चुपचाप इंतजार करता रहा।

कैप्टन खान ने निर्णय लिया कि वे कुछ और समय के लिए ऐसे ही पड़े रहेंगे। हालाँकि, मेडिकल ऑफिसर एक बार फिर से यह बताने के लिए आए कि स्थिति बहुत खराब थी और जितनी जल्दी हो सके, नाव सतह पर लाई जाए। जफर ने सूचित किया कि पकड़े जाने और नष्ट किए जाने का भारी खतरा है। साथ ही यह भी कहा कि मध्यरात्रि के आसपास सतह पर आना सुरक्षित होगा।

उन्हें करीब चार घंटे बैटरी चार्ज करने के लिए मिलेंगे, सबमेरीन से एयर पंप निकालकर नई हवा डाली जाएगी। उन्हें अपने सारे काम सुबह के चार बजे तक पूरे करने होंगे और यह वह समय होगा, जब मछुआरे समुद्र में आने लगते हैं और उससे पहले ही उन्हें समुद्र में घुसना होगा।

इसलिए यह तय हुआ कि 3-4 दिसंबर, 1971 को गाजी मध्य रात्रि के करीब सतह से बाहर आएगा और बाहर आने पर मरम्मत का काम होगा, फिर वह 4 दिसंबर को सुबह 4 बजे फिर से नीचे चला जाएगा और विक्रांत को ध्वस्त करने के लिए निशाना लगाकर बैठेगा। जफर ने फिर अपने अफसरों को यह निर्देश दिया कि वे क्रू के लोगों को कहें कि वे अपने परिवार के लोगों को चिट्ठियाँ लिख लें, जो त्रिंकोमाली में स्थित फ्लीट मेल ऑफिस से उन सबके घर भेज दी जाएँगी।

जफर इस बात से बेखबर थे कि 3 दिसंबर, 1971 को शाम के पौने छह बजे, पाकिस्तानी वायुसेना ने अंबाला, उत्तरलाई, जोधपुर, पठानकोट, श्रीनगर, अवंतीपुर के वायुसेना स्थलों पर एक साथ हमला कर दिया था। इस तरह भारत-पाकिस्तान में जंग छिड़ चुकी थी, जफर ने काफी देर कर दी थी।

वाइस एडमिरल मुजफ्फर हसन, जो पाकिस्तानी नौसेना प्रमुख थे, वे कराची स्थित अपने ऑफिस से जुड़े हुए थे और वह जफर की ओर से विक्रांत की बरबादी की खबर सुनने का इंतजार कर रहे थे, पर गाजी की सफलता की कोई बात ही सुनने को नहीं मिल रही थी—दूसरी ओर से सिर्फ चुप्पी ही थी। गाजी को अब तक विक्रांत को समाप्त कर देना चाहिए था, पर अभी तक गाजी की कोई खबर नहीं आई थी।

कलकत्ता-लखनऊ-दिल्ली, 3 दिसंबर, 1971

प्रधानमंत्री इंदिरा गांधी, रक्षा मंत्री जगजीवन राम और विदेश मंत्री स्वर्ण सिंह दिल्ली से बाहर थे और पाकिस्तान ने 1971 के भारत-पाक युद्ध का बिगुल बजा दिया था। एयर अटैक का समय ऐसा था कि ऐसा लगा कि पाकिस्तान को पता था

कि सारे बड़े राजनीतिज्ञ 3 दिसंबर वाले दिन राजधानी से बाहर होंगे और आक्रमण करने का यही सबसे अच्छा दिन होगा।

श्रीमती गांधी 3 दिसंबर को कलकत्ता में थीं और उनकी सारी व्यस्तताएँ शाम तक समाप्त हो गई थीं। भारतीय एयरफील्ड्स पर आक्रमण शाम को करीब 5:45 पर हुआ और प्रधानमंत्री का एयरक्राफ्ट दिल्ली के लिए साढ़े छह बजे उड़ान भर चला। उनका एयरक्राफ्ट इंडियन एयरफोर्स वी.आई.पी. स्क्वाड्रन ट्रांसपोर्ट एयरक्राफ्ट TU-124 था और इस बात का बहुत खतरा था कि वह कहीं पाकिस्तान के जेट का निशाना न बन जाए! वायुसेना मुख्यालय का प्रधानमंत्री के पायलट से कनेक्शन हो गया, उन्हें पूरे घटनाक्रम के बारे में बताया गया और उन्हें सलाह दी गई कि वे एयरक्राफ्ट को लखनऊ की ओर मोड़ लें, क्योंकि पाकिस्तानी हवाई हमला अभी भी जारी है और वी.आई.पी. स्क्वाड्रन का एक भारी-भरकम ट्रांसपोर्ट एयरक्राफ्ट पाकिस्तानी फाइटर जेट के लिए एक आकर्षक निशाना होगा। प्रधानमंत्री के दल में डी.पी. धर थे, जो प्रधानमंत्री कार्यालय में प्रधानमंत्री के सचिव थे और साथ ही उसमें बांग्लादेश के प्रधानमंत्री के सलाहकार भी शामिल थे। पूर्वी पाकिस्तान के स्पेशल डिवीजन के निर्देशक जे.एन. दीक्षित, भारत सरकार के विदेश मंत्रालय के अधिकारी पीटर सीनाई भी उसी एयरक्राफ्ट में मौजूद थे।

उसके बाद उस एयरक्राफ्ट में क्या हुआ, उस संबंध में जे.एन. दीक्षित ने अपनी पुस्तक 'Liberation and Beyond' में बहुत अच्छे से बताया है। वे कहते हैं—

> जब प्लेन लखनऊ के थोड़ा पूर्व की ओर पहुँचा तो प्लेन के पायलट ने डी.पी. धर के पास पहुँच उन्हें कॉकपिट में आने को कहा और कम्युनिकेशन सिस्टम पर बात करने को कहा, क्योंकि दिल्ली से आपातकालीन संदेश था। श्री धर ने कॉकपिट पर 3-4 मिनट का समय बिताया। उसके बाद वे बाहर आए और उन्होंने जाकर श्रीमती गांधी से बातचीत की और फिर वापस अपनी सीट पर बैठ गए। वे हमारी ओर पीछे मुड़ी और कहा, "उन मूर्खों ने एकदम वही किया, जो उनसे आशा थी।" वे यह सूचित करने लगे कि जनरल याह्या खान ने उत्तर-पश्चिमी भारत पर एयरस्ट्राइक की, उन्होंने जम्मू, पंजाब और राजस्थान में हमला किया था। उन्होंने बताया कि जनरल याह्या खान ने भारतीय सीमा में जमीनी हमला भी किया था। जनरल मानेकशॉ, जो उस समय सेना प्रमुख थे, ने जवाबात्मक काररवाई शुरू कर दी थी। अधिकांश उत्तरी एवं उत्तर केंद्रीय

भारत पूरी तरह से पाकिस्तानी हमले की आशंका को लेकर एक भ्रम में था।

श्रीमती गांधी का प्लेन दिल्ली में उड़ने के बजाय लखनऊ हवाई अड्डे की ओर मोड़ दिया गया। श्रीमती गांधी हवाई अड्डे पर करीब दो घंटे रही और फिर उनका विमान रात को दस बजे उड़ा और वह पालम हवाई अड्डे पर करीब रात के पौने ग्यारह बजे उतरा। रक्षा मंत्री जगजीवन राम हवाई अड्डे पर श्रीमती गांधी को रिसीव करने के लिए पहुँचे थे। प्रधानमंत्री एवं उनके अधिकारी सीधे साउथ ब्लॉक की ओर चले गए। श्रीमती गांधी, जगजीवन राम, स्वर्ण सिंह और वरिष्ठ अधिकारी सीधे ऑपरेशन रूम में पहुँचे। जनरल मानेकशॉ भी श्रीमती गांधी एवं उनके कैबिनेट के सदस्यों को बात समझाने के लिए पहुँचे और उन्होंने बताया कि पश्चिमी सेक्टर से कैसे सेना ने काउंटर ऑफेंसिव रुख अपनाया था। उन्होंने श्रीमती गांधी से पूर्वी सेक्टर में भी ऑपरेशंस शुरू करने की अनुमति देने को कहा, जिसकी अनुमति तुरंत दे दी गई। श्रीमती गांधी साउथ ब्लॉक के पश्चिमी विंग के कैबिनेट रूम में गईं, जहाँ एक आपातकाल मीटिंग रखी गई, जो उन्होंने दिल्ली के लिए उड़ान भरने से पहले तय की थी।

श्रीमती गांधी जब सेना के मुख्यालय के ऑपरेशन रूम में चलकर आईं तो उन्हें कुछ अजीब सी हलचल महसूस हुई और आसपास थोड़ा दबाव भी महसूस हुआ, पर वहाँ असल में पूरी तरह से शांति थी और किसी प्रकार की कोई हलचल नहीं थी। सेना प्रमुख, जनरल सैम मानेकशॉ आराम से थे और प्रधानमंत्री के आने का इंतजार कर रहे थे। "सैम, क्या हो रहा है ?" उन्होंने पूछा। "क्या हम अभी युद्ध नहीं लड़ रहे हैं ?" सेना प्रमुख ने जवाब दिया, "हाँ, मैडम प्राइम मिनिस्टर, अंततः हम युद्ध के मैदान में हैं।" सेना पहले ही काम करना शुरू कर चुकी है और कल सुबह तक सेना अपने निशानों पर आक्रमण करना शुरू कर देगी। हम इसी पल का इंतजार कर रहे थे और अब आप हमें किसी चीज का इंतजार करते हुए नहीं पाएँगी।

इसके बाद सेना प्रमुख प्रधानमंत्री को फिलहाल चल रहे ऑपरेशन और अन्य काररवाइयों के बारे में बताने के लिए उनके पास चले गए। सैम ने उन्हें बताया कि भारतीय नौसेना इसके लिए तैयार थी और कल सुबह होते ही भारतीय वायुसेना अपने आक्रमण के लिए कमर कस लेगी।

प्रधानमंत्री न सिर्फ सशस्त्र सेनाओं की तैयारियों के बारे में सुनकर खुश थीं, बल्कि जिस धैर्य के साथ उन्होंने यह काम किया था, उसे लेकर भी बहुत प्रसन्न लग रही थीं। वे इस बात के लिए आश्वस्त थीं कि यह युद्ध सुरक्षित हाथों में था।

प्रधानमंत्री ऑपरेशन रूम से चली गईं और फिर वे उस कमरे में चली गईं, जहाँ पूरी कैबिनेट उनका इंतजार कर रही थी। वे अपने मंत्रियों से मिलीं और उन्हें उस स्थिति और चल रहे युद्ध के महत्त्व के बारे में बताया। मध्यरात्रि से ठीक पहले, उन्होंने देश के नाम संबोधन दिया और देशवासियों को बताया कि पाकिस्तान ने भारत के एयरफील्ड्स पर उस शाम हमला कर दिया था और तब से भारत पाकिस्तान के साथ युद्ध लड़ रहा था। जब प्रधानमंत्री अपने संबोधन के मध्य में ही थीं, तभी विशाखापट्टनम बंदरगाह के पानी में जबरदस्त विस्फोट हुआ। उस विस्फोट से बंदरगाह के आसपास के घरों की खिड़कियों के परखच्चे उड़ गए और राहगीरों ने देखा कि पानी की ऊँची लहर आकाश को छूने लगी।

विशाखापट्टनम-3-4 दिसंबर, 1971

विशाखापट्टनम में इतने बड़े विस्फोट के बाद यह सामान्य सी हलचल थी। हालाँकि, ऐसा नहीं था कि विक्रांत में विस्फोट हुआ हो! पर कुछ और ही हुआ था! कुछ को लगा कि यह बमबारी पाकिस्तानी वायुसेना द्वारा तो नहीं हुई! किसी को भी नहीं पता था कि क्या हुआ, पर यह विस्फोट क्यों और कैसे हुआ?

4 दिसंबर की दोपहर में कुछ मछुआरों ने समुद्र के किनारे पड़े मलबे को उठा लिया, जो गाजी का था, जो समुद्र के नीचे से किनारे की सतह पर आया था। अगर उन बातों को एक साथ देखा जाए, तो विशाखापट्टनम के नौसेना स्टेशन के कमांडर ने यह निर्णय निकाला कि गाजी विशाखापट्टनम के बंदरगाह में आया और उसने खुद को ही ध्वस्त कर लिया।

कहानी में जबरदस्त मोड़ यह था कि विक्रांत कभी भी विशाखापट्टनम आया ही नहीं था। वह तो कहीं और ही था। आई.एन.एस. राजपूत, जो एक जबरदस्त विध्वंसकर्ता था, उसका उपयोग फँसाने के लिए किया जा रहा था, वह ही राशन के लिए सिग्नल ट्रैफिक दे रहा था, एयरक्राफ्ट के लिए ईंधन भर रहा था। जो कोई भी सुन रहा है, उन सबको पता चल जाए कि विक्रांत, जिसके बारे में यह बताया जा रहा था कि वह विशाखापट्टनम में था, असल में वह अंडमान व निकोबार प्रायद्वीप में था! इस संदेश में लो ग्रेड के तीन सिफर थे, जिन्हें तोड़ने की सुविधा पाकिस्तानियों को जानबूझ दी गई थी, ताकि उन्हें धोखा देकर विक्रांत की वास्तविक स्थिति उससे छुपाकर रखी जा सके।

इस बीच विक्रांत के इंजीनियर्स जहाज के उस बॉयलर को एक सही आकार

में लाने में सफल हुए, जिससे विक्रांत को एक सही गति मिली, जिससे उसके एयरक्राफ्ट को खुलना एवं चटगाँव के बंदरगाह से डेक से उड़ने में मदद मिली। इस तरह विक्रांत को ईस्टर्न थिएटर के नौसेना एवं ग्राउंड ऑपरेशंस में काम करने के लिए एक आधिकारिक भूमिका मिली।

गाजी विशाखापट्टनम के बंदरगाह में पानीनुमा कब्र पर बिखरा पड़ा था। भारतीय नौसेना के तैराक जहाज के डूब जाने के बाद उसके मलबे को देखने के लिए अगले दिन नीचे गए, उन्होंने इस बात की पुष्टि की कि गाजी अब समुद्र की तलहटी में बैठ चुका था। उन्होंने सूचित किया कि इस सबमेरीन (पनडुब्बी) को स्नब के टावर के अलावा कनिंग से अलग कर दिया गया था। इसके अलावा यह भी संकेत मिले कि आंतरिक विस्फोट के कारण यह पनडुब्बी स्वयं ध्वस्त हो गई। इसका कारण तो पता नहीं चल पाया था, पर यह संकेत मिले कि मूलतः ज्वलनशील गैस में विस्फोट के कारण ऐसा हुआ होगा, क्योंकि दुनिया के अन्य देशों में अन्य पनडुब्बियों के साथ भी ऐसे ही प्रकरण हुए थे।

जैसाकि पहले रिपोर्ट किया जा रहा था, उस हिसाब से कहीं गाजी अपनी बिछाई हुई माइंस में ही तो नहीं उड़ गया, इस कारण से पनडुब्बी की तलहटी अपने आप टुकड़े-टुकड़े हो गई, पर तैराकों के अनुसार मामला यह नहीं था।

गाजी का मलबा दक्षिणी बैकवाटर से 17 डिग्री, 41 मिनट्स, 05.7 सेकेंड्स उत्तर और 83 डिग्री, 21 मिनट्स, 04.7 सेकेंड पूर्व और 2.1 नॉटिकल माइल्स पर 20.4 मीटर की गहराई पर था। वह बंदरगाह पर और आगे नहीं जा सकता था, क्योंकि पनडुब्बियों को कम-से-कम पंद्रह फीट की गहराई तो चाहिए ही होती है और गाजी जैसी बड़ी पनडुब्बी के लिए यह जगह बहुत कम थी।

अमेरिकियों ने गाजी के मलबे को एकत्र करने का प्रस्ताव रखा था, क्योंकि अमेरिकी पनडुब्बी पाकिस्तान को लीज पर दी गई थी, इसलिए उनका पूरा अधिकार था कि वे उसके मलबे को एकत्र करें। भारत ने उस अनुरोध को यह कहकर अस्वीकार कर दिया कि गाजी ने भारतीय जल क्षेत्र में अनधिकृत रूप से प्रवेश किया था और जब उसने भारत पर आक्रमण किया तो भारत ने उसका सर्वनाश कर दिया। विशाखापट्टनम बंदरगाह में युद्ध को लेकर गाजी की मौजूदगी पर भारत ने इसे युद्ध की तरह ही कार्य कहा और इस कारण भारत को युद्ध की ट्रॉफी मिली और इसलिए अब यह भारत सरकार की संपत्ति हो गई थी। इसलिए उसे इकट्ठा करने की अनुमति नहीं दी जा सकती। पाकिस्तानी नौसेना ने गाजी के मलबे को इकट्ठा

करने की बात कही कि वह उनका जलयान था। इस अनुरोध को भी उसी कारण से अस्वीकार कर दिया गया, जैसे अमेरिकियों को किया गया था।

हालाँकि, यह जनरल जैकब और 3डी की टीम के प्रयासों का ही नतीजा था, जो उन संदेशों को ग्रहण करने और पाकिस्तान के मकसद को समझने में सक्षम हुए, जिस कारण भारतीय सशस्त्र सेना अपने प्रतिद्वंद्वी पाकिस्तान के प्लान को ध्वस्त करने में सक्षम हो पाई। भारतीय नौसेना के पूर्वी कमान का छद्म रूप काफी सफल रहा, जो पाकिस्तानी नौसेना को यह विश्वास दिलाने में सफल रहा कि विक्रांत कहीं और न होकर विशाखापट्टनम के बंदरगाह में मौजूद है। हालाँकि, पाकिस्तानी नौसेना ने गाजी को यह आदेश दिए थे कि वह 'जोन विक्टर' पर कब्जा कर ले (हो सकता है कि वह पाकिस्तान का विशाखापट्टनम के लिए कोई कोड वर्ड हो)। गाजी से प्राप्त संदेश से यह पता चला, 'जोन विक्टर को सभी चीजों के साथ जब्त कर लो। इंटेलिजेंस से पता चला है कि बंदरगाह में कॅरियर मौजूद था।'

दुर्भाग्यवश, गाजी एवं उसके क्रू के लिए पनडुब्बी में हाइड्रोजन की मात्रा खतरे के निशान से काफी नीचे चली गई थी। गाजी के द्वारा बहुत सारे भेजे गए सिग्नल उसके मैसेज लॉगबॉक्स से बरामद हुए, जो स्पष्ट रूप से बताते थे कि पनडुब्बी में नीचे की ओर हाइड्रोजन अपने आप बनती जा रही थी और यह एक बहुत बड़ी समस्या बन रही थी।

इसके साथ-साथ जब सुरक्षा सीमा से ज्यादा हाइड्रोजन बनने लगी तो फिर विस्फोट हो गया। इस विस्फोट में जो भी माइंस, टोरपीडो, वे अपने साथ लेकर आए थे, वे सब पनडुब्बी के साथ चिथड़े-चिथड़े हो गए। सबसे रोचक बात यह थी कि भारत एवं पाकिस्तान के युद्ध के बीच एक बी.बी.सी. समाचार ने यह बताया कि यह विस्फोट एक ब्रिटिश पनडुब्बी में तब हुआ, जब वह बंदरगाह में अपनी बैटरियाँ बदल रही थी और इस नुकसान के कारण पनडुब्बी डूब गई।

दूसरी ओर यह अनुमान लगाया जा रहा था कि 3 दिसंबर को मध्यरात्रि के समय गाजी ने सतह पर आने की कोशिश की और बैटरियों से चिनगारी निकलने लगी, जिस कारण पनडुब्बी में गैस ने आग पकड़ ली और भारी विस्फोट के कारण गाजी ध्वस्त हो गया। गवाहों के अनुसार, पानी का एक फुहारा करीब हजार फीट ऊँचा उठा और वाटरफ्रंट के सामने की बिल्डिंग के ग्लास पैनल चूर-चूर हो गए।

विशाखापट्टनम के लोग सोए नहीं थे। वे लोग अभी जगे हुए ही थे और श्रीमती गांधी का भाषण रेडियो में सुन ही रहे थे, जो जनता को यह सूचित कर रही

थीं कि पाकिस्तान ने भारत के हवाई अड्डों पर आक्रमण कर दिया है और इस युद्ध के कार्य की हमारी सशस्त्र सेनाएँ पाकिस्तान को मुँहतोड़ जवाब देंगी। जिस समय वह विस्फोट हुआ, तब विशाखापट्टनम के नागरिकों ने सोचा कि उन पर पाकिस्तान ने हमला कर दिया था। वे सच के बहुत करीब थे, पर पूरी तरह से सही नहीं थे।

पाकिस्तान की नौसेना के कमांडर-इन-चीफ व नौसेना प्रमुख वाइस एडमिरल मुजफ्फर हसन की योजना बैकफायर हो गई। जिस पाकिस्तानी नौसेना ने पहले भारत पर आक्रमण करने की सोची थी, उसके साथ उलटा ही हो गया, जब गाजी स्वयं विशाखापट्टनम बंदरगाह में खुद से ध्वस्त हो गया।

यह सब इसलिए हो गया, क्योंकि जनरल जैकब समझ चुके थे कि पाकिस्तान अब योजनाओं की रणनीति और कुंजी समझ चुका था और इसको पता लगाने के लिए अपने तरीकों का इस्तेमाल करें।

उसके बीच-बीच में जानेवाले रेडियो स्टेशंस और क्रिप्टोग्राफर्स उन्हें वह उत्तर दे रहे थे, जिनकी उन्हें तलाश थी। पाकिस्तान की रणनीति और योजना उस दायरे में आ रही थी, जिस कारण भारतीय नौसेना को विक्रांत के साथ ही पश्चिमी फ्लीट के जहाजों की सुरक्षा सुनिश्चित करनी थी और साथ में भारतीय सेना तथा वायुसेना को पाकिस्तानियों द्वारा भू, समुद्र व हवाई ऑपरेशनों के बारे में सूचित करना था। भारत की योजनाओं की रणनीति और प्लान बहुत-कुछ जनरल जैकब की टीम के इंटरसेप्शन व क्रिप्टोग्राफर्स की सूचना पर निर्भर करते थे।

आधा शतक बीत गया और गाजी अपने ऑफिसर और आदमियों के साथ नीचे डूब गया। वह वहाँ नीचे अकेला पड़ा हुआ है। आज, जो वह नीचे अकेला पड़ा है तो उसका साथ नीचे सिर्फ मछलियाँ दे रही हैं, जो अपने शेल में रहती हैं, और जो सोचती हैं कि नीचे क्या है, और उन्हें यह कोई नहीं बता पाता कि उस दिन असल में क्या हुआ था?

परिशिष्ट

रिटायर्ड कमांडर के.पी. मैथ्यू, जो पी.एन.एस. गाजी से उपकरण और दस्तावेज निकालने में लगे थे, ने उस पनडुब्बी के खुद से खत्म होने की कहानी सुनाई—

> आई.एन.एस. सिंधुकुश बंबई बंदरगाह में 14 अगस्त, 2013 को डूबा, उसके डूबने की काफी समानताएँ पी.एन.एस. गाजी की तरह ही थीं। आई.एन.एस.

सिंधुकुश अपने अठारह लोगों के साथ नीचे डूब गया, उसका टोरपेडो कंपार्टमेंट विस्फोट के कारण चिथड़े-चिथड़े हो चुका था। उसकी और गाजी के डूबने की लगभग एक-सी कहानी थी। पी.एन.एस. गाजी एक अमेरिकी नौसैनिक टिंच क्लास डीजल इलेक्ट्रिक पनडुब्बी थी, जो द्वितीय विश्वयुद्ध की विंटेज थी—इसका असली नाम यू.एस.एस. डियाब्लो था—और वह पाकिस्तान के पास 1963 से लीज पर थी।

पनडुब्बी रेस्क्यू शिप आई.एन.एस. निस्तार को गाजी से कुछ उपकरण मिले, जिसमें लॉदबुक्स, चार्ट्स, मैसेज फाइल्स, स्पूल टाइप रिकॉर्डिंग टेप्स आदि थे। पी.एन.एस. गाजी के इंटेलिजेंस वेल्यू के सामान उस ऑपरेशनल डिप्लॉयमेंट को फिर से बनाने के लिए थे। उन प्राप्त सामानों से यह पता चल चुका था कि गाजी का मुख्य वारटाइम मिशन आई.एन.एस. विक्रांत को देखना और नष्ट करना था, जो पूर्वी तट से संचालित हो रहा था। उसका विध्वंस भी हाइड्रोजन के ज्यादा जमा होने और लीड एसिड बैटरियों में आग लग जाने के कारण हुआ।

यह कहानी तथ्यात्मक सूचना पर आधारित है और यह वाइस एडमिरल हीरानंदानी की पुस्तक 'द हिस्ट्री ऑफ द इंडियन नेवी, 1945-1971', लेफ्टिनेंट जनरल जे.एफ.आर. जैकब की पुस्तक 'सरेंडर एट ढाका' और 'एन ओडिसी ऑफ वार एंड पीस' से पढ़कर यूनाइटेड सर्विस इंस्टीट्यूशन में 1971 को लेकर हुई लंबी बहस के बाद लिखी गई। इसके अलावा, जो नौसैनिक पी.एन.एस. गाजी के इन उपकरणों और दस्तावेजों की रिकवरी में जुटे थे।

विशाखापट्टनम में समुद्र के तल पर गाजी का रेखाचित्र

उनके बयान भी इस कहानी की पुष्टि करते हैं। मैं इस बात से अवगत था कि गाजी के डूबने को लेकर दो फिल्में बन चुकी हैं। गाजी के डूबने की एक भारतीय जहाज/पनडुब्बी द्वारा जो थ्योरी बताई जा रही है, वह भारतीय नौसेना के इतिहास में वर्णित भारतीय नौसेना द्वारा झुठला दी गई—इसके साथ ही जनरल जैकब ने अपनी पुस्तक 'सरेंडर एट ढाका' में भी इसका वर्णन किया है। उन दोनों फिल्मों के बारे में मैं कोई टिप्पणी नहीं कर सकता। यह अब पाठकों पर निर्भर करता है कि वे उन कहानियों की प्रामाणिकता पर स्वयं विश्वास करें।

□

रत्तोके के द्वार

"किसी बात को कहने के लिए और उस पर दृढ़ रहने के लिए साहस चाहिए होता है। उसी तरह किसी बात को चुपचाप बैठकर सुनने के लिए भी साहस चाहिए होता है।"

—विंस्टन चर्चिल

डिवीजन हेडक्वार्टर्स के सेंड मॉडल रूम में बढ़ रही टेंशन से दिल काँप रहा था। डिवीजनल कमांडर परेशान थे, पर उन्होंने शांति बनाए रखी थी। कोर कमांडर गुस्से में लग रहे थे। ब्रिगेड कमांडर इस संबंध में स्वयं को असहज महसूस कर रहे थे। इस समस्या का असली कारण पहली बटालियन, पाँचवीं गोरखा राइफल्स (फ्रंटियर फोर्स) के कमांडिंग ऑफिसर (सी.ओ.) थे, उन्होंने कहा था कि सेना के सेझरा बल्ज पर कब्जा करने का प्लान काम नहीं कर रहा।

नवंबर 1971 के अंत में, तब तक पाकिस्तान ने भारत से युद्ध की घोषणा नहीं की थी। लेकिन युद्ध की संभावनाओं के बीच जवाबी काररवाई की प्राथमिक तैयारियों के लिए पश्चिमी सेक्टर को कुछ हफ्ते पहले तैयार कर दिया गया था। इस गोरखा बटालियन को काउंटर अटैक करना होगा, यदि पाकिस्तान युद्ध शुरू करता है। इंटेलिजेंस के संकेत यह बता रहे थे कि पाकिस्तान शीघ्र ही आक्रमण कर देगा और यहाँ पर यह बटालियन कमांडर अपने वरिष्ठ अधिकारियों को बता रहे थे कि सेना द्वारा बनाई गई योजना काम नहीं करेगी।

युद्ध के लिए संपूर्ण भारतीय रणनीति यह थी कि भारत पूर्व में सटीक आक्रमण की नीति पर चलेगा और दक्षिण, पश्चिम तथा उत्तर में वह रक्षात्मक बचाव रूपी आक्रमण की नीति अपनाएगा। पूर्व का अर्थ पूर्वी पाकिस्तान से है, पश्चिम का अर्थ पंजाब के मैदानी क्षेत्र से है, दक्षिण का अर्थ राजस्थान के मरुस्थलों से है और उत्तर

का अर्थ जम्मू व कश्मीर से है। पश्चिम, उत्तर और दक्षिण में सीमित सुरक्षा के साथ भारत ने अपनी सीमाओं की रक्षा करने की सोची, साथ ही अधिक-से-अधिक पाकिस्तानी सीमा को कब्जाने की सोची, जो युद्ध की समाप्ति के उपरांत कब्जा किए गए क्षेत्रों की वापसी से संबंधित बातचीत के दौरान भारत को एक शक्तिपूर्ण स्थिति दे पाए।

सेजरा का लैंडस्केप

इस उदाहरण में सेझरा बल्ज इस आकर्षण का केंद्र था। यह बल्ज एक मुट्ठी के बराबर था, जो भारतीय सीमा तक आ रखा था और वह 1946 में सर सिरिल रेडक्लिफ द्वारा तैयार मानचित्र के तहत खींचा हुआ था। रेडक्लिफ पेशे से एक वकील थे, जो कभी भी भारत नहीं आए थे। उन्हें यहाँ की संस्कृति के बारे में कुछ भी पता नहीं था और इस महाद्वीप में इन दो समुदायों के बारे में उन्हें कुछ नहीं पता था। उन्होंने यह विभाजन अपनी मोटी निबवाले पेन से कर दिया और बिना यह जाने ब्रिटेन वापस चले गए कि इस रेखा के कारण मानव इतिहास में कितना बड़ा स्थानांतरण होगा और लाखों लोग इस लाइन के खिंच जाने के कारण मर जाएँगे और उन्हें अपना जिला, गाँव और घर छोड़ना पड़ेगा!

सेझरा बल्ज पाकिस्तान के लिए बहुत फायदेमंद था, क्योंकि इसमें भारतीय क्षेत्र में प्रवेश की सुविधाएँ थीं। 1965 के भारत-पाक युद्ध के समय पाकिस्तान ने सेझरा बल्ज का प्रयोग खेमकरण से अपने आक्रमण के लिए किया था, वहीं सेझरा से पाकिस्तानी नागरिकों ने पाकिस्तानी रेंजरों को सहयोग दिया था। वे बल्ज की सीमा से भारत के अंदर घुसे, भारतीय लोगों को लूटा और चले गए। भारतीय सेना ने यह निश्चित कर लिया था कि अगर इस बार युद्ध हुआ तो 1965 में जो हुआ था, उसे दोहराने नहीं देंगे।

पहली बटालियन, जोकि गोरखा राइफल्स थी, को लेफ्टिनेंट कर्नल सुरेश गुप्ता ने कमांड दिया। उन्होंने बटालियन की जिम्मेदारी उस समय सँभाली थी, जब

वे नागा हिल्स में थे। अपने फील्ड कार्यक्षेत्र के बाद वह बटालियन फिरोजपुर में तैनात थी और कुछ महीनों के बाद उन बटालियनों के साथ उनका परिवार भी आ गया। सी.ओ. की पत्नी तथा उनके दो युवा लड़के फिरोजपुर में आ गए और तीन सालों के बाद पूरे परिवार के साथ सुख के दिन देखने को मिले।

सी.ओ. इस बात में व्यस्त थे कि बटालियन अपने ऑपरेशनल टास्क में खुद को स्थापित कर ले, वहीं श्रीमती गुप्ता ने अपने लड़कों को एक स्थानीय स्कूल में दाखिला दिला दिया था। एक दिन वे अपने बच्चों को अपनी कार से स्कूल छोड़ने जा रही थीं, उन्होंने एक शार्प टर्न लिया कि कार का दरवाजा खुल गया और लड़के कार से लुढ़कते हुए नीचे गिर गए। सामने से आता हुआ एक ट्रक दोनों लड़कों को कुचलकर चला गया और वहीं पर उनकी मृत्यु हो गई। श्रीमती गुप्ता और कर्नल गुप्ता इस हादसे से बुरी तरह टूट गए। मिसेज गुप्ता ने इस घटना के लिए खुद को जिम्मेदार ठहराया और उनको समझा पाना बहुत मुश्किल काम था।

इस बीच भारत और पाकिस्तान के बीच होनेवाले युद्ध की संभावनाएँ तेजी पकड़ रही थीं और बटालियनों को पहले से ही आक्रामक रूप लेने के लिए कह दिया गया था। अब मुख्यालय में कुछ अफसरों ने सी.ओ. को यूनिट का मुखिया बनाने पर सवाल उठाए थे, क्योंकि वे स्वयं एक दर्दनाक निजी क्षति से गुजर रहे थे।

डिवीजनल कमांडर, जो कर्नल गुप्ता की ही रेजिमेंट से थे, ने बहुत इत्मीनान से कर्नल गुप्ता से यह बात कही कि अगर जरूरत पड़ी तो वे यह काम किसी और को भी दे सकते हैं। कर्नल गुप्ता ने यह बात निजी तौर पर काम करने के लिए अपनी इज्जत पर ले ली। इसके साथ ही, एक नामचीन बटालियन के कमांडिंग ऑफिसर के रूप में अपनी भूमिका को भी उन्होंने अपने सम्मान पर ले लिया। उन्होंने यह जवाब दिया कि उनकी निजी परेशानी से उनकी ड्यूटी का कोई लेना-देना नहीं है और इससे देश एवं सेना की उनकी कर्तव्यनिष्ठा पर कोई असर नहीं पड़ेगा और उन्होंने यह सुनिश्चित किया कि इस आक्रमण को सफल बनाने में वे कोई भी कोर-कसर नहीं छोड़ेंगे। डिवीजन के जनरल ऑफिसर कमांडिंग ने मामला ही बंद कर दिया। हालाँकि, कुछ अफसरों ने उनके इस निर्णय को लेकर प्रश्न खड़े किए।

गोरखाओं को जो काम सौंपा गया था, वह था—सेझरा पर कब्जा कर सेझरा बल्ज को सीधा कर दें। कमांड हेडक्वार्टर्स ने योजना को अपनी मंजूरी दे दी, पर इस आक्रमण की प्लानिंग और कोर हेडक्वार्टर पर छोड़ दिया। शस्त्रागार, सशस्त्र सैनिकों और व अन्य इन्फैंट्री बटालियन, सिग्नल्स, इंजीनियर्स, एडमिनिस्ट्रेटिव

सेवाओं, मेडिकल ब्रांच द्वारा जबरदस्त प्लानिंग और विस्तृत रूप से सैन्य परीक्षण किया गया और बस, अब गोरखाओं द्वारा प्रत्युत्तर में आक्रामक काररवाई होनी बाकी थी।

हालाँकि, गोरखाओं के कमांडिंग ऑफिसर ने यह कहा कि हमारी इकाइयों और संरचनाओं ने अपनी तैयारियों से पाकिस्तानियों को बार-बार सचेत किया है। उन्हें न सिर्फ यह पता था कि भारतीयों की ओर से आक्रमण होने ही वाला है, पर विभिन्न बटालियनों द्वारा लॉञ्च की गई टोही गश्तियाँ उन्हें आक्रमण की दिशा के प्रति भी संकेत दे दिए थे। इस बात को अच्छे से जानते हुए कि भारत आक्रमण कर सकता है, पाकिस्तान ने पिछले एक महीने से अपने बंकर दुरुस्त कर बहुत सारे माइनफील्ड्स बिछा दिए थे तथा अपने कँटीले तारों को और मजबूत कर लिया था और इस काम को नकारने के लिए अपनी तरफ एक गहरा गड्ढा भी खोद दिया। दिन के उजाले में गड्ढा खोदनेवाले अपना काम कर रहे थे। सी.ओ. ने बताया कि ये सारे कार्य बड़े हेडक्वार्टर से उनकी दैनिक काररवाई के अनुसार किए जाते थे, पर उन्हें ऐसा लग रहा था कि इन रिपोर्टों का कोई संज्ञान किसी आदेश की शृंखला के तहत नहीं लिया गया था।

लेफ्टिनेंट कर्नल सुरेश गुप्ता काफी शांत और मृदुभाषी थे, पर विपरीत परिस्थितियों के बावजूद वे घबरानेवाले नहीं थे और वरिष्ठों को बिना वजह डरानेवाले नहीं थे। वे शांत थे और अपनी निजी हानि के बावजूद अपने को समेटे हुए थे। उन्होंने अच्छी देखभाल करके और बहुत प्यार के साथ अपनी पत्नी को भी दु:ख की इस स्थिति से बाहर निकाल दिया था और साथ ही अपने निजी दु:ख को उन्होंने अपने अधीन कर लिया था। यह बहुत मुश्किल था, पर भगवान् पर उनके विश्वास ने इस दुर्घटना से उन्हें उबार लिया था। वह बटालियन सी.ओ. और उनके परिवार के आसपास थी और श्रीमती गुप्ता अपने पति की तरह ही अपने भाग्य को स्वीकारते हुए धीरे-धीरे अपने दु:ख से बाहर आ गई थीं।

सेंड मॉडल डिस्कशन से एक हफ्ते पहले फॉरवर्ड एरिया पर जाते हुए कर्नल गुप्ता ने गुरुद्वारे से एक शांत आवाज सुनी, जो रत्तोके की कंपनी के पास थी। अपना काम पूरा करने के बाद कमांडिंग ऑफिसर ने गुरुद्वारे जाने की सोची।

गुरुद्वारे में घुसने से पहले उन्होंने अपने जूते उतारे और अपना सिर ढक लिया, जब भी कोई व्यक्ति ऐसी पवित्र जगह में घुसता है तो वह पवित्र गुरुग्रंथ साहिब के सामने अपना माथा टेकता है। कुछ सोचते हुए वह जमीन पर आलथी-पालथी

मारकर बैठ गए, उन्होंने ग्रंथी की अरदास सुनी। पंद्रह मिनट के बाद जब सी.ओ. जाने के लिए उठे, तो रागी जत्थे ने कीर्तन गाना शुरू कर दिया। उन्होंने जोड़ाघर में जाकर जूते पहने, पर तभी एक सेवादार उनके पास आए और कहने लगे कि ग्रंथीजी उनसे बात करना चाहते थे। उनके लिए कुरसियाँ लाई गईं और ग्रंथीजी एवं सी.ओ. बरामदे में बैठ गए।

पंजाबी में ग्रंथीजी कहने लगे, "साहिबजी, हमारे लिए यह बहुत खुशी की बात है, आप आखिरकार यहाँ आ ही गए! हम आपका ही इंतजार कर रहे थे।"

"आप मेरा इंतजार कर रहे थे!" सी.ओ. ने बहुत आश्चर्य के साथ कहा, "पर आप मेरा इंतजार क्यों कर रहे थे?"

"साहिबजी, पहले ऐसा कहा गया था कि एक दिन गोरखा पलटन से सी.ओ. साहब हमारे पास आएँगे और हमारे दरवाजे वापस हमारे लिए लेकर आएँगे।"

सी.ओ. को अजीब सा लगा। उन्होंने पूछा, "दरवाजे? कैसे दरवाजे?"

ग्रंथीजी ने पूछा, "क्या आपको किसी ने भी नहीं बताया? हमारे गुरुद्वारे के दरवाजे-रत्तोके के गुरुद्वारे के दरवाजे!"

सी.ओ. ने कहा, "नहीं। किसी ने भी मुझे रत्तोके के गुरुद्वारे के दरवाजे के बारे में नहीं कहा। वे कहाँ गए?"

ग्रंथीजी के लिए इतना ही काफी था। उन्होंने कहा, "साहिबजी, यह एक लंबी कहानी है और अगर आप वे आदमी हैं, जो हमारे वे दरवाजे वापस ला सकते हैं तो आपको यह पता होना चाहिए कि क्या हुआ था। आप पहले हमारे साथ कृपया गुरु का लंगर खाइए, फिर मैं आपको गुरुद्वारे के दरवाजों की कहानी बताऊँगा।" जवाब का इंतजार किए बिना उन्होंने ताली बजाई और एक सेवादार हाजिर हो गए।

"सी.ओ. साहब के ड्राइवर को अंदर बुलाओ और उन्हें खाना खिलाओ और हमारे लिए भी खाना लेकर आ जाओ—कढ़ी-चावल और गरमागरम रोटियाँ।"

सी.ओ. ने अपनी घड़ी देखी और उन्हें अब रत्तोके के दरवाजे की कहानी जाननी थी, खासकर जब उन्होंने यह कह दिया था कि वे दरवाजे वापस लेकर आएँगे। उस शाम उनके पास कोई पहले से काम नहीं थे, इसलिए वे वहाँ यह कहानी सुनने के लिए इंतजार में बैठ गए।

ग्रंथीजी ने कहा—

"साहिबजी, मुझे पक्की तरह से तारीख तो याद नहीं है, पर 1965 के युद्ध के दौरान, करीब सितंबर के दूसरे सप्ताह के पास सेझरा के गाँव के पास से

पाकिस्तानी सैनिकों द्वारा हमारी सीमाओं और गुरुद्वारों को लूटा गया। जब उन्हें कोई भी चीज उपयोगी नहीं लगी तो वे हमारे दरवाजे तक ले गए। हमने सोचा था कि हम गुरुद्वारों में नए दरवाजे लगाएँगे, पर पिछले ग्रंथीजी ने मरने से पहले हमारी इस योजना को मना कर दिया। उन्होंने कहा कि असली दरवाजे वापस आ जाएँगे और वे गोरखा पलटन के द्वारा वापस आएँगे और देखो साहिबजी, आप आज यहाँ हैं और जैसाकि पहले ग्रंथीजी ने कहा था कि आप यहाँ आओगे। युद्ध जल्दी ही शुरू होनेवाला है और हम अपने पुराने दरवाजों के वापस आने की प्रतीक्षा में हैं।"

लेफ्टिनेंट कर्नल सुरेश गुप्ता जब अपनी बटालियन हेडक्वार्टर्स वापस गए तो वे चिंतनशील मुद्रा में दिख रहे थे। वे इस बात को सोचकर ही परेशान लग रहे थे कि कैसे पाकिस्तानी गाँवों के लोग पाकिस्तानी रेंजरों के साथ आए होंगे और वे अंतरराष्ट्रीय सीमा को पार कर भारतीय गाँव रत्तोके को लूटकर ले गए होंगे, खासकर गुरुद्वारे के दरवाजों को। ग्रंथीजी को सुनने के बाद उन्हें लगने लगा कि वे उन दरवाजों को वापस लेकर आ जाएँ।

रत्तोके में गुरुद्वारा

लेकिन सेझरा को पहले अपने कब्जे में करना था और पाकिस्तानियों ने अपनी सुरक्षा को मजबूत कर इस काम को लगभग असंभव कर दिया था। हमारी यूनिट का बार-बार किया जानेवाला सर्वेक्षण हमें इस पूरे खेल से दूर कर रहा था। पाकिस्तानियों को अब पता था कि भारत की आक्रामक नीति का उद्देश्य सेझरा है और उन्हें भारतीयों के आक्रमण के उद्देश्य का भी पता है।

सी.ओ. अब इस बात से आश्वस्त हो चुके थे कि पूर्व की योजना के अनुसार आक्रमण करना आत्महत्या के समान था और वे ऐसा करने से रोकने के लिए पहले से ही प्रतिबद्ध थे। वे इस उद्देश्य को पूरा करने के लिए कोई और तरीका ढूँढ़ रहे थे। एक प्रस्ताव, जो खारिज किया जा चुका था, वह पश्चिम से सेझरा के डिफेंस का था। उसे इसलिए खारिज कर दिया गया था, क्योंकि नदी के रूप में वहाँ एक प्राकृतिक रुकावट थी, जो करीब 40 फीट चौड़ी और 8-9 फीट गहरी थी, इस कारण वह रोक दिया गया। सितंबर के महीने में, मानसून के ठीक बाद! लेकिन अब नवंबर का मध्य चल रहा था। पक्के तौर पर नदी की गहराई व चौड़ाई अब कम हो गई होगी।

उन्होंने खोजने की कोशिश की। उन्होंने यह याद करने की कोशिश की कि कैसे अलेक्जेंडर ने पोरस को हाइडेस्पेस में छद्म रूप से युद्धक्षेत्र में हराया। बारिश के पानी से लबालब भरी नदी को पार करना ही अलेक्जेंडर का निर्णय था, जिससे वह पोरस की सेना को घेर सके और उसकी यह नीति उसके मास्टरपीस में से एक थी। लेफ्टिनेंट कर्नल सुरेश गुप्ता वही करना चाहते थे, जो इतिहास उन्हें सिखा रहा था। अलेक्जेंडर ने अपने कैंपफायर को जलते हुए छोड़ दिया था, जिससे कि वह छुप सके और अपने दुश्मनों को सरप्राइज दे सके। कर्नल गुप्ता के मामले में, यह किसी अन्य मामले में भी हो सकता था, जैसेकि पाकिस्तान को यह विश्वास करने देते कि भारत उसी पूर्वी इलाके से आक्रमण करेगा, जबकि वह कहीं और से आक्रमण करनेवाला था।

पेट्रोल गश्ती जवान भी इसलिए यह देखने के लिए भेज दिए गए थे कि नदी के पास कोई ऐसी जगह है, जिसे पार किया जा सकता है। पेट्रोल नदी की गहराई की सूचना लेकर आए थे कि वह करीब 4-5 फीट कम हो गई थी। हालाँकि, वह इतनी गहरी थी और फिर गोरखा सैनिकों की औसतन लंबाई करीब पाँच फीट थी और वे सारे अपने हथियारों, उपकरणों और नवाचारों के साथ जाने वाले थे। फिर उन्होंने यह पाया कि इसके अलावा पार करने की और भी जगहें हैं, जहाँ पर गहराई करीब चार फीट थी। यह एक गोरखा के लिए गले से अधिक गहराई जितनी थी। क्या यहाँ जोखिम लिया जा सकता था?

सी.ओ. ने सोचा कि इस समस्या को अपने कंपनी कमांडर और जे.सी.ओ. के पास लेकर जाऊँ।

जे.सी.ओ. और ऑफिसर रिवर एप्रोच के पक्ष में थे। उन्होंने हेडक्वार्टर द्वारा

बताई गई एप्रोच को चुना, क्योंकि उन्होंने दुश्मनों की तैयारियों को देखा था और पूर्व की ओर से एप्रोच करना आत्मघाती रहता। उन सबकी एक राय थी कि नदीवाला एप्रोच ज्यादा बेहतर रहेगा। नदी के दोनों किनारों में झाड़ियाँ और पेड़ थे, जो उन्हें अच्छी तरह से छुपा लेंगे।

सी.ओ. ने अपना यह विचार ब्रिगेड कमांडर के सामने रखा, जो उन्हें एक वैकल्पिक प्लान भी देनेवाला था। ब्रिगेड कमांडर ने सी.ओ. के प्लान का लॉजिक देखा, पर वहाँ भी बहुत सारी चीजें देखनी थीं। पहला तो पाकिस्तानी आक्रमणकारी बहुत करीब थे और फिर दूसरे एप्रोच से किसी प्लान को एक साथ रखने में थोड़ा ही समय था। दूसरा, हेडक्वार्टर की तैयारी की क्या प्रतिक्रिया होगी, क्योंकि यह प्लान डिवीजन, कोर और कमांड के द्वारा स्वीकृत हुआ था और तोपखाने कवच इंजीनियरों द्वारा सावधानीपूर्वक शामिल किया गया था। इसमें प्रशासनिक कर्मचारी और इकाइयाँ भी शामिल थीं और वहाँ रेत द्वारा तैयार किए गए मॉडल पर चर्चा चल रही थी। इस विस्तृत ऑपरेशन प्लान में आर्टिलरी फायर प्लान, ऑरमर, इंजीनियर सपोर्ट और सिग्नल कम्युनिकेशन सिस्टम शामिल थे और एडमिनिस्ट्रेटिव जरूरतों में सामंजस्य स्थापित करने के लिए हथियारों की रिसप्लाई करने, भोजन, पानी और सेझरा को कब्जे में लेने के बाद वहाँ से हुई जनहानि को भी उस स्थान से हटाना होगा। अब सिर्फ देखना यह था कि कैसे और कब यह आक्रमण किया जाना है?

ब्रिगेड कमांडर और सी.ओ. इस मुद्दे को डिवीजन हेडक्वार्टर ले गए। डिवीजनल कमांडर, मेजर जनरल फ्रीमेंटल इस घटना को देखकर आश्चर्यचकित थे और उन्होंने कहा, "सुरेश, क्या बात है? अब अंतिम समय में इस प्रकार की शंका क्यों हो रही है? क्या डर लग रहा है?"

कर्नल सुरेश गुप्ता आदर में कोई कमी नहीं करना चाहते थे। डिवीजनल कमांडर उन्हीं की रेजिमेंट से थे। इसलिए उन्होंने बस इतना ही कहा, "सर, हम सबका उद्देश्य एक ही है। मैं जो कहना चाहता हूँ, आप उसके पीछे के लॉजिक को समझें। मेरी बटालियन ने कोई समस्या खड़ी नहीं की है। इसका कारण, डिवीजन की इकाइयों के बीमे के कारण हैं, मेरे मौखिक एवं लिखित रूप से बार-बार इसके विरोध के बावजूद ये उस क्षेत्र में आगे बढ़े हुए हैं, जहाँ से आक्रमण किया जाना है।"

डिवीजनल कमांडर ने कहा, "तो आप यहाँ से कहाँ जाना चाहते हैं?"

सी.ओ. ने कहा, "मुझे यह मेरे तरीके से करने दीजिए।"

"पश्चिम से आक्रमण करने दीजिए और वह भी नदी के दूसरी ओर से।"

डिवीजनल कमांडर ने कहा, "पर नदी की गहराई और चौड़ाई व धारा की गति के कारण इसे दरकिनार किया जा सकता है।"

"हाँ सर, पर वह सितंबर में था, वह भी मानसून के ठीक बाद! मैंने हाल-फिलहाल में अभी नदी का मुआयना किया है और मैंने उन जगहों को पाया है, जहाँ से हम पार कर सकते हैं। यह नदी बारिश के पानी से भरी थी। अब नवंबर का अंत होनेवाला है। अब नदी की धार कम हो गई है और इसकी चौड़ाई तथा गहराई भी कम हो गई है।"

"क्या तुमने अपने ऑफिसरों और जे.सी.ओ. से बात की है?"

"हाँ सर, मैंने बात की है। वे लोग इसके लिए तैयार हैं।"

डिवीजनल कमांडर ने गोरखाओं के कमांडिंग ऑफिसर की मेरिट देख उन्हें बोलने का मौका दिया। समस्या यह थी कि आक्रमण जल्द ही होना था और इस स्टेज पर सपोर्टिंग एवं एडमिनिस्ट्रेटिव यूनिट को अपने प्लान पर फिर से काम करना था, खासकर आर्टिलरी फायर प्लान पर।

डिवीजनल कमांडर ने तुरंत एक बैठक आयोजित की। उन्होंने कमांडर आर्टिलरी, सपोर्टिंग आर्म कमांडर और एडमिनिस्ट्रेटिव यूनिट के प्रमुखों के सामने यह समस्या रखी।

जैसेकि पहले से ही यह उम्मीद थी, विरोध-प्रदर्शनों की पहले से ही झड़ी लगी हुई थी। वहाँ गोरखा के कमांडिंग ऑफिसर द्वारा अंतिम समय में किए गए परिवर्तनों के कारण हर कोई गुस्से में था और नाराज था। उनके लिए पिछले दो महीनों से की गई प्लानिंग और सैनिक परीक्षण की कारवाई पर पानी पड़ गया। क्या उन्हें 'प्लान ए' रोककर 'प्लान बी' पर काम करना होगा? क्या उन्हें फिर से काम करना होगा? अब समय कहाँ बचा है? कुछ ऑफिसर, जिन्होंने इस आक्रमण की जिम्मेदारी लेफ्टिनेंट कर्नल गुप्ता को दी थी, क्योंकि वे निजी क्षति से गुजर रहे थे, उन्होंने भी अब कहना शुरू कर दिया था, "देखा, हमने आपको कहा था कि इस काम को गोरखा को मत दो।"

डिवीजनल कमांडर ने कोर कमांडर को यह सूचित किया कि गोरखा लोगों द्वारा आक्रमण करने से कुछ मुश्किलें आएँगी, पर वे चीजों को सुलझा रहे थे।

कोर कमांडर ने जब यह बात सुनी तो वे इस बात से आश्चर्यचकित हो गए

कि यहाँ चल क्या रहा था ? और उन्होंने इस संबंध में जानकारी देने को कहा। उन्होंने जो भी सुना, उससे वे बहुत नाराज हो गए।

एक कोर के कमांडर होने के कारण, जिसका मुख्य काम रक्षा करना है, उसे सिर्फ कुछेक बटालियन स्तर के आक्रमण के लिए कहा गया था। उन्होंने उसे पूरी तत्परता से स्वीकार कर लिया था और यह सारे काम सफलता को सुनिश्चित करने के लिए ही किए गए थे। गोरखा बटालियन को जितने सहयोग की जरूरत थी, वह दे दी गई थी। वहाँ यह बटालियन कमांडर कह रहा है कि यह प्लान काम नहीं करेगा और अंतिम समय में वह यह बता रहा है! उसे ऐसा लग रहा था कि उसे परेशान करके वह सही था और अपनी अनिच्छा छिपाने के लिए वह कोई कोशिश ही नहीं कर रहा था।

उनकी इज्जत दाँव पर थी। उन्होंने ब्रिगेड कमांडर होते हुए 1962 के भारत–चीन युद्ध में स्वयं को वालोंग के युद्ध से छुड़ा लिया था, जहाँ उन्होंने चीनी सेना की भारी भीड़ के खिलाफ वापसी की। इसके बाद उन्होंने इथोपिया में हेल सेलसी अकेडमी की स्थापना की और सफलतापूर्वक लद्दाख में इन्फैंट्री डिवीजन कमांड की।

डिवीजनल कमांडर इस पूरे घटनाक्रम से बेहद दुःखी थे। वे भी उसी रेजिमेंट की उसी बटालियन से थे, जिसे आक्रमण करने के लिए कहा गया था। पहले जब कोर कमांडर को इन्फैंट्री बटालियन को आक्रमण के लिए चुनने के लिए कहा गया, तो उन्होंने पहली बटालियन पाँचवीं गोरखा राइफल्स को चुना। उन्होंने कोर कमांडर से कहा कि युद्ध और शांति के क्षेत्र में सफलता को लेकर इस बटालियन की इज्जत जबरदस्त है और वह सबकुछ डिलीवर कर सकती है। जिस समय यह सलाह दी गई कि यह आक्रमण किसी अन्य यूनिट को दिया जाए, क्योंकि गोरखा बटालियन के कमांडिंग ऑफिसर एक निजी क्षति से गुजर रहे हैं, कमांडर गुप्ता ने उनकी बात को दरकिनार रखा और उन्हें इस बात को लेकर जोर दिया कि किसी प्रकार का कोई परिवर्तन नहीं होगा। उनकी खुद की इज्जत भी अब दाँव पर थी, न सिर्फ डिवीजनल कमांडर के रूप में, अपितु अपनी प्रसिद्ध रेजिमेंट के अफसर के रूप में भी।

भाग्यवश, कोर कमांडर की तरह ब्रिगेड कमांडर भी उसी रेजिमेंट के थे, वे ब्रिगेड के गार्ड्स थे। उन्होंने एक साथ ही सेवाएँ दी थीं और एक–दूसरे को तथा उनके परिवारों को बहुत सालों से जानते थे और वे बहुत सारी जगहों पर भी एक साथ ही रहे। वे पूरी तरह से सुयोग्य व्यक्ति थे, वे बटालियन कमांडर होने का कारण

थे और अंतिम समय में हुए बदलाव के कारणों से भी वाकिफ थे। उन्होंने कोर कमांडर से अनौपचारिक रूप से मिलने की सोची और उनसे प्रार्थना की कि वह जितनी जल्दी हो सके, गोरखा के कमांडिग ऑफिसर की बातें भी सुनें।

कोर कमांडर इस उथल-पुथल से काफी परेशान थे, पर काफी ना-नुकुर करके वे डिवीजनल हेडक्वार्टर पर आए और उन्होंने बटालियन कमांडर तथा आर्म्स एंड सर्विसेज के प्रमुखों के साथ बटालियन कमांडर के प्रमुखों की बातें सुनीं।

यह परिचर्चा डिवीजनल हेडक्वार्टर के सेंड मॉडल रूम में हुई। वहाँ पर मौजूद लोगों को मूल चीजें जानने के लिए बुलाया गया था। इसका सीधा अर्थ यह था कि जिन लोगों का आक्रमण से सीधा संबंध है, वही इस बैठक में शामिल हो सकते थे। अगर ऐसा हो तो जो अफसर इस बहस में शामिल हो रहे थे, वे कुल मिलाकर सत्रह ही होने चाहिए। इसके लिए बहुत ज्यादा गोपनीयता की जरूरत थी और किसी को भी नोट्स लेने की इजाजत नहीं थी।

स्थिति ऐसी थी कि वह कोर्टरूम की तरह लग रहा था और प्रतिवादी पक्ष का बटालियन कमांडर डॉक पर था। वहाँ के जज कोर कमांडर थे और एक व्यक्ति की ज्यूरी थी, जो डिवीजनल कमांडर थे। पूरी काररवाई कमांडर आर्टिलरी द्वारा की जा रही थी, जो प्लान बदलने के कारण यह पूरा मामला देखेंगे और वे यह पूरा काम आर्म्स एवं सर्विसेज के प्रमुख के बदले करेंगे।

कोर कमांडर इस पूरी काररवाई और डिफेंस को सुनेंगे और फिर डिवीजनल कमांडर के पूरा केस रखने और दोनों पक्षों के विवादों को सुनने के बाद अपना निर्णय सुनाएँगे।

डिवीजनल कमांडर जनरल फ्रीमेंटल ने इस संदर्भ में अपना पहला स्टेटमेंट जारी किया। उन्होंने बताया कि कोर को कुछ आक्रमण के लिए कहा गया है और वह इसलिए जरूरी था, क्योंकि उनका यह आक्रमण बिना किसी अड़चन के सफल हो गया। उन्होंने इस पूरी योजना को सपोर्टिंग आर्म्स और सर्विसेज के साथ पूरा किया और जो कुछ बचा था, वह योजना के अनुसार आक्रमण था। हालाँकि, अन्य आक्रमणकारियों ने कोई समस्या नहीं दिखाई और वह योजना के अनुसार ही गए, गोरखाओं द्वारा किए गए आक्रमण में कुछ समस्याएँ थीं, जिन पर ध्यान दिया जाना था। चूँकि इन सबका उद्देश्य सफलता थी, तो यह जरूरी था कि बटालियन कमांडर की आपत्ति सुनी जाए।

लेफ्टिनेंट कर्नल सुरेश गुप्ता ने साधारण, पर प्रभावी ढंग से अपना केस शुरू

किया। उन्होंने प्लान बदलने के कारणों के बारे में बताया और युद्ध में सरप्राइज के प्रिसिंपल को लागू करने की बात को याद दिलाया, अपनी सोच में परिवर्तन और किसी प्लान को फिर से लागू न करने की, जो काम के लायक न हो, के बारे में बताया। उन्होंने सभी संबद्ध लोगों को इसे अपने दिमाग में लागू करने को कहा, जैसेकि वह मुद्दा अभी हो, न कि कुछ दिन पहले। उन्होंने इसमें जोड़ते हुए यह कहा कि वे इस परिवर्तित प्लान में पहले से अनुमोदित प्लान के कारण कम-से-कम बदलाव किए जाएँगे।

विपक्ष से पहले बोलनेवालों में आर्टिलरी डिवीजन के कमांडर थे। सबसे पहले उन्होंने कोर कमांडर को आर्टिलरी रिसोर्सेज देने के लिए धन्यवाद दिया और फिर उन्होंने कहा कि आक्रमण को सफल बनाने के लिए कोर ने जो संसाधन दिए हैं, उसका धन्यवाद और यह आर्टिलरी प्लान तो पूरी सफाई से बनाया गया है। उन्होंने बताया कि उनमें सारी आकस्मिकताओं को ध्यान में रखा गया है और आक्रमण के हर चरण का हिसाब लगाया गया है, जहाँ से भी जीवित शत्रु द्वारा हमला कर सकते हैं। फॉरवर्ड ऑब्जर्वेशन ऑफिसर्स के साथ हमला करनेवाली उन कंपनियों के हमले और पुनर्गठन के चरणों के दौरान अवसर के लक्ष्यों को हासिल करेंगे। उनके अनुसार आर्टिलरी फायर प्लान ने कुछ नहीं छोड़ा था और वह सही था। उन्हें दूसरे विचार के लिए कोई कारण नहीं दिखा और योजना के अनुसार हमला होना चाहिए। अगर आक्रमण के तरीके में परिवर्तन हो गया तो नया प्लान बनाने में कुछ और समय की जरूरत होगी।

श्रोताओं में से कुछ के फुसफुसाने की आवाज आ रही थी और फिर डिवीजनल कमांडर ने उन्हें शांति बनाए रखने को कहा।

आर्टिलरी के कमांडर ने कहा कि आर्म्स और सर्विसेज के दोनों प्रमुख अपने-अपने बारे में स्वयं कहें और जब जरूरत होगी, तब वे बीच में आएँगे।

अगले बोलनेवाले व्यक्ति थे आर्म्ड रेजिमेंट के स्क्वाड्रन कमांडर, जो आक्रामक सेना के पक्ष में थे। उन्होंने बताया कि अगर प्लान में परिवर्तन हुआ तो पहले उन्हें मुख्य परिस्थिति को देखना होगा और जितना संभव है, उतना देना पड़ेगा।

हालाँकि, पार्श्व से हमले का समर्थन करना संभव नहीं था, पर जैसे मूल रूप से योजना बनाई गई थी, क्योंकि उन्हें वैकल्पिक तरीका नहीं पता था। वे नए तरीके से भी देख सकते थे और फिर प्लान कर सकते थे कि इसे कैसे बदला जा सकता था।

कमांडर इंजीनियर ने यह बताया कि उसका रोल तभी पूरा हो सकता था, जब

उसका उद्‌देश्य पूरा हो जाए, डि-माइनिंग ऑपरेशन पूरा हो जाए और गाड़ियों के लिए रास्ते सुरक्षात्मक हों, इसलिए काम में कोई परिवर्तन नहीं हुआ। वे प्लान में बदलाव के साथ तब तक सहमत थे, जब तक गाड़ियों की सुरक्षा लेन्स में कोई परिवर्तन न किए गए हों, जो उसे बनानी होंगी।

कमांडर सिग्नल ने भी कहा कि वह तब लाइन कम्युनिकेशन स्थापित करेगा, जब उसका उद्‌देश्य पूरा हो जाएगा और गाड़ियों के लिए सुरक्षित रास्ते बनाए जाएँगे। हालाँकि अगर कम्युनिकेशन केबल्स आक्रमणकारी दलों को फॉलो करने के लिए बिछाए गए हैं, तब जरूर कुछ-न-कुछ समस्या है। हालाँकि बटालियन की सिग्नल प्लाटून की मदद से इस तरह की समस्याओं को सुलझाया जा सकता था।

कर्नल एडमिन (कर्नल-इनचार्ज एडमिशन) ने बताया कि इन ट्रूप्स को रिसप्लाई करना तब से शुरू होगा, जब उद्‌देश्य पूरा हो जाए और वह यह सुनिश्चित करेगा, रिऑर्गनाइजेशन स्टोर आक्रामक ट्रूप्स के पास तब पहुँचेंगे, जब सुरक्षित गाड़ियों की लेन तैयार हों। वे यह देख पा रहे थे कि जब तक एप्रोच में परिवर्तन नहीं होता और सुरक्षित लाइनें समय पर तैयार नहीं हो जातीं, तब तक कोई समस्या नहीं है।

ए.डी.एम.एस. (असिस्टेंट डायरेक्टर मेडिकल सर्विसेज) ने फिर अपनी बात रखी। उन्होंने कहा कि घायलों को वहाँ से निकालने के लिए प्लान उसी अनुसार बनाया गया है और प्लान में बदलाव नहीं हो सकता, क्योंकि वे सुरक्षित लेन्स को फॉलो करेंगे। हालाँकि, वहाँ एक समस्या हो सकती थी कि अगर सोच से ज्यादा समय लग गया, जिससे सुरक्षित रास्ता बनाने में समय लग गया तो इससे घायलों को निकालने में देर लगेगी।

अब यह लेफ्टिनेंट कर्नल सुरेश गुप्ता पर छोड़ दिया गया, जो कमांडिंग ऑफिसर थे कि वे अपने प्लान के बारे में सही से बताएँ कि कैसे यह वैकल्पिक प्लान मौजूदा प्लान से बेहतर होगा।

जनरल फ्रीमेंटल ने कोर कमांडर से दस मिनट के टी-ब्रेक के लिए कहा। उनको वह अनुमति मिल गई और बातों का जो सिलसिला अभी तक बंद था, वह फिर से शुरू हो गया।

लेफ्टिनेंट कर्नल गुप्ता उन उठाए गए मुद्‌दों पर अपने नोट्स बना रहे थे, एक ऑफिसर, जो उनको बहुत अच्छे से जानता था, वह उनके पास आया और कहने लगा, "सुरेश, तुम्हें पता है कि अगर तुम्हारे लास्ट मिनट के प्लान के अनुसार यह

प्लान फेल हो गया, तो तुम्हें कोर्ट मार्शल तक सहना पड़ सकता है?"

लेफ्टिनेंट कर्नल गुप्ता ने कहा, "हाँ, और मैं आशा करता हूँ कि आप भी यह समझते होंगे कि कोई भी मरे हुए लोगों का कोर्ट मार्शल नहीं करता और ऐसा तभी होगा, जब मुझे मौजूदा प्लान के अनुसार आक्रमण करने को कहा जाएगा।"

ब्रेक के बाद एक बार जब सब लोगों ने अपनी-अपनी जगह ले ली तो जनरल फ्रीमेंटल ने लेफ्टिनेंट कर्नल गुप्ता से पूछा कि क्या वे अपना अंतिम वक्तव्य देने के लिए तैयार हैं? उन्होंने कहा कि कर्नल गुप्ता का डिफेंस अच्छा होना चाहिए, क्योंकि चाय के ब्रेक के दौरान कुछ अफसरों ने उनके पास आकर कहा कि ऐसा लगता है कि 5 गोरखा के सी.ओ. साहब के पैर ठंडे पड़ गए हैं!

लेफ्टिनेंट कर्नल गुप्ता उस बालू के मॉडल के पीछे खड़े हो गए, उन्होंने एक गहरी साँस भरी और कहा, "मैं डरने की बात को लेकर कोई बेकार बात नहीं कहना चाहता, बल्कि मैं यह कहना चाहता हूँ कि यह सब उस परिस्थिति को झेलनेवाले पर निर्भर करता है। मैं अपनी बटालियन का कमांडिंग ऑफिसर हूँ और मुझे अपनी जिम्मेदारियों के बारे में पता है और साथ ही मुझे अपनी कोर, रेजिमेंट, मेरे आदमियों और मेरी खुद की इज्जत का भी भान है और यह सब आक्रमण की सफलता पर निर्भर करता है। अपना केस रखने से पहले और मेरे पूर्व के वक्ताओं द्वारा पूछे गए प्रश्नों का जवाब देने से पहले, मैं बालू मॉडल पर कुछ लैंडमार्क्स पर अपना ध्यान इंगित करना चाहूँगा, जिससे आप मेरे विचारों को समझ पाएँ।"

इसके बाद लेफ्टिनेंट कर्नल गुप्ता अपने बालू मॉडल के महत्त्वपूर्ण फीचरों को पॉइंट आउट करने लग गए। वे उद्देश्यों पर फोकस करने लग गए; दो संभाव्य एप्रोच, जिसमें वे उस नदी के बारे में बताने लग गए, जो पश्चिमी तरफ से बहती है।

उन्होंने कहा, "सबसे पहले, सारे संबंधित लोगों को मेरी इस आपत्ति के बावजूद और जो सारे लोग यहाँ आज मौजूद हैं—उनमें ऑफिसर एवं आदमी, जो आर्म्स एवं सर्विसेज को सपोर्ट कर रहे हैं, मेरी सारी आपत्तियों को दरकिनार किया गया। इसके परिणामस्वरूप दुश्मन को सिर्फ यह ही पता चल पाया कि हम इस क्षेत्र में आक्रामक हो रहे हैं, पर यह एप्रोच भी स्पष्ट है कि हम क्या करनेवाले हैं? हमारी लगातार होनेवाली काररवाइयों से उन्होंने अपनी रक्षा को ठोस बना लिया है। उन्होंने लंबी-चौड़ी माइनफील्ड्स बिछा रखी हैं और कँटीली तारें लगा रखी हैं और अब वे अपनी रक्षा के सामने एक गहरा गड्ढ़ा खोदने की प्रक्रिया में हैं। हम जानते हैं कि पाकिस्तानी बटालियन की कंपनियों के पास मीडियम मशीनगंस हैं और मुझे इस

बात पर कोई शक नहीं है कि उन्होंने इस एप्रोच में अधिकाधिक मात्रा में मशीनगंस जमा कर रखी हैं। जैसाकि आप लोग इस मामले में अवगत हैं कि इस एप्रोच में हमारे पास कोई कवर नहीं है।

"दूसरा, दोनों तरफ की आर्टिलरी के बारे में सोचें। खुफिया रिपोर्ट से हमें यह संकेत मिले हैं कि हमारे मुकाबले दुश्मनों के तोपखाने की संख्या में बहुत ज्यादा बढ़ोतरी हुई है। इसलिए जब तक हमारे तोपखाने का न्यूनतम प्रभाव होगा, हमारे आदमियों को दुश्मनों की ओर से बहुत ज्यादा गोलाबारी सहनी होगी और इसके लिए मीडियम और हैवी तोपखाने की जरूरत होगी।

"हथियारों के बारे में, चूँकि मैं नदी के दूसरी तरफ से आक्रमण कर रहा हूँगा, इसलिए टैंक्स के लिए टैंक्स पर शूट करना मुश्किल होगा। हालाँकि, स्क्वाड्रन कमांडर रेडियो मेरे रेडियो नेट के सपोर्ट में हैं। क्या मुझे उनकी जरूरत रिऑर्ग स्टेज पर टारगेट अवसर के लिए पड़ेगी। अगर ऐसा है तो मैं उन्हें ऐसा करने के लिए कहूँगा। एक ऑफिसर या एक जे.सी.ओ., जो रेडियो लिंकवाला हो, जो हमारे साथ रहेगा, वह इस काम में हमारे लिए सहायक होगा।"

"इंजीनियर्स और सिग्नल्स के हिसाब से मौजूदा प्लान में कोई परिवर्तन नहीं है। इंजीनियर्स के द्वारा दुश्मनों के माइनफील्ड्स में उद्देश्य को पूरा करने के बाद और वहाँ मौजूदा आर्टिलरी फायर प्लान के बाद वाहनों के लिए सुरक्षित लेंस बनाए जाएँगे। ब्रिगेड सिग्नल डिटेचमेंट को पहले से ही पता है कि रिवर एप्रोच के साथ क्या किया जाना है! डिटेचमेंट कमांडर मेरे साथ रहे हैं और मैंने वह एप्रोच देखी है, जिसे मैं अभी तक उपयोग करता आया हूँ। मुझे पक्का पता है कि इसके साथ ही कमांडर सिग्नल्स डुप्लिकेट अरेंजमेंट सुरक्षित वाहनों के लेन के जरिए कर ही रहे होंगे।

"डिवीजन के कर्नल एडमिन ने अपने विचार रख दिए थे, जिससे मैं सहमत हूँ। जहाँ तक हताहतों की संख्या के बारे में बात है, मेरे रेजिमेंटल ऑफिसर ने उनको निकालने के लिए सही से इंतजाम कर दिए हैं। मैंने अपने ऑफिसर्स और जे.सी.ओ. से बात कर ली है और हमने हताहतों को देर से निकालने के लिए आपस में सहमति बना ली है। हमने पूरी सुदृढ़ता के साथ यह बात बताई कि अगर हमने अपने तरीके से आक्रमण किया तो फिर हमारी बटालियन को जो भी काम दिया जाएगा, उसमें कोई दिक्कत नहीं आएगी और जो जनहानि होगी, वह कम-से-कम होगी और यह एक आश्चर्य की बात होगी।

"मैं इस बात से सहमत था कि इस नए तरीके से सफलता की गारंटी जरूर

है। मैं अँधेरे में दुश्मनों पर आक्रमण करनेवाला था और इस आक्रमण में सफलता की कुंजी आश्चर्य का नियम है।"

"आर्टिलरी सपोर्ट के कारण जो भी आपत्तियाँ उठी थीं, मैं आपको पूरी नम्रता के साथ समझाना चाहता हूँ कि जो भी मौजूदा प्लान है, वह किसी भी कारण से बदला नहीं जाएगा। दुश्मन को समझ लेना होगा कि हम उस दृष्टिकोण के साथ हमला करेंगे, जिसकी वह हमसे उपयोग की अपेक्षा रखता है। वे इस एप्रोच पर अपने गोला-बारूद खर्च करेंगे, पर हम लोग वहाँ नहीं होंगे। हम किसी और जगह पर होंगे, जहाँ वह हमसे कम-से-कम उम्मीद करता है।"

"हमने जो दृष्टिकोण अपनाया है, शत्रुओं द्वारा उसको नहीं मानने का मुख्य कारण यह है कि वह यह मानेगा कि उस दिशा से आक्रमण करने के लिए नदी एक बहुत बड़ी बाधा है, क्योंकि नदी बहुत गहरी है। हालाँकि, हमने वे जगहें देख ली हैं, जहाँ से हम अपनी जरूरतों को पूरा कर सकते हैं। इसके अलावा इस नदी के किनारे इतनी हरियाली है कि इससे हमारा आना-जाना भी छुप जाएगा।

"मैंने जो भी कहा है, उसके परिप्रेक्ष्य में अगर हम पुराने एप्रोच में आक्रमण करेंगे तो सफलता की कोई आशा नहीं है। आपको एक असफल आक्रमण करना होगा, जिसमें मैं और मेरे लोगों की लाशें देखने को मिलेंगी। अगर आप मुझे मेरे अनुसार आक्रमण करने देंगे तो अपने इस उद्देश्य के साथ मैं फॉर्मेशन कमांडर्स को मेरे साथ अभी से नाशते के लिए कल सुबह 11 बजे आमंत्रित करता हूँ।"

सी.ओ. ने यह कहते हुए बात खत्म की, "रत्तोके का दरवाजा भी तो एक मुद्दा है, जिसे वापस लेकर आना है।"

जी.ओ.सी. ने कहा, "सुरेश, तुमने अंत में क्या कहा?"

"कुछ नहीं, सर!"

जी.ओ.सी. ने सी.ओ. को घूरकर देखा और फिर उस मुद्दे को आगे लेकर नहीं गए।

अब जी.ओ.सी. ने इस बहस को बंद कर कोर कमांडर को निर्णय लेने को कहा। अब कहने को ज्यादा कुछ रह नहीं गया था। जनरल फ्रीमेंटल ने बात को इस तरह समाप्त किया—

> "सबसे पहले मैं कोर कमांडर को धन्यवाद दूँगा कि उन्होंने डिवीजन हेडक्वार्टर में आने का कष्ट किया और अंतिम समय में सेझरा बल्ज से संबंधित बदले

हुए निर्णय को सुना।"

"दूसरा, जिस तरह से यह वार्त्ता हुई है, उसकी भी मैं तारीफ करता हूँ और जिस तरह से इस विवादित मुद्दे को इसमें शिरकत करनेवाले लोगों ने लॉजिकली देखा, उसके लिए भी उनकी प्रशंसा करता हूँ।"

"तीसरा, गोरखा के कमांडिंग ऑफिसर को सुनने के बाद मैंने पाया कि उन्होंने नया प्लान पिछले प्लान के मुकाबले कितनी अच्छी तरह से रखा और फिर उसके बाद अलग से किसी हथियार एवं सेवाओं को बदलने की कोई जरूरत नहीं होगी। अब सिर्फ बटालियन द्वारा इसके एप्रोच की दिशा में थोड़ा परिवर्तन होगा।"

"मैं अब कोर कमांडर से विनती करूँगा कि वे अपने कुछ विचार व्यक्त करें।"

कोर कमांडर ने कहा, "यहाँ बैठे भद्र नागरिको, हमने बटालियन कमांडर के प्लान के बारे में सुन लिया है कि वे कैसे सेझरा पर कब्जा करना चाहते हैं। मैं अंतिम समय में किसी प्रकार का कोई परिवर्तन करना नहीं चाहता हूँ, पर मैं कमांडिंग ऑफिसर की बहस की लाइन को समझता हूँ और इस बात को मानता हूँ कि वे जो कहेंगे, वही करेंगे। उनके कहे अनुसार मैं उनके एवं उनकी बटालियन के साथ हूँ। मुझे पक्का विश्वास है कि वे सेना की टुकड़ी, भारतीय सेना की, उनके रेजिमेंट की इज्जत को समझते हैं और उसका एवं अपनी बटालियन के लोगों का भार उनके कंधों पर है। मैं आशा करता हूँ कि हथियारों एवं सेवाओं का विभाग उनके प्लान को सफल बनाने में सहायक होगा। किसी भी मामले में, किसी भी परिस्थिति में मैं किसी प्रकार की असफलता बर्दाश्त नहीं करूँगा, मैं नए प्लान को लागू करने के लिए उनके द्वारा भी किसी प्रकार की कमी या अन्य किसी भी चीज को बर्दाश्त नहीं करूँगा। मैं इस आक्रमण के लिए आप सबको हृदय से शुभकामनाएँ देता हूँ।"

लेफ्टिनेंट कर्नल गुप्ता ने तसल्ली से एक गहरी साँस ली।

गुरुद्वारे के ग्रंथी गोरखाओं के आक्रमण के लिए रत्तोके गाँव में प्रार्थना कर रहे थे। उन्होंने अरदास की, जो करीब सात दिनों तक चालू रही और साथ ही उन्होंने गोरखाओं द्वारा किए जानेवाले आक्रमण की सफलता के लिए प्रार्थना की।

पाकिस्तान ने भारत पर 3 दिसंबर की शाम को आक्रमण किया और योजना के अनुसार काउंटर ऑफेंसिव ब्रिगेड 5-6 दिसंबर की रात को आगे बढ़ी। 6 महार की ब्रिगेड की बटालियन गहरे अँधेरे में निकली और उन्होंने सेझरा की दक्षिण-पश्चिम दिशा में रोड जाम कर दी, जिससे दुश्मन रास्ते से भाग न पाएँ और वे बॉर्डर

पर कब्जा न कर लें, जिससे होनेवाले ऑपरेशन के दौरान हमारे पोस्ट पर आसानी से आवाजाही हो सके। पहली बटालियन, पाँचवीं गोरखा राइफल ने सेझरा के लिए शाम 7 बजे मार्च किया।

पश्चिमी सेना के कमांडर लेफ्टिनेंट जनरल के.पी. केंडेथ सेझरा एवं उसकी रणनीतिक महत्ता का वर्णन अपनी पुस्तक 'द वेस्टर्न फ्रंट : द इंडो-पाकिस्तान वार 1971' में करते हैं—

> सेझरा एक प्रमुख क्षेत्र है, जिसका 55 किमी. का हिस्सा भारतीय क्षेत्र में पड़ता है, जो फिरोजपुर के उत्तर में और खेमकरण के दक्षिण-पूर्व में है। उसे इस प्रकार रखने का मुख्य कारण पाकिस्तान की 52वीं इन्फैंट्री ब्रिगेड है। उनके पास करीब 25 बलूच, सतलज रेंजर्स और मुजाहिदों द्वारा समर्थित दल है, जिनके पास टोही और समर्थित बटालियन के कुछ टैंकरोधी बंदूकें हैं। सेझरा के गाँव की हालत भी कुछ ऐसी ही है, वह करीब 20 फीट की ढलान पर है, वह उत्तर, पूर्व और पश्चिम में गहरे माइनफील्ड से ढकी हुई है और दक्षिण में एक धारा से साथ जुड़ी है, जिसका नाम स्नेक है और वह करीब 5 फीट गहरी है।
>
> जो इलाका पाकिस्तान के पास था, वह एक सुरक्षित इलाका था, जहाँ वोल्टाथा में उनके पास मुख्य सुरक्षा की चीजें थीं और जहाँ से वे अपने हथियारों को लॉन्च कर प्रयोग कर सकते थे और हरिक सेतु पर कब्जा कर सकते थे तथा वह हमारे लिए जरूरी था, इसलिए सबसे पहले निर्णय हुआ कि पहले यह बल्ज हटाए जाएँगे।
>
> इस बीच 1/5 गोरखा राइफल्स ने अपनी असेंबली पोजिशन शाम के सात बजे छोड़ी और एक जबरदस्त एप्रोच के पीछे पड़ गए, जिसमें गाँव के कुत्ते भी उन्हें खोज नहीं सके। हालाँकि, स्नेक की गहराई अचानक से सामने आई और जिसमें वे हथियारों को उनके सिर के ऊपर रखे हुए थे और गोरखा लोगों ने नदी से चलकर अपनी स्थिति वापस हासिल की और उन्होंने 'आयो गोरखाली' कहकर अपना युद्धघोष किया। दुश्मनों के बंकर का नेटवर्क था और उन्होंने एक मजबूत घेरा डाला हुआ था और पलक झपकते ही वे बंकरों के साथ बाहर निकल गए। स्थिति कमजोर पड़ गई और सुबह छह बजे तक 6, सेझरा हमारे हाथों में था।

डिवीजनल कमांडर और ब्रिगेड कमांडर आक्रमण की उस रात को असेंबली एरिया से थोड़ी दूर थे, वे गोरखाओं को चुपचाप उनके एफ.यू.पी. की तरफ जाते

हुए और गोरखाओं की सफलता के संकेत को चुपचाप देख रहे थे। सुबह की वेला के समय उन्होंने गोरखाओं के युद्धघोष 'आयो गोरखाली' की आवाजें सुनीं और फिर आक्रमण शुरू हो गया। वे दुश्मनों के तोपखाने से निकली भीषण आग, मोर्टार और मध्यम मशीनगनों के साक्षी थे और उन्होंने गोरखाओं से उम्मीद की थी, पर उन्होंने यह नहीं सोचा होगा कि गोरखा उसका इस्तेमाल कैसे कर सकते थे और क्या दुनिया का कोई भी दल इस आग से बच सकता था ? इस प्रकार सुबह के तीन बजे तक, बटालियन ने सेझरा पर कब्जा कर लिया और उनकी सफलता की बात रेडियो के जरिए पहुँचा दी।

बटालियन ने एक जे.सी.ओ. और आठ अन्य लोगों को खोया और अन्य 23 रैंकों के लोग इसमें घायल हुए। यह एक जबरदस्त काररवाई थी। बटालियन को युद्ध के सम्मान के रूप में 'सेझरा' के नाम से संबोधित किया गया और थिएटर ऑनर के रूप में 'पंजाब 1971' के रूप में संबोधित किया गया, बटालियन के लोगों के खाते में 4 वीर चक्र और पाँच सेना मेडल आए।

पहली बटालियन, पाँचवीं गोरखा राइफल्स अपने नाम पर सही उतरी और उन्हें कोर कमांडर द्वारा यूनिट के लिए एक सिल्वर कप भी मिला, क्योंकि उन्होंने 1971 के युद्ध में कोर जोन में सर्वोत्कृष्ट प्रदर्शन भी किया था।

हालाँकि, इसमें सबसे ज्यादा अच्छी बात यह थी कि लेफ्टिनेंट कर्नल सुरेश गुप्ता और उनकी बटालियन रत्तोके गुरुद्वारे के गेट वापस लेकर आ गई और उन्होंने यह बात सही साबित की कि पुराने ग्रंथीजी ने पहले ही यह भविष्यवाणी कर दी थी कि गोरखा बटालियन एक दिन उन दरवाजों को वापस ले आएगी।

जब युद्ध समाप्त हो गया, तब गोरखा के कमांडिंग ऑफिसर, उनके ऑफिसर, जे.सी.ओ. और गुरुद्वारे से कुछ लोग आमंत्रित किए गए, जो दरवाजों की वापसी का जश्न मना रहे थे। वे पाठ में भी शामिल हुए और उन्होंने गुरु के लंगर में भी शिरकत की।

उसके कई सालों के बाद तक गुरुद्वारा पहली बटालियन, पाँचवीं गोरखा को अपनी अरदास में शामिल करता रहा और उनका धन्यवाद करता रहा, जिसके कारण बटालियन फलती-फूलती गई और वह अपने उद्देश्यों में बेहद सफल होती गई।

परिशिष्ट

लेफ्टिनेंट कर्नल सुरेश गुप्ता अपने निर्णय से डगमगाए नहीं, क्योंकि उन्हें पूरा विश्वास था कि वे सही थे। अपने स्टाफ के अन्य लोगों के विरोध और गुस्से को झेलने के बाद, जिसमें अंतिम क्षणों में उन्होंने योजना में परिवर्तन कर दिया, वे टिके रहे। अपने निश्चय पर अडिग रहना उनका अपना प्रोफेशनल निर्णय था, जिसमें वे अपने अफसरों, जे.सी.ओ. और अन्य लोगों की क्षमता और पराक्रम का मूल्यांकन कर उत्कृष्ट सफलता सुनिश्चित करना चाहते थे। काफी विरोध झेलने के बाद उन्होंने जो निर्णय लिया, उससे सिर्फ एक ही बात कही जा सकती है कि शारीरिक साहस की तरह नैतिक साहस भी उतना ही जरूरी है, क्योंकि युद्ध के नियमों में ढीलापन नहीं होता, पर कभी-कभी एक उचित निर्णय को लागू करना एक बेहतर विकल्प होता है, न कि ऐसे निर्णय को लागू करना, जो काम ही नहीं करेगा।

कमांडिंग ऑफिसर ने यह भी साबित कर दिया कि जब हमारे पास विकल्प मौजूद हैं तो असफलता को थोपने का कोई मतलब ही नहीं है। हम अंतिम मिनट में भी सफल हो सकते हैं। सबसे महत्त्वपूर्ण बात यह है कि युद्ध में आश्चर्य का बिंदु कभी भूलना नहीं चाहिए।

अंततः रत्तोके के ग्रंथीजी की खुशी का तो ठिकाना ही नहीं था, गुरुद्वारे के दरवाजे वापस आ गए थे, जैसाकि पुराने ग्रंथीजी ने बताया था और उन्होंने गोरखाओं पर अपना आशीर्वाद बनाए रखा, गोरखाओं ने ग्रंथी साहब के साथ मिलकर विस्मय में नारे लगाए—

वाहेगुरुजी दा खालसा! वाहेगुरुजी दी फतह!'

□

मिशन कराची

"जिस दिन से इनसानों ने सबसे पहले समुद्र का इस्तेमाल शुरू किया, उस दिन से महान् इतिहास से यह सबक सीखने को मिला कि वह देश, जो अपनी राजनीति को एक निश्चित भू-भाग तक सीमित रखता है, वह अंत में रणनीति के तहत हार जाता है।"

—अज्ञात

1971 के युद्ध की प्रस्तावना

नौसेना प्रमुख एडमिरल बी.एस. सोमन ने वह फाइल देखी, जो उनके सामने रखी गई थी और उन नोट्स पर रक्षा मंत्रालय के डिफेंस प्रोडक्शन के सचिव एच.सी. सरीन के हस्ताक्षर किए हुए थे। उस नोटिंग पर लिखा था—

> ऊपर दिए गए नोटिंग्स के संदर्भ में, मौजूदा परिस्थितियों को देखते हुए सेना और वायुसेना के ऑपरेशन के संदर्भ में अंडमान और निकोबार प्रायद्वीपों के बारे में, भारतीय नौसेना समुद्र में पाकिस्तान के विरुद्ध कोई काररवाई नहीं करेगी और बंबई से 200 नॉटिकल मील दूर नहीं जाएगी और पोरबंदर के उत्तरी अक्षांश से भी तब तक आगे नहीं बढ़ेगी, जब तक पाकिस्तानी नौसेना कोई आक्रामक काररवाई न कर दे।

6 सितंबर, 1965 की सुबह भारतीय सेना ने अंतरराष्ट्रीय सीमा के दूसरी ओर पाकिस्तान के 'ऑपरेशन ग्रांड स्लैम' के जवाब में उत्तर दिया। उन्होंने ऐसा ही आक्रमण 1965 के युद्ध के दौरान अखनूर के कब्जे के दौरान भी किया। पाकिस्तान द्वारा जम्मू एवं कश्मीर पर आक्रमण की शुरुआत के साथ पंजाब में भी मोर्चा खोलना था। तत्कालीन प्रधानमंत्री के साहस एवं उनके उद्देश्य की सराहना करनी पड़ेगी कि भारतीय सेना ने अंतरराष्ट्रीय बॉर्डर पार कर लिया और वह लाहौर,

सियालकोट और डेरा बाबा नानक सेक्टरों पर आक्रामक हो गए। प्रधानमंत्री का कहना था कि पाकिस्तान को यह समझना चाहिए कि अगर वे जम्मू एवं कश्मीर पर आक्रमण कर रहे थे, तो उसका अर्थ यह था कि वे भारत पर आक्रमण पर रहे थे।

कुछ जबरदस्त युद्ध लड़ने के बाद भारतीय सेना लाहौर के बाहरी क्षेत्रों में पहुँच गई, क्योंकि भारतीय वायुसेना आकाश मार्ग का युद्ध सँभाले हुए थी। भारतीय नौसेना युद्ध में कहीं पीछे छूट गई थी। रक्षा मंत्रालय से यह संदेश स्पष्ट रूप से गया था कि नौसेना को यह युद्ध बढ़ाना नहीं है और उन्हें बंबई में 200 नॉटिकल मील से आगे नहीं जाना था, इसलिए भारतीय नौसेना को पाकिस्तान के विरुद्ध आक्रामक ऑपरेशन शुरू करने से रोका गया।

तत्कालीन नौसेना प्रमुख एडमिरल सोमन रक्षा मंत्रालय की इस सूचना से बेहद क्रोधित और नाखुश थे और इसलिए उन्होंने रक्षा मंत्री से मिलने का समय माँगा था। नौसेना प्रमुख एवं भारतीय नौसेना समुद्र के दूसरी तरफ पाकिस्तान पर आक्रमण करने के लिए तैयार थी, पर मंत्रालय के संदेश ने उन्हें ऐसा करने से रोक दिया था।

पश्चिमी बेड़ा कराची की ओर बढ़ रहा है

अगली सुबह नौसेना प्रमुख रक्षा मंत्री वाई.बी. चव्हाण से मिले। रक्षा मंत्री ने यह देख लिया था कि नौसेना प्रमुख नाखुश दिखाई दे रहे थे। नौसेना प्रमुख को बैठने के लिए कहने के बाद उन्होंने कहा, "और एडमिरल, मैं आपके लिए क्या कर सकता हूँ?"

"मि. चव्हाण, मुझे कल यह पत्र मंत्रालय के संयुक्त सचिव की ओर से मिला है।" उन्होंने बहुत ही अजीब ढंग से वह फाइल रक्षा मंत्री की तरफ खिसका दी। "नौसेना को अपना वैधानिक ऑपरेशनल रोल करने से क्यों रोक दिया गया है?"

रक्षा मंत्री ने उस नोट को बिना देखे ही कहा, "एडमिरल, आपकी नौसेना के अधिकांश लोग पूर्वी सीबोर्ड की ओर हैं, जो निकोबार प्रायद्वीप की इंडोनेशिया से रक्षा कर एक वैधानिक काम ही कर रहे हैं और तुम यह सब इंटेलिजेंस के स्रोतों के जरिए जानते हो। फिर तुम किसलिए इतने उदास हो?"

"मि. चव्हाण, नौसैना की भूमिका बंगाल की खाड़ी, अरब सागर और प्रशांत महासागर के आसपास ज्यादा है। आपके कहे अनुसार हम बंगाल की खाड़ी पर अपनी भूमिका निभा रहे हैं तो अन्य भूमिकाओं के बारे में आपका क्या कहना है?"

"एडमिरल, मुझे मानना पड़ेगा कि मंत्रालय ने अन्य दो सेनाओं को अपग्रेड करने के लिए जो भी कुछ किया है, वैसा नौसेना को अपग्रेड करने के लिए बहुत ज्यादा कुछ नहीं किया है। हालाँकि, यह बात मौजूदा स्रोतों और प्राथमिकताओं के बीच भी है। हमें अपनी कमियों के बारे में भी पता है और जैसे ही यह मुद्दा सुलझ जाए, मैं स्वयं इस मुद्दे को जल्द ही रखने की कोशिश करूँगा। तब तक तुम इस स्थिति में पश्चिमी किनारे पर मत खिसक जाना। तुम्हारे पास दोनों फ्रंट्स पर आक्रामक होकर लड़ने के लिए संसाधन नहीं हैं।"

"मि. चव्हाण, चलिए, यह एक अच्छी बात है कि अंततः मंत्रालय ने यह बात मान ली कि उन्होंने अभी तक नौसेना की आवश्यकताओं को पूरा नहीं किया है। हालाँकि, मेरे अफसर और आदमी हमारे पास जो भी सुविधाएँ हैं, उसके साथ युद्ध करने के लिए तैयार हैं। एक निष्क्रिय नीति से गलत मिसाल कायम हो सकती है। अगर नौसेना लड़ ही नहीं सकती तो उसके होने का क्या अर्थ है? पश्चिमी तट पर आक्रामक रूप से नहीं लड़ पाने की विफलता नौसेना के मनोबल को प्रभावित करेगी और मंत्रीजी, मुझे यह स्वीकार्य नहीं है।"

"एडमिरल, रक्षा मंत्री होने के नाते मेरा यह कर्तव्य है कि मैं अपनी सेना के प्रमुखों के विचारों के बारे में सुनूँ और इस संबंध में निर्णय लूँ। मैंने पहले भी आपको और अन्य सेना प्रमुखों को सुना है और मेरा यह निर्णय देश के हित में है कि नौसेना पश्चिमी तट पर एक आक्रामक भूमिका निभाएगी, मगर वह ऐसा कुछ भी नहीं करेगी, जिससे स्थिति और डगमगाए।"

"मंत्रीजी, अगर यह आपका निर्णय है, तो मुझे यह आपके संयुक्त सचिव के जरिए क्यों मिला?"

रक्षा मंत्री ने इसे संज्ञान में लिया और उस पत्र को देखा, जो उनके सामने पड़ा था, उन्होंने उसे सरका दिया। "अब ठीक है?" उन्होंने पूछा।

"मंत्रीजी, आपका धन्यवाद।" नौसेना प्रमुख ने कहा, "पर मैं इस मुद्दे पर प्रधानमंत्री से मिलना चाहूँगा।"

वह बैठक बहुत जल्दी संपूर्ण की गई और अगली सुबह नौसेना प्रमुख

प्रधानमंत्री कार्यालय पहुँच गए। वहाँ चव्हाण पहले से ही मौजूद थे और वे लालबहादुर शास्त्री के साथ बैठे हुए थे।

प्रधानमंत्री ने बातचीत शुरू की और पूछा, "एडमिरल सोमन, मुझे पता चला कि आप मुझसे मिलना चाहते हैं?"

"हाँ, प्रधानमंत्रीजी! रक्षा मंत्रालय द्वारा मिले निर्देश के अनुसार, भारतीय नौसेना पाकिस्तान के विरुद्ध पश्चिमी तट से युद्ध नहीं लड़ सकती—या 24 पैरेलल को पार नहीं कर सकती, किसी प्रकार का कोई आक्रामक ऑपरेशन नहीं कर सकती, जब तक उस पर आक्रमण न हो जाए।"

"हाँ, यह सही है। हमने इस मुद्‍दे को जाँचा है। मुझे पक्का यकीन है कि आपको इंडोनेशिया और पाकिस्तान की आपसी साँठ-गाँठ के बारे में पता होगा। आपको यह भी पता होगा कि इंडोनेशिया ने निकोबार प्रायद्वीप के कुछ हिस्से को लेने की कोशिश की थी और हाल-फिलहाल में निकोबार प्रायद्वीप के समुद्र में हलचल में कुछ बढ़ोतरी देखी गई है। एडमिरल, आप यह सुनिश्चित करें कि वहाँ कुछ गलत न हो। हमारी प्राथमिकता वहाँ भी है। जहाँ तक पाकिस्तानी नौसेना की बात है, हमें उनसे अभी तो कोई खतरा नहीं है। हमें आपके संसाधनों के बारे में पता है और इसलिए यह सोचा है कि जब तक वहाँ से आक्रमण नहीं होता, तब तक नौसेना पश्चिमी क्षेत्र में आक्रामक तरीके से तैयार रहेगी। मैं पश्चिमी क्षेत्र में पूरी तरह से वह स्थिति नहीं चाहता। हमारे हाथ में बहुत-कुछ है।"

"प्रधानमंत्रीजी, जहाँ तक हमारे समुद्रों, प्रायद्वीपों की सीमा और प्रशांत महासागर की सुरक्षा की बात है तो एक नौसेना प्रमुख होने के नाते मुझे अपने काम और अपनी प्राथमिकताओं के बारे में पूरी जानकारी है। मुझे यह जानकर प्रसन्नता हो रही है कि इस बात पर गौर किया जा रहा है कि नौसेना को और अधिक आधुनिक बनाए जाने की सोच जारी है और अगर उसे अपनी सही कानूनन भूमिका अदा करने को मिल जाए तो हम आशा करते हैं कि रक्षा मंत्री ने जैसे कहा है, वह बात जल्दी ही लागू होगी। मैंने अपने अफसरों से इस बारे में बात की है और हमारे पास जो भी कुछ है, उसी से हम लड़ने को तैयार हैं। अगर हम आक्रामक रूप से नहीं लड़ेंगे तो गलत संदेश जाएगा कि हम लड़ना नहीं चाहते। इससे नौसेना का मनोबल बुरी तरह से प्रभावित होगा।"

"एडमिरल, रक्षा मंत्री द्वारा आपकी बातों को मुझ तक पहुँचा दिया गया है। हमने एक बार फिर से स्थिति का आकलन किया है और हमारे निर्णय में कोई परिवर्तन नहीं है और आपको यह मानना पड़ेगा।"

"प्रधानमंत्रीजी, मुझे आपकी सीमाएँ पता हैं। हालाँकि, मुझे राष्ट्रपतिजी से मिलने के लिए आपकी अनुमति की जरूरत है, जो देश की सशस्त्र सेना के कमांडर-इन-चीफ हैं।"

"नहीं एडमिरल। मंजूरी नहीं मिलेगी। आप वही करें, जिसका आपको ऑर्डर मिला है। धन्यवाद!"

प्रधानमंत्री बहुत निश्चित थे और उन्होंने नौसेना प्रमुख के सामने अपनी बात सिलसिलेवार ढंग से रखी, क्योंकि आदेश तो आदेश है।

यह आदेश सरकार की ओर से था, जिसने भारतीय नौसेना को पाकिस्तान के विरुद्ध किसी भी प्रकार की आक्रामक काररवाई करने से रोक दिया था, तब भी, जब पाकिस्तानी नौसेना ने पश्चिमी तट पर स्थित द्वारका में बमबारी की। हालाँकि, इससे पाकिस्तान को कोई सैन्य लाभ नहीं मिला, पर इससे पाकिस्तानी नौसेना का मनोबल बढ़ गया। भारतीय नौसेना के लिए यह बहुत शर्मनाक था। हालाँकि, रक्षा मंत्रालय ने यह दिशा-निर्देश जारी किए थे, पर भारतीय नौसेना के अफसरों और आदमियों को यह समझने में बहुत मुश्किल हो रही थी, क्योंकि उन्हें जनता और मीडिया के सवालों के जवाब देने पड़ रहे थे कि क्यों भारतीय नौसेना पाकिस्तानी हमले का जवाब नहीं दे पा रही? इसके परिणामस्वरूप भारतीय नौसेना की छवि बहुत खराब हो गई थी।

युद्ध के बाद, पाकिस्तानी नौसेना मैगजीन में एक आलेख छपा—'1965 : सोमनाथ और गजनवी', जिसमें पाकिस्तानी नौसेना द्वारा द्वारका में की गई गोलीबारी की प्रशंसा की गई और उन्होंने इस घटनाक्रम को नौसेना की जीत के रूप में उभारा। पाकिस्तानी नौसेना को यह आलेख बहुत पसंद आया और उन्होंने इसकी तुलना 11वीं सदी में गुजरात के सोमनाथ मंदिर में महमूद गजनवी के आक्रमण से कर दी। पी.एन.एस. खैबर एक विध्वंसक था और वह रेडिंग फोर्स का एक भाग था और वहाँ बहुत ही उत्साह था, क्योंकि जहाज में जो टॉरपीडो एवं एंटी सबमेरीन ऑफिसर थे, उनका नाम लेफ्टिनेंट कमांडर पी.एन. गजनवी था। जहाज के क्रू को इंटरकॉम पर कहा गया था कि हजारों साल पहले, जो महमूद गजनवी ने किया था, वही फिर से दोहराया जानेवाला है, बस, महमूद गजनवी के घोड़ों की जगह स्टील के वारशिप्स ले लेंगे, जो समुद्र से आक्रमण करेंगे। यह कहानी भारतीय नौसेना के अफसरों और सैनिकों के लिए बहुत परेशान करनेवाली थी, क्योंकि पाकिस्तानी नौसेना एक ऐसे घटनाक्रम से लाभ ले रही थी, जिसमें कुछ हुआ ही नहीं था!

1966 में 1965 के युद्ध को लेकर नौसेना मुख्यालय, नई दिल्ली में थोड़ा वार्त्तालाप हुआ। रक्षा मंत्रालय द्वारा भारतीय नौसेना के लिए जो ऑपरेशनल निर्देश नोट पहले पढ़े गए और उसमें पहले से ही यह लिखा गया था कि भारतीय नौसेना को अपने रास्ते इतने नहीं खोलने हैं। इस बात पर तब एक असुविधाजनक चुप्पी थी, जब तक कैप्टन के.के. नैयर उठे और बोले।

कैप्टन नैयर ने यह बात बताई कि नौसेना के जवान भारत और उसकी संसद् के प्रति भी जिम्मेदार हैं, जिन्हें यह जानना चाहिए कि 1965 के युद्ध में भारतीय नौसेना की क्या भूमिका थी और अन्य वरदीधारी अफसरों के पास उसका कोई जवाब नहीं था। चूँकि वह सरकार का निर्णय था कि वह 1965 के युद्ध में भारतीय नौसेना की भूमिका को कम करे, इसलिए सरकार, जो सबसे कम कर सकती थी कि उन्होंने एक पब्लिक स्टेटमेंट जारी कर दिया कि उन्होंने नौसेना को यह निर्देश दिए हैं कि वह पश्चिमी तट पर रक्षात्मक रवैया अपनाए और स्थिति को पूरी तरह से युद्ध में तब्दील न होने दे। इसमें असफल होने पर सरकार नौसेना को बहुत बुरी तरह से नीचे कर देगी।

नैयर के इस सीधेपन में बोलने से विवाद का स्तर बढ़ गया और उनके विचारों से भविष्य के बहुत सारे नौसेना प्रमुखों का विचार बदल गया। इसके बाद, इस बहस के परिणाम का एक उपयोगी परिणाम निकला, क्योंकि यह एक मुख्य मुद्दा था, जिससे नौसेना एवं अन्य प्रमुख नौसेना प्रमुखों का मनोबल बढ़ा, जैसे एडमिरल नंदा, उन्होंने यह सुनिश्चित किया कि भारतीय नौसेना अगली जंग में एक महत्त्वपूर्ण भूमिका निभाएगी।

तीन सालों के बाद, एडमिरल नंदा बंबई में वेस्टर्न नेवल कमांड के फ्लीट ऑफिसर कमांडर-इन-चीफ बने और नौसेना प्रमुख बनने की लाइन में वे अग्रणी थे।

1965 के भारत-पाक युद्ध में अपनी प्रमुख भूमिका अदा न करने के कारण और इस अवमानना के कारण उन्होंने एक विज्ञप्ति जारी की, जो 'ब्लिट्ज' नामक बॉम्बे के अखबार में प्रकाशित हुई। उन्होंने बताया कि कराची में एक युवा नेवी ऑफिसर के रूप में तैनाती के कारण वे बंदरगाह की संरचना और उसके बैक वाटर के बारे में भी जानते हैं और अगर मौका मिले तो वे कराची में आग लगा देंगे।

इस बीच विवादों को सुलझाने के लिए शक्ति का प्रयोग करने के पाकिस्तान के जुनून को जानते हुए, भारतीय नौसेना ने अपने बंदरगाहों के लिए मिसाइल बोट

को हासिल करने के बारे में विचार किया। यह हार्डहिटिंग, हाईस्पीड मिसाइल प्लेटफॉर्म रूसी नेवी के द्वारा इस तरह से डिजाइन किया गया था कि वह अपने निशाने पर दूर से ही अचूक हमला करता है। उन्हें मूलत: रक्षात्मक सिस्टम के लिए ही प्रयोग किया जाता है।

के.के. नैयर के नेतृत्व में टीम सोवियत यूनियन भेजी गई, जिन्हें उनके नौसेना विशेषज्ञों के नेतृत्व में प्रशिक्षित किया जाना था और साथ में उन्हें पूर्ण रूप से जानकार भी बनाना था, जिससे वे इन कठिन मिसाइल बोटों को समझ सकें और उन्हें हैंडल कर सके। इस टीम में विशेष रूप से चुने गए, विशेष क्वालिफाइड और उत्साही युवा नौसेना के अफसर थे, जो अधिकतर लेफ्टिनेंट कमांडर के रैंक में थे, जिन्हें नेविगेशन, गनरी, टॉरपीडो और एंटीसबमेरीन ऑपरेशंस, इंजीनियरिंग, कम्युनिकेशन में महारत हासिल थी। टीम ने पूरा एक साल सोवियत यूनियन में गुजारा और उन्होंने न सिर्फ हथियारों को लेकर विशेषज्ञता हासिल की, अपितु रूसी भाषा भी सीखी, जो वहाँ की टेक्नोलॉजी को समझने के लिए जरूरी थी और इस प्रकार मिसाइल और मिसाइल बोट की बारीकियों को समझने के लिए यह जरूरी था।

यह ट्रेनिंग व्लादिवोस्तोक में की जानी थी, जहाँ टीम के लिए आर्कटिक जैसी स्थितियाँ हो रखी थीं और वह रूस के सबसे ठंडे जाड़ों में से एक था। जब वे लोग वहाँ थे, तब कैप्टन नैयर ने टीम से एक प्रश्न किया कि क्या यह भी संभावना है कि वे रक्षात्मक तरीके से उन मिसाइलों का प्रयोग कर सकते थे? यह एक मजेदार प्रश्न का मिश्रण था, जिससे एक नई बात ही सामने आ गई कि कैसे मिसाइल बोट रक्षात्मक कामों के लिए प्रयुक्त होती है, उसे आक्रामक मोड में प्रयुक्त किया जा सकता है।

वहाँ बहुत सारे मामलों को लिया जाना था। यह बोटें गति के लिए डिजाइन की गई थीं, जो यात्रा करने के लिए नहीं थीं और न ही खुले समुद्र में लंबी दूरियाँ तय करने के लिए। तेज गति के लिए इन बोटों द्वारा संचालित संशोधित विमान के इंजनों ने बड़ी मात्रा में ईंधन की खपत की, इसलिए यह 500 नॉटिकल समुद्री मील से कम में सीमित थे। तो क्या वे कराची जाकर वापस आ सकते थे? इसके अलावा, गति की आवश्यकता के कारण इन बोटों की वाटरलाइन कम थी और इसलिए यह समुद्र में जानेवाले मिशन के लिए तैयार नहीं थीं, क्योंकि ऊँची लहरें बोटों को लील लेतीं। ये सारी बातें ऑफिसर्स के दिमाग में चल रही थीं। हालाँकि, उन्हें इन मिसाइल बोट की आक्रामक भूमिका के इस्तेमाल के बारे में बात करने के लिए कभी नहीं कहा

गया, यहाँ तक कि उनके सपनों में भी नहीं। पर यह मिशन तभी सफल हो पाता, जब उसमें कोई विस्मय की बात आ जाती।

करीब एक साल चले ट्रेनिंग प्रोग्राम के अंत में रूसी प्रशिक्षक भारतीय टीम के ज्ञान एवं उनकी क्षमता को देखकर बहुत प्रसन्न हुए, क्योंकि वे उन्हें उनकी विशेषज्ञतावाले ज्ञान से कहीं आगे लेकर गए। रूसियों ने यह स्वीकारा कि उन्हें बहुत परिश्रम के साथ हर ट्रेनिंग सेशन के लिए तैयारी करनी पड़ती थी, क्योंकि उसमें बहुत गहरे प्रश्न होते थे और भारतीय टीम के मिसाइल और बोट से संबंधित हर तरह के प्रश्न के जवाब देने पड़ते थे। हालाँकि, मिसाइल बोट के आक्रामक प्रयोग के बारे में कभी बताया नहीं गया।

आक्रमण में इन मिसाइल बोट्स के उपयोग के बारे में कुछ खास अफसरों के बीच इन-हाउस बात हुई थी। उनमें से एक लेफ्टिनेंट कमांडर विजय जेरथ को कागजों में लिखने को कहा गया कि कैसे इन बोटों को आक्रमण की भूमिका के लिए इस्तेमाल किया जा सकता था। यह पेपर कैप्टन नैयर द्वारा लिखा गया और फिर वह नई दिल्ली स्थित नौसेना मुख्यालय में नौसेना ऑपरेशंस द्वारा भेजा गया। उसके बाद इस कागज के संदर्भ में कभी कुछ सुनने को नहीं मिला।

भारत में मिसाइल बोट्स को जनवरी 1971 में भेजा गया। हर मिसाइल बोट में कुछ ही महत्त्वपूर्ण चीजें थीं, जो करीब 180 टन की थीं और यह पता चला कि मुंबई में इतनी बड़ी, हैवी ड्यूटी क्रेन नहीं थीं कि वह मदरशिप से उन बोटों को निकाल सके, इसलिए उन मिसाइल बोटों को कलकत्ता में अनलोड करना पड़ा। फिर दूसरी समस्या यह थी कि कैसे थोड़ी शक्तियों के साथ ये बोटें कलकत्ता से पश्चिमी किनारे के लिए अपना रास्ता बनाएँगी। कुछ प्रयोगों के बाद, एक उपकरण का निर्माण हुआ और उसे भारतीय प्रायद्वीप में कलकत्ता से बंबई लाया गया। उस उपकरण को यह सुनिश्चित करना था कि उस बोट और मिसाइल बोट में किसी प्रकार का कोई घर्षण न हो। उसमें आठ मिसाइल बोटें थीं और उन्हें निकालने के लिए उतने ही जहाजों की जरूरत पड़नी थी।

बाकी भारतीय नौसेना को उन मिसाइल बोट की क्षमता और विशेषता का पता नहीं था, क्योंकि उन्हें उसी समय ही नौसेना में लिया गया था। कुछ वरिष्ठ अधिकारी मिसाइल की क्षमता और सटीकता के दावे के संबंध में अनभिज्ञ थे और इस हेतु एक प्रदर्शन करने की माँग कर रहे थे। मिसाइल की क्षमता को देखने के लिए दूर स्थित टारगेट रखे गए और इसके परिणाम काफी सफल रहे। इस संबंध में

एक नौसैनिक अभ्यास रखा गया और नौसेना के अफसर और अन्य लोगों ने पहली बार इस परीक्षण को देखा, वे मिसाइल बोट की रडार रेंज और मारक क्षमता को देखकर आश्चर्य में पड़ गए।

1971 का भारत-पाक युद्ध

इस बीच दूर पूर्वी पाकिस्तान में राजनीति ने एक बीभत्स रूप ले लिया था। भारत एवं पाकिस्तान के बीच का विरोध एक घटनाक्रम में परिणत हो चुका था और युद्ध होने की बहुत संभावनाएँ लग रही थीं।

3 दिसंबर, 1971 को शाम के 5:45 बजे पाकिस्तान ने भारत के उत्तरीय एवं पश्चिमी क्षेत्रों के हवाई अड्डों पर हमला शुरू कर दिया। प्रधानमंत्री इंदिरा गांधी, विदेश मंत्री सरदार स्वर्ण सिंह और रक्षा मंत्री बाबू जगजीवन राम सभी दिल्ली से बाहर थे। ऐसा लगने लगा कि पाकिस्तान को इस बारे में पता था कि भारत के प्रधानमंत्री और उनके रक्षा और विदेश मंत्री कुछ दिनों के लिए दिल्ली से बाहर थे।

भारतीय सशस्त्र सेना, पाकिस्तान के द्वारा किसी भी प्रकार के आक्रमण के लिए तैयार थी। एडमिरल नंदा उसी सुबह बंबई से वापस आए थे, वे वहाँ के अफसरों और लोगों से युद्ध की संभावना के बारे में बातचीत करने के लिए गए थे, जिसके बारे में लग रहा था कि वह कभी भी हो सकता था। एडमिरल नंदा ने यह स्पष्ट कर दिया था कि अगर पाकिस्तान ने आक्रमण किया, तो कराची के समुद्र के रास्ते से हमला करेगा। उन्होंने यह भी स्पष्ट कर दिया था कि वे अपने प्रदर्शन में कोई कमी नहीं रखेंगे और जिस किसी को भी आक्रमण के बारे में कोई शक-शुबहा हो तो वह अपने कदम पीछे खींच सकता था। पर उनमें से किसी को भी कोई समस्या नहीं थी।

काररवाई में एक मिसाइल नाव

बंबई में अपनी प्रेसवार्त्ता के बाद, 1 दिसंबर, 1971 को एडमिरल नंदा ने अपने अफसरों से यह बात साझा की कि उन्हें जो सूचना मिली है, उसके अनुसार

इस बात के बहुत आसार हैं कि पाकिस्तानी पनडुब्बियाँ बंबई बंदरगाह के भीतर पश्चिमी फ्लीट से छुपकर आक्रमण करेंगी। ऐसी परिस्थिति के बारे में चिंतित होकर उन्होंने अगले दिन फ्लीट्स को बंदरगाहों में छुपी जगहों से निकलकर खुले समुद्र में जाने को कहा।

उनकी आशंकाएँ सही थीं। पी.एन.एस. हंगोर, स्टेट ऑफ द आर्ट डेफने क्लास पाकिस्तानी पनडुब्बी बंबई बंदरगाह के बाहर युद्ध शुरू होने का इंतजार कर रही थी कि जैसे ही युद्ध शुरू हो जाए, वह पश्चिमी घाट की उन फ्लीट्स को बरबाद कर दे, जो मुंबई बंदरगाह से बाहर निकलेंगी। पर दुर्भाग्यवश, पाकिस्तानी पनडुब्बियों के लिए पश्चिमी फ्लीट युद्ध की शुरुआत से पहले ही खतरे से बाहर निकल चुके थे। इसलिए पाकिस्तानी पनडुब्बियाँ उन परिस्थितियों का फायदा नहीं उठा सकतीं, जहाँ वे थीं, नौसेना प्रमुख के पूर्वाभास को इसका धन्यवाद। इसलिए पाकिस्तानी पनडुब्बी ने जो भी बहुत अच्छी जगह ली थी, उसका फायदा नहीं ले सकती थीं।

भारत के जहाज के पश्चिमी फ्लीट ठहरी हुई पाकिस्तानी पनडुब्बियों के ऊपर से गुजर रहे थे और पाकिस्तानी कुछ कर भी नहीं पा रहे थे। भारत पर पाकिस्तानियों के आक्रमण के कुछ घंटों के भीतर, पश्चिमी फ्लीट पाकिस्तानी जलमार्ग की ओर चल पड़ा। भारत की तीव्र प्रतिक्रिया के कारण पाकिस्तान चौकन्ना हो गया।

युद्ध से पहले, एडमिरल नंदा ने पाकिस्तान के साथ युद्ध से संबंधित अपनी दूरदृष्टि, योजना और एक्शन प्लान के बारे में पूर्व एवं पश्चिम के कमांडर्स-इन-चीफ को बताया। एडमिरल नंदा के साथ अपनी वार्त्ता को याद करते हुए फ्लैग ऑफिसर कमांडिंग-इन-चीफ ईस्ट के एडमिरल कृष्णन ने कहा—

> "...हमने काम के बारे में लंबी-चौड़ी बातचीत की। हमारी सारी बातें एक ही बात से उपजीं, जिसमें एक दृढ़ विश्वास था, जुनून की सीमा थी और यह बात भी थी कि नौसेना को युद्ध में अपना सबकुछ लगा देना चाहिए और हमारी शत्रुता की शुरुआत की रणनीति एक आक्रामक नीति होनी चाहिए। हमें अपने दिमाग से किसी भी प्रकार की रक्षात्मक बात निकाल देनी चाहिए, हमें अब काम करना पड़ेगा और फिर रिस्क लेकर दुश्मनों को समुद्र के बंदरगाहों पर नेस्तनाबूद कर देना चाहिए..."

मिसाइल स्क्वाड्रन ने इस बीच सौराष्ट्र के दक्षिण किनारे को नवंबर तक सँभाल लिया और पाकिस्तानी नौसेना के विरुद्ध आक्रमण शुरू कर दिया। कराची

के मिसाइल स्क्वाड्रन ने पूर्वनियोजित तीन आक्रमण किए, जो हैं—ऑपरेशंस ट्राइडेंट, पायथन और ट्रिंप।

मिसाइल स्क्वाड्रन द्वारा पहला आक्रमण तीन मिसाइल बोटों से किया गया, जिनका नाम निपट, निरघट और वीर था। वह मिसाइल बोटें 4 दिसंबर, 1971 को दो पेट्या क्लास फ्रिगेट्स द्वारा सुरक्षा के साथ लाई गई, जिनके नाम थे—किलटन और कटचल।

प्रतिशोध के साथ विडंबनापूर्ण बात यह थी कि मिसाइल स्क्वाड्रन द्वारा पहला नौसेना जहाज पी.एन.एस. खैबर था, इस जहाज ने द्वारका में 1965 में भारत-पाक युद्ध में बमबारी की थी, इस युद्ध में चालक दल ने छापे की नकल करने में प्रसन्नता व्यक्त की थी और उस बोट में महमूद गजनवी और लेफ्टिनेंट कमांडर मोहम्मद गजनवी दोनों साथ मौजूद थे।

पी.एन.एस. खैबर दक्षिण-पश्चिम में कराची के पास पेट्रोलिंग कर रहा था। दुश्मनों के पास मिसाइल बोट्स थीं, जो पेट्या के संरक्षण में थीं। उन्होंने तीर की तरह निशान बना रखा था और वे पूरी स्पीड में कराची की ओर तेजी से जा रही थीं, जिसमें आई.एन.एस. निपात आगे थी और निरघट और वीर पीछे से आ रही थीं। खैबर और निरघट, जो एक-दूसरे के इतने करीब आनेवाले थे, उनके बीच में दूरी करीब 60 नॉट्स थी। करीब रात के 10:40 बजे, जब खैबर करीब 20 नॉटिकल मील दूर था, निरघट ने अपनी पहली मिसाइल लॉञ्च की। खैबर ने पास आनेवाली मिसाइल को दुश्मनों का हवाई जहाज समझने की गलती कर ली और फिर क्लोज रेंज एंटी-एयरक्राफ्ट गन से गोलाबारी शुरू की, पर खुद को मिसाइल की मार से रोकने में असफल हो गया। मिसाइल ने पहले खैबर को स्टारबोर्ड साइड पर मारा। सबसे पहले उसके बॉयलर रूम में आक्रमण किया गया और उसकी गति तेजी से रुक गई। नंबर 1 के बॉयलर रूम में तेजी से आग लगी और उसके फनल से तेजी से धुआँ निकलने लगा। पूरे जहाज में अँधेरा छा गया। वायरलेस ऑपरेटर ने यह संदेश प्रसारित किया कि जहाज पर हवाई हमला किया जा रहा है। चूँकि उनका आकलन गलत हो गया था कि उन पर किस चीज से हमला हुआ है, तो बचे हुए लोगों को निकालने में पूरा एक दिन लग गया।

कमांडर यादव, जो उस ग्रुप के लीडर थे और जिन्होंने आई.एन.एस. निपात में स्वयं को आगे रखा था, उन्होंने पहली मिसाइल को फायर करने का आदेश दिया, फिर उन्होंने खैबर में निरघट से फायर करने को कहा, जो अभी 17 नॉटिकल्स दूर

था। फिर जब दूसरी मिसाइल ने खैबर पर हमला किया तो उसकी स्पीड जीरो पर आ गई। जहाज में आग लग गई और उसमें से गहरा धुआँ निकलने लगा। पाकिस्तानी स्टैंडर्ड टाइम के अनुसार रात के दस बजे खैबर के कप्तान को जहाज को अंतिम बंदरगाह तक छोड़ना खतरनाक हो गया। रात के सवा दस बजे, जो भी लोग जहाज छोड़ सकते थे, उन्होंने उसे छोड़ दिया। विस्फोटकों के फटने से जहाज में बमबारी सी होती रही और उस डूबते हुए जहाज से, जितने भी लोग थे, बाहर कूदने लगे। करीब साढ़े दस बजे खैबर डूबने लगा। भारतीय मिसाइल बोटों के रडार स्क्रीन पर खैबर की पहली बार एक तेजी से आवाज आई। एक बार जब उसपर हमला हो गया, वह आवाज कम होती गई और फिर वह गायब हो गई। खैबर पूरी तरह ध्वस्त हो गया। वह दक्षिण-पश्चिम कराची से करीब 35 नॉटिकल मील में पूरी तरह से डूब गया।

जो दूसरा जहाज डूबा, वह 'पी.एन.एस. मुहाफिज' था, जो एक माइनस्वीपर था। 'मुहाफिज' पेट्रोलिंग कर रहा था और वह खैबर की सहायता के लिए भेजा गया था। जब वह खैबर की ओर जा रहा था, उसने अपनी ओर एक प्रकाशपुंज आता देखा और बंदरगाह के एकदम सामने की ओर उससे सीधे एक मिसाइल टकराई। उसमें आग लग गई और किसी संकट का संदेश भेजने से पहले ही वह पूरी तरह से जल गया। 'शाहजहाँ' और 'वीनस चैलेंजर' नामक दो और जहाज, जिसमें हथियार आदि थे, वे भी नष्ट हो गए।

यह आदेश दिए गए थे कि पहले आक्रमण में ही अधिकांश मिसाइलों से हमला कर दिया जाए और आश्चर्य की बात यह थी कि ऐसा करने में पूरी तरह से सफलता मिल गई। अब आई.एन.एस. निपात कराची की ओर बढ़ गया। निपात के रडार ने कियामारी ऑयल टैंक को आसपास पिक किया और जब रेंज 18 मील दूर की थी, निपात ने तेल के टैंकर पर हमला किया। आकाश में एक प्रकार का विस्फोट हुआ, आकाश में आग की बड़ी-बड़ी लपटें छाने लगीं। जहाज के बरबाद होने से उसमें जो हथियार आदि थे, वे ऑयल फील्ड में एक साथ जल गए, जिससे आग की लपटें निकलने लगीं और जो भी लोग अन्य भारतीय जहाजों से इसे देख रहे थे, वे लोग इसे लंबे समय तक याद रखेंगे।

कराची में दूसरा आक्रमण 'ऑपरेशन पायथन', जो 6 दिसंबर को होना था, को खराब मौसम और खराब समुद्री हालात के कारण स्थगित करना पड़ा। वह आक्रमण 8 दिसंबर को आई.एन.एस. विनाश की मिसाइल बोट के कारण करना

पड़ा, जिसमें साथ में दो फ्रिगेट्स त्रिशूल और तलवार भी थे। सिंगल मिसाइल बोट के कमांडर लेफ्टिनेंट कमांडर विजय जैरथ थे, जिन्होंने न सिर्फ पाकिस्तानी ऑयल टैंकर पी.एन.एस. ढाका को बुरी तरह से ध्वस्त किया, बल्कि उन्होंने दो अन्य जलयान को भी बरबाद कर दिया और डुबो दिया। उसकी चौथी मिसाइल कियामारी ऑयल टैंक से जा भिड़ी और एक बार फिर से आग लग गई। आकाश में तेजी से उठती लपटें जहाज से 60 नॉटिकल मील से देखी जा सकती थीं। भारतीय वायुसेना के पायलट, जो कराची पर बम गिराने के लिए गए थे, उन्होंने अगली सुबह बताया कि वह एशिया में अब तक हुई सबसे बड़ी आगजनी थी। वह आग करीब सात दिन और सात रात चली, जिसने कराची शहर को पूरी तरह से धुएँ में लपेट लिया और करीब तीन दिनों तक सूरज नहीं दिखा। इससे पाकिस्तानी नौसेना सकते में पड़ गई और उन्होंने अपने सारे जहाजों को सुरक्षा की दृष्टि से वापस बुलाकर भीतर के बंदरगाह में रख दिया।

तीसरा आक्रमण, जिसका कोड नाम 'ऑपरेशन विजय' था, को वापस लेना पड़ा, क्योंकि जब तक संसाधनों की रिग्रुपिंग करनी थी, तब तक युद्ध अपनी समाप्ति की ओर था।

एडमिरल नंदा का वादा तीन सालों के बाद पूरा हुआ, जिसमें उन्होंने यह घोषणा की थी कि वे कराची में आग लगा देंगे। होना क्या था, पूरी पाकिस्तानी नौसेना पर कराची बंदरगाह में गाज गिर गई और उन्होंने बाहर निकलकर लड़ने से मना कर दिया। उनका इतना दुर्भाग्य रहा कि पाकिस्तानी वायुसेना ने अपनी सेना की मदद के लिए आगे आकर लड़ने से मना कर दिया और भारतीय नौसेना एवं वायुसेना दिन भर कराची एवं उसके आसपास मँडराती रही। भारतीय नौसेना पूरी तरह आश्वस्त थी कि वह अरब सागर पर अपना नियंत्रण रखेगी और कराची की जलसीमा या वायुसीमा में भारत सरकार की अनुमति के बिना किसी अन्य विदेशी मर्चेंट जहाज या हवाई जहाज को आने की इजाजत नहीं थी।

इस बीच रूसी सैटेलाइट, उत्तरी अरबी समुद्र पर नौसेना के युद्ध के लिए रूसी नौसेना प्रमुख एडमिरल गोर्शकोव पर आधारित थे। भारतीय मिसाइल बोट्स की सैटेलाइट इमेज, जिन्होंने पाकिस्तानी नौसेना एवं कराची पर आक्रमण किया था, ने रूसी नौसेना प्रमुख को आश्चर्यचकित कर दिया, क्योंकि उन्होंने जो देखा था, उस पर उन्हें विश्वास ही नहीं हो रहा था! फिर आश्चर्य और सनसनी के साथ उन्होंने जल्द ही इसकी प्रशंसा की कि भारतीय किस प्रकार रूसी मिसाइल बोट्स

का इस्तेमाल कर रहे थे। वे इससे इतने खुश हुए कि खुशी के मारे चिल्लाने लगे और रूसी नौसेना ऑपरेशन रूम में रूसी नौसेना का स्टाफ आश्चर्य और खुशी के मारे अपने पैर थिरकाने लगा।

पाकिस्तान हमेशा से ही सहायता के लिए अमेरिका और चीन पर निर्भर रहा है। इससे पहले कि कोई रुकावट आए, भारतीय वायुसेना ने यह युद्ध तेरह दिनों में ही समाप्त कर दिया था।

अमेरिका के राष्ट्रपति रिचर्ड निक्सन युद्ध में पाकिस्तानियों के प्रदर्शन को देखकर गुस्सा हो गए और उन्होंने अमेरिका की सातवीं फ्लीट को बंगाल की खाड़ी में घुसने के आदेश दिए। पर अमेरिकी फ्लीट कमांडर पर उनके आदेश अनिश्चित थे और अमेरिकी एडमिरल इस बात से स्पष्ट नहीं थे कि अमेरिकी नौसेना को भारतीय नौसेना के मामले में घुसना है अथवा नहीं, या ढाका में फँसे पाकिस्तानी एवं अमेरिकी अफसरों को वहाँ से छुड़ाना है? किसी भी मामले में अब बहुत देर हो चुकी थी। जब तक अमेरिका की सातवीं फ्लीट ने बंगाल की खाड़ी में प्रवेश किया, तब तक भारतीय सशस्त्र सेना ने युद्ध ही समाप्त कर दिया, पूर्वी पाकिस्तान को स्वतंत्रता दिला दी और बांग्लादेश के रूप में एक नए देश का जन्म हो चुका था।

युद्ध के तुरंत बाद, रूसी नौसेना के प्रमुख एडमिरल गोर्शकोव अपने दल के साथ मुंबई बंदरगाह पहुँचे। उन्होंने अपने आश्चर्य की सीमा को व्यक्त किया और बताया कि भारतीय नौसेना ने जिस तरह आक्रामक रूप से रूसी मिसाइल बोट्स का इस्तेमाल किया, उससे वे बहुत खुश थे। उन्होंने बताया कि किस तरह उन्होंने इन बोट्स को बंदरगाहों और पोर्ट्स की रक्षा के लिए डिजाइन किया था। उन्होंने भारतीय नौसेना प्रमुख एडमिरल नंदा को बताया कि वे मिसाइल स्क्वाड्रन के इंटरप्रिड अफसरों से मिलना चाहते थे, जिन्होंने रूसी मिसाइल बोट्स से किस प्रकार विध्वंसकारी प्रभाव दिखाया। उस दिन आई.एन.एस. विक्रांत में एक सेलिब्रिटी डिनर था, जो एक भारतीय एयरक्राफ्ट कॅरियर था। सभी आगंतुक जन, चाहे वे भारतीय हों या रूसी, एक परंपरागत मैस ड्रेस में थे। हालाँकि, मिसाइल बोट कमांडर अभी भी अपनी लड़ाकू पोशाक में ही थे। रूसी एडमिरल को यह सूचित किया गया कि मिसाइल बोट कमांडर डिनर में इसलिए शामिल नहीं हो सकते, क्योंकि वे सही प्रकार से तैयार होकर नहीं आए थे। पर रूसी एडमिरल ने एडमिरल नंदा से प्रार्थना की कि उन्हें डिनर में आने के लिए कहा जाए और उनकी प्रार्थना स्वीकार भी कर ली गई।

एडमिरल गोर्शकोव मिसाइल बोट के कमांडर्स से व्यक्तिगत रूप से मिले और उन्हें बधाई दी और उन्हें रूस का सबसे बड़ा सांकेतिक उपहार 'बियर हग' दिया। उन्होंने सबको बताया कि वे उनके प्रदर्शन से बहुत खुश थे। उन्होंने कुछ ऐसा भी कहा, "जो जरूरी है और वह सामान्यत: जाना नहीं जाता।" उन्होंने कहा, "तुम्हें यह जानना चाहिए कि तुम अकेले नहीं हो। हम अमेरिकी नौसेना की सातवीं फ्लीट की आवाजाही को तब मॉनिटर कर रहे थे, जब जरूरी था। कोई बात नहीं, तुम लड़कों ने हमारी सोच से परे इन मिसाइल को बहुत बेहतरीन तरीके से इस्तेमाल किया। बहुत अच्छे और इसके लिए तुम्हें बहुत बधाई।"

परिशिष्ट

इस कहानी से यह बात पता चलती है कि किस प्रकार हथियारों के सफल प्रयोग से युद्ध में बेहतरीन परिणाम आ सकते हैं और भारतीय नौसेना ने देश के हित में एक बहुत महत्त्वपूर्ण भूमिका अदा की है। अच्छे नेता यह सुनिश्चित करते हैं कि युद्ध न हो और वह तभी हो सकता है, जब हम मजबूत होंगे। किसी देश की ताकत आकस्मिक नहीं होती, बल्कि वह उस देश की राजनीतिक और सैन्य इच्छाशक्ति, हथियारों और सशस्त्र बलों को उपलब्ध कराए जाने पर भी निर्भर करती है, जिससे वह अपने काम को अच्छे से अंजाम दे सके।

□

बी.बी.सी. का सर्वोत्तम ब्रॉडकास्ट

"युद्धक्षेत्र में लड़ाइयाँ जीतने या हारने से पहले उन व्यक्तियों के दिमागों में लड़ाइयाँ जीती या हारी जाती हैं।"

—ब्रिगेडियर डेस्मंड हॉयड, एम.वी.सी.

लेफ्टिनेंट कर्नल अरुण हेरोलिकर, जो चौथी बटालियन, पाँचवीं गोरखा राइफल्स के कमांडिंग ऑफिसर थे, बहुत चिंतनशील मनोदशा में थे। बटालियन ने एटग्राम एवं गाजीपुर में दो जबरदस्त लड़ाइयाँ लड़ीं और वे सबसे ऊपर हो गए। एटग्राम में उन्होंने पाकिस्तान की 31 पंजाब कंपनी का नाश कर दिया और गाजीपुर के युद्ध में 22 बलूचों का सत्यानाश कर डाला। खुकरी ने पाकिस्तानी सैनिकों के दिल और दिमाग में खौफ पैदा कर दिया था, क्योंकि गोरखाओं ने कई पाकिस्तानी सैनिकों के सिर खुकरी से धड़ से अलग कर दिए थे। जो पाकिस्तानी सैनिक बच गए थे, उन्होंने ठंडे स्टील के उस हथियार के भय को अपनी यूनिट के अन्य सदस्यों को प्रकट कर दिया। जो लोग उस खुकरी की नोक से उस चाँदनी रात में बच गए थे, वे उस खूनी रात को भूल नहीं पाएँगे, जब युद्ध के दौरान गोरखाओं की आवाज 'आयो गोरखाली' गूँजती रही।

बटालियन का मनोबल बहुत ऊँचा था, पर उन्होंने उस जीत के लिए बहुत बड़ी कीमत चुकाई थी। हवा सिंह और जौहरी नामक दो युवा अफसर, जिन्हें हेरोलिकर ने स्वयं प्रशिक्षित एवं आगे बढ़ाया था, अब नहीं रहे। केलकर, उनके सेकेंड-इन-कमांड और कॉलेज के दोस्त भी उसमें मारे गए। इसके अलावा, यशवंत रावत, वीरेंद्र रावत, यंग भारत और राजेश सहरावत को चोटें आई थीं। बटालियन ने अठारह अफसरों के साथ युद्ध लड़ा था और एक ही सप्ताह में उनमें से तीन लोग मारे गए और चार लोग घायल हो गए। अब सिर्फ ग्यारह लोग ही

भविष्य के कामों को अंजाम देने के लिए रह गए। इन दो भयंकर मुठभेड़ों के कारण बटालियन के तीन अफसरों, एक जे.सी.ओ. और उन्नीस अन्य रैंक के लोगों को खो दिया और चार अफसरों और चौहत्तर अन्य रैंक के लोग घायल हो गए। नेपाल से लीव पार्टियाँ अभी तक बटालियन के साथ नहीं आई थीं और राइफल कंपनियों की संख्या तिरपन से बासठ हो चुकी थी, जबकि उसकी अधिकृत संख्या एक सौ चौदह थी। उन्होंने अपने सेकेंड-इन-कमांड से रिप्लेसमेंट के लिए कहा, पर किसी को भी यह नहीं पता था कि वे कौन होंगे और कब आएँगे?

हेलीबोर्न हमला : सिलहट की लड़ाई

राइफल कंपनियों को फिर से व्यवस्थित किया जाना चाहिए, कंपनी कमांडर को हटाया गया, जो लोग मारे गए या घायल हुए, उनकी जगह अन्य लोगों की भरती की जानी थी और नए लड़ाकुओं को नए रोल में प्रशिक्षित किया जाना था। प्रशिक्षण के दौरान हेरोलिकर ने इस बात पर बल दिया कि हर व्यक्ति को एक से ज्यादा भूमिका निभानी होंगी और वह खुद इसे संभव करने की कोशिश करेगा। युद्ध की असलियत काफी अलग होती है! बटालियन को खून में लथपथ हो जाना होता है, पर साथ ही खूँखार बनना पड़ता है। यह भूलना आसान नहीं है कि कुछ जवान, जिन्होंने कुछ दिन पूर्व ही दुश्मनों पर अपना शिकंजा कसने की योजना बनाई थी, वे अब नहीं रहे! यह भी ठीक नहीं था कि वे अपनी जवानी में ही मर जाएँ!

युद्ध में अच्छा करने के लिए एक कीमत चुकानी पड़ती है, इसलिए आपको कठिन-से-कठिनतम काम करने को दिए जाते हैं। एटग्राम की सफलता के बाद यही हुआ था। फिर एक बटालियन पर आक्रमण हुआ और वे गाजीपुर में एक

मजबूत दुश्मन पर कब्जा करने में असफल हो गए, कोर कमांडर जनरल सगत सिंह ने कहा, "अब गोरखाओं को अंदर भेजो।" इसलिए वे अंदर गए और उन्होंने गाजीपुर पर कब्जा कर लिया, पर उसके लिए उन्हें बहुत भारी कीमत चुकानी पड़ी।

युवा हेरोलिकर को परिजनों को एक चिट्ठी लिखनी थी, पर वह एक कठिन काम था। सेना का मुख्यालय एक अवैयक्तिक टेलीग्राम भेजता, जो इन शब्दों के साथ शुरू होता, 'हमें आपको बहुत दुःख के साथ यह सूचित करना पड़ रहा है...' किसी भी सैनिक की पत्नी या माँ, जो ऐसे पत्र को ग्रहण करते हुए मर-सी जाती है। इस खबर को ग्रहण करने से बुरी कोई और खबर नहीं होती। हालाँकि, चौथी बटालियन के परिवार के प्रमुख होने के नाते, उन्हें युद्ध में लड़ रहे पति/बेटे की पत्नी या माँ को एक व्यक्तिगत पत्र लिखकर यह बताना होता था कि उनके वार्ड ने युद्ध में किस प्रकार अपनी भूमिका निभाई है। उन्हें उन सभी लोगों के लिए एक प्रशस्ति-पत्र भी लिखना पड़ता, जिन्होंने वीरता एवं साहस के साथ एक अदम्य जीवन जिया। उन्हें यह महसूस हुआ कि बटालियन को अगला कार्य अनिवार्य रूप से आवंटित करने से पहले उन्हें कुछ दिनों का अवकाश चाहिए।

उन्होंने ब्रिगेड कमांडर बंटी क्विन को संदेश दिया कि उनकी बटालियन को आराम करने और फिर से व्यवस्थित होने के लिए कुछ दिन चाहिए। ब्रिगेड कमांडर तुरंत तैयार हो गए। हेरोलिकर को अगले काम के लिए फिर से रिऑर्गनाइज होने के लिए चार दिनों का अवकाश दिया गया।

बटालियन अब दूसरे इलाकों की ओर आगे बढ़ने लगी और क्वार्टरमास्टर और उसकी पार्टी सही जंगल ढूँढ़ने के लिए चली गई, जहाँ छाँव एवं पानी आसानी से उपलब्ध हो सके। वहाँ आदमियों को छह दिनों से नहाने का अवसर नहीं मिला था, न ही उस दौरान उन्हें गरम खाना खाने को मिला। इसलिए यह ब्रेक जरूरी था। मृतकों का अंतिम संस्कार कर दिया गया था, पर उसके बाद पेपरवर्क का बहुत सारा काम किया जाना बाकी था। हथियारों की सफाई, फिर से गोला-बारूद भरने, कपड़े धोने, ब्रिगेड हेडक्वार्टर्स में परिवारों को चिट्ठी लिखे जाने और शहीद होने के समाचार दिए जाने के लिए भी कुछ दिनों की जरूरत थी।

जंगल के झरनों में सैनिक नहाए थे। कपड़े धोकर सुखा लिये गए थे और वे काफी दिनों के बाद पहली बार गरमागरम खाने का इंतजार कर रहे थे, जो उनके लिए स्वर्ग के समान था, पर तभी वहाँ ब्रिगेड मुख्यालय से कमांडिंग ऑफिसर का टेलीफोन कॉल आया।

कमांडिंग ऑफिसर ने फोन उठाया। उन्हें बताया गया कि उनकी बटालियन को एक और टास्क दिया गया है और उन्हें तुरंत ही निकलना पड़ेगा।

कर्नल हेरोलिकर ने इसका विरोध किया और कहा कि उनके आदमियों को अभी कुछ दिनों के आराम की जरूरत है। वे सब चार दिनों से सोए नहीं हैं। ऐसा क्या विशेष आन पड़ा है, जो अन्य बटालियन के लोग नहीं कर सकते? अभी आगे कितना कुछ किया जाना है और उस अगले काम के लिए उन्हें तैयार होना पड़ेगा। ब्रिगेड कमांडर बंटी क्विन ने धीरे से कहा, "हैरी, मुझे पता है कि तुम यह जानते हो कि अभी जितना विरोध तुम प्रदर्शित कर रहे हो, उतना विरोध मैंने भी प्रदर्शित किया होगा और मेरे विरोध को नकार दिया गया।"

यह सही है। ब्रिगेडियर क्विन एक ऐसे अफसर के रूप में जाने जाते थे, जोकि सच्चे थे और जब उन्हें लगता कि स्थितियाँ सही नहीं हैं, तब तक वे अपने दल को खतरे में नहीं डालते। हेरोलिकर को यह पता था और उन्होंने जवाब दिया, "ठीक है सर, बताइए, मुझे कब जाना होगा?"

ब्रिगेडियर क्विन ने कहा, "हैरी, मैं तुम्हें फोन पर इस बारे में विस्तार से नहीं बता सकता। मैं तुम्हारे पास अभी आ रहा हूँ।"

कुछ घंटे के बाद ब्रिगेडियर क्विन खुद गाड़ी में उस जगह पर आए, जहाँ बटालियन ठहरी थी और उन्होंने कर्नल हेरोलिकर को सूचित किया कि उनकी बटालियन को यह सूचित कर दिया गया है कि उन्हें भारतीय सेना के पहले हेलीबोर्न हमले की जिम्मेदारी दी गई है और उनका उद्‌देश्य पूर्वी पाकिस्तान का सिलहट जिला है।

6 दिसंबर की सुबह, ठीक उसी दिन गोरखा अपने आराम करने के इलाके में चले गए और कोर कमांडर लेफ्टिनेंट जनरल सगत सिंह, ब्रिगेडियर क्विन से मिले। सगत सिंह ने ब्रिगेडियर क्विन को सूचित किया कि उन्हें पता चला है कि सिलहट को पाकिस्तानी सेना द्वारा खाली कराया जा रहा है। कोर कमांडर को यह अनिवार्य लगा कि भारतीय सेना पहले से ही सिलहट पर कब्जा कर ले। एक निश्चित समय-सीमा में दुश्मन के कब्जेवाले क्षेत्र में पैदल आगे बढ़ना मुमकिन नहीं था। पर कोर के सूत्रों के अनुसार सगत सिंह के पास अगरतला में दस हेलीकॉप्टर मौजूद थे। उन्होंने क्विन को सूचित किया कि एक बटालियन को सिलहट के लिए अगले दिन एयरलिफ्ट किया जाएगा और इस काम के लिए गोरखाओं की जरूरत होगी। उन्होंने साथ में यह भी कहा कि उन्हें तुरंत ही कलाऊरा के लिए निकलना होगा, यह वह

जगह है, जो हेलीबोर्न हमले के लॉन्च पैड के लिए निर्धारित की गई है।

ब्रिगेडियर क्विन ने लेफ्टिनेंट कर्नल हेरोलिकर को यह सूचित किया कि सिलहट निर्णायक रूप से इसलिए जरूरी था, क्योंकि इससे ढाका और अन्य किलेनुमा जगह का पता चलता—यह पूर्वी पाकिस्तान की रक्षा के लिए जनरल नियाजी की रणनीति थी। सिलहट को जल्दी से कब्जे में लेने के लिए ढाका पहले पहुँचना होगा और यह जनरल सगत की योजना थी। इस मिशन के तहत एयरफील्ड, कम्युनिकेशन सेंटर और रोड जंक्शन पर कब्जा करना था और यह काम एक ब्रिगेड को दिया जाएगा।

ब्रिगेड कमांडर ने जनरल सगत को यह सूचित किया कि उन्होंने गोरखाओं को आराम करने के लिए चार दिन दिए थे कि वे एटग्राम एवं गाजीपुर के युद्ध के बाद स्वयं को पुनर्व्यवस्थित करें। कोर कमांडर ने क्विन से कहा कि वे अपने आदेश निरस्त करें और गोरखाओं को तुरंत आगे बढ़ने के लिए कहें। उन्होंने कहा कि उन्हें पता है कि गोरखा और वह इस काम के लिए सबसे बढ़िया है। अब बरबाद करने के लिए समय नहीं बचा था।

जनरल सगत इस काम को पूरी तरह से करने के लिए तैयार थे। अगर गोरखाओं ने एटग्राम एवं गाजीपुर में सही से काम किया, तो फिर वे उन्हें उनका उद्देश्य पूरा करने के लिए इस्तेमाल करेंगे, चाहे युद्ध में उनके अफसरों एवं आदमियों का जो भी नुकसान हो।

मुख्यालय में 4 कोर का पूर्व का इंटेलिजेंस यह इंगित कर रहा था कि पाकिस्तान की 202 इन्फैंट्री ब्रिगेड उनके सहायक हथियारों के साथ सिलहट को अपनी मुट्ठी में किए हुए थी। वह करीब 3000 लोगों के दल के बराबर था। पर कोर कमांडर के अनुसार ब्रिगेड वहाँ से आगे ढाका की रक्षा के लिए निकल चुकी थी और अब सिलहट में करीब 200 लोग ही उसने अपने पास रखे हुए थे।

सगत सिंह, जनरल ऑफिसर कमांडिंग 4 कोर यह जानते थे कि इस काम की सफलता के लिए गति की बहुत आवश्यकता थी, पर सिलहट अंदर तक मीलों में फैला हुआ था और विशिष्ट दल बहुत दूर थे। सिलहट को तेजी से कब्जे में सुनिश्चित करने का एक ही रास्ता था कि ट्रांसपोर्ट के लिए तेजीवाले वाहनों का प्रयोग किया जाए। ग्रुप कैप्टन चंदन सिंह, जो जनरल सगत के मुख्यालय के एयरफोर्स ऑफिसर थे, के पास दस हेलीकॉप्टर मौजूद थे, पर वे सिर्फ लॉजिस्टिक मामले के लिए ही बने थे, वे काफी हलके थे और उनके पास कुछ सुरक्षा भी नहीं

थी, यहाँ तक कि छोटे से हथियार से फायर होने पर भी वे सुरक्षा नहीं कर सकते थे।

हालाँकि, मुख्य समस्या यह थी कि हेलीकॉप्टर छोटे हथियारों से किए गए फायर की चपेट में आ सकते थे, पर दुश्मनों के हथियारों को हलके में लेने की जरूरत नहीं थी, क्योंकि आकाश में हेलीकॉप्टर एवं जमीन में दलों पर निशाना बनाया जाना था। भारतीय वायुसेना के पास आक्रमण के लिए हेलीकॉप्टर्स नहीं थे और उनके फाइटर एयरक्राफ्ट के पास रात में लड़ने की क्षमता नहीं थी। इसके साथ ही सिलहट भारतीय तोपों की रेंज से काफी दूर थे। गोरखा इस प्रकार खुद ही बिना किसी फायर सपोर्ट के लड़ रहे थे।

कोर कमांडर एवं ग्रुप कमांडर चंदन सिंह ने यह महसूस किया कि इसमें रिस्क हो सकता है, फिर भी दोनों ने यह महसूस किया कि रिस्क लेना युद्ध में निर्णय लेने का एक भाग है, इसलिए उन्होंने यह निश्चित किया कि रिस्क लिया जाए।

ब्रिगेड के कमांडर से बात करने के तुरंत बाद 6 दिसंबर, 1971 की सुबह को जनरल सगत ने जनरल ऑफिसर कमांडिंग 8 माउंटेन डिवीजन के जनरल राव को सिलहट को कब्जे में लेने का प्लान बताया और उन्हें निर्देशित किया कि अब वहाँ के लिए उड़ा जाए और ब्रिगेड कमांडर तथा चौथी बटालियन के कमांडिंग ऑफिसर और पाँचवें गोरखा राइफल्स को तुरंत सूचना दें। अब गँवाने के लिए समय नहीं था।

बटालियन कालाउरा के लिए चल पड़ी, जो हेलीबोर्न ऑपरेशन के लिए लॉन्च पैड था। मेजर जनरल कृष्णा राव और ब्रिगेडियर बंटी क्विन उनका इंतजार कर रहे थे और कमांडिंग ऑफिसर को बातें बता रहे थे। उन्होंने यह बताया कि प्लान के अनुसार पूरी बटालियन को सिलहट के मैदान में 7 दिसंबर के अंत तक पहुँच जाना चाहिए और अगले अड़तालीस घंटे में उसे अन्य मैदानी बल के साथ जोड़ दिया जाएगा।

कर्नल हेरीलिकर को इस सूचना के प्रति सिलहट असुरक्षित था और अगले 48 घंटों में होने जा रहे नियोजित मिलान के प्रति अपनी कुछ आशंकाएँ थीं। उन्होंने जी.ओ.सी. को साफ-साफ शब्दों में यह कह दिया था। उन्होंने यह भी कहा कि अनिश्चित एवं असंपुष्ट सूचना के आधार पर अगर चीजें सही नहीं गईं तो डिवीजन और कोर इसके लिए जिम्मेदार होंगे। एक अनुशासित अफसर के रूप में उनके लिए यह कहना आसान नहीं था, पर फिर भी उन्होंने कहा, क्योंकि एक असफल ऑपरेशन न सिर्फ उस बटालियन की इज्जत पर प्रभाव डालेगा, बल्कि इससे पूरी तरह से भारतीय सेना पर भी प्रभाव पड़ेगा।

कोर कमांडर रिस्क लेने के लिए तैयार थे, पर वे कोर कमांडर थे—दुश्मनों

के साथ वास्तव में कई कार्य जमीनी स्तर पर करने जा रहे थे, इसलिए उन पर से कई स्तर की जिम्मेदारियाँ हटा दी गईं। वह व्यक्ति कर्नल हेरोलिकर था, जो गोरखा बटालियन का कमांडिंग ऑफिसर था, उन्हें जमीनी स्तर पर जोखिमों की हकीकत पता थी।

ऐसे कई प्रश्न हैं, जिसके कोई जवाब नहीं थे। क्या 202 पाकिस्तानी इन्फैंट्री ब्रिगेड सिलहट से निकल चुकी थी? क्या पाकिस्तान के लिए यह किसी प्रकार से महत्त्व की बात थी कि वह सिलहट से निकल जाए, जबकि उन्हें ढाका से दूर शहर की सीमा में रहकर रक्षात्मक युद्ध लड़ना चाहिए था? क्या सिर्फ 200-300 अनियमित लोग सिलहट को नियंत्रण में रख पाएँगे? वे अपने इस उद्‍देश्य को बिना किसी गोला-बारूद के सहयोग से कैसे सुरक्षित रख पाएँगे? क्या 48 घंटों के भीतर बटालियन लिंकअप कर पाएगी? हताहतों को वहाँ से कैसे हटाया जाएगा? इससे भी ज्यादा महत्त्वपूर्ण यह था कि अगर वे स्वयं घायल हो गए तो उनके बदले कमान कौन सँभालेगा? उनका सेकेंड-इन-कमांड गाजीपुर में मारा गया था और उनके बदले कोई अभी तक आया नहीं था। बटालियन का नेतृत्व करने के लिए बाकी बचे अफसर बहुत युवा और अनुभवहीन थे।

पर महत्त्वपूर्ण प्रश्न यह था कि—सिलहट में रह रहे दुश्मनों की संख्या क्या है? कोर मुख्यालय बार-बार यह कह रहा है कि सिलहट में करीब 200-300 रजाकार हैं। हालाँकि, पूर्वी पाकिस्तान के पाकिस्तानी जनरल ऑफिसर कमांडिंग-इन-चीफ लेफ्टिनेंट जनरल ए.ए.के. नियाजी की रणनीति यह थी कि वे अपनी सीमा की रक्षा किलाबंदी करके करें, जिसमें वे अपनी सीमा की नदी की मुश्किलों और गहरे माइनफील्ड्स से रक्षा कर सकें। सिलहट एक ऐसा ही किला था और उनकी रणनीति के अनुसार वे बिना किसी युद्ध के ऐसे किले को छोड़ने के लिए तैयार नहीं थे। इस अनुत्तरित प्रश्न के साथ-साथ ऐसे कई सवाल थे, जिनका निपटारा होना था, अगर ऑपरेशन सफल हो जाता तो!

सबसे पहले तो इस ऑपरेशन में भारतीय वायुसेना के हेली-लिफ्ट से लोगों को उठाना बहुत सीमित तरीके से हो सकता था। क्या वे पूरी बटालियन को 7 दिसंबर की एक रात पहले से उठा पाएँगे? लोगों को उठाने की प्रक्रिया दोपहर ढाई बजे शुरू हुई थी और अंतिम बार साढ़े चार बजे उठा सकते थे! इसका मतलब इस लिफ्ट को पूरा करने में सिर्फ दो घंटे लगने थे। यह तो पता था कि पहले घंटे में दुश्मन के खिलाफ हेलीबोर्न या पैरा ड्रॉप ऑपरेशन में जमीन पर काबू पाने में थोड़ी

मुश्किल होगी, इसलिए जमीनी तौर पर इस तरह के काउंटर अटैक के लिए ज्यादा सैनिकों की जरूरत होगी।

दूसरा, उत्तर से आनेवाला दल अभी मीलों दूर था और वे 4 कोर का भाग नहीं थे। उन्हें भी विरोधी दुश्मनों के विरुद्ध लड़ना होगा। अब अगर हेलीबोर्न या पैराड्रॉप ऑपरेशन के सिद्धांतों को दुश्मन की रेखा के पीछे रखा गया तो इससे जोड़ने के लिए अग्रिम बल की आवश्यकता होगी और 48 घंटों के भीतर दुश्मन की सेना के पीछे अपनी सेना खड़ी करनी होगी। सिद्धांतवश यह स्वीकार करना होगा कि अगर इस दौरान यह लिंकअप हासिल नहीं हुआ, तो जो क्षमता दुश्मनों के पीछे लगाई जाएगी, वह धीरे-धीरे कमजोर हो जाएगी और दुश्मनों के आक्रामक रवैये के कारण अगर वह बिखर जाए, टूट जाए तो इससे बहुत जनहानि होगी और साथ ही आपूर्ति एवं सुदृढ़ीकरण की कमी भी होगी।

यह स्पष्ट नहीं था कि बटालियन के साथ कौन 48 घंटे की समय-सीमा के भीतर लिंकअप करेगा? किसी भी सेना में, खासकर युद्ध के दौरान जिम्मेदारी और जवाबदेही बहुत जरूरी होती है, क्योंकि अगर कोई काम गलत हो जाए तो कोई भी उसका आरोप अपने सिर पर नहीं लेना चाहेगा।

गोरखा के कमांडिंग ऑफिसर इस बात से संतुष्ट नहीं थे कि पाकिस्तान की 202 इन्फैंट्री ब्रिगेड ढाका की ओर कूच कर गई है। अगर वे अभी भी वहाँ थी, तो वह विषम स्थितियाँ काफी हद तक पाकिस्तान के पक्ष में रहेंगी। हालाँकि, बार-बार यह आश्वस्त कराने के बाद कि 202 पाकिस्तानी इन्फैंट्री ब्रिगेड सिलहट से हट चुकी है, उनके पास इसके अलावा कोई और विकल्प नहीं था कि वे उस पर कब्जा कर लें। भारतीय सेना में आप एक सीमा तक ही विरोध कर सकते हैं, उसके बाद आदेश तो आदेश ही हैं, मानने पड़ेंगे ही।

इन सारी अनिश्चितताओं के बीच कमांडिंग ऑफिसर ने सिलहट में युद्ध के लिए अपने ही योजना बनाई। उन्होंने अपने अफसरों और जे.सी.ओ. से इस बारे में बात की और यह सुझाव दिया कि उन्हें और गोला-बारूद और ग्रेनेड की जरूरत पड़ेगी, क्योंकि अगर सही समय में चीजें साथ नहीं दे पाईं, जैसेकि राशन, पानी या अन्य कोई बड़ा पैक, जैसेकि यूनिफॉर्म का दूसरा जोड़ा, कंबल या अन्य छोटी चीजें, तो उन्हें अत्यंत असुविधाओं का सामना करना पड़ेगा।

अफसरों एवं जे.सी.ओ. ने कमांडिंग ऑफिसर के सुझावों को स्वीकार किया, पर उन्होंने भी यह पूछा कि वह लिंकअप कब होगा? इस पर कमांडिंग ऑफिसर

के पास कोई जवाब नहीं था, क्योंकि वे पहले ही इस बारे में बहुत-कुछ कह चुके थे। वे इस तथ्य से पूरी तरह अवगत थे कि जब आप अपने आदमियों की युद्ध में अगुआई कर रहे हैं तो आपको उन्हें सच बताना ही होगा। ऊल-जलूल के जवाबों से काम नहीं चलेगा।

इस समय की यह सामान्य सी बात है कि पाकिस्तान ने स्वयं को अमेरिका और चीन के साथ जोड़ लिया और उन देशों ने पाकिस्तान के साथ यह वादा किया कि अगर पाकिस्तान पर हमला हुआ तो वे उसकी मदद के लिए आएँगे। इसलिए दिल्ली से यह आदेश आया कि इससे पहले कि चीनी या अमेरिकी इस संबंध में हस्तक्षेप करें, पूर्वी पाकिस्तान को आजाद कराने के लिए जितनी जल्दी हो सके, उतनी जल्दी की जाए। इस संदर्भ में कोर कमांडर का इरादा था कि आगे बढ़कर सिलहट को अपने कब्जे में लिया जाए और यह बात खंडन करनेवाले रक्षकों की समझ में भी आ जाए।

7 दिसंबर को जनरल के.वी.के. राव, ब्रिगेडियर क्विन, कर्नल हेरोलिकर के साथ हुई बैठक के एक घंटे के बाद ग्रुप कैप्टन चंदन सिंह सिलहट के पास कलौरा में एलोएट हेलीकॉप्टर में आए, जहाँ ब्रिगेडियर क्विन व कर्नल हेरोलिकर उनके साथ आए। चंदन सिंह IV कोर मुख्यालय में थलसेना-वायुसेना के लोगों को सम्मानित करने के लिए आए। सगत एवं चंदन सिंह के बीच में एक मजबूत कार्य-संबंध स्थापित हो चुका था और उन्होंने मिलकर मिलिटरी के इतिहास में एक हेलीबोर्न ऑपरेशन प्लान कर लिया था। बटालियन को हेलीबोर्न ऑपरेशन के लिए सुबह साढ़े सात बजे के आदेश मिल चुके थे, सैनिक परीक्षण सुबह साढ़े नौ बजे हो गया और फिर उसी दिन दोपहर ढाई बजे हेली-लिफ्ट शुरू हो गई।

रेलवे ब्रिज से दो किमी. दूर सिलहट के दक्षिण-पूर्व में सूरमा नदी के उत्तरी तट पर मीरापारा के पास से तीन अफसर सिलहट के पास हवाई रास्ते से आए। वे किसी प्रकार का पाकिस्तानी मूवमेंट देख नहीं पाए और न ही उन्होंने किसी प्रकार का ग्राउंड फायर मिला। इससे पक्का पता चल गया कि सिलहट पूरी तरह से अनारक्षित था।

गोरखाओं के कमांडिंग अफसर ने डिवीजन एवं ब्रिगेड कमांडर्स को यह कहा कि जैसाकि बताया गया है और दुश्मनों की ताकत को देखते हुए वे अपने उद्देश्य को प्राप्त करने के लिए आश्वस्त थे। हालाँकि उनका प्रश्न था कि बिना किसी गोला-बारूद के सहयोग के, वे अपने प्राप्त उद्देश्य को अपने पास कैसे रख

पाएँगे ? एक प्रमुख जगह में होने के बावजूद पाकिस्तानी जरूर काउंटर अटैक करेंगे और वे उस बड़े से इलाके में उस उद्देश्य को बहुत मुश्किल से पूरा कर पाएँगे। इसलिए यह बहुत जरूरी हो गया था कि बाकी बची ब्रिगेड को जितना जल्दी हो सके, उतनी जल्दी लिंकअप किया जाए।

जी.ओ.सी. ने कर्नल हेरोलिकर को यह बताया कि वे उस इलाके से होकर आए हैं और वहाँ इस बात के कोई सबूत नहीं हैं कि कोई भी नियमित दल सिलहट के इलाके की रक्षा कर रहे थे। उन्होंने कहा कि किसी भी तरह वे लक्ष्य पाने के लिए अपना सर्वोत्तम देंगे, जिससे कि अगले अड़तालीस घंटे में लिंकअप हो सके।

कर्नल हेरोलिकर यह बात अच्छे से जानते थे कि दुश्मनों के विरोध बिना वहाँ जाने पर वहाँ लिंकअप करने में अड़तालीस घंटे से ज्यादा लगेंगे। एक बड़े टकराव के विरुद्ध कोई भी आसानी से यह अनुमान लगा सकता है कि लिंकअप होने में कितना समय लगेगा। पर उन्होंने यह बात अपने तक ही सीमित रखी। वे कितना इस बात का विरोध करते ? अगर जी.ओ.सी. और कोर कमांडर सही होते तो क्या सिलहट की सुरक्षा के लिए वहाँ कोई भी नियमित दल नहीं होते ?

इन सभी स्पष्ट कमियों के बावजूद बटालियन ने सिलहट को कब्जे में लेने के लिए एक छोटा सा नोटिस लिया। स्टाफ कॉलेज में यह सिखाया जाता था कि हेलीबोर्न ऑपरेशन के लिए सेना एवं वायुसेना की कम-से-कम एक सप्ताह की संयुक्त प्लानिंग चाहिए, और वहाँ बटालियन को यह काम दिया गया कि भारतीय सेना का पहला हेलीबोर्न ऑपरेशन अचानक शुरू हो गया।

यह एक विशाल कार्य था, जो बटालियन को सौंपा गया था। टारगेट के फैलाव एवं उसके आकार को देखते हुए, कमांडिंग ऑफिसर को अपनी सेना विभाजित करनी पड़ गई और फिर सेकेंड-इन-कमांड ज्यादा महत्त्वपूर्ण हो गए। अगर वह स्वयं हताहत हो गए तो क्या होगा ? इस ऑपरेशन में कमांड एवं कंट्रोल बहुत महत्त्वपूर्ण होगा। भारतीय सेना का यह पहला हेलीबोर्न ऑपरेशन होगा और इसमें असफल होने जैसा कोई विकल्प नहीं था।

कमांडिंग ऑफिसर को यह बताया गया था कि वह ऑफिसर, जो स्टाफ कॉलेज में कोर्स कर रहा था और वह स्वयं ही बटालियन में शामिल होने की सोच रहा था, वह नया सेकेंड-इन-कमांड है। वे दोनों एक ही रेजिमेंट से थे, पर पहले कभी नहीं मिले थे। इस बीच बटालियन हेलीबोर्न आक्रमण के लिए तैयार हो रही थी। बटालियन इलाके में बहुत सारी गतिविधियाँ हो रही थीं। लोड टेबल बनाए जा

रहे थे, हथियार, गोला-बारूद, राशन व उपकरणों को मापा जा रहा था, क्योंकि हेलीकॉप्टर में एक निश्चित मात्रा में लोड लिया जा सकता था और ऐसे में हर छोटा अतिरिक्त लोड भी मायने रखता है। यह योजना उसी प्रकार बनाई गई, जैसे युद्ध के लिए ड्रिल्स का अभ्यास किया जा रहा था। भारतीय सेना के सैनिक एवं अफसर इस बटालियन के लिए बहुत उत्साहित थे, क्योंकि उन्हें पहली बार हेलीबोर्न ऑपरेशन के लिए चुना गया था और सेक्शन व प्लाटून कमांडर आदेश के अनुसार काम कर रहे थे। हालाँकि, कमांडिंग ऑफिसर अपने विचारों में अकेला था।

उन्हें अपने कंपनी और प्लाटून कमांडर को सिलहट को कब्जे में लेने के लिए ऑपरेशनल ऑर्डर देने में सिर्फ तीस मिनट लगे। वे जब भी मिलनेवाले थे, तब वे दुश्मन की ताकत को लेकर बात करनेवाले थे। किस तरह से कंपनी के लोग वहाँ जाएँगे, उनके काम का आवंटन, दुश्मनों द्वारा किए गए काउंटर अटैक और उनका जवाब कैसे देना है, इन सारी बातों के बारे में तह से जानकारी हासिल करना और फिर एक-दूसरे के सहयोग के साथ हर ओर से रक्षात्मक पोजिशन बनाना, लैंडिंग ग्राउंड की रक्षा के लिए सेना का आवंटन और साथ ही आक्रामक होना। इससे पहले कि वे अपने आदेश पारित करते, उन्होंने यह पूछा था कि कौन उन्हें उड़ने के समय सहायता करेगा ? और 'सी' कंपनी के कमांडर मेजर मणि मल्लिक ने इसके लिए अपना हाथ उठाया।

पहले से निर्धारित समय के अनुसार दोपहर ढाई बजे सिलहट के लिए हेलीबोर्न ऑपरेशन शुरू हुआ। कलौरा से पहला एमआई-4 उड़नेवाला था, जो 5 गोरखा राइफल्स की चौथी बटालियन के दल को ले जानेवाला था, स्क्वाड्रन लीडर संधू, जो हेलीकॉप्टर यूनिट 105 के सी.ओ. थे, वे सात एमआई-4 के पहले दल की उड़ान भरनेवाले थे। 4/5 जी.आर. के दलों के पास हेलीबोर्न ऑपरेशन के पास कोई विशिष्ट ट्रेनिंग नहीं थी, पर ऐसा पहली बार हुआ था कि वे हेलीकॉप्टर से ले जाए गए थे। हेलीबोर्न ऑपरेशन भारतीय सेना के लिए एक नया काम था और किसी भी यूनिट को हेलीकॉप्टर्स में ट्रेनिंग की कोई विशिष्टता हासिल नहीं थी।

सी 4/5 जी.आर. की कंपनी के मेजर मणि मलिक सिलहट में अपने कमांडिंग ऑफिसर और उनके टैक्टिकल मुख्यालय के करीब दोपहर 3:30 बजे उतरे। जैसे ही पहले हेलीकॉप्टर की पहली खेप उड़ी, उन पर पाकिस्तानियों ने बहुत भारी फायर किया। जब हेलीकॉप्टर से सैनिकों के दल नीचे की ओर कूद रहे थे तो पाकिस्तानियों ने 'अल्लाह-हू-अकबर' कहते हुए मारना शुरू कर दिया। हालाँकि, गोरखा जैसे ही

जमीन पर उतरे, उन्होंने उसी समय दुश्मनों के लिए आस्तीनें कस लीं और वे जोर से चिल्लाए—'आयो गोरखाली'।

लैंडिंग से पहले कुछ पलों के बाद कमांडिंग ऑफिसर ने कहा, "लैंडिंग के साथ ही हमारे सारे लड़के दुश्मनों से लोहा लेने के लिए तैयार थे और मैं दुश्मनों को भागते हुए देख सकता था। वह सच में अविश्वसनीय था, क्योंकि एटग्राम और गाजीपुर से पूर्व के युद्ध बहुत बुरी तरह से लड़े गए। फिर मैंने यह महसूस किया कि सैनिकों का वह दल रजाकारों का था और मुझे ऐसा ही बताया गया था। मैं गलत था! मुझे बाद में पता चला कि वे 31 पंजाब के सैनिक थे, जिन्होंने एटग्राम में पहले खुकरी का स्वाद चख रखा था। खुकरी का डर उनके भीतर पहले से ही था और अब वह काफी काम आ रहा था।"

दुश्मन अब अपने लैंडिंग ग्राउंड को गोला-बारूद, मीडियम मशीनगन फायर के साथ भर रहा था और वहाँ हमारे हताहतों की संख्या बढ़ती जा रही थी। हमारे साथ के मेजर करण पुरी के पेट में बहुत चोटें आई थीं और उन्हें वहाँ से निकाला जाना था। अंत में, गुवाहाटी मिलिटरी अस्पताल में उन्होंने आखिरी साँस ली। जिस समय पहली बार हेलीकॉप्टर लैंड हो रहे थे, वह एवं कुछ अन्य लोग तभी घायल हो गए थे और उन्हें वापसी के हेलीकॉप्टर्स से वापस भेजा गया।

इस बीच कमांडिंग ऑफिसर के रेडियो सेट लोड नहीं किए गए, कर्नल हेरोलिकर इस बीच ब्रिगेड कमांडर को युद्ध की आगे की स्थिति के बारे में सूचित नहीं कर पाए।

दूसरी उड़ान पार्टी एक घंटे के बाद आई, उस समय 'सी' कंपनी और 'बी' कंपनी के एक भाग के बारे में सूचित किया गया। दुश्मनों ने अपने गोला-बारूद, मोर्टार और मीडियम मशीनगन से एकदम निशाने पर वार किया।

तीसरी उड़ान पार्टी 'बी' कंपनी के शेष सदस्य और सी.ओ. के वायरलेस सेट लेकर आई। 7 दिसंबर की शाम तक दो राइफल कंपनियाँ, सी.ओ. का टैक्टिकल हेडक्वार्टर, तीन इंच मोर्टार के दो सेक्शन और मीडियम मशीनगन के दो भाग वहाँ पहुँच गए। इस प्रकार वहाँ कुल 254 जवान थे।

लैंडिंग के तीन घंटे तक बटालियन ने लैंडिंग ग्राउंड को कब्जे में कर लिया, कितने ही काउंटर अटैक के बाद उन्होंने वहाँ छोटा-मोटा गड्ढा कर दिया। एक बड़ी शक्ति प्रदर्शित करने के लिए बटालियन अपने ऑटोमैटिक हथियारों को साथ-साथ एक रक्षात्मक काररवाई के तहत गोलाई में घुमाती रही। दुश्मन, दलों के साथ

एक घेरा स्थापित करने की कोशिश कर रहे थे, पर उनकी वे कोशिशें गोरखाओं के काउंटर अटैक के कारण नाकाम हो गईं।

जी.ओ.सी., जनरल कृष्णा राव और उनके ब्रिगेड कमांडर बंटी क्विन ने देखा कि सिलहट को कब्जे में लेने के लिए गोरखा सैनिकों ने अपना मिशन शांत तरीके से प्रार्थना करके जारी रखा। वे दोनों उसमें शामिल कठिनाइयों के बारे में पहले से ही अवगत थे, पर एक बार मिशन लॉन्च करने के बाद वे कुछ नहीं कर सकते थे। इसलिए वे वहीं रहे, वे वापसीवाली जगह से युद्ध की खबरों का इंतजार करने लगे।

इस बीच स्टाफ कॉलेज के ऑफिसर, जो उस यूनिट से संबंधित थे और जो सेकेंड-इन-कमांड के रूप में तैनात थे, वे जल्द-से-जल्द बटालियन तक पहुँचने के लिए जो भी कुछ कर सकते थे, कर रहे थे। वे दक्षिण भारत के वेलिंगटन से दिन-रात का सफर तय करके बिना आराम किए कलौरा तक 8 दिसंबर को सुबह तीन बजे पहुँचे।

उनकी बटालियन का गोरखा दल टैक्टिकल ग्रुप के साथ मैदान में था। उनमें से अधिकांश लोग सो रहे थे। सैनिकों ने कहीं भी सोना सीख लिया था, क्योंकि उन्हें यह नहीं पता था कि आराम करने के लिए अगला अवसर कब मिले? जे.सी.ओ. और एन.सी.ओ. हालाँकि आँखें खोले हुए थे, वे आदमियों और उनके उपकरणों की चेकिंग कर रहे थे और हेलीकॉप्टर्स के वापस आने का इंतजार कर रहे थे। वे फुसफुसा रहे थे। वैसे तो फुसफुसाने की कोई जरूरत नहीं थी, क्योंकि दुश्मन बहुत दूर था, पर उस समय की वही जरूरत थी।

जो अफसर वहाँ आए थे, उन्होंने वहाँ तीन लोगों को मैदान में थोड़ी दूरी पर खड़े पाया। वे उन तक यह देखने के लिए जाने लगे कि वे कौन थे? उनमें से जो सबसे लंबा था, उसने थोड़ी सख्त आवाज में पूछा, "कौन है?"

ऑफिसर ने जवाब दिया और सूचित किया कि उनका नाम मेजर इयान कारडोजो है, वह पाँचवीं गोरखा राइफल्स (एफ.एफ.) की चौथी बटालियन के सेकेंड-इन-कमांड थे और वे अपनी ड्यूटी के लिए रिपोर्ट कर रहे थे। जो सबसे ऊँचे ऑफिसर थे, वे मेजर जनरल के.वी.के. राव थे, जो 8 इन्फैंट्री डिवीजन के जनरल ऑफिसर कमांडिंग थे। उन्होंने अन्य ऑफिसरों के साथ हाथ मिलाया और उनका डिवीजन में स्वागत किया। अन्य दो लोग थे—ब्रिगेड कमांडर ब्रिगेडियर बंटी क्विन और कमांडर इंजीनियर्स कर्नल बिल्लू सूरी।

ब्रिगेड कमांडर मेजर को अलग ले गए। उन्हें सूचित किया कि उनकी

बटालियन के अधिकांश लोग सिलहट की ओर हेली-लिफ्ट किए गए हैं और उन्हें उस ऑपरेशनल स्थिति और उस बटालियन को दिए गए काम के बारे में बताया।

जब उन्हें यह सब बताया जा रहा था, उस समय रात के सन्नाटे में वे वापस आनेवाले हेलीकॉप्टर्स की आवाज सुन पा रहे थे। एन.सी.ओ. ने सैनिकों को जगाया। हेलीकॉप्टर्स लैंड करने लगे और पायलट नीचे उतरने लगे और उन हताहतों को नीचे उतारने के लिए कहा, जिन्हें वे उस चॉपर में लेकर आए थे।

उन हताहतों के लिए तो युद्ध खत्म था, पर उनके आगे के जीवन में विभिन्न परिस्थितियाँ और संकट थे, जिनको जिंदगी में कठिन चुनौतियों का सामना करना पड़ेगा।

घायलों को एक बार बाहर निकालने के बाद पायलटों ने अपना एयरक्राफ्ट जाँचा, बुलेट के छेदों की ओर इशारा करते हुए, जिन्होंने चॉपर्स के हलके शरीर को भेद डाला था। भाग्यवश, ईंधन के टैंक में छेद नहीं हुआ और कोई भी फ्यूल लाइन बरबाद नहीं हुई। जब सैनिकों ने शुरुआत की, तो लौटनेवाले पायलटों ने दुश्मनों की अगली खेप की जानकारी दी कि आग से उनका सामना होगा तथा साथ ही जमीन और हवा की स्थिति के बारे में भी बताया। वे पायलट जवान, बहादुर, आत्मविश्वासी और उत्साही थे।

चौथी पारी जल्दी निकल ली, 8 दिसंबर को सुबह चार बजे। बाकी बचे बटालियन के लोगों ने भी शुरुआत की और अंतिम बार जानेवाले हेलीकॉप्टर ने सिलहट जाने से पूर्व एक बार चक्कर लिया। इस बार यह अपने साथ राइफल कंपनियाँ लेकर गए और बटालियन के साथ हथियार भी थे, साथ में रेजिमेंटल मेडिकल ऑफिसर और उनकी मेडिकल प्लाटून थी तथा मेजर इआन कारडोजो भी थे, जो सेकेंड-इन-कमांड अधिकारी थे।

अपने लक्ष्य तक पहुँचने में उन्हें बीस मिनट लगे। वे लैंडिंग के लिए जैसे तैयार ही थे, पायलट ने तभी इंटरकॉम से घोषणा की कि "अपने पैक पर बैठे रहो। यह आपकी ग्राउंड फायर से रक्षा करेगा।" सबको वह सलाह पसंद आई होगी, पर उनके बड़े पैक पीछे छूट गए थे। बटालियन का एजीटांट ग्राउंड फायर के कारण बुरी तरह से जख्मी हो गया था और वह दूसरी लहर पर उड़ रहा था। हेलीकॉप्टर की मुलायम एल्युमीनियम की बॉडी को चीरकर निकलते हुए, बुलेट की आवाज सुनी जा सकती थी। सिर्फ आशा और प्रार्थना के अलावा कोई और कुछ नहीं कर सकता था और उसे नीचे से गोली मारने के अपमान से बचाया

जा सकता था। 8 दिसंबर की सुबह को आई अंतिम खेप के बचे बटालियन के लोग नीचे उतरे थे, जिसमें सेकेंड-इन-कमांड भी थे और उसमें कुल मिलाकर पूरी रैंक के 384 लोग थे। इसके साथ ही दो माउंटेन गन्स भी गोरखाओं द्वारा उठाई गई थीं।

धीरे-धीरे बाँस की झाड़ियों में हेलीकॉप्टर उतरने लगे। उतरनेवाली जगह को आग से चिह्नित किया गया था, जिसे 'हंस की गरदन' कहा जाता था, वह केतली की तरह का एक उपकरण था, जिसकी टोंटी लंबी थी और जिसके अंत में एक छोटी सी लौ जलती थी, जो अँधेरे में उजाला दे रही थी, जो चॉपर्स को आकाश में लैंडिंग के स्थान का संकेत दे रही थी। लैंडिंग की जगह में बहुत सारी आग थी, जहाँ पाकिस्तानी रक्षकों की ओर से गोलीबारी की गई थी। दुश्मनों के मोर्टार बम का क्रंप, उनके तोपखाने की दुर्घटना की आग ने यह संकेत दिए थे कि दुश्मन हेलीबोर्न अटैक को ध्वस्त करने की कोशिश कर रहा था।

तोपखाने के गोलों ने धरती पर छर्रों के विशाल टीले बना दिए। गोलीबारी की आवाज ने धमाका कर दिया था, क्योंकि दुश्मनों ने चॉपर्स को नष्ट करने की कोशिश की और सैन्यदलों को उतरने के लिए कहा। गोलाबारी की आवाज से यह स्पष्ट था कि दुश्मनों में एक अजब ताकत थी।

अब फॉर्मेशन मुख्यालय को यह समझ में आ रहा था कि बटालियन को काफी विरोध का सामना करना पड़ रहा था और रेलवे ब्रिज एवं रेडियो स्टेशन को कब्जाने के आदेश रद्द कर दिए गए थे। बटालियन को लैंडिंग ग्राउंड को पकड़कर रखने और आक्रामक रूप से रक्षात्मक काररवाई करने को कहा गया।

अपनी अकूत ताकत से, वह कम ताकतवाली बटालियन को नष्ट करने की कूवत रखती थी, पर वह ऐसा नहीं कर पाई। हालाँकि, रेडियो पाकिस्तान अपने गलत संदेशों से यह बात फैलाकर यह उद्घोषणा कर रहा था कि 'भारतीय सेना की पाँचवीं गोरखा की चौथी बटालियन सिलहट में प्रवेश के दौरान मार डाली गई। वहाँ कोई भी नहीं बचा है।'

8-9 दिसंबर को हेली-लिफ्ट के फिर से शुरू होने पर उस पर दो माउंटेन गन्स लाई गईं, जिसके साथ में बैटरी कमांडर मेजर सेगन थे, पर उनके साथ नियत हथियार थे। हालाँकि, हेली-लिफ्ट के उठाए जाने पर पाकिस्तान के दिमाग में यह विचार आ रहे थे कि गोरखाओं की दूसरी बटालियन उतर चुकी है।

पी.वी.एस. जगन मोहन और समीर चोपड़ा के शब्दों में हेलीबोर्न लैंडिंग्स

बहुत अच्छी तरह से बताई गई है। अपनी पुस्तक 'ईगल्स ओवर बांग्लादेश' में उन्होंने लिखा है—

> सिलहट में भारतीय वायुसेना के हेलीकॉप्टर्स की लैंडिंग को देख पाकिस्तानी ब्रिगेड कमांडर घबरा गए, पाकिस्तान की 202 इन्फैंट्री ब्रिगेड अभी सिलहट से हटी नहीं थी और उनके हटने का कोई इरादा भी नहीं था। जनरल सगत को ऐसा लगा कि गोरखाओं को कम-से-कम चीजें सहनी पड़ेंगी, पर वे एक अजीब सी स्थिति में फँस गए थे, क्योंकि उनके लैंडिंग एरिया के ठीक सामने दुश्मन बहुत मजबूत थे और लाइन ऑफ सप्लाई सिर्फ हवाई चीजों के लिए सुरक्षित थी।

पाकिस्तानी सेना ने फिर लैंडिंग जोन में भारतीय वायुसेना को हेलीकॉप्टर्स और गोरखा राइफलों के छोटे फायर आर्म्स (आग्नेयास्त्रों) में व्यस्त रखने के लिए एडहॉक सेना के दल भेजे। लैंडिंग कर चुकी छोटी भारतीय टुकड़ी को पाकिस्तानी बड़ी आसानी से हरा सकते थे, अगर वे दृढ़तापूर्वक आक्रमण कर देते, क्योंकि पहले महत्त्वपूर्ण एक घंटे के दौरान भारतीय मुश्किल से ही विरोधी कंपनी की ताकत को भाँप पाए थे। पर पाकिस्तानी सेना ने लैंडिंग एरिया को चारों ओर से घेरना ठीक समझा और वह छोटे हथियारों से फायर करती रही। गोरखा बहुत तेजी से लड़ते रहे और उन्होंने जल्द ही एक ऐसा घेरा बना लिया, जिसके आसपास की पाकिस्तानी सेना उस घेरे को तोड़ नहीं सकती थी। गोरखा अपने साथ सिर्फ छोटे पैकेट में हथियार लाए थे और उन्हें सख्त फायर के अनुशासन का पालन करना था, उन्हें उसी समय फायर करना था, जब उन्हें पक्का लगता कि वे ठीक से टारगेट कर पाएँगे। पाकिस्तानी बहुत सारे एम.एम.जी. और ऑटोमैटिक हथियार लाए थे, पर वह लैंडिंग जोन में पैदल सिपाहियों द्वारा आक्रमण न कर पाए; पाकिस्तानियों द्वारा संगीनों से यदि एक आक्रमण कर दिया गया होता तो वे पूरे लैंडिंग क्षेत्र को साफ कर देते और भारतीयों की हैलिबोर्न काररवाई को विफल कर देते। उन्होंने जो कामचलाऊ टुकड़ी भेजी थी, उसे भी वे सेना भेजकर सशक्त न कर पाए।

जब हैलिकॉप्टरों की पहली खेप बुलेट से हुई क्षति के साथ वापस कलौरा पहुँची तो यह साफ हो गया कि लैंडिंग बिना विरोध के नहीं हुई थी। पूर्वी कमांड में किलो फ्लाइट अलाउट एकमात्र विमान था, जिसमें दो रॉकेट पॉड्स थे, फ्लाइट लेफ्टिनेंट सी.एम. सिंगला अपने सह-पायलट स्क्वाड्रन लीडर सुल्तान अहमद के

साथ एमआई-4 की दूसरी खेप के आगे जाकर आगे बढ़ने लगे। हेलीपेड में आने के बाद उन्होंने पाकिस्तान पर जोरदार आक्रमण किया, और एमआई-4 ओर से उनका ध्यान भटका दिया।

एमआई की दूसरी खेप की अगुआई 105 एच.वी. के फ्लाइट कमांडर कर रहे थे और उन्होंने धुँधली होती जा रही लाइट में 25 मिनट की फ्लाइट उड़ाई और उनके साथ 4/5 जी.आर. दल और उनके सी.ओ. लेफ्टिनेंट कर्नल हेरोलिकर थे। शाम होने को थी और सूरज शाम को लगभग 4:45 बजे अस्त होनेवाला था और शाम 5:05 बजे तक अँधेरा घिरने वाला था। यह बात स्पष्ट थी कि एमआई की चौथी खेप भेजने में बहुत देर हो गई थी और पाकिस्तान की ओर से गोलीबारी में तेजी हो रही थी। उस शाम को जब दिन की कारवाई बंद की गई, उस समय तक 254 सैनिकों को हैलिकॉप्टरों से लैंडिंग जोन पर उतार दिया गया था; ऐसा 22 उड़ानों की दो खेपों में किया गया।

फ्लाइट लेफ्टिनेंट वेद ने उस दिन की अंतिम खेप उड़ाई, जिसमें एयर कंट्रोल टीम (ए.सी.टी.) के लोग थे, जिसे फ्लाइंग ऑफिसर सतीश चंद्र शर्मा उड़ा रहे थे। ए.सी.टी. अपने रेडियो उपक्रमों के साथ शाम के 5 बजे लैंडिंग एरिया में उतरा और उस समय वहाँ घुप्प अँधेरा था। ए.सी.टी. छोटे-मोटे हथियारों के साथ उतरा और उतरने के साथ मोर्टर फायर करने लग गया। अपनी बुद्धि का इस्तेमाल करते हुए एस.सी. शर्मा ने अपने आदमियों को जमा किया और उन्हें कवर करने के लिए भेजने दिया। पाँच मिनट के भीतर वे एक ऐसी स्थिति में आ गए, जहाँ से वे पाकिस्तानी पोजिशन को देख सकते थे। उन्होंने 'किलो फ्लाइट' के एक सशस्त्र 'अलौटी' से संपर्क किया, जिसने पाकिस्तानी आक्रमण को शांत करने के लिए एक उपयोगी कार्य किया।

इस आक्रमण ने रात भर के लिए लैंडिंग जोन पर पाकिस्तानियों द्वारा किए जा रहे निरीक्षण की प्रक्रिया को रोक दिया।

हेलीकॉप्टर ऑपरेशन अभी शुरू नहीं हुआ था। जब अंतिम खेप शाम 5 बजे रवाना हो गई, तब ग्रुप कैप्टन चंदन सिंह ने यह आदेश दिया कि हेलीकॉप्टर्स अब रोक दिए जाएँ। इससे आर्मी के कमांडर कुछ विचलित हो गए, जो कुछ और दल एवं सप्लाई भेजना चाहते थे। गंभीर परामर्श के बाद चंदन सिंह ने फ्लाइट लेफ्टिनेंट वेद को रात के अँधेरे में (10 बजे) एक और फ्लाइट उड़ाने को कहा। अपनी लुंगी में रहनेवाले फ्लाइंग ऑफिसर बी.एल.के. रेड्डी कलौरा से तीन बार फ्लाइट लेकर

आए और गए। उन्होंने सप्लाई सामग्री तथा सैनिक वहाँ पहुँचाए तथा एक हताहत सैनिक को वहाँ से लेकर भी आए।

भारतीय वायुसेना की उड़ानों की संख्या को देखकर पाकिस्तानी सेना धोखा खा गई और उन्हें लगा कि यह एक बड़ा विरोधी दल था। उन्होंने यह माना कि हेलिबोर्न दल बड़े एम.आई.-8 हेलिकॉप्टर से लाए जा रहे थे, जबकि यह बड़ा हेलिकॉप्टर अभी सेवा में आया भी नहीं था; और उनका अनुमान था कि एक पूरी ब्रिगेड को वहाँ लाया गया था। लैंडिंग जोन में गोरखाओं द्वारा दिखाए जा रहे शक्तिशाली विरोध ने भी पाकिस्तानियों द्वारा अनुमानित विवेकशील अनुमान को बिगाड़ दिया। एक व्यक्ति केवल यह सोच भर सकता है कि यदि पाकिस्तानियों को सही अंदाजा हो जाता कि हेलिबोर्न लैंडिंग में सिर्फ 254 भारतीय सैनिक ही आए थे, तो वे क्या कर सकते थे!

इस समय तक गोरखाओं को यह स्पष्ट हो चुका था कि सिलहट में कुल सैनिकों की संख्या रजाकारों की 200 की संख्या से अधिक थी। उन्हें यह नहीं पता था कि 202 इन्फैंट्री ब्रिगेड अभी भी सिलहट में थी! वह अभी तक ढाका नहीं गई थी! यही नहीं, सिलहट में 313 पाकिस्तान इन्फैंट्री ब्रिगेड फिर से स्थापित हो गई थी! ब्रिगेड सिलहट में 7 दिसंबर को पहुँच गई थी और उसी दिन गोरखा भी लैंड हुए थे। इस समय तक बटालियन ने अपने रक्षा पैरामीटर के भीतर रक्षा को दुरुस्त कर लिया था। सिलहट में दुश्मनों की सेना ने एक डिवीजन भी बढ़ा ली थी, जिसमें दो पाकिस्तानी इन्फैंट्री ब्रिगेड और सिलहट गैरिसन के लोग थे, उन्हें कमांड करनेवाला एक ब्रिगेडियर था। पर गोरखाओं को इस बारे में पता नहीं था।

अब पाकिस्तानी पूर्ण रूप से श्रेष्ठता की श्रेणी में थे; लगभग असंभाव्य 1:20 गोरखा बनाम पाकिस्तानी सैनिक के अनुपात में। जबकि पाकिस्तानी दल की ताकत दिन-प्रतिदिन नए सैनिकों के आ जाने से और अधिक बढ़ने वाली थी। गोरखाओं की ताकत उनमें हो रही मौतों से घटने वाली थी। फिर से रिसप्लाई की कोई आशा नहीं थी, क्योंकि हेलीकॉप्टर्स को अपनी असली भूमिका निभानी थी और उनका काम था प्रशासनिक सहयोग, जिससे वे किसी और जगह पर दलों को ले जा सकें। गोरखाओं की संख्या सभी रैंकों में करीब 384 थी, पहले के ऑपरेशन में उनका भारी नुकसान हुआ था। दूसरा, रिटर्निंग लीव पार्टियाँ अभी तक बटालियन से नहीं मिली थीं और अंत में एक नियत टाइमफ्रेम में हेलीकॉप्टर कुछ ही लोगों को लिफ्ट

कर पा रहा था। इसका मतलब यह है कि गोरखा की कुल संख्या किसी इन्फैंट्री बटालियन के आधे से भी कम थी।

पहले दिन, गोरखा दीवारों के सहारे अपनी पीठ करके लड़ रहे थे। भारी मशीनगन की फायर, गोला-बारूद और मोर्टार सकेंद्रण के कारण बहुत लोग घायल हो गए थे। अब सिर्फ पाकिस्तानियों के लिए कुछ समय की बात थी कि वे गोरखाओं को रास्ते से हटा दें। गोरखाओं के लिए स्थिति बहुत विकट हो गई थी। 9 दिसंबर की दोपहर तक 48 घंटे गुजर चुके थे और शर्त के अनुसार लिंकअप नहीं हुआ था। मृतकों की संख्या बढ़ती जा रही थी। उनके पास भोजन एवं पानी लगभग समाप्त हो चुका था और हथियार भी धीरे-धीरे समाप्ति की ओर थे। चौथी क्रॉप्स ने गोरखाओं की कठिनता महसूस की और उन्होंने हेलीकॉप्टर के सपोर्ट के लिए भारतीय वायुसेना के फाइटर एयरक्राफ्ट, जो कुंभीग्राम और अगरतला में थे, उनके द्वारा संसाधनों और हथियारों की हवाई सप्लाई देने की प्रार्थना की।

इस स्टेज पर, जब स्थिति बहुत ज्यादा विकट हो गई थी, बी.बी.सी. गोरखाओं के बचाव में आया।

उस रेडियो ब्रॉडकास्ट में बी.बी.सी. ने गलती से यह घोषणा कर दी कि 'गोरखाओं की एक ब्रिगेड ने सिलहट में हेलीलैंड किया है।' अभी यह पता नहीं था कि बी.बी.सी. के युद्ध संवाददाता ने, जिसने यह रिपोर्ट फाइल की थी, वह 'बटालियन' और 'ब्रिगेड' दोनों शब्दों के बीच में फँस गया या उसे यह पता नहीं था कि ब्रिगेड हमेशा ही बटालियन से तीन गुणा बड़ी होती है।

दुनिया को यह पता है कि बी.बी.सी. के पास दुनिया की सबसे सटीक खबरें होती हैं। सामान्यत: उनके तथ्य हमेशा सही होते हैं और उनकी रिपोर्ट अन्य लोगों की अपेक्षा सबसे पहले आती हैं। उनके उत्कृष्ट युद्ध संवाददाता को भारतीय सरकार से इस बात की स्वीकृति मिल गई थी कि वे एडवांस दलों के साथ जा सकते थे और सीधे युद्धक्षेत्र से रिपोर्ट भेज पा रहे थे, इसलिए हर कोई बी.बी.सी. को सुन रहा था और उसे सच मान रहा था। सच प्रसारित करके बी.बी.सी. ने पाकिस्तानी प्रचार को खारिज कर दिया और फिर कोई रेडियो पाकिस्तान को सुन नहीं रहा था। दुनिया बी.बी.सी. की इसलिए सुन रही थी, क्योंकि बी.बी.सी. हमेशा ही सच बोलता है। इस समय, हालाँकि वह गलती से निकल गया था और उनकी उस गलती को गोरखा अपने लाभ के लिए इस्तेमाल

कर सकते थे।

सिलहट में बटालियन को यह समझने में कुछ समय लगा कि वह बी.बी.सी. की गलतियों को किस तरह से ले? क्योंकि उन्होंने घोषणा की थी कि सिलहट में गोरखाओं के 'ब्रिगेड' ने लैंडिंग की है, जबकि असल बात यह थी कि वहाँ सिर्फ बटालियन थी और बटालियन की भी अपनी एक निश्चित सीमा थी, जिसमें सभी रैंकों के कुल 384 लोग थे, जो हेलीलैंड हुए थे। कुछ और थे, जो दुर्घटना के कारण घायल हुए थे या मारे गए थे।

बी.बी.सी. ब्रॉडकास्ट की रात में दोनों सेनाओं के ऑफिसरों ने सिलहट में एक-दूसरे का सामना किया और वे ट्रांजिस्टर में समाचार सुन रहे थे। गोरखाओं के कर्नल हेरोलिकर ने कहा, "क्या तुमने सुना? बी.बी.सी. ने अभी-अभी कहा है कि सिलहट में गोरखाओं की ब्रिगेड आ चुकी है!"

उनमें से एक अफसर ने कहा, "हाँ सर! पता नहीं उन्हें यह गलत बात कैसे पता चली?"

बटालियन के सेकेंड-इन-कमांड ने हालाँकि उत्साह में कहा, "उन्हें गलत पता नहीं चला है। उन्हें सही पता चला है! हमें इस ब्रॉडकास्ट को भुनाना चाहिए! पाकिस्तानी भी तो इसे सुन रहे होंगे! हमें अब यह हलचल पैदा करनी चाहिए कि हम एक ब्रिगेड हैं। विरोधी लोगों को अब यह लगना चाहिए कि वह अब एक बटालियन है। अगर हम उन्हें धोखा देने में सक्षम हो जाते हैं कि हम समझ लें कि हमारी क्षमता ब्रिगेड की है, इससे उन पर सावधानी बरतने का दबाव होगा।"

गोरखाओं के पास पाकिस्तानियों के धोखे का जवाब यह होगा कि वे ब्रिगेड के बराबर हैं!

कमांडिंग ऑफिसर ने इसके बारे में सोचा। बटालियन को सिलहट में उतरे हुए लगभग तीन दिन गुजर चुके थे और संभावित लिंकअप के समय से 12 घंटे से ऊपर हो चुके थे। बटालियन में हताहतों की संख्या काफी हो चुकी थी और उनके पास हथियारों की कमी भी थी। वे अपने साथ जो राशन-पानी लेकर आए थे, वह खत्म हो चुका था और जो थोड़ा-बहुत खाद्यान्न उनके पास बचा था, वे उससे काम चला रहे थे तथा सुरक्षा क्षेत्र के भीतर स्थित कुछ हगेड़ दी गईं झोंपड़ियों में पड़े अन्न का भी प्रयोग कर रहे थे। वहाँ पीने के लिए पानी नहीं था, गंदे तालाब का पानी था, जिसे वे अपने रूमालों से छानकर पी रहे थे।

एक ब्रिगेड के अनुकरण का अर्थ होगा कि वह बटालियन को एक वृहत्

इलाके में फैला दे, पर इस काम को करने के बहुत नुकसान भी होंगे। इसने एक-एक करके कंपनियों के नष्ट होने के जोखिम को खोल दिया और इंटरकंपनी सहायता अब फैलाव के कारण उपलब्ध नहीं थी। एडवांसिंग भारतीय दल अभी भी कई मील दूर थे। यह अभी भी स्पष्ट नहीं था कि वह लिंकअप कब हो पाएगा, यह एक बड़ा जोखिम था; पर इसे लेने में भलाई थी और कमांडिंग ऑफिसर ने यह रिस्क लिया।

कमांडिंग ऑफिसर और सेकेंड-इन-कमांड ने कंपनियों को इधर-उधर कर दिया, उन्हें अलग-अलग जगहों पर भेज दिया। सैनिकों के दल की छोटी टुकड़ियाँ ऑटोमैटिक हथियारों से लैस थीं और वे इस प्रकार दूर थीं कि पाकिस्तानी पेट्रोलिंग कंपनियाँ यह न खोज पाएँ कि भारतीय सेना की सिलहट में एक बटालियन है, न कि एक ब्रिगेड।

कुछ मामलों में कंपनियों को नए इलाकों को हथियाने के लिए लड़ना पड़ता है। एक समय में प्लाटून को एक टीले को कब्जा करने का काम सौंपा गया था, अगर वह पाकिस्तान द्वारा कब्जाया गया तो वहाँ से वे गोरखाओं की डिफेंस का निरीक्षण कर सकते थे। इसके साथ ही, पाकिस्तानियों ने उसे कब्जाने की बात सोची, पर गोरखाओं को मौका पहले मिला और उन्होंने प्रभावी तौर पर हमला किया। फिर लड़ाई होने लगी, पर गोरखाओं का पक्ष मजबूत था और उनके पास खुकरी भी थी। पाकिस्तानी आक्रमण बेकार हो गया और उन्हें वहाँ से अपने घायल व मृत लोगों को ले जाते हुए देखा गया।

गोरखाओं ने अपने रक्षात्मक घेरे को दिन के समय बढ़ा दिया। इसके लिए फ्लाइट लेफ्टिनेंट और ए.सी.टी. (एयर कंट्रोल टेंटकल) का शुक्रिया, इसके साथ ही एयर सपोर्ट भी पास में आ चुकी थी, जब उन्होंने देखा कि दुश्मन बड़ी भारी संख्या में वहाँ जमा हो गए थे। यह गोरखा दलों के लिए उनके मनोबल को बढ़ानेवाला था, क्योंकि उन्होंने तब खुशी के मारे तालियाँ बजानी शुरू कर दी थीं, जब उन्होंने देखा कि आई.ए.एफ. मिग-21 और हंटर्स ने वहाँ खड़ी पाकिस्तानी सेनाओं को मार भगाया। रात के समय गोरखा पेट्रोल ने कंपनियों के आगे अपना दबदबा बनाए रखा।

11 दिसंबर को गोरखाओं के अनुरोध पर फिर से गुवाहाटी में 33 स्क्वाड्रन को भेजा गया। अधिकांश एयरक्राफ्ट को ढाका के बाहर पैरा ऑपरेशन के लिए तैयार किया जा रहा था, पर वहाँ कैरीबूस मौजूद थे। फ्लाइंग ऑफिसर रुद्र बिश्नोई को

वहाँ सामान गिराने को कहा गया। उनके साथ उनके को-पायलट एच.एस. साहनी भी थे। उनके साथ एक नेविगेटर और दो लोगों का एक क्रू भी था। अगरतला और कुंभीग्राम में सामान प्लेन में भरने के बाद उन्होंने सिलहट में आपूर्ति का सामान एवं हथियार नीचे गिरा दिया।

कैरिबू विमान, जिसका नियंत्रण विश्नोई के हाथ में था, समय पर सिलहट में ड्रॉप जोन में आ गया—लगभग अँधेरे में, जहाँ नीचे युद्ध-क्षेत्र में जबरदस्त लड़ाई चल रही थी। भारतीय हमलों के कारण सिलहट में लगी आग को एयर क्रू देख सकता था, साथ ही पाकिस्तानियों का टैंक-आक्रमण और गोरखाओं की माऊंटेन गनों को भी।

कुछ समय के लिए विश्नोई ने चक्कर लगाया और फिर सामान को पैराशूटों के साथ गोरखाओं के लिए नीचे गिरा दिया। पैराशूट देखे जा सकते थे, यद्यपि उस समय वहाँ अँधेरा था। जैसे ही उसने यह किया, उसे जमीन पर लगी हुई आग ने अपनी चपेट में ले ली, लेकिन किसी तरह वह सुरक्षित बच निकला।

सेकेंड-इन-कमांड और गोरखाओं का एक दल ड्रॉप जोन में हथियार इकट्ठा करने के लिए चला गया। पाकिस्तानी शस्त्रागार उस ड्रॉप जोन में था। बहुत सारी गोलियों के बावजूद गोरखाओं ने वे हथियार पैराशूट में खुकरी से छेद करके निकाल लिये। भाग्यवश, वहाँ कोई हताहत नहीं हुआ। जो लोड नीचे गिराया गया था, गोरखा उसे देखकर निराश हो गए, क्योंकि जिस लोड को उन्होंने हथियार और मोर्टार समझ कर नीचे गिराया था, वह असल में छोटा हथियार या राशन निकला। उसके बाद सबसे महत्त्वपूर्ण जरूरत मृत एवं घायल लोगों को बाहर निकालने की थी। यह जरूरत भी ग्रुप कैप्टन चंदन सिंह द्वारा पूरी हुई। उन्होंने इस उद्देश्य के लिए दो हेलीकॉप्टर भेजे थे। रात में हेलिपैड को रास्ता दिखाने के लिए गूजनेक्स जलाए गए।

मृत एवं घायल लोगों को हटाना दल के लिए मनोबल बढ़ानेवाला था। भारतीय वायुसेना के हेलीकॉप्टर्स के फिर से दिखने से पाकिस्तानी इस बात से आश्वस्त हो गए कि गोरखा फिर से आ गए हैं, जबकि असल में बात यह थी कि हेलीकॉप्टर्स सिर्फ हताहतों को निकालने के लिए आए थे।

इन सब कामों से पाकिस्तानी इस बात के लिए आश्वस्त हो गए थे कि गोरखाओं की ताकत एक ब्रिगेड के बराबर थी और उन्हें वहाँ वापस लाया गया था। गोरखा बटालियन की खुकरी के इस्तेमाल के कारण उनकी इज्जत से पाकिस्तानियों

का मनोबल कमजोर हो रहा था और वे सावधान हो गए थे।

गोरखाओं की ओर से यह बात थी कि पाकिस्तानियों ने बी.बी.सी. के प्रसारण को सही माना होगा, पर उन्हें अभी भी पाकिस्तानी बलों की ताकत का पता नहीं था, जो उनका विरोध कर रहे थे।

गोरखाओं ने अपनी सजग पेट्रोलिंग और घात जारी रखी। छोटे हथियार, शस्त्र तेजी से कम होते जा रहे थे। वे जब रक्षात्मक पोजिशन पर गए, तो कमांडिंग ऑफिसर ने गोरखाओं को उनकी खुकरी तेज करते हुए देखा। जब उनसे यह पूछा गया कि वे ऐसा क्यों कर रहे थे, तो उन्होंने जवाब दिया, "साहिब, हमारे पास हथियारों की कमी हो गई है, ऐसे में हम अपने सबसे विश्वस्त हथियार—खुकरी का इस्तेमाल कर सकते हैं।"

9-14 दिसंबर तक पाकिस्तानियों ने गोरखाओं के विरुद्ध अपने घेरे को मजबूत किया और उनको वहाँ से हटाने के लिए बहुत सारी कोशिशें कीं और उन पर बहुत सारी गोलाबारी करने की कोशिश भी की। हालाँकि, पाकिस्तानियों ने एक उचित दूरी बनाए रखी और सिलहट में गोरखाओं के साथ बहुत नजदीकी से युद्ध नहीं किया, क्योंकि एटग्राम और गाजीपुर हमले की बटालियन 31 पंजाब और 22 बलूच गोरखाओं द्वारा किए गए खुकरी आक्रमण के दूसरी ओर थीं।

वहीं दूसरी ओर गोरखाओं ने एयरफील्ड पर मजबूत पेट्रोल के साथ उस जगह पर अपना कब्जा कर रखा था, वहाँ पर वे घात लगाए बैठे थे, रास्ता रोके हुए थे और इससे सिलहट और खादिमनगर के बीच संचार नहीं हो पा रहा था। इस मजबूत पेट्रोलिंग से दुश्मनों के फौजी इलाके में छापामारी हो गई थी। ऐसी ही एक छापेमारी में उन्होंने 31 पंजाब रेजिमेंट का रेजिमेंटल रंग देखा। यह रेजिमेंटल कलर बहुत पुण्य वाले माने जाते थे और वह अंतिम व्यक्ति एवं अंतिम राउंड तक इसके लिए लड़ा जाता था। 31 पंजाब रेजिमेंटल कलर अब इंडियन मिलिटरी अकादमी, देहरादून के म्यूजियम में देखा जा सकता है। यह बटालियन के सभी रैंकों के लिए उनके तप, ताकत, एकनिश्चयता और कभी भी खत्म न होनेवाली स्प्रिट के लिए जाना जाता है, जिसके लिए नौ दिनों तक उन्होंने जबरदस्त विरोध सहा और अपनी शक्ति से बीस गुना अधिक उन्होंने लड़ा। यहाँ तक कि दो ब्रिगेड और सिलहट गैरिसन, जिसे एक ब्रिगेडियर कमांड कर रहे थे और उनके साथ उनके गोला-बारूद और जरूरत से ज्यादा हथियार गिराए जा रहे थे, वे मुट्ठी भर गोरखाओं को हटा नहीं पाए।

11, 12, 13 दिसंबर को भारतीय सेना के प्रमुख जनरल सैम मानेकशॉ ने

जनरल नियाजी को आत्मसमर्पण के लिए अल्टीमेटम भेज दिया। उस अल्टीमेटम में सेना प्रमुख ने इस बात को दोहराया कि वे उन सभी पश्चिमी पाकिस्तानियों की सुरक्षा सुनिश्चित करेंगे, जो अपने हथियार नीचे रख देंगे। इस अल्टीमेटम के साथ जनरल मानेकशॉ ने यह कैवेट भी जारी कर दी कि अगर वे आत्मसमर्पण नहीं करेंगे, तो इसके बाद आपका जो भी नुकसान होगा, आप स्वयं उसके जिम्मेदार होंगे।

15 दिसंबर, 1971 को सुबह के नौ बजे, जब सैम मानेकशॉ ने सभी पाकिस्तानी सेना को पूर्वी पाकिस्तान में आत्मसमर्पण करने को कहा था, उसके ठीक दो दिनों के बाद, दो पाकिस्तानी अफसरों ने गोरखाओं से घिरे इलाके में सफेद झंडे के साथ एप्रोच किया। इस बात को कर्नल आर.डी. पलसोकर, एम.सी. ने 'फॉरेवर इन ऑपरेशंस' में लिखा है। उन्होंने कहा, "15 दिसंबर, 1971 की सुबह, सिलहट में पाकिस्तानी गैरिसन कमांडर ने दो अफसरों की एक टीम भेजी और उनके साथ कुछ आदमी थे, जो 4/5 गोरखा राइफल्स की जगह एक शांति का झंडा लेकर आ रहे थे। उन ऑफिसरों ने यह बताया कि उनके कमांडर चाहते हैं कि वह 4/5 गोरखा राइफल्स के दल के सामने सिलहट में आत्मसमर्पण करें।"

असल में जब मेजर मणि मलिक, जो 'सी' कपनी के कंपनी कमांडर थे, उन्होंने देखा कि वह छोटी सी पार्टी, जो सफेद झंडे के साथ और जंगल के इलाके से 1500 मीटर दूर थी, तो उन्होंने कमांडिंग अफसरों को सूचित किया और उनसे निर्देश माँगे। लेफ्टिनेंट कर्नल हेरोलिकर आगे आए और उन्होंने यह देखा कि 1000-2000 सशस्त्र पाकिस्तानी सैनिकों का दल जंगल के एक किनारे में जमा हुआ है और वह छोटी सी पार्टी 'सी' कंपनी की ओर आगे बढ़ रही है, उस समय पूर्वी पाकिस्तान के ब्रिगेड हेडक्वार्टर्स में या किसी एक अकेले ट्रांजिस्टर रेडियो से इस प्रकार वहाँ सीजफायर या आत्मसमर्पण की कोई सूचना ही नहीं थी। इसलिए सी.ओ. पाकिस्तानी इरादों को लेकर शंकित थे।

अफसर ने यह नोट उन्हें देते हुए कहा कि सिलहट में गैरिसन कमांडर पूरा गैरिसन भारतीय ब्रिगेड कमांडर को सौंपना चाहते हैं। गोरखाओं के कमांडिंग अफसर ने तुरंत महसूस किया कि उनकी बटालियन द्वारा हमारी ब्रिगेड साइज बटालियन को लेकर छल किया जा रहा है। इसके साथ ही, उन्होंने यह भी महसूस किया कि इस स्टेज पर, अगर पाकिस्तानियों को यह पता चला कि सिलहट में

उनके सामने बटालियन का सिर्फ आधा हिस्सा है तो स्थिति और विकट हो जाएगी। भारतीय ब्रिगेड कमांडर बहुत दूर बैठे हुए थे और यह जरूरी था कि वे आत्मसमर्पण करवाने के लिए जल्द-से-जल्द आएँ।

अफसरों को वापस जाने को कहा गया और उनके गैरिसन कमांडर को व्यक्तिगत रूप से सूचित करने के लिए कहा गया, जिससे वे आत्मसमर्पण करने की प्रक्रिया के संबंध में आपस में बात कर लें। जब दो अफसर वापस जा रहे थे और आधे रास्ते पहुँचे होंगे, तो बटालियन ने यह नोटिस किया कि पाकिस्तानी सैनिकों का एक बड़ा दल आगे की ओर हमारे सुरक्षित स्थान की ओर दौड़कर बढ़ रहा था। उन्होंने यह महसूस किया कि संख्या की अधिकता के कारण हमारी कंपनी पर विजय प्राप्त करने की यह एक चाल हो सकती थी। मेजर मलिक ने लाइट मशीनगन से कुछ हलकी-फुलकी गोलाबारी करने को कहा, इसे पाकिस्तानियों को और पास न आने की चेतावनी के रूप में समझा जाए। जैसे ही चेतावनीवाली गोलाबारी हुई, पाकिस्तानी सैनिक भूमिगत हो गए। मेजर मलिक ने उन्हें वापस जाने को कहा। उस शाम को सीजफायर की घोषणा के बाद, पूर्वी पाकिस्तान में पाकिस्तानी सेना को आत्मसमर्पण करने के लिए यह पहला ऑफर दिया गया होगा। पाकिस्तानी दल अपने रक्षा क्षेत्र में वापस आ गए।

उस समय एक संदेश, जो उस कोड में आया था, वह ब्रिगेड में पहुँचा दिया गया और ब्रिगेड कमांडर को आत्मसमर्पण करने के लिए बुला लिया गया था।

15 दिसंबर, 1971 की दोपहर को ब्रिगेडियर बंटी क्विन पाकिस्तानी आत्मसमर्पण को स्वीकारने के लिए हेलीकॉप्टर से आए। पाकिस्तान गैरिसन कमांडर ब्रिगेडियर क्विन से दोपहर तीन बजे मिले और आत्मसमर्पण करने के तौर-तरीकों के बारे में बात की गई। 16 दिसंबर को सिलहट गैरिसन ने आत्मसमर्पण कर दिया और इस प्रकार सिलहट का युद्ध समाप्त हो गया।

हालाँकि, अन्य सभी के लिए यह आश्चर्य ही था। पाकिस्तानी ब्रिगेड कमांडर को हेलीकॉप्टर में आते हुए देख चकित थे और फिर ब्रिगेडियर के लैंड करने के बाद, उनसे यह जानकर तो वे और हैरान रह गए कि सिलहट में मौजूद गोरखा सैनिकों का दल सिर्फ आधी बटालियन के बराबर था। गोरखा यह जानकर और अधिक आश्चर्य में थे कि वहाँ कोई बटालियन नहीं थी, बल्कि वहाँ दो ब्रिगेड और सिलहट गैरिसन थीं, जिसका उन्होंने सिलहट में सामना किया था। तीन ब्रिगेडियर, 173 अफसर, 290 आई.सी.ओ. और करीब 8,000 दलों ने 4/5 गोरखा राइफल्स

के सामने आत्मसमर्पण कर दिया! वे तीन ब्रिगेडियर थे—ब्रिगेडियर सलीमुल्लाह खान, कमांडर, 202 पाकिस्तानी इन्फैंट्री ब्रिगेड; ब्रिगेडियर इफ्तिखार राणा, कमांडर, 313 पाकिस्तानी इन्फैंट्री ब्रिगेड; और ब्रिगेडियर एस.ए. हसन, सिलहट गैरिसन के कमांडर।

आत्मसमर्पण के बाद पाकिस्तानी गैरिसन कमांडर इतने उदार थे कि उन्होंने ब्रिगेडियर क्विन से कहा, "अगर बटालियन सिलहट में नहीं होती, तो वे सिलहट में अगले दस दिन तक होते।"

जिस दल ने आत्मसमर्पण किया था, वह 31 पंजाब, 91 मुजाहिद बटालियन, 12 आजाद कश्मीर राइफल्स, 22 बलूच, 30 फ्रंटियर फोर्स, 31 फील्ड रेजिमेंट, 88 स्वतंत्र मोर्टार बैटरी और खैबर राइफल्स के दल थे, इसके साथ ही थल स्काउट्स और टोची स्काउट्स भी थे। गोरखा बटालियन की संख्या कम होकर सिर्फ 7 अफसरों और 329 अन्य रैंक के सैनिकों तक रह गई थी।

आत्मसमर्पण का पूरा काम हो जाने के बाद, 4/5 गोरखा राइफल्स ने न सिर्फ सिलहट पर कब्जा कर लिया था, अपितु अपनी संख्या से बीस गुणा ज्यादा संख्या वाली सेना को बंदी बना लिया और दो पाकिस्तानी इन्फैंट्री ब्रिगेड को भी बाँध दिया और सिलहट गैरिसन को 7–15 दिसंबर तक बाँधे रखा, जिससे ढाका के पतन में तेजी आई।

सिलहट में इस प्रकार का काम करके जनरल जे.एफ.आर. जैकब, जो पूर्वी कमांड के चीफ ऑफ स्टाफ थे, को अपनी पुस्तक 'सरेंडर एट ढाका' में कहना पड़ा—

> 7 दिसंबर को, 59 माउंटेन ब्रिगेड की 4/5 गोरखा राइफल्स को सूरमा नदी के किनारे सिलहट के दक्षिण-पूर्व में हेलीकॉप्टर से उतारा गया। पाकिस्तान ने सिलहट से आम नागरिकों को हटा दिया और पूरे शहर को किले में तब्दील कर दिया। वहाँ की रक्षा पाकिस्तान की 202 इन्फैंट्री ब्रिगेड द्वारा की जा रही थी। पाकिस्तानी की 313 इन्फैंट्री ब्रिगेड, पूर्वी मौलवी बाजार सिलहट गैरिसन में शामिल हुआ, जिसमें छह बटालियन की ताकत थी, 105 एमएम बंदूकें और 120 एमएम मोर्टार्स की एक बैटरी इसमें शामिल थीं। मौलवी बाजार से सिलहट जाने के लिए पाकिस्तान की 313 ब्रिगेड के बारे में किसी को पता नहीं चला और कमांड मुख्यालय के लिए यह एक आश्चर्य की तरह हुआ। हमें ऐसा लग रहा था कि ब्रिगेड कॉरॅनेशन ब्रिज के पास मेघना के पास आएगी, जो मेघना

> क्रॉसिंग और ढाका की रक्षा के लिए थी।
>
> यदि उन्होंने ऐसा किया होता तो वाहिनी IV की मेघना की प्रगति में मुश्किल होती। जब हमें रेडियो से संदेश मिले कि वे सिलहट की ओर जा रहे हैं तो हमें तसल्ली हुई। यह सब प्रैक्टिकल लिहाज से हुआ, जहाँ दो इन्फैंट्री ब्रिगेड्स सिलहट में एक-दूसरे के संपर्क में नहीं थीं और जहाँ उन्हें समाहित किया जा सकता था या उनकी प्रभावशीलता बेअसर हो गई थी। युद्ध के बाद जब डिवीजन के जी.ओ.सी. मेजर जनरल अब्दुल काजी से पूछा जा रहा था कि वे सिलहट में इस नहर से होकर क्यों गुजरे, तो उन्होंने जवाब दिया कि वे निश्चित थे कि वे हमें सिलहट पर कब्जा करने नहीं देंगे। नियाजी के किले की रणनीति और डिवीजनल कमांडर के आदेश में क्रियान्यवयन में आई तेजी से पाकिस्तान की रक्षा क्षमताओं का विघटन हो गया और इससे ढाका पर कब्जा करने में मदद मिल गई।

पाकिस्तान के मेजर जनरल फजल मुक्विम खान ने अपनी पुस्तक में लिखा है, पाकिस्तान की 202 ब्रिगेड 313 ब्रिगेड के कारण प्रबल थी, पर उन्होंने कोई सफाई नहीं दी कि यह क्यों हुआ ? हालाँकि, लेफ्टिनेंट जनरल ए.ए.के. नियाजी, जो पूर्वी पाकिस्तान के सेना के कमांडर थे, ने अपनी पुस्तक 'द बिट्रेयल ऑफ ढाका' में लिखा है कि 313 पाकिस्तान ब्रिगेड के कमांडर को उनके जी.ओ.सी. से यह आदेश मिलने के बाद वे ढाका की रक्षा से पीछे हटे, उनके आदेशों की अवहेलना की और अज्ञात कारणों से सिलहट की 202 ब्रिगेड में भी शामिल हो गए।

सिलहट के बजाय ढाका में स्थानांतरण के कारण पाकिस्तान की 313 इन्फैंट्री ब्रिगेड के इस मूव से जनरल काजी अब्दुल को बरखास्त कर दिया गया, जो कमांडिंग 14 के इन्फैंट्री डिवीजन के जनरल ऑफिसर थे और ब्रिगेड उनका एक हिस्सा थी। सिलहट से इस ब्रिगेड के 4/5 गोरखा राइफल्स को बाहर निकालने में असफल होने के कारण इसने आग में घी का काम किया।

हालाँकि, सिलहट में इन नौ दिनों में चौदह लोग मारे गए और यह काफी नुकसानदायक रहा, जिसमें एक जवान, दो जे.सी.ओ. और ग्यारह अन्य रैंक के लोग थे, साथ ही 39 लोग घायल हो गए। हालाँकि, वे निकाल लिये गए थे, पर मेजर करण पुरी ने गुवाहाटी मिलिटरी अस्पताल में अंतिम साँस ली। पूरी तरह से देखा जाए तो 1971 के युद्ध में बटालियन ने कुल 13 लोगों को खोया,

जिसमें चार लोग मारे गए, जिनमें तीन जे.सी.ओ. शामिल थे, 123 लोग घायल हो गए थे, जिनमें सात अफसर भी शामिल थे। कमांडिंग ऑफिसर लेफ्टिनेंट कर्नल हेरोलिकर को एटग्राम, गाजीपुर और सिलहट में उनके अदम्य साहस और नेतृत्व के लिए 'महावीर चक्र पुरस्कार' से सम्मानित किया गया, वायुसेना अधिकारी फ्लाइंग ऑफिसर सतीश चंद्र शर्मा को सिलहट में हवाई हमले के दौरान नियंत्रण बनाए रखने के लिए 'वीर चक्र' से सम्मानित किया गया। कैप्टन सेनगुप्ता, जो रेजिमेंटल मेडिकल ऑफिसर थे, नायब सूबेदार तीर्थबहादुर और कैप्टन राणा को सिलहट में उनकी बहादुरी के लिए 'सेना मेडल' से सम्मानित किया गया। कुछ कंपनी कमांडर जैसे—यशवंत रावत, दिनेश राणा, वीरेंद्र रावत, मणे मलिक और बैटरी कमांडर मेजर के.डी. सेगन और बहुत सारे जे.सी.ओ., एन.सी.ओ. और जवानों को उनके अतुलनीय योगदान और युद्ध में उनकी वीरता के लिए पदक मिला, पर उनकी वीरता को अलग से सम्मानित नहीं किया गया। अगर वरिष्ठ नेताओं ने यह सोचा कि बटालियन को बार-बार मुश्किल मिशन पर भेजा जाए, तो फिर सैनिकों को उनके उत्साह के लिए अच्छे से सम्मानित भी करना चाहिए।

गोरखा सैनिकों की सफलता के पीछे कई अफसरों और सैनिकों की शहादत भी थी, जो भारतीय सेना की इस विजय को देखने के लिए आसपास नहीं थे, पर बेशक उनकी बहुत महत्त्वपूर्ण भूमिका रही। गोरखाओं द्वारा सिलहट हासिल करने का ज्यादा श्रेय असल में भारतीय वायुसेना के लोगों को भी जाता है, जिन्होंने उन्हें हरसंभव सहायता देने की कोशिश की। हालाँकि, गोरखाओं को भीतर से बहुत अच्छी तरह पता था कि बी.बी.सी. ने उन्हें सहायता पहुँचाने में बहुत महत्त्वपूर्ण भूमिका निभाई।

बिना किसी शक के बी.बी.सी. ने गलती से ही यह रिपोर्टिंग कर दी थी कि सिलहट में गोरखाओं की ब्रिगेड पहुँच गई है, जिससे 4/5 गोरखा राइफल्स के जवानों को वहाँ जमाकर रखने में प्रभावी रूप से मदद मिली, क्योंकि ब्रिगेड एक सेना से करीब 20 गुना अधिक बड़ी होती है। एक मीडिया हाउस, जिसे प्रभावी रूप से रिपोर्टिंग के लिए लोगों के बीच जाना जाता है, उससे यह एक बहुत बड़ी ऐतिहासिक भूल हुई, जिससे गोरखाओं को बाजी पलटने में तेज गति से और ज्यादा मदद मिली।

परिशिष्ट

हालाँकि, यह घटना पचास साल पहले हुई, पर पाँचवीं गोरखा राइफल्स (एफ.एफ.) की चौथी बटालियन के सभी जीवित अफसर और सैनिक ब्रिटिश ब्रॉडकास्टिंग कॉरपोरेशन की इस ऐतिहासिक गलती के लिए उन्हें 'धन्यवाद' देना चाहते हैं। उनके लिए बी.बी.सी. का यह सर्वोत्तम प्रसारण था और इसके लिए धन्यवाद देने के लिए अभी भी कोई देर नहीं हुई है।

□

लोंगेवाला में लंबा शॉट

"युद्धक्षेत्र अवश्यंभावी अराजकता का एक परिदृश्य है। विजयी वह होगा, जो इस शोरगुल पर नियंत्रण पा ले—अपने और दुश्मन के शोरगुल पर भी।"

—नेपोलियन बोनापार्ट

"थोड़ा सब्र करो मेरे बच्चे, सुबह की खुशियाँ आती ही होंगी,
सर्वाधिक अंधकारमय समय का अर्थ है—उषा दिखने ही वाली है।"

—'जॉय कम्स इन द मॉर्निंग' गाने के शब्द

लोंगेवाला, 3 दिसंबर, 1971

दक्षिण के फ्रंट पर सबकुछ शांत था, मेजर कुलदीप सिंह चाँदपुरी, कंपनी कमांडर, पंजाब रेजिमेंट की 'ए' कंपनी की 23वीं बटालियन ने एक हड़कंप-सा मचा दिया, जब उन्होंने बालू के टीले के आगे देखा। वह 3-4 दिसंबर, 1971 की रात थी और उस दिन बहुत ठंड थी, क्योंकि रेगिस्तान में रातें ऐसी ही होती हैं। चाँद छोटा होने लगा था, पर एक रात पहले चाँद पूरा था। पर अब वह रात में लैंप की तरह जल रहा था और वे चाँद को दूर से देख रहे थे, जो मद्धिम-सी रोशनी दे रहा था। उनके सामने का रेगिस्तान समुद्र की तरह लग रहा था। उन्हें भारतीय मिलिटरी अकादमी में दिए गए व्याख्यान की कुछ-कुछ बातें याद थीं, जिसमें 'नेविगेशन ऑफ द स्टार्स' के बारे में बताया गया था। प्रशिक्षक ने रेगिस्तान के ऑपरेशंस की तुलना समुद्र के साथ की थी। दोनों ही मामलों में लैंडमार्क नहीं होते और दोनों ही मामलों में तारों को ही दिशा के लिए आधार बनाया जाता है।

राजस्थान-सिंध का सीमाक्षेत्र सामान्यत: मरुस्थल का इलाका होता है, जहाँ थोड़ी सी सड़क होती है या रेल संप्रेषण का माध्यम होता है। भारतीय नीतिकार

सामान्यत: यह समझते हैं कि पाकिस्तान इस क्षेत्र में रक्षात्मक रहता है और इसे सुधारने के लिए सामान्यत: सीमित और स्थानीय आक्रमणों को लॉञ्च करे। उन्होंने यह कभी महसूस ही नहीं किया कि वे अपने आकलन में कितने गलत हैं!

IAF हंटर्स द्वारा पाकिस्तान के बख्तरबंद कॉलम पर हमला किया जा रहा है

3 दिसंबर, 1971 की शाम ऑल इंडिया रेडियो ने अपने श्रोताओं को यह सूचित किया कि पाकिस्तान ने भारतीय वायुक्षेत्र पर शाम 5:45 पर हमला कर दिया था और उन क्षेत्रों में जोधपुर एवं उत्तरलाई हवाई क्षेत्र शामिल थे, जो दक्षिण कमांड के भीतर आते हैं। मेजर चाँदपुरी की बटालियन ब्रिगेड और डिवीजन भी इस कमांड का हिस्सा थे।

आधी रात की बात थी। शुक्र ग्रह अपने क्षितिज की तरफ अस्त हो रहा था और तब श्रोताओं ने प्रधानमंत्री इंदिरा गांधी का भाषण सुना, जिसमें वे आम नागरिकों को यह सूचित कर रही थीं कि पाकिस्तान ने भारत पर आक्रमण कर दिया था और हमारे पास अपनी रक्षा करने और पलटकर लड़ने के अलावा कोई दूसरा विकल्प नहीं था।

मेजर कुलदीप सिंह चाँदपुरी, जो लोंगेवाला से तीन मील आगे थे, ने स्क्रीन पोजीशन कमांडर को यह सूचित किया कि युद्ध शुरू हो चुका था और उन्हें विशेष रूप से सचेत रहने की जरूरत थी। मुख्य रक्षा स्रोत के सामने स्क्रीन एक बहुत बड़ा ध्यान भटकानेवाला था, जिसकी अपनी आँखें व कान थे। उस स्क्रीन का काम था कि वह दुश्मनों की आवाजाही को ताकत एवं दिशा दे।

मेजर चाँदपुरी ने अपने सामने दोनों ओर से उस क्षेत्र की तलाशी ली, पर उन्हें वहाँ से किसी भी तरह की कोई आवाजाही या किसी प्रकार की आवाज नहीं आई। रेगिस्तान में दूर तक आवाज जाती है, क्योंकि वहाँ कोई इमारतें नहीं होतीं, न ही पेड़ होते हैं, जो ध्वनि तरंगों को अवशोषित कर लें; पर उस समय वहाँ एकदम सन्नाटा था। वह कंपनी की सीमावाली लोकेलिटी के चारों ओर घेराबंदी को देखने व प्लाटून कमांडर को यह सूचित करने के लिए गए कि अंततः युद्ध शुरू हो चुका था। उन्हें इस बात पर आश्चर्य हो रहा था कि क्या पाकिस्तान इस इलाके में कोई आक्रामक ऑपरेशन शुरू करने का इरादा रखता था? वे अकेले थे, अपने पैरों पर खड़े थे, उनके पास कोई हथियार नहीं थे और बहुत कम तोपें थीं। वे इस बात से अवगत थे कि मरुस्थल में एक स्थान से दूसरी जगह जाना एक प्रकार की जीत थी और टैंक मरुस्थल युद्ध में एक जीत की भूमिका निभाता है।

उनको पहले ही यह बात पता थी कि उनकी डिवीजन (12 भारतीय इन्फैंट्री डिवीजन) से एक ब्रिगेड अंतरराष्ट्रीय सीमा की दूसरी ओर एक हमला करने वाली थी, यह इलाका रहीमयार खान का था और कि अधिकांश गोला-बारूद और टैंक का सामान इस हमले के लिए आवंटित हो चुका था। वह साधेवाला, उसके मुख्यालय का स्थान, से कई मील की दूरी पर थे, जो उनके लिए सहारे का एकमात्र साधन था। टैंक-विरोधी साधनों के देने के उनके अनुवेदन पर उन्हें चिंता न करने को कहा गया, क्योंकि उनके क्षेत्र में किसी प्रकार की धमकी या आक्रमण का डर न था और टैंक-विरोधी माइंस उनको भेज दी जाएँगी। मेजर चाँदपुरी ने सोचा कि टैंक-विरोधी माइंस आने पर वे उन्हें बिछा देंगे, और इस बीच उन्होंने अपने सामने सिर्फ एक तार की कँटीली बाड़ लगाने का निर्णय लिया, जिसके द्वारा आगे एक गहरी खदान होने का भ्रम पैदा कर सकें, जो वास्तव में थी ही नहीं।

भारतीय इस बात से अनभिज्ञ थे कि पाकिस्तानी जनरल मुख्यालय ने एक आक्रमण की योजना बनाई थी, जिसमें लोंगेवाला इसका पहला ध्येय था और

पाकिस्तानी आक्रमण के मध्य उनकी 'ए' कंपनी 23 पंजाब धमाकेदार प्रविष्टि करेगी। पाकिस्तान की 18 इन्फैंट्री डिवीजन के पास, इसके अलावा कि वह एक ब्रिगेड को राजस्थान-सिंध क्षेत्र की सुरक्षा में लगाएगी, दो इन्फैंट्री ब्रिगेड अलग से संरक्षित होंगे, जिन्हें वे आक्रामक हमलों में प्रयोग कर पाएँ।

भारतीयों को इस बारे में पता नहीं था, पर पाकिस्तानी जनरल मुख्यालय ने एक आक्रामक प्लान पारित किया, जिसमें लोंगेवाला उनका पहला लक्ष्य था और फिर 'ए' कंपनी 23 पंजाब पाकिस्तान का दूसरा शिकार था। इसके अतिरिक्त राजस्थान-सिंध बॉर्डर की रक्षा के लिए एक ब्रिगेड ग्रुप वहाँ तैनात थे और साथ में दो इन्फैंट्री ब्रिगेड ग्रुप आक्रामक ऑपरेशन के लिए थे।

16 अक्तूबर, 1971 को मेजर जनरल बी.एम. मुस्तफा, जी.ओ.सी., पाकिस्तान 18 इन्फैंट्री डिवीजन ने कॉन्फ्रेंस के लिए कहा था, जिसमें वे आनेवाले आक्रमण के बारे में समझाना चाहते थे। चूँकि वह ऑपरेशन हथियारों पर आधारित था तो उन्होंने लेफ्टिनेंट कर्नल जे.ए. खान को बुलाया, जो 38 कैवेलरी (शेरमन टैंक्स) के कमांडिंग ऑफिसर थे और साथ ही लेफ्टिनेंट कर्नल अकरम हुसैन सैयद, जो 22 कैवेलरी (टी-59 टैंक्स) के कमांडिंग ऑफिसर थे, को अपने प्लान के बारे में बताने और इस ऑपरेशन के होने की संभावना पर अपने विचार प्रस्तुत करने के लिए बुलाया था। उनके कर्नल स्टाफ वाजिद अली शाह ने प्रारंभिक प्रेजेंटेशन बनाई।

जनरल मुस्तफा ने व्याख्या करते हुए बताया कि योजना यह थी कि एक ब्रिगेड रहीमयार खान के दक्षिण वाले तथा बाड़मेर के मोर्चे को रोककर रखेगी और दो ब्रिगेड तनोट-लोंगेवाला मार्ग के साथ पड़ने वाले रामगढ़ के विरुद्ध हथियारों की सहायता प्राप्त कर आक्रमण शुरू कर देंगी, उसके बाद जैसलमेर की ओर रुख करेंगी। उन्होंने बताया कि वे ऐसा भारतीयों की बाईं फ्लैक (बाईं साइड) को चौंकाते हुए आगे बढ़कर करेंगे और रामगढ़ तथा जैसलमेर पर कब्जा कर लेंगे। एक ब्रिगेड एक हथियारबंद रेजिमेंट की सहायता से रामगढ़ पर कब्जा कर लेगी और दूसरी ब्रिगेड एक अन्य हथियारबंद रेजिमेंट की सहायता से जैसलमेर की हवाई-पट्टी को निरस्त कर देगी। जी.ओ.सी. ने टैंकमैन की सोच के मुताबिक इस योजना की व्यावहारिकता पर टिप्पणी करने को कहा। इस प्रस्तुतीकरण में यह भी कहा गया कि 'जीएचक्यू' चाहता था कि एक ही दिन में फर्मबेस से जैसलमेर की दूरी, जो 120 मील की है, तय की जाए। हथियारबंद रेजिमेंटल कमांडरों ने कहा कि योजना उचित थी, बशर्ते सीमा और जैसलमेर की ओर मार्च दो रातों में पूरा किया

जाए; पहले ही दिन से 'एयर कवर' (वायुसेना की सुरक्षा) दिया जाए, सुबह से रात होने तक, जब तक कि रामगढ़ तथा जैसलमेर पर कब्जा न हो जाए। 'जी.ओ.सी.' ने सुझाव को मान लिया और कहा कि योजना अति गोपनीय थी और इसके बारे में कोई भी बात नहीं की जाए।

यह उनकी पहली योजना थी, जो बाद में समय बीतने के साथ बदली जा सकती थी।

नवंबर के पहले सप्ताह में सेना प्रमुख जनरल अब्दुल हामिद खान और वायुसेना प्रमुख एयर मार्शल रहीम, रहीमयार खान के पास आए, जहाँ 18 पाकिस्तान इन्फैंट्री डिवीजन के प्लान के बारे में चर्चा हुई थी। जब आक्रमण के लिए वायुसेना सहायता की आवश्यकता होगी, तब इस बात की पुष्टि के लिए वायुसेना प्रमुख ने कहा कि वायुसेना सहायता अवश्य दी जाएगी।

2 दिसंबर, 1971 को लेफ्टिनेंट कर्नल जेड.ए. खान, जो 38 कैवेलरी के कमांडिंग अफसर थे, को अन्य के बीच पाकिस्तान 18 डिवीजन मुख्यालय बुलाया गया और बताया गया कि उस रात वह आक्रमण शुरू होगा। उन्हें आक्रमण के बारे में विस्तार से बताया गया—51 पाकिस्तान इन्फैंट्री ब्रिगेड को 22 कैवेलरी के साथ रामगढ़ और जैसलमेर को कब्जाने का काम दिया गया और 206 पाकिस्तान इन्फैंट्री ब्रिगेड को लोंगेवाला कब्जाने का काम दिया गया। 38 कैवेलरी 51 पाकिस्तान इन्फैंट्री ब्रिगेड का लोंगेवाला तक अनुसरण करनेवाले थे और लोंगेवाला को कब्जे में करने के बाद वे जैसलमेर में वायुसेना क्षेत्र को प्रभावहीन करनेवाले थे। आक्रमण के लिए 3 दिसंबर की रात के साढ़े नौ बजे का समय निर्धारित हुआ। फिर आक्रमण का समय एक दिन के लिए बदल दिया गया और उसे बदलकर 4 दिसंबर को सुबह के दो बजे कर दिया गया।

ब्रीफिंग खत्म होने के बाद, जो लोग वहाँ इकट्ठे हुए थे, उनसे पूछा गया कि उनके पास किसी प्रकार के कोई प्रश्न हैं? प्रश्नोत्तर काल के दौरान, लेफ्टिनेंट कर्नल जेड.के. खान ने यह देखा कि आक्रमण की योजना में कोई कमी रह गई है। वार्त्ता में बताया गया कि 12 इंडियन इन्फैंट्री डिवीजन उसका विरोध कर रही है, न कि 11 इन्फैंट्री डिवीजन, जैसाकि बताया गया था। पाकिस्तानी डिवीजन के पास जो मानचित्र थे और जो हथियार उसके सहयोग के लिए थे, वे बॉर्डर के पास खाली थे। उससे भी ज्यादा बुरी बात यह थी कि इस बात की कोई पुष्टि नहीं थी कि किसी प्रकार की वायु सहायता मिलनेवाली भी है कि नहीं? पाकिस्तानी

वायुसेना के विंग कमांडर, जो यह आदेश देने के लिए आए थे, ने यह बताया कि पाकिस्तानी वायुसेना इस आक्रमण को सपोर्ट नहीं कर पाएगी, क्योंकि जकोबाबाद वायुसेना क्षेत्र अभी तैयार नहीं हुआ था। पाकिस्तानी इन्फैंट्री ब्रिगेड 51, 55 व 206 के कमांडर इस बात से हैरान हो गए और जी.ओ.सी. से कहा कि वे इस आक्रमण को रद्द कर दें, क्योंकि बिना वायुसेना के सहयोग के यह आक्रमण असफल हो जाएगा।

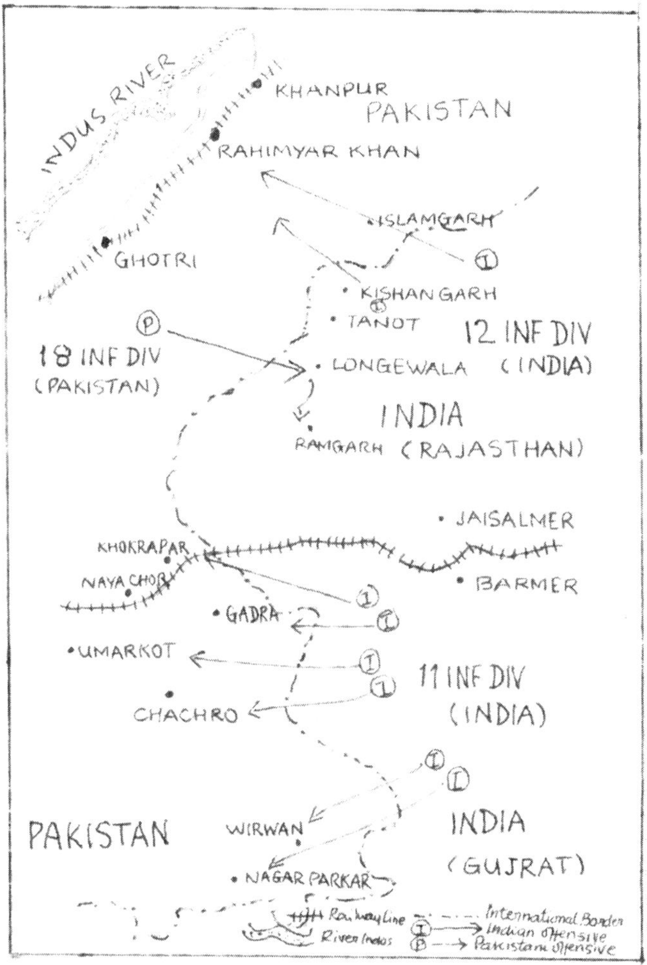

संचालन का क्षेत्र

जी.ओ.सी. ने जनरल जी.एस. हसन को टेलीफोन किया, जो जनरल स्टाफ के चीफ थे और उनसे इस बारे में चर्चा की कि बिना वायुसेना के सहयोग के आक्रमण कितना सफल होगा। कुछ वार्त्ता के बाद जी.ओ.सी. ने 'ओ' ग्रुप को यह सूचित किया कि राष्ट्रीय हित में बिना किसी वायुसेना सहयोग के ही यह आक्रमण किया जाएगा। पर ब्रिगेड कमांडर ने एक बार फिर जी.ओ.सी. से यह प्रार्थना की कि यह आक्रमण अभी रोक दिया जाए, क्योंकि यह ऑपरेशन बिना वायुसेना के सहयोग के असफल हो जाएगा। पर जी.ओ.सी. पाकिस्तान 18 इन्फैंट्री डिवीजन ने यह जवाब दिया कि वह किसी भी तरह से आक्रमण तो करेंगे ही, क्योंकि अगर उन्होंने ऐसा नहीं किया तो उन पर खुद यह दाग लग जाएगा कि वे एक ऐसे जनरल थे, जो डर गए थे।

पाकिस्तान का आक्रामक प्लान

संक्षेप में आक्रमण के लिए 18 पाकिस्तान इन्फैंट्री डिवीजन का अंतिम प्लान इस प्रकार था—

- 3 दिसंबर की रात को आई.बी. (इंटरनेशनल बॉर्डर) से करीब 60 मील दूर डिवीजन ने एक एप्रोच मार्च किया।
- 51 पाकिस्तानी इन्फैंट्री की 22 कैवेलरी और 38 बलूच की आई.बी. से रामगढ़ तक की 40 मील की दूरी। रामगढ़ को कब्जाने के बाद, ब्रिगेड जैसलमेर की ओर आगे बढ़ेगी, जिससे वह वहाँ के वायुसेना क्षेत्र को प्रभावहीन कर सके।
- 22 कैवेलरी को लोंगेवाला से होकर जाना था और एक पोजीशन लेनी थी, जिससे वह 12 इंडियन इन्फैंट्री डिवीजन द्वारा काउंटर करने की स्थिति और उसका बचाव करने के लिए जवाबी हमला कर सके।
- 206 पाकिस्तान ब्रिगेड रहीमयार खान की रक्षा में एक बटालियन को छोड़ेगी लोंगेवाला को एक मजबूत बेस के रूप में सुरक्षित करने के लिए।
- 38 कैवेलरी 1 पंजाब के साथ और मोर्टार बैटरी के साथ पाकिस्तान ब्रिगेड के पीछे रहेगी, जब तक वह जैसलमेर की ओर जाने वाली पक्की सड़क तक नहीं पहुँच जाती और फिर अपने कार्य की पूर्ति के लिए जैसलमेर तक जाएगी, ताकि हवाई-पट्टी को निरस्त किया जा सके।

दक्षिण कमांड मुख्यालय (भारत)

दक्षिण कमांड के मुख्यालय, जो लेफ्टिनेंट जनरल जी.जी. बेवूर के तहत था, वे सिंध-राजस्थान सेक्टर के लिए उत्तरदायी थे। उनकी कमांड में दो डिवीजंस थे—11 और 12 इन्फैंट्री डिवीजन। कमांड और कंट्रोल को हलका करने के लिए उन्होंने जोधपुर में एडवांस हेडक्वार्टर्स बनवाए।

दक्षिण कमांड ने बाड़मेर और जैसलमेर दोनों जगहों पर एक-एक ब्रिगेड तैनात की (बाड़मेर में 11 इन्फैंट्री डिवीजन) और जैसलमेर में (12 इन्फैंट्री डिवीजन) सेक्टरों के शेष भाग को कवर करने के लिए अपनी-अपनी कैंटोनमेंट्स में विभाजन करने के लिए। इसके साथ-साथ दोनों डिवीजंस पाकिस्तान के विरुद्ध आक्रामक ऑपरेशंस लॉन्च करनेवाले थे। इसके साथ ही एक ब्रिगेड किशनगढ़-तनोट-साधेवाला इलाके में तैनात की गई और दूसरी मुन्नाबाओ-गदरा रोड इलाके में तैनात की गई। ऐसा पहली बार था कि दक्षिण कमांड द्वारा मरुस्थली इलाके में प्रमुख ऑपरेशंस किए गए। ब्रिगेड के पास 20 लैंसर उनके आर्मर कंप्लिमेंट के तौर पर थे (एएमएक्स टैंक्स) और 6 स्वतंत्र हथियारबंद स्क्वाड्रन (टी-55 टैंक्स) थे। उनका यह साजोसामान किशनगढ़ में स्थित था, जो उत्तर-पूर्व से 80 किमी. दूर था। उनके पास रिप्लेसमेंट टैंक टूप के चार टैंक थे, जो जी.ओ.सी. के ऑर्डर पर इमरजेंसी के समय प्रयोग के लिए थे। इनकी वायु सुरक्षा 6 हंटर एयरक्राफ्ट दे रहे थे, जिन्हें अर्मामेंट ट्रेनिंग विंग जामनगर में रखा गया था। जैसलमेर में स्थित आई.ए.एफ. स्टेशन विंग कमांडर एम.एस. बावा द्वारा कमांड किया जा रहा था। दक्षिण कमांड के पास एचएफ 24 के साथ, जो उत्तरलाई और जोधपुर में थे—10 व 220 स्क्वाड्रन थे, ताकि उन्हें वायु सहायता प्रदान की जा सके। वह पुणे में उपस्थित कैनबरा वायुयानों से भी सहायता माँग सकते थे।

ऐसा लग रहा था कि भारत और पाकिस्तान दोनों के सुरक्षाबल इस इलाके में एक-दूसरे के विरुद्ध आक्रमण के ऑपरेशन चला रहे थे और उनमें से कोई भी एक-दूसरे के आक्रमण के बारे में नहीं जानते थे, क्योंकि वे एक-दूसरे के आमने-सामने थे, पर एक बड़े से मरुस्थल के कारण बहुत दूर भी थे।

घटनाओं के क्रम

4 दिसंबर, 1971

4 दिसंबर की रात पाकिस्तानी आक्रामक बल भारतीय बॉर्डर पोस्ट नं. 635 पर करीब रात के साढ़े ग्यारह बजे पहुँचे।

4-5 दिसंबर की रात के करीब 1 बजे लोंगेवाला के पास इंडियन स्क्रीन पोजीशन पर दुश्मनों के हथियारों की आवाज आई और उन्होंने अपने कंपनी कमांडर मेजर चाँदपुरी को इस बारे में बताया।

मेजर चाँदपुरी ने इस घटना क्रम के बारे में अपनी बटालियन एवं ब्रिगेड को बताया।

5 दिसंबर, 1971

रात के साढ़े बारह बजे लोंगेवाला की पोस्ट पर पाकिस्तान का तोपखाना खुल गया था। चाँदपुरी के दलों ने पाकिस्तान के हथियारबंद बलों और इन्फैंट्री को अपने एंटी-टैंक और छोटे-मोटे हथियारों के साथ उलझाए रखा।

लोंगेवाला में भारतीय सेना सिर्फ 100 सैनिकों की एक ही इन्फैंट्री थी, जिसमें उनके साथ एक जीप भरकर आर.सी.एल. बंदूकें, एम.एम.जी. और मोर्टार्स थे।

पाकिस्तान के बल में 51 इन्फैंट्री ब्रिगेड ग्रुप थे, जिसमें 22 कैवेलरी और टी-59 के पैटन टैंक थे और 28 रेसे और सपोर्ट बटालियन थी, 10 पंजाब और 38 बलूच को लोंगेवाला के उत्तर की ओर रखा गया था। पाकिस्तान की 206 इन्फैंट्री ब्रिगेड 38 कैवेलरी के साथ (शेरमेन टैंक्स) बहुत अंदर आ चुके थे। उनका काम था कि जब पाकिस्तान की 51 इन्फैंट्री ब्रिगेड रामगढ़ को कब्जे में लेने के बाद आगे बढ़े तो वे लोंगेवाला को अपने कब्जे में करे।

लोंगेवाला को कब्जे में लेने के बाद सेना का उद्देश्य था कि वह रामगढ़ और जैसलमेर को कब्जे में लेने के लिए आगे बढ़े।

पाकिस्तान की 51 इन्फैंट्री ब्रिगेड में एडवांस तत्त्व एक अनुमानित माइनफील्ड की खोज कर रहे थे और उनके सामने काँटेदार तार सामने आ गए। उन्होंने उन काँटेदार तारों को, जो कुलदीप चाँदपुरी की कंपनी के चारों ओर घेरा बनाए हुए थे, माइनफील्ड मार्कर के रूप में गलती से ले लिया और अपना कीमती समय उस माइनफील्ड को फाँदने में लगाया, जो मौजूद ही नहीं थी।

दोपहर के ढाई बजे जो भी स्थितियाँ थीं, उसके बारे में इन्फैंट्री डिवीजन के मुख्यालय में बताया गया। मेजर जनरल आर.एफ. खंभाटा ने विंग कमांडर एम.एस. बावा से जैसलमेर में संपर्क किया कि वे लोंगेवाला में कंपनी को वायुसेना का सपोर्ट दें, पर विंग कमांडर बावा ने कहा कि एयरक्राफ्ट के पास इस बेस में कोई रात में उड़नेवाली क्षमता नहीं है और वे सुबह की पहली किरण फूटने तक कोई सहायता नहीं दे सकते। जैसलमेर हवाईपट्टी में स्थित एयरक्राफ्ट हॉकर हंटर्स थे।

इस मजबूरी का अर्थ था कि 5 दिसंबर को रात के ढाई बजे से लेकर सुबह की पहली किरण तक, मेजर चाँदपुरी की 'ए' कंपनी खुद अपने ही भरोसे पर थी। हालाँकि, पाकिस्तान ब्रिगेड की फॉरवर्ड इन्फैंट्री का तत्त्व माइनफील्ड की गहराइयों और सीमा को जानने-समझने की जाँच कर रहा था। पाकिस्तानी तोपखाने और टैंक ने लोंगेवाला की रक्षा करनेवाली कंपनी को आगजनी से खत्म कर दिया।

कंपनी का हर डिफेंस स्ट्रक्चर टुकड़े-टुकड़े कर दिया गया। वह मंदिर, जो लोंगेवाला लोकैलिटी के भीतर आता था, वह इस पूरे प्रकरण में अकेला साबुत खड़ा मिला। ऊँटों के चारे में आग लग गई और उसके जलने के प्रकाश में पाकिस्तानी तोपखाना और टैंक फायर पर और अधिक सटीक निशाने लग पड़ी। हालाँकि, इससे पाकिस्तानी सेना भी उजागर हो गई। मेजर चाँदपुरी की कंपनी एक पाकिस्तानी टैंक को गिरा पाई, जबकि उनकी मध्यम मशीनगन और छोटे हथियारों की आग पाकिस्तानी सेना को किनारे रख सकी थी।

बहुत बाद में पाकिस्तानी इन्फैंट्री ब्रिगेड की 38 कैवेलरी के कमांडिंग ऑफिसर से एक इंटरव्यू के दौरान पता चला कि वे कुछ कारणों से अपने हमलों को अंजाम देने में नाकाम रहे।

सुबह के सात बजे तोपखाने के स्क्वाड्रन और दो कंपनियों ने लोंगेवाला में एक आक्रमण किया। लोंगेवाला में भारतीयों ने एंटी-टैंक गंस, मीडियम मशीनगंस और छोटे हथियारों के द्वारा उन्हें व्यस्त रखा।

उस समय दुश्मनों का एक एयरक्राफ्ट दिखाई दिया। टैंक्स खुले में थे और उनके ऊपर कोई एंटी-एयरक्राफ्ट सुरक्षा नहीं थी और उन्हें उस वायु सुरक्षा की कोई आशा भी नहीं थी। इंडियन एयरक्राफ्ट आसानी से दुश्मन की चपेट में आ सकते थे। 22 कैवेलरी ने अठारह टैंक और बहुत सारे वाहन खो दिए थे। दोस्ताना हवाई सुरक्षा के लिए बार-बार अनुरोध किए गए। पर उस पर कोई प्रतिक्रिया नहीं आई।

आई.ए.एफ. के स्क्वाड्रन लीडर डी.के. दास ने लोंगेवाला पोस्ट के आगे टैंक देख लिये। आई.ए.एफ. के पायलटों ने यह कहते हुए पाकिस्तानी टैंकों पर हमला नहीं किया कि वे भारतीय और पाकिस्तानी टैंकों के बीच अंतर नहीं कर पाए। एयर ऑपरेशन के लेफ्टिनेंट कर्नल आत्मा सिंह ऊपर गए और उन्होंने आई.ए.एफ. पायलटों से बात की और उन्हें स्पष्ट किया कि उस इलाके में कोई भी भारतीय टैंक नहीं था। उसके बाद आई.ए.एफ. के लिए रास्ता साफ हो गया और वह पाकिस्तान की आक्रामक सेना पर लोंगेवाल के उत्तर में टूट पड़े।

दोपहर तक आई.ए.एफ. एयरक्राफ्ट ने पाकिस्तानी सेना के हमले को समाप्त कर दिया। करीब 100 गाड़ियाँ, जिसमें 22 टैंक भी थे, वे आई.ए.एफ. द्वारा समाप्त कर दिए गए।

आई.ए.एफ. स्टेशन जैसलमेर के बेस कमांडर एयर कॉमोडोर एम.एस. बावा की 'एयर बैटल ऑफ लोंगेवाला' नामक पुस्तक के कुछ उद्धरण इस प्रकार हैं—

> सुबह के करीब सवा सात बजे, जब लोंगेवाला का पोस्ट खाली था, तब रामगढ़ से लोंगेवाला तक सीन स्कैनिंग के लिए हंटर मिशन आया। मिशन ने तुरंत टी-59 टैंक्स के होने की बात कही, जो एयर ओ.पी. द्वारा पुष्ट की गई। मिशन ने बिना समय गँवाए लोंगेवाला पोस्ट की तरफ टैंक मोड़ दिए···लगातार एक के बाद एक मिशन लॉन्च कर दिए गए और उन्होंने दुश्मनों के बख्तरबंद को नष्ट कर दिया। यह अपने आप एक प्रकार का साफ-सुथरा युद्ध दिखाई दे रहा था, जो पाकिस्तानी हथियारों और भारतीय वायुसेना के लोगों के बीच दिखाई दे रहा था। इतिहास में इससे पहले ऐसा युद्ध कभी नहीं देखा गया, जिसमें एयरक्राफ्ट और हथियारबंदों के विरुद्ध लोंगेवाला में युद्ध हुआ।

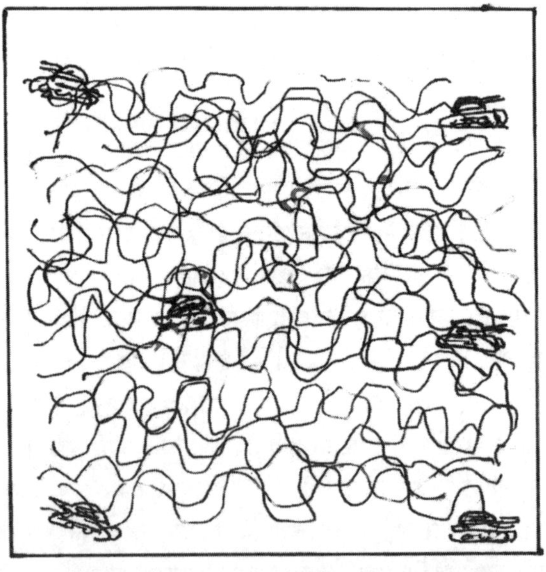

पाकिस्तानी टैंकों द्वारा रेत पर अंकित निराशा के निशान, जो भारतीय विमानों के हमलों से बचने की कोशिश कर रहे थे

बेस कमांडर के डिस्पोजल में कुल चार हंटर मौजूद थे, बेस 17 सोर्टिज लॉन्च करनेवाला था, जिसमें उसने दुश्मनों के 50 फीसदी हथियार नष्ट कर दिए थे। टैंकों को जलते हुए देखा जा सकता था, और इस बात की खबर एयर ओ.पी. और कंपनी ने लोंगेवाला में दी थी।

हमारी सेना ने दुश्मनों के प्रसारण के अवरोध के बारे में खुलासा किया, जिससे पाकिस्तानी आक्रामक सेना का मनोबल गिरने लगा, जिसमें आदमियों का और सामानों का बहुत नुकसान हुआ। वायुसेना सपोर्ट के लिए एस.ओ.एस. कॉल्स किए गए, बिना एडवांस हथियारों के यह संभव नहीं था। प्रसारण में ऐसा कहते हुए सुना गया—

"दुश्मन की हवाई फौज ने नाक में दम कर दिया है। हर बार एक हवाई जहाज जाता है और दूसरा आता है और बीस-बीस मिनट तक ऊपर नाचता है। चालीस फीसदी फौज और सामान हलाक और तबाह हो चुका है। आगे जाना या पीछे मुड़ना बमुश्किल हो गया है। जल्दी हवाई फौज मदद के लिए भेजो, वरना वापस मुड़ना नामुमकिन है।"

6 दिसंबर, 1971

एयरबेस ने फिर से लोंगेवाला पर दबाव डाला। एक के बाद एक टैंक को चिह्नित किया गया और फिर उन्हें निशाना बनाकर तब तक मारा गया, जब तक वे जल न गए। 6 दिसंबर की शाम को थार रेगिस्तान की बेल्ट में, करीब सैंतीस टैंक जला दिए गए। लोंगेवाला का युद्ध इस प्रकार पूरा हो गया। राजस्थान के जैसलमेर जिले में लोंगेवाला पाकिस्तानी हथियारबंदों के लिए सबसे बड़ा कब्रगाह साबित हुआ।

7-9 दिसंबर, 1971

7 दिसंबर के दिन में एयरबेस ने 20 सोर्टिज लॉन्च किए, जो लोंगेवाला, बी.पी. 638 और घब्बर के बीच थे, दुश्मनों को उनकी गाड़ियों और बंदूकों से दूर रखा, जो जलते रहे। दिन के पहले मिशन के बीच और अपने सबसे पहले मिशन में विंग कमांडर डोनाल्ड मेल्विन, जो जैसलमेर के ऑफिसर कमांडिंग 122 स्क्वाड्रन थे, को दुश्मनों के छोटे हथियारों से चोटें लगीं। 8 दिसंबर को एयरबेस ने कुल 14 सोर्टिज लॉन्च की, जिससे कि दुश्मनों को नष्ट किया जाए। उन्होंने एक टैंक और

16 गाड़ियों को नष्ट करने का दावा किया। उस दिन सेना को जामनगर से अतिरिक्त एयरक्राफ्ट दिया गया, जिससे कुल 14 हंटर एयरक्राफ्ट हो गए, बेस कमांडर ने संदेश फ्लैश करके कहा कि सेना का पूरी तरह इस्तेमाल नहीं हुआ, उसकी और उपयोगिता की जरूरत है। 9 दिसंबर को कुल मिलाकर बाईस सोर्टिज लॉञ्च हुए और स्क्वाड्रन ने दावा किया कि उन्होंने नौ टैंक नेस्तनाबूद किए हैं, जिसमें तीन आर्टिलरी गन, बत्तीस गाड़ियाँ और एक हथियारबंद निजी कॅरियर था, इसके साथ-साथ तीन टैंक और छह गाड़ियों को नुकसान पहुँचा है।

उस समय तक 12 व 11 इन्फैंट्री डिवीजन द्वारा वायु सहयोग रहीमयार खान और नयाचोर-गदरा शहर में क्रमशः उसे भेजा गया। फिर युद्ध के अंतिम दिन 17 दिसंबर को जैसलमेर के बेस ने 14 हंटर उड़ानें भरी गईं, जिसमें लोंगेवाला का इलाका भी शामिल था, जिसमें 14 आर्टिलरी बंदूकें और अन्य टारगेट्स को नष्ट किया गया।

122 स्क्वाड्रन के अनुसार, दुश्मनों के 78 टैंक नष्ट/बरबाद कर दिए गए, पाकिस्तानी सेना के दो हथियारबंद रेजिमेंट्स को निष्प्रभावी बना दिया गया। दुश्मनों ने लोंगेवाला युद्धक्षेत्र में दो हथियारबंद रेजिमेंट्स के साथ प्रवेश किया था, जिसमें नब्बे टैंक थे और लोंगेवाला के युद्ध के अंत में दुश्मनों के एक स्क्वाड्रन से कम सैनिक ही बच पाए। दुश्मनों की बड़ी संख्या में आर्टिलरी बंदूक और अनगिनत गाड़ियाँ बरबाद कर दी गईं।

कार्ल वॉन क्लॉजविज, जो 19वीं सदी के प्रूसियन जनरल थे और मशहूर मिलिटरी विशेषज्ञ थे, ने अपनी पुस्तक 'ऑन वार' में बार-बार कहा है कि युद्ध का उद्‌देश्य दुश्मनों की वार मशीन का विनाश और युद्ध में उनके लड़ने की इच्छा की समाप्ति होनी चाहिए। पहले से संबंधित होने के कारण भारतीय वायुसेना ने दो पाकिस्तानी हथियारबंद रेजिमेंट्स को नष्ट कर दिया। लोंगेवाला के आसपास का रेगिस्तान उनकी कब्रगाह बन गया। इसके अलावा टैक, हथियारबंद बंदूकें व करीब सौ गाड़ियाँ इसमें बरबाद हो गईं।

लड़ने की इच्छा की समाप्ति की ओर यह लगने लगा कि पाकिस्तानी सेना स्वयं अपने नेतृत्व के लिए जिम्मेदार है। कोई भी इस बात पर विचार कर सकता था कि क्यों पाकिस्तान की एक बड़ी सेना, जिसमें दो पाकिस्तानी इन्फैंट्री ब्रिगेड्स थे और जिन्हें दो हथियारबंद रेजिमेंट्स ने सहयोग दिया और एक डिवीजनल आर्टिलरी थी, वह एक अकेली इन्फैंट्री कंपनी को, जिसमें सौ से भी कम लोग थे, भारतीय वायुसेना के सीन में आने से पहले ही उन्हें बरबाद नहीं कर पाई?

ब्रिगेडियर जेड.ए. खान ने हमें एक इशारा दिया कि पाकिस्तान के हिलते-डुलते नेतृत्व में ऐसा क्या हुआ, जिससे लोंगेवाला में पाकिस्तान की पराजय हो गई। उस समय वे 38 कैवेलरी के कमांडिंग ऑफिसर थे—

> 2 दिसंबर, 1971 की शाम को मैं 51 इन्फैंट्री ब्रिगेड के मुख्यालय गया, जहाँ लेफ्टिनेंट कर्नल अकरम सैयद, जो 22 कैवेलरी के कमांडिंग ऑफिसर थे, वहाँ पहले से मौजूद थे। उन्होंने मुझे बताया कि ब्रिगेड कमांडर ब्रिगेडियर तारिक मीर इस बात को सुनकर घबरा गए और काँपने लगे (यह सुनकर कि सहायता नहीं मिल पाएगी)। कुछ देर के बाद ब्रिगेड कमांडर टेंट में आए, जहाँ 'ओ' ग्रुप पहले से ही जमा था। वे घबराए हुए दिखे।
>
> जी.एस.ओ. 3 (जूनियर स्टाफ ऑफिसर) ऑपरेशन के इलाकों के मानचित्र बिछाने लगे। भारतीय सीमा के मानचित्र में कुछ खाली इलाके थे। ब्रिगेड ने नए मानचित्र डिवीजन हेडक्वार्टर से लिये नहीं थे। मैंने अपने मानचित्र मेज पर रख दिए, जिसमें दोनों इलाके दिख रहे थे। भारतीयों की मौजूदगी का वहाँ क्या कारण था और हमारे विरुद्ध भारतीय डिवीजन को 12 इन्फैंट्री डिवीजन देने के बदले 11 इन्फैंट्री डिवीजन दे दी गई।
>
> उस बहस से यह लगने लगा कि ब्रिगेड कमांडर 51 ब्रिगेड का दिमाग काम करना बंद कर चुका था। मैंने डिवीजनल कमांडर को डिवीजनल प्लान बताया। 51 ब्रिगेड के कमांडर ने प्लान को स्वीकार कर लिया।
>
> 'ओ' ग्रुप तितर-बितर हो गया, आर्टिलरी रेजिमेंट के कमांडर ने सहयोगात्मक रूप से 38 कैवेलरी से मानचित्र माँगे, क्योंकि भारतीय भूभाग के उनके नक्शे भी खाली थे।
>
> ऐसा लग रहा था कि आक्रमण से पहले ब्रिगेड कमांडर, जो उस आक्रमण को आगे ले जानेवाले थे, वायुसेवा के नहीं मिलने से हतोत्साहित हो गए थे। इसके अलावा आक्रमण की तैयारियाँ हलकी थीं और बहुत सारे ढीले सिरे बँधे नहीं थे।

ब्रिगेडियर खान कहते हैं—

> 4 दिसंबर को सुबह के 4 बजे ब्रिगेड लोंगेवाला के पास पहुँच गई। मैंने पाया कि लॉरियाँ (पेट्रोल, ऑयल और लुब्रिकेंट) डरकी के पास बालू में फँस गए थे।
>
> 4 दिसंबर को दिन के समय ब्रिगेड कमांडर की सलाह पर जैसलमेर हवाई-पट्टी पर आक्रमण रोक दिया गया।

फिर शाम को साढ़े सात बजे लोंगेवाला के पास विस्फोटकों की आवाज सुनाई दी और धुएँ के गुबार निकल रहे थे। मैं अपने वरिष्ठ अफसर के साथ बालुका रिज और धुएँ की ओर जा रहा था और लोंगेवाला की ओर मैंने पाँच 22 कैवेलरियों को जलते हुए देखा। आई.ए.एफ. के चार हॉकर हंटर उसके आसपास घूम रहे थे और अपने टारगेट भेद देने के बाद वे चले गए।

इस प्रकार लगातार सोर्टिज के आने से पाकिस्तानी शस्त्रागार, हथियारबंद बंदूक और अनगिनत गाड़ियों को बहुत नुकसान पहुँचा।

रात के नौ बजे, लेफ्टिनेंट कर्नल सैयद, कमांडिंग ऑफिसर 22 कैवेलरी ने मुझे बताया कि ब्रिगेडियर तारीक मीर बहुत बुरी तरह से व्यवहार कर रहे हैं और लोंगेवाला से कम में पीछे जाने का उनका कोई इरादा नहीं है।

अगली सुबह जब हम 51 ब्रिगेड मुख्यालय में थे, जी.ओ.सी. से आदेश लेने के बाद एक हेलीकॉप्टर नीचे उतरा, जिसमें 51 ब्रिगेड ने लोंगेवाला और घोटारू पर कब्जा कर लिया, यह वह स्थान था, जिससे जैसलमेर की सड़क की दूरी 10 मील थी।

आदेश मिलने के बाद, ब्रिगेडियर तारीक मीर, कमांडर 51 पाकिस्तानी इन्फैंट्री ब्रिगेड ने यह घोषणा कि वह उन आदेशों के साथ नहीं जाएगा, क्योंकि भारतीय ब्रिगेड आक्रमण के लिए बहुत मजबूत थी। उन्होंने बाद में यह बताया कि दो भारतीय बख्तरबंद रेजिमेंट्स उसे काटने के लिए अपने फ्लैंक को क्रम में मोड़ रही थीं। (ब्रिगेडियर कमांडर की कपोल-कल्पना)। हमने देखा कि जब ब्रिगेड कमांडर डिवीजनल कमांडर के आदेशों का पालन करने से मना कर रहे थे, तब ही भारतीय वायुपट्टी ने फिर आक्रमण कर दिया और हम सब कवर कर रहे थे।

ऊपर की व्याख्या इस तरह से है, जो पाकिस्तान के आक्रमण के संचालन में भ्रम की स्थिति दरशाती है। आक्रमण में वायुसेवा की कमी उनकी असफलता को दरशाती है। ऐसा लगता है कि वहाँ प्रमुख नेतृत्व एवं प्रशासनिक कमियाँ थीं, जिसके कारण ऑपरेशन फेल हो गया।

इन सबमें हम भारतीय सेना के इन्फैंट्री कंपनी के कमांडर का एक चमकता हुआ उदाहरण पेश हुआ, जो अपनी धरती में टिके हुए थे और उनकी आक्रमण करनेवाली फोर्स बहुत मजबूत थी। उनका जबरदस्त साहस, लचीलापन और ड्यूटी को लेकर उनका समर्पण हर नागरिक के लिए एक उदाहरण था कि बिना किसी

परिणाम की प्रतीक्षा किए वही करना चाहिए, जो सही हो। अपने नेतृत्व एवं साहस के गुणों के लिए वे 'महावीर चक्र' से सम्मानित हुए और उनका साहस कर्तव्य से कहीं आगे रहा।

भारतीय वायुसेना ने बिना किसी शक के वायुसेना की महत्ता को साबित किया और इसके लिए दोनों सेनाओं के बीच बहुत ज्यादा सहयोग की आवश्यकता थी। अन्य पुरस्कारों में सात 'वीर चक्र' भारतीय वायुसेना के पायलटों को दिए गए और दो आर्मी एयर ओ.पी. पायलटों को।

लोंगेवाला के युद्ध में भारतीय सेना ने साबित कर दिया कि कभी भी हार नहीं माननी चाहिए, जिसने हार की संभावना को जबरदस्त जीत में बदल दिया।

लोंगेवाला में यह लंबा शॉट था, पर यह काम कर गया।

परिशिष्ट

1. लोंगेवाला की लड़ाई का हिसाब लिखित आख्यानों के साथ-साथ वक्ताओं से सुनी बातों पर रखा गया, चाहे वह भारतीय हों या पाकिस्तानी।
2. 11वीं व 12वीं भारतीय इन्फैंट्री डिवीजन के आक्रमण बहुत सफल हुए और उनके द्वारा कई सौ वर्ग किमी. पर कब्जा कर लिया गया। वह एक अलग कहानी थी और उसके बारे में यहाँ कुछ चर्चा नहीं की जाएगी। हालाँकि, यह युद्ध दरशाता है कि दुश्मनों को समाप्त करना बहुत जरूरी है, बनिस्बत अंतरराष्ट्रीय सीमाओं के क्षेत्र को कब्जे में करना, जिसे हमें संघर्षविराम के बाद वापस करना होता है।
3. कँटीले तारों की एक लाइन और भारतीय इन्फैंट्री कंपनी का अदम्य साहस, जिसकी अगुआई बहादुर ऑफिसरों ने की थी, ने बड़ी पाकिस्तानी इन्फैंट्री फोर्स और हथियारबंदी को उनके रास्ते पर ही रोक दिया था।
4. दुश्मनों की सेना के सफाए में भारतीय वायुसेना ने एक बड़ा एवं महत्त्वपूर्ण रोल अदा किया था। पाकिस्तानी आक्रमण और उनकी वायुसेना के सहयोग की कमी से कमांडरों का मनोबल कमजोर हुआ। इससे वायुसेवा की महत्ता प्रभावी रूप से हाईलाइट होती है।
5. संयोग से, 22 कैवेलरी वह हथियारबंद रेजिमेंट है, जिसे कभी जनरल जिया-उल-हक कमांड किया करते थे।

6. जनरल मुस्तफा को कमांड से हटा दिया गया था। नए जी.ओ.सी., मेजर अब्दुल हमीद खान ने कमांड की जिम्मेदारी ली और 18 पाकिस्तान इन्फैंट्री डिवीजन को हटाकर उसकी असली जगह पर पहुँचाया।
7. लेफ्टिनेंट जनरल एरिक वाज, जो इंडियन आर्मीज कॉलेज ऑफ कॉम्बेंट के कमांडेंट थे, ने इन शब्दों के साथ भारत-पाक : 1971 युद्ध पर अपना लेक्चर शुरू किया—“इस युद्ध में दो एक्शंस ने हमारा सहयोग किया—भगवान् एवं अच्छा भाग्य! लोंगेवाला में हमारे पास ये दोनों चीजें बहुतायत से थीं।”

□

अच्छा, श्रेष्ठतम से बेहतर है

"एक सिंह के नेतृत्ववाली भेड़ों की सेना, एक भेड़ के नेतृत्ववाली सिंहों की सेना से कहीं बेहतर साबित होगी।"

—अज्ञात

यह 1971 के अक्तूबर माह का पहला सप्ताह है और शिमला शहर शरद ऋतु के अपने अंतिम दिनों की महिमा में देदीप्यमान लग रहा है। वृक्षों ने अपनी शाखाओं से अभी-अभी सुनहरे और गेरुए रंग के पत्तों को झाड़ना शुरू किया है और शिमला की पहाड़ियों के ऊपरी हिस्से पर पेड़ों की नग्न शाखाएँ शीत सर्दी की प्रत्याशा में आकाश की ओर इशारा कर रही हैं। परंतु लेफ्टिनेंट जनरल के.पी. कंडेथ, जी.ओ.सी. प्रभारी, पश्चिमी कमांड को प्रकृति के इस खूबसूरत स्वरूप को निहारने में कोई रुचि नहीं थी। वे इस खूबसूरती को निहारने की जगह पश्चिमी कमांड के मुख्यालय के ऑपरेशन कक्ष में थे और उस नक्शे को देख रहे थे, जो राजस्थान के रेगिस्तान से लेकर पंजाब के मैदानी इलाकों तक और जम्मू और कश्मीर की पहाड़ियों से लेकर लद्दाख की बर्फीली बंजर भूमि तक फैले हुए, उनके सैनिकों की फॉर्मेशन की स्थिति को दरशा रहा था। वह एक लंबी विस्तारित सीमा थी और उनके पास महान् योजनाएँ थीं, जो उनको लगा कि निर्णायक परिणाम देंगी। परंतु अब वह नहीं होनेवाला था।

थलसेना प्रमुख सैम मानेकशॉ द्वारा उनकी कुछ फॉर्मेशंस को पूर्वी पाकिस्तान पर हो रहे ऑपरेशंस के लिए ले लिया गया था। जिस वजह से उनका मन चिंताग्रस्त था, क्योंकि इस कारण से उनके तथा उनके सहयोगियों द्वारा पाकिस्तान के साथ होनेवाली जंग की संभावना को देखते हुए जो आक्रामक योजनाएँ बनाई गई थीं, उनको प्रभावी ढंग से कम कर दिया गया था। वे जानते थे कि एक थलसेना के

कमांडर की हैसियत से उनके पास एक मजबूत योजना और सेना का पर्याप्त भंडार होना चाहिए। और चूँकि उनसे उनका भंडार ले लिया गया है, वे अपनी योजना को लागू नहीं कर सकेंगे।

बी.एस.एफ. की जिन चौकियों पर 6 गढ़वाल को फिर से कब्जा करना था

जो भी उनके पास बचा था, उसने उन्हें पश्चिमी मोर्चे पर पाकिस्तानी फॉर्मेशंस के साथ लगभग बराबरी पर लाकर खड़ा कर दिया था। बल्कि वास्तव में, पाकिस्तान अब हथियार और अपनी तोपों के मामले में हमसे अधिक मजबूत था। आक्रामक ऑपरेशंस के लिए उनके पास अभी भी स्ट्राइक कोर और दो स्वतंत्र आर्म्ड ब्रिगेड थीं। परंतु वे उस योजना के निष्पादन के लिए पर्याप्त नहीं थीं, जोकि उनके दिमाग में थीं, जिसके जरिए वे पाकिस्तान को वह सबक सिखाना चाहते थे, जोकि उसको सिखाना जरूरी था।

भारतीय सेना की कुल मिलाकर जो रणनीति थी, वह थी—पूर्व के मोर्चे पर आक्रामक रहना और पश्चिम तथा उत्तरी मोर्चों पर इस प्रकार की रक्षात्मक योजना बनाना, जिसमें कुछ हद तक आक्रामकता भी हो। इस रणनीति के अनुपालन में और अपने घटे हुए भंडार के साथ, उन्होंने अपने डिवीजंस, जो भी उनके साथ बचे थे, को यह निर्देश दिए कि वे अपने स्वयं के संसाधनों से ही आक्रमण की योजनाओं पर कार्य करें, जिससे कि वे पश्चिमी कमांड की अपनी दशा को कुल मिलाकर सुधार सकें। इस लंबी विस्तारित सीमा के साथ-साथ कहीं-न-कहीं जम्मू और कश्मीर के आर.एस. पुरा सेक्टर में गढ़वाल राइफल्स की छठी बटालियन थी। उसके कमांडिंग अधिकारी, लेफ्टिनेंट कर्नल अहोबला कृष्णामूर्ति अपने सामने के स्थल का निरीक्षण कर रहे थे। वहाँ खेत थे, जिनमें अभी हाल ही में गेहूँ बोया गया था और वह अभी हरा हो ही रहा था। इन खेतों के आगे ही दुश्मनों की पोजीशन थी और वे अपनी दूरबीन से यह देख सकते थे कि दुश्मन क्या कर रहे थे? मूर्ति ने अपने दिमाग में ही विभिन्न आकस्मिकताओं पर काम कर लिया था, जोकि जंग आरंभ होने के साथ-साथ पैदा हो सकती थीं। उन्होंने इस पर अपनी कंपनियों और पलटन के साथ विचार भी कर लिया था और उनके साथ इस पर पूर्वाभ्यास भी कर लिया था। परंतु

साथ ही, उन्होंने उनके कमांडरों को किसी भी अनहोनी के लिए तैयार रहने को भी कहा था। उनको उस समय यह अहसास नहीं हुआ था कि अनहोनी ही वह घटना है, जो वास्तव में होनेवाली थी।

जिस दिन से उन्होंने छठी गढ़वाल राइफल्स की कमांड सँभाली थी, लेफ्टिनेंट कर्नल मूर्ति का एकमात्र जुनून था कि वे अपनी बटालियन के प्रत्येक सिपाही को एक दक्ष युद्ध मशीन के तौर पर तैयार करें और वे अपनी बटालियन का वास्तविक जंग में परीक्षण करने के लिए अधीर हो रहे थे।

एक मेजर के तौर पर मूर्ति ने पहली गढ़वाल राइफल्स के साथ राजस्थान के रेगिस्तानी इलाके में 1965 की भारत-पाकिस्तान जंग लड़ी थी। उस जंग में पहली गढ़वाल राइफल्स ने लेफ्टिनेंट कर्नल पी.के. लाहिड़ी के नेतृत्व में गड़रा शहर पर कब्जा कर ऑपरेशंस में स्वयं की एक प्रतिष्ठा स्थापित की, जिसमें उन्होंने रेगिस्तानी इलाके में किसी तोपखाने के सहयोग के बिना पैदल सेना की रणनीति का एक अद्भुत प्रदर्शन प्रस्तुत किया था।

जैसे-जैसे जंग आगे बढ़ रही थी तो एक बार, मूर्ति अपनी जीप में जा रहे थे, जब एक पाकिस्तानी सेबर जेट ने उन पर हमला कर दिया। सेबर जेट पायलट ने जब यह देखा कि एक भारतीय सेना की अकेली जीप रेत के टीले के क्षेत्र में धीरे-धीरे चल रही है तो उस पायलट ने मूर्ति की जीप के ऊपर से एक लो पास किया और अपनी गन से एक साइटर बर्स्ट छोड़ दिया। मूर्ति और उनके वाहनचालक, नाईक प्रेम सिंह, ने जीप से छलाँग लगाई और रेत के टीलों में लुढ़कते चले गए, जबकि रॉकेट और तोप के गोले उनको ढूँढ़ रहे थे। उस सेबर ने एक और पास किया, परंतु पायलट ने जब यह देखा कि जीप रुकी हुई है और उसके सवार रेत पर गिरे हुए हैं, यह मान लिया कि उसने अपने लक्ष्य को नष्ट कर दिया है। अचंभे की बात तो यह थी कि न तो मूर्ति और न ही प्रेम सिंह को कोई चोट आई थी और न ही जीप को ही कोई क्षति पहुँची थी। वे उठे, अपने ऊपर से रेत झाड़ी और अपने सफर पर चल पड़े। भारतीय सैनिक भगवान् पर और प्रार्थना की प्रभावशीलता पर विश्वास करते हैं। यहाँ एक कहावत है—'एक सैनिक की पत्नी अपने पति की सुरक्षा के लिए प्रार्थना कर रही थी और कहीं दूर एक गोली अपने लक्ष्य से चूक गई।'

उस जंग में, जोकि सितंबर से नवंबर तक चली थी, पहली गढ़वाल राइफल्स ने जैस्से के पार, नवा तला और म्याजलार पर कब्जा कर लिया था। इस बटालियन को गड़रा शहर का बैटल ऑनर और थिएटर ऑनर 'राजस्थान' से सम्मानित

किया गया था। इस ऑपरेशन में सात बहादुर सैनिक मारे गए थे और दो अधिकारी और अड़तीस बहादुर बुरी तरह घायल हुए थे। कमांडिंग अधिकारी और लेफ्टिनेंट जसबीर सिंह को 'वीर चक्र' से सम्मानित किया गया था। मूर्ति और नाईक प्रेम सिंह बहुत खुशकिस्मत थे कि वे जिंदा बच गए थे और लंगर में यह बात चर्चा में आई कि 'मूर्ति साहब के साथ जाओगे तो बम भी नहीं मारेगा।'

नवंबर का महीना समाप्त होनेवाला था और बहुत से ऐसे संकेत मिल रहे थे कि जंग खत्म हो सकती थी। मूर्ति को यह विश्वास था कि आक्रमण ही रक्षा का सबसे अच्छा तरीका है और 'नो मैंस लैंड' पर अधिकार करने के साथ-साथ एक आक्रामक मुद्रा आवश्यक है, जिसका अर्थ है—दुश्मन को भयभीत करने के लिए किसी भी प्रकार की आक्रामक काररवाई का किया जाना।

देखा जाए तो उनकी परेशानी जनरल कंडेथ की परेशानी से मिलती-जुलती थी, हालाँकि उससे कई दर्जे कम ही थी। जहाँ एक ओर थलसेना के कमांडर इस बात से परेशान थे कि उनकी फॉर्मेशंस को उनसे ले लिया गया था, वहीं दूसरी ओर मूर्ति की परेशानी थी कि जो जवान उनसे ले लिये गए थे, उनको दूसरे अनेक फॉर्मेशंस मुख्यालयों के साथ जोड़ दिया गया था, वे अभी तक वापस नहीं लौटे थे। हालाँकि, जंग की संभावना को देखते हुए, आर्मी मुख्यालय से यह आदेश दिया जा चुका था कि उन जवानों को तुरंत प्रभाव से उनकी यूनिट में वापस भेज दिया जाए।

थलसेना कमांडर कंडेथ अपनी कमांड के अंदर से ही आक्रामक कार्यों के लिए एक रिजर्व बनाने का प्रयास कर रहे थे। दूसरी ओर मूर्ति, जोकि छठी गढ़वाल राइफल्स के बटालियन कमांडर थे, थलसेना कमांडर कंडेथ के समान ही एक ऐसा रास्ता तलाश करने का प्रयास कर रहे थे, जिससे कि वे कुछ पलटनों को एक साथ परिमार्जित कर उनके सामने उपस्थित दुश्मन पर आक्रामक रूप से हावी हो सकें। थलसेना और बटालियन स्तर के ये दोनों कमांडर इस कार्य में व्यस्त थे कि वे किस प्रकार बेहतर तरीके से दुश्मन को हरा सकते हैं, उसकी नाक तोड़ सकते हैं, बावजूद इस सच्चाई के कि दुर्भाग्यवश उनकी ताकत को बहुत हद तक कम कर दिया गया था।

जहाँ छठी गढ़वाल राइफल्स स्थित थी, उसके दक्षिण में बसंतर में पश्चिमी कमांड की स्ट्राइक कोर अपने कार्य को अंजाम देने के लिए अपनी युद्ध स्थिति में तैयार हो गई थी। एक डिवीजन छठी गढ़वाल राइफल्स के उत्तर में, जिसका छठी गढ़वाल राइफल्स भी एक भाग थी, अपने आक्रामक ऑपरेशन की योजना

पर अभ्यास कर रही थी। इस आक्रामक ऑपरेशन को 'चिकन नेक ऑपरेशन' के नाम से जाना गया।

मूर्ति को इस ऑपरेशन की जानकारी थी। लेकिन उनका ध्यान केवल उस क्षेत्र की सुरक्षा पर था, जो कि उनको सुपुर्द किया गया था। उन्होंने यह सुनिश्चित करने में कोई कसर नहीं छोड़ी कि दुश्मन उनके चार्ज की जमीन का एक इंच टुकड़ा भी नहीं ले सके। उनको ऐसा लगा कि यह मुश्किल नहीं है, लेकिन फिर भी, उतना चुनौतीपूर्ण भी नहीं लगा। जो वे चाहते थे, वह था दुश्मन को, सीमा पार के, उसके अपने क्षेत्र में पकड़ना और उसको वहीं पर हराना।

दिनांक 3 अक्तूबर, 1971 को पाकिस्तान ने राजस्थान, पंजाब और जम्मू व कश्मीर में भारत के हवाई अड्डों पर हमला बोल दिया। याह्या खान को लगा कि 1965 में पाकिस्तानी वायुसेना द्वारा किए इसी प्रकार के ऑपरेशन को दोहराने से उनको इस बार भी सफलता मिलेगी। परंतु वे इस बार नाकामयाब हुए; क्योंकि भारतीय वायुसेना ने अपने विमानों को न केवल सुरक्षित रखा, बल्कि तुरंत ही काउंटर एयर ऑपरेशन शुरू कर दिया। हालाँकि, पाकिस्तानी वायुसेना ने युद्ध के दौरान भी जम्मू के हवाई अड्डे पर अपना हमला जारी रखा।

मिरान साहिब में मूर्ति के घर उनकी पत्नी शारदा और उनकी छोटी बेटी मेघना जीवन में पहली बार युद्ध के प्रभाव को अनुभव कर रही थीं। उन्होंने अत्यधिक हैरानी और कुछ हद तक डर के साथ रात के अँधेरे में आकाश को बार-बार तब जगमगाते हुए देखा और सुना, जब-जब एयर डिफेंस बंदूकें पाकिस्तानी वायुसेना के हवाई जहाज को मार गिराने के लिए चलाई जाती थीं। जैसे ही बम गिरने के प्रभाव से उनके घर की दीवारें कँपकँपाने लगीं और खिड़कियों के शीशे खनखनाने लगे, उन्होंने बगीचे में बने बंकर में जाने की निर्धारित प्रक्रिया का पालन किया, जहाँ उन्होंने ठंडी और नींद-रहित कई रातें बिताईं। वे बंकर में अपने ट्रांजिस्टर रेडियो पर सभी मोर्चों पर हो रही जंग की खबरों को सुन रहे थे। पहली एयर स्ट्राइक की अगली सुबह, बटालियन के पंडितजी अपनी पूरी वरदी में आए और श्रीमती मूर्ति को बोले कि वे कुछ कपड़े पैक कर लें और एक सुरक्षित स्थान पर चलें। युद्ध से पहले ही बहुत से परिवार अपने-अपने मूल निवास/शहर चले गए थे। परंतु श्रीमती मूर्ति ने वहीं रहने का फैसला किया था। अब उन्होंने जल्दी-जल्दी कुछ कपड़े, जरूरी सामान और दुर्गा माता की मूर्ति पैक की और मेघना के साथ फैमिली क्वार्टर में चली गईं। रास्ते में वे उस मंजर के साक्षी बने, जहाँ उन्होंने एक बहुत बड़ी संख्या

में लोगों की भीड़ को पलायन करते हुए देखा। सड़कें लोगों से भरी हुई थीं, लोग गाड़ियों में, साइकिल पर और अपने-अपने सिरों पर जो भी वे ले जा सकते थे, ले जा रहे थे। गाँव के लोग, जोकि युद्ध की वजह से अपने घरों से बेघर हो गए थे, वे युद्ध के उस स्थान से कहीं दूर जा रहे थे। तावी नदी के पुल को पार करने की भीड़ में जो पुरुष और महिलाएँ सक्षम थीं, वे अपने बूढ़े कमजोर माता-पिता को, छोटे बच्चों को, यहाँ तक कि अपनी भेड़-बकरियों तक को अपने कंधों पर उठाकर चल रहे थे और मवेशी और कुत्ते अपने-अपने परिवार के साथ-साथ पैदल चल रहे थे।

नए बने फैमिली क्वार्टर जम्मू हवाई अड्डे के पास ही स्थित थे। शारदा मूर्ति को यह बहुत देर से अहसास हुआ कि वे वास्तव में कुएँ से निकालकर खाई में आ गए हैं। क्योंकि अब वे उस हवाई अड्डे के और करीब आ गए थे, जोकि पाकिस्तानी वायुसेना की बमबारी का लगातार निशाना बना हुआ था। फिर भी, कम-से-कम अब वे ब्रिगेड के अन्य अधिकारियों और सैनिकों के परिवारवालों के साथ थे। और एकमात्र कमांडिंग अधिकारी की पत्नी होने के नाते, उन्होंने स्थिति का प्रभार सँभाल लिया और उनका मनोबल बढ़ाया और माँ दुर्गा तथा पीर बाबा, मुसलमानों के पूजनीय संत, से सिपाहियों और भारतमाता के लिए सुरक्षा की प्रार्थना की।

फैमिली क्वार्टर के कमरों में बहुत कम सामान था। केवल चारपाई और कुछ कुरसियाँ ही थीं। खिड़कियाँ काले कागज से ढकी हुई थीं और रात में जलाने के लिए केवल मोमबत्ती ही थी। दिनांक 4 दिसंबर से युद्ध के खत्म होने तक जम्मू हवाई अड्डा लगातार पाकिस्तानी हवाई जहाजों के निशाने पर रहा। परंतु बच्चों में डर का अहसास खत्म हो चुका था और जैसे ही 'सब सही है' की घोषणा होती, वे दौड़कर अपने घर से बाहर निकाल आते और बम के छर्रे और टुकड़े ढूँढ़ने लगते। कभी-कभी, दिन के समय वे आकाश में हमारे और दुश्मन के हवाई जहाजों को लड़ते हुए देखकर उत्तेजित भी हो जाते थे।

छठी गढ़वाल राइफल्स के आगे, सीमा-रेखा के पास सीमा सुरक्षा बल (बी.एस.एफ.) दो जगहों पर अपना कब्जा बनाए हुए थे। युद्ध शांति के दौरान, बी.एस.एफ. को भारत-पाकिस्तान सीमा के साथ-साथ अपनी पोजीशन होल्ड करके रखनी होती है, जिससे वे सीमा पार से होनेवाली घुसपैठ और तस्करी को रोक सकें। यह पोस्ट सेना द्वारा युद्ध शुरू होते ही बी.एस.एफ. से ले ली जाती है और बी.एस.एफ. भीतरी इलाकों में वैकल्पिक कार्यों के लिए चली जाती है।

बी.एस.एफ. ने छठी गढ़वाल डिफेंस के सीधे और उलटे हाथ की तरफ नवापिंड और जोगने चक में इस प्रकार की दो पोस्ट पर अपनी पकड़ बनाई हुई थी। लेफ्टिनेंट कर्नल मूर्ति को बिना सूचित किए और बिना बी.एस.एफ. को ऐसा करने के निर्देशों के, 4 दिसंबर को बी.एस.एफ. ने अपनी वे दोनों पोस्ट छोड़ दीं और वहाँ से हट गए। उसी रात पाकिस्तानियों ने, जोकि उन दोनों पोस्ट पर पैनी नजर रखे हुए थे, उन दोनों खाली पोस्ट पर, बिना एक भी गोली चलाए जल्दी से कब्जा कर लिया, जोकि एक तरह से उनको तोहफे के रूप में मिलीं। दिनांक 5 दिसंबर की सुबह की पहली किरण के साथ ही बटालियन की स्क्रीन पोजीशन को इस बात का पता चल गया कि नवापिंड और जोगने चक पर घुसपैठ हो गई है और दुश्मन ने उन पर कब्जा कर लिया है।

दिनांक 5 दिसंबर की सुबह तड़के ही सेकेंड लेफ्टिनेंट जी.एस. राठौड़, जोकि छठी गढ़वाल डिफेंस के आगे स्क्रीन पोजीशन देख रहा था, ने रिपोर्ट किया कि पाकिस्तानी सेना अंदर आ गई है और उसने बी.एस.एफ. के इलाकों पर कब्जा कर लिया है और बी.एस.एफ. के जवान कहीं दिखाई नहीं दे रहे हैं। यह सुनते ही लेफ्टिनेंट कर्नल मूर्ति तुरंत ही स्क्रीन पोजीशन पर पहुँच गए। अपनी दूरबीन से उनको यह साफ दिखाई दे रहा था कि खाकी वरदी में पाकिस्तानी सेना अपनी सुरक्षा सुधारने में लगी है।

बी.एस.एफ. के इस बरताव से और अपने फॉर्मेशंस मुख्यालय से, जिसने यह सब होने दिया, बुरी तरह चिड़चिड़ाए मूर्ति ने तुरंत अपनी मोर्टार और मध्यम मशीनगन को यह आदेश दिया कि वे इन पोजीशन को एंगेज करें। ब्रिगेड को वस्तु स्थिति की रिपोर्ट भेजी गई और उसकी एक प्रति डिवीजन को भी भेजी गई। जिसके माध्यम से उनको सूचित किया गया कि क्या हुआ था और साथ ही उन्होंने एक काररवाई भी प्रस्तावित की, जिससे कि पाकिस्तानियों को उन दोनों पोस्ट से खदेड़ा जा सके। लगभग 7 बजे, जैसे ही वे अपने मुख्यालय पहुँचे, मूर्ति ने अपनी काररवाई को अंजाम देना शुरू कर दिया, ताकि पाकिस्तानियों को वहाँ से खदेड़ा जा सके।

लगभग 9 बजे, जब वे उन दोनों पोस्ट पर हमले के अपने आदेश देने ही वाले थे, मूर्ति के मुख्यालय पर ब्रिगेड कमांडर आ पहुँचे। वे इस बात से बहुत चिंतित दिखाई दे रहे थे कि क्या हो गया था और लेफ्टिनेंट कर्नल मूर्ति की पाकिस्तानियों को खदेड़ने की काररवाई को लेकर भी कुछ संकोच में थे। ब्रिगेड कमांडर ने कहा कि उनको डिवीजन के जनरल ऑफिसर कमांडिंग (जी.ओ.सी.) से अनुमति लेनी

होगी, इसके बाद ही वे गढ़वालियों को बी.एस.एफ. की पोजीशन दोबारा कब्जे में लेने के लिए आक्रमण करने की इजाजत दे सकते थे।

इस सबके कारण मूर्ति को ब्रिगेड कमांडर का बरताव परेशान करनेवाला लगने लगा। उन्होंने कहा, "सर, मैंने अपने सीटरेप की प्रति डिवीजन को भेज दी है, जिसमें यह लिखा है कि क्या घटना घटी है। तो उनको मेरी योजना की जानकारी है। मैं अपने ही क्षेत्र के अंदर उन पोस्ट को वापस लेने के लिए ऑपरेशन शुरू करने के लिए डिवीजन की अनुमति का इंतजार नहीं कर सकता, जिनको कि हमने बी.एस.एफ. द्वारा यों खाली करके चले जाने के कारण खोया है। यदि हम इस बात का इंतजार करेंगे कि डिवीजन परिस्थिति का विश्लेषण करे और फिर यह फैसला ले कि क्या काररवाई की जानी चाहिए, उस समय तक दुश्मन थलसेना और गोला-बारूद से अपनी पोजीशन को और मजबूत कर लेगा और तब उसके लिए हमें ब्रिगेड द्वारा आयोजित और संचालित ब्रिगेड हमले की आवश्यकता पड़ेगी। मैं ऐसा होने से रोकने का प्रयास कर रहा हूँ और आपको इस बात की खुशी होनी चाहिए कि मैं आपको इस प्रकार के हमले की योजना बनाने से और करने की परेशानी से बचा रहा हूँ।"

ब्रिगेड कमांडर को पता था कि मूर्ति सही कह रहा था। लेकिन फिर भी वे इस असमंजस में थे कि क्या इन गढ़वालियों के पास इतनी क्षमता है कि वे पाकिस्तानियों को बिना किसी मदद के खदेड़ सकें? उन्होंने कहा, "क्या आपको यह जानकारी है कि डिवीजन आज रात को चिकन नेक क्षेत्र में आक्रमण करनेवाली है और इसी कारण से आपको डिवीजनल तोपखाने की मदद नहीं मिलेगी? मैं जी.ओ.सी. को आपकी जिद के बारे में क्या कहूँगा?"

"नहीं सर! आपने मुझे अभी तक इस बारे में कुछ नहीं बताया कि डिवीजन के इरादे क्या हैं। मैंने तोपखाने से अपनी बटालियन के लिए समर्थन प्रतिबद्ध कर लिया है। अब ब्रिगेड को यह सुनिश्चित करना है। और यदि वह उपलब्ध नहीं भी हो, तो भी मैं अपने मोर्टार, मध्यम मशीनगन और आर.सी.एल. के सहयोग से ही आगे बढ़ूँगा।"

इस दौरान बटालियन 'ओ' समूह व्यूपॉइंट पर एकत्र हो गए थे और आदेश लेने के लिए तैयार थे। और बटालियन 'आर' समूह ने कुछ दूरी पर डेरा डाल लिया था और आगे बढ़ने के आदेश की प्रतीक्षा कर रहे थे। उस समय ब्रिगेड कमांडर को फोन पर बुलाया गया और कहा गया कि जी.ओ.सी. ने उनको एक संदेश भेजा है,

जिसमें उनको लेफ्टिनेंट कर्नल मूर्ति को यह सलाह देने के लिए कहा है कि वे दिन की जगह रात में हमला करें, क्योंकि ऐसा करने से हताहतों की संख्या कम रहेगी। ब्रिगेड कमांडर ने मूर्ति को संदेश पहुँचा दिया।

लेफ्टिनेंट कर्नल मूर्ति ने बहुत ही नम्रतापूर्वक ब्रिगेड कमांडर को सुना और कहा, "सर, आप जी.ओ.सी. को मुझे रात में हमला करने की उनकी सलाह, जिससे कि हताहतों की संख्या कम रहे, के लिए धन्यवाद कहिएगा। परंतु उस समय तक पाकिस्तानी, जोकि लगातार खुद को वहाँ मजबूत कर रहे हैं, अपनी पोजीशन को और अधिक मजबूत कर लेंगे, और हमें इसी कार्य को करने के लिए और अधिक सैन्य क्षमता की जरूरत पड़ेगी। मेरी बटालियन सीमा-रेखा के साथ-साथ और अन्य पोजीशन की भी सुरक्षा के लिए जिम्मेदार हैं और मैं अपने लड़कों को बाद में वहाँ से नहीं हटाना चाहूँगा और किसी अन्य स्थान पर दुश्मन द्वारा हमले का जोखिम नहीं लूँगा। मैं जानता हूँ, मैं क्या कर रहा हूँ! मेरी विजय पूरी तरह इस बात पर निर्भर करती है कि हम जल्द-से-जल्द हमला करें, इससे पहले कि दुश्मन वहाँ अपने पाँव जमा ले और सैन्यबल से खुद को अधिक मजबूत कर ले। जी.ओ.सी. को यह भी पता होगा कि जवाबी हमले तभी कामयाब होते हैं, जब वे तुरंत कर दिए जाएँ। हमने पहले ही समय खो दिया है तथा मैं और समय खोने के लिए तैयार नहीं हूँ।"

ब्रिगेड कमांडर ने जब यह देखा कि लेफ्टिनेंट कर्नल मूर्ति अपनी जिद पर अड़े हुए हैं और जवाब सुनने को तैयार नहीं हैं तो उन्होंने कहा, "ठीक है। मैं कोशिश करता हूँ कि हमारे आर्म्ड स्क्वाड्रन आपके उद्देश्यों पर शूट करने के लिए तैयार हों।" इसके साथ ही ब्रिगेड कमांडर अपने मुख्यालय के लिए निकल गए और मूर्ति ने जोगने चक तथा नवापिंड पर हमले के अपने आदेश जारी कर दिए।

नायब सूबेदार गोपाल दत्त जोशी को अपनी पलटन के साथ जोगने चक पर कब्जा करने का कार्य सौंपा गया था। जोगने चक पर 10 बजे हमला किया गया। और पलटन बटालियन के मोर्टार और मध्यम मशीनगन के सहारे अपने युद्धघोष 'बोलो बदरी विशाल लाल की जय' के साथ आगे बढ़ी। यह पलटन बहुत अच्छी तरह से प्रशिक्षित थी और आधे घंटे के अंदर उन्होंने उस पोस्ट पर कब्जा कर लिया। जैसे ही हमला हुआ, दुश्मन तुरंत ही वहाँ से भाग गया। दुश्मन के दो जवान इस हमले में मारे गए और उनके कुछ हथियार कब्जे में लिये गए।

नवापिंड पर हमला थोड़ा लड़खड़ा गया, क्योंकि मोर्टार, मध्यम मशीनगन और आर.सी.एल. दोनों हमलों को एक साथ सँभाल नहीं पाए। नवापिंड पर हमले

के लिए लेफ्टिनेंट कर्नल मूर्ति ने स्क्रीन पोजीशन से एक पलटन को उठाया था, जिसकी कमांड सेकेंड लेफ्टिनेंट जी.एस. राठौड़ सँभाल रहे थे और कमांडो पलटन कप्तान पी.के. सिन्हा के अंतर्गत थी। ये दोनों अधिकारी बहुत कनिष्ठ थे, परंतु उत्सुक और जोश से भरे हुए थे।

पलटनों को तुरंत ही उनके एफ.यू.पी. पर स्क्रीन पोजीशन के पीछे भेज दिया था, जोकि बटालियन डिफेंस के उत्तर-पश्चिमी इलाके में नवापिंड के सामने की ओर था।

नवापिंड पर 11 बजे हमला किया जाना था, परंतु ब्रिगेड कमांडर ने इस हमले को थोड़ा टालने के लिए कहा, क्योंकि जो टैंक के सैन्यदल की माँग उन्होंने की थी, वे हमले को सहायता देने के लिए प्राप्त नहीं हो पाए थे। हमले के समय को बदलकर 14:15 बजे तक करना पड़ा।

मोर्टार पलटन ने पलटनों को कवरिंग फायर दिया और बटालियन की आर.सी.एल. बंदूकों ने दुश्मन की एम.एम.जी. टुकड़ियों को, जोकि हमला कर रहे सैनिकों पर गोलियाँ चला रहे थे, एंगेज कर लिया। आर.सी.एल. बंदूकों ने सही तरीके से एम.एम.जी. बंकर को एंगेज कर लिया था, जिसको कि उड़ा दिया गया। दुश्मन के दो सिपाही, जो उस एम.एम.जी. बंकर को सँभाल रहे थे, इस हमले में मारे गए। सेकेंड लेफ्टिनेंट जी.एस. राठौड़ ने दुश्मन पर पश्चिम से हमला किया और पोस्ट के पूर्वी भाग पर कब्जा कर लिया। इससे दुश्मन पीछे हटकर उस क्षेत्र के पश्चिमी किनारे की ओर चला गया और वहाँ की खाइयों पर कब्जा कर लिया। सेकेंड लेफ्टिनेंट राठौड़ ने अपनी एक एल.एम.जी. डीक प्रयोग कर दुश्मन के भागने के रास्ते को रोका और दुश्मन के करीब पहुँचने लगे। दुश्मन अभी भी उन पर लगातार गोलाबारी कर रहा था। उस समय राठौड़ के साथ रेडियो संपर्क टूट गया था।

लेफ्टिनेंट कर्नल मूर्ति ने तुरंत ही सेकेंड लेफ्टिनेंट आर.के. टंडन के हाथ एक वायरलेस सेट उनकी तरफ भेजा, जिससे कि राठौड़ की पलटन के साथ संपर्क फिर से जुड़ सके। जब टंडन ने रिपोर्ट किया कि क्योंकि दुश्मन द्वारा अत्यधिक गोलाबारी की जा रही है, इसलिए वह आगे नहीं बढ़ पा रहे हैं तो कमांडिंग अधिकारी ने कप्तान सिन्हा की पलटन को उत्तर-पूर्वी दिशा से हमला करने के आदेश दे दिए। अब दुश्मन पश्चिम और उत्तर-पूर्व दोनों तरफ से घिर गया था और 15:00 बजे तक नवापिंड, लक्ष्य पर कुछ हाथापाई के बाद गढ़वालियों के कब्जे में आ गया।

चूँकि टैंक कमांडरों को विस्तार में बताने का समय नहीं था तो मेजर तजिंदर सिंह, जो कि एक कंपनी कमांडर थे, को आर्मर का मार्गदर्शन करने के लिए भेजा गया। टैंकों के लिए हमले को समर्थन देना कठिन हो रहा था, इसलिए उनको दुश्मन को व्यस्त रखने के लिए प्रयोग में लाया गया, जोकि पीछे की ओर वापस जाने का प्रयास कर रहे थे।

तीन जे.सी.ओ. और पंद्रह दुश्मन के जवान इस हमले में बंदी बनाए गए। वे पाकिस्तान की सैंतीस फ्रंटियर फोर्स राइफल्स और सात इंजीनियर रेजिमेंट से ताल्लुक रखते थे। उनको स्क्रीन पोजीशन पर भेज दिया गया और फिर उसके बाद उनको पीछे भेजकर सेना पुलिस को सौंप दिया गया, जिससे कि उनको युद्ध बंदियों के कैंप में भेजा जा सके। पोस्ट की सफाई के दौरान एक जे.सी.ओ., तीन एन.सी.ओ. और बारह सेना के जवानों के शव पाए गए। हथियारों की एक बड़ी खेप भी बरामद हुई, जिसमें थे—चार एल.एम.जी., एक एम.एम.जी., एक रॉकेट लॉन्चर, तीन स्टेन बंदूकें, तीस ऑटोमैटिक राइफल्स, सत्रह राइफल्स और बहुत से हथगोले और असलाह।

इस युद्ध में बटालियन ने दो बहादुर जवान खोए।

जैसाकि लेफ्टिनेंट जनरल के.पी. कंडेथ ने अपनी पुस्तक 'दी वेस्टर्न फ्रंट : दी इंडो-पाकिस्तान वार 1971' में कहा है कि 'चिकन नेक ऑपरेशन' के अतिरिक्त 26 इन्फैंट्री डिवीजन सेक्टर में कोई अन्य गतिविधि नहीं हुई थी। जो अकेला ऑपरेशन हुआ था, वह था—दिनांक 5 दिसंबर को नवापिंड पोस्ट पर कब्जा, जिसको कि पहले बी.एस.एफ. के जवानों द्वारा खाली कर दिया गया था। और इसके अतिरिक्त दुश्मन की विभिन्न पोस्ट पर कुछ धावे।

पैंसठ हथियारों की बड़ी खेप को देखते हुए यह बात स्पष्ट थी कि नवापिंडी पोस्ट पर दुश्मन की राइफल्स कंपनी का कब्जा था, क्योंकि युद्ध में किसी कंपनी की ताकत लगभग इतनी ही होती है। कम-से-कम वे पोस्ट दुश्मन की दो पलटनों द्वारा कब्जाई गई होंगी, जोकि अपनी पूरी ताकत के साथ थे। और इसलिए दुश्मन की एक पोजीशन, जिसको कि उसकी दो पलटनों द्वारा लिया हुआ था, लगभग उतनी ही बड़ी ताकतवाली सेना द्वारा खत्म कर दी गई थी। जबकि पढ़ाते समय यह कहा जाता है कि जब हमला किया जाता है तो जो सेना हमला कर रही है, उसका अनुपात 3:1 का होना चाहिए। इसलिए यह केवल कमांडिंग अधिकारी का साहस और बटालियन के लड़ने का जज्बा ही है, जिस कारण से उस दिन विजय हुई।

और यह भी याद रखा जाना चाहिए कि उस युद्ध में कमांडिंग अधिकारी ने इस अत्यंत नाजुक ऑपरेशन के लिए अपने कंपनी कमांडरों (मेजरों) के इस्तेमाल के प्रलोभन का विरोध किया। उनको अपने कनिष्ठतम नेतृत्व पर पूरा भरोसा था और उन्होंने उनको युद्ध में अपनी कमान सँभालने दी। आखिरकार, चाहे वे पद में कनिष्ठ हों, उनमें युद्ध में अपने लड़ाकों का नेतृत्व करने का जज्बा बहुत था और वे वही कमांडर थे, जिन्होंने उनको प्रशिक्षित किया था। इसलिए यह सही ही था कि उनको युद्ध में अपने लड़ाकों का नेतृत्व करने दिया जाता। यह तजुरबा उनको भविष्य में युद्धों के लिए एक बहुत अच्छी स्थिति में खड़ा करेगा।

और सबसे जरूरी बात, कमांडिंग अधिकारी को पता था कि तुरंत हमला करना सबसे महत्त्वपूर्ण बात है। उनको यह विश्वास था कि उनके सिपाही बहुत अच्छे से प्रशिक्षित हैं और उनको यह आत्मविश्वास था कि उनकी यह योजना कि 'दुश्मन को समय पर पकड़ लेना,' मनचाहा नतीजा देगी, बजाय इसके कि हमला करने में देरी हो जाए और दुश्मन को अपनी ताकत बढ़ाने का मौका मिल जाए। उनकी कामयाबी उनके फॉर्मेशन कमांडर की उम्मीदों से कहीं अधिक रही।

छठी गढ़वाल से कहीं बहुत दूर, जनरल के.पी. कंडेथ को इस बात की तसल्ली थी कि उनकी स्ट्राइक कोर की आर्म्ड ब्रिगेड ने पाकिस्तानी आर्मर की एक बड़ी खेप तहस-नहस कर दी है, जोकि उनके खिलाफ तैनात की गई थी। लेफ्टिनेंट कर्नल अहोबाला कृष्णमूर्ति ने अपने साहस और समय पर की कारवाई से युद्ध के 10 में से 6 सिद्धांतों को मान्य कर दिया था। जो थे—लक्ष्य को चुनना और उसको बनाए रखना; आक्रामक कारवाई; अचंभित करना; बल की एकाग्रता; श्रम की मितव्ययता और गति को बनाए रखना। उनका अपने सैन्य दल पर विश्वास, अपने ऊपर यकीन और दृढ़ विश्वास कि 'वे जो भी कर रहे हैं, सही कर रहे हैं,' ने उस विजय को अंजाम दिया, जोकि उनके पास उपलब्ध अल्प संसाधनों से कहीं अधिक थी। बी.एस.एफ. द्वारा खाली की गईं दो पोस्ट को वापस कब्जे में लेना, तीन जे.सी.ओ. और पंद्रह पाकिस्तानी सिपाहियों को पकड़ना तथा एक जे.सी.ओ., तीन एन.सी.ओ. और बारह दुश्मन सेना के जवानों को मार गिराना और साथ ही हथियारों की एक बड़ी खेप कब्जे में लेना—ये सब इस बात को साबित करते हैं कि एक बटालियन कमांडर न्यूनतम संसाधनों के साथ क्या कर सकता है। नवापिंड को वापस कब्जे में लेने के बाद बटालियन ने दुश्मन के इलाके में रक्षात्मक लड़ाई जारी रखी और अपने क्षेत्र के विपरीत दुश्मन की तीन मजबूत पोस्ट पर चढ़ाई

चढ़ी। बटालियन को केवल एक 'वीर चक्र' और दो 'मेन्शन-इन-डिस्पैच' गैलेंट्री पुरस्कार मिले।

इस कहानी का केवल एक सादा सा संदेश है—एक अच्छी योजना, जिसको कि हिम्मत और ताकत के साथ समय पर कार्यान्वित किया गया हो, एक उत्तम योजना, जिसको कि देर से कार्यान्वित किया गया हो, से कहीं अधिक बेहतर साबित होती है।

परिशिष्ट

1. जो पाकिस्तानी जे.सी.ओ. पकड़े गए थे, उनमें मशहूर अब्दुल खालिक भी था, जो पाकिस्तान का बेहतरीन धावक था, जिसने मेलबर्न और रोम में पाकिस्तान का प्रतिनिधित्व किया था। उसने सन् 1954 के एशियन गेम्स में 100 और 200 मीटर की दौड़ में स्वर्ण पदक जीता था और सन् 1958 के एशियन गेम्स में 100 मीटर की दौड़ में स्वर्ण पदक जीता था। परंतु सन् 1958 के एशियन गेम्स में 200 मीटर की दौड़ में वह मिलखा सिंह से हार गया था। दोनों ही अपनी-अपनी सेनाओं में सूबेदार थे। जब उसको बंधक बनाया गया, अब्दुल खालिक ने पूछा कि क्या वह मिलखा सिंह, भारत के 'फ्लाइंग सिख' से मिल सकता है? मिलखा उसको युद्धबंदियों के कैंप में मिले। हालाँकि, दोनों साथी एथलीट होने के नाते बहुत खुशी के साथ मिले, परंतु इस बार हालात अलग थे।
2. एक हलके माहौल में मूर्ति की बेटी ने उनसे पूछा, "लेकिन डैडी, अगर वह इतनी तेज दौड़ सकता है तो आपने उसको पकड़ा कैसे?"
3. छठी गढ़वाल के अधिकारी और सैनिक जानते थे कि उन्होंने एक अच्छा काम किया है और जैसाकि सिपाहियों के साथ स्वाभाविक है, उन्होंने यह उम्मीद की कि उनकी बटालियन को गैलेंट्री अवार्ड का उनका उचित हिस्सा मिलेगा। हालाँकि, बटालियन को 1 'वीर चक्र' मिला और 2 मेंशन-इन-डिस्पैचिस मिले, उनको लगा कि वे इससे बेहतर के अधिकारी थे। यह इसलिए, क्योंकि फॉर्मेशन कमांडर को यह लगा कि कमांडिंग अधिकारी उनकी सलाह के मामले में अधिक स्वतंत्र और असंवेदनशील था? इस सवाल का जवाब कोई नहीं दे सकता था, परंतु सैनिक बहुत निराश थे। उन्होंने बहुत अच्छे से लड़ा था और फिर भी ऐसा लगा कि

आलाकमान ने उनके साहस से किए कार्य को मान्यता नहीं दी। कमांडिंग अधिकारी ने फिर भी उनको यह याद दिलाया कि "यह बेहतर है कि आप पुरस्कार के काबिल हों और वह आपको न मिले, बजाय इसके कि आपको पुरस्कार मिले और आप उसके काबिल न हों।"

□

भाग्य का स्पर्श

"जंग में एक अच्छा सेनापतित्व, साथ ही महान् रणनीति, मजबूत तौर-तरीके, बेहतरीन नेतृत्व और कभी-कभी किस्मत युद्ध के परिणाम तय करने में अपनी भूमिका निभाते हैं। महत्त्वपूर्ण पदों की नियुक्तियों एवं किसी भी वरिष्ठ जनरल को नियुक्त करने से पहले नेपोलियन पूछा करते थे, 'क्या वह भाग्यवान है?'"

—अज्ञात

जब से बँटवारा हुआ है, पाकिस्तान मिलिटरी राज और सिविल सरकारों के बीच में यहाँ-वहाँ हो रही है। हालाँकि, जहाँ तक पाकिस्तानी सशस्त्र बल का सवाल है, चाहे किसी भी प्रकार की सरकार हो, वह सेना ही थी, जिसने बड़े अभिमान के साथ खुद को निर्णयकर्ता की भूमिका सौंप दी।

पाकिस्तानी नौसेना ने यह फैसला लिया कि उनको कुछ ऐसा करने की जरूरत है, जिससे कि उनके होने का अहसास हो और वे इस नतीजे पर पहुँचे कि युद्ध में समुद्र की लहरों के नीचे वर्चस्व स्थापित करना श्रेष्ठ उत्तर होगा। 1960 के दशक के शुरू से ही उन्होंने यह फैसला कर लिया कि वे अपनी समुद्र के नीचे की क्षमता को बढ़ाने पर अपना ध्यान केंद्रित करेंगे। वर्ष 1964 में पाकिस्तानी नौसेना ने यू.एस.एस. डियाबलो को पट्टे पर अर्जित कर लिया, जोकि एक समुद्र में जानेवाली पनडुब्बी थी, और उसका नाम रखा—पी.एन.एस. गाजी।

उनका अगला कदम, तीन डाफने—वर्ग की पनडुब्बियाँ अधिगृहीत करना एक गजब की चाल थी। ये पनडुब्बियाँ पाकिस्तानी नौसेना में 1 दिसंबर, 1969 से 5 अगस्त, 1970 के बीच शामिल हुईं। पाकिस्तानी पानी में पाई जानेवाली तीन खतरनाक शार्क मछलियों के नामों पर इनके नाम रखे गए—हैंगर, सुषुक और मंगरों।

यह फ्रांसीसी पनडुब्बियाँ उस युग की सबसे बेहतरीन विश्व स्तर की पनडुब्बियाँ थीं। परंतु पाकिस्तान इस बात से भी संतुष्ट नहीं था कि पाकिस्तानी नौसेना ने पहले ही पानी के नीचे के युद्ध में एक प्रधान पोजीशन स्थापित कर ली है, पाकिस्तानी नौसेना प्रमुख इटली से मिजिट–वर्ग की पनडुब्बी और चैरियट खरीदने लगे, जिससे कि वे अपने प्रभुत्व को और मजबूत कर सकें तथा उसको और बढ़ा सकें।

आई.एन.एस. कच्छल, एक भारतीय नौसैनिक जहाज, एक पाकिस्तानी बौना पनडुब्बी द्वारा लक्षित किया जा रहा है

भारतीय नौसेना बहुत अचंभे में थी और ताज्जुब कर रही थी कि पाकिस्तानी नौसेना अपनी मिजिट पनडुब्बियाँ कैसे इस्तेमाल करेगी ? वे खुले समुद्र को स्वयं से नेविगेट नहीं कर सकतीं और इसलिए उनको ऑपरेशन के स्थान तक खींच के ले जाना होता है। इसी कारण से उनको आक्रामक ऑपरेशंस के लिए प्रयोग में लाना कठिन होता है। इसलिए भारतीय नौसेना इस नतीजे पर पहुँची कि मिजिट पनडुब्बियाँ और चैरियट को संचय करके रखा जाएगा और अपने बंदरगाहों की सुरक्षा के लिए उनका प्रयोग किया जाएगा अथवा जब कोई माकूल अवसर पैदा होगा, तब उनका प्रयोग किया जाएगा।

सन् 1971 के मध्य तक पाकिस्तान के सशस्त्र बल को यह बात साफ हो गई थी कि इस बात की पूरी संभावना है कि उनका देश भारत के साथ युद्ध में उतरेगा। इसलिए पाकिस्तानी नौसेना ने अपनी परिचालन योजनाओं को अंतिम रूप देना शुरू कर दिया। उनकी रणनीति का केंद्र था, 'जैसे ही हालात पैदा होंगे' तो वे पहला वार करेंगे। इसके साथ, पाकिस्तानी नौसेना प्रमुख ने यह उम्मीद लगाई हुई थी कि वे पाकिस्तानी नौसेना को अपने देश के लोगों की आँखों में उसकी सही जगह दिलवाएँ।

नवंबर 1971 के अंत तक, यह बात साफ हो चुकी थी कि जनरल याह्या खान जल्द ही हमला करनेवाले हैं। परंतु हमले की तारीख और समय का पता नहीं था।

इस उम्मीद में कि युद्ध कार्य शुरू करने के लिए कोई इशारा मिलेगा, पाकिस्तानी नौसेना ने अपनी योजनाओं पर कार्य करना शुरू कर दिया। 14 नवंबर, 1971 को पी.एन.एस. गाजी ने कराची बंदरगाह से विक्रांत को तबाह करने के अपने इरादे के साथ कूच किया, जोकि बंगाल की खाड़ी में कहीं था। मंगरों ने भी 14 नवंबर के आसपास बॉम्बे के लिए कूच किया और हैंगर ने 23 नवंबर को काठियावाड़ तट पर पहरा देने के लिए कराची से कूच किया। हैंगर और मंगरों को मुंबई बंदरगाह के बाहर की ओर बारी-बारी चक्कर लगाने थे, जिससे कि वे युद्ध शुरू होते ही आई.एन.एस. मैसूर और भारत के पश्चिमी बेड़े के जहाजों को तबाह कर सकें। परंतु पाकिस्तानी नौसेना प्रमुख को यह नहीं पता था कि भारतीय खुफिया विभाग को पाकिस्तानी नौसेना के इरादों की हवा लग गई थी।

पाकिस्तान के इरादों को जानने के बाद, भारतीय नौसेना प्रमुख, एडमिरल एस.एम. नंदा ने बॉम्बे बंदरगाह पर खड़े अपने पश्चिमी बेड़े को पाकिस्तान के हमला करने से एक दिन पहले ही बॉम्बे बंदरगाह से बाहर निकल जाने का आदेश दे दिया। जैसेकि इस पुस्तक की पिछली कहानियाँ—'विक्रांत का शिकार' और 'मिशन कराची'—ने इस कहानी की पृष्ठभूमि का काम किया, परंतु यहाँ केंद्र था पाकिस्तानी नौसेना की एक मिजिट पनडुब्बी।

मिजिट पनडुब्बियाँ छोटी 62 टन अंडर-वाटर क्राफ्ट थीं, जोकि कोई टॉरपीडो लेकर नहीं चल सकती थीं। उनकी इस टॉरपीडो न ले सकने की अक्षमता के कारण उसकी भूमिका इस सीमा तक ही थी कि वे एक फ्रॉगमैन (एक तैराक, जिसके पास पानी के नीचे साँस लेने के लिए सभी प्रकार के उपकरण होते हैं) की भाँति दुश्मन के बंदरगाह पर इतना नीचे पहुँच जाएँ, जहाँ कोई बड़ी-से-बड़ी पनडुब्बी भी नहीं पहुँच सकती। पाकिस्तानी नौसेना का जो विशेष सेवा समूह इस मिजिट पनडुब्बी को चला रहा था, वह बहुत ही उत्कृष्ट, बहुत जबरदस्त प्रशिक्षित पनडुब्बी बल था। मिजिट कर्मचारियों को इसके लिए प्रशिक्षित किया गया था कि उनको एक बड़ी पनडुब्बी के माध्यम से पानी के नीचे खींचकर ले जाया जाएगा। तीन दिन से अधिक की सॉर्टी के लिए संचित कर्मचारियों ने पैसिज पर कब्जा कर लिया और हमला करनेवाले कर्मचारियों ने हमले पर जाने से थोड़ा पहले ही उसको अपने कब्जे में ले लिया।

इन मिजिट पनडुब्बियों की क्षमता को बढ़ाने के लिए पाकिस्तानी नौसेना ने आनन-फानन में एक प्रणाली बनाई, जिसके माध्यम से वे मिजिट से दुश्मन के

पानी के जहाजों पर टॉरपीडो से हमला कर सकते थे। इसके परीक्षण किए गए और यह प्रणाली सराहनीय रूप से कारगर साबित हुई। यह टॉरपीडो फ्रांसीसी मूल के थे और इनको स्थानीय रूप से बनाए टॉरपीडो के पिंजरों की मदद से इटली में बनाई इस मिजिट पनडुब्बी के बाहरी सतह पर लगाया गया था। यह टॉरपीडो एयर-ओपरेटेड पिस्टन्स की मदद से दागी जा सकती थीं, जिनको कि पनडुब्बी के अंदर से क्रियान्वित किया गया था।

इन टॉरपीडो को दागने की प्रक्रिया बहुत ही बुनियादी थी। उनको बस मिजिट पनडुब्बी को दुश्मन के युद्धपोत की दिशा में करके टॉरपीडो दागनी थी। उसको दुश्मन के युद्धपोत की गति और दिशा, जिसमें वह चल रहा था, की ओर चलना था, और फिर टॉरपीडो का होमिंग हेड बाकी का काम करता।

सन् 1971 के युद्ध के दौरान, 6 दिसंबर को इन मिजिट पनडुब्बियों में से एक पनडुब्बी काठियावाड़ तट से कुछ दूरी पर गश्त लगा रही थी। वह एक उपयुक्त लक्ष्य की तलाश में थी, जिससे कि उसके दुश्मन के नौसेना के जहाज को तहस-नहस करने की क्षमता की पुष्टि की जा सके।

इसी दौरान, दिनांक 4 और 5 दिसंबर को भारतीय नौसेना के कराची पर सफल हमले के बाद, लेफ्टिनेंट कमांडर कैलाश नाथ जाडू, जोकि भारतीय नौसेना के आई.एन.एस. कच्छल के कप्तान थे, को काठियावाड़ के तट को अच्छे से टटोलने का कार्य दिया गया और उनको अपने साथ मिसाइल कश्ती 'निरघट' और 'नाशक' को ले जाने को कहा गया, जिससे कि यदि उन क्षेत्रों में दुश्मन द्वारा कोई गतिविधि की जा रही हो तो उससे निबटा जा सके।

अड़तालीस घंटों की गहन गश्त के बाद, लेफ्टिनेंट कमांडर जाडू, जिनको कच्छल, निरघट और नाशक की संपूर्ण कमांड सौंपी गई थी, इस नतीजे पर पहुँचे कि काठियावाड़ तट के परे और कराची बंदरगाह से इतनी दूर दुश्मन की पनडुब्बियों के संचालन की कोई संभावना नहीं थी। दिसंबर 4 को कराची पर हुए पहले हमले के बाद, पाकिस्तान नौसेना कराची बंदरगाह में भागकर घुस गई और लड़ने से मना कर दिया।

परंतु पेटया के कमांडरों और मिसाइल कश्तियों को इस बात का अहसास नहीं हुआ कि वे कितने गलत थे!

कराची पर पहले हमले के बाद कच्छल का इंजन गरम होने लगा था और जाडू ने अपने कर्मी दल को इंजन की सर्विस करने का काम देने का फैसला किया,

जिसको कि कराची के मिशन पर बहुत अधिक इस्तेमाल किया गया था। इंजन की सर्विस होने के उपरांत, तीनों जहाज कराची पर अपने अगले हमले की तैयारी करने के लिए, जोकि 6 दिसंबर को होना था, पोरबंदर से दूर अपने मिलने के स्थान की ओर, एक आरामदायक गति पर चल रहे थे।

समुद्र शांत था और साफ नीले आसमान पर धूप खिली हुई थी। जाडू ने यह फैसला लिया कि इस वक्त उसके पास उन पत्रों को देखने का समय है, जो उसको फ्लीट के डाक सेवा कार्यालय द्वारा उस समय दिए गए थे, जब पश्चिमी बेड़ा कराची पर हमले के लिए निकला था।

उस पल उनको जरा सा भी अंदाजा नहीं था कि उनके जहाज, कच्छल, पर पाकिस्तानी मिजिट पनडुब्बी के पेरिस्कोप द्वारा नजर रखी जा रही है, जोकि कच्छल का, एक सुरक्षित दूरी रखते हुए, पीछा कर रहे थे।

जाडू ने अपनी आँखें बंद कीं और पीठ टिकाकर बैठ गए और एक ब्रेक लेने का फैसला किया।

इसी दौरान, पाकिस्तानी मिजिट पनडुब्बी कच्छल को तबाह करने के लिए पोजीशन ले रही थी। जहाज ठीक पनडुब्बी के लक्ष्य उपकरण के क्रॉस हेयर के मध्य में था। कच्छल एक आरामदायक गति से आगे बढ़ रहा था। उसका कर्मी दल इस बात से अनजान था कि एक पाकिस्तानी पनडुब्बी उनका पीछा कर रही है।

इस वक्त यही उचित होगा कि अब हम पाकिस्तान के वाइस एडमिरल एस.टी.एच. नकवी, जोकि उस समय मिजिट पनडुब्बी के कप्तान थे, को आगे की कहानी बताने दें—

> हम कुछ दिनों से गश्त पर थे; अब 6 दिसंबर था और हम वेरावल से दूर थे, जोकि काठियावाड़ के तट पर है। कुछ की समय पहले, डॉग-वाच के शुरू होने से पहले, हम गहराई में ऑपरेट कर रहे थे, जब हमारे बहुत ही बुनियादी प्रकार के सोनार ने कुछ प्रोपेलर की आवाजें पकड़ीं, जोकि सीवर्ड की ओर से आ रही थीं। जैसे ही मैंने मिजिट को आवाज की दिशा में घुमाया और पेरिस्कोप की गहराई की ओर अँधेरे में अपना रास्ता टटोलने लगे, मेरा 5 सदस्यों का कर्मी दल सतर्क और तैयार हो गया। जैसे ही मेरा पेरिस्कोप पानी की सतह से ऊपर निकला, वहाँ मेरे पेरिस्कोप के व्यू को एक जहाज ने पूरी तरह से ढका हुआ था, जोकि मुझसे एकदम आगे था। मैंने उसे पेटया के तौर पर तुरंत पहचान लिया, जोकि भारतीय नौसेना का रूस में बना पनडुब्बीरोधी युद्धपोत है। वह

> हमसे केवल 1200 गज की दूरी पर ही था। मैं ऐसे ही किसी जहाज के दिखने का इंतजार कर रहा था और अब वह मेरी गोद में आ गिरा था।
>
> पेटया का कप्तान बहुत आराम से था, क्योंकि वह जहाज के ब्रिज पर बैठा हुआ था। वह सर्दी के मौसम का एक सुहावना दिन था, धूप खिली हुई थी और समुद्र काफी शांत था। एक सिग्नल मैन आया और सिग्नल लॉग के साथ उसके पास खड़ा हो गया और कप्तान उस लॉग के पन्ने पलटकर देखने लगा, जैसेकि पूरे विश्व में सभी कप्तान लोग करते हैं। ऊपरी डेक पर शांति और स्थिरता थी, कुछ नाविक जहाज के बीच में फनल क्षेत्र के पास सिगरेट पी रहे थे और हवा में धुआँ छोड़ रहे थे, जैसाकि नाविक अकसर करते हैं। उनमें से एक ने नीला बॉयलर सूट पहना हुआ था। वह एक ऐसे जहाज का पिक्चर-पोस्टकार्ड दृश्य था, जोकि सूर्यास्त की ओर नौकायन कर रहा हो।

जब कोई अपने पेरिस्कोप से उस लक्ष्य की ओर देखता है, जो दुश्मन हो, तो समय बहुत महत्त्वपूर्ण हो जाता है, क्योंकि पेरिस्कोप का सिर पानी से बाहर होता है और यदि वह दिख जाए, मामला उलटा पड़ सकता है और पनडुब्बी 'शिकारी' की जगह 'शिकार' बन जाएगी। कुछ क्षणों तक उस दृश्य को देखने के उपरांत, मिजिट पनडुब्बी के कर्मी दल ने कच्छल को नष्ट करने के लिए काररवाई अभ्यास शुरू कर दिए—

> उत्तेजना में भरे मैंने स्टारबोर्ड का मार्ग तुरंत बदलने का आदेश दिया, जिससे कि निशाना साधा जा सके और जैसे ही हम मुड़े, मैंने पेटया का विवरण लिया। मैं उसकी स्टारबोर्ड की तरफ की पूरी लंबाई देख सकता था और उसका बो वेव यह दरशा रहा था कि वह मध्यम, धीमी गति से चल रही है। जहाज के हल का निशान मिटाया हुआ था, जोकि युद्धकाल में एक आम प्रथा है। वह सामान्य गति से घूमते हुए पहरेदारों के साथ आगे बढ़ रही थी; बंदूकों के पास कोई नहीं था और हम उससे निकालनेवाला कोई सोनार प्रसारण नहीं सुन पा रहे थे। पेटया को कोई भी अंदाजा नहीं था कि मैं उसके आसपास हूँ। जिस पल हम बिल्कुल सही हेडिंग पर पहुँचे, मैंने 'गोली दागने' का आदेश दे दिया और मेरे कर्मी दल ने सावधानीपूर्वक अपनी ड्रिल को दोहराया। मैंने अपनी साँसें रोकी हुई थीं और सच्चाई की घड़ी का इंतजार कर रहा था।
>
> "गोली मारो! लानत है!" मैं टेलिस्कोप से अपनी आँखें हटाकर चिल्लाया। "और हवा के दबाव का इस्तेमाल करो।"

> आगे की गतिविधि की सुगबुगाहट हो रही थी; किसी ने जोर से गाली निकाली, लेकिन फिर भी—कुछ नहीं हुआ!
>
> कर्मी दल ने सबकुछ आजमा लिया—और मैंने अपनी मनपसंद गालियों का पूरा भंडार खाली कर दिया, जोकि मैंने ऐसे ही किसी अवसर के लिए सँजोकर रखा था—लेकिन हम किसी भी तरह उस मछली को उसके पिंजरे से निकाल पाने में सफल नहीं हुए। वह एक ऐसा अड़ियल खच्चर बन गया था, जिसको कोड़ों की कोई भी मात्रा हिला नहीं पा रही थी।

मिजिट पनडुब्बी के कप्तान ने एक बार फिर अपने पेरिस्कोप से उस पेटया की ओर देखा और यह देखकर हैरान हो गया कि अब एक जोड़ा ओ.एस.ए. मिसाइल कश्तियाँ रक्षा की दृष्टि से उस पेटया के साथ थीं और उसके दोनों ओर साथ-साथ चल रही थीं। उनमें से एक ने अचानक अपनी दिशा बदली और मिजिट पनडुब्बी की ओर अपनी पूरी रफ्तार से बढ़ने लगी। पनडुब्बी के कप्तान को यह अहसास हुआ कि शायद उनके बारे में पता चल गया है और उसने जल्दी से आदेश दिया कि पनडुब्बी को तुरंत पानी के नीचे ले जाया जाए, जिससे कि वे ओ.एस.ए. मिसाइल कश्ती से कुचले जाने से बच सकें। जिस समय तक मिजिट पनडुब्बी पेरिस्कोप की गहराई तक पहुँची, पेटया दूर जा चुकी थी और जहाँ तक पनडुब्बी का सवाल था, उसके जीवन का एक बहुत बड़ा मौका हाथ से जा चुका था। मिजिट पनडुब्बी के कप्तान ने कहा—

> बाद में, हर तरफ अपरिहार्य आरोप थे। किसी ने टॉरपीडो पर इल्जाम लगाया। दूसरों ने कहा कि यह उस खास पल में मिजिट के उप-एंगल के कारण हुआ, जिसके कारण टॉरपीडो बाहर नहीं निकल पाई। कई अनुमान और सिद्धांत लगाए जा रहे थे। लेकिन जब सब कहा जा चुका था और खत्म हो गया था, मैं उस भारतीय कप्तान की किस्मत पर अचंभा किए बिना नहीं रह सका, जिसको मैंने उस दिन अपने पेरिस्कोप से देखा था।

पेटया का कप्तान वास्तव में एक बेहद किस्मतवाला व्यक्ति था। उसको यह भी पता नहीं होगा कि मौत उसके कितने करीब से होकर निकलकर गई!

हालाँकि, भारतीय नौसेना के वाइस एडमिरल हीरानंदानी ने अपनी पुस्तक 'ट्रांजिशन टू ट्रायम्फ' में कहा है—'ऐसी रिपोर्ट भी थी कि पाकिस्तानी नौसेना ने अपने आप से, दो मिजिट में बाहरी टॉरपीडो ट्यूब लगाईं, जिसके माध्यम से वह एम.के.-44 टॉरपीडो छोड़ सकें। युद्ध के दौरान यह मिजिट कराची से 30 मील की

दूरी पर तैनात की गई थीं। जब उनमें से एक ने एक भारतीय जहाज को मारने की कोशिश की तो उसकी फायर नियंत्रण प्रणाली ने काम नहीं किया।'

कराची पर दूसरे सफल हमले के बाद पश्चिमी पोत बॉम्बे वापस लौट आए। युद्ध के समाप्त होने के बाद, एडमिरल गोर्शकोव, जोकि रूसी पोत के साथ बॉम्बे आए थे, ने पेटया और मिसल कश्तियों के कमांडरों से मिलने की इच्छा जताई। वह उनको रूसी नेवल क्राफ्ट को इस नए तरीके से इस्तेमाल करने के लिए बधाई देना चाहते थे। उनमें से एक थे जाडू, जिनको कराची पर हमले के दौरान अपनी हिम्मत और दृढ़ता के लिए 'वीर चक्र' से सम्मानित किया गया था। वे बहुत किस्मतवाले थे कि वे इस सम्मान को पाने के लिए जीवित बचे। शायद किसी की प्रार्थनाओं ने उनको उस दिन बचा लिया, जब वह टॉरपीडो, जो उनको तबाह करने के लिए चलाई जानी थी, चली ही नहीं।

परिशिष्ट

1. जब वाइस एडमिरल हीरानंदानी से इस वाकये के बारे में पूछा गया, तो 'ट्रांजिशन टू ट्रायम्फ' के लेखक ने कहा, "एक टॉरपीडो, जोकि कराची के तट के पास एक मिजिट से चलाई, चलने में असफल रही। मुझे ऐसा लगता है कि कहानी के लेखक पाकिस्तानी नौसेना के वाइस एडमिरल एस.टी.एच. नकवी को गलत तारीख याद होगी, जब उन्होंने यह कहा कि यह वाकया 6 दिसंबर, 1971 को हुआ था।"
2. जाडू को कप्तान के पद पर पदोन्नत कर दिया गया और वे भारतीय नौसेना में विशिष्टता के साथ कार्य करते रहे और यह उम्मीद रखी गई कि वे और ऊँचे पद पर पहुँचेंगे। यह वह समय था, जब रक्षा मंत्रालय ने यह आदेश पारित किया था कि सैन्यबल से कोई भी व्यक्ति किसी भी विदेशी मूल के व्यक्ति से विवाह नहीं करेगा। यदि विवाह होना ही है तो उस महिला को भारतीय नागरिकता स्वीकारनी होगी अथवा उस अधिकारी को बल से इस्तीफा देना होगा। इस प्रकार की परिस्थिति का सामना करने पर बहुत से अधिकारियों को बल छोड़ने पर मजबूर होना पड़ा और भारतीय नौसेना ने कुछ बहुत ही बेहतरीन अधिकारी खो दिए। उनमें से कुछ संभावित नौसेना प्रमुख थे—जाडू उनमें से एक थे।

□

वजीर

"बहुत सी बातें हैं, जो हमारी समझ से परे हैं।"

—इयान कारडोजो

पाकिस्तानी वायुसेना के एफ-86 सेबर जेट ने शिकार करने से पहले दूसरी बार हवा में चक्कर लगाया। वे दो विमान थे। वे हमेशा जोड़े में ही आते थे।

उस सुबह, पहले जब पाँचवीं गोरखा राइफल्स (एफ.एफ.) की चौथी बटालियन के गश्ती दल ने बटालियन का फर्म बेस छोड़ा, तब उन्होंने आसमान में दो लड़ाकू विमानों को, बिना किसी चुनौती के घूमते हुए देखा था। बादलों के झुंड में घुसते हुए और बाहर आते हुए, वे आसमान में पारे की तरह चमक रहे थे और फिर वे आसमान में इतना ऊपर चले गए कि वे नीले आकाश के शामियाने में चाँदी की एक बहुत छोटी बिंदी की तरह लग रहे थे। गश्ती दल के प्रमुख ने सोचा कि ये लड़ाकू विमान हमारे हैं या दुश्मन सेना के?

वह गश्ती दल जम्मू और कश्मीर के पहाड़ों में ऑपरेट कर रहा था। उसको यह कार्य सौंपा गया था कि वह पीर कलेवा क्षेत्र में घुसपैठियों द्वारा छिपाए हथियारों और गोला-बारूद को ढूँढ़े और उसे नष्ट करे। घुसपैठिए कुछ दिन पहले ही पाकिस्तान के कब्जेवाले कश्मीर (पी.ओ.के.) के हिस्से से जम्मू और कश्मीर में दाखिल हुए थे। उस दिन बाद में जब गश्ती दल अपना काम पूरा करके वापस लौट रहा था तो उन्होंने देखा कि दो पाकिस्तानी सेबर जेट कहीं दूर अपने लक्ष्य को साध रहे थे। गश्ती दल के मुखिया ने सोचा कि क्या यह वही हैं, जो उन्होंने पहले उस सुबह देखे थे। देवदार से ढकी कई पर्वत की चोटियाँ गश्ती दल को सेबर जेट से अलग कर रही थीं। लेकिन वे इस दूरी से भी, उन जेट के धधकते गोलों की चमक देख पा रहे थे और उन जेट के इंजन की गड़गड़ाहट सुन पा रहे थे। लेकिन

जो पर्वत श्रृंखला उनको जेट से अलग कर रही थी, उसके कारण वे यह नहीं देख पा रहे थे कि किस लक्ष्य पर वे निशाना लगा रहे थे।

पाक सेबर जेट द्वारा किया गया हमला

इस बात को पाँच दिन हो चुके थे, जबकि पाकिस्तान ने 5 अगस्त, 1965 को 'ऑपरेशन गिब्राल्टर' शुरू किया था। पाकिस्तान की 30,000 गुरिल्ला फोर्स, जोकि मेजर जनरल अख्तर हुसैन मलिक, पाकिस्तान की 12 इन्फैंट्री डिवीजन के जनरल ऑफिसर कमांडिंग थे, के संपूर्ण कमांड और नियंत्रण में थी, ने दूसरी बार जम्मू और कश्मीर को जबरदस्ती कब्जे में करने के लिए युद्ध-विराम रेखा (सी.एफ.एल.) को पार किया था।

पाकिस्तानी राष्ट्रपति, फील्ड मार्शल अयूब खान ने उस फोर्स के सी.एफ.एल. पार करने से पहले, खुद 1965 की जुलाई के दूसरे सप्ताह में मुर्री में इस फोर्स को संबोधित किया था। अयूब ने यह निश्चय कर लिया था कि पाकिस्तान में अपनी ताकत को पक्का करने का सबसे अच्छा तरीका है—जम्मू और कश्मीर को अपने कब्जे में ले लेना। उन्होंने यह मान लिया था कि भारत को 1962 के इंडो-चीन युद्ध में हुए उलटफेर से अभी उभरना बाकी है। जवाहरलाल नेहरू का देहांत हो गया था और लालबहादुर शास्त्री का छोटा कद अयूब को विस्मित नहीं कर रहा था। दूसरे हाथ पर पाकिस्तान को संयुक्त राष्ट्र अमेरिका से एक बड़े पैमाने पर आर्थिक और सैन्य सहायता मिल रही थी और अयूब को यह लगा कि हालात इससे बेहतर कभी नहीं हो सकते और यह कि यही सही मौका है हमला करने का। जो पाकिस्तान को मिलिटरी हथियार और उपकरण

मिले थे, उनमें एक भाग था सेबर जेट के चार एफ-86 स्क्वाड्रन्स। वे इनमें से दो विमान थे, जोकि भारतीय गश्ती दल ने उस सुबह देखे थे। भारत ने अमेरिका द्वारा पाकिस्तान को इन विमानों के ट्रांसफर और एक बड़े पैमाने पर मिलिटरी हार्डवेयर के तोहफे पर आपत्ति उठाई थी। इसके जवाब में अमेरिकी राष्ट्रपति जनरल ड्वाइट आइजनहावर ने पं. नेहरू को दिनांक 24 फरवरी, 1954 को एक संदेश भेजा, जिसमें लिखा था—

> ...और मैं सार्वजनिक रूप से यह पुष्टि कर रहा हूँ कि यदि किसी भी देश द्वारा, जिसमें पाकिस्तान भी सम्मिलित है, हमारे द्वारा दी गई सहायता का दुरुपयोग किया जाता है और आक्रामकता से किसी दूसरे देश की ओर निर्देशित किया जाता है तो मैं संवैधानिक अधिकार के अनुरूप तुरंत इस प्रकार की आक्रामकता को विफल करने के लिए उचित काररवाई करूँगा, संयुक्त राष्ट्र के अंदर और उसके बिना।

यह कहने की आवश्यकता नहीं है कि अमेरिका ने पाकिस्तान द्वारा अपने इकरार के इस खुले उल्लंघन पर और अमेरिका के शब्द कि 'ये हथियार और उपकरण किसी भी देश के विरुद्ध इस्तेमाल नहीं किए जाएँगे', जोकि इस मामले में मुख्य रूप से भारत था, कोई भी काररवाई नहीं की थी।

पाकिस्तान के दोहरेपन और संयुक्त राज्य अमेरिका के राष्ट्रपति की विश्वसनीयता के लिए इतना कुछ!

गोरखाओं द्वारा इन ऑपरेशंस के आगे के कुछ दिनों में पाकिस्तान की गिब्राल्टर फोर्स के जूनियर कमीशंड अधिकारी (जे.सी.ओ.) और नॉन-कमीशंड अधिकारी (एन.सी.ओ.) पकड़े गए, जिसने पाकिस्तानी दावे का खंडन किया कि यह विशुद्ध रूप से जम्मू और कश्मीर के लोगों का केवल विद्रोह मात्र था। पाकिस्तानी सशस्त्र बल के पकड़े गए इन सिपाहियों ने गोरखाओं के समक्ष यह खुलासा किया कि 'ऑपरेशन गिब्राल्टर' का उद्देश्य फ्रंट रेखा के पीछे कानूनी व्यवस्था को खराब करना और उसे नागरिक विद्रोह का नाम देना था।

एक बार यह हो जाता, पाकिस्तान एक मजबूत मिलिटरी आक्रमण करती (ऑपरेशन ग्रैंड स्लैम), जोकि सामान्य पाकिस्तानी फौज के साथ अखनूर को कब्जे में लेने के लिए होता, जोकि जम्मू जिले का एक भाग था। अखनूर सामरिक दृष्टि से इसलिए आवश्यक था, क्योंकि वह जम्मू के बहुत करीब था और क्योंकि उसको कब्जे में लेने से पठानकोट और पुंछ इलाके के बीच भारत का संपर्क टूट

जाता। उन्होंने यह उम्मीद की थी कि भारतीय सेना आगे से पाकिस्तानी सेना और पीछे से घुसपैठियों के बीच फँसकर रह जाएगी।

इस घटना की सुबह पाँचवीं गोरखा राइफल्स (एफ.एफ.) की चौथी बटालियन के गश्ती दल के प्रमुख को पाकिस्तान की इस विराट रणनीति का जरा भी अंदाजा नहीं था। वास्तव में युद्ध तो घोषित भी नहीं हुआ था और यहाँ पाकिस्तान उन पर जमीन तथा हवा दोनों तरफ से हमला कर रहा था। गश्ती दल के प्रमुख ने सोचा कि क्या दिल्ली में बैठे दिग्गजों को इस बात की जानकारी भी थी कि जम्मू और कश्मीर में क्या हो रहा था?

जब गश्ती दल का प्रमुख अपने बेस पर पहुँचा, तब जाकर उसे पता चला कि पाकिस्तान के वह सेबर जेट, जिनको वे दूर से देख रहे थे, वास्तव में उनकी अपनी ही बटालियन के मुख्यालय पर हमला कर रहे थे! एक सेना आपूर्ति कोर (ए.एस.सी.) वाहनों की कतार 'आगे की ओर' मुँह करके उनकी बटालियन के बगल में सड़क पर खड़ी थी। यह वाहनों की कतार ही थी, जिसने पाकिस्तानी सेबर जेट का ध्यान अपनी ओर आकर्षित किया था। इसमें कोई संदेह नहीं है कि लक्ष्य बहुत ही आकर्षक था। जो क्षति पहुँची, वह बहुत अधिक थी, परंतु जो अस्वीकार्य था और पाकिस्तानी वायुसेना के आचरण के ऊपर एक धब्बा था, वह था कि उन्होंने अपने लक्ष्य को नष्ट करने के लिए नापलम बम का इस्तेमाल किया था। नापलम बम जब गिरते हैं तो आग की एक दीवार बनाते हैं, जो उनकी डिलीवरी की गति और ताकत के साथ चलते हैं और अपने रास्ते में आनेवाली हर और किसी भी चीज को राख बना देते हैं। जिनेवा कन्वेंशन द्वारा नापलम बम पर प्रतिबंध लगाया हुआ है, जिसमें भारत और पाकिस्तान दोनों ही हस्ताक्षरकर्ता हैं।

हालाँकि, पाकिस्तान ने कभी भी कन्वेन्शंस और समझौतों की परवाह नहीं की। उनका पालन करने की सहमति के बाद, उसके नेता हमेशा ही उनकी अवहेलना करते हैं और जब भी उनसे सवाल किया जाता है तो वे डिनायल मोड में चले जाते हैं। और यदि उनका झूठ पकड़ लिया जाए तो वे इतनी मोटी चमड़ी के हैं कि वे अपने अपराध को स्वीकार करने से ही इनकार कर देते हैं। कुछ माह पहले, कच्छ के इलाके में 'ऑपरेशन डेजर्ट हॉक' शुरू किया था। भारत ने फोर्स का इस्तेमाल करने पर विरोध किया था। ग्रेट ब्रिटेन के प्रधानमंत्री हैरोल्ड विल्सन ने अप्रैल 1965 में दोनों देशों के बीच युद्ध-विराम की मध्यस्थता की थी और पाकिस्तान ने इस विचार का समर्थन किया था कि क्षेत्रीय विवादों को हल करने के लिए बल का

इस्तेमाल नहीं करना चाहिए। वास्तव में, अभी कच्छ समझौते पर किए हस्ताक्षर की स्याही सूखी भी नहीं थी कि पाकिस्तान जम्मू और कश्मीर पर अपने दूसरे हमले की तैयारी कर रहा था, जो उन्होंने उसी वर्ष कुछ महीनों बाद अगस्त में कर दिया था। यह वही आक्रमण था, जिसका कि भारतीय सेना अभी सामना कर रही थी।

जीवित बचे लोगों ने इस घटना को याद करते हुए बताया कि सेबर जेट्स ने शुरू-शुरू में अपनी तोपों और रॉकेट का इस्तेमाल किया था, जिससे बहुत अधिक क्षति हुई। इससे असंतुष्ट वे एक बार फिर वापस आए और नापलम बमों का इस्तेमाल किया, जिसका प्रभाव बहुत घातक हुआ। जमीन पर उनके लक्ष्य को नारंगी रंग के बहुत बड़े बादलों ने और काले रंग के धुएँ ने मानो निगल लिया था। वाहनों के अतिरिक्त, उन्होंने गोरखा के सेकेंड-इन-कमांड को भी जलाकर खाक कर दिया, जोकि अपनी बटालियन के मुख्यालय की सुरक्षा को व्यवस्थित करने का प्रयास कर रहा था। उसके शरीर में ज्यादा कुछ नहीं बचा था।

यह जनवरी 1963 में बटालियन के दोबारा खड़ा होने के बाद पाँचवीं गोरखा राइफल्स की चौथी बटालियन का पहला मरनेवाला सेकेंड-इन-कमांड था। अब बटालियन बिना किसी सेकेंड-इन-कमांड के थी।

वर्ष 1962 के भारत-चीन युद्ध के बाद भारतीय सेना के विस्तार के कारण सेकेंड-इन-कमांड की जगह दूसरा मिलना बहुत मुश्किल था। वास्तव में, चौथी बटालियन इस विस्तार का ही एक भाग थी और रेजिमेंट की दूसरी बटालियनों को चलाने के लिए आवश्यक अधिकारियों की खोज के लिए संसाधनों को पहले ही जरूरत से ज्यादा ही दुहा जा चुका था।

अंततः एक मेजर, जो खड़की में तैनात था, जोकि पुणे की एक छावनी थी, को सेकेंड-इन-कमांड के तौर पर तैनात किया गया। इस समय तक बटालियन 1965 के युद्ध के बाद युद्ध-विराम रेखा पर पिकेटों की एक श्रृंखला पकड़े हुए थी, जिसमें सम्मिलित थी ऊँची पहाड़ी की एक फीचर, जिसका नाम था बीर बदेश्वर, जिस पर एक पौराणिक मंदिर और एक पीर की मजार थी। कमांडिंग अधिकारी का सामरिक मुख्यालय निचली पहाड़ी पर स्थित था और नए तैनात हुए सेकेंड-इन-कमांड को यहाँ रिपोर्ट करने को कहा गया।

बटालियन को यह पता था कि यह अधिकारी सेवानिवृत्ति की कगार पर है, परंतु बटालियन में यह किसी को नहीं पता था कि मेजर बहुत बीमार हैं। अपनी गिरती सेहत के बावजूद, अधिकारी यह जानते हुए भी कि बटालियन जम्मू और

कश्मीर में पाकिस्तान के साथ झड़प में है, अपनी बीमार हालत को बटालियन में तैनाती रोकने का बहाना नहीं बनाना चाहते थे। उन्होंने मुख्यालय तक चढ़ाई चढ़ने की कोशिश की, जिसमें एक 2000 फीट की खड़ी चढ़ाई भी थी। यह कोशिश उस अधिकारी के लिए कुछ अधिक ही थी, जोकि बीमार था, एक लंबे समय से सक्रिय ड्यूटी से दूर था और जल्द ही सेवनिवृत्त होनेवाला था। सामरिक मुख्यालय से थोड़ा पहले ही मेजर गिर गए और उसके बाद दोबारा कभी नहीं उठे।

दो महीने के अंतराल में दो सेकेंड-इन-कमांड की मौत हो चुकी थी।

सेना मुख्यालय एक बार फिर उनकी जगह किसी और को ढूँढ़ने में लग गया। इस बार उन्होंने एक रेजिमेंटल अधिकारी को ढूँढ़ा, जोकि लखनऊ में स्टेशन मुख्यालय में तैनात था। कमांडिंग अधिकारी ने उसको नीचे बेस पर मिलने का फैसला किया। उन्होंने उसे बटालियन की भूमिका और कार्यों में भाग लेने को कहा। सेकेंड-इन-कमांड को सभी पिकेट्स पर ले जाया गया और पहाड़ी इलाके से परिचित होने के लिए और बटालियन की जवाबी काररवाई की योजनाओं को समझने के लिए पर्याप्त समय दिया। तीन माह के बाद, वह अधिकारी उस सबसे पूरी तरह परिचित हो गया था, जोकि उसको पता होना चाहिए था। हालाँकि, वह वर्ष समाप्त होनेवाला था और अधिकारी ने अपने परिवार के साथ क्रिसमस मनाने के लिए कुछ दिनों की छुट्टी माँगी।

उसकी छुट्टी मंजूर हो गई थी, परंतु वह कभी वापस नहीं आया। वह लखनऊ में एक बस के नीचे आ गया। अब बटालियन ने 6 माह के अंतराल में 3 सेकेंड-इन-कमांड खो दिए थे।

मिलिटरी सचिव की शाखा (एम.एस. ब्रांच), जोकि अधिकारियों के भविष्य की योजनाओं के लिए जिम्मेदार है और इकाइयों तथा फॉर्मेशंस में कर्मचारी नियुक्त करती है, अब चिंतित होने लगी। हर तरफ यह बात चल रही थी कि इस इकाई में सेकेंड-इन-कमांड की नियुक्ति मनहूस है। हालाँकि, बटालियन को तत्काल रूप से एक सेकेंड-इन-कमांड की आवश्यकता थी। सीमा पर हालात एक बार फिर तनावपूर्ण हो रहे थे। ऐसी रिपोर्ट आ रही थी कि पुंछ के सीमावर्ती इलाकों में और जिस जगह बटालियन स्थित है, वहाँ घुसपैठ की कोशिश हो रही है। एम.एस. ब्रांच ने एक बार फिर अधिकारी की अपनी खोज शुरू कर दी, जोकि पहले से ही किसी भी बटालियन में, या किसी संवेदनशील पोस्ट पर सक्रिय ड्यूटी पर न हो। इस बार वे एक काफी युवा अधिकारी को तलाशने में कामयाब हो गए। अधिकारी यू.के. से

भारत वापस आ रहा था, जहाँ वह भारत की ओर से सहायक सेना सलाहकार के तौर पर तैनात था।

इस समय तक, इकाई के सूबेदार मेजर और जूनियर कमीशन अधिकारी भी इकाई के सेकेंड-इन-कमांड को लेकर संघर्ष से क्षुब्ध हो रहे थे। सूबेदार मेजर इकाई का सबसे वरिष्ठ जे.सी.ओ. होता है। यह एक उच्चतम पद होता है, जहाँ तक एक सिपाही, अधिकारी के तौर पर कमीशन प्राप्त करने के अतिरिक्त, पहुँचने की महत्त्वाकांक्षा रख सकता है। एक सूबेदार मेजर बहुत लंबी सेवावाला, बहुत सारे तजुर्बेवाला, जे.सी.ओ. होता है और वह कमांडिंग अधिकारी को सैनिकों तथा उनके परिवारवालों के मनोबल और कल्याण से संबंधित मामलों पर सलाह देता है। इसलिए वह एक जे.सी.ओ. होता है, जिसकी इज्जत की जाती है और जिसकी इस तरह के मामलों में दी गई सलाह में बहुत वजन होता है।

सूबेदार मेजर ने यह फैसला किया कि उसको बटालियन के सेकेंड-इन-कमांड के मामले के संबंध में कमांडिंग अधिकारी से बात करनी होगी। यह वास्तव में उसकी जिम्मेदारी का क्षेत्र नहीं था, क्योंकि यह ऐसा मामला था, जिसके लिए अधिकारी चिंतित थे। परंतु इस मामले के कारण इकाई के मनोबल पर असर पड़ रहा था, इसलिए उसने अपनी चिंता जताने का फैसला किया।

नए सेकेंड-इन-कमांड के यू.के. से आने के तुरंत बाद, सूबेदार मेजर ने कमांडिंग अधिकारी को रिपोर्ट किया और कहा कि बटालियन के सेकेंड-इन-कमांड की उच्च दुर्घटना दर से बटालियन परेशान होने लगी है। उसने कमांडिंग अधिकारी को सलाह दी कि जो नया अधिकारी आएगा, उसको पहले बीर बदेश्वर के पौराणिक मंदिर में भेजा जाए, जिससे कि वे वहाँ देवता की पूजा करे, जो उस मंदिर में हजारों साल पहले स्थापित किए गए थे। और पीर बाबा की दरगाह पर भी जाए, जोकि मंदिर के पास ही दफन हैं। पीर उन लोगों की मन्नत पूरी करने के लिए मशहूर हैं, जो उनकी मजार पर जाते हैं और लोग वहाँ दूर-दूर के गाँवों से उनका आशीर्वाद लेने आते हैं। बीर बदेश्वर का मंदिर और पीर की मजार बटालियन द्वारा रक्षित क्षेत्र के अंतर्गत आते थे। सी.ओ. ने नए नियुक्त सेकेंड-इन-कमांड से बात की और जो भी सूबेदार मेजर ने कहा, वह उनको बताया। नए आए सेकेंड-इन-कमांड ने सूबेदार मेजर की सलाह पर कार्य किया और सबकुछ ठीक रहा। अधिकारी न केवल जीवित रहे, बल्कि एक साल बाद उनकी तरक्की हो गई और वो रेजिमेंट की दूसरी बटालियन की कमांड सँभालने लगे।

इस अधिकारी के जाते समय एक दूसरे अधिकारी को ढूँढ़ना था और उसे बटालियन के सेकेंड-इन-कमांड के तौर पर तैनात करना था। इस बार जैसे ही वह आया, उस अधिकारी को तुरंत बीर बदेश्वर के मंदिर और पीर की मजार पर भेज दिया गया। वह भी जीवित रहा और बाद के सालों में लेफ्टिनेंट जनरल के पद तक गया। जहाँ तक इकाई के सेकेंड-इन-कमांड का सवाल था, अब सब ठीक लग रहा था। जो मनहूसियत पैदा हुई थी, वह अब खत्म हो गई थी।

कुछ समय बाद बटालियन को 1971 की तीसरी तिमाही में बीर बदेश्वर से दूर पाकिस्तान की पूर्वी सीमा की ओर जाना पड़ा। यह 1971 के युद्ध से एकदम पहले की बात है।

दिसंबर 1970 में शेख मुजीबुर्रहमान ने पूर्वी पाकिस्तान के चुबोटों में एक शानदार जीत हासिल की थी। इस चुनाव के आधार पर बंगाली मुसलिम पाकिस्तानी सरकार में बड़े-बड़े पदों पर बैठनेवाले थे। परंतु पाकिस्तान के प्रधानमंत्री जुल्फिकार अली भुट्टो और राष्ट्रपति जनरल याह्या खान इसे स्वीकारने के लिए तैयार नहीं थे। उन्होंने 'ऑपरेशन टॉर्चलाइट' चलाया, जिसके अंतर्गत 1 लाख से अधिक पूर्वी पाकिस्तानियों को खत्म कर दिया और उसके बाद पाकिस्तानी सेना में बंगाली सैनिकों का उत्पीड़न शुरू कर दिया। इस कारण से पूर्वी पाकिस्तान सरकार, जोकि निर्वासन में थी, बनाई गई और साथ ही मुक्तिवाहिनी या स्वतंत्रता सेना भी बनाई गई, जो अपने देश को पश्चिमी पाकिस्तान के शिकंजे से छुड़ाने के लिए कृतसंकल्प थे। मुक्तिवाहिनी के सैनिकों ने पाकिस्तान के विरुद्ध गुरिल्ला युद्ध शुरू किया और यह झगड़े कभी-कभी सीमा के इस पार भारतीय क्षेत्र में भी आ जाते थे।

जब इन झड़पों के कारण भारतीय सेना के जवान घायल होने लगे, पाँचवीं गोरखा रेजिमेंट की चौथी बटालियन, जोकि पूर्वी पाकिस्तान की सीमा के इस हिस्से में तैनात कर दी गई थी, भी पाकिस्तानी सेना के साथ इस टकराव में शामिल हो गई। सेकेंड-इन-कमांड, जोकि इस समय इस बटालियन का छठा सेकेंड-इन-कमांड था, ने भी इसमें भाग लिया और पाकिस्तानियों के विरुद्ध पलटवार का नेतृत्व किया, जोकि भारतीय क्षेत्र में नाजायज तरीके से घुस गए थे। हालाँकि, इस युद्ध क्षेत्र में न तो कोई मंदिर था और न ही कोई पीर की मजार, जहाँ कि सेकेंड-इन-कमांड जाकर प्रार्थना करता, जैसाकि पिछली पोस्ट पर पहले के दो सेकेंड-इन-कमांड ने किया था।

यह छठा सेकेंड-इन-कमांड एक आक्रमण का नेतृत्व करते हुए मारा गया। उसके सिर में गोली लगी थी और वह वहीं पर मर गया था। ऐसा प्रतीत हो रहा था कि एक बार फिर सेकेंड-इन-कमांड मनहूसियत बटालियन को डराने के लिए लौट आई है!

एम.एस.2, मिलिटरी सचिव शाखा का एक विभाग, जोकि पैदल सेना के अधिकारियों को देखता था, को एक बार फिर इकाई के लिए सेकेंड-इन-कमांड की खोज करनी थी। इस समय तक मनहूसियत की खबर सब तरफ फैल गई थी। 10 अगस्त 1965 और 10 दिसंबर, 1971 के बीच बटालियन को 6 सालों में 6 सेकेंड-इन-कमांड मिले थे, जिनमें से 4 भाग्य और परिस्थिति की भेंट चढ़ गए थे और केवल दो ही बचे थे, संभवतः इसलिए, क्योंकि उनको मंदिर और पीर की मजार पर प्रार्थना करने का अवसर मिला था।

मिलिटरी सचिव की शाखा, सेना मुख्यालय (ए.एम.एस. 2) में तैनात प्रभारी अधिकारी ने रेजिमेंट के अधिकारियों के पैनल को बुलवाया। उसको किसी को कहीं से निकालकर इस बटालियन का सेकेंड-इन-कमांड तैनात करना था। लेकिन रेजिमेंट की सभी बटालियनें या तो पश्चिमी सेक्टर में या पूर्वी सेक्टर में लड़ने के लिए प्रतिबद्ध थीं। जो भी अधिकारी चुना जाना था, उसके पास कमांडिंग अधिकारी के तौर पर स्थान लेने के लायक, यदि आवश्यकता हो तो, वरिष्ठता और तजुर्बा होना भी आवश्यक था। गहन खोज के बाद यह पता चला कि ऐसा एक अधिकारी उपलब्ध है। वह तमिलनाडु की नीलगिरि पहाड़ियों के वेलिंगटन में डिफेंस सेवा स्टाफ कॉलेज में स्टाफ कोर्स कर रहा था।

इसी दौरान सेना मुख्यालय से यह आदेश जारी हो गए थे, यह देखते हुए कि युद्ध की संभावना बन रही है, सभी प्रकार के कोर्स रद्द कर दिए जाएँ। अधिकारी की स्टाफ पर तैनाती पहले से ही पूर्वी सेक्टर के फॉर्मेशन में जारी की जा चुकी थी। तो भी बटालियन की जरूरत ज्यादा बड़ी थी और आवश्यकता इकाई में उसकी वापसी की माँग करती थी। यदि तैनाती हो जाती है, वह बटालियन में सातवाँ सेकेंड-इन-कमांड होगा।

लेफ्टिनेंट कर्नल मधोक, पैदल सेना के अधिकारियों के कॅरियर योजना का प्रभारी अधिकारी, खुद को आश्चर्य करने से रोक नहीं पा रहा था कि यह दुर्भाग्यपूर्ण घटनाएँ केवल एक संयोग की बात है या वास्तव में बदकिस्मती की बात थी। उन्होंने सेना ऑपरेशंस (एम.ओ. निदेशालय) से यह पता लगाने का फैसला लिया

कि आखिर वहाँ हो क्या रहा था! एम.ओ. निदेशालय वह विभाग था, जो सभी सेना ऑपरेशंस पर नजर रखता था। उनको पता था कि दोनों मोर्चों पर क्या चल रहा था। उनको बटालियन की स्थिति के बारे में भी पता होगा कि वे कहाँ हैं, क्या कर रहे हैं और उनके लिए किन-किन ऑपरेशंस की योजना बनाई गई है।

उन्होंने लेफ्टिनेंट कर्नल राय सिंह को फोन किया, जो उस अनुभाग के प्रमुख थे, जोकि उत्तर-पूर्वी और पूर्वी पाकिस्तान को सँभाल रहा था।

लेफ्टिनेंट कर्नल राय सिंह चेक करने के बाद बोले कि बटालियन बहुत अच्छा प्रदर्शन कर रही थी, लेकिन इस प्रक्रिया में उन्होंने बहुत सारी दुर्घटनाएँ सही थीं। उसके पास युद्ध शुरू होने से पहले अठारह अधिकारी थे और एक हफ्ते से कम समय में उनके तीन अधिकारी शहीद हो गए और चार अधिकारी घायल हो गए थे। जो अधिकारी मरे थे, उनमें उनका सेकेंड-इन-कमांड भी था। लेफ्टिनेंट कर्नल राय सिंह ने यह भी बताया कि वहाँ सेकेंड-इन-कमांड और कुछ और अधिकारियों को तुरंत तैनात करना बहुत ही आवश्यक था, क्योंकि कोर कमांडर ने इस बटालियन को एक और आवश्यक कार्य के लिए बोल दिया था। उन्होंने यह भी बताया है कि वे कोर मुख्यालय और पूर्वी कमांड से एम.एस. शाखा में सिग्नल अग्रेषित करेंगे और प्रार्थना करेंगे कि इस बटालियन की अधिकारी के संबंध में परिस्थिति को 'ऑप तत्काल' के आधार पर संबोधित किया जाए।

लेफ्टिनेंट कर्नल मधोक ने राय सिंह को जानकारी के लिए धन्यवाद दिया। वे अचंभित थे कि एक ऐसी इकाई, जिसने पहले ही इतने बड़े नुकसान सहे हैं, उसको और कौन सा महत्त्वपूर्ण कार्य सौंपा गया है? वे उस अधिकारी को लेकर भी अचंभित थे, जिसकी तैनाती इस इकाई में सेकेंड-इन-कमांड के तौर पर होनी थी। उसके मुकद्दर में क्या लिखा है? क्या उसका अंत भी अपने पूर्व अधिकारियों जैसा ही होगा? हालाँकि, लेफ्टिनेंट कर्नल मधोक को उप-सेना सचिव (ए) से मंजूरी चाहिए थी, जिससे कि वे पहले ही स्टाफ पर तैनाती को रद्द कर सकें और अपनी बटालियन के नए सेकेंड-इन-कमांड की तैनाती के आदेश जारी कर सकें।

ब्रिगेडियर उस समय व्यस्त थे। वे युद्ध में एक सेना में अधिकारी की स्थिति देख रहे थे। उनके पास पूर्वी और पश्चिमी मोर्चों पर अधिकारियों के बड़ी तादाद में हताहत होने के संदेश लगातार आ रहे थे और फॉर्मेशंस प्रतिस्थापन के लिए संघर्ष कर रहे थे। इस मेज पर रखे सभी फोन, तत्काल ध्यानाकर्षण की माँग करते हुए,

एक साथ बज रहे थे। भारतीय सेना के अधिकारी सामने से नेतृत्व कर रहे थे और यही कारण था कि अधिकारियों में हताहतों की तादाद ज्यादा होनी तय थी।

ब्रिगेडियर ने ऊपर देखा और कहा, "हाँ, मधोक। क्या बात है?" ब्रिगेडियर बहुत से दूसरे अधिकारियों की तरह पिछली पूरी रात ऑफिस में ही थे। वे घर केवल दाढ़ी बनाने के लिए और अपनी वरदी बदलने के लिए गए थे और अपने डेस्क पर सुबह तड़के ही आ गए थे।

लेफ्टिनेंट कर्नल मधोक ने हालात समझाए। ब्रिगेडियर ने फैसला लेने में कोई समय नहीं लिया। उन्होंने कहा, "स्टाफ कॉलेज से अधिकारी को तुरंत प्रभाव से तैनात कर दो और इस रेजिमेंट की दूसरी बटालियन के पैनल भी देखो और देखो कि इस बटालियन में और किसको तैनात किया जा सकता है, क्योंकि इस बटालियन में पहले ही बहुत से अधिकारी हताहत हो चुके हैं। मुझे कोर और कमांड से बार-बार अति आवश्यक संदेश आ रहे हैं।"

ब्रिगेडियर ने उनको जाने का संकेत किया और फोन के उस झुंड की ओर मुड़ गए, जोकि लगातार बज रहे थे।

लेफ्टिनेंट कर्नल मधोक अपने कार्यालय वापस चले गए। उनको अब इस बटालियन को दिया जरूरी काम का पता चल गया था! पूर्व में युद्ध तेजी से बढ़ रहा था—बहुत अधिक तेजी से। उन्होंने अधिकारी को इकाई में सेकेंड-इन-कमांड के तौर पर तैनाती के आदेश जारी कर दिए और साथ ही डिफेंस सर्विसेज स्टाफ कॉलेज में भी, इन निर्देशों के साथ फोन कर दिया कि यह संदेश अधिकारी को, उनके वहाँ से चलने से पहले, व्यक्तिगत रूप से दिया जाए। उन्होंने फिर एक बार आश्चर्य किया कि इस अधिकारी की तकदीर क्या होगी?

उस स्थान पर, जोकि दूर पूर्वी सेक्टर में था, गोरखा बटालियन के कमांडिंग अधिकारी हेलीबोर्न ऑपरेशन से जुड़ी परेशानियों से जूझ रहे थे, जोकि सिलहट नाम की एक जगह पर एक हवाई अड्डे, एक पुल और दो सड़कों के जंक्शन पर कब्जा होने से पैदा हुई थीं। हेली-लिफ्ट के लिए मात्र कुछ ही हेलीकॉप्टर उपलब्ध थे। यह एक बेहद कठिन काम था, जोकि उसकी बटालियन को दिया गया था। लक्ष्यों के विस्तार और उनके आकार को देखते हुए, कमांडिंग अधिकारी को अपनी फोर्स को बाँटना होगा और इसलिए सेकेंड-इन-कमांड की आवश्यकता इस समय और अधिक हो गई थी। यह ऑपरेशन जोखिम भरा था। कमांडिंग अधिकारी की बटालियन दुश्मन के रक्षा क्षेत्र में लगभग 100 किलोमीटर अंदर तक नियुक्त करनी

थी। उनको द्वितीय विश्वयुद्ध में बर्मा मोर्चे पर चिह्नित ऑपरेशन की याद आ गई, जहाँ एक डिवीजन-साइज की फोर्स ग्लाइडरों में जापानियों की लाइन के पीछे अंदर तक उड़ाकर ले जाई गई थी। उन्होंने एक बेहतरीन कार्य किया था, परंतु उनमें से बहुत कम सैनिकों की ही जान बची थी! और यह कि उस वक्त क्या होगा, अगर वे खुद हताहत हो गए? इस प्रकार के ऑपरेशन में कमांड और नियंत्रण बेहद महत्त्वपूर्ण होता है। उन्होंने सोचा कि वह सेकेंड-इन-कमांड कहाँ है, जिसका उनको वादा किया गया था? यह सेना का पहला हेलीबोर्न ऑपरेशन था और इसका सफल होना अत्यंत महत्त्वपूर्ण था।

परंतु कमांडिंग अधिकारी को यह नहीं पता था कि स्टाफ कॉलेज से अधिकारी पहले ही बटालियन में तैनाती के लिए निकल चुका था।

इस दौरान, बटालियन हेलीबोर्न आक्रमण के लिए तैयार हो रही थी। चूँकि केवल आठ एम.आई-4 हेलीकॉप्टर ही हेली-लिफ्ट के लिए उपलब्ध थे, इसलिए सीमित संख्या में ही सैनिकों को ऑपरेशन के लिए हेली-लिफ्ट किया जा सकता था। क्षेत्र में हर तरफ गतिविधियाँ दिखाई दे रही थीं। वजन करनेवाली मेज तैयार की जा रही थी, क्योंकि हथियारों का, गोल-बारूद का, राशन और उपकरणों का वजन किया जा रहा था, क्योंकि हेलीकॉप्टर केवल सीमित वजन ही ले जा सकता था और हर अतिरिक्त वजन, चाहे वह कितना भी छोटा हो, मायने रखता था। सामरिक योजना पर काम किया जा रहा था और युद्ध अभ्यास का पूर्वाभ्यास किया जा रहा था। अधिकारी और सैनिक इस बात से उत्साहित थे कि उनकी बटालियन को भारतीय सेना के पहले हेलीबोर्न ऑपरेशन के लिए चुना गया था और पलटन कमांडरों का एक विभाग अपने कमांड के अंतर्गत आनेवाले सैनिकों को उनके काम के बारे में बताने में व्यस्त था।

कमांडिंग अधिकारी अपने विचारों के साथ अकेले थे। एक बार फिर उनको इस बात का आश्चर्य हो रहा था कि क्या उनको वह सेकेंड-इन-कमांड मिलेगा, जिसके लिए उन्होंने कहा था और यह कि क्या वह ऑपरेशन के लिए समय पर आ पाएगा? चर्चा करने के लिए बहुत-कुछ था और असंख्य आकस्मिकताओं पर काम किया जाना बाकी था।

बटालियन को दुश्मन के इलाके में बहुत अंदर तक उतरना था, परंतु कोर की ओर से यह वादा था कि 48 घंटों के अंदर-अंदर उनसे संपर्क जोड़ लिया जाएगा। उस सूरत में क्या होगा, अगर वादे के अनुसार संपर्क न जुड़ पाया? अगर वे अकेले

रह गए तो क्या अधिक महत्त्वपूर्ण होगा—गोला-बारूद या खाना और पानी? हताहतों को कैसे वहाँ से निकाला जाएगा? जो मर जाएँगे, उनका क्या होगा? इसमें हताहतों की संख्या बहुत अधिक होने की संभावना थी।

यह और कई अन्य चिंताएँ उनके दिमाग में दौड़ रही थीं और वहाँ कोई भी इतना वरिष्ठ नहीं था, जिसके साथ इस सब पर चर्चा की जाए। उन्होंने अंत में यह फैसला किया कि सैनिक जितना हो सके, गोला-बारूद अपने साथ लेकर जाएँगे और खाने और कपड़े को कम प्राथमिकता दी जाएगी। आखिरकार, सैन्य प्रशिक्षण और अभ्यास यह स्वीकार करता है कि हेलीबोर्न और पैरा-ड्रॉप फोर्स के साथ 48 घंटों में संपर्क जोड़ना आवश्यक होता है। जिसके न होने की स्थिति में यह मान लिया जाता है कि वह इकाई नष्ट हो गई है। उनको यह आश्वासन दिया गया था कि बटालियन के साथ 48 घंटों के अंदर हर हालत में संपर्क जोड़ा जाएगा, इसलिए उनको यह लगा कि खाने और कपड़ों के मुकाबले गोला-बारूद अधिक महत्त्वपूर्ण हैं।

इसी दौरान, स्टाफ कॉलेज का अधिकारी जितनी जल्दी हो सके, बटालियन पहुँचने की अपनी पूरी कोशिश कर रहा था। वह कुछ राइफल कंपनियों और बटालियन मुख्यालय के लॉन्च के बाद सुबह तड़के ही कलौर, जोकि हेलीबोर्न का लॉन्च पैड था, पहुँच गया था और वह आखिर के हेलीकॉप्टर को पकड़ने में कामयाब हो गया था, जोकि सिलहट के युद्ध मैदान में जा रहा था।

हेलीकॉप्टर दुश्मन की तोपों, मोर्टार और मध्यम मशीनगन की भारी गोलाबारी के बीच उतरे। कुछ गोरखा सैनिक, जिनको हेलिपैड की सुरक्षा के लिए तैनात किया गया था, को इस बात की जानकारी थी कि मेजर उनमें से एक चॉपर पर सवार है, और वे उनको ढूँढ़ते हुए आए। इस अधिकारी ने 1965 के भारत-पाकिस्तान युद्ध में अपनी कंपनी का बहुत सारी काररवाइयों में नेतृत्व किया था और उसके सिपाही उसे वापस पाकर खुश थे। गोरखा निडर और मौज-मस्ती करनेवाले लोग होते हैं। अपने आसपास गोलियों और छर्रों के उड़ने से बेखबर, उन्होंने मेजर को अपने कंधों पर उठा लिया और उसके आने की खुशी मनाते हुए नाचने लगे।

मेजर भी अपने सैनिकों की ही तरह एक बार फिर उनके पास वापस आकर खुश थे, परंतु वे लोग युद्ध के बीच में थे और उनको एक कार्य को अंजाम देना था। उन्होंने अपने सैनिकों को उनको नीचे उतारने को कहा, जिससे कि वे जाकर कमांडिंग अधिकारी को मिल सकें। परंतु सैनिकों को थोड़ा अधिक समझाने की जरूरत पड़ी,

जिससे कि अंततः उन्होंने मेजर को नीचे उतार दिया। मेजर कमांडिंग अधिकारी को ढूँढ़ने निकल पड़े और उनको वे एक खुले स्थान पर वायरलेस सेट पर बात करते हुए और युद्ध को निर्देश देते हुए मिले। कमांडिंग अधिकारी गोर्खाली में अपनी राइफल कंपनियों से बात कर रहे थे, जिससे कि पाकिस्तानी, जोकि उनका संदेश बीच में सुनने का प्रयास कर रहे हों, वे यह न समझ पाएँ कि अधिकारी क्या कह रहे हैं।

चॉपर्स वापस उड़ गए और छोटे हथियारों से एक बार फिर उन पर गोलीबारी शुरू हो गई। खुशकिस्मती से वे वहाँ से सुरक्षित निकलने में कामयाब हो गए।

कमांडिंग अधिकारी को इस बात की खुशी थी कि आखिरकार उनका सेकेंड-इन-कमांड आ गया था और यह कि शहीद हुए और घायल सिपाही वापस लौटते चॉपर्स के माध्यम से युद्ध स्थल से निकाल लिये गए थे। जल्दी ही, क्षितिज पर तड़के के समय की चाँदी जैसी लकीर दिखाई देने लगी और पक्षियों ने चहचहाना शुरू कर दिया। कमांडिंग अधिकारी इस बात से हैरान था कि क्या पक्षियों को पता है कि युद्ध चल रहा था? क्या उनकी आवाज केवल तब सुनाई देती है, जब गोलाबारी बंद होती है और जब युद्ध शुरू हो जाता है तो वे शांत हो जाते हैं?

मेजर, जो कि बटालियन का हिस्सा था, कमांडिंग अधिकारी को पहली बार मिल रहा था, क्योंकि कमांडिंग अधिकारी इस रेजिमेंट की दूसरी बटालियन से आए थे। कमांडिंग अधिकारी ने अपने सेकेंड-इन-कमांड का स्वागत किया और उसे युद्ध की स्थिति के बारे में जानकारी देना शुरू कर दिया, जिससे कि वह 'स्थिति से अनजान न रहे।' जैसे ही उन्होंने समाप्त किया, कमांडिंग अधिकारी के धावक ने रिपोर्ट किया कि वरिष्ठ सूबेदार उनसे बात करने के लिए आए हैं।

जे.सी.ओ. आया, उसने सलाम ठोंका और गोर्खाली में बात करने लगा। उसने कहा, "हम बहुत खुश हैं, साहिब कि मेजर साहिब बटालियन में वापस लौट आए हैं। लेकिन हम यह नहीं चाहते कि उनको कुछ हो। जे.सी.ओ., जिसने बटालियन में द्वितीय विश्वयुद्ध में बर्मा में लड़ाई लड़ी थी, ने हमें उस युद्ध के दौरान बताया था कि बटालियन के दो सेकेंड-इन-कमांड एक-एक करके शहीद हो गए थे और दो दूसरे सेकेंड-इन-कमांड, जोकि युद्ध के दौरान कमांडिंग अधिकारी बन गए थे, वे भी युद्ध में शहीद हो गए। अभी हाल ही में हमने अपना छठा सेकेंड-इन-कमांड खोया है। मैं अपने जे.सी.ओ. से बात कर रहा था और हमारी यह सलाह है कि चूँकि यहाँ कोई मंदिर नहीं है, जहाँ मेजर साहब जाकर पूजा कर सकें, इसलिए हमको उन्हें 2आई.सी. या सेकेंड-इन-कमांड नहीं बुलाना चाहिए।"

कमांडिंग अधिकारी ने पूछा, "तो हमें उनको क्या कहकर बुलाना चाहिए?"

"साहिब," जे.सी.ओ. ने कहा, "हम उनको किसी भी और नाम से बुला सकते हैं। पाकिस्तानी अपने अधिकारियों को कोड नाम से बुलाते हैं, जैसे—बड़ा इमाम, छोटा इमाम, काजी और वजीर। हमें भी उनको ऐसे ही किसी नाम से बुलाना चाहिए।"

कमांडिंग अधिकारी ने कहा, "तो मुझे बताओ, तुम्हारी क्या सलाह है?"

"वजीर साहिब! यह जे.सी.ओ. की सलाह है कि हम उनको वजीर कहकर बुलाएँ, क्योंकि यह शब्द सेकेंड-इन-कमांड के सबसे करीब है।"

कमांडिंग अधिकारी ने मेजर की ओर देखा और पूछा कि "उनको वजीर बुलाए जाने से कोई एतराज तो नहीं है?"

सेकेंड-इन-कमांड ने कहा, "जी सर, मुझे कोई एतराज नहीं है। आप मुझे जो भी आपको ठीक लगे, उस नाम से बुला सकते हैं।"

तो यह बात कंपनियों में फैला दी गई कि 'सेकेंड-इन-कमांड' शब्द का प्रयोग नहीं किया जाएगा और यह कि आज के बाद सेकेंड-इन-कमांड की जगह 'वजीर' शब्द का इस्तेमाल किया जाएगा।

परंतु कमांडिंग अधिकारी अकसर 'वजीर' शब्द भूल जाते और उसकी जगह 'काजी' को बुलाते और सैनिक समझ नहीं पाते। एक ऐसे ही वाकये के दौरान, बटालियन दुश्मन के एक काफिले पर घात लगाकर हमला करने से रह गई और कमांडिंग अधिकारी ने मेजर से बात की और कहा, "लगता है कि मुझे 'वजीर' शब्द याद रखने में परेशानी हो रही है। मैं बार-बार 'वजीर' की जगह 'काजी' शब्द का इस्तेमाल करता हूँ। यह बार-बार हो रहा है। क्या यह सही होगा कि हम तुमको 'वजीर' की जगह 'काजी' कहकर बुलाएँ?"

सेकेंड-इन-कमांड ने कहा कि उनको कोई एतराज नहीं है और वे उनको अपनी पसंद के किसी भी नाम से बुला सकते हैं।

तदनुसार आदेश पारित कर दिए गए और कमांडिंग अधिकारी ने 'वजीर' की जगह 'काजी' शब्द का इस्तेमाल शुरू कर दिया। इसके कारण हालाँकि और अधिक परेशानी हो गई, क्योंकि दस्तों को पहले कहा गया था कि सेकेंड-इन-कमांड के लिए 'वजीर' शब्द का इस्तेमाल करना है। कंपनियाँ बहुत दूर-दूर थीं, और गश्ती दल, घात लगाकर हमला करनेवाले दल यहाँ-वहाँ आ-जा रहे थे, इसलिए सबको कोड नाम के बदले जाने की जानकारी देना मुश्किल हो रहा था।

हताश होकर कमांडिंग अधिकारी ने सेकेंड-इन-कमांड से बात की कि उनको कोई एतराज तो नहीं है, अगर उनको वापस आधिकारिक नाम-पद्धति सेकेंड-इन-कमांड से ही पुकारा जाए? मेजर ने कहा कि उनको कोई एतराज नहीं है और कमांडिंग अधिकारी उनको किसी भी नाम से बुला सकते हैं, जो भी उनको सही लगे।

और इसलिए बटालियन आधिकारिक नाम-पद्धति को रखते हुए, मेजर को वापस 'सेकेंड-इन-कमांड' के नाम से ही बुलाने लगी।

कुछ दिनों के बाद सातवाँ सेकेंड-इन-कमांड दुश्मन की माइनफील्ड में उड़ गया। वे खुशकिस्मत थे कि जिंदा बच गए, लेकिन बुरी तरह से घायल हो गए थे और उनकी बाईं टाँग काटनी पड़ी थी।

बटालियन बहुत परेशान थी, लेकिन वे इस बारे में कुछ नहीं कर सकते थे, सिवाय इसके कि वे उनको सेकेंड-इन-कमांड की जगह वापस 'वजीर' कहकर बुलाएँ। और इसलिए सिलहट की लड़ाई के शोरगुल और धूल-धक्कड़ के बीच यह निर्णय लिया गया कि उस दिन के बाद से 4/5 गोरखा राइफल्स का सेकेंड-इन-कमांड अब हमेशा-हमेशा के लिए 'वजीर' के ही नाम से बुलाया जाएगा।

युद्ध 16 दिसंबर, 1971 को समाप्त हुआ और यह इकाई भारतीय सेना की और दूसरी इकाइयों की तरह दूसरे स्टेशन पर चली गईं। कुछ समय के लिए सब ठीक रहा। जब तक कि उनको 'वजीर' कहकर बुलाया जाता रहा, इकाई का सेकेंड-इन-कमांड सुरक्षित बना रहा।

कुछ वर्षों बाद, लगभग 1978 में इकाई के निरीक्षण के दौरान फॉर्मेशन कमांडर, जोकि एक ब्रिगेडियर था और इस इकाई का निरीक्षण अधिकारी भी था, ने सेकेंड-इन-कमांड के कार्यालय के बाहर नामवाले बोर्ड पर 'वजीर' नाम लिखा देखा।

उस नामवाले बोर्ड की ओर इशारा करके उन्होंने पूछा, "यह क्या है?"

ब्रिगेडियर को इसकी पृष्ठभूमि की सारी जानकारी दी गई। वह इस बात से प्रसन्न नहीं थे, क्योंकि उनको 'वजीर' शब्द पसंद नहीं आया था, लेकिन उन्होंने उसको रहने दिया। अपनी परीक्षण रिपोर्ट में उन्होंने लिखा—

> बटालियन ने इस रिपोर्ट के काल के दौरान बहुत अच्छा प्रदर्शन किया है। पिछले एक साल में इस इकाई ने ब्रिगेड और डिवीजन के लगभग सारे प्रोफेशनल और खेल-कूद की सारी प्रतियोगिताएँ जीती हैं। इनका मनोबल बहुत ऊँचा है। इस इकाई की एक अजीब विरासत है, जहाँ सेकेंड-इन-कमांड को दुर्भाग्यपूर्ण

घटनाओं की एक शृंखला के कारण, जिसमें पिछले कई सेकेंड-इन-कमांड या तो शहीद हो गए या अपाहिज हो गए, 'वजीर' नाम से बुलाया जाता है। हालाँकि यह स्वीकृत परिभाषा को छोड़ने के समान है, फिर भी एक बहुत बढ़िया, अत्यधिक कुशल और प्रेरित इकाई की संवेदनशीलता का मान रखते हुए मैंने इसे रहने दिया है।

कुछ और वर्ष बीत गए। उसके बाद आनेवाले 'वजीर' भी जिंदा रहे और अपनी अगली तैनाती और पदोन्नति पर जाते रहे। लेकिन वर्ष 1985 में, इकाई के एक निरीक्षण के दौरान, उस इकाई के श्रीलंका जाने से एक माह पहले, एक फॉर्मेशन कमांडर, जो एक बार फिर ब्रिगेडियर था, ने आधिकारिक पारिभाषिक शब्द, सेकेंड-इन-कमांड के स्थान पर 'वजीर' शब्द के इस्तेमाल पर आपत्ति उठाई। उनको भी कहानी की पृष्ठभूमि से परिचित कराया गया, लेकिन उन्होंने बटालियन के दृष्टिकोण को स्वीकार करने से इनकार कर दिया। उन्होंने लिखित में इकाई को आदेश दिया कि वह अपने नाम के बोर्ड, स्टेशनरी, बिलों, रसीदों आदि से 'वजीर' शब्द के सभी नामोनिशान मिटा दे और वापस 'सेकेंड-इन-कमांड' शब्द का प्रयोग करे। इस मुद्दे पर बटालियन की संवेदना को अनदेखा कर दिया गया।

इस निरीक्षण के तुरंत बाद ही बटालियन को 'ऑपरेशन पवन' के लिए श्रीलंका भेज दिया गया और वहाँ जमीन पर उतरते ही दौड़ शुरू हो गई। वहाँ उतरने के तुरंत बाद उसको एक दूसरी इकाई को बचाने का काम सौंपा गया था, जोकि एक बहुत बड़े घातक हमले में फँसे हुए थे। तमिल टाइगर्स के साथ उनकी भयंकर लड़ाई हुई, जिसमें कंपनी कमांडर और वरिष्ठ कंपनी कमांडर दोनों ही शहीद हो गए। ये शहादतें उस दिन से एक माह से भी कम समय में हुईं, जबकि उस बटालियन को पारिभाषिक शब्द 'वजीर' से बदलकर वापस 'सेकेंड-इन-कमांड' रखने को कहा गया।

बटालियन इस बात पर बहुत गुस्सा थी, लेकिन वे कुछ नहीं कर सकते थे। भविष्य को देखते हुए उन्होंने फैसला किया कि वे यह सब चलने नहीं दे सकते। यह दूसरों के लिए कहना बहुत आसान है कि यह सब संयोग की बात है, लेकिन जहाँ तक बटालियन का सवाल था, आज्ञाकारिता की भी एक सीमा होती है और अब बहुत हो चुका था। वे एक के बाद एक पाँच सेकेंड-इन-कमांड को खो चुके थे। यह कोई मजाक की बात नहीं थी। उन्होंने फैसला किया कि वे ब्रिगेडियर को बता देंगे कि वे 'सेकेंड-इन-कमांड' के स्थान पर वापस 'वजीर' शब्द का इस्तेमाल

करेंगे और यह कि यदि किसी को इस बात पर कोई प्रश्न पूछना है तो वे सेना मुख्यालय में रेजिमेंट के कर्नल से संपर्क कर सकते हैं।

सेना मुख्यालय को अब कमांडिंग अधिकारी और सेकेंड-इन-कमांड दोनों के ही बदले नए अधिकारी ढूँढ़ने थे। बटालियन श्रीलंका में ऑपरेशनल क्षेत्र में थी और यह अत्यंत आवश्यक था कि बिना कोई और देरी किए एक कमांडिंग अधिकारी को वहाँ तैनात किया जाता। परंतु सभी उपलब्ध कर्नल, पहले से ही किसी-न-किसी इकाई की कमांड सँभाले हुए थे या फिर अपनी कमांड समाप्त कर चुके थे। अंततः सेना मुख्यालय द्वारा यह निश्चित किया गया कि एक लेफ्टिनेंट कर्नल को फिलहाल कार्यवाहक कमांडिंग अधिकारी के तौर पर इकाई के सेकेंड-इन-कमांड के तौर पर तैनात किया जाएगा, जब तक कि कहीं से किसी कर्नल को इस बटालियन को कमांड करने के लिए निकालकर नहीं लाया जाता।

बहुत गहरी ढूँढ़ के बाद, केवल एक लेफ्टिनेंट कर्नल उपलब्ध मिला, जोकि इस पद के लिए उपयुक्त था। वह सेकेंड-इन-कमांड और कार्यवाहक कमांडिंग अधिकारी के तौर पर तैनात किया जा चुका था।

एक अजीब संयोग से, सातवें सेकेंड-इन-कमांड, जोकि सिलहट में जख्मी हो गए थे और अपनी एक टाँग खो बैठे थे, उसी समय उप-मिलिटरी सचिव (ए) के तौर पर तैनात हुए थे, यानी कि सेना मुख्यालय की एम.एस. शाखा में तैनातियों के प्रभारी ब्रिगेडियर। वे बटालियन के सेकेंड-इन-कमांड की कहानी को बहुत बेहतर तरीके से जानते थे और शब्द 'सेकेंड-इन-कमांड' के इस्तेमाल के पीछे की बदशगुनी को भी अच्छी तरह जानते थे। इसलिए उन्होंने सिग्नल का प्रारूप स्वयं तैयार किया और उसको 'ऑप तत्काल' बना दिया। उन्होंने जो लिखा, वह था—

> लेफ्टिनेंट कर्नल रविंदर सिंह को 4/5 जी.आर. (एफ.एफ.) में 'वजीर' के तौर पर तैनात किया जाता है। अधिकारी को तुरंत प्रभाव से अगले आदेश तक कार्यवाहक कमांडिंग अधिकारी का प्रभार सँभालना है। अधिकारी को बिना रिलीफ के तुरंत निकलना है। पुष्टि करें। सभी प्राप्ति स्वीकार करें।

ब्रिगेडियर ने तैनाती के आदेश पर स्वयं हस्ताक्षर किए और उस विभाग को भेज दिया, जोकि पैदल सेना की तैनाती देखती है और जो दक्षिण ब्लॉक के बेसमेंट में होता है और आदेश के तत्काल रवानगी के लिए कहा गया। परंतु एम.एस.2 के प्रभारी कर्नल तुरंत बेसमेंट से दौड़ते हुए ब्रिगेडियर से मिलने के लिए आए और

कहा, "सर, यह शब्द 'वजीर' क्या है, जोकि आपने इस सिग्नल में लिखा है ? क्या यह टाइप करते हुए कोई गलती हुई है या इसका कोई अर्थ है ?"

ब्रिगेडियर और कर्नल दोनों को ही अभी एक बैठक के लिए वायु मुख्यालय के लिए निकलना था। ब्रिगेडियर ने कहा, "आप जल्दी से सिग्नल भेज दीजिए और फिर तुरंत मेरे पास वापस आइए अथवा हम बैठक के लिए लेट हो जाएँगे। मैं आपको कार में सब बता दूँगा।"

कर्नल ने सेना मुख्यालय के सिग्नल केंद्र में उस सिग्नल को सभी संबंधित लोगों को प्रेषण के लिए भेज दिया और ब्रिगेडियर के साथ वायु मुख्यालय में बैठक के लिए निकल गए। बैठक के लिए जाते हुए रास्ते में ब्रिगेडियर ने कर्नल को 4/5 जी.आर. (एफ.एफ.) के सेकेंड-इन-कमांड की कहानी के बारे में बताया और 'वजीर' शब्द के महत्त्व के बारे में भी बताया।

इसी दौरान, सेना मुख्यालय में सिग्नल केंद्र का कर्मचारी वर्ग उनको प्राप्त हुए सिग्नल में 'वजीर' शब्द को लेकर हैरान हो रहा था। उन्होंने अपने कोड नाम के शब्दों की पुस्तक से भी परामर्श किया, लेकिन 'वजीर' शब्द को कहीं नहीं ढूँढ़ पाए। फिर उन्होंने अपनी उपनामोंवाली सूची में भी देखा, लेकिन वहाँ भी वे उस शब्द को ढूँढ़ने में नाकामयाब रहे। उन्होंने अपने सिग्नल केंद्र के प्रभारी अधिकारी से परामर्श किया, जिन्होंने आगे ड्यूटी सिग्नल अधिकारी से इस बारे में परामर्श किया, जिन्होंने कहा, "इसको, जहाँ से यह आया है, वहाँ वापस भेजकर, इस पर स्पष्टीकरण के लिए कहो।" और इस प्रकार सिग्नल एम.एस. शाखा में वापस आ गया।

पैदल सेना की तैनाती को देखनेवाले ब्रिगेडियर और कर्नल के अतिरिक्त, कोई भी 'वजीर' शब्द के मतलब और उसके महत्त्व को नहीं जानता था। सिग्नल पर स्वयं ब्रिगेडियर के हस्ताक्षर थे, जोकि असामान्य बात थी और उन्होंने इसे 'ऑप तत्काल' भी मार्क किया था। इसका अर्थ था कि सिग्नल को तुरंत प्रभाव से भेजना था। वह अधिकारी, जिसको अब सिग्नल पर कार्य करना था, उसको संदेश के मजमून से इतना तो समझ आ गया था कि शायद 'वजीर' का अर्थ है—सेकेंड-इन-कमांड। लेकिन वे सिग्नल के मजमून को बदलना नहीं चाहते थे, क्योंकि ब्रिगेडियर और कर्नल दोनों ने ही सिग्नल को मंजूरी दी थी और इसलिए वे जानते थे कि वे क्या कर रहे हैं! इसलिए उसने यह निश्चित किया कि वह सिग्नल को मेजर जनरल के पास ले जाएगा, जोकि संपूर्ण तैनातियों के प्रभारी थे। मेजर जनरल ने अधिकारी से पूछा कि उनको क्या लगता है, 'वजीर' का क्या मतलब है ? उस अधिकारी ने कहा कि उसको लगता है कि इस

शब्द का अर्थ है—सेकेंड-इन-कमांड। जनरल ने 'वजीर' शब्द को काट दिया और उसके स्थान पर सेकेंड-इन-कमांड लिख दिया और अधिकारी को कहा कि वह सिग्नल को भेज दे, क्योंकि यह अति आवश्यक विषय है।

जैसाकि सेना मुख्यालय द्वारा निर्देशित किया गया था, लेफ्टिनेंट कर्नल रविंदर सिंह ने श्रीलंका में कार्यवाहक कमांडिंग अधिकारी, सेकेंड-इन-कमांड की हैसियत से बटालियन को रिपोर्ट किया। एक सप्ताह के अंदर ही वे हताहत हो गए और उनको वहाँ से निकलना पड़ा। वह केवल आपातकालीन चिकित्सकीय हस्तक्षेप ही था, जिसकी वजह से उनकी जान बच सकी।

ब्रिगेड मुख्यालय, डिवीजनल मुख्यालय, सेना मुख्यालय और वे सभी जिनको कि बटालियन को देखना था, अब इस बात को समझ पा रहे थे कि शायद उस विनती का कोई-न-कोई अर्थ और गुण था, एक आवश्यकता थी उस इकाई की, कि वे बटालियन के लिए सेकेंड-इन-कमांड के स्थान पर 'वजीर' शब्द का इस्तेमाल करना चाहते थे।

इसके उपरांत सेना मुख्यालय ने एक कर्नल को तैनात किया, जिसने पहले से ही एक दूसरी इकाई की कमांड समाप्त कर ली थी और इस बटालियन की जरूरत के समय इसकी कमांड सँभालने के लिए स्वेच्छा से सामने आए थे। नए कमांडिंग अधिकारी के नीचे बटालियन ने बहुत अच्छा प्रदर्शन किया और वरिष्ठतम कंपनी कमांडर ने 'वजीर' के तौर पर नियुक्ति का पदभार ग्रहण किया।

उस दिन के बाद से बटालियन के पास केवल 'वजीर' है, न कि सेकेंड-इन-कमांड, और बटालियन ने फिर कभी पीछे मुड़कर नहीं देखा।

यदि आप कभी भी पाँचवीं गोरखा राइफल्स (एफ.एफ.) की चौथी बटालियन से मिलने जाते हैं और यदि आप सेकेंड-इन-कमांड से मिलना चाहते हैं तो वे आपको कहीं नहीं मिलेंगे। आपको केवल 'वजीर' ही मिलेगा।

परिशिष्ट

जो भी यह कहानी पहली बार सुनते हैं, अकसर पूछते हैं, "क्या वास्तव में इस बटालियन से सेकेंड-इन-कमांड पर कोई मनहूसियत थी?" वास्तव में सच्चाई कोई नहीं जानता। लेकिन बटालियन को कोई और सुबूत नहीं चाहिए था तथा वे कोई और मौका नहीं लेना चाहते थे। उन्होंने कहा, "इसको जैसा है, वैसा ही छोड़ दो। हम बहुत सह चुके हैं!"

□

एक बुलेट नाश्ते के लिए

"अकसर साहस की परीक्षा मरना नहीं होता, पर जीना होता है।"

—काउंट विटोरियो अल्फिएरी (1749-1803)

लेफ्टिनेंट कर्नल 'बुलबुल' बरार अपनी दूरबीन से जमालपुर को देख रहे थे। वह बहुत दूर खड़ा था, क्षितिज पर चमकता हुआ, सुबह तड़के की धुंध में मानो बीच हवा में लटका हुआ हो। उसको जल्द कब्जे में करना बहुत आवश्यक था। इससे पहले कि बाहरी मदद उन तक पहुँचे, युद्ध को जल्दी खत्म करना जरूरी था और जमालपुर एक ऐसी अड़चन थी, जिसको हटाने की जरूरत थी, जिससे कि 95 भारतीय पैदल सैनिक ब्रिगेड जल्दी-जल्दी आगे बढ़ सके।

खुफिया विभाग की रिपोर्ट ने यह संकेत दिए थे कि जमालपुर 120 मिमी. की बैटरी के मोर्टार के साथ, एक छह पॉउंडर टैंकरोधक गनों और बहुत बड़ी तादाद में मध्यम मशीनगनों के साथ 31 बलूच की मजबूत पकड़ में था। उनके कमांडिंग अधिकारी, कर्नल सुल्तान अहमद ने एक नदी के उत्तरी किनारे पर एक ऐसे इलाके का निर्माण किया था, जोकि उनकी बटालियन से रक्षित इलाका था और उत्तर से किसी को भी उन तक आने से रोक सकता था। दक्षिण से आनेवाले किसी भी खतरे से निबटने के लिए रेलवे तटबंध बनाया गया था। निर्मित क्षेत्र का अधिकतम इस्तेमाल किया गया था। हथियार, पर्याप्त गोला-बारूद के साथ, जोकि कई हफ्तों तक चल सकते थे, एक मजबूत कंक्रीट के बंकर में देखे जा सकते थे। गैरिसन में एक मजबूत रक्षा क्षमता थी, जिसने उसको कब्जे में करना मुश्किल बना दिया था।

लेफ्टिनेंट कर्नल के.एस. ('बुलबुल') बरार, जोकि मराठा लाइट इन्फैंट्री की पहली बटालियन के कमांडिंग अधिकारी थे, को जमालपुर पर कब्जा करने का काम सौंपा गया था। उनकी बटालियन की युद्ध में लड़ने की क्षमता दूसरों के लिए जलन का

विषय थी। उसको 'जंगी पलटन' के नाम से जाना जाता था, जो इस बात की तरफ इशारा करती थी कि वह एक ऐसी बटालियन है, जो युद्ध में हमेशा अच्छा प्रदर्शन करती है।

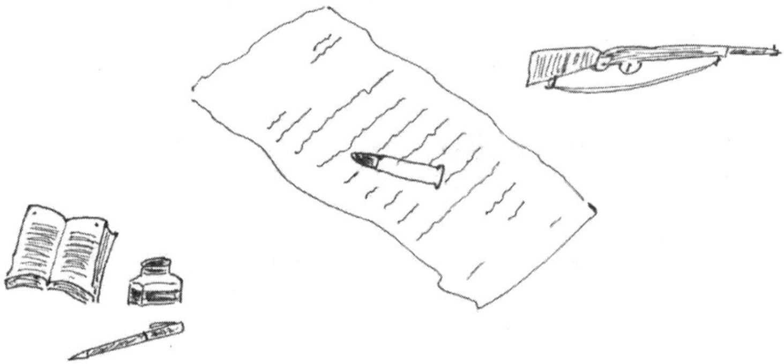

पाकिस्तानी गैरीसन कमांडर द्वारा भेजे गए पत्र और गोली का स्केच

ब्रिगेडियर एच.एस. क्लेर, 95 भारतीय पैदल सेना ब्रिगेड के कमांडर, इसके ब्रिगेड कमांडर थे। उन्होंने इस टेक्टिकल मुख्यालय को मराठा बटालियन मुख्यालय के बगल में देखा था। वे सिग्नल कोर से थे।

क्लेर जमालपुर को जल्द-से-जल्द कब्जे में करने के दबाव में थे। इस काम को अंजाम देने के लिए उनकी ब्रिगेड की बटालियन ने जमालपुर गैरिसन में घुसनेवाले और बाहर जानेवाले रास्तों में सड़क पर नाकाबंदी लगा दी थी। लेकिन ऐसा करने के बाद उनके पास उस पर हमला करने के लिए कुछ नहीं बचा था। जो एकमात्र उपाय बचा था, वह था—गैरिसन की घेराबंदी करना। लेकिन उस सबमें बहुत समय लग जाता और समय बहुत कम था। 101 संचार क्षेत्र कमांडर चाहते थे कि क्लेर जमालपुर को कब्जे में करने के काम पर लग जाएँ और फिर उन अन्य लक्ष्यों की ओर बढ़ें, जिन्होंने ढाका जाने का रास्ता अवरोधित किया हुआ था।

हमले की तैयारी में मराठाओं ने 8-9 दिसंबर को दुश्मनों की रक्षा स्थिति जानने के लिए जो गश्ती दल भेजे, वे जमालपुर गैरिसन के पाकिस्तानी सैनिकों से भिड़ गए। लेफ्टिनेंट कर्नल सुल्तान अहमद को उस समय अपने आगे और पीछे सड़क पर लगाई नाकेबंदी का पता चला, जब एक गाड़ी, जिसमें एक पैरा-कमांडो अधिकारी कप्तान जमशेर अहमद जा रहा था, मराठाओं द्वारा हमले का शिकार बनी। उस गाड़ी को कब्जे में ले लिया गया, लेकिन वह अधिकारी फरार होने में

कामयाब हो गया और उसने लेफ्टिनेंट कर्नल अहमद को बता दिया कि मराठाओं के गार्डों की बटालियन ने उसका गैरिसन घेर लिया है।

जमालपुर की रक्षा की ताकत और इस मजबूत किले जैसे ढाँचे को कब्जे में लेने के लिए कितना समय और मेहनत लगेगी, यह जानने के बाद ब्रिगेडियर क्लेर ने यह निर्णय लिया कि बेहतर होगा कि थोड़ी मनोवैज्ञानिक युद्ध तकनीक अपनाकर क्यों न जमालपुर गैरिसन के कमांडर को आत्मसमर्पण करने पर मजबूर किया जाए, बजाय इसके कि इतनी मजबूत रक्षा स्थितिवाली पोजीशन पर हमला करके इतना अधिक समय और मेहनत जाया की जाए! वे लेफ्टिनेंट कर्नल बरार के साथ बैठे और एक नोट बोलकर लिखाया, जिसको कि लेफ्टिनेंट कर्नल सुल्तान अहमद को भेजा गया, जिसमें उनको अवगत कराया गया कि उनकी बटालियन को चारों तरफ से घेर लिया गया है और उनके लिए यही बेहतर होगा कि वे आत्मसमर्पण कर दें, जिससे कि बहुत सी जानें बचाई जा सकें। उस नोट में यह लिखा था—

9 दिसंबर, 1971

सेवा में,

कमांडर

जमालपुर गैरिसन

1. मुझे यह निर्देश हुए हैं कि मैं आपको इत्तला दूँ कि आपका गैरिसन सभी तरफ से काट दिया गया है और आपके पास बच निकलने का कोई रास्ता नहीं है। एक ब्रिगेड भरपूर तोपखाने के साथ पहले ही तैयार कर ली गई है और दूसरी कल सवेरे हमला करेगी। इसके अतिरिक्त, हमारी वायुसेना के एक छोटे से तत्त्व का आप पहले ही स्वाद चख चुके हैं। जबकि अभी और बहुत आना है। जहाँ तक आपकी स्थिति का सवाल है, वह निराशाजनक है। आपके उच्च कमांडरों ने आपको पहले ही धोखा दे दिया है।

2. एक सैनिक द्वारा दूसरे सैनिक के तौर पर मैं आपको यह आश्वासन देता हूँ कि आत्मसमर्पण के बाद आप सुरक्षित रहेंगे और आपके साथ सम्मानजनक व्यवहार किया जाएगा—चूँकि आपके लिए यही एक रास्ता बचा है। मुझे यकीन है कि आप इतने मूर्ख नहीं हैं कि अपने व्यक्तिगत अहंकार के लिए अपनी कमांड के अधीन सैनिकों के जीवन को जोखिम में डालें। आपने हमारे सेना प्रमुख की अपील तो सुनी ही होगी और मैं उसे एक बार फिर दोहराता हूँ, अगर आप अपने परिवार के पास वापस जाना चाहते हैं तो आपके पास केवल यही रास्ता खुला है कि आप आत्मसमर्पण कर दें। मुझे जैसे ही आपका जवाब मिलेगा, हम औपचारिकताओं पर पहुँचेंगे। यहाँ यह इंगित करना प्रासंगिक होगा कि यदि आप मुक्ति फौज या उनके हमदर्दों के हाथ पड़ जाते हैं तो यह संभावना बहुत कम है कि वे आपकी जान बख्श दें। आपके सहकर्मी, कप्तान आशान मलिक ने समझदारी

से 4 दिसंबर को कमालपुर में आत्मसमर्पण कर दिया है। उनका और उनके सैनिकों का, जिनेवा कन्वेंशन के अनुरूप, अच्छी तरह से खयाल रखा जा रहा है। मैं आज शाम 6:30 बजे तक आपके जवाब की उम्मीद करूँगा। ऐसा न होने की सूरत में, मैं आखिरी झटका देने के लिए मजबूर हो जाऊँगा, जिसके लिए मुझे मिग विमानों की 40 उड़ानें मंजूर कर दी गई हैं। इस सुबह की काररवाई में जो हमने कैदी पकड़े हैं, उन्होंने आपकी ताकत का और तैयारी का अंदाज हमें दे दिया है और आपको निराश करने की स्थिति में हैं। उनकी अच्छे से देखभाल हो रही है। मैं यह उम्मीद करता हूँ कि इस सिविल दूत के साथ सज्जन सम्मान संहिता के अनुरूप व्यवहार किया जाएगा और उसे कोई नुकसान नहीं पहुँचाया जाएगा। एक तत्काल उत्तर अपेक्षित है।

हस्ताक्षर/ब्रिगेडियर एच.एस. क्लेर

यह नोट मुक्तिवाहिनी के वॉलंटियर को दिया गया। उसको साइकिल पर सफेद झंडे के साथ जमालपुर गैरिसन में भेजा गया। मराठाओं ने जमालपुर गैरिसन से करीब 4 किलोमीटर की दूरी पर जमालपुर-तनगैल सड़क पर पोजीशन ले रखी थी। संदेशवाहक को रोककर गैरिसन के कमांडर के पास ले जाया गया। लेफ्टिनेंट कर्नल अहमद ने नोट पढ़ा और उसका उत्तर भेजा। उन्होंने उत्तर में यह लिखा था—

जमालपुर

दिसंबर 091735

प्यारे ब्रिगेडियर

1. उम्मीद है, यह पत्र आपको ऊँचे जोश में भर पाएगा। पत्र के लिए धन्यवाद। हम यहाँ जमालपुर में युद्ध शुरू होने का इंतजार कर रहे हैं। वह अभी तक शुरू नहीं हुआ है। तो इसलिए हमें बात करके उसे शुरू नहीं करना चाहिए।

2. चालीस उड़ानें, मैं कहना चाहूँगा कि बहुत कम हैं। कृपया अपनी सरकार को और बहुत सी उड़ानों को मंजूर करने के लिए कहें।

3. आपने जो अपने दूत के साथ उचित व्यवहार करने के बारे में टिप्पणी की थी, वह अतिशयोक्तिपूर्ण थी। यह दिखाता है कि आप किस तरह पाकिस्तानी सेना के आतिथ्य को कम आँकते हैं! मुझे उम्मीद है, उसको अपनी चाय पसंद आई होगी। मुक्तियों को मेरा प्यार देना। मैं उम्मीद करता हूँ कि अगली बार मैं आपको हाथ में पेन की जगह स्टेनगन लिये पाऊँगा, जिसमें लगता है कि आपको बहुत महारत हासिल है।

आपका अत्यंत

भवदीय

लेफ्टिनेंट कर्नल सुल्तान अहमद

जमालपुर फोर्सेस

यह नोट एक गोली के गिर्द लिपटा हुआ था, संभवत: यह दरशाने के लिए कि शब्दों की लड़ाई की जगह जमीन पर लड़ाई की जरूरत है। जमालपुर गैरिसन के कमांडर के उत्साही उत्तर से मराठा, किसी भी अन्य वरदीधारी की तरह बेहद प्रभावित हुए। उन्होंने वही कहा था, जोकि कोई भी मिलिटरी कमांडर कहता।

ब्रिगेडियर क्लेर ने यह महसूस किया कि वह अपने उच्च फॉर्मेशन कमांडरों, जो यह चाहते हैं कि क्लेर जल्द-से-जल्द जमालपुर को अपने कब्जे में ले लें, और जमालपुर गैरिसन कमांडर, जो उनको हमला करने के लिए उकसा रहा है, के बीच में दबकर रह गए हैं। एक अत्यंत दिलचस्प स्थिति पैदा हो रही थी और जंगी पलटन के अधिकारी विस्मित थे कि आगे क्या होनेवाला था!

कर्नल सुल्तान अहमद ने पहले ही बख्शीगंज की लड़ाई में अपना महत्त्व दिखा दिया था। उन्होंने उस पोजीशन से, केवल बहुत विलंब पैदा करने के बाद, स्वयं को पीछे हटा लिया था। उनका लक्ष्य था कि वह जमालपुर में मुख्य रक्षात्मक लड़ाई लड़ें। हालाँकि, बख्शीगंज को 5 दिसंबर की सुबह तड़के में ही कब्जे में कर लिया गया था, क्लेर जल्द वहाँ नहीं पहुँच पाया था, जिसके कारण पाकिस्तानी रक्षकों को वहाँ से निर्बाध रूप से निकालकर अपनी मुख्य रक्षात्मक पोजीशन, जमालपुर में वापस पहुँचने में परेशानी नहीं हुई थी।

हालाँकि, जमालपुर पर हमला करने या न करने का फैसला ब्रिगेडियर क्लेर और लेफ्टिनेंट कर्नल सुल्तान अहमद के बीच इस गतिरोध के कारण मुख्य पात्रों के हाथ से ले लिया गया था। जनरल ए.ए.के. नियाजी, पूर्वी पाकिस्तान में सभी सेनाबलों के जनरल ऑफिसर कमांडिंग-इन-चीफ ने यह महसूस किया कि अमेरिका और चीन द्वारा जिस हस्तक्षेप का वादा किया गया था, वह शायद नहीं होगा और यह कि उनको ढाका के बचाव के लिए कुछ करना होगा। उन्होंने उसके बचाव के लिए कोई भी टुकड़ी निर्धारित नहीं की थी, क्योंकि उनको विश्वास था कि पाकिस्तान के मित्र राष्ट्र उनके बचाव के लिए आएँगे। लेकिन ऐसा नहीं हुआ। इसलिए उन्होंने ब्रिगेडियर कादिर, पाकिस्तान की 93 अस्थायी ब्रिगेड के कमांडर, से पूछा कि क्या वे ढाका की रक्षा के लिए कुछ टुकड़ियाँ भेज सकते हैं? ब्रिगेडियर कादिर ने इस निवेदन को लेफ्टिनेंट कर्नल अहमद को बढ़ा दिया और उनसे पूछा कि क्या वे घेराबंदी को तोड़कर ढाका पहुँच सकते हैं? लेफ्टिनेंट कर्नल अहमद ने कहा कि बेहतर यह होगा कि भारतीय सेना जमालपुर में उनकी मजबूत रक्षापंक्ति से, जोकि उन्होंने इतनी मेहनत से तैयार की है, सिर टकराकर अपना सिर तोड़ ले।

लेकिन जब उनको मैदान में पाकिस्तान के उच्च कमांडर की समस्या समझाई गई, तो लेफ्टिनेंट कर्नल अहमद ने आत्मविश्वास से कहा कि उनको भारतीयों द्वारा बनाई घेराबंदी को तोड़ने में कोई परेशानी दिखाई नहीं देती। तो भी एक गलती कर दी, जो संभावित नाकाबंदीवाली जगह थीं, उनको कमजोर करने के लिए तोप से गोलाबारी कर दी। इससे उनके इरादों का पता चल गया कि वे उस रात वहाँ से नाकाबंदी तोड़कर निकलने की फिराक में हैं। पहली मराठा और 13 गार्ड्स, ब्रिगेड की एक और बटालियन, सबने मिलकर एक योजना बनाई कि वे दुश्मन की उस सेना पर हमला करेंगे, जोकि जमालपुर छोड़कर जाने की फिराक में है।

10 दिसंबर को लगभग 23:50 बजे, तनगैल सड़क के साथ-साथ कुछ हरकत सुनाई दी, जोकि कंपनी द्वारा रक्षित इलाकों की ओर बढ़ रही थी। मराठाओं ने तब तक गोली नहीं चलाई, जब तक कि पाकिस्तानी सेना उनकी रेंज में नहीं आ गई और फिर उन्होंने गोली चलानी शुरू कर दी। उन्होंने जो भी हमले के स्थल पर दिखाई दिया, उसको धराशायी करना शुरू कर दिया। पाकिस्तानी पानी की लहरों की तरह एक के बाद एक टुकड़ी में अपने युद्धघोष 'अल्लाह-हु-अकबर', 'पाकिस्तान जिंदाबाद' बोलते हुए आ रहे थे। कमांडिंग अधिकारी और अधिकारीगण, मराठाओं के जे.सी.ओ. और एन.सी.ओ. ने फिर भी, एक उत्कृष्ट, चतुराई से बिछाए गए और बेहतरीन तरीके से निष्पादित हमले में एक उच्च कोटि के नेतृत्व कौशल का प्रदर्शन किया। वहाँ चलनेवाली लड़ाई 11 दिसंबर की सुबह को जाकर खत्म हुई। सूर्योदय के साथ हमलेवाले स्थल से धुंध छँट गई। उस स्थान पर हर तरफ जमालपुर गैरिसन के मरे हुए सैनिक ही दिखाई दे रहे थे। दुश्मन सेना के 330 सिपाही मारे गए थे, 23 घायल हुए थे और 61 पाकिस्तानी सैनिकों को बंदी बनाया गया था। इतना होने के बाद भी लेफ्टिनेंट कर्नल सुल्तान अहमद को लगता था कि जीवन आकर्षित कर गया। वे अपने 200 सैनिकों के साथ वहाँ से भागने में सफल हो गए।

उस दिन बाद में वायरलेस अवरोधन ने पाकिस्तानी अधिकारी की एक अपील पकड़ी। वह जमालपुर गैरिसन और 31 बलूच का सेकेंड-इन-कमांड था। वह आत्मसमर्पण को स्वीकार करने के लिए कह रहा था।

लेफ्टिनेंट कर्नल के.एस. बरार ने मेजर सतीश नांबियार, कंपनी कमांडर, 'वाई' कंपनी को निर्देशित किया कि वे जाकर उनका आत्मसमर्पण स्वीकार कर लें। कमांडिंग अधिकारियों का एक दल कप्तान एच.के. मल्होत्रा, जो रेजिमेंट के

चिकित्सा अधिकारी थे, के बहुत करीब उनके पीछे चल रहा था, जिन्होंने अपने और दुश्मन के सिपाहियों को प्राथमिक चिकित्सा देनी शुरू कर दी थी।

पाकिस्तानी सेना के सभी रैंक्स के छियत्तर लोगों ने आत्मसमर्पण किया था, जिनमें दो अधिकारी, नौ जे.सी.ओ., 209 अन्य रैंक्स और एक चिकित्सक शामिल था, जो 31 बलूच से संबंध रखता था, और नौ अन्य तोपखाने और अर्धसैनिक बलों से संबंध रखते थे। एक बड़ी तादाद में छोटे हथियार, तीन 120 मिमी. मोर्टार, एक 106 मिमी. और तीन 57 मिमी. रेकॉइललेस बंदूकें और इसके साथ बहुत बड़ी तादाद में गोल-बारूद और राशन भी भारतीय सेना के हाथ लगा।

बाद में बंदियों से बात करने पर खुलासा हुआ कि अहमद के ब्रिगेड कमांडर, ब्रिगेडियर कादिर ने अहमद को आदेश दिए थे कि वे 10-11 दिसंबर की रात को वहाँ से निकल आएँ। हालाँकि, अहमद अपनी अच्छे से तैयार किए रक्षा घेरे को छोड़ने में थोड़े हिचकिचा रहे थे, लेकिन फिर भी वे आदेश का पालन करने के लिए बाध्य थे। उन्होंने व्यक्तिगत रूप से उसी रात वहाँ से निकल जाने का नेतृत्व किया और अपने लगभग 200 सिपाहियों के साथ निकल जाने में कामयाब रहे। हालाँकि, पाकिस्तानी सैनिकों ने मराठाओं को भड़काने की कोशिश की थी, जिससे कि वे पहले गोलीबारी शुरू कर दें और अपनी स्थिति बता दें। मराठाओं का गोली चलाने का अनुशासन अच्छा था। उन्होंने गोली नहीं चलाई और पाकिस्तानियों ने सोचा कि मराठाओं ने अपनी पोस्ट खाली कर दी है। पाकिस्तानी सिपाहियों को, गोली चलाने का आदेश देने से पहले, पीछे हटते हुए किलिंग जोन में भीतर तक जाने की अनुमति दी गई थी।

ब्रिगेडियर कादिर का अहमद को जमालपुर रक्षा क्षेत्र से वापस बुलाने का फैसला क्लेर के लिए भाग्यशाली साबित हुआ, क्योंकि इस कारण से उनको इस बेहद मजबूत गढ़ पर हमला नहीं करना पड़ा और इसके कारण संभवतः बहुत सी जानें बच गईं। जैसाकि मराठाओं के दस जवान मारे गए और आठ घायल हुए थे। गाड्र्स ने एक जे.सी.ओ. खोया, जोकि लड़ाई के दौरान मारा गया था।

मराठा मैन-पैक आधार पर चले थे और अब उनकी जगह किसी और को लेनी थी। लेकिन जब उन्होंने 12 दिसंबर को भी आगे बढ़ना जारी रखा, तो लेफ्टिनेंट कर्नल सलमान अहमद और उसकी 31 बलूच की लगभग 2 कंपनियाँ वहाँ से गायब हो गईं और ढाका की रक्षा के लिए चली गईं।

क्लेर की 95 पैदल सेना ब्रिगेड ढाका की ओर लगातार बढ़ती रही। 15-16

दिसंबर की रात तक क्लेर की ब्रिगेड एक बहुत मजबूत दुश्मन से भिड़ी, जिसके कारण उनका आगे बढ़ना रुक गया। वह अवरोध और किसी ने नहीं, बल्कि 31 बलूच के लेफ्टिनेंट कर्नल सुल्तान अहमद ने किया था। वे अपने 400–500 सैनिकों के साथ और 3 टैंकों के साथ एक चौराहे पर भारतीय सेना को ढाका की ओर आगे बढ़ने से रोके हुए थे।

दिनांक 16 दिसंबर को दोपहर के लगभग, जब नियाजी द्वारा पूर्वी पाकिस्तान में सभी पाकिस्तानी सैनिकों के औपचारिक आत्मसमर्पण की तैयारियाँ चल रही थीं, लेफ्टिनेंट कर्नल अहमद ने भारतीय सेना के बीच से छूटकर तुनगी की रक्षा क्षेत्र में जा मिलने का प्रयास किया। उनका यह प्रयास दोनों ओर भारी हताहतों की संख्या के साथ असफल रहा। देखा जाए तो लेफ्टिनेंट कर्नल अहमद को युद्ध रोकने के लिए कहा ही नहीं गया था। लड़ाई देर दोपहर तक जारी रही, जब दूतों ने हाथ में सफेद झंडा लेकर सूचित किया कि युद्ध-विराम प्रभाव में आ गया है और यह कि युद्ध समाप्त हो गया है। यह अधिकारी, जिसने पहले जमालपुर में शोडाउन की इच्छा रखी थी, लेकिन उसको वहाँ की सुरक्षा छोड़कर ढाका की रक्षा के लिए जाने को कहा गया, अब आत्मसमर्पण करने से इनकार कर रहा था और उसने फैसला किया कि वह अपनी बटालियन के सिपाहियों तथा कुछ और लोगों के साथ रवाना हो जाएगा। इस आखिरी मुठभेड़ के साथ पूर्वी पाकिस्तान में युद्ध अपने अंजाम पर पहुँचा।

ब्रिगेडियर क्लेर, जो कि स्वयं एक पैराट्रूपर थे, ने लेफ्टिनेंट कर्नल पन्नु, 2 पैरा बटालियन के कमांडिंग अधिकारी, के साथ संपर्क साधा, जिनको कि पिछले ही दिन तनगैल में पैराड्रॉप किया गया था। ब्रिगेडियर संत सिंह, जो मुक्तिवाहिनी के साथ नेतृत्व कर रहे थे, भी उनके साथ जुड़ गए। वे तीनों मीरपुर पुल पर मिले। इस समय तक 2 कोर, 33 कोर और 4 कोर ढाका के बाहरी इलाके में पहले ही पहुँच चुकी थीं।

उन दिन बाद में क्लेर, मेजर जनरल नागरा, जी.ओ.सी., 101 संचार क्षेत्र के साथ नियाजी के मुख्यालय पहुँचे। यह देखकर कि क्लेर ने बैंगनी पग और पैरा विंग्स पहने हैं, नियाजी ने उनसे पूछा कि क्या वे पैरा ब्रिगेड को कमांड कर रहे थे, जोकि तनगैल में उतरी थी? क्लेर ने कहा कि केवल एक पैरा बटालियन ही उतरी थी, न कि पूरी ब्रिगेड। लेकिन नियाजी को इस बात पर यकीन करना मुश्किल हो रहा था। उसने फिर क्लेर से उसकी रेजिमेंट का नाम पूछा, क्लेर ने बताया कि वह

सिग्नल कोर से है। नियाजी ने कहा कि पाकिस्तानी सेना में वे सिग्नल अधिकारियों को ब्रिगेड नहीं देते। क्लेर ने जवाब दिया, "कोई हैरत की बात नहीं है कि आप लोग युद्ध हार गए।"

आत्मसमर्पण के बाद ब्रिगेडियर क्लेर लेफ्टिनेंट कर्नल सुल्तान अहमद की खोज में निकले, जोकि शुरू में जमालपुर में उनका प्रतिद्वंद्वी था और फिर बाद में ढाका के बाहरी इलाके में मिला था। वह अंततः युद्धबंदियों के लिए बनाए अस्थायी शिविर में मिले और पहली बार एक-दूसरे के आमने-सामने हुए। परदे के पीछे से युद्ध की परिस्थिति से अब वे अंततः साक्षात् एक-दूसरे को देख पा रहे थे। लेफ्टिनेंट कर्नल अहमद ने ब्रिगेडियर क्लेर को सलाम ठोंका, जिन्होंने वापस लेफ्टिनेंट कर्नल को सलाम किया और उन्होंने हाथ मिलाए। क्लेर ने अहमद को युद्ध क्षेत्र का एक योग्य विरोधी माना।

उन्होंने बैठकर जमालपुर की काररवाई पर चर्चा की। इस चर्चा के दौरान, लेफ्टिनेंट कर्नल अहमद ने कहा कि एक स्टाफ कॉलेज स्नातक होने के नाते वे यह समझ नहीं पा रहे थे कि कैसे भारतीय जमालपुर के सामने की नदी को पार कर पाए, क्योंकि वे एक कमजोर बटालियन से अधिक कुछ नहीं थे और उनके पास न तो पुल बनाने के उपकरण थे और न ही राफ्टिंग उपकरण? ब्रिगेडियर क्लेर, जोकि जवाब से साथ तैयार बैठे थे, ने मुसकान से साथ कहा, "अहमद, आपकी सोच में केवल एक ही अड़चन थी, वह थी कि आप केवल स्टाफ कॉलेज के छात्र थे, जबकि मैं वहाँ शिक्षक था! आपकी दूसरी गलती थी, उस रात तोप का इस्तेमाल करना, जिस रात आपने वहाँ से निकल जाने की कोशिश की, क्योंकि उसकी वजह से हमें आपके इरादों का पता चल गया।"

पहली मराठा ने एक बार फिर बढ़िया प्रदर्शन किया। इस युद्ध के लिए, दूसरे सम्मानों के साथ-साथ, कमांडिंग अधिकारी लेफ्टिनेंट कर्नल के.एस. बरार को, मेजर सतीश नांबियार, मेजर आर.एस.वी. दफले, हवलदार लक्ष्मण राणे और हवलदार कृष्ण गौरव को युद्ध में विशिष्ट साहस और नेतृत्व के लिए 'वीर चक्र' से सम्मानित किया गया था। ब्रिगेडियर क्लेर को 'महावीर चक्र' से सम्मानित किया गया था।

यह माना गया था कि लेफ्टिनेंट कर्नल सुल्तान अहमद एक बेहतरीन अधिकारी थे। मुश्किल केवल यह थी कि वे हारनेवाले पक्ष से थे!

इस प्रकार एक ऐसा द्वंद्व समाप्त हुआ, जोकि लिखित नोट के साथ शुरू हुआ

था। लेफ्टिनेंट कर्नल सुल्तान अहमद द्वारा लिखा नोट एक गोली के इर्द-गिर्द लिपटा हुआ था। एक बुलेट नाश्ते के लिए!

परिशिष्ट

ब्रिगेडियर क्लेर और लेफ्टिनेंट कर्नल सुल्तान अहमद के बीच नोट के आदान-प्रदान में हुए शब्दों के द्वंद्व को जमीन पर युद्ध में परिवर्तित होना ही था। लेकिन उसके उपरांत जमालपुर में, मैमनसिंघ और ढाका में, जो तीन लड़ाइयाँ होनी थीं, वे कभी नहीं हुईं। जमालपुर ने आत्मसमर्पण कर दिया, मैमनसिंघ की लड़ाई हवा में लुप्त हो गई और ढाका के लिए लड़ाई पूर्वी पाकिस्तान में सभी पाकिस्तानी सैनिकों के आत्मसमर्पण के साथ नाकामयाब हो गई। बाकी सब इतिहास है।

□

और, फिर वहाँ एक था

"भाग्य—क्या यह चुनाव का विषय है या अवसर का?"

—इयान कारडोजो

8 जनवरी, 1972

शुरुआत में हम चार थे। वास्तव में वह अंत की शुरुआत थी! लेकिन हमें इसके बारे में पता नहीं था—कम-से-कम उस वक्त तो नहीं!

हम उसी दिन कृत्रिम अंग केंद्र पहुँचे थे, 8 जनवरी, 1972 को। हमने 1971 के युद्ध में पूर्वी पाकिस्तान में, पंजाब में, राजस्थान के रेगिस्तान में तथा जम्मू और कश्मीर में, अलग-अलग युद्ध क्षेत्रों में अपने अंग खोए थे। और हम पूरे उपमहाद्वीप के विभिन्न मिलिटरी अस्पतालों से होते हुए पूना में आकर एकत्र हुए, क्योंकि यही वह जगह थी, जहाँ कृत्रिम अंग केंद्र स्थित था।

उस सुबह, हम चारों ने व्हीलचेयर पर, कमांड मिलिटरी अस्पताल, दक्षिणी कमांड, पुणे के स्वागत केंद्र पर रिपोर्ट किया। हालाँकि, कृत्रिम अंग केंद्र हमको हमारी कृत्रिम टाँगें देनेवाला था, वहाँ मरीजों के लिए बेड उपलब्ध नहीं थे, इसलिए हमको कमांड अस्पताल में भरती किया गया। यही वह जगह थी, जहाँ हम तब तक रहे, जब तक कि हम पर सुधारात्मक सर्जरी की गई, हमारे जख्म भरे, हमारी कृत्रिम टाँग का माप लिया गया और हमको हमारी लकड़ी की टाँगें दी गईं, जिससे कि हम अस्पताल से बाहर चलकर जा सकें और नए तरीके से जिंदगी का सामना कर सकें।

सन् 1971 में पूर्वी पाकिस्तान को मुक्त कराने के युद्ध को एक तात्कालिकता की भावना के साथ लड़ा गया, क्योंकि इससे पहले कि दूसरे देश पाकिस्तान की मदद करने आते, युद्ध को जल्द-से-जल्द खत्म करना जरूरी था। लेकिन हमने इसकी बहुत बड़ी कीमत चुकाई थी। भारतीय सशस्त्र बल के तीन हजार आठ सौ

तैंतालीस (3843) जवानों ने अपनी जान गँवाई थी और नौ हजार आठ सौ इक्यावन (9851) जवान घायल हुए थे। हम चारों बादवाली श्रेणी के थे।

कृत्रिम अंग केंद्र, पुणे

हम चार लोग थे—पाकिस्तानी सेना की बलूच रेजिमेंट के मेजर अबू ताहेर, और बाद में बांग्लादेश की मुक्तिवाहिनी का भाग; असम रेजिमेंट की दूसरी बटालियन के मेजर एस. किपगेन, एस.एम.; तोपखाने के मेजर जे.वी. राजू; और मैं।

वरिष्ठ मेजर होने के कारण हम चारों को अस्पताल के नए विंग में रखा गया था, जोकि 1962 के भारत-चीन युद्ध के बाद बना था। हम चारों के पास अपने लिए अपना-अपना कमरा था, हर कमरे के साथ एक बाथरूम जुड़ा हुआ था, यह एक लग्जरी थी, जो हमें किसी भी अन्य अस्पताल में, जिसमें भी हम इससे पहले गए थे, नहीं दी गई थी।

पुणे पहुँचने के बाद किपगेन, राजू, मैं और कुछ अन्य के, विभिन्न कारणों से, और भी अंग विच्छेद हो गए थे—या तो युद्ध क्षेत्र में किए गए अंग विच्छेदन में स्टंप को सही प्रकार से आकार नहीं दिया गया था, या स्टंप की लंबाई में संशोधन करने की आवश्यकता थी, या फिर, जैसे मेरे मामले में युद्ध क्षेत्र से निकालने की श्रृंखला के दौरान दवा की कमी से संक्रमण हो गया था। इसलिए हम सबने पहले कुछ माह अस्पताल में बिताए थे, जब तक कि हमारे अंग ठीक नहीं हो गए और स्टंप फिट अवस्था में नहीं आ गई, ताकि कृत्रिम अंग के लिए उसका माप लिया जा

सके। इस अवधि के दौरान, हमको अस्पताल के नियमों और दिनचर्या के मुताबिक रहना था, जोकि काफी कड़क थे। युद्ध में हताहत होनेवाले अधिकारी अधिकतर कम उम्रवाले थे और अपना अंग खो देने के बावजूद ऊर्जा से भरे हुए थे। हम अस्पताल व्यवस्था के उस सख्त अनुशासन से बाहर निकलना चाहते थे, जोकि हम पर थोपा जा रहा था। हालाँकि, अस्पताल के प्राधिकारी वर्ग ने हमारी विकट परिस्थिति को समझा और कई निर्धारित नियमों तथा प्रक्रियाओं के छोटे उल्लंघनों पर अपनी आँखें बंद कर लीं।

इसका श्रेय उनको जाता है कि इस सबके बावजूद वे लोग अनुशासन बनाए रख सके और हमको इसका श्रेय जाता है कि हमने लक्ष्मण रेखा को कभी पार नहीं किया।

पहले माह में हम अपने बिस्तर तक ही सीमित थे। समय बहुत धीमी गति से चल रहा था और स्क्रैबल खेलते हुए और पुस्तकें पढ़ते हुए समय बिताते थे; ये पुस्तकें रेड क्रॉस सिस्टर्स हमारे लिए लाती थीं या फिर एक-दूसरे से बात करते हुए समय बीतता था कि अब हमारा भविष्य हमारे लिए क्या लाएगा। हालाँकि, कुछ समय बाद हमको पूना शहर में हमारी पट्टियों, स्टंप और बैसाखियों पर देखा गया—हम पूना रेसकोर्स में थे, घोड़ों पर इस तरह सट्टा लगाते हुए, जैसेकि हमारी जिंदगी इसी पर निर्भर करती हो; हमें एशियन लॉन टेनिस देखते हुए देखा गया, जोकि उस वर्ष पूना में आयोजित हुआ था; सिनेमाघरों में देखा गया और दक्षिणी कमांड के अधिकारियों के मेस की बार में देखा गया; और मुख्य स्ट्रीट के रेस्टोरेंटों में देखा गया। हम सब जगह थे और पूना के नागरिक न केवल हमें देखने के आदी हो गए थे, बल्कि उन्होंने हमको स्वीकार भी कर लिया था। हम मुख्य स्ट्रीट के एक साहूकार से अत्यधिक ब्याज दरों पर पैसे उधार लेकर अपने साधनों से ऊपर रहते थे। पीछे देखते हैं तो हम इस तरह से शायद इसलिए रह रहे थे, क्योंकि हमें कहा गया था कि सेना शायद अब हमें नहीं रखेगी और यह एक ऐसी बात थी, जिसका सामना हम नहीं करना चाहते थे। इसलिए हम इस तरह रह रहे थे, मानो कल होगा ही नहीं, क्योंकि भविष्य में जो भी बचा था, वह बहुत बेरंग दिख रहा था।

पूरे विश्व में, शायद अस्पताल का रुटीन एक ही होता है। हमको हमारे बिस्तरों में सुस्ताने की अनुमति नहीं थी। हमें सुबह 6 बजे एक कप चाय के साथ उठा दिया जाता था। हमें सुबह 7 बजे तक नहाना-धोना पूरा करना होता था और 8 बजे तक नाश्ता कर लेना होता था और जब हमारे जख्म भर गए तो सुबह 8:30 बजे तक

ए.एल.सी. में जाने के लिए तैयार होना होता था। उसके उपरांत, हमारे माप लिये गए और हमारी स्टंप्स के सॉकेट बनाए गए। विलो लकड़ी का एक टुकड़ा सॉकेट के साथ जोड़ दिया गया और एक रबड़ का पैर उस लकड़ी के टुकड़े के साथ एक मेटल बोल्ट की मदद से जोड़ दिया गया और हमको चलना होता था। बस, चलना और चलना! इस समय हमको लिंब फिटर और तकनीशियनों द्वारा बहुत बारीकी से जाँचा जाता था, जो हमारी कृत्रिम टाँगों में तब तक सुधार करते थे, जब तक कि चाल सही नहीं हो जाती थी। एक बार यह हो गया, तो एक डुप्लिकेट अंग और बनाया गया, क्योंकि हमको एक अतिरिक्त टाँग की आवश्यकता थी, ताकि अगर पहलीवाली के साथ कुछ अनहोनी हो गई तो दूसरी को इस्तेमाल में लाया जा सके। लगभग दोपहर 12:30 बजे एक एंबुलेंस आती थी और हमको दोपहर के खाने और आराम के लिए हमारे वार्ड में ले जाती थी, फिर उसके बाद वापस ए.एल.सी. में और परीक्षणों के लिए ले आती थी, जोकि शाम 4:30 तक चलते थे। इसके बाद हम अधिकतर खाली होते थे। अस्पताल परिसर से बाहर जाने के लिए 'आउट' पास की जरूरत होती थी, लेकिन हमको रात 9 बजे तक हर हालत में वापस लौटना होता था और 10 बजे तक बिस्तर में होना जरूरी था।

अबू ताहेर अपने देश जाने की जल्दी में था। वह हमारे बीच अकेला था, जिसको संशोधनात्मक सर्जरी की आवश्यकता नहीं थी। उसने कहा कि उसके कृत्रिम अंग को प्राथमिकता के साथ बना दिया जाए। इसको मंजूरी मिल गई और वह नए अंग बनाने के कार्यक्रम में हमसे आगे निकल गया। हालाँकि, जिस वक्त हम चारों अस्पताल में दाखिल हुए थे, उस समय हम चारों ही मेजर थे। अबू ताहेर को लेफ्टिनेंट कर्नल के पद पर पदोन्नति मिल गई थी और एक बार फिर कर्नल की रैंक पर, जब हम अभी भी अपने कृत्रिम अंगों का इंतजार कर रहे थे, तो इस प्रकार वह अस्पताल के कमांडेंट और कृत्रिम अंग केंद्र के कमांडेंट की रैंक के बराबर की रैंक का वरिष्ठ अधिकारी हो गया था।

अपनी पदोन्नति के कुछ ही दिनों बाद अबू ताहेर अपने देश, बांग्लादेश के लिए चला गया। हम तीनों उसको पुणे हवाई अड्डे पर छोड़ने गए थे। जिस समय हम निकलनेवाले थे, वह पीछे मुड़ा और बोला, "तो, तुम लोग ढाका कब आ रहे हो? जो कुछ भी तुमने मेरे देश के लिए किया है, उसको सेलिब्रेट करना होगा। अपने परिवारों के साथ जरूर आना। मैं, अपने देश की ओर से तुम्हारा मेजबान बनना चाहूँगा।" हम तीनों किंकर्तव्यविमूढ़ होकर एक-दूसरे की ओर देखने लगे।

मैंने अपने लिए जवाब दिया और कहा, "हाँ अबू, मुझे आकर अच्छा लगेगा। लेकिन पहले हालात का थोड़ा शांत होना आवश्यक है। अगर मैं सेना में रहा तो यह मुश्किल होगा।" राजू ने कहा कि वह सेना छोड़ने की सोच रहा है और किव्वी स्ट्रीट पर अपनी नौकरी में सेटल होना पड़ेगा और यह कि इसमें कुछ समय लगेगा। किप्पी ने कहा कि इसके बजाय, वह चाहेगा कि हम सब मणिपुर आएँ। मैंने अपने विचार अपने तक ही रखे। युद्ध के दौरान मुझे पूर्वी पाकिस्तान जाने के लिए पासपोर्ट की आवश्यकता नहीं थी। लेकिन अब मुझे पता था कि अगर मैं अब भी सेना में हूँ तो शांति के समय के दौरान किसी भी दूसरे देश जाना बहुत झंझट का काम होगा। अंतत: हम तीनों ने यह तय किया कि हम 10 वर्षों के बाद ढाका जाएँगे और 16 दिसंबर, 1982 की तिथि तय की गई। अबू ने, किप्पी ने, राजू ने और मैंने अपने दाएँ हाथ एक-दूसरे के हाथों के ऊपर रखे और जो फैसला लिया था, उस पर मोहर लगा दी। इसके साथ ही अबू वहाँ से चला गया। उसने एक बार भी पीछे मुड़कर नहीं देखा। वह हमारी नजरों से, हमारी जिंदगी से दूर चला गया! हमको यह अहसास नहीं हुआ कि हम उसको दोबारा कभी नहीं देखेंगे। हमको उसके साहसिक कार्य के बारे में चार साल बाद पता चला, जब उसकी कहानी पूरी दुनिया भर के अखबारों में छपी।

इसी दौरान किप्पी, राजू और मैंने अपने बचे हुए दिन अस्पताल में यह सोचते हुए बिताए कि हमें अपने जीवन के साथ क्या करना चाहिए? हमारी अपाहिजता का प्रतिशत, जिसकी गणना अंतरराष्ट्रीय मानकों के अनुसार की जाती थी, बराबर था। सब स्टंप की लंबाई और उसके स्वास्थ्य पर निर्भर करता था। वह हम तीनों के लिए 60 प्रतिशत निकला।

केंद्र और राज्य की सरकारें, जो आभार मान रही थीं, ने उन बलिदानों के बदले, जोकि सशस्त्र बलों ने युद्ध में दिए थे, उदार सुविधाएँ देने की पेशकश की थी, लेकिन इन अधिकतर सुविधाओं का लाभ उठाने के लिए हमको सेना से अमान्य होना पड़ता, जिसको स्वीकारने के लिए मैं तैयार नहीं था। सेना ही वह जीवन था, जिसे मैं जानता था और मैं ऐसी जिंदगी को छोड़ने को तैयार नहीं था, जिससे कि मुझे प्यार हो गया था। मेरी बटालियन और मेरी रेजिमेंट मेरी दुनिया थे, और मैं किसी भी और तरह की जिंदगी जीने के बारे में सोच भी नहीं सकता था। किप्पी की सोच भी ऐसी ही थी, लेकिन राजू ने कहा कि उसका बस हो गया है। उसका राज्य उसको जमीन और बहुत सी दूसरी सुविधाएँ दे रहा था। राजू ने सेना में आने से पहले एक

डिग्री ली थी और पढ़ाई में तेज था। उसको भरोसा था कि वह एक सफल नागरिक जीवन जी सकेगा और उसने सेना से अमान्य होने पर सहमति दे दी थी। किप्पी और मैं राष्ट्रीय रक्षा अकादमी से निकले थे और आजकल के कैडेटों से अलग हमारे पास कोई डिग्री नहीं थी।

हमारे अस्पताल में रहने के दौरान एक रेडक्रॉस सिस्टर, जो हमें सप्ताह में एक बार मिलने आती थी, ने मुझे पढ़ने के लिए एक पुस्तक दी—'रीच फॉर द स्काइ', जोकि पॉल ब्रिकहिल की लिखी हुई थी। वह एक स्क्वाड्रन लीडर, डगलस बाडेर, डी.एफ.ओ., डी.एफ.सी., एक ब्रिटिश रॉयल एयरफोर्स के लड़ाकू पायलट के बारे में प्रेरक कहानी थी, जिसने एक दुर्घटना में अपनी दोनों टाँगें खो दी थीं, लेकिन द्वितीय विश्वयुद्ध के दौरान उड़ते हुए स्पिटफायर जारी रखा और 21 जर्मन जहाजों को गिराकर एक 'एयर ऐस' बन गया। मैंने अपने आप से कहा कि अगर वह अपनी दोनों टाँगें खोकर यह कर सकता था तो मुझे क्या कोई रोक सकता है एक इन्फैंट्री अधिकारी की अपनी भूमिका निभाने से? लेकिन मैं उस वक्त यह नहीं जानता था कि ऐसा कैसे संभव हो पाएगा।

हम चारों ने पहले यह स्वीकृति दी थी कि हममें से कोई भी वरदी में 'बाबू' बनकर अपनी बाकी की जिंदगी नहीं बिताएगा, लेकिन हममें से प्रत्येक को इस मुद्दे के अलग-अलग समाधान खोजने के लिए नियुक्त किया गया था। अबू ताहेर को न केवल उसकी सेना के लिए एक अत्यंत महत्त्वपूर्ण पूँजी के तौर पर स्वीकार किया गया था, बल्कि उसको अस्पताल में रहने के दौरान ही दो बार पदोन्नति भी दी गई थी! जैसे ही उसने ढाका में अपनी सेना मुख्यालय में रिपोर्ट किया, उसको बांग्लादेश में एडजुटेंट जनरल के तौर पर नियुक्त कर दिया गया। राजू को लगा कि वैसे तो भारतीय सेना ने पहले और दूसरे विश्वयुद्ध, 1947-48, 1962 और 1965 के युद्ध लड़े हैं, लेकिन उसने किसी एक भी ऐसे व्यक्ति को कमांड सेना में वापसी की इजाजत नहीं दी, जिसने युद्ध में हताहत होकर कोई भी अंग खोया हो। इसलिए अब यह प्रणाली कैसे और क्यों बदलेगी?

सितंबर के पहले सप्ताह तक, हम तीनों को अंग केंद्र से छुट्टी मिल गई। राजू को सेना से अमान्य कर दिया गया और उसको हैदराबाद में एक कॉरपोरेट हाउस में एक जॉब की पेशकश भी हो गई। वह अस्पताल से निकलकर खुश था। किप्पी को शिलांग के उसके रेजिमेंटल केंद्र में तैनात कर दिया गया था और मुझे दिल्ली में सेना मुख्यालय में तैनात किया गया।

जिस समय तक हम अपनी नई पोस्टिंग में गए, अबू ताहेर अपनी सेना को पुनर्गठित करने और अपने देश के भविष्य को आकार देने के अपने प्रयास में बहुत आगे निकल चुका था।

जब हम सब एक साथ अस्पताल में थे, अबू ने एक बार भी हमको अपने विचारों और फिलॉसफी की भनक भी नहीं लगने दी थी; हमको बाद में पता चला कि वे वास्तव में बहुत कट्टरपंथी और क्रांतिकारी थे। कमाल की बात तो यह है कि जब हम अस्पताल में थे, हममें से किसी ने भी कभी युद्ध के अपने लड़ाई के अनुभवों के बारे में एक-दूसरे से चर्चा नहीं की थी। संभवत: हम युद्ध के अपने हिस्से का बहुतायत पा चुके थे और इस बात को फिर से शुरू नहीं करना चाहते थे कि उन 13 प्राण हरनेवाले दिनों में क्या हुआ था। मैंने अबू ताहेर, किप्पी और राजू की कहानियों के बारे में दूसरे माध्यमों से सुना। ये हैं हमारी कहानियाँ!

हमारे मिलने से पहले की हमारी कहानियाँ

अबू ताहेर

अबू ताहेर पाकिस्तानी सेना की बलूच रेजिमेंट में नियुक्त हुआ था। आमतौर पर पूर्वी पाकिस्तान से बंगाली अधिकारी पूर्वी पाकिस्तान रेजिमेंट और पूर्वी बंगाल राइफल्स में ही भरती किए जाते थे। लेकिन अबू ताहेर को पाकिस्तानी सेना की इस उत्कृष्ट रेजिमेंट के लिए खासतौर पर चुना गया था। जिसका अर्थ था कि वह शुरुआत से ही एक ऐसा व्यक्ति था, जोकि खास माना जाता था। जब वह बलूच रेजिमेंट का भाग था, उसने एक बार फिर विशेष सेवा समूह के लिए चुने जाने पर अपनी काबिलियत साबित की और उस समय का एक इकलौता बंगाली अधिकारी बना, जिसको कि दो कोर्स करने के लिए फोर्ट बेंनिंग जॉर्जिया में रेंजर ट्रेनिंग कमांड और नॉर्थ कैरोलिना के फोर्ट ब्रैग के स्पेशल फोर्सेस ट्रेनिंग इंस्टीट्यूट में अमेरिका भेजा गया। जब वह अभी विशेष सेवा समूह के साथ ही था, उसने 135 स्टैटिक लाइन जंप्स कर लिये थे और उसको पर्पल पैरा बैज से सम्मानित किया गया था, उसकी इतनी सारी जंप्स को मान्यता देने के लिए।

इन कोर्सेस के समाप्त होने पर अबू दिसंबर 1970 में अमेरिका से पाकिस्तान वापस आ गया। वापस आकर उसने सुना कि पूर्वी पाकिस्तान में आवामी लीग ने एक बहुत भारी बहुमत के साथ आम चुनाव जीत लिया है। चुबोटों के नतीजों के दो माह के बाद उसने महसूस किया कि कुछ गड़बड़ होनेवाली है। इसलिए उसने

फरवरी 1971 की शुरुआत में अपनी पत्नी को अपने पुश्तैनी घर मैमनसिंघ में भेज दिया।

25 मार्च, 1971 को वे क्वेटा में स्कूल ऑफ इन्फैंट्री एंड टैक्टिक्स के एक कोर्स में भाग ले रहे थे, जब उसने सुना कि पाकिस्तानी सेना ने पूर्वी पाकिस्तान के नागरिकों के विरुद्ध काररवाई शुरू कर दी है। वह बहुत परेशान हो गया और उसने पूरी रात सो न सकने के कारण क्वेटा की खाली सड़कों पर पैदल घूमकर निकाल दी।

दिनांक 28 मार्च को कोर्स रद्द कर दिया गया और अधिकारियों को अपनी-अपनी इकाई में वापस जाने को कहा गया। वह जैसे ही जाने की तैयारी कर रहा था, अबू को हिरासत में ले लिया गया और उसके विरुद्ध आरोप लगाए गए, क्योंकि उसने पूर्वी पाकिस्तानी लोगों के खिलाफ हो रहे अत्याचारों पर अपनी नाराजगी जताई थी।

उस समय पश्चिम पाकिस्तानी सेना में एक हजार से ज्यादा बंगाली सैन्य अधिकारी थे। बहुत से जूनियर अधिकारी उसके पास सलाह के लिए आए कि उनको क्या करना चाहिए। उसने उनको बहुत स्पष्ट रूप से कहा कि उन्हें पश्चिम पाकिस्तान से भाग जाना चाहिए और आजादी की लड़ाई में शामिल हो जाना चाहिए। उन्होंने एवं कुछ और लोगों ने यह निश्चय लिया कि वे ऐसा ही करेंगे। दो असफल कोशिशों के बाद अबू ताहेर ने एक पुरानी गाड़ी खरीदी और दो अन्य लोगों के साथ सियालकोट छावनी तक गए, वहाँ से पैदल सीमा पार करके भारत आए और फिर पूर्वी पाकिस्तान चले गए। पूर्वी पाकिस्तान पहुँचकर उनको 11 सेक्टर का प्रभारी बना दिया गया, जिसमें तनगैल और मैमनसिंघ के जिले आते थे।

जब हम पूना के अस्पताल में एक साथ थे, हमें नहीं पता था कि अबू ताहेर गुरिल्ला युद्ध कला में माहिर है और मार्क्सवादी सिद्धांतों का कट्टरपंथी है। उसने निष्कर्ष निकाला कि जहाँ तक मुक्तिवाहिनी का संबंध है, जो एकमात्र रास्ता है, जिससे कि वे इतनी बड़ी पाकिस्तानी सेना से मुकाबला कर सकते हैं, वह है गुरिल्ला युद्ध! उसके विचार मिलिटरी हैरारकी की सोच के विरुद्ध जा रहे थे और बांग्लादेशी सरकार को निर्वासन की ओर भेज रहे थे। उसने अपने वरिष्ठ अधिकारियों को मुक्तिवाहिनी द्वारा संचालित ऑपरेशन में मिलिटरी हैरारकी की प्रचलित अवधारणाओं की कमियों की ओर इंगित किया। पहले उसने कहा कि गुरिल्ला युद्ध कला में राजनीतिक नेतृत्व बहुत महत्त्वपूर्ण है और यह कि अवामी

लीग वह नेतृत्व प्रदान करने में नाकामयाब रही है। दूसरे, कि मुक्तिवाहिनी के वर्तमान नेतृत्व को गुरिल्ला युद्ध के बारे में कुछ नहीं पता। तीसरे, कि आजादी की जंग में गुरिल्ला युद्ध पर फोकस करने की बात है और कहा कि पारंपरिक युद्ध की ओर तब मुड़ सकते हैं, जबकि युद्ध में पर्याप्त सफलता प्राप्त कर ली गई हो। चौथा, यह कि बांग्लादेश की अनंतिम सरकार और सेक्टर मुख्यालय को भारतीय मिट्टी से हटाकर पूर्वी पाकिस्तान में स्थानांतरित करने की आवश्यकता थी। जाहिर है कि उसके विचारों ने मुक्तिवाहिनी की हैरारकी में बहुत अधिक मन-मुटाव को बढ़ावा दिया और उसको उनका प्रेमपात्र नहीं बनने दिया।

अबू ताहेर ऐसे किसी भी व्यक्ति के साथ समर्थन करने के लिए तैयार थे, जोकि गुरिल्ला युद्ध के लाभों को समझता हो। उनमें से एक था सूबेदार आफताब, जोकि ताहेर के अंतर्गत एक सब-सेक्टर देख रहा था। दोनों ने मिलकर यह योजना बनाई कि वे उस पाकिस्तानी इकाई पर धावा बोलेंगे, जोकि नदी में द्वीप पर ठहरी हुई थी। वे उस बल को फुसलाकर किलिंग ग्राउंड पर ले गए और जब वे उनके बिछाए जाल में फँस गए तो उन्होंने उस बल को खत्म कर दिया। बाकी बचे हुए वहाँ से भाग गए। इस गुरिल्ला हमले की सफलता से उत्साहित अबू ने सितंबर के मध्य में एक और धावे की योजना बनाई, जोकि चिलमरी में एक मजबूत रक्षक पाकिस्तानी इकाई पर होना था, जोकि दो पाकिस्तानी इन्फैंट्री कंपनियों के पास था। अबू ताहेर के नेतृत्व में एक बल ने चिलमरी पोजीशन पर धावा बोला और एक सफल ऑपरेशन के बाद हथियारों, गोला-बारूद और बंदियों के एक बहुत बड़े जखीरे के साथ वापस आए। 13 नवंबर को अबू ताहेर ने कमालपुर पर एक बड़े पैमाने पर हमले का आदेश दिया और खुद ही इस हमले का नेतृत्व किया। कमालपुर पर कब्जा कर लिया गया, लेकिन इस प्रक्रिया में वह बुरी तरह से घायल हो गया और अपनी एक टाँग खो बैठा।

अबू ताहेर, मुख्यत: घायल होने की वजह से बहुत निराश हो गया था, क्योंकि उसको लगा कि अब वह अपने प्यारे देश को आजाद कराने के अपने सपने कभी पूरे नहीं कर पाएगा।

उसको चिकित्सकीय इकाइयों की एक श्रृंखला द्वारा वहाँ से निकाला गया और उसका मुख्य अंग-भंग गुवाहाटी मिलिटरी अस्पताल में किया गया। अंतत: वह उसी समय पूना में कृत्रिम अंग केंद्र और कमांड मिलिटरी अस्पताल पहुँचा, जब हम तीनों वहाँ पहुँचे थे।

अबू ताहेर के छह-के-छह भाई और दोनों बहनें आजादी के युद्ध में लड़े थे। उसके परिवार के स्वतंत्रता के संघर्ष में शामिल होने के कारण उनके गाँव को तोड़-फोड़ दिया गया और उसके माता-पिता को जेल में डाल दिया गया।

किपगेन

जब हम चारों पहली बार कमांड मिलिटरी अस्पताल के स्वागत केंद्र पर मिले, उसके एक घंटे बाद हम नए विंग के उच्च अधिकारियों के वार्ड में फिर मिले। हम अपने-अपने कमरों के तैयार होने का इंतजार कर रहे थे। हमने अपनी-अपनी व्हीलचेयर्स को एक-दूसरे की ओर घुमाया और बात करना शुरू कर दिया। किपगेन से बात करके पता चला कि वह बहुत खुला हुआ और मैत्रीपूर्ण व्यक्ति है। उसका चेहरा गोल था, उसकी आँखों में एक चमक थी और उसकी मुसकराहट किसी को भी मुसकराने पर मजबूर कर देती थी। वह गंजा था, लेकिन बालों की कमी उसकी करुण मुखाकृति को और उसके मैत्रीपूर्ण स्वभाव को और बल दे रही थी। किपगेन उसका सरनेम था। उसका मुख्य नाम था शहकोगीन और उसका उपनाम, जोकि उसके गाँव का था, वह था पगिन। लेकिन हमको उसको 'किप्पी' बुलाना अधिक सुविधाजनक लगा। वह जून 1942 में मणिपुर में उस समय पैदा हुआ था, जब द्वितीय विश्वयुद्ध अपने पूरे जोर पर था, जब जापानियों ने बर्मा पर कब्जा कर लिया था और मणिपुर की राजधानी इंफाल पर जबरदस्ती कब्जा करनेवाले थे। किप्पी के परिवार ने युद्ध के लिए खुद को तैयार कर लिया था, लेकिन इंफाल में जहाँ जंगें लड़ी गईं, वह खुशकिस्मती से उसके गाँव से बहुत दूर था।

किप्पी जनवरी 1960 में एन.डी.ए. में शामिल हुआ और एक उत्कृष्ट खिलाड़ी साबित हुआ। उसको एन.डी.ए. में फुटबॉल 'ब्लू' से सम्मानित किया गया और उसने एन.डी.ए. में फुटबॉल टीम की कप्तानी की।

उसको राष्ट्रीय मिलिटरी अकादमी में से जून 1963 में असम रेजिमेंट की दूसरी बटालियन में कमीशन किया गया। जनवरी 1967 में उसने सेना के भगोड़ों के एक समूह को सफलतापूर्वक पकड़ा, जिसके लिए उसको वीरता के लिए सेना मेडल से सम्मानित किया गया। उसकी बटालियन के बाहर उसकी पहली तैनाती राष्ट्रीय मिलिटरी अकादमी, खड़गवासला में संभागीय अधिकारी के रूप में हुई—जोकि एक युवा अधिकारी के लिए एक उत्कृष्ट तैनाती थी। किप्पी को अपने प्रभार के तहत कैडेटों के चरित्र और उनके अभिविन्यास को आकार देने में बहुत मजा

आया। अपने कार्यकाल के अंत होने तक ऐसे लक्षण दिख रहे थे कि एक युद्ध शुरू होनेवाला है और वह अपनी बटालियन में वापस आ गया।

अपनी बटालियन में पहुँचने के बाद उसको मेजर बना दिया गया और राइफल कंपनी की कमांड दे दी गई। वह बटालियन जम्मू और कश्मीर में बारामूला के पास नियंत्रण रेखा पर पिकेट्स सँभाले हुए थी। सन् 1971 का युद्ध शुरू होने के कुछ समय बाद किप्पी को एक शक्तिशाली गश्ती दल लेकर एक खाली पोस्ट पर धावा बोलने का काम दिया गया और कहा गया कि वह वहाँ से जानकारी लेकर आए कि दुश्मन की ताकत तथा उनकी गोलाबारी की ताकत कितनी थी। लेकिन दुश्मन को उनकी उपस्थिति की जानकारी लग गई और उन्होंने गश्ती दल पर भारी गोलाबारी शुरू कर दी। उसका एक सिपाही माइन से उड़ गया। किप्पी उसको बचाने गया और खुद भी एक माइन से उड़ गया। वह सुरक्षित स्थान पर रेंगकर जाने में कामयाब हो गया, लेकिन उसकी टाँग बहुत बुरी दशा में थी। इस समय तक, दुश्मन की पिकेट ने गश्ती दल पर भारी गोलाबारी कर दी थी। ऐसा लग रहा था कि गश्ती दल दुश्मन के किलिंग जोन में फँस गया है। किप्पी ने यह महसूस किया कि गश्ती दल को उस इलाके से जितनी जल्दी हो सके, निकालने की जरूरत है और उसने गश्ती दल को आदेश दिया कि वे उसको छोड़कर किसी सुरक्षित स्थान पर चले जाएँ। लेकिन उसके सिपाहियों ने उसको छोड़कर जाने से मना कर दिया और उसको तथा दूसरे घायल सिपाही को उठाकर सुरक्षित स्थान पर ले गए। बटालियन के स्ट्रेचर उठानेवाले लोग आए और उसको रेजिमेंट की प्राथमिक चिकित्सा पोस्ट पर ले गए। वहाँ से उसको निकालकर श्रीनगर के सेना अस्पताल में ले जाया गया, जहाँ उसकी टाँग काटी गई और वहाँ से उसे दिल्ली लाया गया। दिल्ली से उसे एक बार फिर पूना में भेजा गया। उसकी संशोधनात्मक सर्जरी की गई—कमांड अस्पताल, पूना में एक और अंग-भंग किया गया, जहाँ हम सब मिले।

राजू

मेजर जे.वी. राजू को 1962 के भारत-चीन युद्ध के कुछ ही समय बाद कमीशन किया गया। उसके पास कमीशन होने से पहले से ही कॉमर्स में स्नातक की डिग्री थी। 1971 के युद्ध के दौरान, वह एफ.ओ.ओ. (फॉरवर्ड ऑब्जर्वेशन ऑफिसर) था, जोकि पश्चिमी सेक्टर में कहीं दुश्मन के उद्देश्य पर हमला करनेवाली इन्फैंट्री बटालियन के साथ था। उसका काम था—तोपखाने की गोलाबारी को दुश्मन की पोजीशन पर लाना। दुश्मन की पोजीशन पर हमला करते समय उसका पैर एंटी-

पर्सनल माइन पर पड़ गया और उसकी टाँग उड़ गई। हमला रात में हुआ था और टारगेट स्थल पर लड़ाई सुबह तक चली, जब दुश्मन की पोजीशन को अंततः कब्जे में ले लिया गया। उस पूरे समय वह वहीं था, जहाँ वह गिरा था और केवल सुबह को ही एक माइन क्लीयरिंग दल आया और उसके पीछे-पीछे इकाई का स्ट्रेचर उठानेवाला दल आया, जिन्होंने उसको तथा कुछ और घायलों को दुश्मन के माइन क्षेत्र से निकाला। इस समय तक उसका बहुत सारा खून बह चुका था। उसने उन क्षणों को, जब वह मदद का इंतजार कर था, अपने जीवन के सबसे खराब क्षण बताया। उसको लगा कि वह बच नहीं पाएगा।

इयान कारडोजो

इस पुस्तक में पहले की दो कहानियों में मेरी कहानी लिखी जा चुकी है—'बी.बी.सी. का सर्वश्रेष्ठ प्रसारण' और 'वजीर'। लेकिन इस कहानी में एक प्रकार की पूर्णता लाने के लिए मैं बिल्कुल संक्षेप में इसको दोहराऊँगा।

मैं 7-8 दिसंबर की रात को बटालियन में बस, आखिरी हेलीकॉप्टर को पकड़ सकूँ, उस समय पहुँचा था, जोकि बटालियन को सिलहट में प्रतिष्ठापित करनेवाले थे। यह भारतीय सेना का पहला हेलीबोर्न ऑपरेशन था।

बटालियन को गलत जानकारी दी गई थी कि जो पाकिस्तानी ब्रिगेड सिलहट में है, वह ढाका को सुरक्षा देने के लिए वहाँ से हटा दी गई है और यह कि केवल कुछ रजाकर ही सिलहट में मौजूद हैं। न केवल 202 पाकिस्तानी इन्फैंट्री ब्रिगेड के सिपाही अभी भी सिलहट को सँभाले हुए थे, बल्कि 313 और पाकिस्तानी इन्फैंट्री ब्रिगेड के सिपाही उनको प्रबलित करने के लिए सिलहट में उतारे गए थे। और, वहाँ सिलहट गैरिसन भी मौजूद था। तो जब हम वहाँ उतरे, हम दुश्मन की तीन ब्रिगेड जितनी बड़ी सेना के मुखातिब थे। किस्मत से हमें यह नहीं पता था। जो हमें पता था, वह यह था कि हम एक मजबूत दुश्मन सेना का सामना करनेवाले हैं। जब हम वहाँ उतरे, हमारी बटालियन की संख्या, सभी रैंकों को मिलाकर केवल 384 थी। यह इसलिए था, क्योंकि पिछली दो लड़ाइयों में हमने भारी जानी नुकसान उठाया था और क्योंकि हमारे छुट्टी दल को हम अभी तक नेपाल से नहीं ला पाए थे।

हालाँकि, हमें आश्वासन दिया गया था कि हमसे 48 घंटों के अंदर संपर्क स्थापित कर लिया जाएगा। सभी सम्मिलित लोगों के श्रेष्ठ इरादों के बावजूद संपर्क, आत्मसमर्पण के बाद तक नहीं बन पाया था। हम उस दुश्मन से नौ दिनों और रातों

तक लड़े, जोकि हमसे अत्यधिक रूप से बेहतर था। उस समय के दौरान एक बी.बी.सी. के युद्ध संवाददाता ने गलती से यह प्रसारण कर दिया था कि गोरखाओं की एक ब्रिगेड सिलहट में उतरी है। इस गलत खबर को अपने फायदे में लेते हुए, हमने अपने सीमित बल को इस प्रकार तैनात किया कि ऐसा दिखे कि हम एक ब्रिगेड हैं।

नौ दिनों तक चली इस भयंकर लड़ाई के बाद, 15 दिसंबर को पाकिस्तानी सेना ने आत्मसमर्पण करने का फैसला किया। वे यह जानकर बहुत आश्चर्यचकित हुए कि हम एक कमजोर बटालियन थे, न कि ब्रिगेड और हम उतने ही आश्चर्यचकित हुए थे, जब तीन बटालियनों ने, दो कर्नलों ने, 173 अधिकारियों ने, 290 जे.सी.ओ. ने और लगभग 8,000 सैनिकों ने आत्मसमर्पण किया था। इस समय तक हमारी संख्या, सभी रैंकों को मिलाकर घटकर 352 रह गई थी। हम गंभीर रूप से हताहत हुए थे। युद्ध के अंत तक हमने 30 शहादतें दी थीं (जिसमें 4 अधिकारी और 3 जे.सी.ओ. शामिल थे) और 123 घायल हुए थे (जिसमें 7 अधिकारी और 3 जे.सी.ओ. शामिल थे)। मैं घायलों में था। मैंने पाकिस्तानी माइन क्षेत्र में अपनी टाँग खोई थी।

लड़ाई के दौरान हमारी रेजिमेंट की प्राथमिक चिकित्सा पोस्ट (बटालियन स्तर की चिकित्सा सुविधा) पाकिस्तानी तोपों द्वारा बरबाद कर दी गई थी और जब मैं घायल हुआ तो मेरी टाँग काटने के लिए कोई चिकित्सकीय उपकरण नहीं थे। इसलिए मैंने उसे अपनी खुकरी से काटा। बाद में दिन में एक पाकिस्तानी चिकित्सक द्वारा ठीक तरह से अंग-भंग किया गया था, क्योंकि उस समय तक सिलहट में पाकिस्तानी सेना ने मेरी बटालियन के आगे आत्मसमर्पण कर दिया था। अचानक मुझे कलाशहर, धर्मानगर, सिलचर, गुवाहाटी और फिर अंत में पूना में चिकित्सकीय सुविधाओं की एक श्रृंखला से गुजारा गया। पूना में मैं अबू ताहेर, किप्पी और राजू से मिला।

वे चुनौतियाँ, जिनसे हमारा अस्पताल में भरती होने के बाद सामना हुआ

अबू ताहेर

कर्नल अबू ताहेर घायल होने के पाँच महीने बाद अपने देश वापस गए। उस समय के दौरान बांग्लादेश में हालात एक प्रचंड और नाटकीय परिवर्तन से गुजरे।

ऐसा लगता था कि मुक्तिवाहिनी के अधिकारी, जो पूर्वी पाकिस्तान के किसी दूसरे सेक्टर की ओर जा रहे थे, ने महसूस किया कि जिन लोगों ने युद्ध नहीं लड़ा है, वे देश में किसी भी महत्त्वपूर्ण पद पाने के अधिकारी नहीं हैं। उनका उन वरिष्ठ अधिकारियों की तरफ भी ऐसा ही मत था, जिन्होंने बांग्लादेश सरकार को निर्वासन की ओर अग्रसर किया था। यह एक अस्वस्थ और खतरनाक प्रवृत्ति थी, क्योंकि इसका अर्थ न केवल यह था कि वह उन लोगों द्वारा स्वतंत्रता की लड़ाई में निभाई उनकी भूमिका को नजरअंदाज कर रहे थे, बल्कि मिलिटरी के कुछ अधिकारी राजनीतिक ताकत भी हासिल करने का सपना देख रहे थे।

अप्रैल 1972 में कृत्रिम अंग केंद्र से पूर्वी पाकिस्तान में वापस जाने के बाद अबू ताहेर को बांग्लादेश सेना के एडजुटेंट जनरल के तौर पर तैनात किया गया था। उसके कर्तव्यों के चार्टर का एक हिस्सा था सेना का मनोबल और अनुशासन। अबू अपने मूल्यों और सोच को अमल में लाया। इसमें उसने न केवल मुक्तिवाहिनी की उच्चतम हैरारकी को नाराज किया, बल्कि बहुत से अन्य लोगों को भी, जिन्होंने अपने अधिकार का गैर-कानूनी ढंग से इस्तेमाल करके उन पाकिस्तानियों की संपत्ति हथियाई, जोकि पश्चिमी पाकिस्तान लौट गए थे। उसने न केवल वरिष्ठ हैरारकी के विरुद्ध मामले उठाए, बल्कि उन सभी के विरुद्ध उठाए, जिन्होंने वे उपकरण लिये, जो उनके नहीं थे। जो कुछ भी गैर-कानूनी ढंग से कब्जे में लिया गया था, उसे वापस लौटाना था।

कुछ समय बाद, अबू ताहेर ने 44 बटालियन की कमान सँभाली और उसके दोस्त जियाउद्दीन, जिसके साथ उसने पाकिस्तान से भारत में सीमा पार की थी, ने ढाका ब्रिगेड की कमान सँभाल ली। अपने कर्तव्यों को निभाने में ताहेर और जियाउद्दीन दोनों ने अपने-अपने विश्वासों को स्थापित किया कि बांग्लादेश को आत्मनिर्भर बनने की आवश्यकता है और वे अपनी ब्रिगेड के अंदर इस लक्ष्य को साधने लगे।

इस समय तक बांग्लादेश के राजनीतिक अखाड़े में विदेशी ताकतें घुसकर नियंत्रित करने का प्रयास कर रही थीं। स्वतंत्रता-प्राप्ति के 2.5 वर्षों के अंदर बांग्लादेश को इतनी वित्तीय सहायता मिली, जितनी कि उनको पिछले 23 वर्षों में नहीं मिली थी। भ्रष्टाचार ने देश के जीवन में अपने अस्तित्व को महसूस कराना आरंभ कर दिया था। खुद पर आत्मनिर्भरता की कमी और बाहरी सहायता पर निर्भरता के परिणामस्वरूप बांग्लादेश में मानव-निर्मित भुखमरी का माहौल पैदा कर

दिया था, जिसमें हजारों लोगों की मौत हो गई। यह सेना में बहुत लोगों के साथ ठीक नहीं बैठा, अबू ताहेर उनमें से एक थे।

वर्ष 1975 में बांग्लादेश ने विनाशकारी राजनीतिक उथल-पुथल के एक और नए चरण में प्रवेश किया। दिनांक 15 अगस्त, 3 नवंबर और 7 नवंबर, 1975 को एक के बाद एक तीन तख्तापलट और जवाबी तख्तापलट के हादसे हुए।

15 अगस्त, 1975 के तख्तापलट का नेतृत्व सेना के 6 मेजरों ने किया था, जिसके दौरान शेख मुजीबुर्रहमान और उनके परिवार के कई लोग मार दिए गए। इस क्रांति को आम जनता का समर्थन नहीं मिला। इस परिस्थिति का फायदा उठाते हुए, ब्रिगेडियर खालिद मुशर्रफ ने 3 नवंबर, 1975 को, एक जवाबी तख्तापलट अभिनीत किया और ब्रिगेडियर जियाउर्रहमान को गिरफ्तार कर लिया गया।

खालिद मुशर्रफ को सेना से रैंक और फाइल का समर्थन नहीं था, जो अपने वरिष्ठ अधिकारियों से तंग आ चुके थे, क्योंकि वे अपने व्यक्तिगत लाभ को अधिक महत्त्व दे रहे थे, बनिस्बत देश के लिए कुछ अच्छा करने के। खालिद मुशर्रफ के तख्तापलट के तुरंत बाद सेना की रैंक और फाइल नारायणगंज में जुटी और अबू ताहेर के पास आई और जवाबी काररवाई के लिए कहा। उनमें से अधिकांश क्रांतिकारी सैनिकों के संगठन से ताल्लुक रखते थे। सैनिकों के बड़े पैमाने पर विद्रोह को मंजूरी देने के बजाय अबू ताहेर ने मोर्चा सँभाला और सबसे पहले जो काम उसने किया, वह था—ब्रिगेडियर जिया को बचाकर निकाल लाना, जोकि विद्रोहियों की पकड़ में थे।

जिया और ताहेर एक साथ मिलकर कानून व्यवस्था को कुछ हद तक बहाल कर पाने में सफल हुए, लेकिन उसके बाद के घटनाक्रम ने यह साबित किया कि अबू ताहेर अपने वरिष्ठ सेना अधिकारियों को उसकी कट्टरपंथी सोच के कारण खतरा लगने लगे।

15 नवंबर को जिया ने ताहेर की हर बात को, उसने जो भी किया था, नजरअंदाज किया और उसको देशद्रोह के मामले में गिरफ्तार करवा दिया। जिया ने उस व्यक्ति को धोखा दिया था, जिसने उसको सत्ता में बैठाया था। शायद उसको ताहेर की सेना के अधिकारियों और सैनिकों पर चुंबकीय पकड़ से डर लग गया था और वे चाहते थे कि ताहेर को हटा दिया जाए।

7 नवंबर तक जिया ने ताहेर का साथ दिया था। दो हफ्तों के अंदर उसने ताहेर को गिरफ्तार करवा दिया। ढाका की एक जेल में बंद ताहेर को एक एकांत कारावास

में रखा गया और विशेष सेना ट्रिब्यूनल द्वारा उस पर मुकदमा चलाकर उस पर विद्रोह और उच्च राजद्रोह का आरोप लगाया गया। एक सख्त सुरक्षा के अंतर्गत हुए इस कोर्ट मार्शल के संचालन पर इस खबर को ब्लैकआउट कर दिया गया।

पहले ताहेर ने ट्रिब्यूनल के सामने जाने से मना कर दिया और कहा कि यह सरकार का न्याय के नाम पर अपराध साबित करने का एक उपकरण मात्र है। लेकिन ताहेर के वकील ने उसको ट्रिब्यूनल में भाग लेने के लिए मना लिया। यह एक गलती थी। ताहेर की सजा उसका ट्रायल शुरू होने से पहले ही तय कर दी गई थी।

अबू ताहेर की दिक्कत यह थी कि वह कुछ ज्यादा ही साफ था, कुछ ज्यादा ही देशप्रेमी था और कुछ ज्यादा ही ईमानदार था। लेकिन वह उतना ज्यादा ही कट्टरपंथी भी था। अगर उसको जीवित रहने की अनुमति दी गई होती तो वह एक पंथ बन जाता। वास्तव में, वह पहले ही एक पंथ बनने की राह पर था, जब दूसरों ने उसे जेल में बंद करने का, उसके विरुद्ध देशद्रोह का मामला लाने का और उसको मारने का फैसला लिया।

17 जुलाई, दोपहर में 3 बजे फैसला सुनाया गया—ताहेर के लिए सजा-ए-मौत का। पूरे देश में लोग सदमे में थे, क्योंकि सरकार कुछ भी साबित नहीं कर पाई थी। ताहेर ने बैरिस्टरों से कहा, "यह सरकार, जिसको मैं सत्ता में लाया हूँ—आपको उससे कुछ भी पूछने की जरूरत नहीं है।"

इसी के साथ-साथ उनको फैसले की घोषणा करते सुनकर वह हँसने लगा। उसने सबसे कहा, "अगर जिंदगियों की आहुति न दी जाए तो आम आदमी को मुक्त कैसे कर सकेंगे? अपना सिर मत झुकाओ। मैं मौत से नहीं डरता। अगर आप गर्व महसूस कर सकते हैं—वही पर्याप्त है।"

18 जुलाई, 1976 को, अबू ताहेर ने अपने पिता, माता, पत्नी लुत्फा और अपने भाइयों और बहनों को तथा अपने बच्चों—नीतू, जीशू और मीशू को अपना आखिरी पत्र लिखा। तीन दिन बाद, 21 जुलाई, 1976 को उसको फाँसी लगा दी गई।

उसके पत्र के कुछ अंश इस प्रकार हैं—

आदरणीय पिताजी, माताजी, मेरी प्यारी लुत्फा, मेरे भाइयो और बहनो,

कल दोपहर में ट्रिब्यूनल ने हमारे खिलाफ अपना फैसला सुना दिया। मुझे मौत की सजा दी गई है…

···मैंने उनको यह साफ कर दिया था कि कोई अपील जारी नहीं की जाएगी। हमने इस राष्ट्रपति को बैठाया है और मैं इन गद्दारों से अपने जीवन की याचिका नहीं करूँगा।

···मुझे सेल संख्या 8 में ले जाया गया। यह वह सेल है, जो उन कैदियों को दिया जाता है, जिनको फाँसी की सजा दी जाती है। मेरे साथवाले सेल में तीन और पीड़ित हैं, जिनको फाँसी दी जाएगी। यह एक छोटा सेल है। काफी साफ है। ठीक है।

···जब मौत से सामना होता है, मैं पीछे मुड़कर अपने जीवन को देखने लगा और देखा कि मुझे किसी बात से शर्मसार होने की जरूरत नहीं है। बल्कि मुझे बहुत से ऐसे वाकये दिखे, जो मुझे मेरे लोगों के साथ अपरिवर्तनीय ढंग से जोड़ते हैं। क्या इससे अधिक मेरे लिए कोई आनंद या खुशी की बात हो सकती है?

नीतू, जीशू और मीशू···सभी ने मेरी यादों में भीड़ लगा दी है। मैंने अपने बच्चों के लिए कोई पैसा या संपत्ति नहीं छोड़ी है, लेकिन यह पूरा देश उनके भविष्य के लिए है। हमने हजारों नंगे बच्चे देखे हैं, जिनको प्यार और स्नेह नहीं मिला। हम उनके लिए घर चाहते हैं। क्या यह सवेरा बंगाली लोगों के लिए बहुत दूर है? नहीं, यह बहुत दूर नहीं है। सूरज उगने ही वाला है।

मैंने अपना खून इस देश को बनाने में दिया है। और अब, मैं अपनी जान भी देनेवाला हूँ। अगर मुझे मरना ही है तो सभी लोगों को भी मरना होगा। कौन सी सेना ऐसा कर सकती है? कोई नहीं···

आज सुबह का अखबार अभी आया ही है। उन्होंने मेरी और दूसरे लोगों की फाँसी की खबर पहले पन्ने पर छापी है। जो काररवाई का विवरण छापा है, वह पूरी तरह से झूठ है। इसमें ट्रायल के दौरान और राज्य के गवाहों के साक्ष्य पर यह आरोप लगाया गया है कि 7 नवंबर को जो सिपाहियों की क्रांति हुई थी, वह मेरे नेतृत्व के दौरान हुई थी। मैं इससे इनकार नहीं करता।

यह मेरी प्रबल आशा है कि हमारे वकील, अता-उर-रहमान, जुल्मत अली और बाकी सभी भी, जो उस समय वहाँ थे, इस ट्रायल के पीछे के रहस्य को बेनकाब करेंगे और इस झूठे प्रचार का विरोध करेंगे। मैं मौत से नहीं डरता। जिया एक गद्दार और साजिशकर्ता है और उसने मुझे लोगों के सामने बदनाम करने के लिए झूठ का सहारा लिया है। अता-उर-रहमान और दूसरों को कहना कि यह उनकी नैतिक जिम्मेदारी है कि वे सच का पर्दाफाश करें—और यदि वह अपना फर्ज निभाने में नाकामयाब होते हैं तो इतिहास उनको कभी माफ नहीं करेगा।

मेरा बहुत सारा सम्मान, मेरा प्यार और मेरा कभी न खत्म होनेवाला स्नेह आप सभी के साथ रहे।

ताहेर

फैसले के अगले दिन बैनर हेडलाइंस चीख-चीखकर कह रही थीं—'ताहेर को मारना चाहिए।'

लंदन में एमनेस्टी इंटरनेशनल ने बांग्लादेश के राष्ट्रपति को ताहेर को क्षमादान देने के लिए एक अपील जारी की। उसमें लिखा था—'यह मार्शल लॉ का ट्रायल बिना कैमरे के जेल के अंदर हुआ है और वह संयुक्त राष्ट्र के घोषित मानवाधिकार के अंतरराष्ट्रीय स्तर पर स्वीकृत मानकों के अनुसार नहीं है। आपराधिक न्यायालयों के सामने, कानून की सामान्य प्रक्रिया के अनुसार और सभी कानूनी सुरक्षा उपायों के साथ, जिसमें उच्चतम न्यायिक अधिकारियों के सामने अपील करने का अधिकार शामिल है, आरोपी के विरुद्ध मामला स्थापित किया जा सकता है।'

एमनेस्टी ने ताहिर और अन्य जत्यो समाजतांत्रिक दल के नेताओं के ट्रायल को दोबारा करने का आह्वान किया। बांग्लादेश राष्ट्रपति को उनकी अपील 20 जुलाई को बाहर आई।

उसकी अगली सुबह 4 बजे ताहेर को ढाका सेंट्रल जेल में फाँसी दे दी गई।

20 जुलाई की शाम को ताहेर को जानकारी दी गई थी कि 21 जुलाई को सुबह 4 बजे उसको फाँसी दी जाएगी। उसने इस खबर को स्वीकार किया और उनको धन्यवाद दिया, जो इस खबर को उस तक पहुँचाने आए थे। उसके बाद, उसने एकदम सामान्य होकर रात का खाना खाया। बाद में एक मौलवी को ताहेर के गुनाहों की माफी मँगवाने के लिए बुलवाया गया। ताहेर ने कहा, "मुझे आपके समाज की बुराइयों ने छुआ नहीं है और न ही मैं कभी बुरा रहा हूँ। मैं पाक हूँ, अब चले जाओ। मैं सोना चाहता हूँ।" उसके बाद वह चुपचाप सोने चला गया। सुबह 3 बजे उसे उठाया गया। उसने पूछा कि कितना समय बचा है। समय जानने के बाद, उसने अपने दाँत साफ किए, शेव बनाई और स्नान किया। कुछ उसकी मदद के लिए आगे आए। उसने उनको यह कहकर ऐसा करने से रोक दिया कि "मैं नहीं चाहता कि तुम मुझको छुओ। मेरा शरीर, जोकि पाक है।"

स्नान करने के बाद उसने औरों से कहा कि वे चाय तैयार करें और वे आम काटें, जो उसके दोस्त ने भेजे थे। उसने अपनी कृत्रिम टाँग लगाई, फिर अपनी पैंट पहनी, अपनी सबसे अच्छी कमीज पहनी, अपनी हाथ घड़ी पहनी और जो भी वहाँ उपस्थित थे, उनके साथ सिगरेट पी। उसकी हिम्मत को देखकर कुछ लोग रोने लग गए। उसने उनको यह कहकर ढाढ़स बँधाया कि "चलो भी, अब हँसो। तुम इतने उदास क्यों हो? मौत मुझे हरा नहीं सकती।"

उससे उसकी आखिरी इच्छा पूछी गई।

उसने कहा, "मेरी मौत के बदले—आम आदमी के लिए शांति।"

उसके बाद ताहेर ने कहा, "क्या कुछ और समय बचा है?"

उन्होंने उत्तर दिया, "थोड़ा सा।"

उसने कहा, "तो फिर, मैं तुम सबको एक कविता सुनता हूँ।"

उसने कर्तव्य और अपनी भावनाओं के बारे में एक कविता पढ़कर सुनाई। और फिर उसने कहा, "ठीक है। मैं तैयार हूँ। आगे बढ़ो। अपना कर्तव्य पूरा करो।" वह फाँसी के तख्ते की ओर बढ़ा और अपने ही हाथों से फंदा अपने गले में पहन लिया।

उसने कहा, "अलविदा, मेरे देशवासियो। बांग्लादेश जिंदाबाद! क्रांति जिंदाबाद।"

फिर उसने बटन दबाने के लिए कहा, लेकिन कोई भी आगे नहीं आया।

उसने कहा, "तुम्हारे पास हिम्मत क्यों नहीं है?"

फिर किसी ने बटन दबा दिया। सब खत्म हो गया।

उस दिन वहाँ मौजूद 7,500 कैदियों में से किसी ने भी खाना नहीं खाया। दोपहर 2:50 पर बहुत सख्त सुरक्षा के बीच ताहेर का पार्थिव शरीर उसके रिश्तेदारों को दे दिया गया।

जेल के अंदर एक कार ले जाई गई और उसका पार्थिव शरीर उसमें रख दिया गया। पाँच ट्रक और बसें, जोकि भारी सुरक्षा गार्डों से भरे हुए थे, उस कार की सुरक्षा करते हुए हेलिपैड तक गए और उसके शरीर को हेलीकॉप्टर में रख दिया। शाम के लगभग 7:50 पर उसको उसके पारिवारिक कब्रिस्तान में दफना दिया गया।

कब्रिस्तान के पास एक विशेष शिविर लगाया गया था और उसकी कब्र पर 21 दिनों तक पहरा दिया गया था। उस समय की सरकार को उसके मरने के बाद भी उससे डर था। वह बांग्लादेश के लोगों को छोड़कर चला गया, लेकिन अपने पीछे साहस, सम्मान और सच्चाई की एक संपन्न विरासत छोड़ गया था।

किप्पी

किप्पी, राजू और मैंने अबू ताहेर की मौत की खबर की बहुत बेचैनी के साथ समीक्षा की। हमें इस बात का न के बराबर ज्ञान था कि हमारे लिए अभी और भी कुछ बाकी बचा है।

किप्पी ने धीरज के साथ शिलांग में 101 संचार क्षेत्र मुख्यालय में स्टाफ

अधिकारी की नियुक्ति स्वीकार कर ली। उसने एक बार फिर गोल्फ खेलना शुरू कर दिया और एक अति उत्कृष्ट खिलाड़ी होने के नाते, जोकि वह था, उसने जल्दी ही 4 की सिंगल-फिगर बाधा हासिल कर ली, जोकि बहुत उल्लेखनीय उपलब्धि थी। वह इतना अच्छा था कि उसने 1973 और 1974 में दिल्ली में सेना गोल्फ चैंपियनशिप में पूर्वी कमांड का प्रतिनिधित्व किया।

हालाँकि, उसके जीवन में दो पहलू थे, जहाँ कुछ कमी थी। वह अपने बल के साथ काम करना और अपने जीवन में एक साथी की कमी महसूस करता था। एक लड़की थी, जो उसके बहुत करीब थी, लेकिन जब उसने अपनी टाँग खोई तो वह उससे दूर चली गई। वह यह सिद्ध करने के लिए उतावला था कि वह किसी भी और व्यक्ति की तरह ठीक है, लेकिन उसे किसी की सहानुभूति नहीं चाहिए थी।

उसकी रेजिमेंट का केंद्र भी शिलांग में ही था। वह अकसर वहाँ अपने सिपाहियों के साथ होने के लिए जाता था। कोई भी पार्टी या बड़ा खाना उसके बिना अधूरे थे और वह हर पार्टी की रौनक था। वह अपने सैनिकों के साथ काम करना चाहता था, लेकिन उसको लगा कि वह उनको अपना सर्वश्रेष्ठ नहीं दे सकेगा।

हालाँकि, वह यह मानता था कि वह किसी भी और व्यक्ति से कम नहीं है, फिर भी वह अपनी बाकी की सारी जिंदगी डेस्क नियुक्तियों में सेवारत रहकर बिताने के खयाल को पसंद नहीं करता था। उसको हमेशा लगता था कि वह एक यात्री है, जो अपना पूरा योगदान दे पाने में असमर्थ है और इसलिए अपने दोस्तों और सहकर्मियों की सलाह के बावजूद उसने 1975 में सेना और शिलांग छोड़ दिया। 7 मई, 1975 को भारत-पाक युद्ध में हताहत के रूप में उसे सेना से अमान्य कर दिया गया। बाद में उसको पता चला कि युद्ध हताहतों के लिए कमांड नियुक्तियाँ खुल गई हैं और कुछ ने बहुत उच्च पद भी हासिल किए हैं। लेकिन उसने अपने फैसले पर कभी पछतावा नहीं किया। उसने मणिपुर के साधारण ग्रामीणों के लिए काम करने का मन बना लिया था और वह नागरिक जीवन में वापस चला गया।

किप्पी के लिए सेवानिवृत्ति के पहले कुछ महीने डरावने सपने की तरह थे। सेना में जीवन के अनुशासन और कठोरता का अभ्यस्त होने के बाद वह ग्रामीण मणिपुर की धीमी गति से चलनेवाली जिंदगी में कहीं खो गया था। लेकिन उसने मणिपुर के गाँव की अर्थव्यवस्था को जमीनी स्तर पर सुधारने के लिए काम करने का फैसला किया—खासतौर पर उसके अपने गाँव, हाइपि में।

सेना से अमान्य होने के बाद जो पहली चीज उसने की, वह थी शैक्षणिक

योग्यता प्राप्त करना। उसने गुवाहाटी विश्वविद्यालय से एक निजी उम्मीदवार की हैसियत से स्नातक की परीक्षा दी और 30 अगस्त, 1976 को वह स्नातक हो गया।

उसने अपनी पेंशन के मेहनत से कमाए पैसे को मणिपुर की एक बैप्टिस्ट एसोसिएशन के लिए ईसाई भजन की पुस्तकों की छपाई के लिए निवेश करने का फैसला लिया। उसने यह काम एक दृढ़ विश्वास के साथ किया कि न केवल वह अपने समुदाय के लिए कुछ कर रहा है, बल्कि यह कि उसको उसके निवेश का प्रतिफल भी मिलेगा। वास्तव में, उसको उसका मूल भी वापस नहीं मिला।

निराश होने से इनकार करने के बाद किप्पी ने खुद को तहेदिल से कल्याणकारी योजनाओं में लगा दिया। उसने भारत सरकार के सामाजिक कल्याण मंत्रालय की मणिपुर में विकलांग लोगों की मदद के लिए 'विकलांगता प्रकोष्ठ' स्थापित करने में मदद की। उसने अखिल भारतीय आयुर्विज्ञान संस्थान, नई दिल्ली से; कृत्रिम अंग केंद्र, पूना से; और बहुत से दूसरे संस्थानों से, जो विकलांग व्यक्तियों की देखभाल करते थे, से संपर्क स्थापित किया।

उसने मणिपुर की सुनसान पहाड़ियों में ग्रामीणों की मदद के लिए कनाडा और जर्मन अंतरराष्ट्रीय सहायता एजेंसियों की मदद से एक आर्थिक विकास योजना स्थापित की। इन व्यावहारिक योजनाओं ने मणिपुर के गाँव में कई परिवारों को मजबूत आर्थिक बुनियाद देकर बहुत लोकप्रियता हासिल की। हाइपि के लोगों ने स्थानीय बाजारों में अपने उत्पाद को बेचना शुरू कर दिया। उसने गाँव में पानी की सुविधा और साथ ही स्नानघर और घरों में शौचालय बनाने के लिए भी योजनाएँ संस्थापित कीं।

उसके स्वयंसेवी संगठनों द्वारा 24 गाँवों में काम किया गया, जिनकी कुल जनसंख्या 7,000 थी। किप्पी ने ग्रामीणों को व्यावसायिक स्तर पर नकदी फसलों की खेती करने के लिए प्रेरित किया। उसने सर्दी में उगाई जानेवाली फसलों और सामाजिक वानिकी की शुरुआत की, सार्वजनिक स्वास्थ्य शिविर स्थापित किए तथा जरूरतमंदों को स्वरोजगार योजनाओं के लिए बैंक से ऋण दिलाने में मदद की। अपने सेना के संबंध के माध्यम से उसने अपने गाँव में एक फुटबॉल मैदान का निर्माण करवाया, जोकि गाँव के युवाओं के लिए सफल साबित हुआ। उसने गाँव में एक नए चर्च के निर्माण की भी सुविधा प्रदान की, जोकि गाँववाले बहुत लंबे समय से चाहते थे। किप्पी की लोकप्रियता न केवल उसके अपने समुदाय में बढ़ी, बल्कि पूरे मणिपुर और उसके बाहर भी वह बहुत लोकप्रिय हो गया।

हालाँकि, किप्पी अपने काम में अच्छा कर रहा था, फिर भी वह अकेला था और उसके परिवार को उसके लिए एक साथी की आवश्यकता महसूस हुई। किप्पी पहले-पहल थोड़ा हिचकिचा रहा था, शायद अपने पूर्व अनुभव के कारण। लेकिन उसके परिवार को उस समय बहुत खुशी हुई, जब वह पड़ोस के गाँव में एक बहुत सुंदर लड़की से मिला। उसका नाम मामन था। और फिर उनकी शादी इंफाल के सेंटर चर्च में 10 सितंबर, 1983 को संपन्न हुई। इसके बाद उनके 3 बच्चे हुए—सबसे बड़ा बेटा 1984 में पैदा हुआ, उसके बाद एक बेटी 1986 में पैदा हुई और फिर एक बेटा 1988 में पैदा हुआ।

इसी बीच जिन लोगों ने देखा, जो जबरदस्त अच्छा काम वह अपने सामुदायिक कार्यों द्वारा और कल्याणकारी योजनाओं द्वारा कर रहा था, उनको लगा कि यदि वह किसी राजनीतिक दल से जुड़ जाए तो वह और अच्छा काम कर सकता है।

उसके लिए राजनीति घृणा का विषय थी, लेकिन उसे इस सोच ने मना लिया गया कि वह सामान्य रूप से मणिपुर के लोगों के लिए और बेहतर काम कर सकता था। और यदि उसके पास राजनीतिक ताकत होगी तो वह खासतौर पर ग्रामीणों के लिए और अच्छा काम कर सकेगा। इस बात को देखते हुए, वह मणिपुर पीपुल्स पार्टी (एम.पी.पी.) में शामिल हो गया और बाद में वह मणिपुर प्रदेश कांग्रेस (ई) में भूतपूर्व सैनिकों की कांग्रेस का अध्यक्ष बन गया। उसने 1984 में आम चुनाव सँभालने में बहुत ही उत्कृष्ट कार्य किया और पार्टी आलाकमान द्वारा उसकी भूमिका को बहुत सराहा गया। उसने 1980 में एम.पी.पी. के पार्टी उम्मीदवार के तौर पर लोकसभा का चुनाव लड़ा। लेकिन उसको दूसरा स्थान मिला। फिर 1992 में कांग्रेस (एस) के उम्मीदवार के रूप में वह एक बार फिर चुनाव हार गया। उसने कंगपोकि निर्वाचन क्षेत्र से विधानसभा का चुनाव भी लड़ा, जो वह बहुत ही मामूली, 9 मतों के अंतर से हार गया।

उस समय तक चूँकि पूरे राज्य में भूमिगत आंदोलन हो रहे थे, वहाँ की राजनीतिक स्थिति बहुत ही खराब हो गई थी। राज्य सरकार अब स्थिति को नियंत्रित नहीं कर पा रही थी। किप्पी किसी भी तरह से इन राजनीतिक आंदोलनों में शामिल नहीं था। इसलिए उसको उस समय बहुत हैरानी हुई, जब उसको नागालैंड की राष्ट्रीय समाजवादी परिषद् से एक धमकी भरा पत्र मिला, जिसमें उन्होंने यह माँग रखी थी कि वह खुद को कुकी नेशनल फ्रंट (के.एन.एफ.) से अलग कर ले। उसने चेतावनी को गंभीरता से नहीं लिया, क्योंकि वह कभी भी किसी भी प्रकार से के.एन.एफ. में शामिल नहीं था।

अप्रैल 1993 में उसने नई दिल्ली में 'एक्शन फॉर फूड' सम्मेलन में भाग लिया। सम्मेलन के बाद वह कुछ दिनों के लिए दिल्ली में अपने सबसे बड़े भाई के पास पंडारा रोड पर रुक गया, ताकि वह अपने सबसे बड़े बेटे, जेम के स्कूल का प्रबंध कर सके। जिस समय वह वहाँ था, उसको परिवार की प्रार्थनाओं का नेतृत्व करने को कहा गया। वह अच्छा बोलता था और 'बाइबल' से वर्सेस चुनता था, जिसने बाद में कुछ महत्त्व ग्रहण किया। ऐकलेसिस्टास के चैप्टर 3 से वर्सेस।

वर्सेस इस प्रकार से शुरू होते थे—

हर चीज के लिए मौसम है और प्रत्येक गतिविधि स्वर्ग के नीचे
समय आ गया है :
पैदा होने का समय और मरने का समय;
बोने का समय और उखाड़ने का समय···

किसी को इन शब्दों के महत्त्व का अहसास नहीं हुआ। फिर भी मामन, किप्पी की पत्नी, को आपदा का पूर्वाभास हो गया था और उसने किप्पी को नई दिल्ली में ही रुकने को कहा। लेकिन किप्पी को मणिपुर में बहुत काम था। वह जब मणिपुर पहुँचा तो उसने देखा कि कर्फ्यू लगा हुआ है, कानून व्यवस्था बहुत बिगड़ गई है, और जीवन लगभग ठप हो गया है। निष्क्रियता के थोपे जाने से हताश किप्पी ने फैसला किया कि वह अपने एक बीमार दोस्त से मिलने जाएगा, जोकि कुछ ही घरों की दूरी पर रहता है।

वह 9 मई, 1993 को रविवार का दिन था और शाम अभी पूरी तरह से हुई नहीं थी, जब किप्पी, उसकी पत्नी मामन और उनकी छोटी बेटी ने किप्पी के दोस्त के घर का वह छोटा सा सफर तय किया, जो उनके भविष्य पर गहरा असर छोड़नेवाला था। तीन नागा आतंकवादी उनके पीछे-पीछे चल रहे थे, जो उसकी ताक में पहले से ही बैठे थे। और जब उसका परिवार कुछ समय बाद वापस लौटा, उन्होंने किप्पी पर एकदम सामने से गोली चला दी। उन्होंने किप्पी पर, उसकी पत्नी और बेटी के सामने पूरी 27 गोलियाँ दागीं। उसको तुरंत अस्पताल ले जाया गया, लेकिन उसका बहुत सारा खून बह चुका था और वह आधे घंटे में ही, शाम 7:45 पर दम तोड़ गया। उसके आखिरी शब्द थे—'हेन्नो अन्नई' (माँ, यह दर्दनाक है)।

नागा प्रतिरोधी द्वारा यह निर्मम हत्याकांड, चाहे वह बिना किसी कारण के इतना अप्रत्याशित था कि इस हादसे ने मणिपुर के लोगों को झकझोरकर रख दिया,

और अचानक से चारों ओर एक खालीपन-सा छा गया। उसका परिवार, समुदाय और स्थानीय लोग बिखरकर रह गए।

किप्पी के पार्थिव शरीर को हाइपि, उसका गाँव, जिसके लिए उसने अपने समय और प्रयासों की कुरबानियाँ दी थीं, के कब्रिस्तान में दफना दिया गया। दफनाने की प्रक्रिया मंगलवार, 11 मई, 1993 को शाम 4 बजे की गई। सैकड़ों शोक-संतप्त लोग उसमें शामिल हुए—पूरे मणिपुर से जीवन के सभी क्षेत्रों से, सभी समुदायों से, सभी जाति, पंथ और पृष्ठभूमि से लोग अपने नेता, उपकार करनेवाले और दोस्त को अंतिम श्रद्धांजलि देने आए थे। शोक हफ्तों तक जारी रहा, क्योंकि नदी की धाराओं की तरह भारत के हर हिस्से से लोग उस व्यक्ति को अंतिम श्रद्धांजलि देने आते रहे, जिसको वे प्यार करते थे और एक दोस्त की तरह मानते थे, उस व्यक्ति के लिए, जिसने निस्स्वार्थ भाव से अपने लोगों के लिए काम किया था।

कई मायनों में यह एक अपूरणीय क्षति थी। दु:खी-संतप्त परिवार ने एक प्यारा पति, पिता और भाई खोया था। हाइपि के गाँववालों ने अपने मुखिया के परिवार का एक प्रतिष्ठित सदस्य खोया था। उसके कुल ने एक बंधु खोया था, जिसने अपने आपको उनकी आर्थिक और सामाजिक भलाई के लिए समर्पित किया हुआ था। सामाजिक कल्याण संस्थाओं ने अपने उद्देश्य के लिए एक प्रभावी प्रवक्ता खोया था और विकलांगों ने एक बहुत दयालु, सहानुभूतिशील और ध्यान रखनेवाला परामर्शदाता खोया था।

किप्पी को उसके रचनात्मक नेतृत्व के गुणों के लिए, स्पष्टवादिता, सत्यनिष्ठा, विचारों की स्पष्टता, उसकी दूसरों को समझने की कला, कल्पना और निर्देशन के लिए याद किया जाएगा। केवल मणिपुर ने ही नहीं, बल्कि पूरे भारत ने एक अति विशिष्ट बेटा खो दिया था। उसके निधन के बाद उसके घर में, गाँव में और वास्तव में पूरे देश में एक मौत का सन्नाटा था।

यह हादसा होने से कुछ पहले, मेरी पत्नी प्रिसीला को तेजपुर में मेरे साथ दशहरे की छुट्टियाँ बितानी थीं, जहाँ मैं चार कोर का चीफ-ऑफ-स्टाफ था। मैं उसका गुवाहाटी हवाई अड्डे पर इंतजार कर रहा था, जब हवाई जहाज गुवाहाटी के ऊपर से उड़कर इंफाल चला गया। उसको एक रात इंफाल में बितानी पड़ी। जब वह वहाँ थी, उसने वहाँ किप्पी से संपर्क साधा और वह गाड़ी से उसके पास आया, उसको अपने घर रात के खाने पर ले जाने के लिए। वहाँ उसकी मुलाकात मामन से और उनके बच्चों से हुई और उसने वहाँ पुराने दिनों को याद करते हुए और पूना

के मिलिटरी अस्पताल के कृत्रिम अंग केंद्र में एक साथ बिताए हमारे दिनों को याद करते हुए, एक बहुत सुंदर शाम बिताई।

किप्पी की मौत की रिपोर्ट हम तक आने में एक हफ्ता लग गया। मामन प्रिसीला के संपर्क में थी और यह वही थी, जिसने हमें बताया था कि क्या हुआ था। मैं किप्पी की हत्या के कुछ महीनों बाद 31 अगस्त, 1993 को सेना से निवृत्त हुआ।

जे.वी. राजू

राजू अपनी सेवानिवृत्ति के बाद के जीवन में उन्नति करता रहा। वह आंध्र प्रदेश का था और मूलत: हैदराबाद से था। जिस कंपनी के लिए वह काम करता था, जोकि फलों का रस, जैम और उसी प्रकार के अन्य उत्पाद बनाने का काम करती थी, भी हैदराबाद में ही स्थित थी। उसकी योग्यता, कड़ी मेहनत, सत्यनिष्ठा और प्रतिबद्धता ने उसके नियोक्ताओं को बहुत अधिक प्रभावित किया हुआ था। इसलिए वह बहुत जल्दी उत्पादन पर्यवेक्षक के पद से उत्पादन प्रबंधक के पद पर और फिर महाप्रबंधक, फिर मुख्य कार्यकारी अधिकारी (सी.ई.ओ.) के पद पर उन्नत कर गया। उसकी देखरेख में कंपनी खूब फली-फूली और तेजी से बढ़ी। इतना कि कंपनी के मालिक ने उसको उस फर्म में साझेदारी की पेशकश भी कर दी। वह और उसके साथ-साथ केंद्र और राज्य सरकारों से मिली रियायतें, सबने मिलकर उसको एक अत्यंत आरामदायक स्थिति में पहुँचा दिया।

राजू अकसर व्यवसाय के सिलसिले में दिल्ली आता था और जब भी उसे पता चलता था कि मैं शहर में हूँ, वह हमारे घर जरूर आता था। अबू ताहेर और किप्पी की मौतों ने, और जिस तरीके से वे मरे थे, ने उसको बहुत अधिक परेशान कर दिया था। वह अकसर पूना मिलिटरी अस्पताल में एक साथ बिताए हमारे दिनों को याद करता था। जब मैं अस्पताल में था तो प्रिसीला ने पूना में हमारे साथ एक महीना बिताया था। इसलिए वह अधिकतर युद्ध में हुए हताहतों के बारे में जानती थी। अस्पताल में नर्स की बहुत कमी थी और प्रिसीला उनको मदद किया करती थी। इसलिए बहुत से ऐसे तजुर्बे थे, जो उसको भी पता थे, जिन पर बात होती थी। लेकिन प्रिसीला और मुझे यह प्रतीत हुआ कि राजू के लिए काम एक जुनून बन गया है।

हमने राजू के स्वभाव में एक मौलिक अंतर देखा। वह अब कभी स्थिर नहीं बैठ पाता था और एक चेन-स्मोकर बन गया था। जब वह हमसे घर पर बात करता था, वह इधर से उधर सिगरेट पीता हुआ लगातार चलता रहता था। वह हमारे घर टैक्सी से आता था और टैक्सी को उतनी देर इंतजार करने को कहता, जितनी देर वह

हमारे घर रुकता और कुछ ड्रिंक्स के बाद वह हमें अपने होटल में खाने के लिए ले जाता। वह हमेशा पाँच सितारा होटल में ही रुकता था। राजू अपने जीवन में अच्छा कर रहा था, लेकिन हम यह देख पा रहे थे कि उसके व्यापार का तनाव उसके शारीरिक और मानसिक स्वास्थ्य पर तथा उसकी सेहत पर असर डाल रहा था।

हमने उसको बताने की कोशिश की कि वह अपनी रफ्तार थोड़ी धीमी करे, और यह कि उसने अपने जीवन में बहुत-कुछ कर लिया है और अब उसे कुछ और साबित करने की जरूरत नहीं है—लेकिन इसका कोई फायदा नहीं हुआ। कुछ सालों बाद राजू एक जबरदस्त दिल के दौरे का शिकार हो गया।

राजू भी बहुत भावुक था। वह अबू ताहेर और किप्पी की हिंसक मौतों से बहुत गहरे तक प्रभावित हुआ था। और उसको लगने लगा था कि दुनिया पागल हो गई है, जिसने इतने अद्‌भुत इनसानों की मौत इतने हिंसक तरीके से हो जाने दी! हमारी बातचीत के दौरान वह कहा करता था कि हमारे 'चार लोगों के गैंग' में से अब हम दो लोग ही बचे हैं और यह कि मुझे अपना बेहतर ध्यान रखना चाहिए। मैं अब आश्चर्य करता हूँ कि उसको शायद अपनी मौत के बारे में कोई पूर्वाभास हो गया था।

इयान कारडोजो

और अब हम चारों में से केवल एक ही बचा है, जिसने उस 8 जनवरी, 1971 के बहुत पहले के दिन कृत्रिम अंग केंद्र में एक अपंग रोगी के तौर पर एक साथ जिंदगी की शुरुआत की थी। हममें से प्रत्येक ने एक बहुत विषम जीवन बिताया, जो एक-दूसरे से बहुत अलग था, लेकिन फिर भी नाटकीय रूप से समान था, जो कि हमारी व्यक्तिगत नियति ने रचा था, लेकिन उसे युद्ध की हमारी सामूहिक नियति ने नियंत्रित किया था। मैं अकसर युद्ध के बारे में सोचता हूँ और युद्ध के उस असर के बारे में सोचता हूँ, जोकि युद्ध में बचे हुए लोगों पर होता है। कितने ही लोग उस कारण और अपने देश के लिए मारे गए। लेकिन क्या उस बलिदान ने विश्व को उनके बच्चों के लिए एक बेहतर जगह बनाया? युद्ध क्यों होते हैं? देश, जो भी उनके पास है, उससे खुश और संतुष्ट क्यों नहीं रह सकते? और अगर विश्व अपने इतिहास से कुछ सीख नहीं लेता तो नेता लोग यह क्यों नहीं समझते कि युद्ध को रोकने का सबसे बेहतर तरीका है, उसके लिए तैयार रहना?

युद्ध के बाद हम चारों का भाग्य और पूरे भारतवर्ष के मिलिटरी अस्पताल में

दूसरे युद्ध में अक्षम हुए लोगों का भाग्य भी अनिश्चित थे। उस समय सेना मुख्यालय इस नतीजे पर पहुँचा कि युद्ध में अक्षम हुए सैनिक कमांड नियुक्तियों में काम नहीं कर सकते। मुझे सात साल लगे सेना मुख्यालय को यह सिद्ध करने में कि युद्ध में अक्षम हुए सिपाहियों को खुद को साबित करने के लिए मौके की जरूरत होती है और यह कि हममें से कुछ दूसरे सक्षम लोगों की तरह ही अच्छे थे। सेना मुख्यालय ने अंततः अपनी नीति में बदलाव किया और युद्ध में अक्षम हुए सैनिकों को कमांड सेना में काम करने की अनुमति दी। तीन युद्ध में अक्षम हुए अधिकारी सेना कमांडर बन गए और उनमें से एक ने तो अपनी दोनों टाँगें खोई हुई थीं! युद्ध में अक्षम हुए लोग अब उस दिन का इंतजार कर रहे थे, जब युद्ध में अक्षम हुआ कोई अधिकारी सेना प्रमुख बनेगा।

हम चारों में से प्रत्येक ने यह साबित कर दिया था कि नियति चुनाव की बात है, लेकिन भविष्य हमारे लिए क्या लिये है, इसमें भाग्य और मौके ने भी हस्तक्षेप कर अपनी भूमिका निभाई। जहाँ तक हमारी व्यक्तिगत नियति का सवाल है, हममें से हर एक—अबू ताहेर, किपगेन, राजू और मैं—को हमारे खुद के अनदेखे ताश के पत्तों के साथ निपटना था और हमने अपने हाथों को अपनी सर्वश्रेष्ठ व्यक्तिगत क्षमताओं के साथ खेला। मौके ने, हालाँकि एक अलग तरीके से हस्तक्षेप किया और हमें हमारे अंतिम गंतव्य तक ले गया।

इस कहानी में ऐसा क्या है, जो हम सीख सकते हैं? शायद यह कि नतीजों की परवाह किए बिना हम सबको वही करना चाहिए, जो सही है और बाकी सब नियति या भाग्य या जो भी हम उसे बुलाएँ, पर छोड़ देना चाहिए।

क्यू सेरा सेरा! जो भी होना है, वह होगा!

परिशिष्ट

बांग्लादेश के उच्च न्यायालय ने जनरल जियाउर्रहमान के मिलिटरी ट्रिब्यूनल के संविधान को गैर-कानूनी घोषित कर दिया और कर्नल अबू ताहेर के मुकदमे और उसकी फाँसी के आदेश को खारिज कर दिया।

□

आई.एन.एस. खुकरी का डूबना : एक कप्तान की दुविधा

"सदियों से समुद्र पर महान् वर्चस्व की लड़ाइयाँ लड़ी जाती रही हैं। एक अवधि के लिए वे समुद्र के ऊपर लड़ी गईं। शायद भविष्य में वे समुद्र के नीचे लड़ी जाएँ।"

—अज्ञात

कोलाबा, बॉम्बे, 7 अगस्त, 1971

काले बादलों ने आकाश को ढक लिया था और तट पर धूसर रंग हावी हो गया, जिससे आकाश को समुद्र से अलग कर पाना मुश्किल हो रहा था। दक्षिण-पश्चिमी मानसून ने बॉम्बे में 6 सप्ताह पहले ही दस्तक दे दी थी और जैसे-जैसे वह आगे बढ़ रहा था, जलप्रलय ने अरब सागर को गनमेटल की आभा में बदल दिया था और वह एक बहुत बड़े प्राणी की तरह उठ रहा था। बारिश की एक घनी चादर बहुत तेजी से अपोलो बंदरगाह के सामने याट क्लब की ओर आ रही थी। जल-प्रलय ने बरामदे की छत पर जोर से प्रहार किया और उसके पानी का प्रवाह जैसे खुद को जबरदस्ती उसके छज्जे से प्राचीन निकास पाइपों से गड़गड़ाते हुआ नीचे ले जा रहा था। बारिश के साथ आई तेज हवा ने उस चौड़े बरामदे पर चारों ओर पानी फैलाकर उसे एक गीले परिदृश्य में बदल दिया था।

आई.एन.एस. खुकरी

मेज पर दो नौसेना अधिकारी बैठे हुए थे, जो बारिश और चारों तरफ फैले गीलेपन से जैसे बेखबर थे। वे किस बात पर चर्चा कर रहे थे, यह तो ज्ञात नहीं हो पाया, लेकिन यह ज्ञात था कि पश्चिमी बेड़े के फ्लैग अधिकारी कमांडिंग ने उस सुबह एक सम्मेलन किया था और यह भी संभव था कि उनकी चर्चा का विषय पश्चिमी समुद्र तट पर हो रहे ऑपरेशंस पर केंद्रित था। पूर्व में भारत-पाकिस्तान सीमा पर समस्याएँ थीं और पाकिस्तान खुलेआम यह बयान दे रहा था कि उनके भारत के साथ युद्ध पर जाने की पूरी-पूरी संभावना थी।

उनकी चर्चा इतनी एनिमेटेड थी कि अधिकारियों को जैसे इसका पता ही नहीं चल रहा हो कि वेटर समय-समय पर उनके मग बियर से भर रहा था। उनके नाम, उनके द्वारा सुबह याट क्लब के रजिस्टर में किए गए हस्ताक्षरों के सदृश थे—कप्तान महेंद्र नाथ मुल्ला और लेफ्टिनेंट कमांडर मनु शर्मा।

एक सप्ताह पहले एक नौसेना अधिकारी, एडमिरल एस.एम. नंदा ने फ्लैग ऑफिसर कमांडिंग-इन-चीफ, पश्चिमी बेड़ा (एफ.ओ.सी.-इन-सी वेस्ट) को और वाइस एडमिरल एस.एन. कोहली को यह निर्देश दिए थे कि वे कराची पर हमले की अपनी योजना बनाएँ। एडमिरल कोहली को यह एक अच्छा विचार नहीं लगा था। कराची बंदरगाह में दो एयरबेस थे—द्रिग रोड और पी.ए.एफ. मसरूर, जोकि बंदरगाह के बहुत करीब थे। उनको लगा कि यह भारतीय युद्ध बेड़ों के लिए खतरा हो सकते हैं, जो कराची बंदरगाह में पाकिस्तान नौसेना पर हमला करेंगे। जहाजों का एक बड़ा बेड़ा पाकिस्तान वायुसेना के लिए एक आसान निशान होगा। आई.एन.एस. विक्रांत के एक बॉयलर पर एक दरार पैदा हो गई थी और उसके लिए इस बात का संशय था कि वह पश्चिमी बेड़े को हवाई कवर दे सकता था कि नहीं।

जो उस सुबह एडमिरल कोहली के सम्मेलन में बुलाए गए थे, वे पश्चिमी बेड़े के जहाजों के कप्तान और कार्यकारी अधिकारी थे—जोकि अधिकतर भारतीय नौसेना के कमांडर और लेफ्टिनेंट कमांडर थे। उनमें से अधिकांश ने नौसेना प्रमुख के कराची पर हमले के विकल्प का समर्थन किया था। हालाँकि, कुछ लोगों को बिना हवाई कवर के समुद्री हमले में आगे बढ़ने के इस विचार पर संदेह था। पाकिस्तानी पनडुब्बियों की तुलनात्मक क्षमता में भारतीय पोत एक दूसरा मुद्दा थे। यह मुमकिन था कि दो नौसेना अधिकारी इस मुद्दे पर इतना मगन होकर बात कर रहे हों!

कप्तान मुल्ला और लेफ्टिनेंट कमांडर मनु शर्मा आई.एन.एस. खुकरी के क्रमशः कप्तान और कार्यकारी अधिकारी थे, जोकि युद्धपोत के तीन जहाज स्क्वाड्रन का एक हिस्सा था। अन्य दो युद्धपोत थे—आई.एन.एस. कृपाण और आई.एन.एस. कुठार। यह स्क्वाड्रन पश्चिमी बेड़े का हिस्सा थे। यह युद्धपोत 1950 के दशक में ब्रिटेन में निर्मित ब्लैकवुड पनडुब्बीरोधी युद्धपोत थे और इनको भारतीय नौसेना में 1959 के अंत में शामिल किया गया था। जब तक युद्ध आरंभ होगा, वे दोनों युद्धपोत लगभग 20 साल के होंगे और बहुत पुराने पड़ चुके होंगे।

एडमिरल राज मेनन के मुताबिक, भारतीय नौसेना कम दूरीवाले सोनार से नाखुश थी, जोकि ब्लैकवुड श्रेणी के पनडुब्बीरोधी युद्धपोत के साथ दिए जा रहे थे और ब्रिटेन से बेहतर मध्यम श्रेणी के सोनार की माँग की गई थी। एडमिरल के अनुसार, जो उत्तर दिया गया था, वह था कि बेहतर मारवाले सोनार केवल नाटो देशों को ही दिए जा रहे हैं। भारत के दोनों विश्वयुद्धों में योगदान को देखते हुए यह अजीब था। और यह तथ्य कि भारत राष्ट्रमंडल का हिस्सा था और यह कि सोनार कोई घातक हथियार नहीं था। हालाँकि जो था, वह ऐसा ही था।

ये तीनों युद्धपोत 14 एफ.एस. स्क्वाड्रन का हिस्सा थे और कप्तान मुल्ला, जोकि सबसे वरिष्ठ थे, को इसकी कमांड दी गई थी। इनका काम था—पश्चिमी बेड़े की दुश्मन की पनडुब्बियों से सुरक्षा करना।

नई दिल्ली, 12 अक्तूबर, 1971

भारतीय नौसेना प्रमुख एडमिरल नंदा का मानना था कि जब तक कि 'उद्देश्य का चुनाव और रख-रखाव'—युद्ध का पहला सिद्धांत—स्पष्ट नहीं होता, कुछ भी परिणामात्मक नहीं होगा। वे अपने विश्वास पर दृढ़ थे कि केवल 'आक्रामक काररवाई' से ही निर्णायक परिणाम प्राप्त किए जा सकते हैं। युद्ध के इन दोनों सिद्धांतों को ध्यान में रखकर उन्होंने महसूस किया कि अरब सागर में युद्ध को जीतने के लिए सबसे अच्छा विकल्प है कि पाकिस्तानी नौसेना पर उनके ही जलक्षेत्र में हमला किया जाए। उनको एफ.ओ.सी.-इन-सी वेस्ट द्वारा आयोजित सम्मेलन में जताए गए संदेहों की हवा मिल गई थी। इन मतभेदों के समाधान के लिए कई बैठकें की गईं, लेकिन उन्होंने यह स्पष्ट रूप के साफ कर दिया था कि वे अपने लक्ष्य की प्राप्ति के लिए कोई भी आधा-अधूरा प्रयास बर्दाश्त नहीं करेंगे। धीरे-धीरे ये मतभेद दफन हो गए और वे सभी, जिन्होंने आक्रामक होने को लेकर अपने संदेह व्यक्त

किए थे, अब साथ हो गए थे। सभी नौसेना प्रमुख के कराची पर हमला करने की योजना का पालन करने के लिए सहमत हो गए।

पनडुब्बीरोधी युद्ध का संचालन करने में दो बुनियादी मापदंड सबसे महत्त्वपूर्ण हैं—पहला, यह जरूरी है कि नौसेना के जहाज तेजी से आगे बढ़ें; और दूसरा, उनके पास सोनार प्रणाली होनी आवश्यक है, जिससे कि एक उचित दूरी से दुश्मन की पनडुब्बियों का पता चल सके। जब ब्रिटेन द्वारा खुकरी, कृपाण और कुठार भारत को सौंपी गई थीं, उनको 'द्वितीय श्रेणी के पनडुब्बीरोधी युद्धपोत' नामित किया गया था और इनमें इन दोनों ही महत्त्वपूर्ण मापदंडों की कमी थी। 1950 के दशक में बने ये ब्लैकवुड श्रेणी के युद्धपोत एक आदर्श परिस्थिति में केवल 14 नौट्स की अधिकतम गति से ही चल सकते थे और उनकी सोनार क्षमता केवल 2500 मीटर ही थी।

उनके सामने थीं पाकिस्तानी नौसेना की फ्रांस में बनी अत्याधुनिक डाफ्ने श्रेणी की पनडुब्बियाँ, जिनके सोनार की पता लगाने की क्षमता 25000 मीटर थी, यानी भारतीय युद्धपोत से 10 गुणा अधिक। और पकिस्तान के पास वैसी तीन थीं। वे लहरों के नीचे इतने अविश्वसनीय रूप से तेज थीं कि उनको हैंगर, मंगरों और सूशुक नाम दिए गए, जोकि पाकिस्तानी समुद्र में पाए जानेवाली घातक शार्क मछली की प्रजातियों के नाम थे। दोनों विरोधी हथियार मंचों के बीच के आंतरिक-ऑपरेटिंग मापदंडों को देखते हुए पनडुब्बियाँ बहुत बुरी और घातक साबित होनेवाली थीं। वे भारतीय युद्धपोत का 20 मील से भी अधिक की दूरी पर ही पता लगा सकती थीं।

कप्तान मुल्ला और लेफ्टिनेंट कमांडर मनु शर्मा ने कराची के खिलाफ सुनियोजित हमले का समर्थन किया। हालाँकि, जो बात उनको परेशान कर रही थी, वह थी—उनके युद्धपोतों की, पश्चिमी बेड़े की रक्षा करने की क्षमता, विशेषकर गहरे पानी में रहने वाली दुश्मन की उन घातक पनडुब्बियों से।

समुद्र में युद्ध को लेकर एडमिरल नंदा के विचार सर्वविदित थे। उनके अधिकारियों के साथ उनकी बातचीत और चर्चा एक मजबूत दृढ़ विश्वास प्रक्षेपित करती थी, जोकि जुनून के बहुत करीब था कि अगर युद्ध होता है तो आक्रामक बनना होगा और यह कि नौसेना के पास जो कुछ भी है, उसको युद्ध में डाल दो और पाकिस्तानी नौसेना को उनके अपने जलक्षेत्र में तबाह कर दो।

एडमिरल कोहली द्वारा 7 अगस्त, 1971 को सम्मेलन आयोजित किया गया था, वह उस शृंखला का पहला भाग था, जोकि दिल्ली में 23 नवंबर, 1971 को

तीनों सेवा प्रमुखों और रक्षा मंत्री को दी जानेवाली योजनाओं के प्रस्तुतीकरण पर जाकर समाप्त होना था।

चौदह एफ.एस. स्क्वाड्रन के यह पनडुब्बी-रोधक युद्धपोत की बढ़ती उम्र के कारण पश्चिमी बेड़े को सुरक्षा प्रदान करने की जो परिमितता थी, उससे परिचित कप्तान महेंद्र नाथ मुल्ला ने इन चर्चाओं में खुलकर अपने विचार सामने रखे, लेकिन उनको कहा गया कि नौसेना को जो कुछ उसके पास है, उसी से लड़ना होगा और यह कि यही सब है, जो अभी उपलब्ध है।

पनडुब्बी-रोधक युद्धपोत के सोनार की परिमितता से परिचित, पश्चिमी नौसेना कमांड मुख्यालय ने निवेदन किया कि बॉम्बे में स्थित भाभा एटॉमिक अनुसंधान केंद्र (बी.ए.आर.सी.) से सहयोग लिया जाए, जिससे कि उनके सोनार की रेंज को बढ़ाने का कोई तरीका निकल सके। बी.ए.आर.सी. ने भारतीय नौसेना के पास जो सोनार थे, उन पर कुछ अनुसंधान और सुधार किए थे। उनके परिणाम आशाजनक लग रहे थे, लेकिन उसमें आगे और सुधार करने की आवश्यकता थी तथा उसके लाइव परीक्षणों को आवश्यक समझा गया। लेकिन प्रयोग करने के लिए समय बहुत ही सीमित था, क्योंकि युद्ध निकट ही था।

1 दिसंबर, 1971

बेड़ा कमांडरों द्वारा सेवा प्रमुखों को, संयुक्त प्रमुखों की स्टाफ समिति में 23 नवंबर को अपनी ऑपरेशनल योजनाएँ प्रस्तुत करने के एक सप्ताह बाद, खुफिया विभाग को जो सूचना मिली, वह इंगित करती थी कि पाकिस्तान भारत के खिलाफ युद्ध छेड़ने के बहुत करीब है। इन इंटरसेप्ट से इस बात का भी खुलासा हुआ कि डाफ्ने श्रेणी की पनडुब्बियाँ—हैंगर और मैंगरो—को यह कार्य सौंपा गया था कि जैसे ही युद्ध शुरू होता है, वे बारी-बारी बॉम्बे बंदरगाह पर पश्चिमी बेड़े के जहाजों को नष्ट करेंगे। गाजी को पहले ही 14 नवंबर को कराची से भेज दिया गया था विक्रांत को नष्ट करने के लिए और लगभग उसी तारीख को मैंगरो बॉम्बे की तरफ चल पड़ी थी, जिससे कि वह बंदरगाह के बाहर इंतजार करे। हैंगर कराची से सौराष्ट्र तट पर गश्त करने के लिए 23 नवंबर को रवाना हुई। और 1 दिसंबर को उसको मैंगरो, उसकी सिस्टरशिप का स्थान लेने के आदेश मिले, जोकि बॉम्बे बंदरगाह के बाहर अब तक अपना पेट्रोल खत्म कर चुकी थी।

यह जानते हुए कि अविलंब तत्काल काररवाई करनी होगी, एडमिरल नंदा ने 1 दिसंबर को पश्चिमी बेड़े के अधिकारियों और नाविकों को संबोधित करने के लिए और बेड़े को नुकसान से दूर खुले समुद्र में भेजने के लिए एक तूफानी दौरा किया।

पश्चिमी बेड़ा 2-3 दिसंबर, 1971 की रात को बॉम्बे बंदरगाह से बाहर निकल गया। इसमें सम्मिलित थे—युद्धपोत मैसूर; पंद्रहवीं युद्धपोत स्क्वाड्रन त्रिशूल और तलवार; चौदहवीं युद्धपोत स्क्वाड्रन खुकरी, कृपाण और कुठार; बेतवा (एक विमान भेदी युद्धपोत); कदमत्त (एक रूसी पेट्या); रंजीत (एक पुराना विध्वंसक); दीपक (एक टैंकर); सागरदीप (एक बुलाया गया लाइट हाउस टेंडर); और दो मिसाइल कश्तियाँ—विजेता और विनाश।

एडमिरल कोहली, एफ.ओ.सी.-इन-सी वेस्ट ने विरोधी सेनाओं की तुलनात्मक ताकत के अपने आकलन में यह स्वीकार किया था कि पाकिस्तान नौसेना की डाफ्ने श्रेणी की पनडुब्बियाँ हमारी पनडुब्बियों और सतह के जहाजों से बहुत अधिक उच्च श्रेणी की थीं। तदनुसार, सभी नौसेना के जहाज, जो बॉम्बे आ-जा रहे थे, वे तट पर बॉम्बे के उत्तर और दक्षिण तट के कम गहराईवाले पानी से होकर गुजर रहे थे और क्रमरहित तरीके से अपना मार्ग कभी भूमि की ओर, कभी समुद्र की ओर बदल रहे थे, ताकि दुश्मन पनडुब्बियाँ कभी यह अनुमान न लगा पाएँ कि लक्ष्य के लिए कहाँ इंतजार करना है!

दिसंबर 2-3 की रात को हैंगर को बॉम्बे बंदरगाह से आ रहे पश्चिमी बेड़े का पता चल गया। वह संयम के साथ अपने ऊपर से गुजर रहे पूरे बेड़े को महसूस कर रहा था, लेकिन वे अपने टॉरपीडो छोड़ नहीं सकते थे, क्योंकि युद्ध अभी घोषित नहीं हुआ था। बाद में यह पता चला था कि हैंगर के कार्यकारी अधिकारी ने कमांडर तसनीम अहमद, हैंगर का कप्तान, को इस बात के लिए राजी करने का प्रयास किया था कि वह जहाज पर अपने टॉरपीडो छोड़ दे, क्योंकि उनको ऐसा मौका दोबारा कभी नहीं मिलेगा। लेकिन अहमद ने इसके विपरीत फैसला लिया। तसनीम अहमद को यह पता नहीं था कि इस घटना के लगभग 12 घंटे बाद पाकिस्तान ने भारतीय हवाई अड्डों पर हमला बोल दिया था, 3 दिसंबर को शाम 5:45 पर; जो वास्तव में युद्ध की घोषणा थी।

इस दौरान पश्चिमी बेड़ा कराची की तरफ बढ़ रहा था, 4 दिसंबर को कुठार के बॉयलर में विस्फोट हुआ और बेड़े के कमांडर ने कृपाण को आदेश दिया कि वह उसको वापस बॉम्बे खींचकर ले जाए और खुकरी को उसके साथ-साथ चलना

था। दिसंबर 5 को जब वे बॉम्बे के रास्ते में थे, खुकरी को दुश्मन की पनडुब्बी का अहसास हुआ और उसने हमला कर दिया। एक आघात दर्ज किया गया था, लेकिन चूँकि तीनों जहाज कमजोर स्थिति में थे, खुकरी उस क्षेत्र में आसपास मँडराती नहीं रही और स्क्वाड्रन दक्षिण दिशा में बॉम्बे की ओर चलते रहे। स्क्वाड्रन बॉम्बे में 6 दिसंबर को पहुँचा और कुठार को मरम्मत के लिए ले जाया गया। कप्तान मुल्ला ने दुश्मन पनडुब्बी के साथ हुई मुठभेड़ की रिपोर्ट बनाई और कहा कि एक आघात दर्ज हुआ था, लेकिन यह भी साथ में जोड़ा कि वे उसका सुबूत इकट्ठा करने का इंतजार नहीं कर सकते थे, क्योंकि स्क्वाड्रन बहुत ही कमजोर स्थिति में था।

इसके तुरंत बाद दिउ हेड के थोड़ा आगे एक पनडुब्बी को देखे जाने का समाचार मिला और इस बात की पुष्टि हुई कि पनडुब्बी से एक वायरलेस संदेश कराची में प्रेषित किया गया था। पश्चिमी नौसेना कमांड ने यह निश्चय किया कि वे इस खतरे को खत्म करेंगे। इस कार्य को पूरा करने के लिए सी किंग हेलीकॉप्टरों के अतिरिक्त, जो एकमात्र बल उनके पास उपलब्ध था, वह था—कृपाण और खुकरी। परिस्थिति की गंभीरता पर विचार करने के उपरांत और कुठार की गैर-मौजूदगी के कारण जो पनडुब्बीरोधी क्षमता में कमी हुई थी, एफ.ओ.सी.-इन-सी वेस्ट ने खुकरी और कृपाण को नौसेना के नवीनतम पनडुब्बी-रोधक सी किंग हेलीकॉप्टरों के साथ जुड़ने के आदेश दिए, जिसका संचालन बॉम्बे से हो रहा था, जिससे कि दिउ से परे पनडुब्बी का जो खतरा बना था, उसको खत्म किया जा सके। कप्तान मुल्ला को आदेश जारी कर दिए गए कि वे 8 दिसंबर को पनडुब्बी को तबाह करने के लिए उसकी आखिरी ज्ञात पोजीशन की ओर रवाना हो जाएँ। 9 दिसंबर की सुबह तक खुकरी और कृपाण दुश्मन पनडुब्बी के बताए गए स्थान पर पहुँच रहे थे।

वास्तव में, यह पनडुब्बी हैंगर थी।

खुकरी और कृपाण से दस गुणा बेहतर सोनार की रेंज क्षमता के साथ हैंगर ने 9 दिसंबर को सुबह-सुबह ही उन युद्धपोतों की उपस्थिति का, जोकि उसकी तलाश कर रहे थे, तभी पता लगा लिया था, जब वे पनडुब्बी से 20 मील की दूरी पर थे। शिकार शुरू हो चुका था।

9 दिसंबर की शाम तक, हैंगर इस बात को समझ गया था कि युद्धपोत खोज के लिए एक आयताकार पैटर्न का पालन कर रहा है। उसके सेंसरों ने भी उसको सी किंग हेलीकॉप्टरों की मौजूदगी की चेतावनी दी कि वे भी अपने 'डंकिंग सोनार' से उसको ढूँढ़ रहे थे।

हैंगर न केवल युद्धपोत के उसको ढूँढ़ने के पैटर्न को समझ सकी, बल्कि यह भी पता लगा पाने में सफल रही कि वे 12 नोट्स की धीमी गति पर चल रहे थे। हैंगर और युद्धपोत के बीच की दूरी कम हो रही थी। हैंगर ने फिर भी सी किंग हेलीकॉप्टरों के कारण एक सुरक्षित दूरी बनाए रखी। परंतु शाम को 18:30 बजे जब अँधेरा होनेवाला था, सी किंग हेलीकॉप्टर वहाँ से चले गए। हैंगर को वह मौका मिल गया, जिसका वे इंतजार कर रहे थे। प्रसिद्ध आयताकार पैटर्न के साथ युद्धपोत की पोजीशन का पूर्वानुमान लगाकर पनडुब्बी लगभग 19:00 बजे खुद को एक सामरिक रूप से लाभप्रद पोजीशन में कर पाई, जोकि सामने से आ रहे युद्धपोत के रास्ते में था। जिस महत्त्वपूर्ण क्षण का हैंगर में लोग इंतजार कर रहे थे, वह आ गया था और वह हमला करने की स्थिति में थे।

जबकि खुकरी कुठार को सुरक्षित स्थान पर एस्कॉर्ट करने के बाद बॉम्बे में ही थी, एडमिरल कोहली ने आदेश दे दिए कि जो प्रायोगिक तंत्र उन्होंने बी.ए.आर.सी. को युद्धपोत की सोनार क्षमता को बढ़ाने के लिए विकसित करने के लिए कहा था, उसे खुकरी पर ले जाया जाए। लेफ्टिनेंट वी.के. जैन, जो इस प्रोजेक्ट पर काम कर रहे थे, 6 दिसंबर को खुकरी पर सवार हुए।

खुकरी पर सवार कप्तान मुल्ला को सोनार को सँभालने में परेशानी हो रही थी, क्योंकि यह उपकरण, जोकि अभी भी अपने प्रयोगात्मक चरण में ही था, उसे प्रयोग करने के लिए खुकरी को अपनी गति कम करने की आवश्यकता थी, जबकि जब भी शिकारी-शिकार पनडुब्बीरोधी संचालन करने की आवश्यकता होती है तो उसके लिए दुश्मन पनडुब्बी, जोकि आसपास मँडरा रही होती है, को तबाह करने के लिए और युद्धरीति को पछाड़ने के लिए तेज गति की बहुत आवश्यकता होती है। उनको यह भी पता था कि निर्धारित प्रथा के अनुसार, उनको आड़ा-टेढ़ा चलने की आवश्यकता थी—वह प्रक्रिया, जोकि दुश्मन पनडुब्बी के कमांडर को चिढ़ाने के लिए प्रयोग की जाती है। इसके कारण, खुकरी और अधिक धीमी गति पर आ जाएगी। कप्तान मुल्ला पहले से ही चिढ़े हुए थे, क्योंकि उनको अपनी अधिकतम रफ्तार को ऐरेंट प्रयोगात्मक सोनार के कारण,14 नौट्स से घटाकर 12 नौट्स लाना पड़ा था और आड़ा-टेढ़ा चलने से रफ्तार और कम हो जाएगी। इसलिए कप्तान मुल्ला बहुत दुविधा में थे। उनको दो विरोधाभासी आवश्यकताओं का सामना करना पड़ रहा था—पनडुब्बी से बचने के लिए आड़ा-टेढ़ा चलना या फिर उसको तबाह करने के लिए गति बढ़ाना।

कमांडर मनु शर्मा, कार्यकर्ता अधिकारी ने कहा कि वास्तव में खुकरी आड़ी-टेढ़ी ही चल रही थी और इसने सोनार की आवश्यकता के साथ-साथ, इसकी गति को बहुत अधिक कम कर दिया था। कप्तान मुल्ला ने लेफ्टिनेंट जैन के समक्ष अपना आक्रोश व्यक्त किया, जिन्होंने एक बार फिर कप्तान को यह समझाने का फैसला किया कि प्रयोगात्मक सोनार किस प्रकार काम करती है! वे वहाँ से हटकर कुछ लाल और नीली पेंसिलें लेने सोनार के कमरे में चले गए, जिससे कि वे इसको चार्ट पर समझा सकें।

इसी बीच हैंगर खुकरी और कृपाण का इंतजार कर रहा था कि कब वह उसके अनुमानित क्षेत्र में आए, जिससे कि वह अपने टॉरपीडो से उन्हें अच्छे ढंग से मार सके। असल में उसका पहला लक्ष्य खुकरी नहीं था, बल्कि कृपाण था, जोकि उसके निर्दिष्ट लक्ष्य क्षेत्र में आनेवाला पहला युद्धपोत था। हैंगर का टॉरपीडो अपने लक्ष्य जहाज की कील के नीचे सक्रिय होने के लिए था, जिससे कि वह अपने लक्ष्य की कील तोड़ सके। टॉरपीडो कृपाण पर छोड़ा तो गया, लेकिन संभवत: किसी दोषपूर्ण तंत्र के कारण, वह विस्फोट करने में नाकामयाब रहा। इस टॉरपीडो के फायर करने के साथ, हैंगर की उपस्थिति और उसकी पोजीशन दोनों का पता चल गया और उसके पास वहाँ से निकल जाने का या फिर एक और टॉरपीडो फायर करने का विकल्प ही बचा। चूँकि दोनों ही युद्धपोत अभी कुछ दूरी पर थे, हैंगर ने फैसला किया कि वह एक और टॉरपीडो फायर करेगा। लेकिन कृपाण, जोकि अब सतर्क हो चुका था, ने बच निकलने की काररवाई की।

हैंगर ने इसके बाद अपना ध्यान खुकरी पर केंद्रित कर दिया, जोकि उसकी तरफ आ रहा था और अपनी तीसरी टॉरपीडो उस पर दाग दी। इस बार टॉरपीडो अपने निशाने पर लगी और उसने खुकरी की कील के नीचे, मैगजीन के पास विस्फोट किया और उसको दो टुकड़ों में बाँट दिया। वह 9 दिसंबर, 1971 का दिन था और समय था 20:45। खुकरी कुछ ही क्षणों में डूब गई।

कमांडर मनु शर्मा की जुबानी उस घटना का विवरण, जोकि 9 दिसंबर, 1971 को घटी थी

"सी किंग हेलीकॉप्टरों के जाने के बाद, कप्तान मुल्ला हालात को लेकर संशय में थे। लगातार 2 दिसंबर से एक्शन स्टेशन पर बना रहना एक बड़ा तनाव था। अधिकारियों को खाने और सोने के लिए राहत देने की आवश्यकता थी। ऑपरेशन

कक्ष को लगातार देखने की आवश्यकता थी, संचार को लगातार बनाए रखना था और हथियार प्लेटफॉर्म को भी लगातार सँभालने की आवश्यकता थी। इसलिए चार घंटों की एक दिन की तीन पारियों के बदले चालक दल लगातार एक्शन स्टेशनों पर था, जहाँ उनकी ड्यूटी 50:50 बन गई थी, यानी चार घंटे काम और चार घंटे छुट्टी। हालाँकि, कप्तान मुल्ला, पहरा देनेवाले अधिकारियों, नेविगेशन दिशा अधिकारी, मिडशिपमैन, जो प्रशिक्षण पर थे और क्वार्टरमास्टर, जो ब्रिज के बगल में ही जहाज को स्टीयर कर रहा था, के साथ लगातार ब्रिज पर बने हुए थे। लगभग शाम को 8:30 बजे, कप्तान मुल्ला केवल करीब 10 मिनट के लिए नीचे गए और जब वे वापस लौटे, उन्होंने पूछा कि क्या सी किंग हेलीकॉप्टरों के बदले किसी और के आने का कोई समाचार है क्या? मैंने पुष्टि की कि वे वापस नहीं आए हैं, जिसका अर्थ था, उनकी खोज के क्षेत्र में कोई गश्त नहीं हो रही थी। उनको जहाज की गति की भी चिंता थी और यह कि किस डिग्री तक सोनार की क्षमता उस पर असर डाल रही थी? वे यह जानना चाहते थे कि क्या सोनार की कार्यक्षमता पर बिना असर डाले गति को बढ़ाया जा सकता था? उस समय खुकरी 12 नौट्स पर चल रही थी। लेफ्टिनेंट जैन के पास संदेश भेजा गया, जिनको यह लगा कि वे रंगीन पेंसिलों के माध्यम से ठीक से समझा सकते थे और उनको लेने सोनार के कमरे में चले गए, जोकि ब्रिज के पास ही था। इसके तुरंत बाद, एक टॉरपीडो खुकरी से टकरा गई।

"वहाँ एक के बाद एक दो जबरदस्त धमाके हुए और खुकरी लगभग पंद्रह डिग्री तक एक तरफ को झुक गई। कप्तान मुल्ला अपनी कुरसी से गिर गए। उनका सिर दीवार से टकराया और उनका सिर बहुत बुरी तरह से फट गया। तत्काल ही बिजली कट गई और उसके बाद दूसरा धमाका हुआ। कप्तान मुल्ला ने आदेश दिया कि दोनों इंजनों को 'पूरा आगे' बढ़ाया जाए—लेकिन उनको कोई जवाब नहीं मिला। बिजली के चले जाने के कारण ब्रिज और इंजन के कमरे से किसी प्रकार का संचार संभव नहीं हो पा रहा था।

"खुकरी अब तक स्टर्न से नीचे जा चुकी थी और फनल से आग की लपटें निकल रही थीं। अब जहाज, संभवत: टॉरपीडो के कारण बने छेद के कारण पानी भरने से, स्टारबोर्ड तक झुकने लगा था। मैंने कप्तान मुल्ला को सलाह दी कि हमें 'जहाज को छोड़ देना चाहिए', क्योंकि खुकरी अब हर हाल में डूबनेवाली थी। हालाँकि, वहाँ ऐसा कोई साधन नहीं था, जिसके माध्यम से हम यह आदेश जहाज के चालक दल तक पहुँचा पाते, क्योंकि बिजली कट चुकी थी। इसलिए कुंदन मल

और मैंने जहाज के ब्लोअर माध्यम से और बाहर से जोर-जोर से चिल्लाकर यह आदेश देना शुरू कर दिया कि जहाज को छोड़ दो।

"इसी दौरान, कप्तान मुल्ला और वे सभी, जो ब्रिज पर थे, नाविकों की मदद कर रहे थे, जोकि एकमात्र बच निकलने के रास्ते से ऊपर आ रहे थे, जोकि नीचे के डेक से ऊपर तक खुले हुए थे। लेकिन जो नाविक उस सीढ़ी के रास्ते ऊपर आ रहे थे, उन्होंने सीढ़ी को जाम कर दिया था। परिस्थिति उन लोगों की वजह से और अधिक बिगड़ गई, जिन्होंने लाइफ जैकेट पहनी थीं, जोकि बहुत भारी थीं और जिनके कारण और देरी हो रही थी, जबकि हर लम्हा बहुत कीमती था।

"इस समय तक जहाज बहुत तेजी से डूब रहा था और स्टारबोर्ड तक खतरनाक तरीके से झुक गया था। ब्रिज पर पानी भर गया था और इस वजह से एकमात्र बच निकलने का रास्ता पानी भरने के कारण बंद हो गया था। अब केवल एक ही बच निकलने का रास्ता बचा था, क्योंकि 'एक्शन स्टेशन' के दौरान कुछ सीढ़ियों को छोड़कर सभी हैच और दरवाजे बंद कर दिए जाते हैं। इस मामले में स्टर्न के पास की सीढ़ियाँ पहले ही पानी के नीचे चली गईं और जो एकमात्र सीढ़ी खुली बची थी, वह उन नाविकों के कारण जाम हो गई थी, जोकि सुरक्षा की ओर जाने की होड़ में लगे थे। कुंदन मल और मैं लगातार उन नाविकों को इस हैच से बाहर खींच रहे थे और उनमें से कुछ समुद्र में भी कूदने लगे थे।

"जब पानी का स्तर ब्रिज तक पहुँच गया और ब्रिज का झुकाव 90 डिग्री तक हो गया, कप्तान मुल्ला ने कुंदन माल और मुझे ब्रिज से नीचे धकेल दिया। हमने उनको अपने साथ खींचने का प्रयास किया, लेकिन उन्होंने मना कर दिया और आदेश दिया कि हम सुरक्षित जगह पर कूद जाएँ। हम दोनों स्टारबोर्ड की तरफ से समुद्र में कूद गए। समुद्र में ईंधन में आग लगने के कारण आग लगी हुई थी, इसलिए हमको आग के नीचे गोता लगाना पड़ा, जिससे कि हम सुरक्षित जगह पर पहुँच जाएँ। जब मैंने समुद्र के उस भाग को पार किया, जहाँ आग लगी थी और दूसरी तरफ पानी के ऊपर आया, मैंने कुंदन माल को ढूँढ़ने की कोशिश की, जोकि एक बहुत अच्छा तैराक था, लेकिन मैं उसे कहीं नहीं देख पाया।

"मैंने उस समय जहाज की ओर देखा और देखा कि उसका आगे का हिस्सा जिसे 'बो' कहते हैं, 80 डिग्री के कोण पर ऊपर की ओर इशारा कर रहा था और जहाज धीरे-धीरे डूब रहा था। आग की लपटों ने जहाज को प्रकाशमान कर दिया था। मुझे कप्तान मुल्ला की एक झलक दिखी। वे एक रेलिंग पर लटके हुए थे। मैं

कुछ और नाविकों को भी देख पा रहा था, जोकि खुकरी के अग्र भाग पर लटके हुए थे, जोकि अब लगभग सीधा खड़ा होने के करीब था। वे पानी के ऊपर रहने की अपनी आखिरी कोशिश में बचने के लिए गार्ड रेल को जोर से पकड़े हुए थे। उनमें से कुछ तो लटके ही रहे और कुछ कप्तान मुल्ला के साथ नीचे चले गए, जो खुकरी के साथ एक विशाल आह भरते हुए, जो आखिरकार पानी के नीचे चली गई। जैसे ही खुकरी डूबी, वहाँ एक बहुत बड़ा चूषण प्रभाव हुआ, जो बहुत से नाविकों को और आसपास के मलबे को अपने साथ नीचे ले गया। नाविकों की एक बहुत बड़ी संख्या, जिन्होंने आग में से तैरने का प्रयास किया था, बुरी तरह से जल गए थे और बहुत से नाविक, जिनको विस्फोट ने जहाज से नीचे फेंक दिया गया था, ने अपने अंग खो दिए। वहाँ मदद के लिए बहुत चीख-पुकार मची थी, लेकिन जब खुकरी डूबी, वहाँ एक पल के लिए एक भयानक खामोशी छा गई थी, जैसे हम सब अचंभित-से उसे डूबते हुए देख रहे थे!

"जैसे ही जहाज डूबा, उसके डूबने से हुए चूषण प्रभाव के कारण बहुत सी आग बुझ गई। मदद के लिए चिल्लाहटें फिर से शुरू हो गईं। जो जख्मी नहीं थे, उन्होंने अपने घायल साथियों को आसपास फैले मलबे में से कुछ-न-कुछ पकड़ाकर उनकी मदद करने का प्रयास किया, जिससे कि वे डूबें नहीं। मैंने और मेरे साथ कुछ और नाविकों ने, जोकि घायल नहीं हुए थे, जितनों को हो सका, राफ्ट की सुरक्षा तक लाने का प्रयास किया, लेकिन चूँकि राफ्ट की क्षमता सीमित थी, हम में से बहुतों ने राफ्ट के किनारों को ही पकड़ने का फैसला किया और जो घायल थे, उनको राफ्ट पर चढ़ा दिया। दो राफ्ट एक-दूसरे के साथ-साथ थीं, जबकि तीसरी राफ्ट काफी दूर निकल चुकी थी। चूँकि वह दिसंबर का महीना था, पानी बर्फ की तरह लग रहा था और लहरें पाँच से छह फीट तक ऊँची उठने के कारण समुद्र बहुत कठोर महसूस हो रहा था।

"हम यह उम्मीद लगा रहे थे कि कृपाण, जो हमारी सिस्टरशिप थी, हमको बचाने आएगी, लेकिन हमने उसको उस क्षेत्र से दूर जाते देखा। यह जानते हुए कि यहाँ आसपास कोई और जहाज नहीं था, हमको अब यह अहसास हुआ कि हमको अपने लिए खुद ही कुछ करना पड़ेगा। हममें से कुछ बीच-बीच में राफ्ट पर सवार हो जाते थे, क्योंकि पानी बहुत ठंडा था। और राफ्ट पर चढ़ने के बाद, हमको दूसरे जहाजों और हवाई जहाजों को भी देखते रहना था, जिनकी हम उम्मीद लगा रहे थे कि वे हमको ढूँढ़ते हुए आएँगे। हमको इस बात की भी चिंता थी कि दुश्मन सतह से

ऊपर आ जाएँगे और हमको युद्धबंदी बना लेंगे। इसलिए मैंने अपने रैंक के बैज को हटाकर फेंक दिया। रात के मध्य में एक समय ऐसा भी आया, जब एक समुद्री टोही विमान हमारे ऊपर से बहुत नीचे से उड़ान लेकर गया। हमने उसका ध्यान आकर्षित करने के लिए फ्लेर चलाई, लेकिन वह हमको देख नहीं सका।

"अगली सुबह एक और हवाई जहाज हमारे ऊपर से निकला और उसने हमारे लिए कुछ सामान गिराया, लेकिन हम उस सामान को ले नहीं पाए, क्योंकि समुद्र बहुत ही कठोर था। हमें उस समय बहुत राहत मिली, जब अगली सुबह लगभग 10 बजे हमने एक पेट्या को अपने करीब आते देखा। यह आई.एन.एस. कच्छल था, जिसने हमको अपने ऊपर चढ़ा लिया। सभी जीवित लोगों को कंबल और कुछ गरम पीने को दिया गया। इसी दौरान राफ्ट पर एक नाविक की मौत हो गई थी। हमने उसको समुद्र में दफना दिया, जोकि कप्तान जाडू ने किया था, जोकि उस जहाज का कप्तान था। उस नाविक के पार्थिव शरीर को भारतीय राष्ट्रीय झंडे में लपेटा गया और जहाज की घंटी को मृतक के प्रति आदर व्यक्त करने के लिए बजाया गया।

"संचार अधिकारी के रूप में अपनी योग्यता के आलोक में मैंने कप्तान जाडू की दूसरे जीवित बचे लोगों को ढूँढ़ने और बचाने में मदद करने में सहायता की। अपने इस कर्तव्य को निभाते समय मुझे पता चला कि दुश्मन पनडुब्बी का शिकार शुरू हो गया था। मुझे बाद में पता चला कि इस अभ्यास को 'ऑपरेशन फैल्कन' का कोड नाम दिया गया था। यह ऑपरेशन 16 दिसंबर तक चला, जब युद्ध-विराम घोषित हुआ।

"कुछ समय बाद मेरी तैनाती कैबिनेट सचिवालय में हो गई और मुझे पी.एन.एस. हैंगर के सेकेंड-इन-कमांड से अनौपचारिक तौर पर मिलने का मौका मिला। वह अधिकारी पूर्वी पाकिस्तान से था और जब हैंगर कराची पहुँचा, तो उसको नजरबंद कर दिया गया था। वह वहाँ से निकलकर भाग आया था और दिल्ली के रास्ते बांग्लादेश जा रहा था। उसने निम्नलिखित बयान दिए, जोकि उस दिन जो कुछ हुआ, उससे संबंधित थे। उसने कहा कि—

> पी.एन.एस. हैंगर में 5-6 दिसंबर को कोई तकनीकी दिक्कत आ गई थी और उसने रेडियो प्रसारण द्वारा कराची वापस लौटने की इजाजत माँगी थी। (यह कप्तान मुल्ला की रिपोर्ट से संबंधित है कि उसका सामना एक दुश्मन पनडुब्बी से हुआ था और उन्होंने एक हिट रिकॉर्ड किया था और यह कि यह हैंगर में हुई दिक्कत का कारण हो सकता है, जिसके कारण उसको कराची से प्रसारण

द्वारा वापस आने की इजाजत माँगी। यह वही रेडियो प्रसारण था, जिसको कि इंटरसेप्ट किया गया था, जिसने यह संकेत दिए थे कि दुश्मन पनडुब्बी दिउ हेड के आसपास है।)

हैंगर का चालक दल खुकरी और कृपाण के विरुद्ध काररवाई करने से बहुत झिझक रहा था, क्योंकि हवा में सी किंग हेलीकॉप्टर मँडरा रहे थे और जब सी किंग वहाँ से जाने के बाद वापस नहीं आए, तब हैंगर को अहसास हुआ कि उसको सी किंग के वापस आने से पहले ही भारतीय युद्धपोत पर हमला कर देना चाहिए और उसके बाद ही कराची वापस जाना चाहिए। इसके लिए उनको इजाजत मिल गई थी।

"'ऑपरेशन फैल्कन' हैंगर को नष्ट करने के बहुत करीब आ गया था। दो डेप्थ चार्ज ने हैंगर को ब्रेकेटेड किया हुआ था और वे अगले डेप्थ चार्ज का इंतजार कर रहे थे, जो उनको नष्ट कर सकता था, लेकिन घातक वार कहीं नहीं आया।

"'ऑपरेशन फैल्कन' ने हैंगर का शिकार करने के लिए सभी रुकावटें पार कीं, लेकिन हम उसको नष्ट करने में चूक गए।

"हैंगर संभवत: इसलिए बच गया, क्योंकि वह खुले समुद्र की ओर चला गया था और तट के करीब के रास्ते होते हुए कराची वापस नहीं लौटा; क्योंकि अगर उसने ऐसा किया होता तो सी किंग उसको देख लेते और नष्ट कर देते।"

सब-लेफ्टिनेंट अनिल कक्कड़, जो खुकरी पर सवार जीवितों में से एक था, के विवरण के कुछ अंश

"मुझे ब्रिज पर निगरानी अधिकारी का कर्तव्य दिया गया था। कुछ विज्ञान की पृष्ठभूमि के कारण मुझे बाद में लेफ्टिनेंट वी.के. जैन की सहायता के लिए नियुक्त किया जाना था।

"9 दिसंबर की शाम को सिस्टम ने एक प्रतिध्वनि उत्पन्न की, जो यह संकेत देती थी कि वहाँ किसी पनडुब्बी की उपस्थिति हो सकती थी और कप्तान मुल्ला ने तय किया कि वे इवेसिव काररवाई करेंगे। यह काररवाई करने के बाद, कप्तान मुल्ला ने लक्ष्य का पीछा करने के लिए अपने मार्ग में बदलाव किया, लेकिन वहाँ किसी भी पनडुब्बी की उपस्थिति की कोई और पुष्टि नहीं हो पाई। खुकरी और कृपाण ने अब पनडुब्बी-रोधक खोज अभियान चलाने का निर्णय किया और इसके लिए उन्होंने आयताकार पैटर्न अपनाया।

"खुकरी पर टॉरपीडो टकराने से कुछ ही पल पहले कप्तान मुल्ला, लेफ्टिनेंट जैन और मैं ब्रिज पर थे, क्योंकि जहाज कुछ समय से 'एक्शन स्टेशन' पर था। वास्तव में, कप्तान मुल्ला अधिकतर ब्रिज पर ही रहते थे—वह बहुत ही कम, अगर कभी हुआ तो, ब्रिज छोड़ते थे। जब टॉरपीडो ने खुकरी पर हमला किया तो जहाज में कंपन हुआ और बिजली चली गई। आपातकालीन बिजली चालू हुई और मैंने देखा कि जहाज के गायरो फेलियर अलार्म बजने शुरू हो गए थे। मैंने जहाज के परदे को उठाया, जिसने पोर्टहोल को ढका हुआ था और बाहर देखा, और मैं यह देखकर आश्चर्यचकित रह गया कि जहाज के पीछे के भाग में आग लगी हुई थी। अब मुझे बहुत सारे तेज आवाजवाले धमाके सुनाई दिए, जिनकी वजह से जहाज तेजी से काँपने लगा। यह पनडुब्बीरोधी गोला-बारूद होगा, जोकि प्रोपेलर के बिल्कुल ऊपर संचय किया जाता है, जिसमें विस्फोट हुआ होगा या फिर यह हो सकता है कि खुकरी को एक और टॉरपीडो से मारा गया हो। दूसरे धमाके के बाद, जहाज स्टारबोर्ड की ओर तेजी से झुकने लगा। जब तक मैंने सीढ़ी पर, जोकि ब्रिज से जुड़ी थीं, दस सीढ़ियाँ चढ़ीं, खुकरी स्टारबोर्ड की ओर 30 डिग्री से अधिक झुक चुकी थी। अब मुझे सीढ़ी से ऊपर जाने में दिक्कत हो रही थी और मुझे दोनों हाथों से बगल की रेलिंग को पकड़कर रखना पड़ रहा था। मैंने अहसास किया कि जहाज तेजी से डूब रहा था और यह कि मेरे लिए जो सबसे सही बच निकलने का रास्ता था, वह था ब्रिज से। जहाज अब तक 45 डिग्री तक झुक चुका था। मुझे याद आया कि मैंने अपनी लाइफ जैकेट रडार के नीचे रखी है, लेकिन अब, जब मैंने उसे ढूँढ़ा तो वह वहाँ नहीं थी!

"मुझे लगा कि जहाज से उतरने के लिए बंदरगाहवाली तरफ से उतरना सुरक्षित होगा और बहुत मुश्किलों के साथ मैंने ब्रिज तक का रास्ता पार किया। उस समय, मैंने कप्तान मुल्ला को ब्रिज पर देखा। वे बहुत शांत और स्थिर थे। अब खुकरी लगभग 45 डिग्री तक झुक चुकी थी और कप्तान मुल्ला गार्ड रेल को पकड़कर खड़े थे। जहाज ने बहुत तेजी से डूबना शुरू कर दिया। अब वहाँ पूरी तरह से अँधेरा हो चुका था और पानी मेरे सिर के पास ही था। मैं ब्रिज के ऊपर के कवर और दीवार के बीच फँस चुका था और उनके बीच की दूरी केवल डेढ़ फीट थी। जहाज अब सीधे खड़ा होकर डूब रहा था और मुझे लगा कि यही अंत है। उसके बाद, अचानक जहाज में कैद कुछ हवा ने बाहर निकलने का प्रयास किया और इस बाहर निकलती हवा ने बहुत ताकत के साथ मुझे उस जगह से धक्का देकर बाहर

फेंक दिया, जहाँ मैं फँसा था। जब मैं जहाज के साथ नीचे जा रहा था, संभवत: मैंने बहुत सा पानी और ईंधन पी लिया था। मैं जब ऊपर आया तो मैं खाँस रहा था और मुँह से पानी आदि बाहर फेंक रहा था और मेरी बाईं आँख में जलन हो रही थी, जोकि संभवत: जहाज के ईंधन की वजह से हो रहा होगा। बीती बातों को सोचता हूँ तो मैं सोचता हूँ कि मैं बहुत किस्मतवाला था कि मुझे मेरी लाइफ जैकेट नहीं मिली, जोकि एक सिंथेटिक पदार्थ की बनी थी और उस पर एक बहुत मोटा कैनवास का कवर था। अगर मुझे वह मिल गई होती और मैंने अपनी लाइफ जैकेट को पहन लिया होता तो मैं ब्रिज के ऊपर के कवर और दीवार के बीच ही फँसा रहता और जो नीचे से हवा निकली थी, वह मुझे धकेलकर वहाँ से बाहर नहीं निकाल पाती।"

सब-लेफ्टिनेंट एस.के. बसु के विवरण के कुछ अंश

"9 दिसंबर, 1971 की सुबह हमको पानी के नीचे एक पनडुब्बी होने का संकेत मिला। जब वह संपर्क, प्रोजेक्टाइल और डेप्थ चार्ज के साथ जहाज के हमले की रेंज में थे तो इन सभी संपर्कों को जोड़ा गया और हमला किया गया। लेकिन इनमें से किसी भी हमले का कोई सकारात्मक परिणाम नहीं निकला।

"करीब 20:00 बजे, मैंने निगरानी का कार्यभार सब-लेफ्टिनेंट खानजोदे को सौंप दिया और मैं 'काऊशेड' में थोड़ी नींद लेने चला गया, क्योंकि आधी रात को मुझे फिर से ड्यूटी करनी थी। 'काऊशेड' खुकरी पर एक छोटा कमरा था, जहाँ कनिष्ठ अधिकारी रहते थे।

"मैंने शाम को 8:45 पर जैसे ही रेडियो चलाया, मैंने एक बहुत भयानक धमाका सुना और पूरा जहाज उससे काँप गया। गायरो कमरा काऊशेड के बगल में ही था और गायरो अलार्म जोर-जोर से बजना शुरू हो गया। मुझे लगा कि यह 'एक्शन अलार्म' है और मैं अपने एक्शन स्टेशन की ओर दौड़ा, जोकि ब्रिज था। जब मैं अभी रास्ते में ही था, एक और धमाका हुआ और जहाज का प्रोपल्शन और बिजली उत्पादन प्रणाली दोनों ही विफल हो गए। वहाँ हर जगह बिल्कुल अँधेरा हो गया था।

"जब मैं ब्रिज पर पहुँचा, मैंने कप्तान मुल्ला को चीफ येयोमन को कहते सुना कि वे एफ.ओ.सी.-इन-सी. पश्चिम को संकेत दें कि हम पर हमला हुआ है। चीफ येयोमन प्रोस्पेरिन संदेश लिख रहे थे, जब एक और धमाका हुआ और जहाज स्टारबोर्ड की ओर झुकने लगा।

"कप्तान मुल्ला उन लोगों को, जोकि ब्रिज पर थे, कह रहे थे कि वे जहाज को छोड़ दें। मैंने लेफ्टिनेंट कुंदन माल को गार्ड रेल पार करते और समुद्र में छलाँग लगाते देखा। कुछ और लोग भी समुद्र में कूद रहे थे। मैंने अपनी लाइफ जैकेट उठाई और उनका अनुसरण करने के लिए खुद को तैयार किया।

"ब्रिज चौथे डेक पर था और पानी की रेखा से लगभग 40 फीट की ऊँचाई पर था। कप्तान मुल्ला ने मेरी तरफ देखा और कहा, 'बचो, उतरो।' मैं स्टील के डेक की मजबूत सुरक्षा को छोड़कर उस अरब सागर में उतर गया, जिसमें ऊँची-ऊँची लहरें उठ रही थीं।

"जिस पल मैं पानी में पहुँचा, मैंने जहाज से और पानी में लगी आग से दूर तैरना शुरू कर दिया। चूँकि जहाज ने स्टारबोर्डवाली ओर झुकाव लिया था तो एक बहुत बड़ा मस्तूल स्टारबोर्ड की तरफ झुक रहा था। जैसे ही मैं जहाज से एक सुरक्षित दूरी पर आ गया, मैंने देखा कि जहाज का अग्र भाग अचानक से एक जोर की आवाज के साथ, ऊपर सीधा हो गया है। कार्मिक मदद के लिए चिल्ला रहे थे, लेकिन अँधेरा होने के कारण कोई भी किसी को देख नहीं पा रहा था।

"इस पूरे शोर की और उलझन की पृष्ठभूमि में, खुकरी ने अपने स्टर्न की ओर से डूबना शुरू कर दिया और कुछ ही पलों में वह हमारी आँखों से हमेशा के लिए ओझल हो गई। हमने अपना युद्धपोत खो दिया था। यह हमारे लिए बहुत ही दुःख की घड़ी थी। उस रात 18 अधिकारियों और 176 नाविकों ने अपनी जानें गँवाई थीं।

"जो जीवित बचे थे, उनको दूसरी लाइफ राफ्ट से आई.एन.एस. कच्छल की मदद से बचाया गया, चालक दल का एक सदस्य मर गया था। उसका नाम थॉमस था और वह केरल से था। वह प्रोजेक्टाइल कमरे के पास ड्यूटी पर था और जिस समय टॉरपीडो ने जहाज को टक्कर मारी, वह उस समय घायल हो गया होगा। वह उस रात लाइफ राफ्ट पर मर गया। पूरे सैन्य सम्मान के साथ उसको समुद्र में दफन कर दिया गया और ईसाई दफन अनुष्ठान का पालन किया गया।

"सभी बचे हुए लोग कच्छल पर सवार थे, जब वह उस पनडुब्बी की खोज और विनाश अभियान का हिस्सा बन गई, जिसने खुकरी को डुबोया था। 14 दिसंबर को, हमने बॉम्बे की ओर जाने का जलमार्ग निर्धारित किया और 15 दिसंबर को लगभग 20:20 बजे हम बॉम्बे में ब्रेक वाटर बर्थ पर उतरे। इसके बाद हम आई.एन.एस. आंग्रे पर रहने के लिए चले गए। मेरी चिकित्सकीय परीक्षा यहाँ हुई थी।

"जाँच के लिए एक अदालत बैठाई गई। सभी बचे हुए लोग कप्तान महेंद्र नाथ मुल्ला की तारीफ करते थकते नहीं थे। हमें एक महीने की विशेष छुट्टी पर भेज दिया गया। छियासठ लोग जीवित बचे थे, जिनमें केवल छह अधिकारी थे।"

उसके पिता के संस्मरण : युद्ध की यादें और उसका परिणाम, डॉ. अमीता मुल्ला वट्टल द्वारा

यह कहानी कप्तान महेंद्र नाथ मुल्ला को एक व्यक्ति के तौर पर और उनकी मानसिकता को समझे बिना अधूरी रहेगी। यह उनकी बड़ी बेटी, डॉ. अमीता मुल्ला वट्टल, स्प्रिंगडेल्स विद्यालय, पूसा रोड, दिल्ली की एक प्रतिष्ठित प्रधानाचार्या, के शब्दों से बेहतर कौन बता सकता है। यह पाठकों के लिए देखना आवश्यक है कि वे क्या कहती हैं, क्योंकि यह केवल एक युद्ध की और एक जहाज की कहानी नहीं है, बल्कि उस व्यक्ति की कहानी है, जो अपने मजबूत मूल्यों के साथ जिया और मरा—जोकि आज के भ्रामक समय में बहुत आवश्यक है। यह कहानी उन लोगों के जीवन में युद्ध के बाद के परिणामों की भी है, जिन्होंने अपने परिजनों को इसमें खोया है—जिसके बारे में भारत के एक सामान्य नागरिक को बहुत कम जानकारी है।

"मैंने अकसर यह ताज्जुब किया है कि वह क्या था, जिसने मेरे पिता को अपने जहाज के साथ पानी में जाने पर, जब वह 1971 के भारत-पाकिस्तान युद्ध में टॉरपीडो के हमले का शिकार हुआ था, मजबूर किया होगा। क्या वे चाहते थे कि उनका नाम इतिहास की पुस्तकों में एक साहसी आदमी के तौर पर दर्ज किया जाए? क्या उन्होंने ऐसा पुरातन नौसैनिक परंपरा के कारण किया? या फिर, वे अपने जहाज के साथ समुद्र के गर्भ में इसलिए समा गए, क्योंकि उनको लगा कि यही करना सही है?

"मेरी बहन और मैं युद्ध शुरू होने से कुछ ही दिन पहले सर्दियों की छुट्टी के लिए स्कूल से घर आए थे। पहले, हम बच्चे टिन के नाविक बनाकर और कागज की कश्तियाँ बनाकर युद्ध के खेल खेला करते थे, जो अगर टूट जाते थे तो उनको हमेशा दोबारा जोड़ा जा सकता था। जब 5 दिसंबर की रात को बॉम्बे में विमानभेदी बंदूकें चली थीं, हमारे लिए वह एक चमकदार आतिशबाजी का एक मनमोहक प्रदर्शन था, जिसको हमने नौसेना नगर के अपने घर की बालकनियों से बहुत उल्लास से देखा। हमारे लिए युद्ध, विनाश और मौत केवल; द्वितीय विश्वयुद्ध की

फिल्मों की बहुत तेज गति से चलनेवाली छवियाँ ही थीं, जोकि हमने संयुक्त सेवाओं के क्लब की सुरक्षा के बीच देखी थीं। जहाँ से कोई भी उस अँधेरे ऑडिटोरियम से बाहर निकलकर आसानी से बच सकता है। यह वह मासूमियत थी, जिसके 9 दिसंबर, 1971 की रात को टुकड़े-टुकड़े हो गए थे, क्योंकि जो टॉरपीडो उस रात उस जहाज से टकराई थी और वे जहाज कोई खिलौना नहीं थे, जोकि कागज के बने हों, और उनको कभी भी वापस नहीं जोड़ा जा सकता था। क्लब के ऑडिटोरियम में फिल्मों में दिखाए एडवेंचर के विपरीत, इस वास्तविक युद्ध में कोई बच निकलने का मार्ग नहीं था।

"खुकरी के डूबने की खबर हमारे घर मेरी माँ के पास लाई गई और साथ ही एक कमजोर आश्वासन भी कि जहाज के कप्तान को भी बचा लिया गया है। हालाँकि, आज तक भी मैं इस बात को याद करती हूँ कि मेरी माँ ने एक निराशाजनक मायूसी महसूस की थी। क्योंकि उनको पता था कि उनके पति उन लोगों में से नहीं हैं, जो अपने लोगों की सुरक्षा के आगे अपनी सुरक्षा को रखते हैं।

"जैसे-जैसे जीवित बचे लोगों की सूची आने लगी, यह खबर भी आई कि कप्तान को आखिरी बार अपने आदमियों को बहुत मौन और शांत दृढ़ निश्चय के साथ डूबते हुए जहाज से नीचे उतरते हुए देखा गया था और उनका वह मौन तथा शांत दृढ़ निश्चय बाद में उनके आदमियों में अंतरित हो गया। जब आखिरी लाइफ राफ्ट को उस डूबते जहाज से अलग निकाला गया, जोकि बहुत तेजी से अपनी पानी की कब्र में डूब रहा था, उन्होंने देखा कि कप्तान अभी ब्रिज पर ही थे—अपने युद्धपोत के अनंतकाल के लिए एक प्रहरी!

"अब पाँच दशक हो चुके हैं, इस बात को और हम सब बढ़ने की अपनी यात्रा में रम गए; उस वक्त हमारे घर में बस महिलाएँ ही थीं—मेरी माँ, मेरी छोटी बहन और मैं।

"मुझे आज भी याद है, किस प्रकार मेरी बहन अंजू ने खुकरी के डूबने की खबर पर प्रतिक्रिया दी थी। उस वक्त वह केवल ग्यारह वर्ष की बच्ची थी। उसने एकदम मौन शांति से उस खबर को लिया, उसकी आँखें मेरी माँ के चेहरे से हट नहीं रही थीं। अंजू के पास एक अंदरूनी ताकत थी, जो उसने मेरे पिता से पाई थी। वह हर सुबह उठती थी और पापा की वरदी बाहर रखती थी और उनके सारे मेडल और एपाउलेट्स इतने अधिक सँभालकर उस पर लगाती थी कि मुझे लगा कि केवल उसके विश्वास से ही हमारे पिता वापस आ जाएँगे। वह एक दृढ़ आस्था के साथ

प्रत्येक घंटी, दरवाजे की या फोन की, का उत्तर देती थी कि जैसे दरवाजे पर या फोन के दूसरे छोर पर वे हमारे पिता ही हों!

"हमारे घर पर मानो मानवता की भीड़ लग गई थी, और इसी तरह दिन निकलते गए और एक-दूसरे में मिलते गए। मेरी माँ खुकरी के चालक दल की विधवाओं के साथ उनकी भावनात्मक और शारीरिक जरूरतों का ध्यान रखते हुए बहुत गहराई से शामिल हो गईं। उन्होंने अपने साथ हुई त्रासदी को एक तरफ रख दिया और गंभीर संकल्प के साथ उन परिवारों को सांत्वना और आराम देने के काम में लग गईं, जिन्होंने अपने घर के आदमी को खो दिया था। उनकी जरूरतें मानो मेरी माँ के लिए जुनून बन गई थीं, क्योंकि उनको लगा कि उन्होंने उनके कप्तान का स्थान ले लिया है।

"जब सभी कोलाहल और भीड़ फीकी पड़ गई, तो हम ही बचे थे, बस, हम तीन—एक बहादुर औरत और दो डरे हुए बच्चे। मुझे आज भी याद है कि मैं अपनी माँ से पूछती थी कि वे अब क्या करेंगी और हम अब कहाँ जाएँगे? और वे जवाब देती थीं, 'दुनिया बहुत बड़ी है और उसके पास सबके लिए जगह है और हम तीनों इतने मजबूत हैं कि सूरज के नीचे हम अपने लिए घर ढूँढ़ ही लेंगे।' उस दिन मुझे पता था कि ऐसा कुछ नहीं है, जो हम तीनों मिलकर नहीं कर सकतीं।

"मैं उस पिता को कैसे याद रख सकती हूँ, जो पचास साल पहले मर चुके हों, लेकिन आज भी लगातार मेरी जिंदगी के हर पल पर गहराई तक प्रभाव डालते हों? मैं छह साल की थी, जब मुझे इस बात का ज्ञान हुआ कि यह लंबा खूबसूरत आदमी, जिसकी आँखों का रंग हलका भूरा है, वह मेरा पिता है।

"मेरे पिता कश्मीरी पंडित थे और उत्तर प्रदेश के प्रतिष्ठित परिवारों में से एक से संबंधित थे। मुख्य न्यायाधीश, कवि, संविधान रचनेवाले, आपराधिक वकील, यहाँ तक कि एक या दो प्रतिष्ठित अधम व्यक्ति भी उन लोगों में सम्मिलित थे, जिन्हें वे अपने परिजनों में गिन सकते थे। लेकिन वे सभी बहुत ही प्रतिभाशाली लोग थे, जो समान रूप से जीवन के रोमांस के आदी थे। वीरू (जैसाकि उनको प्यार से बुलाया जाता था) एक गहरी आस्था के व्यक्ति थे। उन्होंने धर्म को जीवन के एक भाग के रूप में अपनाया था, लेकिन उन्होंने उसे कभी अपने ऊपर हावी नहीं होने दिया था। वे मानते थे कि विभिन्न आस्थाओं की समझ बहुत आवश्यक है, क्योंकि वे सभी अनिवार्य रूप से मानवजाति को सहज अच्छाई का ही उपदेश देते हैं।

"मुझे याद है कि एक बार मैं एक पैंफलेट से प्रभावित हो गई थी, जिसका शीर्षक था—'भगवान् का सैनिक', जिसमें एक लाइन थी, जिसमें लिखा था कि 'एक बलिदान करो और एक पापी को बचाओ।' मैं धर्मपूर्वक इसको अभ्यास में लाने में लग गई। एक दिन मेरे पिता ने देखा कि मैं एक ऐसी चीज को बहुत दर्द भरी त्रासदी की अभिव्यक्ति के साथ मना कर रही हूँ, जो उनको पता था, मुझे बेहद पसंद थी। उन्होंने मुझसे पूछा कि मैं ऐसा क्यों कर रही हूँ ? मैंने जवाब दिया, 'मैं बलिदान दे रही हूँ।' वे मुसकराए और कहा, 'अपने सबसे श्रेष्ठ कर्म को बलिदान का नाम नहीं देना। अगर कोई किसी कारण के लिए लड़ता है तो वह इसलिए, क्योंकि वह कुछ चीजों के बिना रहने के लिए तैयार है।' मैं उस समय उनको कभी समझ नहीं सकी, लेकिन अब मैं समझती हूँ। यानी यह कि कारण ऐसा होना चाहिए कि कोई उसकी कीमत न आँके।

"हमारे पिता पढ़ने के बहुत अधिक शौकीन थे और हमें भी पढ़ने के लिए प्रोत्साहित करते थे। जब वे यात्रा से लौटते थे, मैंने कभी किसी गुड़िया या कोई खिलौने की उम्मीद नहीं की थी। वह हमेशा एक पुस्तक ही होती थी।

"आठ साल की उम्र में जो सबसे पहली पुस्तक मैंने उनसे प्राप्त की थी, वह थी—'उमर खय्याम की रुबाइयत', और उस पर जो शब्द लिखे थे, वे थे—'मेरी प्यारी बेटी के लिए। अपने आप के लिए सच्ची रहो और बाकी सब अपने आप तुम्हारे पीछे आएगा, जैसे रात दिन के पीछे चलती है, फिर तुम कभी किसी व्यक्ति के लिए गलत नहीं होगी।' अपनी मौत से छह महीने पहले, मेरे चौदहवें जन्मदिन पर उन्होंने मुझे स्कूल में लिखा था—'यह तुम्हारी जिंदगी के निर्माणात्मक वर्ष हैं। तुम्हारा एकमात्र उद्‍देश्य ज्ञान धारण करना होना चाहिए, अपने मन को यहाँ-वहाँ भटकने मत देना...जीने के लिए, प्यार के लिए और हँसी-मजाक के लिए समय बाद में आएगा। जो लोग इस कीमती समय को बरबाद कर देते हैं, संभवत: उनके लिए अच्छी चीजें कभी नहीं आतीं। उनका भविष्य अंधकारमय होता है। यह कर्मा का कठोर कानून है।' उन्होंने यह भी टिप्पणी की कि युद्ध का कारोबार, यदि बेवकूफों पर छोड़ दिया जाए तो वह केवल आपदा ही लाएगा और यही बात किसी भी पेशे पर लागू होती है। मैं अब सोचती हूँ कि क्या जब उन्होंने मुझको यह टिप्पणियाँ की थीं तो उनको अपनी मौत का कोई पूर्वाभास हुआ था ?

"पापा हमेशा गंभीर नहीं रहते थे; उनको एक अच्छी हँसी बहुत पसंद थी। माँ हमेशा कहती थीं कि तुम ऐसे आदमी की ईमानदारी की कसम खा सकते हो, जो

कि खुलकर और बिना किसी हिचकिचाहट के हँसता हो। हालाँकि, मेरे साथ उनका हास्य हमेशा व्यादेश के मिजाजवाला होता था। 'कॉन्वेंट ऑफ जीसस एंड मैरी' में अपने कठिन जीवन के बारे में शिकायत करते हुए मैंने उनको लिखा था कि यहाँ जो खाना मिलता है, वह कीड़ों के खाने लायक भी नहीं होता। उन्होंने जवाब दिया, 'मेरे प्यारे कीड़े, मुझे यह जानकर खुशी हुई कि खाना तुम्हारे लायक है। मैं यह बात बताते हुए भी खुशी महसूस कर रहा हूँ कि बार-बार मॉल भी नहीं जा सकते, जहाँ भटकी हुई युवतियाँ अशोभनीय परिधान पहनकर घूमती हैं। मुझे अपार खुशी है कि तुमको 'पागल भीड़ के तुच्छ संघर्ष से दूर रखा जा रहा है।' मुझे लगता है कि यह उत्कृष्ट प्रशिक्षण है।'

"पापा के कारण, जब भी मैं नौसेना नगर में घर होती थी, मैं कभी लड़कों से नहीं मिल सकती थी। वे उनसे बहुत अधिक डरते थे और जब भी उनकी सिल्वर-ब्लू रेनॉल्ट आती थी, वे वहाँ से गायब हो जाते थे। मुझे लगता है कि मैं कभी भी युवा लोगों में बहुत लोकप्रिय नहीं हो सकती थी, लेकिन मुझे बुरा नहीं लगता था। मैं अपना प्रत्येक जागा हुआ लम्हा अपने पिता के साथ बिताना चाहती थी, उनसे बातें करके, उनके साथ ग्रामीण इलाकों में लंबी-लंबी सैर पर जाकर या फिर स्क्रैबल में उनको हराकर। जब भी मैं उनको किसी विशेष शब्द पर चुनौती देती थी, वे न केवल उसको मुझे शब्दकोश में दिखाते थे, बल्कि वे मुझे उसकी व्युत्पत्ति भी देते थे। उन्होंने एक बार मुझे समझाया कि अंग्रेजी के प्रगतिशील और जीवंत होने का कारण है कि उसने, बिना इस डर के कि वह अपनी पहचान खो देगी, सभी भाषाओं से निस्संकोच होकर लिया है। यह एक ऐसा सिद्धांत है, जिसको समझदारी से जीवन में भी लागू किया जा सकता है।

"मेरे पिता एक रंगमंच संबंधी प्रतिभा भी रखते थे, जोकि परिवार के बहुत से सदस्यों में साझा थी। लेकिन उन्हें खलनायक की भूमिका निभाने में मजा आता था। डिफेंस सर्विस स्टाफ कॉलेज में उन्होंने 'वी आर नो एंजल्स' में हेनरी टचर्ड की भूमिका निभाई थी। वे अपने इस चित्रण में जाहिर तौर से बहुत सफल रहे थे और उनको नीलगिरि के शिक्षित कुलीन वर्ग में पहचाना जाने लगा था। उन्होंने कहा था कि अच्छा अभिनय करने के लिए यह अधिक महत्त्वपूर्ण है कि आप चरित्र के दिमाग में घुस जाएँ, बजाय इसके कि आप उसकी शैली और आवाज की बारीकियों को लेकर चिंतित हों।

"अधिकांश बच्चों को माता-पिता के साथ पूरा जीवन बिताने को मिलता है;

मुझे केवल 14 साल मिले। फिर भी पापा ने मुझे सभी खेल सिखाए, जो मुझे खेलने में बहुत मजा आता था, सभी गाने सिखाए, जो मैं आज भी गाना पसंद करती हूँ और सभी कहानियाँ सुनाईं, जो मैं आज भी अपने बेटे से संबद्ध कर सकती हूँ। मुझे लगता है, वे 200 साल देर से पैदा हुए थे। उनकी सोच मध्यकालीन थी और उनकी मजबूरियाँ इतिहास के उस काल की थीं, जहाँ कि माता-पिता ही बच्चों का भविष्य तय करने का एकमात्र निर्णायक थे। हालाँकि, वे बहुत पढ़े-लिखे थे, उन्होंने बहुत यात्राएँ की थीं और उनको बहुत जानकारी थी, फिर भी वे आस्था, कर्तव्य और जवाबदेही के धार्मिक सिद्धांतों को बहुत उत्साह से मानते थे, जिसने आज की दुनिया में एक बड़े पैमाने पर पीछे की सीट ले ली है। उन्होंने मेरे जीवन में मुझे बहुत पहले से ही एक वयस्क के रूप में मानना शुरू कर दिया था। जब दूसरे बच्चे कॉमिक और एनिड ब्लायटन पढ़ते थे, उन्होंने मेरा परिचय चौसर और वड्र्सवर्थ से करा दिया था। उन्होंने यह भी सुनिश्चित किया कि हमारे धार्मिक पालन-पोषण की कभी उपेक्षा न हो। वे कहा करते थे कि 'हिंदुत्व जीवन का एक तरीका है। यह हजारों वर्षों से इस उपमहाद्वीप की बुद्धिमत्ता और संस्कृति का कोश रहा है। इसे कभी भूलना नहीं चाहिए और अपनी अमूल्य विरासत को कभी तुच्छ नहीं करना।' आज जब मैं पूरी दुनिया में हर जगह धर्म के नाम पर अपराध होते देखती हूँ, मुझे अहसास होता है कि यह केवल विश्वास ही है, जोकि मानवजाति की गरिमा की रक्षा कर सकता है।

"बॉम्बे के व्यस्त महानगर से जब हम शिमला गए थे तो यह हमारे जीवन का सबसे लंबा सफर नहीं था। लेकिन ऐसा लगता था कि एक जीवन के पैटर्न से दूसरे पैटर्न की ओर जाने में एक बहुत लंबा रास्ता तय कर रहे हैं और यह सदमा हमारे साथ बहुत समय तक रहा। शिमला में जख्मी और चकनाचूर आत्माओं के इलाज की प्रक्रिया शुरू हुई। मुझे आज भी याद है कि एक बहुत ही छोटा सा फ्लैट, जो मेरी माँ ने किराए पर लिया था और किस प्रकार वे मजाक किया करती थीं कि हम कितने किस्मतवाले हैं, जिनके पास एक बैठक, एक सोने का कमरा और रसोई सब एक में ही हैं! तत्पश्चात्, हम उसी फ्लैट में बड़े हुए। वह अपने आप में हमारे सभी सपने और भ्रम लिये हुए था और वह अब हमारी किशोरावस्था की सारी यादें समेटे था। उसमें मेरे पिता की सारी पुस्तकें भी थीं, जोकि धर्म, कविताओं और हास्य पर थीं। मुझे लगता है कि यह विडंबना है कि पी.जी. वुडहाउस—के साथ वह गाना, जो हमारे पिता ने हमें सिखाया था, 'हम बिस्मार्क को डुबोने जा रहे हैं और दुनिया हम पर निर्भर करती है'—ने हमको बहुत से ग्रे पैच से बाहर निकलने में मदद की।

"मुझे याद है कि शिमला में सर्दियाँ बहुत भयंकर होती थीं। सभी लोग मैदानी इलाकों में चले जाते थे और बर्फ की चादर सबकुछ ढक देती थी। पानी एक बहुत बड़ी समस्या थी, क्योंकि पाइप जम जाते थे और फट जाते थे। मेरी बहन और माँ एल्युमीनियम की बुखारी कोयले से भर लेते थे और हम अखरोट तोड़ा करते थे, चाय के अनगिनत कप पिया करते थे और आमतौर पर एक छछूँदर का जीवन जीते थे। हालाँकि, मेरी बहन अथक काम करनेवाले लोगों में से थी, जो हमेशा आसपास महसूस होते थे, जो हमको भावनात्मक शक्ति देती थी। मेरे पिता की मौत ने उस पर बहुत गहरा असर डाला था। मुझे अकसर लगता था कि उसको यह अहसास होता है कि हमारी माँ परिवार की 'मर्द' बन गई है, इसलिए उसने माँ का किरदार अपना लिया। यह विडंबना ही थी कि किस प्रकार युद्ध से पहले उसके गुड़ियों के घर ने युद्ध के बाद वास्तविक जीवन का आयाम ले लिया था। कई मायनों में वह अंजू ही थी, जिसने हमारे ठंडे, किराए के मकान को घर बनाया था। अकसर रात को जब सब स्थिर होता था और हम अपने-अपने विचारों में घिरे होते थे, वह चुपचाप मेरी माँ के पास आती थी और यह देखने के लिए कि कहीं उनकी आँखों में आँसू तो नहीं हैं, उनके चेहरे को थपथपाती थी और फिर अपने बिस्तर पर वापस चली जाती थी। मैं अब सोचती हूँ कि जब अंजू वापस सोने जाती थी तो क्या कभी उसकी आँखें भीगी थीं?

"जंगल की पहाड़ीवाली सड़क पाँच किलोमीटर तक घुमावदार थी, जो हमारे फ्लैट को स्कूल और कॉलेज से जोड़ती थी। मेरी माँ, बहन और मेरा दिन में उस सड़क से दो बार आना-जाना होता था। वह पैदल चलना मेरे दिमाग में छप गया है। वे मेरी माँ के लिए कठिन दिन थे, क्योंकि वह अपने अस्तित्व के साथ समझौता करने का प्रयास कर रही थी और मैं अपने। और अकसर मेरी उत्तेजना इतनी बढ़ जाती थी, मानो आग पकड़ लेती थी और जल जाती थी। वह सड़क और वह घर उन अनेक तूफानों के मूकदर्शक रहे हैं, जो हमारे जीवन से गुजरे हैं।

"लगभग पचास साल बीत चुके हैं। हमें उस पहाड़ी पर उस फ्लैट से निकले और एक व्यापक क्षितिज की ओर बढ़े बहुत समय बीत चुका है, अलग लोगों के साथ नई जिंदगियों में चले गए; पत्नियाँ, माँ, शिक्षिकाएँ, अधिकारी, लेखक होने की ओर। लेकिन एक ऐसी महिला बनने का प्रयास हमेशा करते रहे, जिसमें शक्ति हो। मेरा पूरा जीवन उस व्यक्ति का साक्ष्य रहा है, जिसने अपने देश के लिए जान दी। और मुझे यह विश्वास है कि मुझे इसके लिए जीना होगा। हालाँकि, विडंबना यह

है कि जिस उदाहरणात्मक तरीके से वे जिए और मरे, उस हिसाब से मैं कभी भी उनकी अपेक्षाओं पर खरी नहीं उतर सकी।

"9 दिसंबर की रात को जब उनके जहाज पर टॉरपीडो से हमला हुआ था और वह डूबने लगा, उन्होंने ज्यादा-से-ज्यादा नाविकों को और अधिकारियों को लाइफ राफ्ट और समुद्र की सुरक्षा में पहुँचाने में कोई कसर नहीं छोड़ी। और जब उन्होंने अपना कर्तव्य पूरा कर लिया, उन्होंने यह फैसला लिया कि वे अपने जहाज के साथ नीचे जाएँगे। मुझे लगता है कि उन्होंने खुद को सैकड़ों साल पहले जहाज के मालिक के रूप में देखा, जिसको कि समुद्र की परंपराओं द्वारा पोषित किया गया हो और जो उनको अपने पोत के साथ ही रहने की माँग करता है। इसलिए नहीं कि ऐसा करना ही सही था और न ही यह उनसे अपेक्षित था, बल्कि इसलिए, क्योंकि जैसाकि मैं उनको जानती थी, उनके लिए यही एक चीज थी, जो करनी थी। वे स्वतंत्र भारत के पहले नौसेना कप्तान थे, जोकि अपने जहाज के साथ नीचे गए थे और उम्मीद है कि वे आखिरी होंगे! इस प्रकार का एक ही व्यक्ति काफी है, जीवन भर के लिए पूरे देश को सम्मानित करने के लिए।

"मैं अब कल्पना करती हूँ कि किस प्रकार वे उद्देश्यपूर्ण तरीके से अंतरिक्ष की व्यापक शून्यता को लाँघ रहे हैं और उनके शब्द मुझ तक पहुँच रहे हैं—'अपने सपनों को दु:स्वप्न में मत बदलने दो—मुल्लाओं का सम्मान याद रखो'।"

वाइस एडमिरल हीरानंदानी ने अपनी पुस्तक 'ट्रांजिशन टू ट्रायम्फ : हिस्ट्री ऑफ द इंडियन नेवी 1965-1975' में कहा है कि युद्ध के बाद निम्न पर काफी बहस हुई—

- क्या एक डाफ्ने-रोधी हंटर किलर मिशन पर पनडुब्बीरोधी प्रत्यक्ष हवाई प्रयास की सहायता के बिना केवल दो जहाजों को भेजना एक व्यवहार्य पर्याप्त बल था?
- क्या खुकरी का इतनी धीमी गति से चलने का संबंध प्रायोगिक सोनार 170 संशोधन से था?
- क्या सी किंग्स को और आक्रामक तरीके से इस्तेमाल किया जा सकता था?
- क्या कृपाण का खुकरी के डूब जाने के बाद, वहाँ से वापस चले जाना उचित था, बजाय इसके कि वह तत्काल खुकरी के जिंदा बचे हुए लोगों को वहाँ से निकालती?

- 'ऑपरेशन फैल्कन' पाकिस्तानी पनडुब्बी का पता लगा पाने में असफल क्यों रहा?
- जबकि डाफ्ने-श्रेणी के जहाजरोधी क्षमता को हमारी पनडुब्बीरोधी क्षमता से बेहतर होने के बारे में पता था और उसे स्वीकार भी किया गया था, तो क्या पनडुब्बीरोधी ऑपरेशन को चलाया जाना चाहिए था?
- क्या 8 दिसंबर को तैनात किए दो युद्धपोत और सी किंग्स, डाफ्ने-श्रेणी की पनडुब्बी का सामना करने के लिए पर्याप्त थे?

इनमें से कुछ प्रश्नों के जवाब इस प्रकार हैं—

- यह आम सहमति थी कि युद्ध में यह अस्वीकार्य था कि एक दुश्मन पनडुब्बी आपको आपके दरवाजे पर आकर धमकाए—इसका शिकार करना ही होगा।
- सी किंग हेलीकॉप्टर्स, जोकि नौसेना के सबसे न्यूनतम और श्रेष्ठ पनडुब्बीरोधी प्रणाली थे, को इससे बेहतर तरीके से इस्तेमाल किया जा सकता था, अगर उसे दिउ से संचालित किया जाता (बॉम्बे से संचालित करने के बजाय)। हालाँकि, यदि पाकिस्तानी विमानों द्वारा हमला किया जाता तो वे रक्षाहीन होते। फिर भी, सुपर कॉनी मैरीटाइम रेकी विमान और अलाइजे पनडुब्बीरोधी विमानों का उपयोग 8 दिसंबर के ऑपरेशन के शुरू होने के क्षण से ही किया जाना चाहिए था।
- यह अत्यंत महत्त्वपूर्ण होता है कि कोई भी नया सेंसर, जोकि किसी भी जहाज की सुरक्षा पर सीधा असर डालता है, को युद्ध के दौरान या जब जहाज किसी सक्रिय ऑपरेशन में लगा हो, प्रयोग नहीं करना चाहिए, खासतौर पर तब, जब इन प्रयोगों के कारण जहाज की गति और उसकी चाल पर कोई प्रतिबंध लगता हो।

पूछे गए प्रश्नों में से केवल कुछ के ही जवाब दिए गए थे, जो निम्न की ओर इशारा करते हैं—

- यह कि कप्तान महेंद्र नाथ मुल्ला को ऊपर बताए मुद्दों की जानकारी थी। लेकिन जो कुछ भी उनके अधिकार में था, उनको अपने कर्तव्य को निभाने के लिए और पाकिस्तानी पनडुब्बी को नष्ट करने के लिए वह सब करना था।
- यह कि कप्तान मुल्ला को प्रयोगात्मक सोनार, जिसको पश्चिमी नौसेना मुख्यालय द्वारा जहाज पर चढ़ाया गया था, की रेंज बढ़ाने के लिए, प्रयोग

की अंतर्निहित प्रतिकूलता के बावजूद, जो कुछ भी वे कर सकते थे, करना था।

- यह कि कप्तान मुल्ला इस दुविधा में थे कि क्या उनको दुश्मन पनडुब्बी को नष्ट करने को नजरअंदाज करते हुए गति पर ध्यान केंद्रित करना चाहिए या फिर दुश्मन की पनडुब्बी को भाँपने के लिए प्रयोगात्मक सोनार की रेंज को बढ़ा देना चाहिए, जिससे कि दुश्मन की पनडुब्बी को नष्ट किया जा सके?
- यह कि जब जहाज को टॉरपीडो ने टक्कर मारी और वह डूबना शुरू हुआ, उनको लगा कि अपनी जान बचाना अनैतिक होगा, जबकि उनको यह भी पता था कि उनके बहुत से नाविक मर जाएँगे।

जो निकलकर आया, वह था—

- युद्ध में सफलता है शत्रु का नाश और साथ-साथ ही अपने बलों की सुरक्षा सुनिश्चित करना भी।
- किसी भी मिलिटरी कमांडर को सफलता का उचित मौका दिए बिना कोई कार्य नहीं देना चाहिए।

यह कहानी केवल एक युद्ध की नहीं है या केवल एक जहाज की नहीं है, यह कहानी है एक आदमी की, जो निडरता से उस युद्ध के लिए चला गया, जहाँ संभावनाएँ उसके बहुत विपरीत थीं। कप्तान महेंद्र नाथ मुल्ला, जहाँ तक एक इनसानी चरित्र का सवाल है—एक महानायक थे—एक ऐसा नेता, जो वही अमल में लाता था, जिसको वह अपनी आखिरी साँस तक सही मानता था। उसने अपने काम की मुश्किलें और अपने संसाधनों की सीमाओं को अच्छी तरह जानते हुए भी अपना कर्तव्य अपनी बेहतरीन क्षमता तक निभाया। जब उनके सामने उनकी अपनी जान का विकल्प आया तो उन्होंने आसान विकल्प को अस्वीकार कर दिया, क्योंकि यह उनके चरित्र में नहीं था कि वे अपनी जान बचाते, जबकि उनको पता था कि उनके बहुत से जवान उस डूबते हुए जहाज में फँसे थे। और उनके जीवन के आखिरी पल दूसरों को डूबते हुए जहाज से उतारने में गुजरे। इस प्रकार का ठंडे साहस का व्यक्तिगत कार्य बहुत दुर्लभ ही देखने को मिलता है और जब ऐसा होता है, वह अपनी वीरता की विशालता से दुनिया को हिलाकर रख देता है।

परिशिष्ट

इस कहानी से बहुत सारे पाठ सीखे जा सकते हैं, जिनमें से सबसे महत्त्वपूर्ण है कि भविष्य में युद्ध में सशस्त्र बलों को राष्ट्र की रक्षा के लिए साधनों से इनकार नहीं किया गया। हालाँकि, 1971 में भारतीय नौसेना ने समुद्र में युद्ध में उत्कृष्ट प्रदर्शन किया, फिर भी वहाँ कुछ सबक थे सीखने के लिए, जैसे—किन हालातों में खुकरी ने असाधारण प्रतिकूलता के विरुद्ध लड़ाई लड़ी! आशा है कि इस प्रकार के हालात दोबारा नहीं दोहराए जाएँगे।

□

अंत की शुरुआत

"अगर तुमको खेलना ही पड़े, तो तीन चीजें शुरू में ही तय कर लेनी चाहिए—खेल के नियम, दाँव पर क्या लगा है और किस समय खेल छोड़ा जा सकता है।"

— एक कहावत

वह 1971 अप्रैल के मध्य का समय था और पाकिस्तान द्वारा पूर्वी पाकिस्तान में अपने नागरिकों के विरुद्ध उसका नरसंहार अपनी चरम सीमा पर था। इस सर्वनाश के कारण शरणार्थियों की एक भारी भीड़ भारत में आश्रय लेने के लिए उमड़ पड़ी थी। अप्रैल के तीसरे हफ्ते तक, इनकी संख्या 10 लाख से अधिक हो गई थी। प्रधानमंत्री इंदिरा गांधी हमारी सीमा पर इस घटनाक्रम के कारण—वह परिस्थिति, जोकि लगातार बढ़ती ही जा रही थी—को लेकर बहुत व्याकुल थीं। पश्चिम बंगाल, उड़ीसा और त्रिपुरा राज्य के मुख्यमंत्रियों ने यह घोषित कर दिया था कि उनके प्रशासनिक संसाधन समाप्त होने की कगार तक पहुँच चुके हैं और उन्होंने प्रधानमंत्री से अनुरोध किया कि वे और अधिक शरणार्थी नहीं ले सकेंगे। उन्होंने यह भी कहा कि शरणार्थियों के साथ-साथ विध्वंसक पाकिस्तानी तत्त्वों ने भी भारत में प्रवेश कर लिया है; और यह कि उनको कानून-व्यवस्था में गड़बड़ी का डर भी है।

प्रधानमंत्री ने हालात का जायजा लेने के लिए राज्यों का दौरा किया, जोकि शरणार्थियों से भरे पड़े थे। जो उन्होंने देखा, उसने उनको अविश्वासपूर्ण ढंग से चौंका दिया। मानवता की वह पीड़ित स्थिति, जो लगातार सीमा पार से आना जारी रखे थी, ने उनके हृदय को चीर डाला। असहाय आदमियों, महिलाओं और बच्चों पर पाकिस्तानी सेना द्वारा किया गया नरसंहार और बर्बरता किसी की भी कल्पना से बहुत आगे का काम था। वे शरणार्थी शिविरों में कुछ बुजुर्गों से मिलीं और उनके

भारत में आने वाले शरणार्थी

द्वारा सुनाई कहानियाँ सुनकर भयभीत हो गईं। यह मानना मुश्किल था कि कोई इनसान किसी दूसरे इनसान से इस प्रकार बर्बरतापूर्ण व्यवहार कर सकता था! उन्होंने भयाक्रांत होकर सुना कि किस प्रकार युवा लड़कियों और महिलाओं का उनके ही पुरुषों के सामने बलात्कार किया गया, किस प्रकार उनके गले काटे गए और पुरुषों को पीट-पीटकर उनके ही परिवार के सामने जान से मार दिया गया, किस प्रकार पुरुषों को फैक्टरी के भभकते भट्ठों में जिंदा ही फेंक दिया गया और किस प्रकार उनको पिंजरे में बंद तेंदुओं को जीवित ही खाने के लिए डाला गया। अधिकतर पुरुष और महिलाएँ, जिनसे वे मिली थीं, घुटी हुई खाली आँखों से देख रहे थे, जैसेकि उन्होंने अपनी वास्तविकता की भावना को खो दिया हो और किसी दुस्स्वप्न से गुजर रहे हों!

श्रीमती गांधी बहुत ही व्याकुल हृदय के साथ दिल्ली वापस लौट आईं। उन्होंने पाकिस्तान से अपील की कि वे इस तबाही को रोक दें। उन्होंने उन मुश्किलों का हवाला दिया, जोकि इस मानवीय संकट के कारण पूर्वी पाकिस्तान और भारत के लोगों पर पैदा हुई थीं। परंतु उनका विरोध बहरे कानों पर पड़ा। वास्तव में, ऐसा लग रहा था कि पाकिस्तान को भारत में पैदा हुई इस पीड़ा से शैतानी आनंद मिल रहा था। उन्होंने जोर देकर कहा कि यह पाकिस्तान की आंतरिक समस्या है और यह कि भारत को इससे दूर रहना चाहिए और इसमें दखल नहीं देना चाहिए। इस उत्तर से क्रोधित प्रधानमंत्री इंदिरा गांधी ने मामले को संयुक्त राष्ट्र के सामने उठाया, लेकिन कोई ठोस परिणाम नहीं निकला—संयुक्त राष्ट्र ने पाकिस्तान के तर्क को स्वीकार किया कि यह उनका आंतरिक मामला है और यह कि शरणार्थियों के मुद्दे को भारत और पाकिस्तान के बीच द्विपक्षीय रूप से हल किया जाना चाहिए। संयुक्त राज्य अमेरिका द्वारा नेतृत्व किए हुए सुरक्षा परिषद् ने पाकिस्तान को युद्धरत और भारत को पीड़ित के बराबर कहा।

पाकिस्तान को संयुक्त राज्य से लगातार समर्थन मिलता रहा। पूर्वी पाकिस्तान में लगातार हो रहे नरसंहार के बारे में पश्चिमी देशों ने अमेरिका के नेतृत्व का ही अनुसरण किया। इनमें से सभी ने राजनीतिक औचित्य की वेदी पर अपनी नैतिकता की भावना को त्याग दिया था और अपने विवेक को मार डाला था।

लेफ्टिनेंट जनरल जे.एफ.आर. जैकब ने अपनी जीवनी 'एन ओडिसी इन वार एंड पीस' में कहा है—

> अमेरिकी, पाकिस्तान का उसके पूर्वी विंग के एक अविभाज्य अंग होने के नाते, उनकी स्थिति का समर्थक था। डॉ. हेनरी किसिंजर, राज्य सचिव पाकिस्तान

के आभारी थे, क्योंकि पाकिस्तान ने निक्सन की चीन यात्रा की व्यवस्था की थी और उसके साथ-साथ चीन तथा अमेरिका में दोस्ती कराई थी तो निक्सन का पक्ष भी पाकिस्तान की ओर झुका हुआ था। वे पाकिस्तान के सैन्य शासन से बहुत सहज थे और श्रीमती इंदिरा गांधी से बहुत असहज, जिनको वे बहुत अधिक नापसंद करते थे। 6 जुलाई को वे इस्लामाबाद जाते हुए रास्ते में दिल्ली आए। उन्होंने दिल्ली में बहुत कम हासिल किया। पाकिस्तान के लिए अमेरिकी और चीन का समर्थन बढ़ने लगा और इसका मुकाबला करने के लिए श्रीमती गांधी ने सोवियत संघ का रुख किया। उन्होंने मॉस्को को दोस्ती की संधि के बारे में फीलर्स भेजे, जोकि 1969 से विचाराधीन थे और जिसको सोवियत संघ से अनुकूल प्रतिक्रिया मिली। बिना भारतीय संप्रभुता या हमारी गुटनिरपेक्ष नीति के समझौता किए, इस दोस्ती की संधि पर हस्ताक्षर हो गए और उसे लगभग जैसे हमारी आवश्यकताओं के अनुरूप ही बनाया गया था। संधि के मूल तत्त्व कहते थे—'उस परिस्थिति में, जहाँ कि दोनों में से किसी भी पक्ष पर कोई हमला होता है या कोई खतरा होता है, तो उच्च अनुबंध करनेवाले पक्ष उस खतरे को दूर करने के लिए और अपने-अपने देश में शांति और सुरक्षा सुनिश्चित करने के लिए उचित प्रभावी उपायों के लिए आपसी परामर्श करेंगे।'

यह श्रीमती गांधी का मास्टरस्ट्रोक था। इसके कारण चीनी और अमेरिकी बैकफुट पर चले गए।

इसी दौरान भारत में प्रधानमंत्री के विरुद्ध, पाकिस्तान के विरुद्ध कदम उठाने में उनकी सरकार की असफलता पर संसद् में विपक्षी दलों का दबाव, आम जनता का विरोध और मीडिया का आक्रोश बढ़ता ही जा रहा था। जनता पाकिस्तान के खिलाफ तत्काल सैन्य काररवाई करने की माँग कर रही थी, जिससे कि शरणार्थी अपने घरों को लौट सकें।

परंतु भारतीय प्रधानमंत्री की अपनी ही मजबूरियाँ थीं—जो राजनीतिक, सामाजिक और नैतिक थीं—जो जल्दबाजी में सैन्य काररवाई के विरुद्ध थीं। शरणार्थियों की समस्या का संकट एक बहुत विशाल अनुपात में था और उनका मानना था कि मानवीय पहलू को पहले हल करना होगा। इसमें खाना, रहने की व्यवस्था करना और चिकित्सकीय सुविधा मुहैया कराना शामिल था, जिसकी शरणार्थियों को तत्काल आवश्यकता थी। उनमें से अधिकतरों ने जब सीमा पार की थी तो उनके पास बदन पर पहने कपड़ों के अतिरिक्त कुछ भी नहीं था।

किसी भी कारण से अपने पड़ोसी देश पर आक्रमण करने की क्रिया का बचाव करना कठिन होगा। क्या विश्व शरणार्थियों की समस्याओं की व्यापकता को, सैन्य कारवाई करने के लिए एक उचित कारण के तौर पर स्वीकार करेगा? हालाँकि, शरणार्थियों की समस्या नियंत्रण से बाहर हो रही थी। अप्रैल के अंत तक, श्रीमती गांधी ने फैसला लिया कि वे सेना प्रमुख जनरल सैम मानेकशॉ से सैन्य स्थिति के बारे में जानकारी लेंगी।

ब्रिगेडियर बेहराम पंथकी और उनकी पत्नी जेनोबिया ने अपनी पुस्तक 'फील्ड मार्शल सैम मानेकशॉ : द मैन एंड हिज टाइम्स' में उल्लेख किया है कि इस बैठक में क्या हुआ था—

> '''सेना प्रमुख को कैबिनेट की बैठक में बुलाया गया। प्रधानमंत्री और उनकी कैबिनेट चाहती थी कि सेना पाकिस्तान के खिलाफ तुरंत आक्रामक कारवाई शुरू करे। सैम अपनी बात पर अड़े रहे। सरकार की तीखी प्रक्रिया और सरकार की ओर से जारी प्रस्ताव पूरी तरह से त्रुटिपूर्ण था। उन तथ्यों को बताते हुए, जोकि किसी भी सैन्य योजना के लिए मुनासिब होते हैं, उन्होंने इस जल्दबाजी पर सवाल उठाए। यह समय सही नहीं था। उनको फॉर्मेशंस को उनके परिचालन स्थान पर जुटाने के लिए और यह सुनिश्चित करने के लिए कि पर्याप्त और निर्बाध सैन्य सहायता मिले, समय चाहिए था। इसके लिए आवश्यक ट्रेनें, रेलवे वैगन और नागरिक विमानों की आवश्यकता होगी। पंजाब में फसल कटने को तैयार खड़ी थी और रेलवे स्टॉक में परिवर्तन के कारण खाने की कमी हो सकती थी। सीमा सड़क संगठन (बी.आर.ओ.) को अतिरिक्त सड़कें बनानी होंगी, जिससे आगे की लोकेशंस पर निर्बाध अतिरिक्त सैन्यबल और आपूर्ति सुनिश्चित की जा सके। सांभर तंत्रानुसार गरमियों में की गई कोई भी कारवाई पश्चिम बंगाल के संपूर्ण डेल्टा क्षेत्र में तबाही मचा देता है, क्योंकि वह उसे मानसून की बारिश के कारण बहुत बड़े दलदल में बदल देता है। इसके कारण बख्तरबंद वाहनों की आवाजाही सड़क तक सीमित हो जाएगी और दुश्मन को उसकी योजना का पता चल जाएगा। अस्पष्ट दिखाई देने के कारण वायु समर्थन भी सीमित हो जाएगा। पूर्वी पाकिस्तान में कोई भी प्रवेश तब तक आत्मघाती होगा, जब तक कि नदियों का पानी उतर नहीं जाए और यही नहीं, हिमपात ने भी चीनियों को उत्तरी सीमा क्षेत्र के साथ-साथ अपना तीसरा मोर्चा खोलने से रोक रखा था। सेना पर्याप्त रूप से लैस नहीं थी। उसके

बख्तरबंद विभाग में 189 में से केवल ग्यारह टैंक ही परिचालन की स्थिति में थे; नए टैंक खरीदने का माँग-पत्र वित्त मंत्रालय के पास लंबित पड़ा था। सैम ने स्वयं को इस दुस्साहस के लिए जबरदस्ती धकेले जाने से इनकार कर दिया।

इसका एस. मुथैया ने भी अपनी पुस्तक 'बॉर्न टू विन : द लाइफ ऑफ लेफ्टिनेंट जनरल इंद्रजीत सिंह गिल' में समर्थन किया था। उन्होंने कहा—

> सेना के प्रमुख, सैम मानेकशॉ ने कैबिनेट को जानकारी दी थी कि परिस्थिति क्या है और नौकरशाही के सेना के साहस और दक्षता पर सवाल उठानेवाली फुसफुसाहट भरी टिप्पणियों के बावजूद, यह कहकर अपनी बात पर अड़े रहे कि सेना, मानसून के बाद, केवल नवंबर के अंत तक ही चलने को तैयार होगी। उन्होंने कैबिनेट को आश्वासन दिया कि और जब वह आगे बढ़ेगी तो उस समय वह हफ्तों के अंदर ही विजयी हो जाएगी। उन्होंने प्रधानमंत्री इंदिरा गांधी से कहा कि अगर उनको उनकी सैन्य योजना पसंद नहीं आई हो तो उन्होंने अपने इस्तीफे की पेशकश भी की। लेकिन प्रधानमंत्री ने उनकी योजना को स्वीकार किया और राजनयिक, सैन्य और रसद के मोर्चों पर तैयारी शुरू हो गई।

अपनी पुस्तक में बेहराम पंथकी ने आगे यह भी लिखा कि—

> सेना प्रमुख ने प्रधानमंत्री को यह भी आश्वासन दिया कि पूर्वी पाकिस्तान एक महीने के अंदर आत्मसमर्पण कर देगा। लेकिन यह तभी मुमकिन होगा, यदि उनको पूरी छूट दी जाए, यदि समय उनके चुनाव का हो और यदि उनका केवल एक राजनीतिक मास्टर हो—प्रधानमंत्री। प्रधानमंत्री ने उनकी शर्तों को स्वीकार कर लिया। इसके साथ ही शुरू हुई भारतीय सेना के इतिहास की सबसे शानदार योजना। सरकार के विभागों और मंत्रालयों के साथ समन्वय बनाना शुरू किया गया। सेना प्रमुख और प्रमुख मंत्रालयों के प्रतिनिधियों ने प्रगति पर नजर रखने के लिए साप्ताहिक बैठकें कीं। पहले माह में सिविल सरकार ने बीच में अपने पैर अड़ाने जारी रखे, जिसकी वजह से सैम के पास इसके अलावा कोई विकल्प नहीं बचा था कि वह अपनी चिड़चिड़ाहट को प्रधानमंत्री को व्यक्त करे; इस सबके कारण उसका कीमती समय नष्ट हो रहा था। अगली बैठक सेना मुख्यालय के संचालन कक्ष में हुई। सैम ने परिस्थिति का सारांश दिया—प्रगति बहुत धीमी थी। वित्त मंत्रालय को अभी भी खर्चों को मंजूरी देनी थी और लाइन मंत्रालयों को धन जारी करना था। सेना को रक्षा मंत्रालय से कमियों को पूरा

करने के लिए मंजूरी का इंतजार था। रेलवे ने अपनी सारी समय-सीमा लाँघ ली थीं; सीमा तक रेलहेड के विस्तार का काम शुरू नहीं हुआ था और न ही रेलवे स्टॉक जारी किया गया था। जिसके कारण सैनिकों की और सामग्री की आवाजाही रुकी हुई थी। प्रधानमंत्री ने उग्रता से अपने मंत्रियों को लपेटा।

उनमें से प्रत्येक को एक समय-सीमा के लिए प्रतिबद्ध किया गया और इसके साथ युद्ध की तैयारियाँ जोर-शोर से शुरू हो गईं।

कैबिनेट बैठक के बाद सेना मुख्यालय के संचालन कक्ष में एक ब्रीफिंग हुई, जिसमें प्रधानमंत्री श्रीमती गांधी ने भी भाग लिया, जिनके साथ रक्षा मंत्री जगजीवन राम, वाई.बी. चव्हाण और रक्षा सचिव के.बी. लाल भी आए थे। प्रधानमंत्री को एक प्रस्तुति दी गई थी, जोकि पूर्वी कमांड के मुख्यालय द्वारा तैयार संक्षिप्त ब्योरे पर थी। प्रस्तुति के बाद, जनरल मानेकशॉ ने सभी संचालनों को 15 नवंबर तक टालने को कहा। कुछ सेवानिवृत्त जनरलों ने खुलेआम तुरंत काररवाई के पक्ष में तर्क किया। उनका कहना था कि इससे पहले कि पाकिस्तान अपने पूर्वी विंग में अतिरिक्त बल बुला ले, हमला कर देना चाहिए। उन्होंने तर्क किया कि पाकिस्तान को यदि और समय दिया गया तो वह उस देश में कोई भी वेंचर को और अधिक महँगा बना देगा। ऐसी अफवाह फैल रही थी कि रक्षा मंत्री जगजीवन राम ने वित्तमंत्री वाई.बी. चव्हाण के समर्थन से श्रीमती गांधी से यह कहते हुए तुरंत सैन्य काररवाई के लिए आग्रह किया कि अगर मानेकशॉ को कोई शंका है तो उनके स्थान पर तुरंत किसी और को नियुक्त कर देना चाहिए।

फिर भी जनरल मानेकशॉ अपने स्थान पर डटे रहे। उन्होंने यह बात साफ कर दी थी कि सेना अभी युद्ध में जाने की उपयुक्त स्थिति में नहीं है। सेना की यह वर्तमान स्थिति रक्षा और वित्त मंत्रालयों की नाकामी के कारण हुई थी, क्योंकि वह सेना को युद्ध में जाने के लिए आवश्यक साधन मुहैया नहीं करा सकी थी। और यदि उनको तुरंत काररवाई करने पर जोर दिया गया तो उनका त्याग-पत्र प्रधानमंत्री की मेज पर होगा।

सौभाग्य से प्रधानमंत्री ने सेना प्रमुख का समर्थन किया और स्वीकार किया कि हस्तक्षेप उस समय होना चाहिए, जब भारत के लिए समय सबसे उपयुक्त हो। जिससे कि सेना प्रमुख को अपनी योजना उस समय-सीमा में बनाने को मिले, जोकि उन्होंने माँगी है। हालाँकि, प्रधानमंत्री को इस बात की निराशा थी कि तुरंत सैन्य काररवाई मुमकिन नहीं थी और यह कि शरणार्थियों का अपने घर वापस जाना स्थगित हो गया।

श्रीमती गांधी ने महसूस किया कि इस दौरान कुछ तो करने की आवश्यकता है, जिससे कि पाकिस्तानी सेना के लिए पूर्वी पाकिस्तान में बिना कोई हानि पहुँचाए और उनके नरसंहार को जारी रखे बिना, काम करने में मुश्किलें खड़ी हो सकें। और यह कि इसका उत्तर मुक्तिवाहिनी को उनकी मातृभूमि को मुक्त करने के उनके प्रयासों में मदद करके ही मिलेगा।

मुक्तिवाहिनी के मूल में पूर्वी बंगाल राइफल्स और पूर्वी बंगाल रेजिमेंट के सैन्यकर्मी शामिल थे, जो पश्चिमी और पूर्वी पाकिस्तानी सेना से भागकर आए थे। कुछ युवा लड़के उनके साथ अपनी मातृभूमि को स्वतंत्र करने के लिए जुड़ गए। मुक्तिवाहिनी का सैन्य लक्ष्य था—पाकिस्तानी सेना को गुरिल्ला ऑपरेशंस के द्वारा परेशान करना और उनके लिए काम करना मुश्किल बनाना। यह वे पुलों पर उनकी आपूर्ति के ढेर पर हमला करके और उनको नष्ट करके कर रहे थे, साथ ही पीछे की उनकी प्रशासनिक इकाइयों को नष्ट कर रहे थे, जिससे कि उनके संचार की लाइन को बाधित किया जा सके। हालाँकि, मुक्तिवाहिनी को गुरिल्ला युद्ध कला में प्रशिक्षित किया जाना था, खासतौर पर उन युवाओं को, जिनके पास सेना का कोई भी अनुभव नहीं था। सरकार ने भारत में शिविर स्थापित करने की इजाजत दी, जिससे कि इनको प्रशिक्षण दिया जा सके, यह स्वीकार करते हुए कि जब इनको ठीक से प्रशिक्षित कर लिया जाएगा, तभी उनका ऑपरेशन सफल हो सकेगा। मुक्तिवाहिनी को पलटन, कंपनी और बटालियन के माप के समूहों में बाँट दिया गया था और उनको क्षेत्र और उपक्षेत्र आवंटित किए गए, जहाँ से उनको कार्य करना था। प्रारंभ में वे सीमा सुरक्षा बल के क्षेत्रों से कार्य कर रहे थे। बाद में वे अपने आप ही कार्य करने लगे, लेकिन उस सेना की संरचनाओं के संपर्क में रहते हुए, जिनके अंतर्गत वे आते थे। जो मूल तैनाती पूर्वी कमांड द्वारा की गई थी, उसने मेजर जिया को चिट्टगोंग क्षेत्र का, खालिद मुशर्रफ को कॉमिला का, मेजर सैफीउल्लाह को मैमनसिंघ का, विंग कमांडर बाशर को रंगपुर का, लेफ्टिनेंट कर्नल जमन को राजशशि का, मेजर उस्मान को कुशतिया का, मेजर जलील को खुलना का और टाइगर सिद्दीकी को तनगैल का प्रभारी बनाया था।

उसके उपरांत श्रीमती गांधी ने 1971 की तीसरी तिमाही में एक कूटनीतिक आक्रमण किया। वे सभी बड़े मुल्कों की राजधानी के दौरों पर गईं, जिससे कि वे उनके घर में ही पूर्वी पाकिस्तान में हो रहे नरसंहार की वास्तविकता को ले जा सकें और पाकिस्तानी सेना पर लगाम लगाने की जरूरत को बता सकें, जोकि

पूर्वी पाकिस्तान के लोगों के लोकतांत्रिक अधिकारों को नष्ट करने में अपनी हद से बाहर जा रही थी। लेकिन उनके इन प्रयासों को निंदक प्रतिक्रिया ही मिली। उनमें से किसी ने भी न तो पाकिस्तान की निंदा की और न ही उसके द्वारा किए जा रहे नरसंहार को स्वीकार किया। उनका सामान्य रवैया था कि यह पाकिस्तान का अंदरूनी मामला है।

भारत की ओर से प्रारंभिक सैन्य प्रतिक्रिया में कमी, विश्व का नरसंहार की निंदा की विफलता और पश्चिम से पूर्व में पाकिस्तानी सेना का जाना, सबने मिलकर पाकिस्तानी सेना का हौसला और बढ़ा दिया, जिससे वे और अधिक लापरवाह एवं निर्दयी हो गए। सीमा पर घटनाएँ कई गुणा बढ़ गईं। इसके कारण भारत और पाकिस्तान के अर्धसैनिक बलों की इकाइयाँ एक-दूसरे के साथ सीधे टकराव में आ गए।

जैसे-जैसे यह टकराव संख्या और तीव्रता में बढ़ने लगे, भारतीय सीमा की पोस्ट्स, जोकि सीमा सुरक्षा बल (बी.एस.एफ.) द्वारा सँभाली जा रही थीं, उन पर अक्तूबर 1971 में भारतीय सेना द्वारा और बल भेजने की आवश्यकता पड़ गई।

अक्तूबर 1971 के अंत तक सीमा पर यह टकराव और अधिक हिंसक हो गए और बढ़कर सैन्य अभियानों में बदल गए, जिसमें दोनों पक्षों से मोर्टार और तोपों को शामिल किया गया।

इस कहानी का सार बोयरा पुलिस स्टेशन से सटे हुए उपक्षेत्र में मुक्तिवाहिनी के हो रहे ऑपरेशन पर केंद्रित है। इस क्षेत्र में मुक्तिवाहिनी ने पुलों को उड़ाकर और पाकिस्तान की संचार की लाइनों को बाधित कर काफी नुकसान पहुँचाया था। मुक्तिवाहिनी के दुस्साहस से नाराज पाकिस्तानी ब्रिगेड कमांडर ने मुक्तिवाहिनी और उनके ठिकानों, जहाँ से वे ऑपरेट कर रहे थे, को नष्ट करने के लिए हथियारबंद सेना, तोपखाने और वायु शक्ति के साथ मिलकर एक संयुक्त अभियान प्रारंभ किया। यह ऑपरेशन सीमा पार से भारत तक फैल गया, जिसके कारण बी.एस.एफ. और भारतीय सेना के जवानों को काफी नुकसान हुआ।

पाकिस्तानियों द्वारा आक्रमण 21 नवंबर को हुआ। युद्ध अभी घोषित नहीं हुआ था और इतनी बड़ी मात्रा में बल का प्रयोग, वह भी पाकिस्तानी सेना और उनकी वायुसेना के संयुक्त अभियान में, ने भारतीय सेना से एक जोरदार पलटवार का आह्वान किया। नौ भारतीय इन्फैंट्री डिवीजन के साथ एक भीषण मुठभेड़ हुई। पाकिस्तानी सेना में उनके जवान भारी संख्या में हताहत हुए, जिस कारण से वह पीछे

हट गई। 45 कैवलरी, जोकि भारतीय टैंक रेजिमेंट है, ने तेरह चाफी टैंकों को नष्ट कर दिया और तीन टैंक, जोकि चालू अवस्था में थे और पाकिस्तानियों द्वारा भागते समय छोड़ दिए गए थे, भारतीय टैंक रेजिमेंट के जवानों द्वारा चलाकर ले जाए गए और नष्ट हुए टैंक भारतीय सीमा की तरफ खींचकर लाए गए।

अगला दिन 22 नवंबर, जो सोमवार का दिन था, उजला था और धूप खिली थी, लेकिन उस दिन की सुंदरता को पाकिस्तानी सेबर जेट के एक के बाद एक हुए हवाई हमलों ने दूषित कर दिया था। संभवत: ये हवाई हमले उस नुकसान की भरपाई के लिए थे, जोकि भारतीय सेना ने पाकिस्तानी जमीनी सेना को 21 नवंबर को पहुँचाया था। हमले 10 बजे के बाद से लगातार जारी रहे।

जब 21 नवंबर को पाकिस्तानी थल और वायु के तत्त्वों द्वारा सामूहिक तौर पर भारतीय सेना की चौकियों पर हमला हो रहा था, 350 भारतीय इन्फैंट्री ब्रिगेड ने वायु कवर की माँग की थी। लेकिन उनके अनुरोध को भारतीय वायुसेना द्वारा संभवत: इसलिए ठुकरा दिया गया, क्योंकि अभी युद्ध की घोषणा नहीं हुई थी।

मैदान में भारतीय सेना की इकाइयों के अधिकारी और जवान, जो पाकिस्तानी हवाई हमलों का खामियाजा भुगत रहे थे, हवाई समर्थन से इनकार के कारण नाराज थे। वह जमीनी सेना, जोकि बोयरा खास के पास तैनात थी, उसमें 350 भारतीय इन्फैंट्री ब्रिगेड का मुख्यालय शामिल था, जिसमें 4 सिख, 26 मद्रास और पहली जम्मू और कश्मीर राइफल्स अपने पूरे बल के साथ मौजूद थे। उनको ऐसा लग रहा था, मानो जैसे उच्च मुख्यालयों ने उनकी दुर्दशा की ओर आँखें मूँद ली हों।

भारतीय वायुसेना की अनुपस्थिति के कारण पाकिस्तानी सेबर जेट बिना किसी मुश्किल के कार्य कर रहे थे। उनके वायुयान आराम से 2000 फीट की ऊँचाइयों तक उड़ते, फिर असहाय भारतीय सैनिकों पर अपने बम और हथियार छोड़ने से पहले 500 फीट पर गोता लगाते।

अंतत: जब यह साफ हो गया कि पाकिस्तानी खुलेआम हमारी सीमा की ओर हमारे सैनिकों के विरुद्ध, बिना किसी बाधा के ऑपरेट कर रहे हैं तो हवाई सहायता को मंजूरी दी गई। भारतीय नैट्स, जोकि कलकत्ता के निकट दमदम हवाई अड्डे पर स्थित थे, हवा में दिखाई दिए। हालाँकि, जिस समय तक वे आए, सेबर जेट उस क्षेत्र से बाहर निकल चुके थे।

उसी दिन लगभग 14:40 बजे पायलटों को संभवत: एक कॉल की अपेक्षा थी। चार युवा पायलटों का एक दल—फ्लाइट लेफ्टिनेंट रॉय एंड्रू मैस्सी के साथ

फ्लाइंग ऑफिसर सुनिथ सोआरेस एक विंगमैन के तौर पर और फ्लाइट लेफ्टिनेंट गनपथी और फ्लाइंग ऑफिसर डॉन लजारस नंबर 3 और 4 की पोजीशन पर तैयार थे और इंतजार कर रहे थे। फ्लाइट लेफ्टिनेंट शरद सवूर फॉरवर्ड एयर कंट्रोलर (एफ.ए.सी.) थे और फ्लाइंग ऑफिसर बागची फाइटर कंट्रोलर थे।

आगे जो कुछ भी हुआ, उसका एक प्रत्यक्षदर्शी लेखा ब्रिगेडियर अजित आप्टे (सेवानिवृत्त) ने दिया, जो उस समय 14 फील्ड रेजिमेंट में गन पोजीशन अधिकारी थे, जो 350 भारतीय इन्फैंट्री ब्रिगेड के समर्थन में था। उन्होंने कहा—

> पूर्वी मोर्चे पर सबकुछ शांत था। सुनिथ सोआरेस और डॉन लजारस स्क्रैबल खेल रहे थे और बाकी आराम कर रहे थे, जब अचानक लैक्सन बजने लगा। भारतीय रडार ने 14:40 बजे तीन दुश्मन सेबर जेट के अतिक्रमण को पकड़ लिया था और कुछ ही मिनट में दमदम के ऑपरेशनल रेडीनेस प्लेटफॉर्म पर चार नैट्स इकट्ठे हो गए और हवा में आ गए और सनसनाते हुए पेड़ों के शीर्ष के स्तर पर बोयरा की ओर उड़ गए।
>
> नैट्स जल्दी ही अंतरराष्ट्रीय सीमा (आई.बी.) पर पहुँच गए और बागची ने मैस्सी को एयर डिफेंस रेडियो चैनल पर बोला कि दुश्मन 2 बजे, चार नॉटिकल मील पर है।
>
> मैस्सी ने जवाब दिया, 'कॉन्टैक्ट! मैंने उन्हें देख लिया है। पुल्लिंग अप।'
>
> गणपति और डॉन, जोकि दाहिने फ्लैन्क पर थे, दुश्मन को देख नहीं पाए।
>
> सोआरेस ने एक दुश्मन हवाई जहाज को तीन किलोमीटर की दूरी पर देख लिया, जोकि गोता खाने ही वाला था और उसने चिल्लाया, 'कॉन्टैक्ट!'
>
> जमीन पर अधिकारी और सेना की इकाइयों के जवान अपनी रक्षात्मक पोजीशन से बाहर आ गए और बढ़ते उत्साह और रुचि के साथ इस हवाई लड़ाई को देखने लगे।
>
> मैस्सी ने एक दुश्मन सेबर जेट को देख लिया और उसके पीछे जाने के लिए मैनुवर किया। सेबर ने उससे पीछा छुड़ाने का प्रयास किया, लेकिन मैस्सी ने उसे अपनी फायरिंग रेंज में ले लिया एक छोटा गोला दागा। वह अपने लक्ष्य से चूक गया, लेकिन मैस्सी ने तुरंत दूसरा गोला दागा, जो उस सेबर के दाहिने पंख में जाकर लगा और हवाई जहाज घूमता हुआ नियंत्रण से बाहर हो गया। खलील अहमद, दुश्मन जहाज का पायलट, जहाज में से निकलने में कामयाब हो गया। मैस्सी, सोआरेस, गणपति और लजारस अब बचे हुए सेबर जेट के पीछे लग

गए। गणपति ने एक सेबर पर एक गोला दागा, जो चूक गया और तीसरा सेबर गणपति के पीछे 200 यार्ड की दूरी पर आ गया; डॉन घूमा और दुश्मन सेबर के पीछे आ गया और अपने जहाज से दुश्मन सेबर पर गोला दाग दिया, जिससे वह फट गया और उसका मलबा डॉन के जहाज की नाक तथा ड्रॉप टैंक से टकरा गया। यह पायलट भी अपने जहाज से बाहर निकलने में कामयाब हो गया। इस पायलट का नाम था—फ्लाइट लेफ्टिनेंट परवेज मेहदी।

इसी दौरान, गणपति ने बचे हुए सेबर पर सटीक गोलियाँ दागीं और उसके दाहिने पंख पर चोट की और जहाज में आग लग गई। हवाई जहाज बुरी तरह से तहस-नहस हो चुका था, लेकिन फिर भी वह धुआँ छोड़ता हुआ सीमा के उस पार जाने में सफल हो गया।

जैसे ही हवा में जहाजों का युद्ध समाप्त हुआ, नैट्स ने ब्रिगेड की लोकेशन के ऊपर विजयी कलाबाजी की और अपने घर वापस लौट गए।

फ्लाइट लेफ्टिनेंट परवेज मेहदी दूसरा पाकिस्तानी पायलट था, जो जहाज में से निकलकर बचा था, वह पैराशूट से 4 सिख के रक्षा क्षेत्र में उतरा था, जहाँ कप्तान एच.एस. पनाग (जो बाद में उत्तरी कमांड के सेना कमांडर बने) बटालियन के एडजुटेंट थे। वे जल्दी से जीप में बैठे और परवेज मेहदी को उठा लिया। फ्लाइंग ऑफिसर खालिद अहमद, पहला पायलट, जो जहाज में से बच निकला था, पहली जम्मू और कश्मीर राइफल्स के रक्षा क्षेत्र में उतरा था। दोनों पायलटों को 14 फील्ड रेजिमेंट में भेज दिया था, जोकि पीछे से 1,500 मीटर और फ्लैन्क की ओर थी। उनके साथ ठीक से व्यवहार किया गया, उनको चाय पिलाई गई और उनकी आँखों पर पट्टी बाँधकर 350 ब्रिगेड के मुख्यालय में भेज दिया गया। उस समय किसी को नहीं पता था कि फ्लाइंग लेफ्टिनेंट परवेज मेहदी भविष्य में पाकिस्तान की वायुसेना का प्रमुख बनेगा।

मैस्सी, गणपति और लजारस को वीर चक्र से सम्मानित किया गया और फ्लाइंग ऑफिसर बागची को उनके हवाई लड़ाई में प्रभावी नियंत्रण के लिए वीरता पदक से सम्मानित किया गया। अगले दिन ऑल इंडिया रेडियो और अखबारों में इस हवाई लड़ाई की खबरों की घोषणा हुई और देश के पहले तीन वायुसेना अधिकारियों को वीरता पुरस्कारों से सम्मानित करने की भी घोषणा हुई।

अगले दिन पश्चिमी पाकिस्तान में दूर इस्लामाबाद में एक अलग ही कहानी रची जा रही थी।

बोयरा की ओर दौड़ते हुए मच्छर

आगा मोहम्मद याह्या खान, सशस्त्र बलों के कमांडर-इन-चीफ और पाकिस्तान के राष्ट्रपति, ने बोयरा में हुई शिकस्त के बारे में सुना और यह सुनकर वह बहुत बुरे मूड में था। उसके गुस्से का कारण था बी.बी.सी. का प्रसारण, जो उसने 22 नवंबर की शाम को सुना। उसने तुरंत लेफ्टिनेंट जनरल गुल हसन, उसके चीफ ऑफ जनरल स्टाफ, को फोन किया। राष्ट्रपति के निर्देशानुसार, जनरल हसन ने अगले दिन एक बैठक बुलाई। पाकिस्तानी सेना और वायुसेना में जो भी अधिकारी प्रमुख नियुक्तियों पर थे, उनको बैठक में आने के निर्देश जारी हुए थे।

अगले दिन जो रास्ता सेना प्रमुख के कार्यालय को जाता था, जो अब इफ्तिखार जनजुआ रोड, रावलपिंडी है, को सेना पुलिस द्वारा घेर लिया गया, जिससे कि बैठक में शामिल होनेवाले वरिष्ठ अधिकारियों को निर्बाध मार्ग की सुविधा मिल सके। हवा में वाहनों के सायरन बज रहे थे, जो पाकिस्तानी सेना के पदानुक्रम के सदस्यों के आने की घोषणा कर रहे थे।

पिछली शाम के बी.बी.सी. के प्रसारण ने यह घोषणा की थी कि 21 और 22 नवंबर को बयोरा नामक जगह पर भारतीय सेना और वायुसेना के साथ हुई मुठभेड़ में पाकिस्तानी सेना ने भारी जनहानि सही है। जिस बात ने याह्या खान को क्रोधित कर दिया था, वह थी—उसको इस घटना की जानकारी मिलने और बी.बी.सी. के प्रसारण के समय में बहुत ही कम समय का अंतर था और वह उस विवरण से कहीं अधिक थी, जो उसको जानकारी प्राप्त होने के दौरान दिए गए थे।

बी.बी.सी. ने रिपोर्ट किया कि पाकिस्तानी सेना ने भारतीय सेना और वायुसेना के साथ युद्ध में 3 एफ-86 सेबर जेट और 13 चाफी टैंकों का नुकसान उठाया है, जो पूर्वी पाकिस्तान की सीमा पर 21 और 22 नवंबर, 1971 को हुआ था। बी.बी.सी. ने यह भी जोड़ा कि पाकिस्तान के दो सेबर जेट भारतीय क्षेत्र में गिरे थे और यह कि वे दो पायलट, जो जहाज में से निकलने में सफल हो गए थे, उनको भारतीय सेना ने पकड़ लिया था।

तीसरा सेबर जेट, जोकि बहुत बुरी तरह से क्षतिग्रस्त हो गया था, किसी प्रकार सीमा पार करने में कामयाब रहा और पूर्वी पाकिस्तान की सीमा के भीतर जाकर गिरा।

टैंकों और लड़ाकू विमानों के विनाश और दो पाकिस्तानी वायुसेना के पायलटों का भारतीय क्षेत्र में पकड़ा जाना, इस सबने भारतीय सेना को नैतिक तौर पर हाई ग्राउंड दिया था, वह भी तब, जबकि अभी युद्ध शुरू ही नहीं हुआ था। इसने जनरल याह्या खान को बहुत क्रोधित कर दिया था। इससे निर्णायक तौर पर यह सिद्ध हुआ कि वह पाकिस्तानी सेनाएँ ही थीं, जोकि सीमा पार आक्रामक कार्य कर रही थीं, ठीक उसके बिल्कुल विपरीत, जो पाकिस्तान विश्व को बताने का प्रयास कर रहा था।

नष्ट हुए टैंक भारतीयों द्वारा बरामद किए गए थे और जो तीन टैंक पाकिस्तानी सेना चालू हालत में छोड़कर भाग गई थी, वह भी भारतीय सेना द्वारा चलाकर ले जाए गए थे और उनको विदेशी पत्रकारों को दिखाया गया था। यह भी बी.बी.सी. ने रिपोर्ट किया था। इन टैंकों और विमानों के नुकसान का अर्थ था कि यह कीमती जमीनी और हवाई संसाधन अब भारत के विरुद्ध युद्ध में पाकिस्तान के पास उपलब्ध नहीं होंगे, जो तेजी से करीब आता प्रतीत हो रहा था।

सेना मुख्यालय में बैठक 23 नवंबर, 1971 को सुबह 11 बजे होनी निश्चित हुई थी।

स्टाफ की गाड़ियाँ सुबह 10 बजे से ही आनी शुरू हो गई थीं। सबसे पहले आनेवाले थे सैन्य अभियानों के निदेशक और सबसे आखिर में पहुँचनेवाले थे एयर मार्शल रहीम खान, चीफ ऑफ एयर स्टाफ। इनके बीच में प्रधान स्टाफ अधिकारी और कुछ हथियारों तथा सेवाओं के प्रमुख थे, कोर कमांडर और चीफ ऑफ जनरल स्टाफ थे। खारियान, लाहौर और बहावलपुर के कोर के कोर कमांडर भी उपस्थित थे। अधिकारियों की लाइनअप में शामिल थे 'स्ट्राइक कोर', जो आक्रामक ऑपरेशन के लिए होती है, के कमांडर, जो यह संकेत दे रहे थे कि यह बैठक बहुत हद तक 'ऑपरेशन ऑफ वार' सम्मेलन थी। कुछ सोच रहे थे कि क्या राष्ट्रपति उनको भारत के विरुद्ध लंबे समय से अपेक्षित आक्रमण करने की तारीख देनेवाले थे? राष्ट्रपति इस प्रकार के बयान देते आ रहे थे, जैसे 'दस दिनों' के समय में मैं युद्ध लड़ रहा होऊँगा', और 'मैं भारत को ऐसा पाठ पढ़ाऊँगा, जो वह कभी नहीं भूलेगा।' नवंबर की शुरुआत में याह्या खान ने 'न्यूजवीक' मैगजीन को यह कहा था कि भारत के साथ युद्ध अब अधिक दूर नहीं था और यह कि चीनियों को हथियारों और गोला-बारूद के साथ पाकिस्तान की मदद के लिए उनके साथ गिना जा

सकता था। वे अगले हफ्ते एक कदम आगे बढ़ गए और कोलंबिया ब्रॉडकास्टिंग सिस्टम के साथ अपने एक साक्षात्कार में कहा कि अगर भारत ने पाकिस्तान पर हमला किया तो चीन हस्तक्षेप करेगा। पाकिस्तानी सेना अध्यक्ष द्वारा दिए इन बयानों से यह साफ हो गया कि युद्ध बस निकट ही था।

हवाई लड़ाई

जब जनरल याह्या खान 11:15 पर बैठक के लिए आए तो उनको देखकर लग रहा था कि जैसे वे पिछली पूरी रात सोए नहीं थे। वे देखने में भालू की तरह थे—बहुत लंबे नहीं थे, शरीर भारी था, त्वचा का रंग गहरा था और सिर पर काफी बाल थे, पर कलमें थोड़ी सफेद हो रही थीं।

राष्ट्रपति को देखकर लग रहा था कि वे क्रोधित थे। उन्होंने एकत्रित अधिकारियों के अभिवादन 'सलाम वालेकुम' का जवाब गुर्राकर दिया और वह भी बहुत अनिच्छा से। इसके बाद उन्होंने वहाँ जितने भी अधिकारी उपस्थित थे और जो नहीं आए थे, उन्हें फटकारा। उन्होंने ऐसा कोई दिखावा नहीं किया कि वे उनके बारे में ठीक तरह से क्या सोचते थे और वह भी अपने उस खास रंगीन अंदाज में, जिसके लिए वे जाने जाते थे। उन्होंने बड़ी ही स्पष्टता से उन लोगों के प्रति कि वे क्या सोचते थे, जो बोयरा युद्ध में पराजय के लिए जिम्मेदार थे, कहा।

वातावरण में बहुत तनाव था, लेकिन सब चुप रहे।

उनका पहला प्रश्न था, "वह कौन सा अधिकारी था, जिसने बोयरा के ऑपरेशन की योजना बनाई थी और उस बल का कमांडर कौन था, जिसने इसको इतनी बुरी तरह से नाकाम किया?" प्रश्न हवा में लटका रहा और किसी ने उसका उत्तर नहीं दिया। सन्नाटा कौतूहल से तना हुआ था। किसी को नहीं पता था कि आगे

क्या होगा? सफलता के बहुत सारे दावेदार होते हैं—लेकिन विफलता का कोई नहीं होता। इससे भी महत्त्वपूर्ण बात यह है कि कोई भी किसी दूसरे की विफलता के लिए बलि का बकरा नहीं बनना चाहता था।

याह्या खान ने सैन्य अभियान निदेशक पर तंज कसा और गरजकर कहा कि "अगले चौबीस घंटों में मुझे रिपोर्ट चाहिए कि वास्तव में हुआ क्या था? मुझे इस लानत भरी विफलता के बारे में बी.बी.सी. से हमारी कल की ब्रीफिंग की तुलना में अधिक जानकारी मिली। अब कोई ताम-झाम नहीं और न ही कुछ छिपाया जाए। किसी-न-किसी को तो इसके लिए भुगतना ही पड़ेगा। मैं इस प्रकार की विफलताओं को स्वीकार नहीं करूँगा।"

"दूसरे", उन्होंने पूछा, "यह कैसे हुआ कि जो काररवाई कल और परसों लड़ी गई थी, उसका प्रसारण बी.बी.सी. पर हमारे नुकसान के पूरे ब्योरे के साथ, कल शाम ही हो गया? मुझे कल ही इस काररवाई के बारे में जानकारी मिली थी और उसके कुछ ही घंटों बाद पूरी कहानी बी.बी.सी. ने पूरी दुनिया को सुना दी!"

"तीसरे", उन्होंने आगे कहा कि "अगर, जैसाकि यह दिख रहा है, भारतीय सेना तुरंत ही विदेशी प्रेस से संवाद करने में सक्षम है, तो तुम बेवकूफ लोग इसी प्रकार की मीडिया कवरेज सुनिश्चित करने के लिए क्या कर रहे हो?"

चीफ ऑफ जनरल स्टाफ ने स्पष्ट किया कि भारतीय सेना ने विदेशी युद्ध संवाददाताओं को फ्रंट लाइन सैनिकों के साथ लोकेट करने की और जो वह सही समझें, उसे रिपोर्ट करने की अनुमति दी हुई है। उन पर कोई प्रतिबंध नहीं लगाया गया है। वे सैनिकों के साथ ही रहते और मार्च करते हैं। जो वह खुलकर नहीं कह पा रहा था, वह था—जो अत्याचार पाकिस्तानी सेना द्वारा पूर्वी पाकिस्तान के असहाय लोगों पर किया गया था, ने उनको पूरे विश्व में इतनी खराब छवि दी थी कि यह संभव नहीं था कि वे विदेशी पत्रकारों को पाकिस्तानी सैनिकों के साथ जाने की अनुमति देते! उनके पास छिपाने के लिए बहुत-कुछ था।

याह्या खान को संदेश मिल गया। वे इस बात से वाकिफ थे कि पाकिस्तानी सेना ने पूर्वी पाकिस्तान के लोगों पर किस प्रकार के अत्याचार किए हैं और उसको यह भी पता था कि इसलिए विदेशी संवाददाताओं को पाकिस्तानी फ्रंट लाइन सैनिकों के साथ चलने की अनुमति देने का सवाल ही नहीं उठता। फिर भी, वे भारतीय सेना की उस अनुकूल परिस्थिति से चिढ़े हुए थे, जो भारतीय सेना ने विदेशी मीडिया को प्रामाणिक फ्रंट लाइन एक्शन प्रसारित करके हासिल किया था। लेकिन उन्होंने

फैसला किया कि वे और कुछ नहीं कहेंगे, क्योंकि उनकी अपनी ही मिलीभगत थी पूर्वी पाकिस्तान को तबाह करने में।

एक छोटे से पल के लिए उनकी सोच वापस 25 मार्च, 1971 की उस शाम पर चली गई, जब उन्होंने चुपके से ढाका छोड़ा था और केवल लेफ्टिनेंट जनरल टिक्का खान, जो मिलिटरी गवर्नर और मार्शल लॉ प्रशासक के तौर पर पूर्वी पाकिस्तान में हाल ही में नियुक्त हुए थे, के साथ हवाई अड्डे पर गए थे।

वह पूर्वी पाकिस्तान जाहिर तौर पर इसलिए गया था, क्योंकि वह स्वयं को उस परिस्थिति से अवगत करा सके, जोकि वहाँ अवामी लीग की प्रचंड जीत के कारण उत्पन्न हुई थी। लेकिन वास्तव में वह इसलिए गया था, ताकि वह स्वायत्तता और बृहत्तर स्वतंत्रता के लिए पूर्वी पाकिस्तान के आंदोलन के तख्तापलट के अंतिम आदेश दे सके। उसने टिक्का खान को कहे अपने आखिरी शब्द याद किए, जो उसने, जैसे ही उसने मिलिटरी विमान में प्रवेश किया था, जो उसको वापस इस्लामाबाद लानेवाला था, 6:14 पर बोले थे। वह पीछे मुड़ा और उसने मिलिटरी गवर्नर को कहा, "अब उनको सुलझाओ।"

अंग्रेजी में बोले गए वे चार शब्द पूर्वी पाकिस्तान के लोगों के लिए मौत का फरमान थे, जिन्होंने सैन्य शासन के खिलाफ मतदान किया था। उसके बाद जो मारने का दौर चला, वह शुद्ध नरसंहार था और उस नरसंहार से टिक्का खान ने अपने लिए 'बांग्लादेश का कसाई' की उपाधि प्राप्त की थी, वह उस शीर्षक 'बलूचिस्तान का कसाई' के अलावा थी, जो उसने पहले ही कमाई हुई थी।

वर्तमान की बातचीत पर वापस लौटकर उसने युद्ध पर अपना मुद्दा बदला, उसने कहा कि युद्ध जल्द ही शुरू होनेवाला था। सैन्य अभियान के निदेशक, आर्म्ड कोर के निदेशक और वायुसेना प्रमुख को राहत महसूस हुई कि बोयरा की असफलता का स्पष्टीकरण उनसे तुरंत नहीं माँगा गया है। शेष उस आदेश की प्रतीक्षा कर रहे थे, जो उनको लगा कि अब आएँगे। अगर उनको भारत के साथ युद्ध पर जाना है तो बहुत सा काम है, जो अभी करना बाकी है।

इसके बाद राष्ट्रपति ने भारत के खिलाफ तीखा हमला किया। उसने कहा कि भारत पाकिस्तान के अंदरूनी मामलों में हस्तक्षेप कर रहा था और यह कि वह उस देश को ऐसा सबक सिखाएगा, जो वह कभी भूल नहीं सकेगा। उसने आगे कहा कि संयुक्त राज्य अमेरिका और चीन ने पाकिस्तान को अपने समर्थन की गारंटी दी है और मिडिल ईस्ट ने हमेशा पाकिस्तान को मदद प्रदान की है और एक बार फिर

उनके सहयोग के लिए उन पर भरोसा किया जा सकता था। उसने कहा कि भारत के साथ युद्ध अब अपरिहार्य था। उसने दोहराया कि इसलिए वह नहीं चाहता कि कीमती संसाधनों को पूर्वी पाकिस्तान में भारत और पाकिस्तान के अघोषित युद्ध में अप्रासंगिक झड़पों में बरबाद किया जाए।

यह वही नुकसान थे और उनकी बी.बी.सी. द्वारा सटीक रिपोर्टिंग थी, जिसने पाकिस्तानी राष्ट्रपति को क्रोधित कर दिया था। हालाँकि, पाकिस्तानी सैनिकों द्वारा भारतीय सीमा की पोस्ट पर बढ़ते हमलों से यह साफ था कि युद्ध अब अपरिहार्य था और जल्दी ही शुरू होनेवाला था। लेकिन यह साफ नहीं था कि वह कब शुरू होगा? लेकिन इस घटना ने संभवत: युद्ध के लिए पाकिस्तानी समय-सारणी को जल्दी करने पर मजबूर कर दिया था। सम्मेलन अब इस चर्चा में बदल गया था कि पूर्वी और पश्चिमी मोर्चों पर फॉर्मेशंस को भेजने की तारीख और समय क्या होगा, जिसमें कोर कमांडरों, सैन्य संचालन निदेशक, क्वार्टर मास्टर जनरल और पाकिस्तानी वायुसेना प्रमुख की इसमें महत्त्वपूर्ण भूमिकाएँ होनेवाली थीं।

वह 23 नवंबर, 1971 को पाकिस्तान की बोयरा में पराजय की बात है, जब याह्या खान ने संभवत: भारत के खिलाफ अपना आक्रमण शुरू करने का घातक निर्णय लिया। जब उसने बोयरा घटना के बारे में सुना, उसने अपने स्ट्राइक कोर के कमांडरों को और प्रधान स्टाफ अधिकारियों को रावलपिंडी में अपने मुख्यालय में बुलाया। इस ऑपरेशनल सम्मेलन का संयोजन और इस बैठक तथा 3 दिसंबर, 1971 को उसके आक्रामक हमले की शुरुआत का अंतराल, इस बात के प्रमुख संकेतक हैं कि अंतत: इसी दिन उसने भारत पर अपने हमले का दिन और समय निश्चित कर लिया था। इस बैठक के बाद ही 23 नवंबर को पाकिस्तान में आपातकाल की घोषणा कर दी गई थी।

अजीब बात तो यह है कि दूर नई दिल्ली में, 23 नवंबर, 1971 को सुबह 11 बजे, चीफ ऑफ स्टाफ समिति ने इसी प्रकार की एक बैठक का आदेश दिया था। तीनों सेवाओं के सभी कमांडर-इन-चीफ ने चीफ ऑफ स्टाफ को अपनी-अपनी परिचालन योजनाओं की प्रस्तुतियाँ दी थीं। वहाँ रक्षा मंत्री और रक्षा सचिव भी उपस्थित थे। इन प्रस्तुतियों से प्रत्येक सी-इन-सी को यह पता चला कि दूसरे क्या योजना बना रहे थे, ताकि वे अपने खुले सिरों को बाँध सकें।

शरणार्थियों का वापस पूर्वी पाकिस्तान जाना मूल मुद्दा था। हालाँकि, उनकी वापसी पूर्वी पाकिस्तान में पाकिस्तानी सैन्य मशीन के विनाश पर निर्भर करती थी।

युद्ध की योजनाएँ बन चुकी थीं और पूर्वी और पश्चिमी पाकिस्तान में, पाकिस्तानी आक्रमण की प्रत्याशा में भारतीय बल पाकिस्तानी बलों के विरुद्ध तैनात कर दिए गए थे। भारतीय सशस्त्र बल अपनी युद्ध की योजनाओं को अंतिम रूप देने के बहुत करीब थे। दोनों पक्षों ने डी-डे तय कर लिया था। लेकिन एक अनकही समस्या थी—अगर युद्ध नहीं हुआ तो पाकिस्तानी सशस्त्र बलों को कैसे नष्ट किया जा सकता था? भारतीय सशस्त्र बल क्या करेंगे, अगर पाकिस्तान ने हमला नहीं किया तो?

आखिरकार, याह्या खान ने इस मुद्दे को 3 दिसंबर को शाम 5:45 पर भारतीय हवाई अड्डों पर हमला बोलकर सुलझा दिया। मुक्तिवाहिनी की गुरिल्ला रणनीति से नाराज और चिढ़े होने के कारण और बोयरा की घटना के बाद याह्या खान ने भारत पर हवाई हमला और जमीनी हमला किया। हालाँकि, उसने बहुत लंबा इंतजार किया। याह्या खान ने भारतीय वायुसेना को जमीन पर ही नष्ट करने की उम्मीद की थी। लेकिन उसको निराशा ही हाथ लगी। भारत तत्पर और तैयार था। भारतीय वायुसेना के विमान सुरक्षित और छिपाए हुए थे और थल, जल और वायु में भारत की जवाबी काररवाई अगले ही दिन शुरू हो गई थी। पाकिस्तान भारत की प्रतिक्रिया की तीव्रता और सुस्पष्टता से स्तब्ध रह गया था। भारत के लिए जवाबी हमले के लिए सबसे प्रमुख मापदंड था गति, क्योंकि याह्या खान ने खुलेआम यह कहा था कि अमेरिका, चीन और मध्य-पूर्वी देश पाकिस्तान को मदद देनेवाले थे। सैम मानेकशॉ ने इसलिए यह तय किया कि इससे पहले कि इन बाहरी देशों से मदद आए, युद्ध को निर्णायक रूप देना होगा।

पाकिस्तान ने 23 नवंबर के सम्मेलन के ठीक 10 दिनों बाद हमला कर दिया था। जिस पल से आदेश जारी हुए थे, उस पल से तीनों सेवाओं को कम-से-कम इतना समय तो लगना ही था, इतने विशाल आक्रमण को शुरू करने के लिए। जनरल याह्या खान ने यह नहीं सोचा था कि उसका यह फैसला पाकिस्तान के लिए बहुत महँगा पड़ेगा और यह कि इसके कारण आधे पाकिस्तान को खोने का नुकसान उठाना पड़ेगा! पाकिस्तान के ब्रिगेडियर सिद्दीकी के शब्दों में, "यह भारत के साथ स्वयं-रोपित युद्ध था।" याह्या खान के फैसले ने 1971 के युद्ध की शुरुआत की और पूर्वी पाकिस्तान के अंत की।

जैसाकि इस कहानी के शीर्षक से पता चलता है कि वह 'अंत की शुरुआत थी!'

परिशिष्ट

वास्तव में, वह बहुत से दूसरे मायनों में भी अंत की शुरुआत थी! वह पूर्वी पाकिस्तान के लोगों के जीवन की शुरुआत थी, जिनको जबरदस्त निर्मम प्रभुत्व से मुक्ति मिल गई थी। यह एक ऐसे युग का भी अंत था, जिसने पूर्वी हिस्से को उसके संसाधनों से पूरी तरह चूस लिया था, बिना उसके बदले में कुछ भी वापस लौटाए। यह 'सोनार बांग्ला' की समृद्ध परंपराओं और संस्कृति की वापसी की भी शुरुआत थी और पूर्वी पाकिस्तान के लोगों पर उर्दू भाषा को जबरदस्ती थोपने का अंत था। अंततः यह बांग्लादेश की शुरुआत थी और 'द्विराष्ट्र सिद्धांत' का अंत था।

□

ढाका के लिए दौड़

"एक अच्छी योजना एक रोडमैप की तरह होती है; वह आपको अपना अंतिम गंतव्य दिखाती है और अकसर वहाँ तक पहुँचने का सबसे बेहतर रास्ता भी।"

—अज्ञात

जनरल याह्या खान का 3 दिसंबर, 1971 को या उसके आसपास भारत के विरुद्ध युद्ध शुरू करने का फैसला जनरल जैकब को पूर्वी कमांड के मुख्यालय में 1 दिसंबर को ज्ञात हुआ। उनके रेडियो इंटरसेप्टिंग स्टेशनों ने पश्चिमी पाकिस्तान से पूर्वी पाकिस्तान को भेजा जा रहा एक संदेश रिपोर्ट किया, जिसमें व्यापारिक पानी के जहाजों को बंगाल की खाड़ी में आने से रोकने की और सिविल हवाई जहाजों को भारतीय सीमा के पास उड़ने से प्रतिबंधित करने की चेतावनी प्रसारित की जा रही थी। यह इंटरसेप्ट्स इस बात की ओर इशारा कर रहे थे कि पाकिस्तान अगले कुछ ही दिनों में भारत पर हमला करने की मंशा रखता है। जनरल जैकब ने यह जानकारी भारतीय थलसेना, नौसेना और वायुसेना को पहुँचा दी, जिन्होंने तदनुसार काररवाई की। इस जानकारी की विश्वसनीयता को उस समय पक्का किया गया, जब एक ऑस्ट्रेलियाई सैन्य अटाचे ने जनरल इंद्र सिंह गिल, सैन्य अभियान निदेशक, भारतीय सेना से युद्ध से कुछ दिन पहले मुलाकात की और कहा कि पाकिस्तान में कुछ पक रहा था, क्योंकि सभी महिलाओं और बच्चों को चौबीस घंटों के अंदर वहाँ से जाने के लिए कहा गया था और ऐसा लगता है कि पाकिस्तान सेना बढ़ाने के लिए तैयारी कर रहा था। जनरल गिल ने तुरंत यह जानकारी जनरल मानेकशॉ को भेजी, जिन्होंने आगे प्रधानमंत्री इंदिरा गांधी को इस बारे में अवगत कराया।

तीनों मुख्य पात्रों के समग्र उद्देश्य को पहचानना मुश्किल नहीं था। भारत

केवल यह चाहता था कि पूर्वी पाकिस्तान में लोगों के नरसंहार पर रोक लगाई जाए, जिससे कि शरणार्थी अपने घरों को वापस लौट सकें। वहीं दूसरी तरफ पाकिस्तान यह चाहता था कि वह पूर्वी पाकिस्तान की लोकतांत्रिक आकांक्षाओं को और उनके स्वायत्त और स्वशासन के सपने को हमेशा के लिए कुचल दे। वहीं बांग्लादेश सरकार, जिसको कि देशनिकाला मिला हुआ था, का यह उद्देश्य था कि वह स्वयं को हमेशा के लिए पाकिस्तान के दमनकारी शासन से मुक्ति दिलाए।

भारत द्वारा जो समग्र सैन्य रणनीति सामने रखी गई थी, वह थी—'पूर्व में आक्रमणात्मक, दक्षिण, पश्चिम और उत्तर में आक्रामक रक्षा'। पूर्व का अर्थ था पूर्वी पाकिस्तान; दक्षिण का अर्थ था राजस्थान के रेगिस्तानी इलाके; पश्चिम का अर्थ था पंजाब के मैदानी इलाके; और उत्तर का अर्थ था, जम्मू और कश्मीर के मैदानी इलाके और पहाड़ियाँ तथा लद्दाख के बर्फ से ढके पहाड़। नौसेना की रणनीति थी कि वह पूर्वी और पश्चिमी दोनों ही तटों पर आक्रामक रहेगी और वायुसेना ने यह तय किया था कि उनकी सबसे उत्तम रणनीति होगी—युद्ध के शुरुआती चरणों में ही पूर्वी पाकिस्तान के वायु तत्त्वों को नष्ट करना।

आक्रामक अभियानों का फोकस पूर्व में था, क्योंकि यही वह स्थान था, जहाँ समस्या शुरू हुई थी और यह कि यही वह स्थान था, जहाँ उसको समाप्त करने की आवश्यकता थी। समय बहुत महत्त्वपूर्ण था और युद्ध के इन सिद्धांतों को ध्यान में रखते हुए, 'आक्रामक काररवाई', 'बलों का संकेंद्रण' और 'गति को बनाए रखना', अतिरिक्त बलों को पूर्वी कमांड में भेजना, जैसे कार्य अति आवश्यक थे, जिससे कि शीघ्र सफलता सुनिश्चित की जा सके।

सैन्य रणनीति के अनुरूप अग्रिम रूप से तैयारियाँ शुरू हो गई थीं। सेना प्रमुख ने यह स्वीकार कर लिया था कि सेना मुख्यालय के कुछ रिजर्व्स, जोकि उत्तर की ओर मुख किए हुए थे, को पूर्वी कमांड को आक्रमण के लिए आवश्यक संसाधन मुहैया करने के लिए मोड़ना एक जोखिम का काम है। उन्होंने दो डिवीजनों को पूर्व में भेजा और आदेश दिया कि एक नया कोर मुख्यालय खड़ा किया जाए—मुख्यालय 2 कोर—जो इन डिवीजनों को पूर्वी सेना के अंतर्गत कमांड और नियंत्रित करेगा। नागालैंड और मिजोरम में पैदल सेना डिवीजनों को अपनी प्रतिबद्धताओं से निकाल लिया गया और उनको पूर्व में 4 कोर द्वारा उधार में लिये गए मुख्यालय के अंतर्गत ऑपरेशंस के लिए समूहीकृत किया गया। इन डिवीजनों के पास तोपखाने नहीं थे और इस कमी को अन्य मोर्चों को उधेड़कर पूरा करना था। मध्यम आर्मर

की एक रेजिमेंट और हलके टैंकों की दो रेजिमेंट्स को भी पूर्वी कमांड में मोड़ दिया गया था। पुल बनाने के संसाधनों का इस हद तक निर्माण किया गया था कि पूर्वी सेना 10,000 फीट के पुल को बना सके और उन्होंने बना लिया था—जोकि सैन्य इतिहास में सबसे बड़ा पुल बनाने का प्रयास था।

वह डिवीजन, जोकि पश्चिमी कमांड से पूर्वी कमांड में भेजी गई थी, का अर्थ था कि पश्चिमी कमांड के सेना कमांडरों से उनके वे बल ले लिये गए थे, जो उनकी उस योजना का हिस्सा थे, जो उन्होंने पश्चिमी मोर्चे पर आक्रमण करने के लिए बनाई थी। यह बहुत ही निराशाजनक था, और उन्होंने इस बारे में सेना प्रमुख को इतना ही कहा।

हालाँकि, पूर्वी कमांड को युद्ध का प्रहार झेलना था और इसके लिए युद्ध शुरू होने से पहले बहुत सी तैयारियाँ करनी थीं। इसका अर्थ था—आगे के क्षेत्रों तक सड़क संचार को बेहतर बनाना, लैंडिंग ग्राउंड का निर्माण करना, विभिन्न प्रकार के गोला-बारूद को ऊपर पहुँचाना और उनका भंडार बनाया जाना, निर्विरोध संचार प्रणाली के लिए केबल बिछाना, पुल बनाने के उपकरणों के स्टोर को इस प्रत्याशा में आगे बढ़ाना, क्योंकि नदी की बाधाओं को पार करने की आवश्यकता हो सकती थी। हताहतों को वहाँ से बाहर निकालने का प्रबंध करना और सिविल अस्पतालों में जगह के लिए अनुरोध करना। बलों को नदी के पार ले जाने के लिए बेड़ों के प्रयोग के लिए आकस्मिक योजनाओं को पूरा करना था, सड़क पर सेना के काफिलों को निकालने के लिए जगह की माँग करनी थी, बलों को आगे ले जाने के लिए रेलवे ट्रेनों की माँग की गई और वाहनों तथा उपकरणों की मरम्मत के लिए वर्कशॉप्स को आगे के क्षेत्रों में बढ़ाया गया। उन राज्य सरकारों के साथ, जोकि पूर्वी पाकिस्तान से सटी थीं, संपर्क भी बनाना था, जिससे कि उनको युद्ध के संभावित प्रभावों के बारे में चेतावनी दी जा सके और उनसे आवश्यक मदद प्राप्त की जा सके।

सेना को यह अहसास हुआ कि रक्षा नीति की सबसे बड़ी समस्या को सैन्य शर्तों पर विशुद्ध रूप से निबटा नहीं जा सकता था और यह कि इनका आंतरिक, बाहरी और वित्तीय नीतियों के साथ सामंजस्य आवश्यक था। सेना प्रमुख के प्रधानमंत्री के साथ घनिष्ठ संबंधों ने इसमें मदद की। चीफ ऑफ स्टाफ समिति के प्रमुख, जनरल मानेकशॉ ने सरकार से राजनीतिक भागीदारी के लिए दबाव बनाया, जिससे कि एक व्यापक रणनीति विकसित की जा सके और सैन्य उद्देश्यों को प्राप्त करने के लिए स्पष्ट निर्देश विकसित किए जा सकें। इसके लिए वह डी.पी.

धर, विदेश मंत्रालय की योजना समिति के अध्यक्ष की भागीदारी को सुरक्षित करने में सक्षम हो गए थे। उन्होंने संयुक्त खुफिया समिति और संयुक्त योजना समिति को फिर से सक्रिय किया और एक संयुक्त सेवा संचालन मुख्यालय के तौर पर कार्य शुरू किया, जिससे कि तीनों सेवाओं के बीच समन्वय और सहयोग की सुविधा हो सके। नागरिक मोर्चे पर सचिवों की समिति का गठन किया गया, जो कार्यकारी फैसले लेंगे, जो युद्ध की तैयारियों को देखेगी। इस समिति में रक्षा सचिव, गृह सचिव, वित्त सचिव और विदेशी मामलों के सचिव शामिल थे। जब और जैसे आवश्यक हुआ, अन्य सचिवों को भी सहयोजित किया गया और इसी प्रकार अर्धसैनिक बलों और नागरिक सुरक्षा के महानिदेशकों को भी सहयोजित किया गया। हालाँकि, शीर्ष स्तर का समन्वय जनरल मानेकशॉ और धर के पास ही रहा। प्रधानमंत्री को सूचित रखा गया और सार्वजनिक मामलों की समिति को जब आवश्यक लगा, जानकारी दी गई। मुखिया ने कोई देरी नहीं की, फिर चाहे वह फैसले देने में हो या चीजों को गतिमान करने के लिए सुस्त मशीनरी के पहियों में तेल डालने का काम हो। वह हमेशा 'मौके पर' था, फिर चाहे वह देश की राजधानी हो या मैदान में।

फिर भी, पूर्वी कमांड और सेना मुख्यालय में चीनियों के संभावित हस्तक्षेप को लेकर और ढाका पर कब्जे को लेकर मतभेद थे। जनरल जैकब, जो चीनियों की सेना के फॉर्मेशंस की आवाजाही पर नजर रखे हुए थे, इस बात से आश्वस्त थे कि चीन हस्तक्षेप नहीं करेगा। लेकिन सेना मुख्यालय को अन्यथा लगता था। जहाँ तक ढाका को कब्जे में लेने का सवाल था, पूर्वी कमांड स्पष्ट थी कि ढाका, जो पूर्वी पाकिस्तान का भू-राजनीतिक और भू-रणनीतिक हृदय है, प्राथमिक और अंतिम उद्देश्य है। वहीं दूसरी तरफ सेना मुख्यालय को यह लगता था कि राजनीतिक उद्देश्य को ध्यान में रखते हुए, उद्देश्य राजधानी से सटी नदी की रेखा होना चाहिए, और एक बार फॉर्मेशंस वहाँ पहुँच गईं तो ढाका स्वयं ही घिर जाएगा। यह अंतर पूर्वी कमांड और सेना मुख्यालय के बीच युद्ध के अंतिम चरण तक जारी रहा।

चीन और अमेरिका के हस्तक्षेप से परेशानी यह थी कि भारत उत्तर और पूर्व से अपने बलों को उनके स्थान से तब तक नहीं हटा सकता था, जब तक कि यह स्पष्ट न हो जाए कि सर्दियों की बर्फबारी के कारण पास बंद कर दिए गए हैं। यह तय किया गया कि इस समस्या का समाधान यह था कि पूर्व में कम-से-कम समय में आक्रमण पूरा किया जाए, इससे पहले कि बाहरी ताकतें इस खेल में शामिल होने आ जाएँ।

जनरल ए.ए.के. नियाजी, पूर्वी पाकिस्तान में सभी पाकिस्तानी बलों के कमांडिंग अधिकारी, ने जो रणनीति अपनाई थी, उसका उसने नाम दिया था 'फोर्टरेस कॉन्सेप्ट', यानी रक्षा की एक बहुत मजबूत बेल्ट, जो उन बिंदुओं पर आधारित थी, जिसको वह 'किला' बुलाता था। उसने उम्मीद की थी कि भारत इन मजबूत गढ़ों पर हमला करेगा और उसने यह योजना बनाई थी कि वह भारतीयों को संघर्षण की प्रक्रिया से हराएगा। इस रणनीति ने एक मजबूत बाहरी परत सुनिश्चित की थी, लेकिन किसी भी अप्रत्याशित परिस्थिति से निबटने के लिए उनके पास शायद ही कोई रिजर्व था। उसने अतिरिक्त बलों की माँग की और पश्चिमी पाकिस्तान से सैनिकों का एक बहुत विशाल एयरलिफ्ट हुआ। इन बलों को श्रीलंका के रास्ते पूर्वी पाकिस्तान में उड़ाकर लाया जाना था, क्योंकि भारतीय सरकार ने पाकिस्तान से भारतीय क्षेत्र के ऊपर से आनेवाली सभी उड़ानों पर रोक लगा दी थी।

ढाका पूर्वी पाकिस्तान में पाकिस्तान की रक्षा का गढ़ और केंद्र था और यह बहुत तेजी से स्पष्ट हो रहा था कि यही वह धुरी है, जिस पर नियाजी के बचे रहने की पूरी अवधारणा निर्भर करती है। हालाँकि, पाकिस्तानियों ने सोच-समझकर ढाका की रक्षा करने की कल्पना नहीं की थी और उन्होंने इसकी सुरक्षा के लिए कोई बल भी नियुक्त नहीं किया था। और न ही भारत ने इस पर कब्जा करने की कोई योजना बनाई थी।

ढाका के बाहरी क्षेत्र में सैनिकों को पैराड्रॉप करने की योजना बनाई थी, जिससे कि जब और जैसी जरूरत बने, उस पर कब्जा करना आसान हो सके। यह योजना एयर वाइस मार्शल देवेशर, ब्रिगेडियर मैथ्यू थॉमस, पैरा ब्रिगेड के कमांडर और जनरल जैकब ने मिलकर बनाई थी। इस योजना में तनगैल में पैराड्रॉप किए जाने की परिकल्पना की गई थी और उत्तर से आनेवाले 101 संचार जोन से और क्षेत्र में स्थित मुक्तिवाहिनी से लिंकअप की परिकल्पना की गई थी।

मध्य-पूर्वी पाकिस्तान में तनगैल को पैराड्रॉप के लिए चुना गया था, क्योंकि यह एक सड़क जंक्शन था, जहाँ मैमनसिंघ से और जमालपुर से राजमार्ग ढाका के रास्ते से मिलते थे। इसको कब्जे में लेने से पाकिस्तान उत्तर में अपनी सेना को मजबूत नहीं कर पाता और वहाँ पर रुके पाकिस्तानी बल वापसी नहीं कर पाते।

स्वतंत्रता से पहले भारत और पाकिस्तान दोनों को ब्रिटिशरों ने रक्षा मोर्चों पर हमला करने का प्रशिक्षण दिया था, जहाँ दुश्मन सबसे मजबूत हो और उसके बाद ही आगे बढ़े, जब दुश्मन का मोर्चा नष्ट हो जाए। जनरल नियाजी ने सोचा कि भारत

यही करेगा। लेकिन भारतीय सेना के जनरलों ने यह महसूस किया कि अगर वे इस जाल में फँस गए तो वे एक कठिन तेज गतिवाले खेल में शामिल हो जाएँगे और उनको बिल्कुल वही करना पड़ेगा, जोकि पाकिस्तानी योजनाकार चाहते थे, यानी तब तक विलंब करना, जब तक कि बाहरी मदद नहीं आ जाती।

इसलिए भारत ने तय किया कि वे किले के बीच की दरारों का फायदा उठाएँगे और उनके गढ़ों को दरकिनार करके अंदरूनी क्षेत्रों का रुख करेंगे। भारतीय सेना की रणनीति उसकी गतिशीलता और उनकी तेजी पर निर्भर करती थी। सभी इकाइयों और फॉर्मेशंस को समय कारक के महत्त्व से भिगो दिया गया था और यह समझाया गया था कि कठिनाइयों के बावजूद यह आवश्यक है कि दूसरे देशों के या संयुक्त राष्ट्र के हस्तक्षेप से पहले यह आक्रमण सफलतापूर्वक समाप्त किया जाए। प्रत्येक सैनिक को प्रोत्साहित और प्रेरित किया गया था, जिससे कि वह तात्कालिक सुधार कर तेजी से आगे बढ़े और इस ऑपरेशन को जितनी जल्दी हो सके, समेट ले।

सेना प्रमुख जनरल मानेकशॉ ने सभी फ्रंटलाइन बलों का दौरा किया था, अपने स्वयं के अनूठे तरीके से उनको बोला कि वे एक त्वरित विजय चाहते हैं, ताकि पूर्वी पाकिस्तान के नागरिक अपने घरों को वापस लौट सकें और भारतीय सेना अपने बैरकों में। यह एक ऐसा युद्ध था, जिसमें सशस्त्र दल में हर एक, सबसे ऊपर के नेता से लेकर जमीन पर सैनिक तक को यह पता था कि उनसे क्या अपेक्षा है—क्या करना है, कैसे करना है और कब किया जाना है!

यह भी याद रखने की आवश्यकता है कि सैम मानेकशॉ और याह्या खान अपनी-अपनी सेनाओं के क्रमश: वरिष्ठतम जनरल थे। बँटवारे से पहले सैम और याह्या ने सैन्य संचालन निदेशालय के कुछ अनुभागों में काम किया था। सैम जी.एस.ओ.1 थे, और याह्या उनके जी.एस.ओ.2 थे, जोकि सीधे उनके नीचे काम करते थे। इसलिए सैम याह्या को एक खुली पुस्तक की तरह पढ़ सकते थे और उनकी हर चाल को चलने से पहले ही देख लेते थे।

इस दौरान जनरल नियाजी सभी संचार केंद्रों और कस्बों का सशस्त्रीकरण कर रहे थे, जिससे कि आगे बढ़ रहे सैनिक उनके अंदरूनी क्षेत्रों में न घुस सकें। इसलिए उसने अपनी सुरक्षा का आधार जेस्सोर, झेनिदा, बोगरा, रंगपुर, जमालपुर, मैमनसिंघ, सिलहट, भैरव बाजार, कोमिला और चिट्टगाँव के महत्त्वपूर्ण संचार केंद्रों में एक थिएटर किले के रूप में बनाया था। उन्होंने महसूस किया कि भारतीय हमलावर सेनाएँ इन मजबूत बाधाओं से रोकी जा सकेंगी, जोकि नदी की बाधाओं

और गहरी माइनफील्ड पर आधारित थीं। उसने थिएटर किले को विभिन्न क्षेत्रों में समूहीकृत किया, जिससे कि वे उसकी डिवीजन और ब्रिगेड की कमांड और नियंत्रण में आ जाएँ।

इस अवधारणा में जो मूलभूत दोष था, वह यह था कि जबकि उसकी रक्षा पंक्ति की बाहरी परत तो मजबूत थी, लेकिन उसमें कोई गहराई नहीं थी और उसके पास दुश्मन की हमलावर सेना, जो किले की दरारों के बीच से निकल पाने में सफल हो गई थी, के विरुद्ध कोई रिजर्व ही नहीं था।

यहाँ भारत की 'जुगाड़' की अवधारणा बहुत अधिक प्रमाण में थी! बटालियन के मोर्टार और मशीनगनों को लाने-ले जाने के लिए साइकिल और रिक्शा का इस्तेमाल किया गया था। स्थानीय कश्तियाँ और बाँस से बने राफ्ट और केले के पौधों के तने का गोला-बारूद को लाने-ले जाने के लिए और नदियों के पार उनका भंडारण करने के लिए इस्तेमाल किया जा रहा था और पूर्वी पाकिस्तान के लोग भी हर मुमकिन तरीके से भारतीय सेना की मदद कर रहे थे।

भारतीय सेना अलग-अलग दिशाओं से पूर्वी पाकिस्तान में आगे बढ़ी। भारतीय सेना को उनके मजबूत क्षेत्रों को दरकिनार करके और उनके अंदरूनी संचार केंद्रों की ओर बढ़ने में जो सफलता मिली थी, उससे उनको बहुत फायदा मिल रहा था। बटालियन द्वारा नदी की बाधाओं को पार करने के लिए और भारतीय सेनाओं की आगे बढ़ने की गति में प्रयोग की गई नई पद्धति से मिली सफलता ने उनको और अधिक उत्साहित कर दिया था और अब भारतीय कोर कमांडरों ने ढाका पर अपनी नजरें टिकानी शुरू कर दीं; क्योंकि यह एकदम स्पष्ट होता जा रहा था कि ढाका को सैन्य और राजनीतिक दोनों ऑपरेशंस का मुख्य केंद्र बनाने की जरूरत थी। ढाका, पूर्वी पाकिस्तान में पाकिस्तान के सिविल और सैन्य सरकार के आकर्षण का केंद्र था और यदि ढाका लड़खड़ा जाता और गिर जाता तो पूर्वी पाकिस्तान में पाकिस्तानी सरकार ढह जाएगी।

पूर्वी पाकिस्तान भारत से तीन तरफ से घिरा हुआ था। तदनुसार, यह तय किया गया कि तीन तरफ से ही जमीन और हवा में हमला किया जाएगा, जबकि नौसेना चौथी तरफ से नाकाबंदी करेगी, जोकि समुद्र में खुलती थी। यह भी महत्त्वपूर्ण था कि पूर्वी पाकिस्तान में पाकिस्तानी वायुसेना को जितनी जल्दी हो सके, युद्ध से बाहर पटक दिया जाए, जिससे कि हवा में उनकी श्रेष्ठता सुनिश्चित हो सके।

हालाँकि, सेना की प्रारंभिक योजना पूर्वी पाकिस्तान के सभी क्षेत्रों को, नदी

की रेखा तक, कब्जे में लेने की थी, लेकिन अब यह बदल गई थी और अब अंतिम लक्ष्य था ढाका को अपने कब्जे में रखना। नदी की रेखा और बोटों पर जल्दी कब्जा करने से ऑपरेशन को ढाका में जाने में और अपने अंतिम कब्जे को करने में सुविधा होगी। पूर्वी कमांड को आरंभ में पाकिस्तानी सेना को तबाह करने का और पूर्वी पाकिस्तान के सभी महत्त्वपूर्ण इलाकों पर कब्जा करने का काम दिया गया था। उसने कोर और संचार जोन को तदनुसार काम दे दिया था। बाद में, पूरे पूर्वी पाकिस्तान को मुक्त करने के लिए आदेशों को भी संशोधित किया गया और उसमें ढाका भी शामिल था। नए अवसरों के लिए लचीली प्रक्रिया आवश्यक थी और सेना ने शानदार तरीके से प्रतिक्रिया दी।

ढाका के लिए दौड़ अब शुरू हो चुकी थी।

ढाका के लिए दौड़

पूर्वी पाकिस्तान के साथ भारत की सीमा लगभग 4,000 किलोमीटर लंबी है। वह पश्चिम में पश्चिम बंगाल राज्य से, उत्तर में मेघालय राज्य से, पूर्व में असम के काचर राज्य से और त्रिपुरा राज्यों से तथा दक्षिण में बंगाल की खाड़ी से घिरा हुआ है। उसके दक्षिण-पूर्व में चिट्टगाँव की पहाड़ियाँ हैं, जिसकी बर्मा के साथ साझा सीमा है। पूर्वी पाकिस्तान में तीन प्रमुख नदियाँ हैं, जो उससे बहती हैं—पद्मा, जमुना और मेघना। बंगाल की खाड़ी में गिरने से पहले यह नदियाँ व्यापक डेल्टा बनाती हैं, जो दूर अंदर तक जाते हैं। चिट्टगाँव की पहाड़ियों के ट्रैक्स और सिलहट के अपवाद के साथ इसके ग्रामीण इलाके निचले हैं और उनमें जलभराव है, जो उस भूमि से बना है, जिसमें अधिकतर कई नदियाँ और नाले एक-दूसरे को काटते हैं। देश का एक बहुत बड़ा भाग चावल और जूट की खेती के कारण दलदली है। यहाँ नदियाँ उत्तर से दक्षिण में बहती हैं, बहुत चौड़ी हैं और जब निचले इलाकों में पहुँचती हैं तो ज्वार-भाटा बन जाती हैं। पहाड़ियाँ, झीलें और दलदली इलाके इसके दक्षिणी भाग को कवर करते हैं। यहाँ मई के मध्य में मानसून पूरे जोर के साथ दस्तक देता है और अक्तूबर के मध्य तक रहता है। भारी बारिश के कारण नदियाँ मानो समुद्र बन जाती हैं और निचले क्षेत्र झीलों में बदल जाते हैं।

भारत की पूर्वी सेना, जिसको पूर्वी पाकिस्तान के विरुद्ध आक्रामक होने का कार्य दिया गया था, में 2 कोर दक्षिण-पश्चिम क्षेत्र में, 33 कोर उत्तर-पश्चिम क्षेत्र में, 101 संचार जोन उत्तरी क्षेत्र में और 4 कोर पूर्वी क्षेत्र में शामिल थे।

2 कोर

इसकी कमान लेफ्टिनेंट जनरल टी.एन. रैना के हाथ में थी, 2 कोर की युद्धी व्यवस्था में दो पर्वतीय डिवीजन, एक बटालियन बिना पैरा ब्रिगेड के एक रेजिमेंट आर्मर (पी.टी-76) और टी-55 टैंकों का एक स्क्वाड्रन था, जिसको झेनिदा, जेस्सोर और उसके बाद हार्डिंग पुल, ग्वालंडो घाट, फरीदपुर घाट और खुलना पर कब्जा करना था और फिर ढाका की तरफ बढ़ना था।

इस क्षेत्र में उत्कृष्ट सड़कें और रेल संचार था और 2 कोर के पास ढाका तक सबसे पहले पहुँचने का सबसे अच्छा मौका था। इसके दृष्टिकोण पर बहुत से महत्त्वपूर्ण उद्‌देश्य आधारित थे। ढाका के बाद अगर कोई महत्त्वपूर्ण स्थान था तो वह था जेस्सोर, मुख्य तौर पर, क्योंकि वहाँ एक एयरफील्ड थी, जो अगर कब्जे में ले ली जाती तो भारतीय वायुसेना के ऑपरेशंस के लिए इस कोर क्षेत्र में बहुत सुविधाजनक हो सकता था। घाट स्थल और नदियों की क्रॉसिंग, यदि जल्दी से कब्जे में ले ली जाएँ तो ढाका के लिए खतरा बन सकती थीं। 2 कोर के सामने थी पाकिस्तान की इन्फैंट्री डिवीजन, जिसकी कमान मेजर जनरल एम.एच. अंसारी के हाथ में थी।

33 कोर

इसकी कमान लेफ्टिनेंट जनरल एम.एल. थपन के हाथ में थी। 33 कोर की युद्धी व्यवस्था में दो पर्वतीय डिवीजन और एक पर्वतीय ब्रिगेड थी, जोकि हिली-गैबाँदा की लाइन को काटने के लिए थी और बोगरा तथा रामपुर पर कब्जा करने के लिए थी। कोर पूर्वी पाकिस्तान के उत्तर-पश्चिमी क्षेत्र में ऑपरेट कर रही थी और उसकी पूर्वी सीमा ब्रह्मपुत्र-यमुना नदियों से घिरी हुई थी। 33 कोर क्षेत्र को सामरिक महत्त्व का नहीं माना जाता था, क्योंकि यह ढाका या किसी अन्य कस्बे या शहर के लिए कोई छोटा रास्ता नहीं देता था, जिस पर कब्जा करके कोई प्रचार मूल्य प्राप्त होता।

हालाँकि, इस क्षेत्र में पाकिस्तानी सेना का सबसे बड़ा भाग था और पाकिस्तानी आर्मर का बहुत बड़ा अंबार था। रंगपुर का थिएटर किला और बोगरा, जोकि हिली का एक महत्त्वपूर्ण संचार केंद्र था, नवाबगंज और दिनाजपुर इस कोर के मुख्य लक्ष्य थे। जनरल ऑफिसर कमांडिंग 16 पाकिस्तान डिवीजन ने अपनी सारी सेना किले के बहुत आगे तैनात की हुई थी और संचार केंद्रों को उनको आगे बढ़ती भारतीय सेना को रोकना था। इन बलों को भारतीय सेना द्वारा अधिक दबाए जाने की स्थिति में पीछे हट जाना था।

4 कोर

इसकी कमान लेफ्टिनेंट जनरल सागत सिंह के हाथ में थी, 4 कोर की युद्धी व्यवस्था में तीन पर्वतीय डिवीजन थीं। इसके ऑपरेशन का क्षेत्र था मेघना नदी के पूर्व में, जोकि ढाका क्षेत्र की प्राकृतिक रक्षा रेखा थी, जिसके उत्तर-पूर्वी क्षेत्र में सिलहट क्षेत्र से लेकर पूर्व में चाँदपुर और दक्षिण में चिट्टगाँव हिल ट्रैक्स शामिल थे। पर्वतीय डिवीजन के अतिरिक्त इसके पास आर्म्ड तत्त्व, एक स्वतंत्र ब्रिगेड और कई पूर्वी बंगाल इन्फैंट्री बटालियनें भी थीं। इन तीन डिवीजनों को क्रमशः सिलहट, कोमिला और चाँदपुर क्षेत्रों पर कब्जा करने का कार्य दिया गया था।

यह सुनिश्चित था कि 4 कोर के पास दूसरे क्षेत्रों के मुकाबले एक महत्त्वपूर्ण अनुकूल परिस्थिति यह थी कि इसके पास सभी हेलीबोर्न ऑपरेशंस के लिए हेलीकॉप्टर आस्तियाँ थीं। कुंभिग्राम से होनेवाले 'शिकारी ऑपरेशन' और गुवाहाटी से ऑपरेट करनेवाले मिग इसको नजदीकी हवाई सहायता प्रदान कर सकते थे।

101 संचार जोन

इसकी कमान मेजर जनरल गुरबक्श सिंह गिल के हाथ में थी और बाद में मेजर जनरल नगरा (जब जनरल गिल घायल हो गए थे) के हाथ में आई। 101 कोर की युद्धी व्यवस्था में 95 इन्फैंट्री ब्रिगेड और एफ.जे. क्षेत्र थे। इसको जमालपुर, मैमनसिंघ और उनके बाद तनगैल को कब्जे में लेने का कार्य सौंपा गया था। यह ढाका के सबसे करीब थी।

50 स्वतंत्र पैरा ब्रिगेड

इस पैरा ब्रिगेड में एक बिना ब्रिगेड की बटालियन थी। इसकी कमान ब्रिगेडियर मैथ्यू थॉमस के हाथ में थी। तनगैल में पैरा ब्रिगेड से स्वतंत्र एक पैराड्रॉप होनेवाला था।

ऑपरेशंस का संचालन

2 कोर के मोर्चे पर जनरल रैना ने मधुमती नदी के पश्चिम के क्षेत्रों को मुक्त करने के लिए अपनी इन्फैंट्री डिवीजन को दो भागों में भेजा।

नियाजी के गढ़ों को कब्जे में ले लिया गया था, जबकि तेजी से चलनेवाले कॉलम उनको दरकिनार कर आगे बढ़ रहे थे और अंदर के मुख्य क्षेत्रों की ओर दौड़ रहे थे। दो बार में आईं डिवीजनल टुकड़ियाँ कई कॉलमों में बँट गईं, जो झेनिदा, जेस्सोर, खुलना और बरिसल की ओर बढ़ रही थीं—ताकि वह खुलना—जेस्सोर-

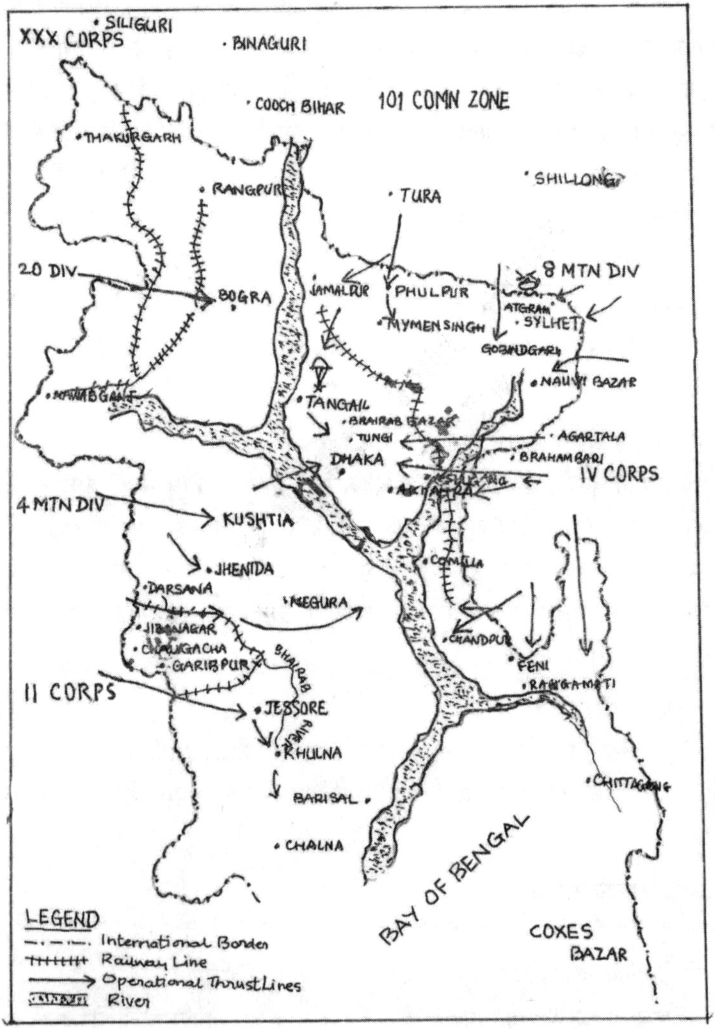

तीन वाहिनी और 101 संचार क्षेत्र द्वारा आक्रमण दिखाते हुए रेखाचित्र

खुस्तिया रेल लाइन को काट सकें और दुश्मन की पार्श्व चाल को रोक सकें। रैना ने माना कि जेस्सोर इस क्षेत्र के लिए महत्त्वपूर्ण था।

सभी क्षेत्रों में ब्रिगेड पैदल ही धान के खेतों, धाराओं, नदियों और दलदली इलाकों में अपने सारे सामान के साथ आगे बढ़ रही थी। सभी प्रकार के स्थानीय यातायात का प्रयोग किया गया, जिसमें साइकिल, साइकिल रिक्शा, बैलगाड़ी, गाँव की कश्तियाँ और राफ्ट शामिल थे और स्थानीय लोग भारतीय सेना की युद्ध में क्रॉस कंट्री जाने में मदद करने के लिए आतुर थी। दिसंबर 7 तक रेल लिंक कट चुका था और झेनिदा पर कब्जा किया जा चुका था। उसी दिन जेस्सोर, जिसको कि बहुत मजबूत किला माना जाता था, दुश्मनों ने बिना लड़े ही खाली कर दिया था।

जेस्सोर पर एक इन्फैंट्री ब्रिगेड समूह का कब्जा था, जिसको टैंक और तोपखाने का समर्थन था—जो 5,000 से अधिक सैनिकों का बल था। फिर भी जब लड़ने की बारी आई, तो दुश्मन पिघलकर भाग गया। चौबीस घंटों से भी कम समय में भारतीय सेना ने उस लक्ष्य को जीत लिया था, जिसका उन्होंने अनुमान लगाया था कि कम-से-कम एक हफ्ते की भयंकर लड़ाई लड़नी होगी इसको जीतने के लिए। 12 दिसंबर तक एक घमासान लड़ाई के बाद खुसतिया और हार्डिंग पुल पर भी कब्जा कर लिया गया था।

इस बीच कलाईकुंडा से नैटस और हंटर्स ने और पनागढ़ से सुखोई विमानों ने उन पाकिस्तानी बलों पर हमला बोल दिया था, जोकि कश्तियों की मदद से पद्मा नदी के उस पार भागने का प्रयास कर रहे थे। 14 दिसंबर तक, 2 कोर ढाका के सरहदी इलाकों में पहुँच गए थे। जेस्सोर का बिना युद्ध के भारत के हाथ आ जाने से वह तेजी मिली, जिससे 2 कोर पूर्वी पाकिस्तान की राजधानी के बाहरी इलाके में पहुँच गई थी।

33 कोर के मोर्चे पर रंगपुर और बोगरा गढ़ थे और हिली, दिनाजपुर और नवाबगंज महत्त्वपूर्ण संचार केंद्र थे। मेजर जनरल नजर हुसैन शाह ने अपनी सेना किले के बहुत आगे तैनात की हुई थी, जिससे कि आगे बढ़नेवाले भारतीयों को अंदर आने से रोका जा सके। जब इस सेना को जमीन छोड़ने के लिए मजबूर किया जाता तो इनको वापस किले में जाना था। इसके प्रवेश मार्ग में मजबूत कंक्रीट के बंकर बनाए गए थे। खासतौर पर हिली बहुत ही मजबूती से पकड़ा हुआ था। कुछ स्थानों पर पूरे-के-पूरे रेल के डिब्बे जमीन खोदकर पिलबॉक्स के रूप में काम में लेने के लिए डाले हुए थे। इस क्षेत्र में दुश्मन आखिर तक लड़ता रहा था। हिली को

6 दिसंबर को कब्जे में ले लिया गया था और हर बंकर को वस्तुतः उस पर कब्जा करने से पहले नष्ट करना पड़ा था। भारतीय सेना ने भारी नुकसान उठाया था। दूसरे हाथ पर बोगरा रक्षा क्षेत्र से 13 दिसंबर को संपर्क स्थापित हुआ और अगले दिन तक भारी लड़ाई के बाद इस पर भी कब्जा कर लिया गया।

14 दिसंबर तक बोगरा को साफ कर दिया गया और ब्रिगेड को, जिसको बक्शी जोगिंदर सिंह कमांड कर रहे थे, पश्चिमी क्षेत्र में ऑपरेशन के लिए निर्धारित किया गया। इसलिए वह पूर्वी मोर्चे से निकलकर पश्चिमी मोर्चे पर चली गई। 20 भारतीय इन्फैंट्री डिवीजन के बाकी बचे सैनिक रंगपुर के लिए निकल गए और 14–15 दिसंबर की रात को ढाका के बाहरी इलाकों में पहुँच गए।

लेफ्टिनेंट जनरल सागत सिंह के नीचे 4 कोर भारत की पूर्वी सेना की सबसे मजबूत कोर थी। उसके ऑपरेशनल मोर्चे का सीमा विस्तार सबसे लंबा था। उसका काम था मेघना नदी तक के पूर्वी पाकिस्तान के सभी क्षेत्रों को मुक्त करना। जनरल सागत को लगा कि अगर वह मेघना के क्षेत्र में दाउदखंडी–चाँदपुर के क्षेत्र तक करीब जा सके तो वह ढाका के लिए खतरा पैदा कर सकता था। उसी समय, उसको यह भी सुनिश्चित करना था कि सिलहट—मौलवी बाजार क्षेत्र में और फेनी–चिट्टगाँव क्षेत्र में दुश्मन सेना उसके ऑपरेशन में हस्तक्षेप न करे।

तदनुसार उसने जनरल के.वी.के. राव को सिलहट की ओर भेजा, ताकि वह मौलवी बाजार, शेरपुर की कश्तियों पर और, यदि संभव हो तो सिलहट पर कब्जा कर सकें। जनरल बेन गोंजाल्वेस को अखऊरा, दाउदखंडी और चिट्टगाँव पर कब्जा करने का कार्य सौंपा गया था। मेजर जनरल आर.डी. हीरा को चाँदपुर क्षेत्र के ऑपरेशन की और लालमाई हिल्स से दुश्मन को साफ करने की जिम्मेदारी दी गई थी।

सागत, जोकि लगातार अपने हेलीकॉप्टर में युद्ध क्षेत्र पर मँडराते रहे, को पता चला कि ढाका के रक्षा क्षेत्र के लिए सिलहट क्षेत्र से एक दुश्मन ब्रिगेड पीछे हट रही थी। उसने यह निष्कर्ष निकाला कि यह 202 पाकिस्तान इन्फैंट्री ब्रिगेड थी, जो सिलहट को पकड़े हुए थी और उसने पाँचवीं गोरखा राइफल्स (एफ.एफ.) की चौथी बटालियन को यह कार्य सौंपा कि वह भारतीय सेना के पहले हेलीबोर्न ऑपरेशन द्वारा सिलहट पर कब्जा करे। इस बटालियन ने पहले ही दो भयंकर युद्ध अतग्राम और गाजीपुर में लड़े थे, और बहुत भारी नुकसान भी उठाया था। वास्तव में, वर्तमान में वह अपनी मूल सैनिकों की संख्या से आधे से भी कम थी।

जनरल सागत सिंह को इस बात की जानकारी नहीं थी कि जो ब्रिगेड ढाका के लिए पीछे हट रही थी, वह 202 पाकिस्तान ब्रिगेड नहीं थी; जो सिलहट पर कब्जा किए हुए थी, बल्कि वह मौलवी बाजार पर पाकिस्तान की 313 ब्रिगेड थी। यह ब्रिगेड ढाका के लिए पीछे हटने के बजाय सिलहट चली गई। इसलिए 7 दिसंबर को जिस समय तक गोरखा बटालियन सिलहट में उतरी, उसका सामना दो ब्रिगेडों की संख्या जितनी सेना से और सिलहट गैरिसन से 1:20 के अनुपात में हुआ। हालाँकि, बटालियन सिलहट में 9 दिन और रातों तक एक महान् रक्षात्मक ऑपरेशन में डटी रही, जिसने एक डिवीजन के बराबर की दुश्मन सेना की ताकत को ढाका के मुख्य युद्ध से दूर रखा, जिसके कारण कोर मेघना के पार बिना हस्तक्षेप के ऑपरेट कर सके।

भारी लड़ाई के बाद गंगासागर पर 4 दिसंबर को कब्जा कर लिया गया था और अखऊरा पर 5 दिसंबर को (लांस नाईक अल्बर्ट एक्का को गंगासागर के युद्ध में उसके साहस के लिए परमवीर चक्र से सम्मानित किया गया था)। 9 दिसंबर को मेघना नदी के पार जानेवाले दो पुलों के नष्ट हो जाने के कारण सागत ने 4 गाड्र्स और 10 बिहार को अपने छोटे हेलीकॉप्टर से मेघना के पार पहुँचा दिया। 12 दिसंबर तक सागत ने अलग-अलग दिशाओं से ढाका पर हमला करने के लिए डिवीजनल साइज की सेना तैयार कर ली थी। बाद में पूरी 311 भारतीय इन्फेंट्री ब्रिगेड ने नरसिंघड़ी पर ध्यान केंद्रित कर ढाका पर मुख्य हमला करने की योजना 14-15 दिसंबर को बनाई। ढाका में हमले के लिए मध्यम बंदूकों को राफ्ट पर लादा गया और मोटर लॉन्चि के माध्यम से मेघना के पार खींचकर ले जाया गया।

4 कोर ने मेघना के पार अपने अचानक और शानदार हेलीबोर्न क्रॉसिंग से सबको चौंका दिया। सभी स्तर के कमांडरों ने साहस, नवीनता और आत्मबल दिखाया। जनरल सागत सिंह के उदाहरणात्मक अभियान ने और उनके साहस ने 4 कोर को 4 दिसंबर को, रिकॉर्ड समय में ढाका के दरवाजे पर लाकर खड़ा कर दिया।

एक के बाद एक ऐसी घटनाएँ होती गईं, जिन्होंने जनरल ए.ए.के. नियाजी को बैकफुट पर लाकर खड़ा कर दिया और उसको ढाका में आनेवाले भारतीयों को रोकने की अपनी काबिलीयत पर आशंकित कर दिया। इन आक्रामक ऑपरेशन में से एक था तनगैल में हुआ पैराड्रॉप।

विदेशी संवाददाताओं ने भारतीय पैराट्रूपर्स को दमदम हवाई अड्डे पर अपनी विशिष्ट छलावरणवाली जैकेटों, मेरून बेरेट्स, कैप बैजेस और अपने प्रतीक चिह्न

में देखा, जिसके कारण यह एलीट सैनिकों का समूह दुनिया भर में पहचाना जाता है। युद्ध संवाददाताओं ने पूर्वी कमांड से स्पष्टीकरण माँगा कि क्या यह बल भारतीय पैराशूट ब्रिगेड था? पूर्वी कमांड के चीफ ऑफ स्टाफ, मेजर जनरल जैकब ने जानबूझकर कोई स्पष्टीकरण नहीं दिया। उन्होंने केवल इतना कहा, "हमारी कोई टिप्पणी नहीं है। आप अपने स्वयं के निष्कर्ष पर पहुँच सकते हैं।"

विदेशी संवाददाता इस निष्कर्ष पर पहुँचे कि यदि पूर्वी कमांड का मुख्यालय पैराट्रूपर्स की संख्या के बारे में स्पष्ट तौर पर कोई संकेत नहीं देता है तो इसका अर्थ है कि उनकी संख्या जरूर बहुत अधिक होगी। इस प्रकार वे गलत निष्कर्ष पर पहुँचे कि वह बल एक पैरा ब्रिगेड था। लेकिन वास्तव में वह बल केवल एक पैरा बटालियन था।

11 दिसंबर की दोपहर को पैराशूट रेजिमेंट की सेकेंड बटालियन को ढाका की बाहरी सीमा पर उतारा गया। गलत धारणा के आधार पर पैराट्रूपर्स को ब्रिगेड की ताकत जितना समझा गया। सी.बी.एस. नेटवर्क ने रिपोर्ट की कि एक भारतीय पैरा ब्रिगेड को ढाका के आसपास उतारा गया है। तो, एक बार फिर एक विश्वसनीय समाचार एजेंसी द्वारा भारतीय बलों की ताकत को बढ़ा-चढ़ाकर रिपोर्ट किया गया, जिसने पाकिस्तानी उच्च कमांड की रैंकों में घबराहट और आतंक पैदा कर दिया। ढाका में पाकिस्तानी मिलिटरी हाई कमांड सैकड़ों पैराट्रूपर्स के पैराशूटों से आकाश को ढका देखकर बहुत बुरी तरह से भयभीत महसूस कर रहे थे, जोकि वस्तुतः आसमान से उनके गैरिसन के बाहर उतर रहे थे।

इससे पहले सिलहट के आसपास लड़ाई में बी.बी.सी. ने गलती से यह प्रसारित कर दिया था कि गोरखा ब्रिगेड सिलहट के बाहर उतर चुकी है, जबकि वह एक कम ताकतवाली केवल गोरखा बटालियन ही थी। तो एक विदेशी संवाददाता की विशुद्ध गलती ने पाकिस्तानियों को यह विश्वास करने पर मजबूर कर दिया था कि उनके ऊपर एक बड़ी सेना द्वारा हमला किया जा रहा था, बजाय उसके, जिसका वास्तव में उनको सामना करना था। इसके कारण उनकी उस धारणा को आकार मिला, जिसके कारण युद्ध में घटनाएँ घटीं और उनकी निर्णय लेने की क्षमता पर गहरा प्रभाव पड़ा।

13 दिसंबर, 1971 तक भारतीय बलों ने ढाका को घेरना शुरू कर दिया था, पाकिस्तानी ब्रिगेडों और डिवीजनों को दरकिनार कर, जोकि अपने रक्षात्मक स्थानों पर बने हुए छोड़ दिए गए थे। इस बीच सैम मानेकशॉ, भारतीय सेना प्रमुख, ने तीन

प्रसारण किए, जिसमें उन्होंने पाकिस्तानी बलों को आत्मसमर्पण करने की सलाह दी और कहा, "वरना विनाश को स्वीकार करना होगा।"

14 दिसंबर के अपने प्रसारण में भारतीय सेना प्रमुख ने मेजर जनरल राव फरमान अली, जो ढाका गैरिसन को कमांड कर रहा था, को चेताया कि लड़ाई को लंबा खींचना निरर्थक है। भारतीय सेना प्रमुख ने पूर्ण सुरक्षा की अपनी गारंटी को दोहराया और कहा कि जिनेवा कन्वेंशन के अंतर्गत उनके साथ न्यायपूर्ण व्यवहार किया जाएगा। अपनी अंतिम चेतावनी में जनरल मानेकशॉ ने कहा—

> मैं आपसे पहले भी दो बार अपील कर चुका हूँ। लेकिन अभी तक आपकी तरफ से उसका कोई उत्तर नहीं आया है। मैं यह दोहराना चाहता हूँ कि आगे प्रतिरोध करना अर्थहीन है और इसका मतलब होगा आपकी कमांड के नीचे बहुत सारे गरीब सैनिकों की मौत, जो अनावश्यक है। मैं दोहराना चाहता हूँ कि मैं आपको यह गारंटी देता हूँ कि आपको पूर्ण संरक्षण और उचित व्यवहार मिलेगा, जोकि जिनेवा कन्वेंशन के अंतर्गत किसी भी सैन्य और अर्ध-सैन्य कर्मी को मिलना चाहिए, जो भी मेरे बल के आगे आत्मसमर्पण करते हैं। और न ही आपको बांग्लादेश की सेनाओं को लेकर कोई आशंका होनी चाहिए, क्योंकि वे एक संयुक्त ऑपरेशन कमांड के अधीन हैं और बांग्लादेश सरकार ने जिनेवा कन्वेंशन के प्रावधानों के अनुपालन के लिए निर्देश जारी कर दिए हैं।
>
> मेरी सेनाएँ ढाका के आसपास बढ़ रही हैं और आपका गैरिसन मेरे तोपखाने की रेंज में है। मैंने अपनी सेना को यह निर्देश जारी कर दिए हैं कि वह सभी विदेशी नागरिकों और जातीय अल्पसंख्यकों को पूर्ण सुरक्षा प्रदान करे। यह सभी कमांडरों का कर्तव्य होना चाहिए कि वह निर्दोष लहू को व्यर्थ में बहने से रोकें और इसलिए मैं एक बार फिर आपसे अपील करता हूँ कि आप मुझे मेरी इस मानवोचित जिम्मेदारी को निभाने में सहयोग करें।
>
> फिर भी, आप इस पेशकश को ठुकराना जारी रखने का निर्णय लेते हैं तो मैं आपसे जोर देकर यह आग्रह करता हूँ कि आप यह सुनिश्चित करें कि सभी नागरिकों और विदेशी नागरिकों को युद्ध क्षेत्र से एक सुरक्षित दूरी पर ले जाएँगे। आपके अपने आदमियों की खातिर मैं आशा करता हूँ कि आप मुझे बल प्रयोग करके आपके गैरिसन को कम करने के लिए मजबूर नहीं करेंगे।

14, 15 और 16 दिसंबर को ऐसी घटनाएँ हुईं, जो ढाका के पतन में बहुत महत्त्वपूर्ण रहीं।

14-15 दिसंबर की रात तक, पूर्वी कमांड की तीनों कोर के अग्रिम तत्त्व और 101 संचार जोन, जोकि ढाका के बाहरी इलाकों में आकर मिली थीं, अपने आक्रामक ऑपरेशन को जारी रखने से रोक दी गईं। जैसाकि वे पूर्वी पाकिस्तान की राजधानी के बाहरी इलाकों की ओर अग्रसर थीं, फॉर्मेशंस शहर में घुसने से रोके जाने के कारण दबाव में थीं। लेकिन उनका आगे बढ़ना पूर्वी कमांड के मुख्यालय द्वारा, सेना मुख्यालय, नई दिल्ली के आदेश पर रोका गया था। अगर हमारे बल ढाका में घुस जाते तो उसके परिणामस्वरूप वहाँ की सड़कों पर खून-खराबा हो जाता, जिसके कारण वहाँ नागरिकों में हताहतों की संख्या अधिक हो जाती, जिससे भारतीय सरकार बचना चाहती थी। भारतीय सेना प्रमुख द्वारा 15 दिसंबर को शाम 7 बजे से 16 दिसंबर सुबह 9 बजे तक एकतरफा युद्ध-विराम की घोषणा की गई, जिससे कि पाकिस्तानी सेना और उनके राजनीतिक पदानुक्रम अपना मन बना सकें कि आत्मसमर्पण करना है या फिर युद्ध जारी रखना है?

इससे पहले कि भारत की आक्रामक फॉर्मेशंस फिनिश लाइन को पार कर पातीं, ढाका के लिए दौड़ समाप्त कर दी गई!

इसी दौरान संयुक्त राष्ट्र के सुरक्षा परिषद् में अमेरिका और उनके सहयोगी दलों के समर्थन से युद्ध-विराम के आदेश जारी करने के लिए एक के बाद एक प्रस्ताव पास किए जा रहे थे। लेकिन सोवियत तब तक इन प्रस्तावों को वीटो करने में सक्षम रहे, जब तक कि उनके लिए और अधिक वीटो का प्रयोग करना बिल्कुल नामुमकिन हो गया और उन्होंने दिल्ली से आग्रह किया कि वह युद्ध को शीघ्र समाप्त कर दे।

14 दिसंबर की शाम को यह ज्ञात हुआ कि अमेरिका का परमाणु-संचालित विमानवाहक पोत, यू.एस.एस. एंटरप्राइज, 11 युद्धपोतों के साथ—जिसमें विध्वंसक, मिसाइल युद्धपोत, एम्फिबीअस असॉल्ट जहाज और एक हेलीकॉप्टर कॅरियर आदि मिश्रित हैं, ने 13-14 दिसंबर की रात को ही स्ट्रेट ऑफ मलक्का को पार कर लिया है और बंगाल की खाड़ी के अपने रास्ते में हैं। राष्ट्रपति निक्सन ने इस बेड़े के लिए आदेश दिए थे कि वह पाकिस्तान के बचाव के लिए आए, जोकि उसका संकटग्रस्त सहयोगी था।

14 दिसंबर की सुबह को, जबकि राव फरमान अली और उनके सलाहकार अभी भी जनरल मानेकशॉ के आत्मसमर्पण के आह्वान की संभावित प्रतिक्रिया पर टालमटोल कर रहे थे, सेना प्रमुख अपने कार्यालय से निकलकर सैन्य संचालन

निदेशालय, जिसको 'द केज' कहते थे, चले गए और मेजर विजय ओबेरॉय के कार्यालय में घुस गए, जोकि तात्कालिक पूर्वी पाकिस्तान से संबंधित विभाग के जी.एस.ओ.2 थे। इस विभाग में पूर्वी कमांड, कलकत्ता के मुख्यालय के साथ सीधी 'हॉटलाइन' थी।

मेजर ओबेरॉय सेना प्रमुख को यों अपने कार्यालय में आया देख चौंक गए। हालाँकि, सेना प्रमुख ने अपनी अद्वितीय शैली में ओबेरॉय को विश्राम बोला और उनसे कहा कि उनकी बात पूर्वी कमांड के चीफ ऑफ स्टाफ से कराएँ। विजय ने फोन उठाया और दूसरी ओर से तुरंत प्रतिक्रिया हुई।

"हाय, विजय", पूर्वी कमांड ने कड़क आवाज में कहा। "अब क्या है?"

विजय ने कहा, "क्या आप जनरल जैकब को लाइन पर ला सकते हैं? चीफ उनसे बात करना चाहते हैं।" दूसरी तरफ से अधिकारी की प्रतिक्रिया हुई, जिसे विजय नहीं चाहते थे कि चीफ सुनें—लेकिन उन्होंने सुन लिया।

चीफ मुसकराए और बोले, "मुझे फोन दो···सैम बोल रहा हूँ, कृपया क्या मैं तुरंत चीफ ऑफ स्टाफ से बात कर सकता हूँ?"

एक मिनट के बाद, पूर्वी कमांड का चीफ ऑफ स्टाफ लाइन पर था। "जैक बोल रहा हूँ, सर!"

"मेरी अंतिम चेतावनी पर उनका क्या जवाब है?"

"अभी तक कुछ नहीं।"

"क्या आपको लगता है कि अब्दुल्लाह के मुख्यालय के आसपास तोपखाने से कुछ राउंड मारने से चीजों में कुछ गति आएगी?"

"हाँ। मुझे ऐसा लगता है। मैं खुद भी ऐसा ही कुछ करने की सोच रहा था।"

"ठीक है। ऐसा ही करो। उसके मुख्यालय के जितना पास हो सके, कुछ राउंड दागो और हर 10 मिनट में सैल्वो को दोहराओ। उम्मीद करता हूँ कि उनको समझ आए कि हमारा मकसद बिजनेस है।"

"अनुपालन करता हूँ, सर। क्या यही सब है? कुछ और कहना है?"

"नहीं। बस, इंदर को सूचित रखो।"

हालाँकि, सेना मुख्यालय द्वारा ढाका की दौड़ को शहर के बाहरी इलाके पर ही समाप्त कर दिया गया था, मेजर जनरल नगरा, जी.ओ.सी., 101 संचार जोन, ब्रिगेडियर क्लेर के साथ कमांडर, 95 इन्फैंट्री ब्रिगेड और ब्रिगेडियर संत सिंह ढाका के बाहरी इलाके में मीरपुर के पुल के क्षेत्र में पहुँचे, जोकि 2 पैरा द्वारा रोके गए थे,

जिनको 11 दिसंबर को ढाका के बाहरी इलाकों में पैराड्रॉप किया गया था। नगरा ने नियाजी को अपने ए.डी.सी. और 2 पैरा के दो अधिकारियों के हाथ एक संदेश भिजवाया। वह संदेश इस प्रकार था—

'मेरे प्यारे अब्दुल्लाह, मैं यहाँ हूँ। खेल खत्म हो चुका है। मैं सलाह दूँगा कि तुम अपने आप को मुझे सौंप दो तो मैं तुम्हारा खयाल रखूँगा।'

नगरा कुछ ही साल पहले भारतीय सेना में पाकिस्तान के अताचे के तौर पर नियुक्त किया गया था और वे नियाजी को व्यक्तिगत तौर पर जानते थे।

तो, क्या वास्तव में ढाका पर कब्जा करने की दौड़ थी?

उत्तर है, 'हाँ।' 4 कोर के जी.ओ.सी. ने अपने बयानों और कार्यों से निश्चित रूप से यह संकेत दिया था कि वे ढाका में सबसे पहले पहुँचना चाहते थे और इसके लिए उन्होंने हेलीबोर्न सेना का इस्तेमाल किया और 14 दिसंबर को ढाका पहुँच गए। चूँकि 2 कोर सबसे अच्छी स्थिति में थी, ढाका जल्दी पहुँचने के लिए उसने अपनी अपेक्षाओं को सही ठहराया, उसको शायद इस तथ्य से मदद मिली कि जेस्सोर बिना लड़े ही गिर गया। उत्तर में ढाका के सबसे नजदीक 101 संचार जोन था। उसने ढाका पहले पहुँचने को लक्षित किया, लेकिन वह भी उसी दिन पहुँची, जब दूसरी फॉर्मेशंस पहुँची थी। सबसे दूर थी 33 कोर और एक बड़े पाकिस्तान के विरोधी दल से उसका सामना था। इसलिए उसका इस दौड़ में भाग लेने का कोई सवाल ही नहीं उठता था। फिर भी, वह ढाका के बाहरी इलाकों में लगभग उसी समय पहुँची, जब बाकी सब पहुँचे थे।

हालाँकि, यह याद रखा जाना चाहिए कि सबसे पहले ढाका पहुँचने के लिए आक्रामक फॉर्मेशंस की दौड़ के अलावा, जो एक वास्तविक दौड़ थी, वह थी, वक्त के खिलाफ दौड़।

भारतीय सेना का जल्द-से-जल्द ढाका पहुँचना जरूरी था, जिससे कि वे अमेरिकियों, चीनियों या संयुक्त राष्ट्र के हस्तक्षेप से पहले ही युद्ध को समाप्त कर सकें। इस समय के विरुद्ध दौड़ में रूसी बहुत मददगार साबित हुए। उन्होंने संयुक्त राष्ट्र में वीटो की अपनी शक्ति का बार-बार इस्तेमाल किया, जिससे कि अमेरिकियों, चीनियों और पाकिस्तानियों को रोका जा सके, जोकि युद्ध-विराम के अपने आह्वान से युद्ध रोकने का भरसक प्रयास कर रहे थे। रूसियों के वीटो और वह तेजी, जिससे भारतीय सशस्त्र बलों ने पूर्वी मोर्चे पर युद्ध को समाप्त किया, उसने भारत को वह समय दिया, जोकि उसको युद्ध समाप्त करने के लिए बहुत आवश्यक था।

हालाँकि, भारत की पूर्वी सेना उस गति को लेकर बहुत उत्साहित थी, जिसके साथ फॉर्मेशंस ढाका के बाहरी इलाके में पहुँची थी। लेकिन उस निर्देश के साथ एक निराशा का तत्त्व भी था, जिसने उनको युद्ध जारी रखने से रोक लिया था। कमांडर ढाका में अपने लक्ष्य पर कब्जा करना चाहते थे, जोकि उनकी पकड़ के बहुत करीब थे, लेकिन दिल्ली ने यह फैसला किया कि वह आगे के ऑपरेशंस को रोक देगी और फॉर्मेशंस को लाइन में आना पड़ेगा।

भारतीय सेना की आक्रामक फॉर्मेशंस को दिल्ली के आदेशों के अनुसार, शहर में प्रवेश करने से रोक दिया गया, जिससे कि अनावश्यक खून-खराबा रोका जा सके। लेकिन पूर्वी पाकिस्तान में और लड़ाई के खतरे ने पाकिस्तानी सरकार को हिला दिया था।

ढाका काँपा, लड़खड़ाया और गिर गया

जिस समय तक अमेरिकी यू.एस.एस. एंटरप्राइज और बाकी अमेरिकी सातवाँ बेड़ा बंगाल की खाड़ी पहुँचता, पूर्वी पाकिस्तान को मुक्त कर लिया गया था और बांग्लादेश का जन्म हो चुका था।

बंगाल की खाड़ी में अमेरिकी सातवें बेड़े के आगमन के कारण सोवियत से प्रतिक्रिया शुरू हो गई, जिसने एक कार्यबल को निर्देश दिए, जोकि पहले से ही हिंद महासागर में ऑपरेट कर रही थी कि यदि इसकी आवश्यकता पड़े तो वह अमेरिकी बेड़े की ओर बढ़े। एक परमाणु शक्ति से चलनेवाली पनडुब्बी इस बल का भाग थी। यह देखते हुए कि पूर्वी पाकिस्तान में हालात रिडेम्शन से परे जा चुके हैं, सातवाँ बेड़ा कुछ दिन वहाँ रुका रहा और फिर वापस वहीं चला गया, जहाँ से वह आया था।

दुनिया अब उठकर बैठ गई और उसने ध्यान दिया। उनको यह देखकर अचंभा हुआ कि किस तेजी से भारतीय सशस्त्र सेना ने एक मजबूत दुश्मन को हराया था! दुनिया, जिसमें संयुक्त राज्य अमेरिका और यूनाइटेड किंगडम भी शामिल था, के पास और कोई चारा नहीं बचा था, सिवाय इसके कि वे अनिच्छा से इस बात की प्रशंसा व्यक्त करते, जिस प्रकार युद्ध आयोजित किया गया और रिकॉर्ड समय में समाप्त भी हो गया।

कुछ पश्चिमी लेखकों द्वारा भारतीय सेना द्वारा पूर्वी पाकिस्तान में जिस गति से ऑपरेशन किया गया और 13 दिनों के अंदर जिस तरह से युद्ध को समेटा गया, उसकी तुलना द्वितीय विश्वयुद्ध में जर्मनी द्वारा पश्चिमी यूरोप पर जो तूफानी युद्ध

किया गया था, से की। इस विजय में, पूर्वी पाकिस्तान में पाकिस्तानी वायुसेना को खदेड़ने में भारतीय वायुसेना ने जो भूमिका निभाई थी, एक प्रमुख सहायक कारक साबित हुआ; क्योंकि पूर्वी पाकिस्तान में युद्ध के शुरुआती चरण में, पाकिस्तानी वायुसेना को नष्ट करके भारतीय सेना और नौसेना अपने ऑपरेशन बिना किसी बाधा के चला सकीं।

भारतीय सैनिक युद्ध में अपने आचरण के लिए अपने हिस्से की प्रशंसा के लिए आया। भारत सरकार द्वारा विदेशी संवाददाताओं को आक्रमण के दौरान भारतीय फ्रंट लाइन बलों के साथ भेजने की अनुमति के कारण दुनिया को युद्ध की निष्पक्ष रिपोर्ट मिली और जिस नैतिक तरीके से भारत ने युद्ध लड़ा था, इसका पता चला था।

'न्यूयॉर्क टाइम्स' के सिडनी शैनबर्ग ने भारतीय सैनिकों के आचरण के बारे में जो कहा, वह सुनने लायक है[12]—

> मुझे सेनाओं की प्रशंसा करते हुए बैठना पसंद नहीं है। मुझे सेनाएँ ही पसंद नहीं हैं, क्योंकि सेनाओं का अर्थ है युद्ध…और मुझे युद्ध पसंद नहीं है। लेकिन यह (भारतीय सेना) कुछ अलग ही था…वे सभी तरह से महान् थे। वहाँ कहीं भी कोई काला दाग नहीं था…मैं अधिकारियों के साथ रहा और जवानों के साथ चला और उनके साथ सवार हुआ—और वे सब-के-सब महान् थे। यकीनन शुरू-शुरू में उनमें से कुछ डरे हुए थे—वे इनसान नहीं होंगे, अगर वे डरे हुए नहीं हों तो! लेकिन मैंने कभी किसी व्यक्ति को, क्योंकि वह डर गया था, हिचकते हुए नहीं देखा। वहाँ एक जबरदस्त जोश है (भारतीय सेना में) और इसका अनुभव करने से किसी का अच्छा ही हुआ…मैंने अपने लड़कों को वियतनाम में देखा है—और यह सेना अलग थी। उनके (भारतीय सेना के) हथियार और उपकरण उतने अच्छे नहीं थे, लेकिन जो उनके पास था, उसको उन्होंने असरदार तरीके से इस्तेमाल किया… और वह इंप्रोवाइज कर सकते थे! मैंने कंधों पर रेकॉइललेस बंदूकें उठाकर ले जाते हुए देखा है, जवानों, गाँववालों, अधिकारियों द्वारा बड़ी बंदूकों को बैलगाड़ी पर लादकर दलदल के पार ले जाते देखा है; इसमें सब एक साथ थे… और वे सबसे उत्तम सज्जन पुरुष थे—मैंने कभी भी उनको कुछ गलत करते नहीं देखा—तब भी नहीं, जब उन्होंने देखा कि दुश्मन कितना वहशी था!

इसके और भी कारण थे कि क्यों पाकिस्तानी सेना पूर्वी पाकिस्तान में इस प्रकार

निर्णायक रूप से और इतनी जल्दी हारी। जैसाकि 19 दिसंबर को 'संडे टेलीग्राफ' ने लिखा—'बाकी सबके ऊपर भारत की जीत हुई, क्योंकि उनके पास दृष्टि की समझ थी, उद्देश्य की एक सावधानीपूर्ण परिभाषित और अनुरक्षित भावना थी, जिसके साथ श्रीमती इंदिरा गांधी से प्रेरित नेतृत्व था, जिससे पूरा राष्ट्र ओत-प्रोत था।'

सन् 1971 के युद्ध ने सशस्त्र सेनाओं में नेतृत्व की क्षमता का भी खुलासा किया और उनमें लेफ्टिनेंट जनरल सागत सिंह सबसे बेहतरीन रणनीतिकार और टैक्टिकल कमांडर साबित हुए, जोकि इस युद्ध की उपज थी। उनकी आक्रामकता, युद्ध की परिस्थितियों को तुरंत पढ़ लेना, जोखिम लेने की प्रवृत्ति, अपने अधीनस्थ कमांडरों और सैनिकों की क्षमता पर भरोसा, इन सबने उनको एक सैनिकों के जनरल की प्रतिष्ठा कमाने में मदद की। वे उस प्रत्येक युद्ध की परिस्थिति में सबसे ऊपर थे, जो भी वहाँ उत्पन्न हुई। वे दुश्मन के कमांडर के दिमाग को पढ़ सकते थे और यह अनुमान लगा लेते थे कि वह क्या कर सकता है, और उसी प्रकार से कारवाई करते थे, जिसके कारण उनके प्रतिद्वंद्वी को कोई राहत नहीं मिल पाती थी। उन्होंने सिलहट पर कब्जा करने में अपने हेलीबोर्न ऑपरेशन में और मेघना नदी को पार करने में कल्पना और नई पद्धतियों का प्रदर्शन किया, जिसने दुश्मन को भौचक्का कर दिया और उसको असमर्थ छोड़ दिया।

यह सागत का सौभाग्य ही था कि उसको ग्रुप कप्तान चंदन सिंह और बटालियन कमांडर, जैसे लेफ्टिनेंट कर्नल हेरोलिकर जैसे सहकर्मी मिले, जिनकी ऊर्जा, प्रतिबद्धता और संकल्प उनसे मेल खाते थे। उन हेलीकॉप्टर पायलटों की हिम्मत, दृढ़ता और उनके दृढ़ निश्चय ने इन ऑपरेशंस की सफलता में एक बहुत बड़ी भूमिका निभाई। उनके सेना कमांडर, जनरल जे.एस. अरोड़ा के साथ मेघना नदी को पार करने के संबंध में हुई उनकी बातचीत जनरल सागत के दृढ़ संकल्प को इंगित करती है कि उनको सबसे पहले ढाका पहुँचने से कोई नहीं रोक सकता। उनको यह कहते बताया गया कि—

> जग्गी, मैं एक कोर कमांडर हूँ, मुझे उम्मीद है कि मैं इस अवसर का लाभ उठाऊँ। अगर मेघना नदी को पार करने का कोई अवसर स्वयं प्रस्तुत होता है और आपको एक लक्ष्य देता है तो मैं उसे ले लूँगा। मैं तुमको पश्चिमी घाट और उसके आगे का भाग दे रहा हूँ; तुमको खुश होना चाहिए।

'ढाका के लिए दौड़' की तुलना कई तरीकों से द्वितीय विश्वयुद्ध के दौरान 'बर्लिन के लिए दौड़' से की जा सकती है। उस युद्ध में वह मित्र देशों—अमेरिका,

ब्रिटेन और रूसियों के बीच—पहले बर्लिन पहुँचने की दौड़ थी। बर्लिन पर भी कभी कब्जा नहीं किया गया। बर्लिन भी गिर गया था!

लेकिन यहाँ एक फर्क था और वह फर्क था कि बर्लिन का गिरना वहाँ की सड़कों पर हुई बहुत सारी लड़ाई की उपज था। मित्र देश युद्ध के अंत में अपने-अपने देशों के लिए इलाकों और प्रभाव क्षेत्रों को जीतने के लिए आगे दौड़ रहे थे। लेकिन भारत पूर्वी पाकिस्तान को मुक्त करने के लिए और बांग्लादेश की उत्पत्ति के लिए लड़ रहा था, न कि किसी इलाके को जीतने के लिए। ढाका की सड़कों पर होनेवाली लड़ाई से बचना था, जिससे कि अनावश्यक खून-खराबे को रोका जा सके और यह सुनिश्चित किया जा सके कि ढाका के नागरिकों की जिंदगी किसी खतरे में नहीं थी।

यह भी याद रखने की बात है कि भारतीय ऑपरेशंस की सफलता का एक और कारण वह तथ्य भी था कि—दुश्मन के तौर पर—उनका सामना अधिकारियों और सैनिकों की एक अनुशासनहीन भीड़ से हुआ था, न कि एक अनुशासित सेना से।

पूर्वी पाकिस्तान में पाकिस्तान की अय्याश सेना द्वारा खौफनाक हत्याएँ, महिलाओं और बच्चों के साथ बलात्कार, युद्ध के संचालन के लिए स्वीकृत नियमों और नैतिकता के सम्मान का अभाव, और जिसका नेतृत्व उसके भ्रष्ट अधिकारी कर रहे थे, ने उनके अधिकारियों और सैनिकों के बीच के बंधन को तोड़ दिया था। प्रत्येक व्यक्ति के अपने स्वाभिमान के प्रति सम्मान का अभाव उस सेना में जनरल नियाजी से लेकर सबसे नीचे के सैनिक तक रिस रहा था। ऐसी सेना लड़ाई कैसे कर सकती है? हाँ, कुछ लड़ाइयों में वे पाकिस्तानी सैनिक, जिनका नेतृत्व अच्छे से हुआ था, ने अच्छी लड़ाई लड़ी। लेकिन कुल मिलाकर यह एक बदनाम, दुर्व्यसनी और अनैतिक सेना थी, जिसने लड़ने की इच्छा ही खो दी थी।

युद्ध के उपरांत भारतीय सेना प्रमुख, सैम मानेकशॉ को युद्ध पर टिप्पणी करने को कहा गया। अपने विनोदी और हास्यपूर्ण तरीके से उन्होंने कहा, "बहुत साल पहले, स्वतंत्रता और भारत के विभाजन से पूर्व, याह्या और मैंने एक साथ सेना मुख्यालय की सैन्य संचालन शाखा, नई दिल्ली में काम किया। मेरे पास एक मोटरबाइक थी, जो याह्या को चाहिए थी, मैंने उसे 1,000 रुपए में दे दी। उसने कहा कि वह मुझे पैसे बाद में देगा। उसने वह कभी नहीं दिए। फिर भी पच्चीस साल बाद उसने अपने आधे देश के रूप में भुगतान कर दिया!"

परिशिष्ट

1. यह कहानी यहीं समाप्त होती है। इसकी अगली कड़ी, जिसमें युद्ध के अंतिम दिनों के और जनरल नियाजी के आत्मसमर्पण और पूर्वी पाकिस्तान में पूरी पाकिस्तानी सेना के बारे में विस्तार से बताया गया है, अगली कहानी 'द लास्ट स्ट्रॉ' के पन्नों में है।
2. यह कथा पाठक को कुछ तो बता सकी कि युद्ध कैसे संचालित किया गया! मैं जानबूझकर बहुत विस्तार में नहीं गया कि ऑपरेशन कैसे संचालित किए गए, क्योंकि पाठक सैन्य विवरणों के साथ फँस जाएगा। जो यहाँ वर्णित किया गया है, वह न्यूनतम ब्योरा है। जो लोग बारीकियों को जानने में रुचि रखते हैं, वह संदर्भ ग्रंथ सूची देख सकते हैं, जिसमें भारत और पाकिस्तान दोनों के सैन्य लेखकों की पुस्तकों की सूची दी गई है, जोकि ऑपरेशंस का विस्तृत विवरण प्रदान करते हैं और 'पहाड़ी के दूसरी तरफ' का दृष्टिकोण भी।

□

आखिरी झटका

"वह आखिरी झटका ही था, जिसने ऊँट की कमर तोड़ दी थी।"

—कहावत

हालाँकि, ढाका के लिए दौड़ बहुत नाटकीय थी, आगे अभी और ड्रामा होना बाकी था। इस बार भारतीय वायुसेना और जनरल जे.एफ.आर. जैकब थे, जोकि युद्ध के अंतिम दिनों में अहम स्थान लेनेवाले थे।

जहाँ एक ओर भारत पूर्वी पाकिस्तान में सभी पाकिस्तानी सेनाओं के आत्मसमर्पण के इंतजार में था, पाकिस्तान संयुक्त राष्ट्र में और अपने राजनयिक माध्यमों, दोनों से यह सुनिश्चित करने की अपनी पूरी कोशिश कर रहा था कि युद्ध-विराम हो, न कि आत्मसमर्पण।

समय बहुत कीमती था। संयुक्त राज्य अमेरिका अपने अनुचरों के साथ संयुक्त राष्ट्र पर युद्ध बंद करने के लिए और युद्ध-विराम के लिए दबाव बना रहा था। लेखन, न तो कई अमेरिकी प्रस्तावों में, और न ही संयुक्त राष्ट्रसंघ के द्वारा, पाकिस्तान द्वारा अपने पूर्वी विंग के लोगों के नरसंहार और स्वतंत्र बांग्लादेश की राजनीतिक आकांक्षाओं पर, एक अकेला संदर्भ भी कहीं पर वर्णित नहीं किया था, उन आकांक्षाओं को पूरा करने के तरीकों की बात तो छोड़ ही दीजिए। फ्रांस, यू.के. और सुरक्षा परिषद् के अस्थायी सदस्यों ने संयुक्त राज्य अमेरिका के प्रस्तावों की अंतर्वस्तु का अनुसरण किया था। रूसी अपने वीटो के इस्तेमाल का भरसक प्रयास कर रहे थे, जिससे कि भारतीय सेना अपनी सुविधा के अनुरूप युद्ध समाप्त करे। लेकिन वे भी भारत से जितना जल्दी हो सके, युद्ध समाप्त करने के लिए आग्रह कर रहे थे, क्योंकि उनके पास संयुक्त राष्ट्र में अपने वीटो का इस्तेमाल जारी रखने के लिए और कारण समाप्त हो चुके थे।

इस दौरान, प्रशांत महासागर से अमेरिकी सातवें बेड़े का एक कार्यबल पाकिस्तान की मदद के लिए रास्ते में था—जोकि अमेरिका का संकटग्रस्त सहयोगी था। अमेरिका का परमाणु-संचालित विमानवाहक पोत, यू.एस.एस. एंटरप्राइज, और उसके समर्थक जहाजों ने 13-14 दिसंबर की रात को ही स्ट्रेट ऑफ मलक्का को पार कर लिया था और जल्दी ही बंगाल की खाड़ी में प्रवेश करनेवाले थे। भारतीय नौसेना को समझ नहीं आ रहा था कि इसको क्या समझा जाए और तब क्या होगा, जब दोनों नौसेनाएँ भारतीय समुद्री सीमा में आमने-सामने होंगी?

सेना मुख्यालय, नई दिल्ली में इस बात की भी चिंता थी कि उन कस्बों और किलों की क्या स्थिति है, जिनको भारतीय आक्रमणकारी फॉर्मेशंस ने दरकिनार कर दिया था। अगर युद्ध-विराम होनेवाला था तो तकनीकी रूप से वे क्षेत्र, जिन पर कब्जा नहीं किया गया था, वे पाकिस्तानी क्षेत्र के द्वीप माने जाएँगे और इस वजह से वे भारत और बांग्लादेश के लिए बड़ी मुश्किलें खड़ी कर सकते थे। इसलिए यह और अधिक जरूरी हो गया था कि पूर्वी पाकिस्तान की सरकार को आत्मसमर्पण करने के लिए मजबूर किया जाए। युद्ध-विराम किसी भी सूरत में स्वीकार्य नहीं था।

सभी मोर्चों पर समय तेजी से निकला जा रहा था और कुछ करने की आवश्यकता थी, जिससे कि पूर्वी पाकिस्तान का आत्मसमर्पण और उसके सारे बलों का समर्पण सुनिश्चित किया जा सके।

युद्ध के दौरान 14 दिसंबर एक बहुत महत्त्वपूर्ण दिन था। यह वह दिन था, जब भारतीय सेना की फॉर्मेशंस के लोग ढाका के बाहरी इलाकों में पहुँच रहे थे; यह वह दिन था, जब भारतीय सेना प्रमुख ने पूर्वी पाकिस्तानी मिलिटरी और राजनीतिक पदानुक्रम को आत्मसमर्पण करने के लिए या नतीजों को स्वीकार करने के लिए समय दिया था; और यह वह दिन था, जब संयुक्त राज्य अमेरिका की नौसेना के सातवें बेड़े ने बंगाल की खाड़ी में प्रवेश किया था; और यही वह दिन भी था, जब ऐसा कुछ हुआ कि घटनाओं की एक श्रृंखला शुरू हुई, जिसके युद्ध के समाप्त होने के बाद दूरगामी प्रभाव होनेवाले थे।

14 दिसंबर, 1971 की सुबह, ढाका के इंटरकॉन्टिनेंटल होटल के टेलीफोन ऑपरेटर ने पूर्वी पाकिस्तान की सरकार के प्रतिनिधि द्वारा की गई एक अत्यावश्यक कॉल का उत्तर दिया। कॉल करनेवाले ने जॉन कैली से बात करने को कहा, जोकि संयुक्त राष्ट्र उच्चायोग के शरणार्थियों के लिए प्रतिनिधि थे, जोकि होटल में शरण लिये हुए थे, जो वर्तमान में रेडक्रॉस-नामित तटस्थ क्षेत्र के तौर पर कार्य

कर रहा था। फोन करनेवाले ने कैली की कॉल को डॉ. ए.एम. मलिक, जो पूर्वी पाकिस्तान के राज्यपाल थे, से जोड़ दिया। मलिक ने कैली और उसके सहकर्मी पीटर व्हीलर को गवर्नर हाउस में आकर एक बैठक में भाग लेने को कहा, जिसमें उनके मंत्रिमंडल के सदस्य मौजूद थे और सलाह देने को कहा। यह निमंत्रण रेड क्रॉस की अंतरराष्ट्रीय समिति (आई.सी.आर.सी.) के प्रतिनिधि स्वेन लैंपेल को भी दिया गया था।

यूएसएस एंटरप्राइज और सातवें बेड़े के जहाज

यह टेलीफोन पर हुआ वार्त्तालाप एक भारतीय वायुसेना की वायरलेस इंटरसेप्शन इकाई ने, जोकि भारतीय सेना के पूर्वी कमांड की उसी प्रकार की इकाइयों के साथ मिलकर काम कर रही थी, इंटरसेप्ट कर लिया था। वार्त्तालाप कोड भाषा में था और उसको समझने पर पता चला कि जो लोग बैठक में शामिल होंगे, उनकी सूची में औरों के साथ-साथ मार्शल लॉ एडमिनिस्ट्रेटर और पाकिस्तानी वायुसेना, ढाका के एयर ऑफिसर कमांडिंग भी शामिल होंगे। लेफ्टिनेंट कर्नल पी.सी. बहाल, पूर्वी कमांड, कलकत्ता के सिग्नल इंटेलिजेंस के प्रभारी अधिकारी, उस इंटरसेप्ट को सुबह 9:30 पर मेजर जनरल जैकब के पास लाए। जनरल जैकब ने उसी समय एयर वाइस मार्शल देवाशेर, जोकि शिलांग में पूर्वी एयर कमांड के वरिष्ठ एयर स्टाफ अधिकारी थे, को फोन किया। दोनों ने महसूस किया कि इस बैठक में यदि व्यवधान डाल दिया जाए तो इसके कारण राज्यपाल पर आत्मसमर्पण स्वीकार करने का दबाव पड़ेगा। पूर्वी पाकिस्तान में राज्यपाल मलिक सर्वोच्च निर्णय लेनेवाले व्यक्ति थे और भविष्य की काररवाइयों पर निर्णय ले सकते थे कि युद्ध को लंबा खींचना है या कि समाप्त करके युद्ध-विराम के लिए जोर देना है या आत्मसमर्पण स्वीकार करना है? उस सम्मेलन कक्ष में, जहाँ कि बैठक होनी थी, हवाई हमला करके निर्णय लेने की प्रक्रिया को पंगु करके भारत के पक्ष में निर्णय होने में मदद मिलेगी।

राज्यपाल के कार्यालय से हुए कम्युनिकेशन ने संकेत दिया कि बैठक गवर्नर हाउस के सम्मेलन कक्ष में होगी। इस संदेश ने न केवल कक्ष का संकेत दिया, बल्कि समय के बारे में भी बताया। बैठक के लिए निर्धारित समय था—14 दिसंबर, 1971 की दोपहर में 12 बजे।

भारतीय आलाकमान ने यह निष्कर्ष निकाला कि यदि भारतीय लड़ाकू विमान कुछ रॉकेटों से सम्मेलन कक्ष को सम्मेलन शुरू होने के निर्धारित समय से कुछ मिनट पहले निशाना बनाते हैं तो पूर्वी पाकिस्तान के राज्यपाल के मंत्रिमंडल को यह तय करने के लिए मजबूर किया जा सकता था कि आत्मसमर्पण ही बेहतर विकल्प था, क्योंकि उनका जीवन दाँव पर लगा था। एक मृत राज्यपाल और मंत्रिमंडल के मृत सदस्यों के लिए युद्ध-विराम किसी काम का नहीं था। डर इस योजना की महत्त्वपूर्ण कुंजी था!

वायु मुख्यालय ने पूर्वी वायु कमांड को बैठक शुरू होने से मात्र एक घंटे पहले तत्काल काररवाई के निर्देश दिए। पूर्वी वायु कमांड ने तत्काल गुवाहाटी और हाशिमारा में अपने स्क्वाड्रन को हवाई हमले के आदेश भेजे।

समय समाप्त हो रहा था और मिनट भागते जा रहे थे—पायलटों को जानकारी दी जानी थी, विमानों में ईंधन भरा जाना था और उसमें हथियार लैस करने थे और उसके बाद पायलटों को ढाका तक की उड़ान भरनी थी, जोकि लगभग बीस मिनट की उड़ान का समय था। अवसर का समय बहुत कम था और वह प्रत्येक बीतते मिनट के साथ और भी कम होता जा रहा था।

गुवाहाटी में ग्रुप कप्तान वॉलन को कहा गया था कि बैठक सर्किट हाउस में होनेवाली थी। गुवाहाटी में पायलट ढाका की व्यक्तिगत इमारतों से परिचित नहीं थे। एक अत्यधिक आबादीवाले शहर में इमारतों के समूह में पायलटों को कैसे पता चलेगा कि सर्किट हाउस कौन सा था और वे उस कक्ष की सही स्थिति को कैसे जान पाएँगे, जिसमें बैठक होनेवाली थी। नक्शे के लिए एक उन्मत्त खोज शुरू हुई, लेकिन वे जो ढूँढ़ पाए, वह था ढाका के बर्मा शेल का पर्यटन मानचित्र, जिससे पायलटों को केवल एक बुनियादी जानकारी ही प्राप्त हो सकी।

वॉलन विंग कमांडर वी.के. बिश्नोई को और पायलटों के ग्रुप को ढूँढ़ने के लिए ऑपरेशंस कक्ष की तरफ भागे, जोकि अभी-अभी एक निकट समर्थन मिशन से लौटे थे और चाय पी रहे थे। उसने उनको मिशन के बारे में जल्दी-जल्दी जानकारी दी और लक्ष्य को भारतीय स्टैंडर्ड टाइम सुबह 11:20 और पूर्वी पाकिस्तान टाइम

11:50 पर हिट करने की जरूरत के बारे में बताया। इस समय भारतीय स्टैंडर्ड टाइम सुबह के 10:55 हुए थे। बिश्नोई थोड़ा संशय में थे। ढाका तक की उड़ान का समय बीस मिनट से थोड़ा अधिक था और उनको थोड़ा सा भी अंदेशा नहीं था कि सर्किट हाउस कहाँ था। बर्मा शेल पर्यटन नक्शे से समझते हुए वॉलन ने सर्किट हाउस पर संकेत किया, जोकि एक घनी आबादीवाले क्षेत्र में रेसकोर्स के उत्तर में था।

हमला बिश्नोई के नेतृत्व में होना था और फ्लाइट लेफ्टिनेंट चंद्रशेखर उनके विंगमैन होने थे। फ्लाइट लेफ्टिनेंट जी. बाला और फ्लाइट लेफ्टिनेंट हेमू सरदेसाई ने उनका अनुसरण करना था। सभी चार मिग–21 विमान रॉकेटों से लैस थे। बिश्नोई और चंद्रशेखर अपने लड़ाकू विमानों की ओर दौड़े, जिनमें पहले से ही ईंधन भर दिया गया था और स्टैंडिंग आदेशों और युद्ध अभ्यासों के अनुसार उनमें फिर से हथियार लैस कर दिए गए थे। बिश्नोई ने नक्शे को अपनी बगल की जेब में रख लिया। उन लोगों ने अभी मुश्किल से बेल्ट बाँधी ही थी कि बिश्नोई ने अपने स्क्वाड्रन के एक अधिकारी को अपने विमान की तरफ दौड़कर आते देखा। वह हाथ में एक कागज का टुकड़ा लहरा रहा था, जोकि उसने बिश्नोई को सौंप दिया।

बिश्नोई ने कागज देखा। उस पर आनन–फानन में कुछ शब्द लिखे थे : सर्किट हाउस नहीं—गवर्नर हाउस! बिश्नोई ने संदेश प्राप्त करने की स्वीकृति दी, लेकिन तब तक अन्य तीन पायलटों को सूचित करने के लिए बहुत देर हो चुकी थी। बिश्नोई ने इस डर से रेडियो साइलेंस बनाए रखने का फैसला किया कि उसका कम्युनिकेशन इंटरसेप्ट हो सकता था। उसने तय किया कि वह ढाका तक उड़ान भरेगा, रास्ते में नक्शे को पढ़ेगा और जब वह ढाका के ऊपर होगा तो गवर्नर हाउस को लोकेट करेगा।

इस तुच्छ जानकारी से लैस बिश्नोई और उसके विंगमैन ने अपने इस महत्त्वपूर्ण मिशन के लिए ढाका की ओर उड़ान भरी और बाला तथा सरदेसाई उनका अनुसरण कर रहे थे।

इस बीच पश्चिम में 150 मील दूर, हाशिमारा में, विंग कमांडर एस.के. कौल को इसी तरह के मिशन के लिए जानकारी दी गई। हालाँकि, उनको सही जानकारी दी गई थी कि लक्ष्य गवर्नर हाउस था। किसी को भी गवर्नर हाउस की लोकेशन का पता नहीं था, लेकिन यहाँ भी बर्मा शेल पर्यटन नक्शा निकाला गया। कौल और उसका विंगमैन, फ्लाइंग ऑफिसर हरीश मसंद केवल सामने की बंदूकों के साथ जाएँगे। एक अन्य विमानों की जोड़ी, जो कि टी–10 रॉकेट से लैस होगी और

स्क्वाड्रन लीडर ए.ए. बोस और उनके विंगमैन फ्लाइट लेफ्टिनेंट के.बी. मेनन द्वारा उड़ाई जाएगी, उनका अनुसरण करेगी। विंग कमांडर कौल का पहला सवाल था कि 'गवर्नर हाउस कहाँ है?' जैसाकि बिश्नोई के साथ मामला था, जो एकमात्र नक्शा उपलब्ध था, वह था बर्मा शेल पर्यटन नक्शा! कौल ने यह कहा—

> वह एक-एक इंच का नक्शा था। मैं उसका सिर और पूँछ भी नहीं समझ पा रहा था। उसमें इमारतों का झुंड दिखाई दे रहा था। उसको कहाँ से निकाला गया था या कैसे वह यहाँ आया, कैसे वह हाशिमारा के भूमिगत ऑपरेशंस कक्ष में मिला, जिसमें न तो कोई कस्बा था और न ही कुछ और, यह एक रहस्य है! वह ढाका शहर का बर्मा शेल का एक रोडमैप है, जोकि आप किसी भी रेलवे स्टेशन से खरीद सकते हैं। मुझे नहीं पता कि यह वहाँ कैसे निकल आया, मुझसे पूछो भी मत। लेकिन यह वहाँ था!

इस बीच बिश्नोई, जिसने पहले उड़ान भरी थी, ने अपनी जेब से नक्शा निकाला और जब वह राजधानी से कुछ ही मिनट की दूरी पर था, एक बार फिर उसको देखा। जैसे ही वे और उसके विंगमैन ढाका के ऊपर पहुँचे, उसने रेडियो से चंद्रशेखर, बाला और सरदेसाई से कहा कि लक्ष्य गवर्नर हाउस है, न कि सर्किट हाउस। सरदेसाई ने लक्ष्य में बदलाव को स्वीकार किया और कहा कि वह गवर्नर हाउस को देख पा रहा था। यह ढाका के रेलवे स्टेशन के करीब एकमात्र प्रमुख इमारत थी—एक बहुत शानदार इमारत, जोकि हरे-भरे परिसर से घिरी हुई थी, जोकि भारत में पाए गए राजभवन से मिलती-जुलती थी; वह घर और उसके लॉन और बगीचे उसके आसपास की दुकानों और मकानों की फैलावट के विपरीत एकदम अलग ही खड़े थे। गवर्नर हाउस ढाका के क्रिकेट स्टेडियम के करीब था, जो कि एक प्रमुख स्थलचिह्न था।

नीचे जमीन पर गवर्नर हाउस में लगभग दोपहर का समय था। पायलट घर के बाहर कुछ कारें खड़ी हुई देख पा रहे थे, जोकि संभवत: गवर्नर और पूर्वी पाकिस्तानी सरकार के अधिकारियों की थीं। राज्यपाल ए.एन. मलिक, यू.एन. प्रतिनिधि जॉन कैली और उसका सहकर्मी पीटर व्हीलर औरों से पहले ही पहुँच चुके थे। मलिक, कैली और व्हीलर को सम्मेलन कक्ष के बगलवाले कमरे में स्थिति के बारे में जानने के लिए ले गया। डॉ. मलिक, जोकि डरे हुए थे, ने कैली से पूछा, "आप क्या सोचते हैं, क्या हमें अब हार मान लेनी चाहिए?" कैली आधे संयुक्त राष्ट्र की ओर से कमिट नहीं करना चाहते थे और बचाव किया। हालाँकि, कैली ने उनको चेताया

कि जब युद्ध समाप्त होगा तो वे और उनका मंत्रिमंडल गंभीर खतरे में होंगे और यह कि उनके लिए यही अधिक सुरक्षित होगा कि उनके अधिकारी और उनका परिवार इंटरकॉन्टिनेंटल होटल में शरण ले ले, जोकि एक नामित तटस्थ क्षेत्र है।

जब वे बात कर रहे थे, बिश्नोई और उसके विंगमैन अपने मिग-21 विमानों में लक्ष्य क्षेत्र के ऊपर पहुँच गए थे। बिश्नोई ने गवर्नर हाउस का गुंबद देखा और तर्क किया कि सम्मेलन कक्ष इमारत का सबसे बड़ा कक्ष होगा और यह कि वह गुंबद के एकदम नीचे होना चाहिए। तदनुसार उसने अपने विंगमैन को, और जो विमान उनका अनुसरण कर रहे थे, उनको जानकारी दी कि वे क्या करने जा रहे थे और लक्ष्य के तौर पर कक्ष का ब्योरा दिया। पहले पास में बिश्नोई और उसके विंगमैन दोनों ने सोलह रॉकेटों की एक सलामी फायर की और वापस आकर अपने पास में बचे हुए रॉकेट दाग दिए। इमारत के अंदर भगदड़ मच गई। कैली इमारत से बाहर निकल गया। वह अपनी पुस्तक 'थ्री डेज इन ढाका 1971' में कहता है—

> हमले के पहले भाग के दौरान मुजफ्फर हुसैन, तत्कालीन मुख्य सचिव, जब बाहर आए तो वे सफेद पड़े हुए थे और हमने अभिवादन का आदान-प्रदान किया। जैसे ही हमला जारी हुआ, मैं 20 यार्ड दूर एक खाई की ओर भागा, जो पहले से ही सैनिकों से भरी हुई थी और उनके ऊपर लेट गया। जनरल राव फरमान अली आश्रय ढूँढ़ते हुए हमारे सामने से भागे और भागते हुए मुझसे कहा, 'भारतीय हमारे साथ ऐसा क्यों कर रहे हैं?' परिस्थितियों के अंतर्गत यह इस प्रकार की चर्चा करने का सही अवसर नहीं प्रतीत हुआ और मैंने जनरल फरमान को अपना आश्रय ढूँढ़ना जारी रखने दिया। हमले की आवाज बहरा कर देनेवाली थी। इस पूरे समय मैंने वॉकी-टॉकी पर हमले पर लगातार चल रही टिप्पणी को यू.एन. लोकेशन पर पॉल मार्क-हेनरी के लिए चालू रखा।

बिश्नोई और उसके विंगमैन चंद्रशेखर ने 128 रॉकेट गवर्नर हाउस में दागे थे। जब उन्होंने अपना काम पूरा कर लिया, उस समय तक इमारत में धुआँ भर गया था। जैसे ही वे गए और वहाँ से निकले, बाला और सरदेसाई ने अपने मिग-21 विमान अखाड़े में उतारे और अपने-अपने पॉड में से चार-चार रॉकेट दागते हुए चार पास किए। उनके विभिन्न पास ने कुछ कमजोर जमीनी गोलाबारी को आकर्षित किया। जैसे ही पायलट उस क्षेत्र से निकले, सरदेसाई ने देखा कि इंटरकॉन्टिनेंटल होटल की छत पर तमाशा देखनेवालों की भीड़ इकट्ठी हो गई थी, जो उन दर्शकों से मिलती-जुलती थी, जो क्रिकेट मैच देखने आते हैं। वास्तव में, जेट के गरजते

अर्धचंद्राकार को देखने के लिए निवासी अपनी खिड़कियों से बाहर लटकते दिखाई दिए, जो उनकी इमारतों की छत से नीचे की ऊँचाई पर उड़ रहे थे। लड़ाकू विमानों के इस तमाशे को वे इसलिए देखना चाहते थे, क्योंकि उनको लगा कि ऐसा तमाशा उनको जिंदगी में फिर कभी देखने को नहीं मिलेगा। उनको यह नहीं पता था कि अभी और तमाशा होना बाकी था।

मिग-21 ने गवर्नर हाउस पर हमला किया

इसी दौरान स्वेन लैंपेल, आई.सी.आर.सी. प्रतिनिधि गवर्नर हाउस पहुँचा। उसको बैठक के लिए देर हो गई थी और वह गवर्नर हाउस के रास्ते में ही था, जब हवाई हमला शुरू हुआ। उसने अपनी कार रोक दी और रेड को देखने लगा और जब 'ऑल क्लीयर' हो गया तो गवर्नर हाउस में प्रवेश किया। उसने जो देखा, वह नोट करने लायक है। उसने कहा—

> मुख्य द्वार पर कोई पहरेदार नहीं था। हम बिना किसी रुकावट के अंदर चले गए और मुख्य कक्ष में घुस गए, जहाँ राज्यपाल अपने मंत्रिमंडल के सहकर्मियों के साथ बैठे थे। यह वे लोग थे, जो कभी अपने अभिमान और अधिकार से चमकते थे और जो सभी प्रकार के नौकरशाही तरीकों से हमारी दिन-प्रतिदिन की गतिविधियों में हस्तक्षेप किया करते थे। यह मानना मुश्किल हो रहा था कि

> वे लोग उसी नस्ल के थे, जैसेकि वे गरीब और दयनीय लोग, जिनकी हम मदद करने का प्रयास कर रहे थे। जो लोग टेबल के चारों ओर बैठे थे, सफेद पड़े हुए थे, थके हुए थे, टूटे हुए लग रहे थे और अनिश्चित दिख रहे थे। उन्होंने राष्ट्रपति याह्या खान से उनकी आखिरी बातचीत, जिसमें संभावित समझौते की बात हुई थी, के बाद कुछ भी नहीं सुना था। वे और अधिक इंतजार नहीं कर सकते थे; वे 'तटस्थ क्षेत्र' में शरण लेना चाहते थे। उनकी जिंदगी हमारे हाथ में थी। भाग्य वास्तव में आखिरी हँसी हँस रहा था। मुझे उस अभिनेता की तरह महसूस हो रहा था, जोकि ग्रीक त्रासदी से मंच पर खड़ा था।

गवर्नर हाउस का परिषद् कक्ष बिखरा हुआ था और इमारत की हर एक खिड़की टूटकर जमीन पर बिखरी पड़ी थी। कैली और उसका सहयोगी अपने संयुक्त राष्ट्र कार्यालय में लौट गए और मार्क हेनरी को जानकारी दी कि क्या हुआ था! गैविन यंग, 'लंदन ऑब्जर्वर' का संवाददाता, ने यह सलाह दी कि वह और कैली को गवर्नर हाउस में वापस जाकर स्थिति की समीक्षा करनी चाहिए। गैविन को लगा कि यदि विमान वापस लौटने का फैसला करते हैं तो उनको बेस पर वापस पहुँचाने में, ईंधन भरवाने में, विमान को दोबारा हथियारों से लैस करने में और यहाँ वापस लौटने में समय लगेगा और इसलिए यह अगले कम-से-कम एक घंटे के लिए गवर्नर हाउस के आसपास होना सुरक्षित है। वे जीप में बैठे और गवर्नर हाउस की ओर चल पड़े।

जिस समय तक कैली और गैविन यंग गवर्नर हाउस पहुँचे, जिसमें से हवाई हमले के कारण अभी भी धुआँ निकल रहा था, गवर्नर और उनका स्टाफ इमारत के मैदान में बने एक बंकर में चले गए थे। जब वह बंकर बनाया जा रहा था, राज्यपाल को लगा कि उसको कभी उस बंकर में शरण लेने की जरूरत नहीं पड़ेगी। उसको अब यह अहसास हुआ कि वह कितना गलत था! कैली ने वापस राज्यपाल के साथ अपनी बातचीत शुरू की थी, जो पहले हवाई हमले के कारण बाधित हो गई थी। मलिक अभी भी इस्तीफा देने के बारे में अनिर्णीत था। कैली ने एक बार फिर उसको याद दिलाया कि वह कितने खतरे में था! अब उनकी चर्चा एक बार फिर भारतीय वायुसेना की एक और रेड की दस्तक के कारण बाधित हो गई।

कैली ने एक बार फिर खुद को शरण लेने के लिए भागते पाया। इस बार वह कौल और मसंद थे अपने हंटर विमानों में। विंग कमांडर कौल और फ्लाइंग ऑफिसर हरीश मसंद ने अपने लक्ष्य से पहले विमान को रोका। उन्होंने 6,000 फीट

ऊँचाई से एक तात्कालिक ग्लाइड किया, गवर्नर हाउस को लोकेट किया, जिसमें से अभी भी धुआँ निकल रहा था और उस पर हमला बोल दिया। वहाँ बहुत सारी विमानभेदी बंदूकों से गोलियाँ चलीं, जो कि इस तथ्य से जाग गई थीं कि भारतीय वायुसेना द्वारा शहर में हमला हो रहा था, लेकिन उनका फायर निष्प्रभावी रहा। कौल और मसंद ने अपनी सामने की बंदूकों का इस्तेमाल किया और जो नुकसान वे इमारत को पहुँचा रहे थे, उसका आकलन बहुत साफ-साफ कर पा रहे थे, जो उस स्थिति में संभव नहीं होता, अगर वे रॉकेट का प्रयोग करते। कुछ पास के बाद, ढाका इंटरकॉन्टिनेंटल होटल के पास से उड़ान भरते हुए, दोनों हंटर विमान अपने टारगेट क्षेत्र से चले गए, जहाँ मसंद ने भी देखा कि दर्शकों की एक भारी भीड़ होटल की छत पर एकत्र थी और बहुत रुचि के साथ हमले को देख रही थी।

स्क्वाड्रन लीडर ए.ए. बोस और फ्लाइट लेफ्टिनेंट के.बी. मेनन कौल और मसंद का अनुसरण कर रहे थे। मेनन ने पी.वी.एस. जगन मोहन को अपने एक साक्षात्कार में बताया कि वहाँ भारी विमानभेदी गोलीबारी हो रही थी और आकाश काले धब्बों से ढका था। कौल और मसंद द्वारा उनको रेडियो से जो जानकारी दी गई थी, उसके आधार पर वह गवर्नर हाउस को आसानी से पहचान गए और उन्होंने भी लक्ष्य पर हमला बोल दिया। अपने-अपने रॉकेटों को खर्च करने के बाद दोनों वापस घर चले गए।

हंटर का हमला राज्यपाल मलिक के लिए आखिरी झटका था। गैविन यंग ने एक कहानी भेजी, जोकि पूरे संसार में प्रसारित की गई। उसमें यह कहा गया था—

> जेट विमानों ने एक गर्जनापूर्ण उपद्रव मचाया। जमीन में दरार आ गई और वह बाहर की ओर निकल आई। श्री मलिक ने घुटी हुई आवाज में कहा, 'अब हम भी शरणार्थी हैं।' ऐसा लग रहा था कि कहने के लिए कुछ बाकी नहीं बचा है। कैली ने मेरी तरफ देखा और चुपचाप कहा, 'मुझे यहाँ क्या वापस लेकर आया?' फिर मलिक ने कँपकँपाते हुए एक पेन और एक ऑफिस का कागज निकाला। मंत्रिगण बड़बड़ा रहे थे, 'अपने आप को सँभालो।' एक दुर्घटना और दूसरी घटना के बीच में कैली और मैंने कागज की ओर देखा और देखा कि वह राष्ट्रपति याह्या खान को संबोधित था और आखिरकार मलिक ने त्याग-पत्र दे ही दिया। उसके बाद रेड अभी भी हमारे चारों ओर चल रही थी, मलिक, जोकि एक कट्टर मुसलमान था, ने अपने जूते और मोजे उतारे, बंकर में खुलनेवाले एक छोटे गुसलखाने में ध्यान से अपने पाँव धोए, अपने सिर पर एक सफेद

> रूमाल बाँधा और बंकर के एक कोने में घुटनों के बल बैठ गया और अपनी प्रार्थना की। वह गवर्नर हाउस का अंत था। वह पूर्वी पाकिस्तान की आखिरी सरकार का अंत था।

इसके तुरंत बाद, मलिक और उसके सहकर्मी इंटरकॉन्टिनेंटल होटल में भाग गए। उनका अब तक बहुत नुकसान हो चुका था। भारतीय वायुसेना का हमला एक धमकी थी, जिसने पूर्वी पाकिस्तान की सिविल सरकार को—वह सरकार, जिसने पश्चिमी पाकिस्तान की सेना का एक इच्छुक भागीदार बनकर नरसंहार को बढ़ावा दिया था, उसको एक स्पष्ट झटका दिया था। वह व्यवस्था, जो अब अपने पूर्व की एक दाँतहीन छाया बनकर रह गई थी और एक ताश के पत्तों के घर की तरह ढह गई थी।

भारत के एक पूर्व विदेश सचिव, जे.एन. दीक्षित ने अपनी पुस्तक 'लिबरेशन एंड बियॉन्ड' में इस घटना के बारे में लिखा है—

> भारतीय वायुसेना के जेट विमानों ने बैठक, जो यहाँ होनी निर्धारित की गई थी, शुरू होने से कुछ पल पहले इस कक्ष पर एक सटीक रॉकेट हमला किया। मैंने 16 दिसंबर को, आत्मसमर्पण के बाद इस कमरे को देखा था। रॉकेट ने हमला किया था और केवल इस कक्ष और उसके कॉन्फ्रेंस टेबल को बड़े पैमाने पर क्षतिग्रस्त किया था। मेरे बांग्लादेशी दोस्तों ने मुझे बाद में बताया कि इस वायु ऑपरेशन ने पूर्वी पाकिस्तान के शासकों को सकते में ला दिया था और संभवत: उनसे जल्दबाजी में बिना शर्त के आत्मसमर्पण का एक त्वरित जवाब ले लिया था।

हालाँकि, पूर्वी पाकिस्तानी की सेना अभी भी आत्मसमर्पण की शर्तों के विरुद्ध खड़ी थी। ढाका के शहर के अंदर उसके पास लगभग 30,000 सैनिक थे और वे आसानी से कम-से-कम एक हफ्ते तक वहाँ बने रह सकते थे। लेकिन वह एक खूनी लड़ाई होती, जो कि ढाका की सड़कों पर लड़ी जाती, जो ऐसा था, जिससे भारतीय सरकार बचना चाहती थी, क्योंकि नागरिकों में हताहतों की संख्या बहुत अधिक होती।

इसी बीच जनरल याह्या खान की ओर से एक संकेत प्राप्त हुआ, जोकि मलिक और जनरल नियाजी को संबोधित था। संकेत में यह कहा गया था कि 'उन्होंने भारी बाधाओं के विरुद्ध वीरतापूर्ण लड़ाइयाँ लड़ी हैं', लेकिन अब 'वह उस मुकाम पर पहुँच गए हैं, जहाँ से आगे प्रतिरोध करना मानवीय रूप से मुमकिन नहीं

है और न ही यह कोई लाभकारी उद्देश्य की पूर्ति करता है।' तदनुसार, याह्या खान ने नियाजी और मलिक से आग्रह किया कि 'वे लड़ाई रोकने के लिए और सभी लोगों के जीवन की रक्षा करने के लिए आवश्यक कदम उठाएँ।' लेकिन इस संकेत में कहीं यह उल्लेख नहीं किया गया था कि क्या युद्ध की समाप्ति युद्ध-विराम से होगी या आत्मसमर्पण से?

यही वह विकल्प था, जिसकी नियाजी ने उम्मीद की थी। वह युद्ध-विराम के लिए बातचीत करने के लिए और वापसी के लिए तथा संयुक्त राष्ट्र के संरक्षण में बलों के और नागरिकों के पाकिस्तान जाने के सुरक्षित मार्ग के लिए जगह चाहता था। 14 दिसंबर की शाम को, मेजर राव फरमान अली के साथ वह ढाका में संयुक्त राज्य अमेरिका के महावाणिज्य दूत से कार्यालय हर्बर्ट सपिवेक, कॉनसुल जनरल से मिलने गया। नियाजी ने सपिवेक से निवेदन किया कि वह भारतीय बलों के साथ युद्ध-विराम की शर्तों पर बातचीत करे। नियाजी और फरमान अली दोनों ने 'आत्मसमर्पण' शब्द के प्रयोग करने से परहेज किया। सपिवेक ने नियाजी को कहा कि वह केवल इस संदेश को भारतीय बलों तक पहुँचाने में उनकी मदद कर सकता है और यह कि उसके पास उनकी ओर से बातचीत करने का कोई अधिकार नहीं है।

नियाजी और फरमान अली ने भारतीय सेना प्रमुख सैम मानेकशॉ के लिए संदेश का एक मसौदा तैयार किया, जिसमें उन्होंने युद्ध-विराम का आह्वान किया। सपिवेक ने वह संदेश नई दिल्ली में अमेरिकी दूतावास को भेजने की जगह उसे वाशिंगटन भेज दिया, जिसकी वजह से एक दिन की और देरी हो गई। नियाजी की ओर से आत्मसमर्पण की जगह युद्ध-विराम के आग्रह ने ढाका में और उसके आसपास पाकिस्तानी सेना की स्थापनाओं पर और हवाई हमलों को आमंत्रण दिया।

15 दिसंबर की देर दोपहर को नियाजी को ऑल इंडिया रेडियो के एक प्रसारण के माध्यम ने जनरल मानेकशॉ के युद्ध-विराम के निवेदन पर जवाब मिला। उसे नियाजी का युद्ध-विराम का आग्रह दोपहर 2:30 बजे अमेरिकी दूतावास से प्राप्त हुआ था। उस प्रसारण में मानेकशॉ ने दोहराया कि उनको आत्मसमर्पण करना होगा, न कि युद्ध-विराम, और यह कि वे इस बात को सुनिश्चित करेंगे कि जो भी हथियार डालेंगे, उनको सुरक्षा दी जाएगी। उसने घोषित किया कि भारतीय सेना और वायुसेना शाम 5 बजे से अगली सुबह 9 बजे तक अपने ऑपरेशन बंद रखेंगी, जिससे कि उनको उसकी अंतिम चेतावनी पर फैसला करने का समय, मील और

रेडियो फ्रीक्वेंसी भी मिली, जिसका पाकिस्तानी पूर्वी कमांड उसको संपर्क करने के लिए प्रयोग कर सकती है।

जनरल मानेकशॉ की आत्मसमर्पण की माँग और राज्यपाल मलिक के आत्मसमर्पण स्वीकार करने के बावजूद नियाजी अभी भी आत्मसमर्पण के स्थान पर युद्ध-विराम के लिए आग्रह कर रहा था। 16 दिसंबर की सुबह 9 बजे, जब युद्ध-विराम समाप्त होनेवाला था, पाकिस्तानी सेना के मुख्यालय से एक संदेश युद्ध-विराम को थोड़ा और बढ़ाने के लिए प्राप्त हुआ और यह कहा गया कि दिल्ली से ढाका में एक अधिकारी को भेजा जाए, जोकि हथियार डालने की प्रक्रिया को अंतिम रूप देगा।

सुबह 9:15 बजे जनरल मानेकशॉ ने भारतीय सेना के फोर्ट विलियम में पूर्वी कमांड के मुख्यालय से संपर्क किया और जनरल जैकब चीफ ऑफ स्टाफ को निर्देश दिए कि वह ढाका जाए और जनरल नियाजी से मिले और आत्मसमर्पण की शर्तों को अंतिम रूप दे। जनरल मानेकशॉ ने पूर्वी कमांड को निर्देश दिया कि यह सुनिश्चित करें कि आत्मसमर्पण उसी दिन दोपहर तक हो जाए। एक मसौदा 'आत्मसमर्पण का दस्तावेज' तैयार किया गया; जनरल जैकब को इस मसौदे के साथ भारतीय वायुसेना के एक हेलीकॉप्टर में ढाका के लिए उड़ान भरनी थी।

जनरल जैकब, एयर कमोडोर पुरुषोत्तम, जोकि पूर्वी कमांड के एडवांस एयर मुख्यालय से थे और इंटेलिजेंस कोर के कर्नल एम.एस. खरा ने चेतक हेलीकॉप्टर में ढाका के लिए उड़ान भरी। इस टीम ने जेस्सोर में हेलीकॉप्टर बदला और फिर से ढाका के लिए उड़ान भरी।

ढाका शहर अस्थिर स्थिति में था और अराजकता के करीब था। दिल्ली और कलकत्ता से आदेश के चलते किसी भारतीय बल को शहर में प्रवेश की अनुमति नहीं थी—हालाँकि, अब वहाँ पर भारतीय सेना की उपस्थिति की आवश्यकता थी। पहले ही इसका तर्क दिया गया था कि अगर सेना शहर में प्रवेश करती थी तो हो सकता था कि लड़ाई फिर से शुरू हो जाए। किसी को नहीं पता था कि क्या तय हुआ है—युद्ध-विराम या आत्मसमर्पण? यदि लड़ाके फिर से एक-दूसरे का सामना करते हैं तो शहर में कुछ भी हो सकता था। नियाजी अभी भी पकड़ बनाए था। इस असमंजस की स्थिति में मुक्तिवाहिनी ने शहर में प्रवेश किया। उनमें सबसे प्रमुख था 'टाइगर सिद्दीकी', जो अपने लगभग 2,000 सैनिकों के साथ था, जो सभी बदले के लिए प्यासे थे।

जनरल जैकब का हेलीकॉप्टर पाकिस्तानी विमानभेदी बंदूकों द्वारा उतरने तक ट्रैक किया गया। उतरने के बाद जैकब की मुलाकात उनके पाकिस्तानी समकक्ष, ब्रिगेडियर बकर सिद्दीकी से हुई। वहाँ ढाका के संयुक्त राष्ट्र के प्रतिनिधि भी उपस्थित थे, जिन्होंने पाकिस्तान के साथ मध्यस्थता के लिए, बातचीत के लिए अपने कार्यालय की पेशकश की, लेकिन जनरल जैकब का संयुक्त राष्ट्र को इसमें शामिल करने का कोई इरादा नहीं था, क्योंकि उनको संयुक्त राष्ट्र की इस वर्तमान परिस्थिति में कोई भूमिका दिखाई नहीं दे रही थी। विदेश प्रेस कोर भी वहाँ उपस्थित थे। नियाजी के मुख्यालय जाने के रास्ते में, जनरल जैकब की जीप को मुक्तिवाहिनी ने रोका। जनरल जैकब और उसकी टीम निहत्थे थे। उस दिन के बारे में वे कहते हैं—

> वे बहुत लड़ाकू मूड में थे और हिंसात्मक आचरण के लिए एकदम तैयार थे। अंतरराष्ट्रीय प्रेस के प्रतिनिधि भी उनके साथ थे। मैंने उनको समझाया कि युद्ध समाप्त हो चुका है और पाकिस्तानी सेना का आत्मसमर्पण रेसकोर्स पर होनेवाला है। वे चिल्लाने लगे और पाकिस्तान पूर्वी कमांड के मुख्यालय पर कब्जा करना चाहते थे तथा नियाजी और उसके स्टाफ से प्रतिशोध लेना चाहते थे। मैंने उनको साफ कहा कि यह बांग्लादेश सरकार को सत्ता सौंपने की प्रक्रिया बिना किसी खून-खराबे के होनी चाहिए, जिनके सदस्य जल्दी ही ढाका चार्ज लेने के लिए पहुँचने ही वाले हैं। मैंने मुक्तिवाहिनी से कहा कि वे इस बात को सुनिश्चित करें कि कानून व्यवस्था बनी रहे और यह कि कोई भी प्रतिहिंसा की वारदात न हो। चूँकि उस समय युद्ध-विराम लगा हुआ था और पाकिस्तानी हाईकमांड ने आत्मसमर्पण करने की सहमति दे दी थी, जिनेवा कन्वेंशन के प्रावधानों का सम्मान करना आवश्यक था। उन्होंने नारेबाजी की और एकतरफा काररवाई की धमकी दी। मैंने उनसे कहा कि हम इस बात को सुनिश्चित करेंगे कि जिनेवा कन्वेंशन के प्रावधानों का सम्मान हो। विदेशी प्रेस के रिपोर्टर ने कहा कि मैंने उन पर गोली चलाने की धमकी दी है। फिर उन्होंने हमें वहाँ से निकलने दिया और हम 15:00 बजे मुख्यालय पहुँचे।

जनरल जैकब की अगवानी जनरल नियाजी ने अपने कार्यालय में की। उनके साथ मेजर जनरल राव फरमान अली, मेजर जनरल जमशेद, रीयर एडमिरल शरीफ, नौसेना प्रमुख, एयर कमोडोर इमाम, वायुसेना कमांडर और ब्रिगेडियर बकर सिद्दीकी थे। इनके अतिरिक्त, मेजर जनरल जी.सी. नगरा, भारतीय सेना के जनरल

ऑफिसर कमांडिंग 101 संचार जोन भी वहाँ उपस्थित थे। वह अन्य फॉर्मेशंस, जिनको कि शहर के बाहरी इलाके में रोका हुआ था, के मुकाबले राजधानी के अधिक करीब थे। अस्थायी युद्ध-विराम के लागू होने के एक दिन बाद नगरा ने पाकिस्तानी चौकियों में से एक से संपर्क किया और नियाजी को यह संदेश भेजा कि—'मेरे प्यारे अब्दुल्लाह। मैं यहाँ हूँ। खेल खत्म हो चुका है। मेरा सुझाव है कि आप अपने आप को मुझे सौंप दें तो मैं आपकी देखभाल करूँगा।' नियाजी, जो जनरल जैकब की उम्मीद में था, असमंजस में था कि इससे क्या मतलब निकाला जाए? उसको यह जानकारी नहीं थी कि नगरा की आत्मसमर्पण वार्त्ता में कोई भूमिका है या नहीं?

नगरा के पास ढाका में प्रवेश के कोई आदेश नहीं थे और उसने अपने आप ही यह काररवाई की। हालाँकि, यह उसका सौभाग्य ही था कि वह उस समय ढाका में था, क्योंकि जिस समय पाकिस्तानी सेना और मुक्तिवाहिनी में लड़ाई चल रही थी, उस समय ढाका में कोई भारतीय बल नहीं था। जैकब ने नगरा को बाहर बुलाया और पर्याप्त बलों को ढाका में आने के लिए कहा, जिससे कि कानून व्यवस्था को बनाए रखा जा सके और आत्मसमर्पण समारोह का आयोजन किया जा सके। उसने नगरा को समझाया कि इसे पूरी तरह से एक सार्वजनिक आत्मसमर्पण बनाना होगा, जोकि ढाका के लोगों को दिखाई देना चाहिए, जिन्हें पाकिस्तानी सेना के हाथों इतनी बुरी तरह से पीड़ित होना पड़ा था। उनको यह भी कहा गया कि पैराशूट रेजिमेंट द्वारा एक गार्ड ऑफ ऑनर आयोजित करना है, जो इस समय तक ढाका में धीरे-धीरे आने लगे थे और एक पाकिस्तानी इकाई भी ढाका में धीरे-धीरे प्रवेश कर रही थी। पूरे विश्व में युद्ध के बाद आत्मसमर्पण का समारोह तैयारी का पूरा समय लेकर आयोजित किया जाता है—लेकिन इस आयोजन में हालात अस्थिर थे, संसाधन बहुत कम थे और आत्मसमर्पण और गार्ड ऑफ ऑनर को आयोजित करने के लिए केवल कुछ ही घंटे दिए गए थे। नगरा को आत्मसमर्पण दस्तावेज पर हस्ताक्षर करने के लिए एक मेज और दो कुरसियों की व्यवस्था करने को कहा गया। उसको कहा गया कि वह इंटरकॉन्टिनेंटल होटल, जहाँ संयुक्त राष्ट्र के, रेड क्रॉस के, पूर्वी पाकिस्तान सरकार के और दूसरे विदेशी नागरिकों ने शरण ली हुई है, उसकी सुरक्षा सुनिश्चित करें; और एक छोटी एस्कॉर्ट इकाई को वहाँ छोड़ दें और रेडियो डीटैचमेंट का प्रबंध करें, जिससे उनको अपने कार्यों को अंजाम देने की अनुमति मिले; और सेना के कमांडर की अगवानी करनी है, जोकि कलकत्ता से हवाई जहाज से आ रहे थे।

इसके बाद जनरल जैकब वापस नियाजी के कार्यालय में लौट गए और उनको सूचित किया कि छिटपुट लड़ाई अभी भी जारी है और यह कि उनको अपनी सेना को लड़ाई बंद करने के निर्देश जारी कर देने चाहिए।

यही बेहतर होगा कि आगे क्या हुआ, यह जनरल जैकब के शब्दों में ही कहा जाए। उन्होंने अपनी पुस्तक 'एन ऑडिसी इन वार एंड पीस' में कहा—

> मैं इमारत में फिर से दाखिल हुआ। 'आत्मसमर्पण के दस्तावेज' का मसौदा पढ़ा गया। नियाजी, जिनकी आँखों से आँसू बह रहे थे, ने कहा, 'किसने कहा मैं आत्मसमर्पण कर रहा हूँ? आप केवल युद्ध-विराम और सेना की वापसी पर चर्चा करने आए हैं, जैसाकि मैंने प्रस्तावित किया था।' सेना प्रमुख, जो वहाँ उपस्थित थे, उन्होंने भी आपत्ति जताई। राव फरमान अली ने एक 'संयुक्त कमांड' को आत्मसमर्पण करने से आपत्ति की। समय निकलता जा रहा था, इसलिए मैंने नियाजी को एक तरफ बुलाया। मैंने उससे कहा कि अगर वह आत्मसमर्पण नहीं करता है तो मैं उनके परिवार और संजातिया अल्पसंख्यकों की जिम्मेदारी नहीं ले सकूँगा, लेकिन अगर वे करते हैं तो मैं उनकी सुरक्षा सुनिश्चित करूँगा। मैंने उनसे कहा कि वे इस पर दोबारा विचार करें और साथ ही यह भी याद दिलाया कि यदि वे आत्मसमर्पण नहीं करते हैं तो मैं उनके परिवार की सुरक्षा के लिए जिम्मेदार नहीं होऊँगा। मैंने फिर यह भी जोड़ा कि मैं उनको तीस मिनट का समय दे सकता हूँ, इस पर दोबारा विचार करने के लिए और अगर वे नहीं करते हैं, मैं फिर से युद्ध शुरू करने और ढाका पर बम गिराने के आदेश दे दूँगा। इसके बाद मैं वहाँ से चला गया और आगे मुझे प्रेसवाले मिले। मैं बहुत चिंतित था। नियाजी के पास ढाका में 26,400 सैनिक थे। हमारे पास लगभग 3,000 सैनिक थे, वो भी वहाँ से करीब 30 मील बाहर थे। मैं इस उलझन में था कि यदि उसने मना कर दिया तो मैं क्या करूँगा? अरोड़ा और उनका दल लगभग एक या दो घंटे में उतरनेवाले थे और युद्ध-विराम जल्दी ही खत्म होनेवाला था। मेरे हाथ में कुछ नहीं था। बाद में पाकिस्तान जाँच आयोग की रिपोर्ट ने कहा कि 'वहाँ जनरल जैकब आराम से बाहर टहलते हुए पाइप पी रहे थे।' इससे कहीं दूर था मैं। मैं बहुत ही चिंतित और तनाव में था। मैंने पाकिस्तानी संतरी से बात की और उससे उसके परिवार के बारे में पूछा। वह फूट-फूटकर रोते हुए बोला कि मैं एक भारतीय अधिकारी होते हुए भी उससे बात कर रहा हूँ, जबकि उसके अपने पाकिस्तानी अधिकारी नहीं करते। तीस मिनट बाद मैं अंदर गया और एक

> घटक सन्नाटे ने मेरा स्वागत किया। मेरा आत्मसमर्पण के दस्तावेज का मसौदा मेज पर बिछा हुआ था। मैंने नियाजी से पूछा कि क्या वे इस दस्तावेज को स्वीकार करते हैं? जिसका उन्होंने कोई जवाब नहीं दिया। मैंने तीन बार अपनी बात दोहराई। उन्होंने फिर भी कोई जवाब नहीं दिया। फिर मैंने उस दस्तावेज को पकड़, उसे ऊँचा उठाया और कहा, 'मैं इसे स्वीकार के रूप में लेता हूँ।' नियाजी की आँखों से आँसू बहकर गालों तक आ रहे थे और जो वहाँ उपस्थित थे, वे घूर-घूरकर देख रहे थे। फिर मैंने नियाजी को एक तरफ बुलाया और बताया कि मैंने दस्तावेज पर हस्ताक्षर के लिए रेसकोर्स के सार्वजनिक स्थान पर तैयारी की है। उसने इस पर कड़ी आपत्ति जताई। फिर मैंने उसको बताया कि उसको अपनी तलवार का भी समर्पण करना होगा। उसने कहा कि उसके पास कोई तलवार नहीं है, लेकिन वह अपनी रिवॉल्वर का समर्पण कर देगा। फिर मैंने उसको बताया कि उसको एक गार्ड ऑफ ऑनर की व्यवस्था करनी होगी...नियाजी ने कहा कि उसे कमांड करने के लिए कोई नहीं है।
>
> मैंने उसके ए.डी.सी. की ओर इशारा किया और कहा कि उसको कमांड करनी चाहिए।
>
> मैंने उनको अपनी सुरक्षा के लिए उस समय तक हथियार रखने की इजाजत दी, जब तक हम उनको निरस्त्र नहीं करते हैं।

लगभग 15:00 बजे जैकब ने नियाजी को हवाई अड्डे तक उसके साथ चलने के लिए कहा। चूँकि नगरा ने जैकब के लिए जीप नहीं छोड़ी थी, वे नियाजी के स्टाफ कार में गए और उसकी पायलट जीप उनकी अगवानी कर रही थी। नियाजी की कार साँड़ के लिए लाल कपड़े की तरह थी। मुक्तिवाहिनी ने कार को आगे जाने से रोकने का प्रयास किया। उनमें से कुछ ने स्वयं को कार के बोनट पर फेंक दिया। यह खुशकिस्मती ही थी कि कर्नल खरा, जोकि एक सिख थे, भी उस कार में मौजूद थे। उन्होंने यह बताने के लिए कि वे हिंदुस्तानी हैं, अपना सिर खिड़की से बाहर निकाला और कहा कि नियाजी उनका बंदी है और यह कि उन सबको उनको आत्मसमर्पण को एक तार्किक निष्कर्ष पर ले जाने से रोकना नहीं चाहिए। फिर बहुत मुश्किलों से काफिला हवाई अड्डे पहुँचा। रास्ते में उन्होंने एक जीप को क्रॉस किया, जिसमें दो भारतीय पैराट्रूपर्स बैठे थे, जिनको देखकर लगता था कि वे रास्ता भटक गए हैं। यह केवल भाग्य की ही बात थी, क्योंकि अब जैकब के पास कम-से-कम दो भारतीय सैनिक

थे, उनको सुरक्षा देने के लिए। उन दो पैराट्रूपर्स के अतिरिक्त और कोई भारतीय सैनिक दिखाई नहीं दे रहा था।

जनरल जैकब ने कर्नल खरा से कहा कि कुछ भारतीय सैनिकों को ढूँढ़ो और यदि हो सके, कुछ टैंकों को भी। जैकब को पता था कि 15 दिसंबर को 4 कोर कुछ टैंक मेघना नदी के पार लाने का प्रयास कर रही थी। खरा यह देखने चले गए कि उनको क्या मिलता है ? जबकि जैकब नियाजी के साथ उसकी स्टाफ कार में ही बैठे थे। सिवाय उन दो भारतीय पैराट्रूपर्स के जैकब और नियाजी अब अकेले थे। इस अनिश्चित क्षण में एक ट्रक रनवे के दूसरी ओर पहुँचा, जिसमें मुक्तिवाहिनी के हथियारबंद सैनिक थे। जनरल जैकब उस परिस्थिति का इस प्रकार उल्लेख करते हैं—

> एक आदमी, जिसने ऑलिव-हरे रंग की वरदी पहनी थी, जिस पर मेजर जनरल की रैंक के बैज लगे थे, हमारे पास आया। उसके पीछे उसके दो हथियारबंद सैनिक चल रहे थे। मैंने उसे पहचान लिया, वह 'टाइगर' सिद्दीकी था और मुझे महसूस हुआ कि संकट हो सकता है¨¨मुझे लगा, वे नियाजी को जान से मारने आए हैं। मुझे इस बात को सुनिश्चित करना था कि आत्मसमर्पण दस्तावेजों पर हस्ताक्षर करने के लिए नियाजी जीवित रहे और मैंने उन दो पैराट्रूपर्स को नियाजी को सुरक्षा देने के लिए कहा। मैं सिद्दीकी की ओर चलने लगा। मैंने उन दो पैराट्रूपर्स से कहा कि वे नियाजी को कवर करके रहें और अपनी राइफल्स को सिद्दीकी की ओर करके रखें। मैंने सिद्दीकी से विनम्रता से एयरफील्ड से चले जाने को कहा। उसने कोई जवाब नहीं दिया। मैंने अपना आग्रह दोहराया। उसने फिर भी कोई जवाब नहीं दिया। फिर मैं उस पर चिल्लाया कि वह ट्रक में भरे अपने सैनिकों को एयरफील्ड से लेकर चला जाए और जब वह आखिर में चला गया तो मैंने चैन की साँस ली।

कुछ समय बाद, खरा पीटी-76 के साथ वापस लौटा। जनरल अरोड़ा और उनका दल, जिसमें लेफ्टिनेंट जनरल सागत सिंह और वाइस एडमिरल कृष्णन थे, पाँच एम.आई-4 के दस्ते और चार अलौते हेलीकॉप्टरों में 16:30 बजे वहाँ पहुँचे। जनरल जैकब और नियाजी ने उनका स्वागत किया और वह सब वहाँ से आत्मसमर्पण समारोह के लिए रेसकोर्स के मैदान के लिए चल पड़े। जनरल अरोड़ा और जनरल नियाजी के संयुक्त गार्ड ऑफ ऑनर के निरीक्षण के बाद, वे उस मेज पर चले गए, जिसे हस्ताक्षर करने के लिए रखा गया था। आत्मसमर्पण का

दस्तावेज, जोकि जनरल अरोड़ा के पास था, को उनके सामने मेज पर बिछा दिया गया। नियाजी ने उनकी तरफ उत्सुकता से देखा और हस्ताक्षर कर दिए, जिसके बाद जनरल अरोड़ा ने भी हस्ताक्षर कर दिए। नियाजी ने उसके बाद अपने एपोलेट खोल दिए और अपनी .38 की रिवॉल्वर को उसकी डोरी के साथ खोला और उसको जनरल अरोड़ा को पकड़ा दिया। उसकी आँखों में आँसू थे। इस समय तक अँधेरा हो चुका था और वहाँ जमा हुई भीड़ ने नियाजी और पाकिस्तान के विरुद्ध नारे लगाने और गालियाँ निकालनी शुरू कर दी थीं। जनरल जैकब नियाजी की सुरक्षा को लेकर चिंतित थे, इसलिए भारतीय सशस्त्र बल के वरिष्ठ अधिकारियों ने नियाजी की घेराबंदी की और उसको भारतीय सेना की जीप तक ले गए। उसके बाद जनरल जैकब ने जनरल सागत सिंह को सभी पाकिस्तानी सैनिकों को निरस्त्र करने के बारे में, कानून व्यवस्था बनाए रखने के बारे में और युद्धबंदियों को भारत ले जाने के बारे में बताया।

जैसे-जैसे युद्ध निर्दयता से पूर्वी पाकिस्तान में पाकिस्तानी सेना की हार की ओर अग्रसर हो रहा था, सुरक्षा परिषद् ने 16 दिसंबर को एक बैठक की। जुल्फिकार अली भुट्टो, जो पाकिस्तानी प्रतिनिधिमंडल का नेतृत्व कर रहे थे, ने मजबूती से भारत की निंदा की। हालाँकि, सरदार स्वर्ण सिंह तभी बहस के दौरान सुरक्षा परिषद् को यह बताने में सफल हुए कि पूर्वी पाकिस्तान में पाकिस्तानी सेना ने आत्मसमर्पण कर दिया है और यह कि भारत ने पश्चिमी मोर्चे पर एकतरफा युद्ध-विराम घोषित कर दिया है, जो कि 17 दिसंबर को शाम 8 बजे से लागू होगा। जुल्फिकार अली भुट्टो, जोकि सरदार स्वर्ण सिंह से तीन से चार फीट की दूरी पर बैठे थे, बहुत भड़क गए। उन्होंने परिषद् के दस्तावेज फाड़ दिए, भारत पर हिंसा और आक्रामकता का आरोप लगाया, और कहा कि सुरक्षा परिषद् अपने सदस्य देशों के हित के लिए कोई उपयोगी भूमिका नहीं निभा सकती। यह कहते हुए वे दनदनाते हुए बैठक से बाहर चले गए। जो भी हो, उनके नखरों ने पाकिस्तानी ध्येय की किसी प्रकार से सहायता नहीं की; वास्तव में, इसके कारण परिषद् की जो भी थोड़ी-बहुत सहानुभूति उस पाखंडी देश के लिए थी, उसे भी कम कर दिया। हालाँकि, पाकिस्तान के आत्मसमर्पण की घोषणा ने युद्ध-विराम की माँग करनेवाले किसी भी और प्रस्ताव को समाप्त कर दिया।

बहुत से ऐसे कारक थे, जिन्होंने नियाजी और पूर्वी पाकिस्तान की हाई कमांड को, अंततः आत्मसमर्पण स्वीकार करने को मजबूर कर दिया था। पहला था, यह

अहसास कि नियाजी की पूर्वी पाकिस्तान की रक्षा के लिए किले की रणनीति विफल हो गई थे। दूसरा, वह तथ्य कि भारतीय सेना ने ढाका को चारों ओर से—जमीन पर, पानी में और हवा में—घेर लिया है, भारतीय वायुसेना ने आकाश में अपना दबदबा बना लिया था और शहर को तबाह कर रही थी; और भारतीय नौसेना ने समुद्र से उनके बच निकलने के रास्ते को बंद कर दिया है। तनगैल, ढाका के बाहरी इलाके, में हुए पैराड्रॉप ने उनकी अलग-थलग होने की भावना को और बढ़ाने का काम किया था। तीसरा, वह तथ्य था कि जैसाकि नियाजी से वादा किया गया था, न तो अमेरिका और न ही चीन उनकी मदद के लिए पहुँचा, और यही नहीं, उसका सेना प्रमुख और राष्ट्रपति भी उसके बचाव में आने में विफल रहा। और आखिरी, लेकिन इतना ही नहीं, वह तथ्य था कि यदि नियाजी आत्मसमर्पण से इनकार कर देता है, उसको और उसके स्टाफ को और बचे हुए उसके सैनिकों को भारतीय सेना तबाह कर देगी, या उससे भी बदतर, उनको मुक्तिवाहिनी और बांग्लादेश की जनता की दया पर छोड़ दिया जाएगा।

रेसकोर्स के समारोह में उसके बारे में एक अवास्तविक अंतिमता थी। यह उस युद्ध का अंत था, जो उन लोगों के लिए बहुत पीड़ा लाया था, जो केवल इसलिए यह सब भुगते, क्योंकि उन्होंने बेहतर स्वशासन के लिए अपने लोकतांत्रिक अधिकार का इस्तेमाल किया था। पूर्व में 1971 का युद्ध समाप्त हो गया था, लेकिन उग्र भीड़ को यह यकीन नहीं हो रहा था कि उनके उत्पीड़कों को आखिरकार धक्के मारकर निकाल दिया गया था। तैयारियाँ वहाँ उनके सामने थीं और उनको इससे अधिक खुशी नहीं मिलती कि उन उत्पीड़कों के साथ भी वही बरताव किया जाए, जो इन लोगों ने इतने महीनों तक उनके हाथों सहा था। जो वे नहीं समझ पा रहे थे, वह था कि भारतीय सशस्त्र बल, जिन्होंने उनको बचाने के लिए हस्तक्षेप किया था, अब इन युद्ध अपराधियों की रक्षा कर रहे थे। उनको बाद में ही समझ आएगा कि अगर उनको इन पाकिस्तानी दंगाइयों को मारने की अनुमति दे दी जाती, तो उनका यह कृत्य हमेशा के लिए 'सोनार बांग्ला' के जन्म को दागदार बना देता। लेकिन उनके लिए यह मानना मुश्किल था कि वह अंततः अपने शापित उत्पीड़कों से मुक्त हो गए थे और यह कि अब यहाँ से आगे उनके पास एक नई शुरुआत करने का, एक नई जिंदगी शुरू करने का मौका था।

भारतीय सेना, जोकि इस समय तक पर्याप्त संख्या में पहुँच चुकी थी, द्वारा पाकिस्तानी अधिकारी और सैनिकों को एस्कॉर्ट कर ले जाया गया। पाकिस्तानियों

को उस समय शर्म महसूस हो रही होगी कि उनको उन सैनिकों द्वारा भेड़-बकरियों की तरह हाँककर ले जाया जा रहा था, जिनको वे जान से मारने की बेतहाशा कोशिश कर रहे थे। हालाँकि, उनको एक राहत की भावना भी महसूस हो रही होगी कि बस, यही वे सैनिक थे, जो उनके और उस भीड़ के बीच में थे, जो उनके खून की प्यासी थी।

आत्मसमर्पण की तसवीर ने इतिहास बना दिया और नई दिल्ली के संयुक्त सेवा संस्थान के पुस्तकालय की दीवार पर आत्मसमर्पण दस्तावेज की एक प्रति साथ लटकी है। उसकी दूसरी दीवार पर वह विशाल नक्शा भी प्रदर्शित है, जिस पर जनरल जैकब ने अपने ऑपरेशंस की योजना बनाई थी। नक्शा छत से जमीन तक फैला हुआ है और उस पर पाकिस्तानी और भारतीय फॉर्मेशंस को तीर के निशान से चिह्नित किया हुआ है, जो भारतीय सेना की आगे बढ़नेवाली फॉर्मेशंस की थ्रस्ट रेखाओं की और दोनों तरफ की इकाइयों की लोकेशन का चित्रण करती हैं। मैंने वह नक्शा पहली बार देखा था और वह चिह्न भी, जोकि फॉर्मेशंस का चित्रण करता है। मैंने सिलहट को खोजा, जहाँ मैंने लड़ाई लड़ी थी और सोचा कि क्या आनेवाली पीढ़ियाँ कभी यह समझ पाएँगी कि नक्शे पर उन प्रतीकों का क्या अर्थ है या युद्ध का मतलब जान सकेंगे या मौत और विनाश की पीड़ा को समझ सकेंगे, जो है, कि युद्ध का यही अर्थ है ? मेरे साथ के बहुत से साथी इस नक्शे पर फैले युद्ध के मैदान में मारे गए। केवल वह, जो मौत के साथ जिए थे, जिंदगी का मूल्य और मतलब समझेंगे। जीत का अंतिम उत्साह उस सर्वोच्च बलिदान त्रासदी ने लूट लिया था, जो हजारों बहादुर भारतीय सैनिकों ने और उनके साहसी अधिकारियों ने दिया था। कोहिमा युद्ध मेमोरियल का समाधि-लेख इस मनोभाव को सही ढंग से व्यक्त करता है। वह कहता है, 'जब आप वापस जाएँ, उनको हमारे बारे में बताना और कहना, आपके कल के लिए हमने अपना आज दे दिया।'

पीछे मुड़कर देखने पर यह याद करना भूल नहीं पाते कि वह आत्मसमर्पण, जोकि विजय का प्रतीक था, को दो घटनाओं ने सुगम बनाया—पहली, भारतीय वायुसेना के पायलटों ने गवर्नर हाउस पर 14 दिसंबर को हमला किया था, जिन्होंने केवल कुछ क्षणों के नोटिस पर और स्पेस और समय के एक बहुत ही छोटे मौके में, पूर्वी पाकिस्तान की सिविल सरकार को उसके पतन पर मजबूर कर दिया। दूसरी, जनरल जैकब की क्षमता, जिसने ढाका के अस्थिर शहर में केवल एक आत्मसमर्पण के दस्तावेज के मसौदे के साथ प्रवेश किया और मनोवैज्ञानिक दबाव

का इस्तेमाल करके उस जिद्दी और अड़ियल नियाजी को यह समझने पर मजबूर कर दिया कि वह एक बहुत ही खतरनाक परिस्थिति में घिरा है और उसके पास आत्मसमर्पण के अलावा अन्य कोई विकल्प नहीं है, बजाय इसके कि वह अपनी और अपनी सेना की हार और उनके विनाश का उत्तरदायी बने। जैसाकि जनरल जैकब ने कहा—'वह एक बहुत नजदीकी मामला था।'

वास्तव में, यह आखिरी दो घटनाएँ थीं, जिन्होंने उस 'आखिरी झटके' का काम किया, जिसने अंततः पूर्वी पाकिस्तान की सिविल और मिलिटरी सरकार की कमर तोड़ दी। बाकी सब इतिहास है।

परिशिष्ट

सभी युद्धों में और सभी लड़ाइयों में, एक ऐसा पल आता है, जब परिस्थिति किसी भी तरफ झुक सकती है। यह एक कमांड पर निर्भर करता है कि वह उस अवसर को पकड़कर संतुलन को अपने पक्ष में झुका ले। ढाका में पूर्वी पाकिस्तान की सिविल सरकार के पतन के मामले में वह अवसर था, उस संकेत को इंटरसेप्ट करना, जिसने गवर्नर हाउस में होनेवाली बैठक की लोकेशन और उसका समय बता दिया। हालाँकि, जो समय मिला था, वह बहुत ही कम था, फिर भी भारतीय सैन्य नेतृत्व ने इस अवसर का उपयोग किया; वायुसेना ने इस चुनौती को स्वीकार किया और सम्मेलन कक्ष को निशाना बनाया। यह राज्यपाल और उनके सहकर्मियों को भयभीत करने के लिए बहुत था, जिसके कारण उन्होंने बिना शर्त आत्मसमर्पण कर दिया।

मिलिटरी के मामले में यह मेजर जनरल जैकब का अंतर्बोध था, उनका नियाजी, राव फरमान अली और दूसरे सैन्य नेतृत्व, जिन्होंने उसका मुकाबला किया था, की मानसिक प्रकृति की समझ थी—कि उन्होंने नियाजी और सैन्य पदानुक्रम को यह समझाया कि उनके पास हार मानने के अलावा कोई विकल्प नहीं है। कृपया इस पुस्तक में 'विक्रांत का शिकार', वह यह जानने के लिए है कि क्यों प्रयास के किसी भी क्षेत्र में अपने प्रतिद्वंद्वी का अध्ययन करना गंभीर रूप से महत्त्वपूर्ण है।

इन दोनों कारर‌वाइयों में मनोविज्ञान को युद्ध के हथियार के रूप में इस्तेमाल किया गया, ताकि प्रतिद्वंद्वी को शांत किया जा सके और उसको आत्मसमर्पण के लिए मजबूर किया जा सके। यह वह आखिरी झटका था, जिसने आत्मसमर्पण लागू किया और युद्ध का एक खूनी अंत होने से बचाया।

□

अंतभाषण

"अगर तुमको खेलना ही पड़े, तो तीन चीजें शुरू में ही तय कर लेनी चाहिए—खेल के नियम, दाँव पर क्या लगा है और किस समय खेल छोड़ा जा सकता है।"

—एक कहावत

इस पुस्तक में कहानियों के माध्यम से मैंने पाठक को 1971 के भारत-पाकिस्तान युद्ध के दौरान जमीन पर, हवा में और समुद्र पर क्या हुआ था, इसकी कुछ समझ देने का प्रयास किया है। भारत के युद्ध की रणनीति और आचरण असाधारण था। सबसे ऊपर के स्तर पर सशस्त्र बलों, राजनेताओं और नौकरशाहों के बीच के तालमेल ने पुराने रिकॉर्ड को पछाड़ दिया, जिसके चलते ऐसी रणनीति सुनिश्चित की जा सकी, जो राजनीतिक और सैन्य उद्देश्यों को सही से पूरा कर सकी।

पूर्व में पाकिस्तान की नदी पर बनाई गई बाधाओं की एक मजबूत सुरक्षा की रणनीति, जिसकी किलाबंदी घने माइनफील्ड से की गई थी, उस घिसे-पिटे विश्वास पर आधारित थी कि भारतीय सेना इस मजबूत गढ़ पर हमला करेगी और संघर्षण के युद्ध में फँस जाएगी, जिसके कारण संयुक्त राज्य अमेरिका, चीन और मध्य-पूर्व के देशों को पाकिस्तान की मदद के लिए आने का समय मिल जाएगा।

भारतीय रणनीतिज्ञों ने पाकिस्तान की मंशा पढ़ ली और उसकी योजना पर पलटवार करते हुए, उसकी इस मोर्चाबंदी को दरकिनार कर उसकी दरारों को मध्य से धकेलकर निकल गए।

पाकिस्तानी सेना हार गई और उसको मात दे दी गई—और वह ढह गई। भारत ने केवल तेरह दिनों की अवधि में युद्ध जीत लिया।

यह जीत सूक्ष्म योजना और कठिन प्रशिक्षण का परिणाम थी। युद्ध के संचालन के दौरान सैनिकों में यह बात फैल गई कि युद्ध को अमेरिकियों और चीनियों के हस्तक्षेप से पहले समाप्त करना है। सैनिकों ने दलदली मैदानों और नदी की बाधाओं को पार करने के लिए तात्कालिक साधनों से और नवीन सोच से काम चलाया और अपनी काररवाई को गति दी। जुगाड़ से काम चलाया जाना था, आर.सी.एल. बंदूकें और मोर्टार बैलगाड़ी तथा रिक्शे से एक स्थान से दूसरे स्थान पर ले जाए गए और नदियों को तात्कालिक उपलब्ध बाँस और केले के पेड़ के तने से बने राफ्ट से पार किया गया।

उत्तर में, पश्चिम में और दक्षिण में रणनीति 'आक्रामक रक्षा' करने की थी और हमने बहुत अच्छा प्रदर्शन किया, जिसके तहत हमने लद्दाख के, जम्मू और कश्मीर के तथा राजस्थान-सिंध रेगिस्तानों के उत्तरी क्षेत्रों के बड़े क्षेत्रों में कब्जा कर लिया। पंजाब में कुछ 'लेना और देना' हुआ, लेकिन कुल मिलाकर हमारी स्थिति मजबूत थी।

प्रत्येक व्यक्ति जो वरदी में था, ऑपरेशंस में गति के हमारे आह्वान पर एकत्र हो गया और उससे भी अधिक महत्त्वपूर्ण बात यह थी कि उनकी ताकत के साथ-साथ था, उनका नैतिक व्यवहार। अधिकतर पश्चिमी देशों से युद्ध संवाददाता युद्ध क्षेत्र में पहुँच गए और भारत की सरकार का विदेशी युद्ध संवाददाताओं को सैनिकों के साथ जाने की अनुमति देने का यह निर्णय एक बहुत अच्छा निर्णय था। इसके परिणामस्वरूप, दुनिया को युद्ध के बारे में निष्पक्ष रिपोर्ट मिली और उन्होंने अनिच्छा के साथ यह स्वीकार किया कि भारतीय सेना जमीन पर, हवा में और समुद्र में अपनी लड़ाई में पहले नैतिक थी और अब भी है।

युद्ध शुरू होने से पहले सैम मानेकशॉ, सेना प्रमुख ने यह बहुत साफ कर दिया था कि युद्ध की ज्यादतियाँ बर्दाश्त नहीं की जाएँगी। युद्ध के बाद, भले ही पाकिस्तानी सेना द्वारा किए गए अत्याचार कल्पना से परे थे, भारतीय सेना ने जिनेवा कन्वेंशन से आगे बढ़कर 93,000 पाकिस्तानी सैनिकों की सुरक्षा सुनिश्चित की और उनके साथ उचित व्यवहार किया। भारतीय सेना को अपने बैरेक खाली करके वहाँ से हटकर टेंट में जाना पड़ा, जिससे कि पाकिस्तानी बंदियों को ठीक से ठहराया जा सके।

सन् 1971 के युद्ध की विजय को याद करते हुए, हमें भारत और बांग्लादेश दोनों के सैनिकों और नागरिकों के बलिदान को याद रखने की आवश्यकता है। इस

युद्ध में 3,843 भारतीय सैनिक शहीद हुए थे और 9,851 घायल हुए थे—उनमें से कुछ जीवन भर के लिए विकलांग हो गए थे। उन सैनिकों के घरों में, जो शहीद हो गए थे या विकलांग हुए थे, रोशनी बुझ गई थी, जब उस खूँखार टेलीग्राम के जरिए उनके परिजनों को उनकी खबरें पहुँची थीं, जिसकी शुरुआत इस शब्द से हुई थी, 'आपको सूचित करते हुए खेद है कि⋯', जिन्होंने ऐसी उदासी को जन्म दिया था, जो शब्दों से परे थी।

युद्ध पूर्वी पाकिस्तान की मुक्ति के साथ समाप्त हुआ और बांग्लादेश का जन्म हुआ। इसका यह भी परिणाम हुआ कि पाकिस्तान का अंग-विच्छेद हुआ, जिसमें उसके पूर्वी विंग का नुकसान हुआ और 93,000 पाकिस्तानी सैनिकों को युद्धबंदी बनाया गया—द्वितीय विश्वयुद्ध के बाद सबसे बड़ी संख्या!

अपने ही लोगों के दबाव पर प्रतिक्रिया देते हुए, जोकि इस घोर पराजय का स्पष्टीकरण माँग रहे थे, पाकिस्तान ने जाँच आयोग के गठन की प्रक्रिया की, जिससे कि यह पता लगाया जा सके कि क्या हुआ था और क्यों हुआ था। हमूदुर आयोग ने अपने अन्य निष्कर्षों के साथ, पाकिस्तानी सेना के अत्याचारों का खुलासा किया और उसकी निंदा की, लेकिन उनको यह रिपोर्ट मिलिटरी जुनटा के आदेश से वापस लेनी पड़ी और उसको धुले हुए संस्करण से बदलना पड़ा, जिसमें जो वास्तव में हुआ था, उसका नाटकीय अनादर प्रदर्शित किया गया। इसके परिणामस्वरूप, द्वितीय विश्वयुद्ध के बाद के नुरेमबर्ग जाँच से भिन्न, किसी पाकिस्तानी व्यक्ति—मिलिटरी या नागरिक—को अंतरराष्ट्रीय न्यायालय में नहीं ले जाया गया और उसे युद्ध अपराधों के लिए कोई सजा नहीं दी गई, जो उन्होंने कारित किए थे।

प्रतिबिंब के तौर पर यह आश्चर्य होता है कि उस परिस्थिति में क्या होता, अगर प्रधानमंत्री इंदिरा गांधी पश्चिम में कुछ और दिनों के लिए युद्ध-विराम करने में विलंब कर देतीं। पाकिस्तान पर बहुत भारी मनोवैज्ञानिक दबाव हो जाता। पाकिस्तान चारों ओर से घिर चुका था और उन्होंने भी यह आश्चर्य किया होगा कि हमने उनसे छुटकारा क्यों पा लिया!

दुर्भाग्य से, सेना प्रमुख जनरल मानेकशॉ के पास शिमला में हुई बातचीत में कोई अधिकार नहीं था, जहाँ महत्त्वपूर्ण निर्णय लिये जाने थे। जो सेना द्वारा युद्ध क्षेत्र में जीता गया था, वह राजनेताओं और नौकरशाहों द्वारा बातचीत की मेज पर खो दिया गया था। सशस्त्र सेना, राजनेताओं और नौकरशाहों में जो तालमेल था—जिसने हमको युद्ध जीतने में मदद की थी, युद्ध के बाद ही लुप्त हो गया और राजनेता और

नौकरशाह वापस वहीं आ गए कि सेना को बातचीत की मेज से दूर रखना है—एक ऐसा घटनाक्रम, जोकि इससे पहले किसी भी युद्ध के बाद किसी भी देश में सुना नहीं गया। इसका जो नतीजा हुआ, वह हम सबके सामने है। हम मजबूत स्थिति में थे, क्योंकि हमारे पास 93,000 युद्धबंदी थे और पाकिस्तानी जनता उनकी वापसी की गुहार लगा रही थी। हम बचे हुए मुद्दों को सुलझाने के लिए इस अवसर का लाभ उठाने में विफल हो गए। सिर्फ यही नहीं, हम उन 54 भारतीय सेवाकर्मियों की वापसी भी सुनिश्चित करने में विफल रहे, जो आज भी पाकिस्तानी जेलों में सड़ रहे हैं, अगर अब तक उनको प्रताड़ित कर मार न दिया गया हो!

जनरल जैकब ने अपनी पुस्तक 'सरेंडर एट ढाका : बर्थ ऑफ ए नेशन' में शिमला सम्मेलन के बारे में कहा है—"यह रिपोर्ट किया गया था कि भुट्टो ने इस बात के लिए सहमति व्यक्त की है कि युद्ध-विराम रेखा या नियंत्रण रेखा अंतरराष्ट्रीय सीमा के परिसीमन का आधार होगी, लेकिन इस बात पर जोर दिया कि इसको लिखा नहीं जाना चाहिए, क्योंकि इसके कारण उसका राजनीतिक भविष्य खतरे में पड़ सकता है। इस संदर्भ में मशहूर सैम गोल्डवीनिज्म को याद करना उपयुक्त होगा—'एक मौखिक अनुबंध उस कागज के लायक नहीं है, जिस पर वह लिखा गया है'।"

अब उस शानदार जीत को पचास साल बीत चुके हैं। सवाल यह है कि क्या हमने इतिहास से सबक सीखा है? क्या सशस्त्र बल के पास चीन और पाकिस्तान से दो मोर्चों पर युद्ध लड़ने के लिए सभी साधन उपलब्ध हैं? ये सवाल हैं, जो पूछे जाने चाहिए और उनका जवाब भी दिया जाना चाहिए, क्योंकि हमारी सीमाओं पर फिर से युद्ध के बादल मँडरा रहे हैं।

—इयान कारडोजो

"जब आप वापस जाओ, उनको हमारे बारे में बताना और कहना,
आपके कल के लिए हमने अपना आज दे दिया।"

—युद्ध में मरनेवालों के लिए समाधि-लेख

कोहिमा युद्ध मेमोरियल पर

□

ग्रंथ सूची

ब्रिगेडियर अरुण भीमराव हरोलिकर, 'एम.वी.सी. मैन्युस्क्रिप्ट नैरेटिव ऑफ द सागा ऑफ द चौथी बटालियन, पाँचवीं गोरखा राइफल्स (एफ.एफ.) इन द 1971 वार', अप्रकाशित।

'द हमूदुर रहमान कमीशन ऑफ इनक्वाइरी इंटू द 1971 वार', संशोधित संस्करण, जैसाकि पाकिस्तानी सरकार, वैन्गार्ड बुक्स, लाहौर, पाकिस्तान द्वारा अवर्गीकृत किया गया है।

मेजर जनरल डी.के. पालित, वीर चक्र, 'लाइटनिंग कैंपेन', पालित और दत्त, दिल्ली, 1972

लेफ्टिनेंट जनरल जे.एफ.आर. जैकब, पी.वी.एस.एम., 'सरेंडर एट ढाका : बर्थ ऑफ ए नेशन', मनोहर, नई दिल्ली, 2006

लेफ्टिनेंट जनरल जे.एफ.आर. जैकब, पी.वी.एस.एम., 'एन ओडिसी इन वार एंड पीस', रोली बुक्स, नई दिल्ली, 2011

वाइस एडमिरल जी.एम. हीरानंदानी, पी.वी.एस.एम., ए.वी.एस.एम., वी.एम., 'ट्रांजिशन टू ट्रायम्फ: हिस्ट्री ऑफ द इंडियन नेवी 1965–1971', नौसेना मुख्यालय, नई दिल्ली, लांसर्स पब्लिशर्स, नई दिल्ली के सहयोग से, 1999

एडमिरल एस.एम. नंदा, पद्म विभूषण, पी.वी.एस.एम., ए.वी.एस.एम., 'द मैन हू बॉम्ब्ड कराची', हार्पर कॉलिन्स, नई दिल्ली, 2004

एयर मार्शल पी.सी. लाल, 'माय इयर्स विद द आई.ए.एफ.', लांसर इंटरनेशनल, नई दिल्ली, 1986

वाइस एडमिरल एस.एन. कोहली, 'वी डेयर्ड', लांसर इंटरनेशनल, नई दिल्ली, 1989

पी.वी.एस. जगन मोहन और समीर चोपड़ा, 'ईगल्स ओवर बांग्लादेश : द

इंडियन एयरफोर्स इन द 1971 लिबरेशन वार', हार्पर कॉलिन्स इंडिया, नोएडा, उत्तर प्रदेश, 2013

जे.एन. दीक्षित, 'लिबरेशन एंड बियॉन्ड : इंडो-बांग्लादेश रिलेशंस', कोणार्क पब्लिशर्स प्राइवेट लिमिटेड, दिल्ली 1999

'बबल्स ऑफ वाटर', पी.एन. बुक्स क्लब, एन.ई.एस. निदेशालय, एन.एच.क्यू., इस्लामाबाद, पाकिस्तान, 2001

अर्जुन सुब्रह्मणयम, 'इंडियास वार्स : ए मिलिटरी हिस्ट्री 1947-1971', हार्पर कॉलिन्स, नोएडा, 2016

एयर मार्शल एम.एस. बावा, 'एयर बैटल ऑफ लोंगेवाला', ऑकेशनल पेपर संख्या IV, सशस्त्र सेना ऐतिहासिक शोध, भारतीय संयुक्त सेवा संस्थान, नई दिल्ली, 2016

मेजर जनरल फजल मुकीम खान, 'पाकिस्तान्स क्राइसिस इन लीडरशिप, अल्फा एंड अल्फा पब्लिशर्स, नई दिल्ली, 1984

लेफ्टिनेंट जनरल के.पी. कंडेथ, 'द वेस्टर्न फ्रंट : द इंडो-पाकिस्तान वार 1971', एलाइड पब्लिशर्स प्राइवेट लिमिटेड, नई दिल्ली, 1984

एस. मुथैया, 'बॉर्न टू डेयर : द लाइफ ऑफ ले. जनरल इंदरजीत सिंह गिल', पेंगुइन बुक्स इंडिया, नई दिल्ली, 2008

मेजर जनरल इयान कारडोजो, ए.वी.एस.एम., एस.एम. (एड), 'द इंडियन आर्मी : ए ब्रीफ हिस्ट्री', सशस्त्र सेना ऐतिहासिक शोध केंद्र, यू.एस.ई., नई दिल्ली, 2006

कमांडर विजय जेराथ, वीर चक्र, '25 मिसाइल बोट स्क्वाड्रन : एन अनटोल्ड स्टोरी', प्रकाश बुक्स इंडिया प्राइवेट लिमिटेड, नई दिल्ली, 2013

मेजर जनरल सुखवंत सिंह, 'इंडियास वार्स सिन्स इंडिपेंडेंस : द लिबरेशन ऑफ बांग्लादेश', विकास पब्लिशिंग हाउस प्राइवेट लिमिटेड, नई दिल्ली, 1981

सिद्दिक सलीक, 'विटनेस टू सरेंडर : ऑनलुकर्स जर्नल 1969-1971', ऑक्सफोर्ड यूनिवर्सिटी प्रेस, कराची, 1977

ब्रिगेडियर अब्दुल रहमान सिद्दीकी, 'ईस्ट पाकिस्तान : द एंड गेम : एन ऑनलुकर्स जर्नल', ऑक्सफोर्ड यूनिवर्सिटी प्रेस, कराची, 1977

मेजर जनरल इयान कारडोजो, ए.वी.एस.एम., एस.एम., 'द सिंकिंग ऑफ ई.एन.एस. खुकरी', रोली बुक्स प्राइवेट लिमिटेड, नई दिल्ली, 2006

गैरी जे. बास, 'द ब्लड टेलिग्राम', रैंडम हाउस, इंडिया, नोएडा, 2013

सागत शौनिक (एड), 'अनटोल्ड बैटलफील्ड टेल्स', फौजी फाउंडेशन, नवी मुंबई, 2019

मेजर जनरल शौकत रिजा, 'द पाकिस्तान आर्मी : 1966-71', बुक क्लब, लाहौर, पाकिस्तान, 1990

'सेंटिनेल्स ऑफ द सी : द पाकिस्तान नेवी 1947-1997', पी.एन. बुक क्लब, जनसंपर्क निदेशालय, नौसेना मुख्यालय, इस्लामाबाद, 1997

मेजर जनरल इयान कारडोजो, ए.वी.एस.एम., एस.एम., 'फर्स्ट फाइव गोरखा राइफल्स, एन इलस्ट्रेटेड हिस्ट्री', द खुकरी कनेक्शन, नई दिल्ली, 2008

'ए लाइफ इन सर्विस : द बायोग्राफी ऑफ मेजर एस. किपगेन, एस.एम.', उनकी पत्नी मामन के द्वारा और उनके परिवार के सदस्यों द्वारा पब्लिश्ड, इंफाल, मणिपुर, 1998

'इंडियन नेवीस सबमरीन आर्म टर्न्स 50', 'शुभ यात्रा' (एयर इंडिया की एक इन-फ्लाइट मैगजीन), वॉल्यूम 5, इशू 11, दिसंबर 2017।

□□□

अनुवादिका-परिचय

शिप्रा पांडेय लेखन और अनुवाद के क्षेत्र में लगभग 20 वर्षों से सक्रिय हैं; अनेक भाषाओं की जानकार। 20 पुस्तकों का अनुवाद; अधिकांश प्रभात प्रकाशन के लिए, जिनमें से कुछ को अमेजन पर नंबर 1 स्थान मिला है। रक्षा मंत्रालय में हिंदी सोशल मीडिया एक्जीक्यूटिव के रूप में कार्य करने का दो वर्षों का अनुभव।